BASTEI
LÜBBE

DAVID FEINTUCH
IM BASTEI LÜBBE TASCHENBUCH-PROGRAMM:

23 169 Sternenkadett NICK SEAFORT
23 178 Commander NICK SEAFORT – Der zweite Kontakt
23 184 Captain NICK SEAFORT – Die Gefangenen
23 190 Kommandant NICK SEAFORT – Die Verzweiflung des Fischers

DAVID FEINTUCH

Kommandant NICK SEAFORT

Science Fiction Roman

Ins Deutsche übertragen
von Thomas Schichtel

BASTEI
LÜBBE

BASTEI-LÜBBE-TASCHENBUCH
Band 23 190

Erste Auflage: Juni 1997

Deutsche Lizenzausgabe 1997 by Bastei-Verlag
Gustav H. Lübbe GmbH & Co., Bergisch Gladbach
Originaltitel: Fisherman's Hope
Lektorat: Uwe Voehl/Stefan Bauer
Titelbild: Stephen Youll
Umschlaggestaltung: Quadro Grafik, Bensberg
Satz: Fotosatz W. Steckstor, Rösrath
Druck und Verarbeitung:
Brodard & Taupin, La Flèche, Frankreich
Printed in France

ISBN 3-404-23190-2

Widmung

Für Nicholas Ewing Seafort, Philip Tyre und Derek Anthony Carr, alles gute Menschen, die mir viel über den Kampf des Lebens beigebracht haben.

Fisherman's Hope

Die vierte Reise von Nicholas Seafort
U.N.S.
im Jahre unseres Herrn 2201

ERSTER TEIL

4. August, im Jahre
unseres Herrn 2201

1. Kapitel

»Aber Wassili ist ein Russe, und wir haben zu wenig Eurasier.« Leutnant Darwin Sleak blätterte durch den Stapel von Mappen auf dem polierten Konferenztisch, jede einzelne davon eine Bewerbung für die Flottenakademie der Vereinten Nationen. Sleak sah Kommandant Kearsey an und wartete auf Zustimmung, und er kniff in der hellen Sommersonne von Devon die Augen zusammen.

Der Kommandant tippte auf die Mappe vor sich. »Geboren im September 2187. Seine Zensuren reihen ihn unter die besten elf Prozent der Bewerber ein, die Ergebnisse der Zulassungstests unter die besten achtzehn. Schlecht, aber jemand muß ja an der unteren Grenze liegen.« Er zuckte sorglos die Achseln. »Setzen wir ihn auf die Liste.« Er drehte sich zu mir um. »Möchten Sie dazu etwas sagen, Kapitän Seafort?«

Ich sprudelte hervor: »Ich dachte, das Auswahlkomitee würde die Nationalität nicht berücksichtigen!« Zur Hölle mit der Abschlußbewertung, fand ich ohnehin. Mein Adjutant Edgar Tolliver begutachtete konzentriert die eigenen Fingernägel; er war meine Ausbrüche gewohnt.

»Offiziell tun wir es nicht«, bestätigte Kommandant Kearsey. »Wir würden auch keinen unqualifizierten Burschen nehmen, nur um noch einen Russen zu bekommen. In Anbetracht des Krieges sind wir jedoch auf öffentliche Unterstützung aus allen Kontinenten angewiesen. Eine ausgewogene Kadettenklasse kann da nicht schaden.«

Ich wußte, daß er recht hatte. Die furchtbaren Verluste, die die Flotte bei der Verteidigung unserer Kolonien Wega und Hope Nation gegen die fischartigen Fremdwesen erlitten hatte, mußten ausgeglichen werden, und die Kosten des Neuaufbaus der Flotte würden enorm hoch ausfallen. Die mörderischen Angriffe hatten vierzehn Linienschiffe vernichtet und ungezählte Hunderte von Mannschaftsangehörigen getötet. Einige davon waren meine Freunde gewesen. Schließlich hatten wir auch die Orbitalstation von Hope Nation verloren, und Vax Holser war dort beim Versuch gestorben, mich zu retten.

Ich zwang mich dazu, an etwas anderes zu denken. »Was wäre, wenn wir einfach die besten dreihundertachtzig nähmen?«

»Das würde uns jede geographische Ausgewogenheit kosten.«

Mein Ton war beißend. »Na und? Die Ausgewogenheit stand auch nicht zur Debatte, als Sie Senator Bolands Sohn nahmen.« Ich hätte das nicht sagen sollen, aber die neuen Schuhe schmerzten, und genauso die Brust; ich hatte mich im Verlauf des kürzlichen Aufenthalts in Lunapolis an ein Sechstel der irdischen Schwerkraft gewöhnt.

Ich bereitete mich innerlich auf einen vernichtenden Blick seitens des Kommandanten vor, einen Blick von der Art, wie er mich vor vierzehn Jahren als schlichten Kadetten durchbohrt hatte. Sicherlich hätte ich es verdient gehabt. Ich war jedoch kein verängstigter Dreizehnjähriger mehr, der sich zum Dienstantritt meldete; jetzt war ich der berüchtigte Nicholas Ewing Seafort, ›Held‹ von Hope Nation. Mein Gesicht blickte finster von einem Werbeplakat herab, und in zwei kurzen Wochen sollte ich Kearsey als Kommandant beider U.N.N.S.-Akademiestützpunkte ablösen, sowohl hier in Devon als auch auf der Rückseite des Mondes. Nur ich wußte über die Perversionen Bescheid, auf die sich die öffentlichen Lobgesänge gründeten. Und der allmächtige Gott. Eines Tages würde Er mir die Rechnung präsentieren.

Kommandant Kearsey verbarg jedoch jeglichen Ärger, den er vielleicht empfand. »Wir können wohl kaum den Sohn eines UN-Senators ablehnen, Kapitän, besonders nicht in Anbetracht der Tatsache, daß Boland dem Ausschuß des Sicherheitsrates für Flottenangelegenheiten angehört. Obendrein sind die Zensuren des Jungen akzeptabel.«

»Schlechter als die des Russen, denke ich. Wen werfen wir zugunsten des Bolandjungen hinaus?«

Sein Stabsadjutant, Sergeant Kinders, reichte ihm eine Mappe. »Einen Pariser, Jacques Theroux.« Der Kommandant runzelte die Stirn. »Es ist ja nicht so, daß der Junge je erfahren wird, warum er von der Abschlußliste gestrichen wurde. Und was ist wichtiger: einen anderen Kadetten an Bolands Stelle zu setzen, oder in einer Zeit, in der die Verabschiedung des Haushalts ansteht, mächtige Freunde zu haben? Möchten Sie, daß die neuen Schiffe gebaut werden, oder möchten Sie es nicht?«

Ich starrte die Tür an, wohl wissend, daß ich darauf keine Antwort wußte. Die Flotte mußte wieder aufgebaut werden, um unsere weit verstreuten Kolonien und das Heimatsystem zu schützen, falls die Fische angriffen. Ich brummte: »Ich würde trotzdem die besten dreihundertachtzig nehmen.«

Sogar Tolliver und Sleak musterten mich seltsam. Es dauerte einen Augenblick, ehe Kommandant Kearsey antwortete. »Dann entzieht man uns die Abschlußbewertung, und wir müssen uns künftig mit den Kandidaten abfinden, die uns das Auswahlkomitee schickt.«

»Ja.«

Leutnant Sleak räusperte sich und wartete auf das Nicken des Kommandanten. »Die Abschlußbewertung ist ein hart erkämpftes Vorrecht der Akademie und unsere einzige Einflußmöglichkeit auf den Auswahlprozeß. Möchten Sie, daß wir das aufgeben?« Sein Ton war kalt, ungeachtet der Tatsache, daß ich bald sein Kommandant sein würde.

Die Abschlußbewertung war ein traditionelles Privileg, und die Flotte sollte ihre Traditionen nicht leichtfertig aufgeben.

Aber trotzdem ...

»Vater, kann Jason zum Abendessen bleiben?« Mit dreizehn wußte ich es besser, als in Gegenwart des künftigen Gastes zu fragen. Ich hoffte allerdings, damit durchzukommen, da ich gerade Vaters Wertschätzung für Gastfreundschaft gegen seine strenge Mißbilligung meines Freundes in die Waagschale geworfen hatte.

Vater zog eine Braue hoch. »Kann er unsere Gebete ertragen?«

Jason wurde rot. Sein Blick haftete an dem Orchestron auf dem knarrenden Küchentisch, das wir gerade neu programmierten. Er hielt in der Bewegung inne, einen Chip in der Hand. »Ich bin vielleicht ein Freidenker, Sir, aber ich respektiere die Bräuche Ihres Hauses.« Rasch beugte er sich dann über das Motherboard des Orchestrons, als wäre er zu weit gegangen.

Vater brummte: »Der Respekt für den allmächtigen Gott ist kein Brauch. Er ist das Leben selbst.« Trotzdem wußte ich, daß Jason mit seiner offenen Art einen Punkt in Vaters Augen gutgemacht hatte. »Vielleicht wirst auch du Ihn eines Tages finden, ehe du der Verdammnis anheimfällst.«

O bitte, keine Predigt! Nicht vor Jason!

Vater wischte ein letztes Mal mit dem weichen Tuch über die schimmernde Teekanne. »Ich kann mir nicht vorstellen, warum Nicholas glaubt, er könnte mich umstimmen, indem er in deiner Gegenwart um Erlaubnis fragt. Er weiß über Manieren besser Bescheid, als sein Benehmen verrät.« Ich schluckte. Noch mehr Bibelverse am Bett oder Schlimmeres; Vater vergaß niemals die Sünden des Tages. Trotzdem stiegen seine Mundwinkel widerwillig nach oben. »Erbsensuppe, frisches Brot und Tomaten aus dem Garten. Kannst du das ertragen?«

»Das ist okay für mich, Sir«, sagte Jason rasch. Ich belohnte ihn über den Tisch hinweg mit einem Grinsen; er trat mir verstohlen gegen das Schienbein.

Später, als wir uns für das Abendessen wuschen, fragte Jason mich leise: »Schon was gehört?«

Ich schüttelte den Kopf. Auf die ein oder andere Art

mußte ich jedoch bald Nachricht erhalten. Die Zeit lief ab.

»Hat er gesagt, daß du auf jeden Fall gehen kannst?«

»Aye.« Vielleicht hatten mein Betteln und meine Tränen nichts mit Vaters Einverständnis zu tun. Ich vermutete allerdings, daß sie hilfreich gewesen waren, ungeachtet der Prügel, die er mir aufgrund meiner Hartnäckigkeit verabreicht hatte.

»Na ja, du hast es bis zum zweiten Gespräch geschafft und auch keinen Brief bekommen, daß du durchgefallen wärst. Damit bist du in der Abschlußbewertung.« Wie jeder Teenager war er mit dem Zulassungsverfahren der Akademie vertraut. Falls ich bei der Abschlußbewertung angenommen wurde, würde ich auf der Terrestrischen Akademie in Devon die Grundausbildung erhalten und anschließend auf der Farside-Akademie die eigentliche Schulung.

»Aye.« Ich wünschte mir, Jason hätte nicht davon gesprochen; ich hatte mir selbst weisgemacht, daß es meine Chancen steigerte, wenn nicht darüber gesprochen wurde. Beim Abendessen legte Vater Jason zuliebe sein gewohntes meditatives Schweigen ab. Im Augenblick war Jason ebenso Vaters Gast wie meiner. »Habt ihr dein Spielzeug repariert?«

»Das Orchestron? Aye, Sir. Aber es ist ein Instrument, kein Spielzeug.«

»Ein – elektronisches Instrument.« Er und ich wußten gleichermaßen, welcher Gedanke hier unausgesprochen blieb. Ein Instrument des Satans, wie alle müßigen Vergnügungen.

»Und ein Musikinstrument, Mr. Seafort. Die Waliser Philharmonie kann kaum ein Stück spielen, das wir nicht auch mit dem Orchestron wiedergeben könnten.«

»Indem man Knöpfe drückt.« Vaters Ton blieb jedoch liebenswürdig, während er die Suppe mit dem warmen Brot auftunkte, das er gerade erst vor einer Stunde aus dem Ofen gezogen hatte.

Jasons hageres Gesicht wurde von einem Lächeln

erhellt, über das ich mich sehr freute. »Es kommt darauf an zu wissen, welche Knöpfe man drücken muß, Sir.«

Vater sah mich an und schüttelte den Kopf, als wäre er verärgert. Unbekümmert erwiderte ich seinen Blick mit einem Lächeln; Jasons Gegenwart hatte nun mal so eine Wirkung auf mich. Er war höflich zu Vater, respektierte ihn sogar in gewisser Weise, ohne sein Gebaren jedoch ernst zu nehmen. Zuerst hatte mich das schockiert, dann aus der Fassung gebracht, aber inzwischen wußte ich, daß es einfach Ausdruck von Jasons einzigartiger Sicht der Welt war.

»Du kommst in die dritte Klasse?« fragte Vater. Zwei Gesprächseröffnungen an einem Abend. Er behandelte Jason wie einen Erwachsenen, und ich war dankbar dafür.

»Ja, Sir. Diesmal nehme ich Maschinenbau als Wahlfach.«

»Warum?«

»Ich baue oder repariere gern Sachen.«

»Eine Stadt und einen Turm mit einer Spitze bis zum Himmel.«

Jason sah verwirrt aus. Ich erklärte: »Er meint damit den Turm zu Babel. Das erste Buch Mose, Kapitel neun.«

Vater wandte sich mir tadelnd zu. »Kapitel elf. Gib keine Bildung vor, an der es dir fehlt, Nicholas.«

»Es tut mir leid, Sir.«

»Nicky könnte sich für halbtags eintragen, Mr. Seafort. Wir könnten gemeinsam an Projekten arbeiten.«

Vater zog eine Braue hoch. »Nicholas lernt am besten zu Hause, wo ich seine Faulheit im Zaum halten kann.« Das war typisch Vater – meine Fehler vor aller Welt zu diskutieren, als hätte ich gar keine Gefühle. Zu meiner Überraschung setzte er jedoch hinzu: »Ohnehin wird Nicholas im kommenden Jahr nicht deine Schule besuchen. Ich könnte mir denken, daß er dann auf der Akademie ist.« Ich war verblüfft. Bisher hatte er nie auch nur angedeutet, daß er glaubte, ich hätte eine Chance, dort aufgenommen zu werden.

»Natürlich«, antwortete Jason rasch. »Ich dachte nur, falls er nicht ... Ich meine, ich hatte es vergessen.«

Zwei Tage später lag ich auf den Knien und rupfte in unserem Garten widerspenstiges Unkraut aus, wobei mir klar war, daß Vaters wachsame Augen meine Arbeit beurteilen würden und daß meine Chance auf Ausgang am Samstag von seiner Zustimmung abhing. Jason hatte für uns Eintrittskarten zum Fußballspiel gegen Irland gekauft, aber ich hatte es Vater noch nicht erzählt.

Ein Schatten fiel auf die schwarze Erde. Ich blickte auf, und eine Schweißperle lief mir übers Gesicht. »Ich bin noch nicht fertig, Sir. Den Rest dieser Reihe erledige ich nachher.«

Er winkte ab. »Die Post ist da.«

»Die Post?« Warum sollte er meine Arbeit für ... »Ist der Brief gekommen?« Ich stand schon auf den Beinen. »Was steht drin?«

»Ich weiß nicht. Es liegt an dir, ihn zu öffnen.«

Ich streckte die Hand aus, aber er schüttelte den Kopf. »Auf dem Küchentisch.« Ich stürmte zur Tür. »Vergiß nicht, dir die Hände zu waschen!«

Ich nahm mir genug Zeit, um die Hände abzuspülen, damit keine Schmutzflecken auf dem Handtuch zurückblieben. Das hätte Vater erzürnt, und die Konsequenzen wären für mich nicht erfreulich gewesen. Ich rannte zurück in die Küche und riß den mit Prägedruck versehenen Umschlag auf. Vater wartete, an die Spüle gelehnt, und machte ein ernstes Gesicht.

»Das Auswahlkomitee der U.N.N.S.-Flottenakademie ist stets mit mehr qualifizierten Kandidaten konfrontiert, als es Plätze zu vergeben hat. Wir bedauern, Sie darüber in Kenntnis setzen zu müssen, daß wir uns nach sorgfältiger Überlegung nicht imstande sahen ...«

Ich ließ den Brief auf den Tisch fallen und blinzelte die Tränen weg. Ungläubig nahm ich das Schreiben wieder zur Hand. »... müssen wir Sie dafür beglückwünschen, daß Sie einer der abschließenden Kandidaten des diesjährigen Auswahlvorganges waren. Falls Sie sich nächstes Jahr erneut bewerben möchten, würden wir uns freuen, Sie in Erwägung ...«

Mit brennenden Augen lief ich in mein Zimmer, knallte die Tür zu und warf mich aufs Bett. Schritte. Die Tür war fast sofort wieder offen. »Steh auf!«

»Laß mich doch allein, nur für ...«

»Auf!« Vaters Ton duldete keine Widerrede. Ich rappelte mich unsicher auf. Er ging wieder auf den Flur hinaus. »Schließ deine Tür, wie es sich gehört.«

Ich starrte ihn an. »Du machst dir mehr aus ...« Seine Augen wurden schmal, und ich brach gerade noch rechtzeitig ab. »Aye, Sir.« Ich drehte den Knauf und schloß die Tür leise. Draußen hörte ich Vater sagen: »Ich dulde nicht, daß du in meinem Haus mit Türen knallst.«

»Nein, Sir. Es tut mir leid.« Ich kroch wieder ins Bett und strampelte mir die Schuhe von den Füßen. Ich vergrub das Gesicht im Kopfkissen, fest entschlossen, meine Schluchzer zu dämpfen.

Er gab mir eine Stunde Zeit, ehe er wieder ins Zimmer kam. »Darf ich deinen Brief lesen?«

Meine Stimme klang dumpf durch das Kissen. »Du weißt doch, was drinsteht.«

»Aufgrund deiner Reaktion, ja.« Er legte eine Pause ein. »Sie haben dich abgelehnt.« Mit dieser Formulierung erzeugte er einen Weinkrampf bei mir. Kurz legte er mir die Hand auf die Schulter, aber dann war der Druck schon wieder weg, als hätte es sich um ein Versehen gehandelt. »Nicholas, dreh dich um, damit ich dich ansehen kann.«

»Ich möchte lieber allein sein.«

Sein Ton war scharf. »Ja, um dich selbst zu bemitleiden.«

»Warum sollte ich nicht?« kam es dumpf von mir zurück.

»Also stellst du dich gegen den Herrn?«

»Ich ... Was?«

Vater zog mich am Arm, bis ich mich auf den Rücken drehte. Zögernd blickte ich aus roten Augen zu ihm auf.

»Wenn der allmächtige Gott gewollt hätte, daß du auf die Flottenakademie gehst, denkst du dann, daß sie dich dort nicht aufgenommen hätten?«

Ich war aufgebracht. »Du sagst, Er wollte nicht, daß ich gehe?« Vater schwieg. »Warum sollte es Ihm etwas ausmachen, so oder so? Es war das dumme Auswahlkomitee, nicht Er!«

Vater schüttelte den Kopf.

»Es macht Ihm etwas aus. Du machst Ihm etwas aus, wie wir alle.«

Mit meinem Ton riskierte ich eine Tracht Prügel, aber ich scherte mich nicht darum. »Warum mußte ich dann Zeit mit der Bewerbung verschwenden?«

Vaters Blick bohrte sich in meine Augen. »Vielleicht, damit du lernst, ein Scheitern wie ein Mann zu ertragen statt wie ein jammerndes Kind.«

Ich schloß die brennenden Augen. Vater würde es nie verstehen. »Nicholas, es ist schwer für dich, aber du mußt Seinen Willen akzeptieren. Ich werde später mit dir beten. Vielleicht finden wir Seinen Trost.« Was bedeutete, daß ich mit schmerzenden Knien Stunden auf dem harten Boden des Schlafzimmers verbringen mußte, während ich nach einem Zuspruch suchte, den mir Vater selbst hätte geben können, den er mir aber nicht geben wollte.

Ich blickte zum Kommandanten auf. »Die Abschlußbewertung aufgeben? Wäre das so schlimm?«

Kearsey trommelte mit den Fingern auf den Konferenztisch. »Das Auswahlkomitee ... Wissen Sie, wer darin sitzt?«

Ich antwortete: »Die Admiralität ernennt zwei Mitglieder, der Generalsekretär ernennt zwei, und drei stammen aus dem Senat.«

»Wußten Sie, daß die Flotte früher ihre Bewerber selbst ausgesucht hat?«

»Natürlich. Alle Dienstgattungen taten es, bis zu den

Skandalen.« Noch nach fünfundsiebzig Jahren hatte die Flotte diese Demütigung nicht vergessen.

Der Kommandant lächelte grimmig. »Es gab einen Kampf bis aufs Messer, als die Änderungen vorgeschlagen wurden. Wir haben verloren; die Flotte durfte ihre Kandidaten fortan nicht mehr selbst aussuchen. Man warf uns elitäres Denken vor, obwohl nur der allmächtige Gott weiß, warum das Offizierskorps der Raumflotte keine Elite sein sollte. Um uns zu beschwichtigen, ließ man uns die Abschlußbewertung. Die Politiker schicken uns ihre Auswahl, aber wenigstens können wir sie noch mal kritisch sichten.«

Ich stach mit dem Finger auf meine Mappe. »Tun wir das denn, wenn wir sicherstellen, daß wir ausgewogene Anteile von Russen und Ecuadorianern und Yankees haben? Indem wir einen Platz für den jungen Boland freimachen?«

Er wurde rot. »Wir tun unser Bestes. Nächstes Jahr dürfen Sie allein entscheiden. Aber obwohl ich im Moment noch zuständig bin, werden Sie es sein, der die Klasse durch die Akademie führen muß. Haben Sie Einwände gegen Wassili Karnjenkow? Hätten Sie lieber diesen Jacques Wer-auch-immer?«

Ich hätte am liebsten gar keine Bewertung vorgenommen. »Nein«, antwortete ich müde. »Vergessen Sie es.« Unter dem Tisch hinterließen meine Fingernägel Spuren im zerknitterten Hosenbein.

Tolliver und ich überquerten langsam den makellos gepflegten Rasen, um die Offiziersquartiere zu erreichen. »Selbst wenn Sie sich wirklich sein Mißfallen zugezogen haben, Sir, was macht das schon aus? Noch ein paar Tage, und er ist nicht mehr hier.«

»Er ist jetzt seit, na, achtzehn Jahren der Kommandant. Die Leute fragen ihn nach wie vor um Rat. Ich kann keinen weiteren Gegner gebrauchen.«

»Sie haben sich keinen Gegner gemacht«, besänftigte

mich Tolliver. »Er hat nur die Abschlußbewertung verteidigt.«

»Im Grunde können wir ja nicht vorhersagen, was für Fähnriche letztlich aus den Kandidaten werden.« Ich dachte nach. Testergebnisse und Zensuren verrieten uns nicht, welche unserer Kadetten nach zwei oder mehr Jahren Ausbildung zu herausragenden Offizieren heranwuchsen.

Vor meiner Tür trennte ich mich von Tolliver. Als ausgewachsenem Kapitän und angehendem Kommandanten stand mir eine Wohnung zu, die für Flottenverhältnisse groß und komfortabel war. Als Kommandant würde ich einen großen Teil meiner Zeit hier verbringen. Ich zog mir die Jacke aus, lockerte die Krawatte und setzte mich mit dem Rufer in der Hand auf die Bettkante. Vor zwei Tagen war ich zum letztenmal in der Klinik gewesen.

Vielleicht ging es Annie inzwischen besser.

Ich wartete auf die Verbindung nach New York. »Bitte das Büro von Doktor O'Neill.« Erneut verging Wartezeit. Ich trommelte mit den Fingern auf den Nachttisch. Die Wunder der Technik. Endlich meldete er sich.

»Ich bin froh, daß Sie anrufen.« Er klang geschafft.

»Wie geht es meiner Frau?«

»Sie macht, ah, die erwarteten Fortschritte.«

Ich wartete, aber er sagte nichts weiter. »Sie wollten mir etwas mitteilen, Doktor?«

»Nicht speziell. Warum?«

»Sie sagten, Sie wären froh über meinen Anruf.«

»Wir sind immer froh, wenn sich die Verwandten interessiert zeigen, Käpten. Im allgemeinen macht der Patient schnellere Fortschritte, wenn ...«

»Wie geht es Annie, Dr. O'Neill? Wissen Sie es?«

Er verfiel in unverständlichen medizinischen Jargon und analysierte ihre Blutproben im Hinblick auf jedes einzelne der siebzehn Hormone, die bekanntermaßen die Stimmung und das Verhalten beeinflußten.

Ich hörte zu und versuchte, aus den statistischen

Daten schlau zu werden. Endlich konnte ich es nicht mehr ertragen. »Aber wie geht es ihr?«

»Ihr Zustand stabilisiert sich weiter. Zur Zeit stellen wir erste Reaktionen auf Veränderungen bei den sekundären Medikamenten fest. Sie zeigt verstärktes Interesse an ihrer Umgebung, aber auch die Stimmungsschwankungen sind ausgeprägter.«

Ich schloß die Augen. Annie, wüßte ich doch nur, wie ich dir helfen könnte! Hätte ich doch nur nie zugelassen, daß wir uns in dieser ausgebrannten Kirche trafen, in der gepeinigten Stadt Centraltown auf Hope Nation. Ohne meine Torheit wärst du immer noch gesund, statt in einem Krankenhaus zu liegen und eine hormonelle Neueinstellung durchzumachen – zu unserer beider Schande. Ich fragte mich, ob irgend jemand vom Personal der Akademie wußte, an was für einer Krankheit Annie litt. Eine Neueinstellung galt als Schande, und entlassene Patienten wurden mit Herablassung behandelt, wenn nicht ausgestoßen. Ich selbst kämpfte mit solchen Empfindungen.

Müde und hilflos brummte ich vage Antworten auf O'Neills Geplapper, bis ich eine Gelegenheit fand, das Gespräch abzubrechen. Obwohl ich das festungsartige New York haßte, sehnte ich mich danach, hier alles stehen und liegen zu lassen und den nächsten Suborbitalflieger zu nehmen. Statt dessen mußte ich noch zwei Tage Abschlußbewertung ertragen. Ich hätte eine Ausrede finden können, um nicht weiter daran teilzunehmen, oder Kommandant Kearsey einfach sagen können, daß es mir egal war, wen er auswählte, aber eine solche Einstellung hätte an Ketzerei gegrenzt. Besser war es, wenn ich meinen Besuch noch ein paar Tage hinauszögerte, bis nach der Amtsübergabe.

Es dauerte noch eine Stunde bis zum Abendessen, und ich fand die stille Wohnung bedrückend. Ich zog die Jacke an und verließ das Quartier. Die Messingtürgriffe im Verwaltungsgebäude waren poliert und schimmerten, und die Ränder des Gehweges waren peinlich genau geschnitten. Erschrocken bemerkte ich, daß es genau der Weg war, auf dem ich mich früher stundenlang mit der Rasenschere und dem Spaten abgemüht hatte, während meine Kabinengefährten den Ausgang am Sonntag nachmittag genossen. Na ja, ich war nicht der einzige gewesen und hatte mir nur selten Strafarbeiten eingehandelt.

Ich spazierte an den Offiziersquartieren entlang zum weitläufigen Paradegelände. Ich versetzte der Schotterbahn, die sich um das Feld herumzog, einen Tritt. Auf dem Gelände absolvierten gerade Kadetten unter den wachsamen Blicken ihrer Drillsergeanten ihre Übungen.

Ich überquerte den Platz zum Klassenzimmerkomplex dahinter und umging dabei die Gruppen schwitzender Kadetten. Es war das erstemal seit meiner Rückkehr, daß ich die Klassenräume sah. Auf eine Eingebung hin betrat ich eines der Gebäude. Mechanisch strich ich mir das Haar glatt und zupfte mir die Jacke zurecht. Alte Gewohnheiten haben ein zähes Leben.

An den Wänden hingen immer noch dieselben Bilder von Gruppen in makellosen Uniformen, Kadetten, die zusammen mit ihrem jeweiligen Drillsergeanten bequem standen und direkt in die Kamera blickten. Alle so jung, so unschuldig! Wie ich es einmal gewesen war. Es war nötig, die Kadetten in so jungen Jahren anzunehmen. Die von unseren Fusionstriebwerken ausgesandten N-Wellen konnten das T-Melanom auslösen, ein tödliches Krebsgeschwür, aber wenn man den Wellen über fünf Jahre der Pubertät hinweg ausgesetzt war, sank das Risiko beträchtlich.

Ich sah mir die hoffnungsvollen Gesichter an. An welchem Punkt war ich vom Weg jenes eifrigen Burschen abgewichen, den man auf einem der Bilder an den Klassenzimmerwänden sehen konnte?

Schritte. Zwei Kadetten, die sich leise unterhielten, kamen um die Ecke. Als sie mich sahen, weiteten sich ihre Augen, und sie nahmen vor der Wand stramm Haltung an. Wäre ich ein Sergeant gewesen, hätten sie salutiert und ihren Weg fortgesetzt, wenn auch mit forscherem Schritt. Ein Offizier jedoch – und nicht nur ein Offizier, sondern ein ausgewachsener Kapitän – war wiederum etwas ganz anderes.

Ich hätte ihren Gruß erwidern, »Kommando zurück« knurren und meines Weges gehen können. Da es mir jedoch peinlich war, daß sie mich dabei ertappt hatten, wie ich versonnen vor alten Bildern herumstand, machte ich eine richtige Show daraus, sie zu inspizieren. Noch während ich das tat, wurde mir klar, daß es ein Fehler war. Der Tradition zufolge nahm ein Kapitän selbst einen Fähnrich kaum zur Kenntnis, ganz zu schweigen von einem Kadetten.

Wie alle unsere Schützlinge waren diese beiden um die fünfzehn. Der Junge war größer und hatte kurzes, lockiges schwarzes Haar. Die Locken des Mädchens waren etwas länger und fielen ihr fast bis auf den Kragen, wie es die Vorschriften bei weiblichen Kadetten erlaubten. Die grauen Uniformen waren ordentlich und sauber und die Schuhe bis zu glänzender Vollkommenheit poliert. Die Gürtelschnallen glänzten, und nur die Krawatte des Jungen saß etwas schief. Mit finsterer Miene rückte ich sie ihm zurecht. Er biß sich auf die Lippe, ehe ihm wieder einfiel, daß er ja die Habachtstellung wahren mußte.

»Name und Jahr?«

»Omar Benghadi, Sir. Zweites.« Er sprach zu laut und wurde rot vor Verlegenheit.

»Und du?«

»Alicia Johns, Sir. Erstes.« Wäre es früher im Schuljahr gewesen, hätte ich nicht fragen müssen. Ein Erstkläßler war zu Anfang leicht zu erkennen. Später gaben Aussehen oder Verhalten nicht mehr in jedem Fall zuverlässige Hinweise, zumindest nicht, wenn die Drillsergeanten ihre Arbeit taten.

»Sehr schö . . .«

»Kann ich Ihnen helfen, Leutnant?« Die Stimme klang kühl; nicht unhöflich, aber vielleicht eine Spur ungeduldig.

Ich drehte mich um.

Sein Blick zuckte zu meinem Abzeichen. »Oh, bitte verzeihen Sie, Sir. Stabssergeant Ramon Ibarez.« Er nahm Haltung an.

»Kommando zurück«, sagte ich sofort. Man belästigte die Ausbilder vom Marineinfanteriekorps nicht vor ihren Schützlingen aus den Reihen der Flotte.

»Entschuldigung, Kapitän Seafort. Ich hatte Sie nicht erkannt.« Er zögerte. »Gibt es ein Problem mit den beiden?« Sein Ton deutete an, daß er es, falls vorhanden, beseitigen würde, vielleicht zusammen mit den Kadetten. Sein Verhalten fiel zumindest bei dem Jungen auf fruchtbaren Boden. Er unterdrückte nur mühsam die Tränen. Das Mädchen wartete reglos ab.

»Nein, Sarge. Ich wollte nur, ah ...« Ich ertappte mich dabei, wie ich eine Ausrede für mein Hiersein suchte, konnte mich aber noch bremsen, ehe ich mir vor nervöser Anspannung die Lippen leckte. Um Himmels willen, er war nur Sergeant! Ich hatte schon lange meinen Abschluß in der Tasche und einen weit höheren Rang als er. »Nur eine Inspektion«, sagte ich mit festerer Stimme. »Weitermachen, ihr beide.«

»Aye aye, Sir.« Die Kadetten hasteten davon.

»Kann ich Ihnen helfen, Sir?« wiederholte der Sergeant. Mit seinem Verhalten schien er die Frage andeuten zu wollen, was ich in seinem Gebäude zu suchen hatte.

Also hatten die Kasernengerüchte recht: Die Drillsergeanten fürchteten nichts und niemanden, nicht mal den angehenden Kommandanten. Kein Wunder, daß wir sie gefürchtet hatten. »Nein danke, Sarge.« Das kam mir zu sehr als unverblümte Entlassung vor, also ergänzte ich lahm: »Bereiten Sie sie aufs Examen vor?«

»Nein, Sir. Im Grunde nicht. Überwiegend geht es nur um Beschäftigungstherapie und darum, den Erstkläßlern einen Vorgeschmack auf die Arbeit des nächsten Semesters zu geben, obwohl ihnen das nicht klar ist.« Er lächelte, und es strahlte bis zu den Augen aus und verwandelte sie. »Ich habe Sie nur um ein paar Jahre verpaßt, Sir. Ich habe '94 hier angefangen.«

»Ich bin '92 abgegangen.«

»Ich weiß.«

»Tatsächlich?« platzte ich heraus.

»Natürlich. Sie hatten im Valdezsaal die Koje drei, als Sie im zweiten Jahr von Farside herunterkamen. Wir teilen dieses Bett den Kids zu, die gute Arbeit geleistet haben.«

»Allmächtiger!« Wollte er mich zum besten halten? Aber nicht mal ein Drillsergeant würde so etwas bei einem ausgewachsenen Kapitän riskieren. Oder doch?

»Jeder, der hier war, behauptet, sich an Sie zu erinnern. Selbst wenn es nicht stimmt.«

Das war absurd! Ich suchte nach einer Möglichkeit, das Thema zu wechseln. »Sie unterrichten im Klassenzimmer?«

»Ja, Sir, aber meine Kids sind auf die Übungsstation und die Fusionsboote verteilt, also lege ich eine Schicht mit der Artillerie und der Selbstverteidigung ein, während ich auf meine nächsten Erstkläßler warte. Ich habe gerade mit Sergeant Vost über eines meiner Kids gesprochen. Wir versuchen, es durch die Grundschulung in Navigation zu bringen.«

Auf einmal mochte ich ihn. »Möchten Sie eine Tasse Kaffee mit mir trinken, Sarge?«

»Ich , ah ...« Er verlor für einen Moment etwas die Fassung. »Wenn Sie sicher sind, daß es Ihnen nichts ausmacht, Sir.«

»Überhaupt nichts.« Ich zögerte. Als ich das letzte Mal durch diese Gänge gehastet war, war eine Tasse Kaffee das letzte gewesen, woran ich gedacht hatte. »Wohin können wir gehen?«

»Der Stabssalon liegt am Ende des Korridors, Sir.«

Ich setzte mich in einen bequemen, abgenutzten Ledersessel und wartete, daß er mir eine Tasse eingoß.

»Noch zwölf Tage.«

Ich blickte auf.

»Verzeihung?«

»Bis zur Amtsübergabe. Dann sind Sie hier zuständig.«

Er brach ab und ergänzte dann vorsichtig: »Entschuldigen Sie, wenn ich damit zu weit gegangen bin.«

Das war er, aber wir befanden uns nicht an Bord eines Schiffes, und seine Offenheit wirkte erfrischend auf mich. »Nein, ganz und gar nicht.« Ich deutete auf den Couchtisch. »Werden die Leute etwas dagegen haben, wenn wir es uns hier gemütlich machen?«

»Dagegen haben?« Er glotzte mich an. »Etwas dagegen haben, daß Kapitän Nicholas Seafort sich in ihrem Salon entspannt?«

Ich kam mir wie ein Idiot vor. »Ich schätze, nicht.«

Er musterte mich, wollte schon etwas sagen, wandte sich aber wieder ab. Das Schweigen zog sich in die Länge. Ich zappelte herum, wollte meinen Kaffee endlich austrinken und wieder verschwinden. Da sprudelte Sergeant Ibarez hervor: »Sie fühlen sich mit dem Ruhm nicht wohl.«

Wie konnte er es wagen? Ich sperrte den Mund auf. »Verzeihung?«

Er wurde rot. »Ich vermute, daß ich gerade meine Karriere weggeworfen habe. Ich bitte um Entschuldigung, Sir.«

Ungehalten legte ich los: »Bestimmte Angelegenheiten sollte man ...« Ich trat auf die Bremse. Ich hatte die Gesellschaft dieses Mannes gesucht, und jetzt stand ich im Begriff, ihn zu vernichten, weil er sie mir angeboten hatte. Ich schluckte meinen Zorn hinunter, stand auf, ging zum Fenster hinüber und sah den schwitzenden Kadetten bei ihrem Sport auf dem Paradeplatz zu. »Nein, Sarge, das tue ich nicht. Tatsächlich verabscheue ich ihn sogar.«

Diesmal hatte das Schweigen zwischen uns einen anderen Geschmack. Endlich sagte er: »Komisch, nicht wahr? Die meisten von uns würden alles geben, um wie Sie zu sein.«

»Es würde Ihnen nicht gefallen, wie ich zu sein«, sagte ich entschieden.

»Alle glaubten, Sie würden wieder ein Schiff nehmen.

Bis die Bekanntgabe erfolgte, glaubte keiner den Gerüchten, daß Sie hier landen würden.« Auf dem Korridor schrillte eine Klingel. In wenigen Minuten waren die Unterrichtsstunden der Kadetten vorüber. Keiner der jungen Leute würde die Bücher zuknallen oder den Comp ausschalten, ehe der Ausbilder die Erlaubnis erteilte. Es wäre eine Aufforderung zu Minuspunkten gewesen.

»Ich möchte kein Schiff.« Ich hatte auch nicht Kommandant werden wollen, mich aber schließlich überreden lassen.

»Sie werden gebraucht, Sir.«

Er klang wie Senator Boland und brachte mich damit gegen sich auf. »Eigentlich nicht.« Ich stählte mich innerlich gegen einen weiteren Vortrag über den Bedarf der Flotte an Helden, jetzt, wo wir uns im Krieg befanden.

»Unsere Institution – stagniert.«

Ich drehte mich um; sein Blick ruhte auf dem Teppich. Leise fragte ich: »Wie meinen Sie das?« Es war ein Mittelding zwischen Aufforderung und Befehl.

»Ich ...« Sergeant Ibarez sah auf und zögerte. »Ich wollte nicht aus der Schule plaudern, Sir.« Er stellte die Tasse hin. »Ich glaube an die Tradition. Sie ist der Kleister, der die Elemente des Dienstes zusammenhält.« Er trat ans Fenster und blickte hinaus zum Feld und zum Heli-Landeplatz. »Und ich glaube auch, daß der Kommandant eine distanzierte Gestalt voller Autorität sein sollte. Aber manchmal kann man die Tradition zu weit treiben. Der Kommandant kann zu fern sein.« Er begutachtete das Transplex. »Kommandant Kearsey glaubt fest an die Tradition, Sir.«

Ich wußte es besser, als weiter in ihn zu dringen. »Ich werde daran denken.« Ich sah auf die Uhr. »Zeit, sich fürs Abendessen bereitzumachen.« Ich hielt ihm die Hand hin, und er ergriff sie.

Vierhundertzwanzig Mappen lagen weiter auf dem Konferenztisch verstreut. Vielleicht war es das, was Sergeant Ibarez mit Tradition gemeint hatte. Es wäre viel einfacher gewesen, Personalakten mit einem Comp zu verwalten, aber die Flotte bearbeitete Zulassungen seit eh und je mit Schriftstücken.

»Noch irgendwelche Änderungen?« Der Kommandant sah sich am Tisch um.

»Wir haben eine ganz ordentliche Balance erzielt«, sagte Leutnant Sleak schüchtern. »Sowohl in ethnischer wie regionaler Hinsicht.« Neben mir kritzelte Edgar Tolliver etwas auf einen Notizblock. »Die Altersmischung stimmt einigermaßen, obwohl wir dieses Jahr ein bißchen viel Vierzehnjährige haben.«

»Mr. Seafort?« Der Kommandant sah mich an.

Ich schüttelte frustriert den Kopf. Wie konnte ich nur eine Auswahl unter den jungen Leuten treffen? Neben mir spielte Leutnant Tolliver mit dem Block herum, wich aber meinem Blick aus. Wieso hatte ich mich seiner nicht entledigt, als sich mir die Chance bot? Schon als wir noch Kadetten auf der Akademie gewesen waren, hatte ich ihn verabscheut.

»Ich ...« Ich brach ab, als Tolliver den Block nach rechts verschob. Ich schubste das Ding wieder weg, aber nicht, ehe ich den zweimal unterstrichenen Satz gelesen hatte. »Was ist mit Theroux?« Ich bemerkte, daß ich laut gesprochen hatte.

Kearsey runzelte die Stirn. »Wer ist das? Der Pariser?«

»Ja, Sir.« Tollivers Stimme schreckte mich auf.

»Ich schätze, wir könnten erneut eine Änderung vornehmen«, sagte der Kommandant. Ich blickte auf; diesmal erkannte ich in seinen Augen die strenge Mißbilligung, die ich als Kadett gefürchtet hatte.

Ich wünschte mir nichts weiter, als woanders zu sein, aber Kearseys Ärger löste etwas in mir aus. »Ich hätte Theroux gern auf der Liste.«

Kearsey zuckte die Achseln. »Sehr gut. Ich spreche mich nicht gegen Ihre Auswahl aus. Sie werden ja mit den Bewerbern leben müssen. Darwin, setzen Sie den jungen Theroux wieder auf die Liste und streichen Sie dafür den dreihundertachtzigsten Namen.«

»Aye aye, Sir.« Sleak machte sich eine Notiz.

Nach Abschluß der Konferenz kehrte ich forschen Schrittes in meine Wohnung zurück; ich gedachte, noch innerhalb der nächsten Stunde nach New York und zu Annie aufzubrechen. Tolliver eilte neben mir her. Er würde mich zum Suborbitalflieger bringen und sich dann für eine Woche selbständig machen. »Wieso Theroux?« wollte ich wissen. Geistesabwesend erwiderte ich die Grüße vorbeikommender Kadetten.

»Wieso nicht, Sir?« keuchte Tolliver. »Er macht genausoviel Sinn wie jeder andere Name.« Wir bogen ins Offiziersviereck ein.

Ich blieb stehen; Tolliver ging noch ein paar Schritte weiter, bis er bemerkte, daß ich ihm nicht folgte. Er drehte sich um und wartete.

»Sagen Sie mir die Wahrheit!«

Er zuckte die Achseln. »Ich weiß nicht, warum. Weil er ursprünglich auf der Liste stand und dann für jemand anderen hinausgeworfen wurde. Weil seine Ergebnisse und Zensuren zu den besten fünfzehn Prozent gehören und die des russischen Jungen schlechter sind.«

Ich zog eine Braue hoch. »Sie, ein Idealist?«

Tolliver gab nicht klein bei. »Nennen Sie es, wie Sie möchten, Sir. Ich habe es einfach nicht für fair gehalten. Wenn Sie anderer Meinung sind, warum haben Sie sich mir dann angeschlossen?«

Darauf wußte ich nichts zu sagen. »Achten Sie auf Ihre Manieren!« knurrte ich.

»Aye aye, Sir. Wie immer.« Verdammt, der Mann war ein hoffnungsloser Fall!

Ein paar Minuten später sah er zu, wie mein Heli startete und Kurs auf den Shuttlehafen London nahm.

2. Kapitel

Die Klinik war auf dem Parkplatz des aufgegebenen Yankee-Stadions errichtet worden, nachdem das Militärkommando von New York verfügt hatte, daß öffentliche Mannschaftssportarten praktisch als Anstiftung zum Aufruhr zu gelten hatten. Das Krankenhaus stand vereinzelt auf einer riesigen Fläche, die schon lange dem Unkraut zum Opfer gefallen war, nicht weit von den zerbröckelnden Stadionmauern entfernt, die New Yorks Antwort auf das Kolosseum in Rom darstellten.

Unpassenderweise grenzte die Klinik an einen angenehm wirkenden, sauber gepflegten Rasen. Die einzige Konzession an die feindselige Umgebung bestand in einem hohen Stacheldrahtzaun, der den Komplex umgab. Vor dem Zaun waren auf allen Seiten Elendshütten emporgewachsen, von denen aber aus irgendeinem Grund keine näher als auf Steinwurfweite am Klinikgelände stand.

Die Sicherheitseinrichtungen des Krankenhauses waren unauffällig, aber allgegenwärtig. Geschlossene Tore, Kameras, Eingänge mit Bombenschnüfflern unterm Verputz – das übliche Zubehör des urbanen Lebens, nicht nur in New York, sondern in allen modernen Städten. In London war Lordbürgermeister Rajnee Sivat vor gerade einem Jahr dank der Bombenschnüffler knapp einem Mordanschlag entgangen.

Mein Termin bei Dr. O'Neill war um 14 Uhr, aber er war noch nicht wieder auf dem Gelände. Es hieß, er wäre ›auf unbestimmte Zeit verhindert‹. Ich unterhielt mich statt dessen mit Mrs. Talbot, seiner Krankenschwester, die mit großer Geste veranlaßte, daß alle Anrufe zurückgehalten wurden, während sie mich in ein Privatbüro geleitete. Mir fiel auf, daß unsere etwas umständliche Route an vielen ihrer Mitarbeiter vorbeiführte. Annie zuliebe blieb ich jedoch friedlich.

»Natürlich können Sie sie sehen, Käpten Seafort. Der Doktor meint, daß Besucher ihr guttun, solange sie von Ihnen beiden gewünscht werden.«

»Erzählen Sie mir noch einmal von den Stimmungsschwankungen.«

Sie winkte ab, als sie meine Besorgnis erkannte. »Damit ist im gegenwärtigen Stadium zu rechnen. Ihre Frau macht schließlich eine komplexe hormonelle Neueinstellung durch.« Ich gab mir Mühe, bei dieser offenen Wendung nicht zusammenzuzucken; die Tatsache von Annies Behandlung war etwas, womit wir beide fortan leben mußten. »Zur Zeit bilden sich neue Drüsenreaktionen heraus, und der Doktor ist fortlaufend gewissermaßen mit der Feinabstimmung beschäftigt, wobei er sich an den Blutproben orientiert.«

Ich drehte die Mütze in den Händen. O Annie!

Mrs. Talbot senkte die Stimme. »Und natürlich hatte Ihre Frau einige schreckliche, traumatische Erlebnisse, mal ganz abgesehen von der Neueinstellung.«

Ich sah auf. Schimmerte da ein Vorwurf durch? Ich war mir nicht sicher. Nun, ich hatte auch kein Recht, mich darüber zu beschweren. Vor der Vergewaltigung, die so verheerende Folgen nach sich gezogen hatte, hatte Annie die Bombardierung von Centraltown und das damit verbundene Chaos ertragen. Ganz zu schweigen davon, auf der *Challenger* ausgesetzt zu werden und hungern zu müssen.

Mrs. Talbots Ton wurde sanfter. »Sie ist hier auch unter Fremden. Das hilft ihr nicht gerade, besonders, wenn man an ihre Herkunft denkt.«

Ich suchte in ihrem Blick nach der Verachtung, mit der ich fest rechnete, entdeckte aber nichts davon.

Seit vielen Jahrzehnten war das untere New York bereits aufgegeben und den Banden grausamer Transpops überlassen worden, die durch seine zerstörten Straßen zogen. Wilde Gangs bildeten die nichtseßhafte Bevölkerung der Stadt, viele davon asiatischer, hispanischer oder schwarzer Herkunft. Sie bekämpften sich gegenseitig oder machten Jagd auf die Obdachlosen. Über ihnen schirmten sich die zivilisierten, kultivierten Bewohner des oberen New York in luftiger Höhe und luxuriösen Wohnstätten gegen die harte Wirklichkeit unter ihnen ab, geschützt durch gut bewaffnete Wachleute und ihre stark befestigten Gebäude. Die Obies bezeichneten die Transpops in der Tiefe als ›Trannies‹, eine Beleidigung, die einem Menschen das Leben kosten konnte, wenn sie gehört wurde.

Annie stammte von diesen brutalen Straßen, ebenso Matrose Eddie Boß, den ich in die Raumflotte aufgenommen hatte. Als ich ihn allerdings eines scheußlichen Nachmittages auf Hope Nation in Annies Armen erwischte, verbannte ich ihn auf die U.N.S. *Waterloo*, das erste Schiff, das das System verließ.

»Sie beide haben schreckliche Zeiten durchgemacht. Es muß schlimm gewesen sein, Käpten.«

Ich spannte mich an und wahrte nur mit Mühe die Selbstbeherrschung. »Es ist vorüber.«

»Sie sehen wirklich viel besser aus ohne – jetzt, wo Sie sich wieder erholt haben.«

Ohne meine Narbe, hatte sie sagen wollen. Unbewußt hob ich die Hand an die Wange, wo die plastischen Chirurgen ihre Arbeit getan hatten. Ich rutschte unbehaglich hin und her. »Ich würde meine Frau gern sehen, wenn ich darf.«

»Natürlich.« Sie stand auf, und wir gingen auf den Flur hinaus. »Der Doktor sagt, daß Mrs. Seafort sich auf dem Gelände frei bewegen darf. Soll ich Sie in ihr Zimmer bringen?«

»Ich kenne den Weg«, antwortete ich hastig. Mrs. Talbots Enttäuschung war offensichtlich. »Danke. Oh, und, ah ...« Ich verbannte angestrengt meinen Widerwillen und überlegte mir etwas. »Haben Sie vielleicht Kinder?«

»Ja, zwei. Kathy und Jon.«

»Haben Sie hier Bilder von ihnen?«

»Auf meinem Schreibtisch. Möchten Sie sie sehen?«

»Sehr gern.« Ich folgte ihr zurück in das winzige Büro,

das als Vorzimmer zu Dr. O'Neills größerem Büro diente. Es waren Photos im antiken Stil, keine normalen Holos. Ich zog einen Federhalter hervor. »Darf ich?«

Ihre Augen weiteten sich vor Freude. »O ja, natürlich!«

Ich schrieb: ›Für Kathy und Jon, voller Dankbarkeit für all die Hilfe, die ihre Mutter geleistet hat. Nicholas E. Seafort, Kapitän, U.N.N.S.«

Mrs. Talbot war atemlos. Sie drückte sich die Photos an die Brust. »Danke, Kapitän. Vielen Dank!«

Ich verabschiedete mich und zwang mich zur Gelassenheit, obwohl sich mir der Magen vor Abscheu verkrampfte. Leute wie Mrs. Talbot himmelten jeden an, dessen Gesicht einem von allen Holos in die Augen sprang. Ich war jedoch bereit, jede Demütigung zu ertragen, wenn Annie dadurch nur bessere Pflege erhielt.

Ich saß bei meiner Frau in einem sonnigen Salon, eine Hand leger auf der Rückenlehne des Sofas, die andere in meiner Jackentasche so fest zur Faust geballt, daß die Knöchel weiß wurden. Annie starrte verdrossen die Wand an. »Ich frage mich, warum du dir die Mühe machst zu kommen, Nick.«

»Ich möchte dich sehen. Ich würde jeden Tag kommen, wenn ich könnte.« Ich überlegte mir, ob ich näher heranrücken sollte, entschied aber, es lieber nicht zu riskieren. »Es tut mir leid, daß du sauer bist.«

»Ich bin nicht sauer!« Sie verschränkte die Arme und wandte sich ab.

Sanft sagte ich: »Annie, ich liebe dich.« Ich hielt die Luft an.

Als sie sich mir wieder zuwandte, drückte ihr Blick Verachtung aus. »Das iss aber nich' genug, Nicky.«

Die Hand tat mir weh. Ich zwang die Faust, sich wieder zu entspannen. »Was wäre denn genug?«

»Nix. Du hast mich – hierhergebracht.«

»Möchtest du weg von hier?«

»Ja! Nein! Verdammt, ich weiß gar nich' mehr, was ich

möchte. Du und deine Medikamente, ihr tut mir das an!« Ich streckte die Hand nach ihr aus, aber sie sprang auf und entzog sich mir. Ich sah hilflos zu. Nach einer Weile sagte sie leise: »Komm, machen wir 'nen Spaziergang.«

Wir schlenderten den Pfad entlang. Schließlich packte sie meinen Arm. »Nicky, ich bin ganz durcheinander. Ich wollte dich nich' anschreien.«

»Ich weiß, Liebes.«

Sie trat nach einem kleinen Stein. »Dr. O'Neill meint, dasses mir langsam bessergeht. Er hat wohl recht. Kannste mit mir warten, bisses geschafft ist?«

Der Hals tat mir weh. »Natürlich. Solange es dauert.«

»Gut. Weil da was iss, wass ich möchte.«

Ich spannte mich an. Nur, wenn sie unter Streß stand, verfiel Annie wieder in den Transpopdialekt.

»Nicky, ich werd' jedesmal sauer, wenn ich dich sehe. Dr. O'Neill, der meint, es hätte nix mit dir zu tun, ich wär' nur sauer über Hope Nation und die Fische und all das. Er sagt immer wieder, ich müßte drüber reden, und ich sag immer wieder, das würd' mich nur wütender machen und ich sollte lieber den Mund halten, bisses wieder weg iss.«

»Er hat recht, Liebes.« Obwohl der Freudianische Kult schon lange diskreditiert war und unterdrückt wurde, billigte sogar die Wiedervereinigungskirche, daß man seine Sünden gestand und sich seinen Ängsten stellte.

»Es spielt keine Rolle, ob er recht hat oder nich'; es iss einfach so, daß ich immer wieder böse werd', wenn ich dich sehe. Was ich möchte . . .« Sie brach ab.

Ich stählte mich gegen wachsendes Unbehagen. »Ja?«

Ihr Ton war entschlossen. »Ich möchte, daßte mich 'ne Zeitlang nich' mehr besuchen kommst, biss ich mich wieder okay fühle. Sonst komm' ich nur durcheinander.« Trotz ihrer Worte wurde ihr Griff um meinen Arm fester.

»O Annie!«

Sie wandte sich mir zu. »Ich mein's ernst, Nicky. Ich fühl' mich nich' nur im Moment so.«

»Ich weiß.«

»Ich möchte dich weiter lieben. Laß mich nur 'ne Zeitlang in Ruhe.«

»In Ordnung.«

Sanft strich sie mir über die Wange, und als sie die Hand wegnahm, war sie naß. »Geh jetzt lieber, eh ich mir's anders überleg'.«

»Ja.« Mein Ton war dumpf. Ich umarmte sie und küßte sie auf den Kopf. »Ich liebe dich. Vergiß das nie!« Ich eilte davon.

Ein gepanzertes Taxi brachte mich zum nächsten Helihafen. Ich hatte vorgehabt, mehrere Tage bei meiner Frau zu verbringen, und wußte jetzt nicht recht, was ich machen sollte. Ich konnte in die City fliegen, zu den Türmen des oberen New York, und aus meinem Hotelzimmer auf die häßlichen Straßen hinunterblicken. Das reizte mich jedoch nicht; ich hatte New York bereits zweimal bereist und verabscheute es. Ich hatte fünf Tage Urlaub und nichts zu tun. Wäre ich nach Devon zur Akademie zurückgekehrt, hätte das nur den Eindruck gemacht, ich würde mich in Kapitän Kearseys letzte Tage als Kommandant einmischen. Da war es besser, wenn ich ihm nicht in die Quere kam und in London blieb. Ich buchte einen Platz auf dem Suborbitalflieger. Als wir gelandet waren, suchte ich mir ein Zimmer im alten und verfallenen West End, wo sich viele der Hotels befanden, die den Brand von 2070 überstanden hatten.

Als der Abend halb herum war, hatte ich mich im Zimmer eingerichtet. Fast sofort fühlte ich mich unwohl im Hotel; wohin ich mich wandte, verfolgten mich die Blicke des Personals. Zimmermädchen und Pagen, die niemals mit Gästen sprachen, fanden Gelegenheiten, um mit mir zu reden. Selbst der Chefkoch tauchte an meinem Tisch auf, angeblich, um zu fragen, ob es mir geschmeckt hatte.

Ich versuchte es mit einem Spaziergang, wurde jedoch bald erkannt und hatte dann keine Ruhe mehr. Die Leute starrten mich an. Ein paar zeigten sogar auf mich. Vielleicht hätte ich das Schlimmste vermeiden können, indem ich Zivilkleidung anzog, aber ich wollte verdammt sein, ehe ich herumschlich, als schämte ich mich der Flotte. Ich runzelte die Stirn, als mir auffiel, wie unglücklich dieser Ausdruck war; ich *war* ja verdammt. Für das, was ich getan hatte, konnte ich nicht mit der Vergebung der Herrgotts rechnen.

Ruhelos schritt ich in meinem Zimmer auf und ab. Ich konnte hinauf zur Farside fliegen, aber ich hatte bereits einen Flug für ein paar Tage nach Amtsübernahme arrangiert. Genauso witzlos wäre ein Ausflug nach Lunapolis gewesen. Vor kurzem hatte ich dort erst meinen alten Freund Alexi Tamarow besucht, nachdem er seinen neuen Posten als Adjutant des Einsatzchefs der Raumflotte angetreten hatte; sobald er diese Zeit abgerissen hatte, konnte er wieder damit rechnen, auf ein Schiff versetzt zu werden. Gute Offiziere waren heutzutage seltener als je zuvor.

Kein Ort reizte mich. Jahrelang hatte ich an Bord von Schiffen gelebt und nur gelegentlich Ausflüge an Land unternommen. Das war das Leben, das ich kannte.

Sollte ich also Ferien machen? Ich wollte mir jedoch nichts ansehen. In Hotels konnte ich es nicht aushalten. Ich wollte ...

... nach Hause.

Ich sprang aus dem Bett. Ein Heli oder Flugzeug – gleich als erstes morgen früh. Zur Zeit ging sicher nichts ab. Ich konnte allerdings auch fahren, obwohl selbst heutzutage die Bergstraßen nach Cardiff noch schwierig waren. Ansonsten blieb nur ... Ich packte den Rufer. Wenige Augenblicke später stopfte ich bereits meine Sachen in die Reisetasche. Der Portier hatte ein Helitaxi für mich aufs Dach bestellt. Wenn ich rannte, schaffte ich es vielleicht gerade noch. Ich unterschrieb für das unbenutzte Zimmer und ließ den Pagen das Gepäck hinauf zum Taxi bringen. »Bahnhof Paddington, schnell!«

Der Pilot lächelte säuerlich. »Na klar, ich beeil' mich

schon. Wäre ja noch schöner, wenn mal ein Typ einsteigt und sagt: ›Laß dir Zeit, Junge. Ich hab' das Zimmer frühzeitig geräumt.‹« Er schaltete die Zündung ein, und der Rotor surrte los. Wir starteten.

Eine halbe Stunde späte machte ich es mir in meinem Zugabteil bequem. Ich klappte das Bett herunter, während wir durch die endlosen Vororte des Großraums London ratterten. Wir würden rechtzeitig zum Frühstück in Cardiff einfahren. Ich befreite mich von Hemd und Hose, streckte mich in dem schmalen Bett aus und entspannte mich endlich.

Vater. Zu Hause.

Ich schlief ein.

Ich frühstückte in dem uralten Bahnhof, ehe ich mir ein Taxi bestellte. Ich machte mir nicht die Mühe, um die Gebühr zu feilschen, obwohl ich wußte, daß Vater Verschwendung nicht billigte. Ich konnte es mir leisten, und dem Fahrer stand sein Lebensunterhalt zu.

Ich starrte zum Fenster hinaus auf die Überreste der alten Schmelzhütten. Ein Lebensalter zuvor hatten Jason und ich in den unheimlichen, leeren Gebäuden gespielt. Das Taxi drang derweil auf der gewundenen Bridgend Road immer tiefer in die Berge vor.

Der Fahrer begnügte sich damit, meinen Angaben zu folgen. Als er schließlich anhielt, stieg ich aus, streckte ihm das Geld hin und wartete, bis er verschwunden war, ehe ich mich zu dem vertrauten Einfamilienhaus umdrehte, das hangabwärts von der Straße lag. Ich hatte mich nicht telefonisch angemeldet, da ich mit absoluter Sicherheit wußte, daß das nicht nötig war. Falls Vater zum Markt gegangen war, würde die Tür offenstehen, und falls er zu Hause war, war ich willkommen. Außer an Sonntagen traf man ihn nirgendwo sonst an. So lagen die Dinge und würden sie immer bleiben.

Trotzdem klopfte ich an, statt gleich einzutreten. Mit dreizehn war ich von hier fortgegangen, und ebenso viele Jahre waren seither vergangen. Die Tür ging auf. Vater wirkte älter, müde. Er war gerade dabei, das Frühstücksgeschirr zu spülen, und trug noch die Schürze. Er sah kurz meine Uniform und die Reisetasche an. »Du bleibst also?«

»Aye, eine Zeitlang.«

Er drehte sich um, und ich folgte ihm in die Küche. »Der Tee ist aufgestellt.«

»Danke.« Ich nahm eine Tasse, goß kochendes Wasser ein und gab das Tee-Ei hinzu. Ich hielt es an der Kette fest und zog es im dunkler werdenden Wasser hin und her.

»Ich hatte schon gehört, daß du zurückgekommen bist. Der Lebensmittelhändler hat mir erzählt, es stünde in den Holozinen. Er wollte mir eins geben.«

Ich nahm einen Schluck Tee. »Vater, macht es dir etwas aus, wenn ich die Woche über bleibe?«

»Du bist hier zu Hause, Nicholas.«

»Danke.«

»Du kannst mir mit dem Zaun helfen. Garth' Kühe sind auf mein Gras und meinen Garten scharf, wie immer.«

»In Ordnung.«

Er deutete auf meine Jacke und die frische blaue Hose. »Die Arbeit wird die Sachen ruinieren.«

»Ich habe eine alte Hose mitgebracht. Beim Hemd kommt es nicht drauf an.«

»Du übernimmst deine alten Aufgaben.«

Ich nickte. Nichts hatte sich verändert oder konnte es je. Einmal hatte ich ihn flehend gefragt: Liebst du mich? Natürlich hatte er mir keine Antwort gegeben. Vielleicht wußte er es selbst nicht.

Ich brachte die Reisetasche in mein altes Zimmer, das sich in einem Jahrzehnt der Abwesenheit fast nicht verändert hatte. Ich setzte mich aufs Bett. Die Sprungfedern knarrten noch immer. Sie hatten mir Schwierigkeiten bereitet, als ich versuchte, meine jugendlichen Leidenschaften vor Vater zu verbergen.

Nachdem ich mich umgezogen hatte, begann ich mit der Reparatur des Zauns, bis Vater ein schlichtes Mittagessen aus Suppe und Gemüse auftischte. Danach arbeitete ich weiter; er spülte erst das Geschirr ab, ehe er sich zur mir gesellte. Als sich dann die Abenddämmerung auf dem düsteren Himmel ausbreitete, begutachtete er das Stück verfallenen Zauns, das wir wiederhergestellt hatten. »Immerhin ein Anfang; wir hätten mehr schaffen können.«

»Es tut mir leid, Vater.«

»Das Leidtun errichtet keine Zäune.« Trotzdem strich er mir mit der Hand über die Seite, als wir zum Haus zurückkehrten. »Ich mache Abendessen.«

»Ich könnte dir helfen.«

»Dann mußt du dich erst waschen.«

»Aye, Sir.« Ein Lächeln zuckte um meine Mundwinkel. Er sah es und runzelte die Stirn.

Nach dem Tischgebet verzehrten wir kaltes Huhn mit Gurkensalat. Ich half Vater beim Spülen, und in der abendlichen Stille setzte ich mich dann in die Küche, um mit dem Handholovid Bücher zu lesen, die ich mitgebracht hatte.

Vater tauchte unter der Tür auf. »Möchtest du mit mir beten?«

»Gern.« Ich schaltete das Holo aus und folgte ihm in sein Schlafzimmer. Wir knieten nieder, und ich schloß die Augen. Er trug die Bibel mehr vor, als daß er sie las. Er hegte keinerlei Zweifel an ihren Worten.

Irgendwie verhalf mir das Ritual zu etwas Frieden, obwohl mir die Knie anschließend scheußlich weh taten. Nachdem wir wieder aufgestanden waren, drückte ich ihn unbeholfen an mich, ehe ich in mein eigenes Zimmer ging. Er war so überrascht, daß er mich weder wegstieß noch auf sonst eine Weise reagierte.

Ich zog mich langsam aus, öffnete das Fenster für die kühle Nachtluft und kroch ins Bett. Ich legte mich auf den Rücken, die Arme hinter dem Kopf, und begutachtete im Mondlicht die einst vertrauten Ikonen meiner

Jugend, die Vater an Ort und Stelle gelassen hatte. Ein Modell der U.N.S. *Repulse*, das ich aus Balsaholz gebaut hatte. Die Kleidung von damals, die nach wie vor an der Schranktür hing. Ein Souvenirwimpel der walisischen Fußballnationalmannschaft. Ich starrte auf das verblaßte Filzemblem. So lange Zeit, und doch wie gestern.

Die Spiele hatten immer samstags stattgefunden.

»Ist er immer so?«

Ich trat kräftig in die Pedale, um mitzuhalten. »So ist Vaters Art.«

»Wie hältst du das nur aus? ›Bist du mit deinen Hausarbeiten fertig? Hast du in der Bibel gelesen?‹ O Mann!«

Ich wechselte den Gang und holte Jason ein, und der Wind pfiff mir durchs Haar. »Ich bin es gewohnt.«

Er schnitt eine Grimasse. Jason begriff nicht, daß nichts von alldem etwas ausmachte. Welche Arbeit ich auch immer zugeteilt erhielt – Lernen, das Einprägen der Bibel, Hausarbeiten, Unkrautjäten –, ich konnte trotzdem manchmal mit Jason einen Ausflug machen. Vater erkannte stets an, daß ich die Freiheit hatte, mir meine Freunde selbst auszusuchen.

Ich hegte den Verdacht, daß Vater Jason nicht deshalb ablehnte, weil er Freidenker war – obwohl das schlimm genug war –, sondern weil wir unaufhörlich schwatzten und über flüsternd ausgetauschte Geheimnisse kicherten. In Vaters Haus war es normalerweise still.

Wir schlossen unsere Fahrräder an einem Ständer auf dem Parkplatz an und mischten uns unter die Menge, die zum Stadioneingang strebte.

Jason riskierte einen Vorschlag: »Wir könnten versuchen, an Bier zu kommen.«

»Nein!« fauchte ich. Einige von seinen Vorstellungen waren wirklich abstrus. »Du weißt doch, was mit Andrew und Llewelyn passiert ist!«

»Es war ihr zweiter Verstoß.«

»Ich gehe nicht für eine Dose Bier ins Gefängnis!«

Wußte er denn nicht, daß das Rebellische Zeitalter lange zurücklag? Die Gesellschaft hielt nichts von Kindern, die über die Stränge schlugen, und um die Wahrheit zu sagen: ich ebenfalls nicht. Mich nachts hinauszuschleichen, um Jason zu treffen, war eine Sache; schlimmstenfalls bedeutete es eine Züchtigung durch Vater. Ein Verstoß gegen Gesetze, die das Verhalten in der Öffentlichkeit regelten, war etwas ganz anderes.

Wir setzen uns auf die harte Bank und warteten auf den Spielbeginn. »Nicky, hast du vor, dich nächstes Jahr wieder zu bewerben?«

»Ich weiß nicht.« Ich starrte auf die Kreidemarkierungen des Feldes.

»Du solltest es tun.«

Ich schaffte es nicht, die Bitterkeit aus meinem Tonfall zu verbannen. »Damit sie mich noch mal ablehnen können?«

»Du hast es beinahe geschafft. Soviel Arbeit; die ganzen Formulare, die wir ausgefüllt haben, und dann die Gespräche, die Empfehlungen, die wir uns von allen besorgt haben. Wirf das nicht weg.«

Ich versetzte der Bank unter mir einen Tritt. »Ich müßte noch mal ganz von vorn beginnen. Wer möchte schon so ein blöder Kadett werden?«

Er musterte mich. Durch mein Gefluche hatte ich mehr verraten, als ich vorgehabt hatte. »Du möchtest es. Und ich ebenfalls.«

»Sicher, dir bedeutet es eine Menge!« spottete ich. »Du bist ja auch derjenige, der nach Devon gehen würde, nicht ich.«

»Nicky, manchmal bist du ein Arschloch.« Er zog einen Stereokopfhörer aus der Hemdtasche und setzte ihn auf.

Ich wandte mich wütend ab. Die Mannschaften gingen gerade zu ihren Ersatzbänken. Einen Augenblick später umfaßte jemand meine Taille und drückte mich. »Tut mir leid.«

Ich sagte nichts.

»Es tut mir leid, Nicky.«

Ich löste seine Finger von mir. »Du weißt, daß ich das nicht mag.«

»Bitte, sei nicht sauer auf mich, Nicky, ja?«

Ich funkelte ihn an, aber meine finstere Miene glättete sich rasch. Ich konnte Jason nie lange böse sein. »Okay.«

Jason kicherte. »Vielleicht läßt dich dein Vater mit mir in die dritte Klasse gehen, und wir landen zusammen im Technikkurs.«

»Ich bezweifle es.« Schulbesuch war freiwillig, und das seit fast einem Jahrhundert. Leider lag die Entscheidung bei Vater, nicht bei mir. Wäre es nach mir gegangen, hätte ich die Schule besucht. Ich wußte, daß ich zu Hause am wackeligen Küchentisch mehr lernte als andere Kinder, aber manchmal fühlte ich mich einsam, weil ich nur Vaters Gesellschaft hatte. Und im Vergleich dazu, ihn zufriedenzustellen, wäre eine öffentliche Schule ein Kinderspiel gewesen.

Nach einer Weile sagte ich: »Farside wäre schön gewesen.«

»Ich weiß.« Jason hatte mir geholfen, mich auf die Prüfungen vorzubereiten, und mich in den Phantasien unterstützt, Cardiff als Held der Stadt zu verlassen. Er wußte nicht, daß ich mich in den Schlaf geweint hatte, nachdem der Brief gekommen war, und das die ganze nächste Woche lang. Ich war mir so sicher gewesen, nachdem ich es bis zum zweiten Vorstellungsgespräch geschafft hatte!

Die Menge sprang brüllend auf, als Archie Connelly gegen die Dubliner auflief. Ich jubelte nicht weniger laut als alle anderen. Vielleicht bekam ich diesmal mit etwas Glück ein Autogramm. Ich war einmal der nächste in der Reihe gewesen, als Archie sich abgewandt hatte und in den Bus gestiegen war.

Inzwischen mußte sich bereits die erste Gruppe von Kadetten in Devon zum Dienst melden. Statt sich mit Horden verwirrter Erstklässler herumzuschlagen, beriefen die Behörden die Rekruten zu mehreren Terminen nacheinander ein, beziehungsweise kamen die Erstkläßler in versprengten Gruppen hereingestolpert, wie verächtliche Fähnriche es angeblich ausdrückten. Wie die meisten von der Raumflotte faszinierten Jungs verschlang auch ich die häufigen Artikel in den Holozinen.

Wir verloren zwei zu fünf. Archie hatte sich bei einem Zusammenstoß mit Ritz verletzt, der Letztgenanntem eine gelbe Karte eintrug, und gab nach dem Spiel keine Autogramme. Betrübt trotteten wir zu unseren Fahrrädern zurück. Jason hatte bereits unsere Karten für das große Spiel nächste Woche gegen die Italiener, das Spiel, auf das wir schon die ganze Zeit warteten.

Wir kehrten noch für ein paar Shakes und Synthos bei McCardle ein. In düsterer Stimmung drehte ich das Glas zwischen den Händen, während das Holovid über uns plärrte und Jason über die verpaßten Torchancen unserer Mannschaft plauderte. Wenn Reggie nur das leichte Tackling nicht vermasselt hätte, wenn die Micks nur ...

Jason packte mich am Arm. Verärgert befreite ich mich von ihm. Wir hatten eine Absprache, was seine Neigungen anging, und doch hatte er heute zweimal ...

»Hör mal!«

Ich glotzte das Holovid an. »... als der Suborbitalflieger abstürzte. Aussagen der Flughafenleitung zufolge hatte die Maschine einen Motor verloren, aber trotzdem hatte man erwartet, daß der Pilot mit den beiden übrigen Triebwerken sicher landen würde. Die Wrackteile liegen über mehrere Rollbahnen verstreut, und der Verkehr von Heathrow wurde zu anderen Flughäfen umgeleitet. Zu den Passagieren gehörte Dr. Raphael Tendez, der Erfinder des Hodgkins-Impfstoffs. An Bord befanden sich auch achtundzwanzig Kadetten für die U.N.N.S.-Akademie in Devon ...«

»Allmächtiger!« Ich war schon auf den Beinen.

Jason starrte mich mit weißem Gesicht an. »Du wärst dabeigewesen, Nicky.« Seine Augen glänzten naß.

»Komm!« Ich packte meine Jacke.

»Wohin ...«

»Ich möchte nach Hause!«

»Aber ...«

»Sofort!« Ich rannte nach draußen und öffnete das Kettenschloß meines Rades. Jason fummelte nach einer Münze, steckte sie in den Schlitz des Holovids und wartete ungeduldig darauf, daß der Chip unten ausgeworfen wurde.

Ich strampelte bereits die Steigung hinauf und trat mit aller Kraft in die Pedale, dankbar für diese Gelegenheit, jedes Nachdenken zu vermeiden.

Es dauerte mehrere Minuten, bis Jason schwer atmend langsam aufholte. »Warte!«

Mit gesenktem Kopf trat ich weiter wie wahnsinnig in die Pedale, den Blick fest auf den fleckigen Straßenbelag gerichtet, der unter mir dahinschoß.

»Nicky, fahr ein bißchen langsamer!«

Widerwillig ließ ich mich eine Zeitlang vom Schwung weitertreiben, bis Jason mit mir gleichzog. »Was, zum Teufel, ist mit dir los?« keuchte er.

»Halt die Klappe.«

»Nicky? Weinst du?«

Mit Absicht brach ich seitlich aus, so daß Jason umkippte und auf den grasbewachsenen Randstreifen fiel. Als er versuchte, sich aufzurappeln, warf ich mich erneut gegen ihn, und wir purzelten beide ins weiche Gras. Ich befreite mich vom Fahrrad, warf mich auf ihn und puffte ihn mit Schlägen an die Schultern und Seiten.

Er schleuderte mich weg, denn jetzt hatte ich ihn wirklich wütend gemacht. »Laß mich in Ruhe, du blödes Arschloch!« Ich rang ihn wieder zu Boden und setzte mich auf seine Brust. Er bäumte sich auf und trat nach mir. Schließlich konnte er einen Arm losreißen und mir einen betäubenden seitlichen Schlag an den Kopf setzen. »Au! Jesus!« Er schüttelte die Hand. »Jesus! Du hast sie gebrochen!«

»Gut!«

»Ich meine es ernst, du blöder Kerl!«

Ich lockerte den Griff. »Zeig mal.«

»Steig erst von mir runter!«

Ich rollte mich zur Seite. Er versetzte mir einen Tritt in den Bauch, damit wir quitt waren, wie er das nannte. Ich krümmte mich zusammen, aber er traf keine Anstalten, seinen Vorteil zu nutzen. Er vergrub die Schlaghand unter dem anderen Arm. »Verdammt!«

Als ich wieder richtig Luft bekam, sagte ich: »Zeig mal.« Zögernd hielt er mir die Hand hin. »Kannst du sie bewegen?«

Er wackelte behutsam mit den Fingern. »Ich denke, ja.«

»Dann ist sie wahrscheinlich nicht gebrochen. Kannst du weiterfahren?«

»Wenn das Fahrrad noch ganz ist.« Er wischte sich das Gesicht ab. »Jesus, warum hast du das getan?«

»Ich weiß nicht.«

»Du weißt ... Nicky!«

Beschämt senkte ich den Blick. »Es tut mir leid, Jason.«

»Leid? Du drängst mich in den Graben, schlägst mich zusammen, brichst mir den Arm, und dann fällt dir nicht mehr ein, als daß es dir leid tut?«

»Es tut mir ...« Was war nur los mit mir? Wie hatte ich das tun können, und auch noch meinem besten Freund gegenüber? Meinem einzigen Freund! »Ich meine es ernst, Jason.« Ich blickte auf, aber er lachte schon wieder; es war seine Art, sprunghaft zu sein wie ein Sommersturm.

»Dann umarme mich.«

»Ich bin nicht schwul, Jason. Das weißt du.«

»Aber du schuldest es mir.« Er hielt die Hand hoch, die allmählich anschwoll.

»Argh!« Ich zog ihn auf die Beine. Schüchtern sah ich mich um, um sicherzustellen, daß niemand vorbeikam, und umarmte ihn. Er legte mir den Kopf an die Schulter. »Bist du jetzt zufrieden?« Ich wich zurück.

»Es wird reichen, bis nächstes Mal.«

Ich richtete sein Fahrrad auf. Es schien unbeschädigt. »Komm, fahren wir nach Hause und packen Eis drauf.«

»Eis auf mein Fahrrad?« Er klang ungläubig.

»Deine Hand, du Dummkopf!« Dann sah ich sein Gesicht. »Manchmal könnte ich dich umbringen!«

»Yeah. Manchmal versuchst du es ja.« Er schob das Rad auf die Straße und sprang auf.

Vater las den Nachrichtenchip ernst, während Jason am Tisch saß, die Hand in einen Kübel Eiswasser getaucht. Vater blickte auf und fand meine Augen. »So, so, Nicholas.«

Ich blickte konzentriert auf den Tisch.

»Hast du dich deswegen geschlagen?«

»Ja. Nein. Ich weiß nicht.«

»Ein solcher Beweis der eigenen Torheit hätte mich auch durcheinandergebracht.«

»Torheit? Was hab' ich denn getan?«

»Du hast den Willen des Herrn in Frage gestellt. Habe ich dir nicht gesagt, daß du auf der Akademie angenommen worden wärst, wenn es Sein Wille gewesen wäre? Er hat dir das Grauen dieses Infernos erspart.«

Meine Stimme troff vor Verachtung. »Hat Er diese Kadetten nur umgebracht, um mir Demut beizubringen?«

Vater versetzte mir eine kräftige Ohrfeige. »Im Kreis deiner Freunde kannst du Ihn verspotten, aber nicht in meinem Haus!«

Jason holte scharf Luft, sagte aber nichts. Meine Hand kroch zur geröteten Wange hinauf. »Aye, Sir«, brummte ich.

»Wenn Er die Absicht hat, dich Demut zu lehren, wartet noch Arbeit auf Ihn.«

Ich nickte. Es wäre riskant gewesen, ihm zu widersprechen.

»Wir werden heute abend für sie beten.«

Meine Stimme war kaum vernehmlich. »Gern.«

Viel später – nach dem Abendessen, nach der Hausarbeit, nach den abendlichen Bibelversen – kniete ich in der Einsamkeit meines dunklen Zimmers auf die gewohnte Art am Bett nieder und schloß die Augen. Es tut mir leid, Herr, daß ich an Dir gezweifelt habe. Ich hatte es nicht verstanden. Ich weiß immer noch nicht, warum sie sterben mußten, aber ich danke Dir, daß Du mich verschont hast. Und doch wollte ich so gern auf die Akademie gehen! Verstehst Du das? Kannst Du etwas anderes für mich suchen, das ich mir ebenso stark wünsche? Darf ich Dich darum bitten?

Bitte, ja?

Mein Blick wanderte durchs Zimmer, zu den Kapitänsabzeichen an meiner Jacke, die über dem Stuhl hing, zu dem verschrammten Schreibtisch, zu dem Fenster, durch das gelegentlich ein Junge hinausgeklettert war, mit klopfendem Herzen, wohl wissend, daß Ungehorsam eine Sünde war, aber voller Vorfreude auf eine nächtliche Radtour im Mondschein, durch sanften Wind, während die Reifen flüsternd über den dunklen Asphalt rollten.

Ich stand vom knarrenden Bett auf und trat ans Fenster. Gott allein wußte, wo mein altes Fahrrad inzwischen abgeblieben war. Und wenn ich eine Tour hätte machen wollen, hätte ich diesmal zur Tür hinausgehen müssen; ich war zu alt, um aus Fenstern zu klettern. Ich spazierte durchs Zimmer. Ich fuhr mit den Fingern über die Tischplatte. Kein Staub; Vater hatte das Zimmer saubergehalten. Ich setzte mich auf den Stuhl. War denn alles geschrumpft? Ich kam mir beinahe vor wie Gulliver.

Ich öffnete die Schublade. Ordentlich aufgereihte Bleistifte. Alte Papierfetzen, das Gekritzel eines Teenagers. Eine Mappe, von Hand ordentlich mit Blockbuchstaben beschriftet: ›AKADEMIE-ANTRAG‹. Vor das Wort ›Akademie‹ waren wie zur Klärung sorgfältig die Buchstaben ›U.N.N.S.‹ gesetzt worden. Ich öffnete die alte Akte.

Der Brief war vier Tage später eingetroffen.

1. September 2190

Gewisse Umstände haben das Auswahlkomitee gezwungen, die Zulassungsakte für die Eingangsklassen der U.N.N.S.-Flottenakademie erneut zu öffnen. Mit diesem Schreiben setzen wir Sie davon in Kenntnis, daß Ihre Bewerbung erneut geprüft wurde und Sie als Kadett im Flottendienst der Vereinten Nationen aufgenommen wurden. Bestätigen Sie postalisch den Empfang dieser Nachricht, und melden Sie sich am 10. September 2190 auf der Akademie in Devon.

Lauron E. Kearsey, Kommandant

Ich klappte die Mappe zu und stand vom Schreibtisch auf. Ich kniete vor dem Bett nieder.

Herr, hilf mir, diesen Jungen wiederzufinden, den Jungen, der diesen Brief ein ums andere Mal gelesen hat, bis jedes einzelne Wort in sein Gedächtnis eingebrannt war. Den unschuldigen Burschen, der schwor, sein Bestes zu tun und sich zu bemühen, die Laufbahn eines Kadetten hinter sich zu bringen und zum erhabenen Rang des Fähnrichs aufzusteigen. Siehst Du, er ist irgendwo verschwunden. Hinterlassen hat er einen rachsüchtigen, betrügerischen Mann, der jede Regel gebrochen hat, die er selbst hochhielt, der Befehle verweigert und seine Vorgesetzten belügt.

Darf ich zu Dir beten? Ist es eine Beleidigung für Dich, selbst wenn Du mir nicht zuhörst? Ich weiß, daß ich Deiner Gnade verlustig gegangen bin und Du mich bestrafen wirst. Was ich nicht weiß, Herr, ist der Grund. Warum habe ich diese schrecklichen Dinge getan?

Hast Du das für mich geplant, als Du mich auf die Akademie schicktest?

3. Kapitel

Das Taxi wartete auf der Straße. Vater stand grau und müde vor der Tür. Ich blieb stehen und stellte die Reisetasche vor mir ab. »Es war schön, dich wiederzusehen.«

»Aye.« Seine blauen Augen erwiderten meinen Blick. »Und der Zaun ist repariert.«

»Das auch.« Ich trat nervös von einem Fuß auf den anderen. »Ich bin jetzt nicht mehr so weit weg, solange ich mich nicht auf Farside aufhalte. Ich könnte dabei helfen, den Zaun instandzuhalten.«

»Es gibt immer Arbeit.« Das war vielleicht ein Tadel.

»Ich könnte zu Ostern kommen, wenn du möchtest.«

»Wenn es Sein Wille ist.« Ich wußte, daß das einer Zustimmung entsprach. Ich traf keine Anstalten, ihn zu umarmen; das war nicht seine Art, und er wäre so verlegen gewesen wie ich. Ich wandte mich zum Gehen.

Auf einmal sagte er: »Bete zu Ihm.« Er hob eine Hand, als wollte er Einwände von mir unterbinden. »Vielleicht wendet Er sich ab, aber bete trotzdem. Es ist richtig so, und es tut dir gut.«

»Aye, Sir.« Woher wußte er davon? Ich hatte die Worte doch nicht laut gesprochen. »Dann auf Wiedersehen.« Er nickte, und ich eilte zu dem wartenden Taxi.

Ich bemühte mich um einen höflich interessierten Gesichtsausdruck, als ich auf die Reihen leuchtender junger Gesichter, glänzender Schnallen und makelloser grauer Uniformen hinunterblickte, während Kommandant Kearsey seine endlose Ansprache fortsetzte. Jeder einzelne Kadett auf der Akademie war für die Amtsübergabe herunter auf die Erde geflogen worden. Im Krieg bedeutete das eine Verschwendung von Ressourcen, aber es war auch ein seltsamer Krieg. Man hatte im Heimatsystem bislang nur einen Fisch gesichtet, und wir hatten keine Ahnung, wo die Aliens herkamen oder wo sie als nächstes auftauchen würden.

Ein paar Plätze von mir entfernt funkelten Leutnant Tollivers Augen vor Erheiterung; er wußte, wie sehr ich das unumgängliche Ritual verabscheute.

Kearsey sagte: »Vor gerade mal zwölf Jahren war Mr. Seafort noch ein Kadett wie ihr. Wer hätte gedacht, daß der stille Junge von dreizehn Jahren bald die Welt in Erstaunen versetzen würde?« Ich ganz bestimmt nicht. Und treffender wäre die Frage gewesen: Wer hätte gedacht, daß dieser motivierte junge Bursche Verrat üben und sich selbst der Verdammnis anheimgeben würde?

»Als Fähnrich wurde Mr. Seafort auf der U.N.S. *Helsinki* eingesetzt.« Ein unerfahrener junger Fähnrich, der sich auf der Brücke eines UN-Kriegsschiffes meldete und versuchte, das Zittern seiner Glieder zu verbergen.

»Mr. Seaforts nächster Posten war die *Hibernia*.« Ein Sternenschiff auf der Fahrt nach Hope Nation, neunundsechzig Lichtjahre entfernt. Wir waren für siebzehn Monate in Fusion gegangen und hatten nur für Navigationschecks defusioniert.

»Die meisten Offiziere der *Hibernia* kamen bei der Explosion der Schiffsbarkasse ums Leben.« Danach war mein Freund, Leutnant Malstrom, der einzige patentierte Offizier der Kommandorangfolge an Bord gewesen, bis er wenig später an Krebs starb.

Mit ernster Stimme fuhr Kearsey fort: »Mr. Seafort, der jetzt Kapitän war, brachte die *Hibernia* nach Hope Nation, fand dort jedoch keine neuen Offiziere vor.«

Allmächtiger Gott, würde er nie zum Ende kommen?

»Er fuhr weiter, aber auf dem Rückweg von Detour fand er das Wrack der *Telstar* und begegnete darin den ersten Aliens, die jemals ein menschliches Wesen erblickt hatte.«

Ich erinnerte mich an die bibbernde, fremdartige Gestalt wenige Zoll vor mir. Nur Augenblicke später war hinter der *Telstar* der bizarre Fisch aufgetaucht, zu dem die Gestalt, der ich begegnet war, als Satellit gehörte.

»Kapitän Seafort fuhr nach Hause und überbrachte die Nachricht von dieser folgenschweren Entdeckung. Die Admiralität bestätigte ihn als Commander und gab ihm die *Portia*, ein Schiff des für Hope Nation bestimmten Unterstützungsgeschwaders von Admiral Tremaine. Unterwegs wurde Mr. Seaforts Sohn von Fischen getötet, und wenig später kam auch seine Frau ums Leben. Dann wurde die *Challenger*, das Flaggschiff des Admirals, außer Gefecht gesetzt.«

Wie würde Kearsey wohl die folgenden Ereignisse in Worte fassen?

Mit fester Stimme sagte der Kommandant: »Der Admiral zog mit seiner Flagge auf die *Portia* um und traf die unkluge Entscheidung, alle diejenigen, mit denen er nicht einverstanden war, auf der beschädigten *Challenger* auszusetzen. Mr. Seafort stimmte zu, auf der *Challenger* zurückzubleiben.« Mr. Seafort entschied sich, mit der *Challenger* zu sterben, aber der allmächtige Gott entsprach seinem Wunsch nicht.

»Im Angesicht von Hunger und Rebellion verpflichtete Mr. Seafort eine neue Besatzung, bildete sie aus und wehrte die Aliens ab. Im Verlauf der letzten Schlacht rammte er einen Fisch genau in dem Moment, als dieser in Fusion ging, und dank der Gnade Gottes defusionierte der Fisch in unserem Heimatsystem.«

Ich hatte die *Challenger* wieder nach Hause gebracht, aber auf Kosten meiner Seele. Ich hatte einer meuternden Matrosin geschworen, ihr nichts zu tun, und sie dann bei erster Gelegenheit erschossen. Dafür war ich verdammt.

Der Kommandant legte eine Pause ein und nahm die jungen Gesichter seines Publikums in Augenschein. »Selbst ihr Erstkläßler wißt, daß Kapitän Seafort erneut nach Hope Nation fuhr und sich dort auf dem Planeten aufhielt, als die Fische Centraltown verwüsteten. Mr. Seafort blieb als ranghöchster unter den wenigen Flottenoffizieren an Land zurück. Hope Nation wurde erneut angegriffen, und die Flotte nahm Kurs Richtung Heimat. Krank und allein gelang es Mr. Seafort, die

Fremden zu einem Angriff auf die Orbitalstation zu verlocken, wo er sie vernichtete, indem er die atomare Selbstzerstörungsanlage der Station zündete.«

Noch wenige Wochen, ehe ich mit den Planungen für die Sabotage begann, war der bloße Vorschlag, Atomwaffen einzusetzen, zwingend mit der Todesstrafe belegt gewesen. Als ich die Station hochjagte, hielt ich es selbst für einen Akt des Verrats.

»Kapitän Seaforts Mut und Erfindungsgabe bedürfen keiner weiteren Erläuterungen. Jetzt, wo ich in den Ruhestand trete, könnte ich die Ausbildung unserer Kadetten in keine besseren Hände legen. Meine Damen und Herren, ich stelle Ihnen hiermit den neuen Kommandanten vor, Kapitän Nicholas Ewing Seafort.«

Ich stand auf, während der tosende Applaus anhielt. Kommandant Kearsey fiel lächelnd in den Jubel ein.

»Danke.« Ich wartete darauf, daß der Lärm nachließ. Er tat es nicht. Ich bat mit erhobener Hand um Ruhe, aber das Publikum klatschte mit unverminderter Begeisterung weiter. Diese jungen Idioten! »Danke. Es reicht.«

Jetzt standen die ersten auf, um mir im Stehen zuzujubeln. Das konnte ich nicht dulden. Hätten sie nur die Wahrheit gekannt ...

»Ruhe!« brüllte ich ins Mikro, die Hände an den Seiten zu Fäusten geballt.

Der Applaus brach ab, als hätte jemand einen Schalter gedrückt. Ich marschierte auf dem Podium auf und ab, und meine sorgfältig vorbereitete Ansprache wurde vom Sturm des Zorns in alle Winde verstreut. »Als ich zuletzt hier war«, knirschte ich, »gehorchten die Kadetten noch ihren Offizieren!« Niemand machte einen Mucks. »Wie auch ihr es wieder tun werdet, das verspreche ich euch!«

Was tat ich hier? Abrupt griff ich auf die geplante Rede zurück. »Kommandant Kearsey, ich danke Ihnen für Ihre äußerst anerkennenden Bemerkungen. Ihre Amtsführung hier war tadellos.« Tadelloses Mittelmaß, dachte ich bitter. Sinkende Prüfungsergebnisse, schlechte Moral ... Ich war schockiert über die Berichte, die man mir vorgelegt hatte. Aber der Mann hatte es gut gemeint. »Ich hoffe, nicht weniger zu erreichen.«

Ich nickte dem früheren Kommandanten zu, holte tief Luft und drehte mich wieder zu den betäubten Kadetten um. »Auf Befehl der Admiralität der Regierung der Vereinten Nationen trete ich hiermit das Kommando über die Terrestrische und die Farside-Akademie an. Entlassen.«

In dem luxuriösen Büro, das Kommandant Kearsey erst heute morgen geräumt hatte, saß ich zusammengesunken hinter dem Schreibtisch. »Ich habe es vermasselt.«

Tolliver zuckte die Achseln. »Wie Sie meinen.«

Ich wünschte, er würde zumindest meinem Rang den gebührenden Respekt zollen, wenn schon nicht meiner Person. Ich hatte ihm jedoch zuviel Schaden zugefügt, und er kannte mich zu gut, um mich noch in irgendeiner Weise zu respektieren. Er war eine Strafe, die ich mit soviel Würde ertrug, wie ich aufbringen konnte.

»Ich habe mich zum Idioten gemacht«, brummte ich.

»Oh, Sie waren gar nicht so schlecht. Die Leute konnten ruhig gleich erfahren, daß Sie einen kurzen Geduldsfaden haben.«

»Treiben Sie es nicht zu weit, Tolliver!« knurrte ich.

Er zeigte sich überrascht. »Es war nicht sarkastisch gemeint, falls Sie das glauben können. Sie sind jemand, dem man lieber nicht in die Quere kommen sollte, und die Kadetten sind besser dran, wenn sie es von Anfang an wissen.«

Von Anfang an! Ich grunzte. Von heute an unterstanden sowohl die Terrestrische Akademie als auch der Farside-Stützpunkt und die Flotten-Übungsstation im Orbit hoch über Luna meinem Befehl.

Nicht zum erstenmal fragte ich mich, wie ich mich hatte überreden lassen, diese Stelle anzutreten. Nachdem ich die *Victoria* von Hope Nation zurückgebracht hatte, bat ich um die Rücknahme meines Patents, aber Admiral

Duhaney und sein Freund, Senator Boland, überredeten mich, im Dienst zu bleiben. Ich hätte es ablehnen sollen, aber wenigstens zeigte ich Verstand genug, ein neues Schiff zu verweigern. Ich hatte bereits genug Unschuldige in den Tod geschickt.

»Er müßte inzwischen abgereist sein.«

Tolliver blickte auf die Uhr. »Jeden Moment, Sir. Sein Adjutant hat mich unterrichtet, daß sie die Wohnung um drei geräumt haben würden.«

»Edgar, ich hoffe, daß ich deutlich gemacht habe ...« Ich suchte nach den richtigen Worten. »Ihre, ah, Sonderbefugnis. Ich möchte nicht, daß jemals ein Außenstehender hört, wie Sie so reden. Seien Sie gewarnt!«

Er lächelte grimmig. »Ich werde sehr vorsichtig sein, Sir.«

»Gut.« Ich fühlte mich unbehaglich und erhob mich, um auf und ab zu gehen. Ich wechselte das Thema. »Zwei Tage, dann hinauf nach Farside.«

»Ja, Sir. Die Personalakten von Farside finden Sie im Comp, wenn Sie nachsehen möchten. Wußten Sie schon, daß in Ihrer Wohnung keine Konsole vorhanden ist?«

»Sie machen Witze! Lassen Sie eine einbauen.«

»Wurde bereits angeordnet, Sir. Ich ging davon aus, daß Sie Zugang wünschen.«

»Sie sollen nicht einfach von etwas ausgehen«, sagte ich verdrossen.

»Ich kann die Sache stoppen, wenn Sie ...«

»Ich möchte die Konsole haben! Sie sollen nur nicht glauben, Sie wüßten, was ich möchte.« Wie immer brachte Tolliver meine schlechtesten Seiten zum Vorschein.

Er zog eine Braue hoch. »Aye, aye, Sir. Soll ich die Bestellung widerrufen und sie dann erneut aufgeben, jetzt, wo Sie mir gesagt haben, daß Sie die Konsole möchten?« Zur Hölle mit dem Kerl! Ich lehnte mich zurück und erinnerte mich an unser Gespräch in meinem Quartier in Lunapolis, nachdem ich eingewilligt hatte, ihn zu meinem Adjutanten zu bestimmen.

»Habe ich die Wahl?« Sein Ton war düster.

Ich starrte ihn an. »Ich wollte Ihnen damit einen Gefallen tun!«

»Natürlich, Sir. Es ist ein großes Privileg, mit Ihnen zu dienen.«

»Wie können Sie es wagen!« Seine Unverschämtheit war atemberaubend.

Er zuckte die Achseln. »Ich frage mich das manchmal selbst. Ich schätze, ich habe von Ihnen gelernt.«

»Was meinen Sie damit?«

»Es ist mir inzwischen einfach egal.« Er steckte die Hände in die Taschen. »Kapitän Higbee vom PersBü erwähnte, ich hätte nach meinen Missetaten Glück, überhaupt einen Posten zu erhalten.«

Ich schloß die Augen. Ich hatte das angerichtet, als ich ihn degradierte, nachdem er mir die Steuerung meines Helikopters entrissen hatte, um uns allen das Leben zu retten. »Er hat recht. Hätte ich Sie nicht genommen . . .«

»Sollte ich den Dienst quittieren?« fragte er bitter.

»Das liegt bei Ihnen.« Ich überlegte. »Mr. Tolliver, es fällt mir schwer, Ihnen gegenüber fair zu sein; meine Erinnerungen an die Akademie sind zu stark. Ich habe Sie wieder zum Leutnant befördert. Was möchten Sie sonst noch?«

»Nichts, was Sie mir geben könnten.« Er wandte sich ab. Dann sagte er: »Es tut mir leid. Ich meine das ernst. Was ich möchte, ist zurückgehen und das Vergangene ungeschehen machen.«

»Die Sache mit dem Heli?«

»Unter anderem.« Mit einem schiefen Lächeln drehte er sich wieder zu mir um. »Wir müssen uns miteinander abfinden. Ihr Gewissen läßt nicht zu, daß Sie mich im Stich lassen, und wenn ich noch Karriere machen möchte, dann muß ich Ihrem Stab angehören.«

»Ich gestatte Ihnen, mich zu sticheln, bin jedoch trotzdem Ihr vorgesetzter Offizier, und Sie schulden mir die entsprechende Höflichkeit. Das scheinen Sie zu vergessen!«

»Nicht eine Minute lang!« Sein brennender Blick grub sich in meine Augen. »Wenn ich mich Ihnen gegenüber, ah, schwierig verhalte, dann liegt es an meinem Groll; es ist niemals Nachlässigkeit.«

»Denken Sie vielleicht, daß mich das beruhigt?«

Er lächelte, aber sein Blick drückte Schmerz aus. »Wenn Sie es nicht ertragen können, kassieren Sie mich. Ich hasse Sie vielleicht dafür, werde es aber verstehen.«

Warum berührte mich sein Schmerz, nach allem, was geschehen war? Ich schlug einen barschen Ton an. »Nein, ich werde Sie weiter tolerieren. Sie können nichts dafür, wie Sie sind, und Sie erinnern mich an das, was ich getan habe.«

»Wenn das Mitleid ist – ich möchte nichts davon!«

»Nicht Mitleid, Edgar. Vielleicht – Verständnis.«

Damit ließ er es bewenden.

Jetzt, in meinem neuen Büro auf der Akademie, fühlte ich mich ruhelos. »Ich gehe in meine Wohnung.«

Er blickte auf die Uhr. »Kearsey ist vielleicht noch dort.«

»Das ist mir egal.« Ich sank jedoch auf meinen Stuhl zurück. »Erläutern Sie mir noch mal den Plan.«

Tollivers Miene drückte Resignation aus. »Wir leiten die Rückführung der meisten unserer Kids nach Farside ein, ein paar schon heute. Diejenigen, die ihren Abschluß gemacht haben, bleiben hier unten, bis bekannt wird, welche Posten sie erhalten. Wir behalten natürlich auch ein paar Fähnriche für die einfachen Routinearbeiten hier.«

Ich winkte ungeduldig ab. »Weiter.«

»Die Kadetten für die neue Klasse treffen bald ein. Für sie alle beginnt die Ausbildung hier in Devon.«

»Ich *war* mal Kadett, Tolliver!« knurrte ich.

»Richtig. Das darf ich nicht vergessen. Der erste Schub von sechzig trifft in einer Woche ein, und alle fünf Tage kommen etwa sechzig weitere, bis alle an Bord sind.«

»Welche Aufgaben warten auf mich, ehe sie hier sind?«

»Was werden Sie tun, *nachdem* sie eingetroffen sind, meinen Sie wohl.« Er zuckte die Achseln. »Fragen beantworten, schätze ich. Wenn es hier auch nur einigermaßen wie an Bord zugeht, werden ständig Fragen gestellt.«

Ich mußte lächeln. Die meisten dieser Fragen waren trivial und konnten auf gut Glück beantwortet werden. »Wie viele Kadetten haben wir diese Woche auf dem Stützpunkt?«

»Ich weiß nicht, Sir; einige der oberen Jahrgänge haben Urlaub. Eine Minute.« Er ging zum Rufer, sprach hinein und wartete. »Wir haben hier zweiunddreißig mit Abschluß, aber ohne Familien, die sie besuchen könnten, und etwa sechzig Erstkläßler, die für Farside eingeteilt sind. Dazu kommen etwa vierhundert Kadetten, die für die Zeremonie von Farside heruntergebracht wurden und bald wieder zurückfliegen.«

Ich fluchte unterdrückt. Unsere Kadetten wurden wie Schachfiguren hin und her geschoben, ohne daß ein triftiger Grund dafür vorlag. Ich fühlte mich erneut ruhelos und stand auf. »Ich mache einen Spaziergang. Ich sehe Sie um drei.«

»Ja, Sir.«

»Und arrangieren Sie für nach dem Abendessen eine Konferenz mit den Fähnrichen, die hier unten bleiben.«

»Aye, aye, Sir.«

Ich nickte Sergeant Kinders im Vorzimmer zu, verließ das Verwaltungsgebäude, entschied mich aufs Geratewohl für eine Richtung und schritt energisch aus. Nach wenigen Minuten fand ich mich am Haupttor wieder. Viele der oberen Jahrgänge erhielten gerade heute ihre Abschlußzeugnisse, und es war seltsam, Besucher innerhalb des Tors herumspazieren zu sehen, jeder mit einem Kadetten in frischem Grau. Außer zu zeremoniellen Anlässen durften Zivilisten das Gelände nicht betreten. In Kürze würden unsere Abgänger in das Blau der Fähnriche wechseln und es so lange mit übertriebenem Stolz tragen, bis sie erfuhren, daß selbst Fähnriche in den Augen amtierender Flottenoffiziere bedeutungslose

Kreaturen darstellten. Ich schob die Hände in die Taschen und setzte mit gesenktem Kopf meinen Weg fort. Unsere eigentliche Aufgabe begann erst, wenn die neue Klasse eintraf.

An Bord eines Schiffes diente der größte Teil des Personals der Flotte auf dem Unterdeck. Die Leute wurden zu Tausenden rekrutiert, mit allen verfügbaren Mitteln, einschließlich der für die Dienstverpflichtung ausgezahlten Gratifikationen, die so viele unerwünschte Personen anlockten. Offiziere waren jedoch eine ganz andere Sache. Die Flotte suchte sich nach sorgfältiger Prüfung von Testergebnissen, Schulzensuren, Vorstellungsgesprächen und Empfehlungen nur die Besten aus. Nur eine glückliche Minderheit erhielt die Chance, als Kadetten den Eid abzulegen.

Ich erreichte das schwere Eisentor, erwiderte geistesabwesend die Grüße der Wachtposten und bog auf den Umgrenzungsweg ein. Hier war ich praktisch allein.

Im Gegensatz zu Fähnrichen, die laut Gesetz der Vollversammlung als volljährig galten, waren unsere Kadetten Minderjährige und nach Gesetz und Vorschriften Mündel ihres kommandierenden Offiziers. Als Kommandant war ich ihr rechtlicher Vormund mit sämtlichen Vorrechten, die bislang ihre Eltern genossen hatten. Ich konnte sie auf jede Art bestrafen, die ich für passend hielt; sie hatten praktisch keine Rechte. Sie nahmen den absolut letzten Rang ein, bis sie zu Fähnrichen ernannt wurden. Dann begannen sie als Flottenoffiziere den langsamen Aufstieg zum erhabenen Rang eines Leutnants und danach vielleicht dem eines Kapitäns.

Obwohl es im Notfall möglich war, einen Kadetten an Bord eines Schiffes zu verpflichten – ich hatte es selbst getan –, erhielten Kadetten ihre Ausbildung im Regelfall auf der Akademie. Als Erstkläßler erhielten sie Unterricht in den Grundlagen der Navigation, Physik, Funkelektronik, Elektronik, Geschützbedienung und ähnlichem.

Sobald man ihnen zutrauen konnte, nicht vor dem

Abschußgitter einer Laserkanone entlangzuspazieren oder im Vakuum ihren Helm aufzuschrauben, schickte man sie für längere Zeit nach Farside, auf die ›eigentliche‹ Akademie. Frei von Ablenkungen und fern aller zu Besuch kommenden Wichtigtuer stiegen sie dort in die fortgeschrittene Ausbildung ein: simulierte Andockmanöver, Luftschleusensicherheit, Prozeduren auf Orbitalstationen und Schulung in weiteren Fertigkeiten, die sie brauchten, damit man sie in den Korridoren eines UN-Sternenschiffes loslassen konnte. Oft kehrten sie dann für die weitere Ausbildung nach Devon zurück.

Die Dauer der Dienstverpflichtung betrug fünf Jahre, und theoretisch konnte ein Jugendlicher die ganze Dienstzeit als Kadett absolvieren, ohne es je zum Fähnrich zu bringen. In der Praxis machten die meisten nach ungefähr zwei Jahren ihren Abschluß, manche sogar nach nur einem Jahr. Ob und wann ihnen der Abschluß zugestanden wurde, lag im Ermessen des Kommandanten.

Das waren radikale Abkehr von den militärischen Institutionen früherer Generationen, und ich fühlte mich ein wenig unbehaglich bei der Verantwortung, die mir dadurch aufgebürdet wurde. Insgesamt ergab die Idee jedoch Sinn. Obwohl ein Kadett vielleicht noch nicht bereit war, als Fähnrich zu dienen, bedeutet das nicht unbedingt, daß er seinem Unterricht nicht folgen konnte. Darüber hinaus war nach diesem System die Rückstellung eines Kadetten für ein paar weitere Monate nicht annähernd mit dem Stigma verknüpft, unter dem er zu leiden gehabt hätte, hätte er den planmäßigen Abschluß mit einer Klasse nicht geschafft.

Jedenfalls konnte ein Kadett mitten im Semester aus seiner Klasse geholt und als Fähnrich zur Flotte geschickt werden, ober er mußte vielleicht für ein weiteres Jahr oder einen Teil davon zurückbleiben, um erst noch gründlicher ausgebildet zu werden.

Man wußte es nie, und der Eifer, sich für einen Abschluß zu qualifizieren, spornte die Kadetten zu größeren Leistungen an. Ich schlug den Weg über den weitläufigen Frontrasen zu den Kasernen und Klassenräumen auf der gegenüberliegenden Seite des Paradeplatzes ein. Hier boten hohe Eichen willkommenen Schatten nach der Hitze auf dem weitläufigen Vorgelände.

Ich folgte einem durch das Gras getretenen Pfad. Zwei graue Hosenbeine lugten hinter einem Baumstamm hervor. Als ich vorüberging, sprang der junge Mann auf und nahm steif Haltung an. Ich salutierte, ging weiter, blieb stehen.

»Jerence?«

»Ja, Sir.« Er hatte den Bauch fest eingezogen und hielt das Rückgrat aufrecht.

Ich hatte Jerence Branstead – von den Bransteads auf Hope Nation – auf der Heimfahrt an Bord der *Victoria* als Kadetten verpflichtet. Nachdem wir zu Hause eingetroffen waren, hatte man ihn für die eigentliche Ausbildung auf die Akademie versetzt.

Ich schlenderte zurück, spitzte den Mund und nahm den Jungen gründlich in Augenschein. Zwar war sein Hosenboden staubig, weil er hier auf der Erde gesessen hatte, aber die Schuhe waren poliert, die Uniform war frisch und das Haar ordentlich gekämmt. Ein weiter Weg von dem kläglichen Jungen, der eingeschlossen in einer verschwitzten Kabine hockte und sich verzweifelt nach dem Inhalt der Phiole Glückssaft sehnte, die ungeöffnet auf seinem Bett lag.

Ich lächelte, wechselte aber gleich wieder zu einer finsteren Miene. Schließlich war er nur ein Kadett, und ich hätte eigentlich nicht mal mit ihm sprechen sollen. »Stehen Sie bequem.«

»Aye, aye Sir!« Er entspannte die Schultern, stellte die Füße auseinander und verschränkte die Hände auf dem Rücken – die klassische Position.

»Haben Sie nicht Urlaub?«

»Ja, Sir. Ich . . .« Er brach ab und schluckte. Völlig richtig. Ein Kadett beantwortete Fragen, sagte aber ansonsten nur etwas, wenn er angesprochen worden war.

»Nun?«

»Ich komme nach Farside, aber ich wüßte nicht, wohin ich in der Zwischenzeit reisen sollte, also bleibe ich auf dem Stützpunkt.« Er schluckte und zeigte ein schmales, bebendes Lächeln.

Ich wurde rot. »Natürlich.« Harmon und Sarah Branstead waren auf Hope Nation und wußten nicht einmal, daß ihr Sohn überlebt hatte. »Keine Verwandten auf der Erde?«

»Nein, Sir. Ich gehöre zur vierten Generation.«

»Sehr schön. Weitermachen.« Ich setzte meinen Spaziergang fort. Er hatte sich sein Lager selbst bereitet; jetzt konnte er auch darauf liegen. Er war es schließlich, der um die Möglichkeit gebettelt hatte, in die Flotte einzutreten, und Einsamkeit gehörte zum Preis dazu. Es wäre für keinen von uns gut gewesen, ihm eine Sonderbehandlung zu gewähren; ich mußte mit ihm umgehen wie mit jedem anderen Kadetten.

Ich überquerte den Paradeplatz und bummelte zu den Unterkünften hinüber. Die Jelzin-Halle war still und leer. Darauf folgte die Valdez-Halle. Kein Grund, noch weiter zu gehen. Aber trotzdem, Valdez ... Ich schlenderte dorthin. Es konnte ja nicht schaden, hineinzugehen und sich mal umzuschauen. Es war so lange her.

Ich nahm zwei Stufen auf einmal. Die Tür stand leicht offen; das würde dem Sergeant nicht gefallen. Innen hörte ich Stimmen, dann einen freudigen Schrei. Ich öffnete die Tür weit und trat ein.

Ein Kissen segelte an meinem Kopf vorbei. Das Mädchen, das auf einer Koje herumhüpfte, duckte sich und fing es auf. »Daneben! Kannst du nicht mal ... O Gott!« Sie sprang vom Bett herunter und nahm Haltung an, wie die fünf anderen Jugendlichen. Eine junge Stimme schrie: »Achtung!«

Ich starrte ungläubig auf das Durcheinander. Valdez enthielt wie alle Unterkünfte zwei peinlich genau ausgerichtete Reihen von Einzelbetten beiderseits des schmalen Zwischengangs, insgesamt um die dreißig Betten.

Jetzt lagen Matratzen umgedreht da und Kissen überall verstreut. Staubkörner tanzten im Sonnenlicht, das durch die Fenster hereinfiel. Der Inhalt zweier Reisetaschen war ganz unfeierlich über den Betten ausgekippt worden. »Was hat das zu bedeuten?« Niemand antwortete. Ich wirbelte zu dem mir am nächsten stehenden Jungen herum. »Du da, Meldung machen!«

Er trug Hose und Hemd. Vielleicht war es ja seine Jacke, die zusammengeknüllt auf dem Korridor lag. »Kadett Rafe Slater zur Stelle, Sir! Wir haben, äh – ah . . .«

Ich schnaubte. »Aber sicher doch! Wer führt hier das Kommando?«

Eine dünne Stimme antwortete: »Ich schätze, das tue ich, Sir.«

Ich warf mich herum. »Du schätzt?«

»Kadett – oh, ich . . . Fähnrich Anton Thayer, Sir!« Ein dünner Junge mit rotem, lockigem Haar.

Ich musterte sein Kadettengrau und zog eine Braue hoch.

»Ich bin gerade befördert worden, Sir. Heute.«

»Ah.« Hier herrschte das reinste Chaos. Wie viele Minuspunkte sollte ich verteilen? An jeden zwei? Vier? Ein Fähnrich war ein Offizier, kein Kind mehr. Wie konnte er nur dulden . . .

Gerade befördert, die traditionellen wüsten Schikanen der letzten Nacht endlich überstanden. Der Rest der Belegschaft im Urlaub. Ich räusperte mich, froh darüber, daß ich noch rechtzeitig wieder bei Sinnen war. »Ich verstehe. Weitermachen.«

»Sir?« Er glotzte. »Ich meine, aye, aye Sir!«

Ich achtete darauf, meine finstere Miene beizubehalten, bis ich sicher zur Tür hinaus war. Dann mußte ich einfach grinsen. Kinder! Ich schüttelte den Kopf. Sie hatten während der Schulzeit genug Disziplin ertragen. Heute, am Tag des Abschlusses, kam es nicht darauf an. Ohnehin war das Sache des Sergeanten; ich sollte eigentlich eine distanzierte Gestalt sein, über alle Alltagsdinge erhaben.

Die meisten Fähnriche hatten sich auf Stühle am polierten Konferenztisch gesetzt. Die anderen saßen unbehaglich auf einer übermäßig gepolsterten Couch und bemühten sich um eine geschäftsmäßige Haltung. Sieben Jungen, vier Mädchen.

Ich sah mich in dem gedrängt vollen Zimmer um, sagte aber nichts. Wie konnten Fähnriche nur so jung sein? Ich bezweifelte bei einigen der Jungen, daß sie bereits Bekanntschaft mit einem Rasierer gemacht hatten. Sicherlich hatte ich es zu meiner Zeit noch nicht.

Zu meiner Zeit! Ich schnaubte. Ich war gerade mal fünfundzwanzig, obwohl ich mich Äonen älter fühlte. Mehrere der jungen Leute stammten aus der Klasse, die gerade ihren Abschluß gemacht hatte; ein paar waren schon seit mehr als einem Jahr Fähnriche. Ein Oldtimer hatte bereits drei Jahre Erfahrung auf dem Buckel.

Ich saß auf der Kante meines Schreibtisches und ließ das Schweigen dauern. Ein paar Fähnriche rutschten nervös hin und her. Keiner traute sich, auch nur ein Wort zu sagen. Ich blickte zu dem rothaarigen Lockenkopf hinunter, der mir am nächsten saß; Fähnrich Anton Thayer wurde rot und betrachtete konzentriert den Teppich. Er trug jetzt die blaue Uniform und war in weit präsentablerer Verfassung als zu dem Zeitpunkt, an dem ich ihn in der Unterkunft überrascht hatte.

»Ich wurde bereits dem größten Teil des Personals vorgestellt und möchte jetzt meine restlichen Offiziere kennenlernen.« Fähnrich Guthrie Smith lächelte schüchtern. Offiziere. Ich wußte, wie sehr er sich mit seinen siebzehn Jahren um diese Anerkennung bemüht hatte. »Sie, die Leutnants und ich, wir werden von jetzt an zusammenarbeiten.«

Sie richteten sich stärker auf. »Sie sind keine Kadetten mehr und tragen jetzt das Blau der Offiziere. Per Gesetz der Vollversammlung gelten Sie als Erwachsene. Wenn Sie frei haben, können Sie in die Stadt gehen und zechen oder sonst etwas unternehmen, was Ihnen in den Sinn kommt.« Die Blicke von einigen ruhten in der Ferne; ich vermutete, daß sie nicht viel Zeit verschwenden würden. Es war angebracht, sie zurück auf die Erde zu holen. »Ich möchte Ihnen meine Erwartungen verdeutlichen. Sie sind aus zwei Gründen hier: Um dort zu helfen, wo Sie gebraucht werden, und um den Kadetten ein Beispiel zu geben. Sollte ich feststellen, daß Ihr Verhalten auf dem Stützpunkt einmal nicht exemplarisch ist, werden Sie sich vor mir verantworten müssen.« Okay, damit genoß ich nun ihre ganze Aufmerksamkeit. Obwohl meine Vollmachten nicht so absolut waren wie die eines Kapitäns auf Fahrt, war meine Mißbilligung doch eine Katastrophe, an der kein Fähnrich Freude haben würde. Ein Wort von mir reichte, um ihn aufs Faß zu bringen.

Sie alle antworteten mit gedämpfter Stimme: »Aye, aye, Sir.«

Ich erhob mich, um auf und ab zu gehen, mußte aber feststellen, daß ich nicht genug Platz hatte. Ich begab mich hinter den Schreibtisch. »Was die Kadetten angeht.« Ich funkelte sie an. »Offiziell können Sie einem Kadetten jeden Befehl geben, den Sie möchten. Ich empfehle Ihnen jedoch nachdrücklich ...« Ich legte eine Pause ein, um die Wirkung zu verstärken. »Ich empfehle Ihnen jedoch nachdrücklich, Zurückhaltung zu üben. Gelegentliche Schikanen sind akzeptabel; die Kinder müssen lernen, damit fertig zu werden. Aber halten Sie es in Grenzen.« Ein paar von ihnen wirkten entmutigt. Mir war es egal. Das Leben eines Kadetten konnte die Hölle sein, und ich konnte nicht gebrauchen, daß diese unerfahrenen Jugendlichen alles noch schlimmer machten. Jedenfalls nicht zu sehr.

»Was Schläge angeht, so haben Sie in legaler Hinsicht jedes Recht dazu.« Schließlich hatte ich dieses Recht, und die Fähnriche handelten in meinem Namen. »Trotzdem untersage ich es. Beim ersten Verstoß landen Sie auf dem Faß, und der zweite führt zur Entlassung.« Während meines zweiten Jahres auf Farside war es zu einem Zwischenfall gekommen, einem scheußlichen Zwischenfall. Ich wollte nicht, daß sich dergleichen wiederholte.

Vielleicht wurde es Zeit, den Druck etwas zu mildern. »Wer hat im Moment das höchste Dienstalter?« fragte ich. Das würde sich ändern, wenn Fähnriche von hier nach Farside versetzt wurden. Auf der Akademie war die Hierarchie weniger streng als an Bord eines Schiffes.

Sie brauchten sich nicht gegenseitig auf die Abzeichen zu schauen. Sie wußten es. Fähnriche wissen das immer. »Ich, Sir.«

»Sandra Ekrit?«

»Ja, Sir.«

»Sehr gut.« Die anderen Fähnriche sprachen sie natürlich zum Zeichen des Respekts mit dem Nachnamen an. Bis jemand mit höherem Dienstalter auftauchte, war sie dafür zuständig, die Fähnriche unter Kontrolle zu halten und zu verhindern, daß sie mir in die Quere kamen.

Es bedeutete aber auch, daß andere sie herausfordern konnten, was eine Tradition der Flotte war. Ich fragte mich, ob die schlaksige junge Frau sich gegen manche der stämmigeren Fähnriche behaupten konnte. Nun, das blieb abzuwarten. Wie jeder andere würde sie entweder aus eigener Kraft schwimmen oder untergehen.

»Noch Fragen?«

Ein dunkelhaariger Junge hob die Hand. »Fähnrich Eduard Diego, Sir. Erhalten wir spezielle Aufgabenbereiche?«

Sandra Ekrit runzelte die Stirn, denn sie wußte, daß es besser für ihn wäre, wenn er mich nicht mit Trivialitäten belästigte. Ich hatte jedoch selbst nachgefragt.

»Ich weiß noch nicht. Ich bin hier so neu wie Sie.« Damit provozierte ich bei manchen ein überraschtes Grinsen. Ich tadelte mich in Gedanken selbst. Ein schöner Anfang als ihr Kommandant, dieses Eingeständnis, keine Ahnung von der Arbeit zu haben! »Wir werden sehen. Noch etwas?« Ich wartete. »Entlassen.«

4. Kapitel

Während ich an der Seite Tollivers über das Promenadendeck von Station Earthport schritt, versuchte ich den Schmerz in der Brust zu ignorieren, der noch von meiner kürzlichen Lungentransplantation herrührte.

Ich betrachtete die Leuchttafeln. »Terminal 4. Promenade G direkt voraus. Zum Shuttle nach Lunapolis rechts abbiegen.« Nach einem Moment gab ich auf. Earthport war die größte Orbitalstation, die wir je gebaut hatten, und ich verirrte mich hier immer wieder.

Ich wartete geduldig vor einem Schalter, bis der Zivilist in roter Jacke von seinem Comp aufblickte. Als er das tat und mich erkannte, weiteten sich seine Augen. »Sind Sie nicht . . . wie kann ich Ihnen helfen?«

»Wo finde ich das Shuttle nach Farside?«

Er zeigte mir die Richtung. »Es fliegt vom Flottenbezirk ab. Dort kann man Ihnen das Tor nennen.«

»Danke.« Ich hätte es besser wissen müssen. Natürlich würde das Shuttle aus den Flottenhangars starten; kein Zivilist durfte Farside besuchen. Ich hob meine Reisetasche auf und marschierte an dem Wachposten vorbei. »Kommen Sie, Mr. Tolliver.«

»Aye, aye, Sir.« Mein Adjutant war ungewöhnlich still, vielleicht die Folge meiner vorangegangenen Vorwürfe. In Gedanken beschäftigte ich mich bereits mit dem Ziel unserer Reise. Als Offizier war ich noch nie auf Farside gewesen; drei Tage, nachdem ich zum Fähnrich befördert worden war, hatte man mich auf die U.N.S. *Helsinki* versetzt.

Der Stationskorridor knickte unerwartet im rechten Winkel ab. Kaum erreichte ich die Biegung, kam ein Fähnrich herumgestürmt und prallte mit voller Wucht auf mich. Gemeinsam gingen wir zu Boden. Tolliver schleuderte den Jungen zur Seite und half mir wieder auf die Beine.

»Passen Sie doch auf, wo Sie hinrennen, Sie junger Grünschnabel!« brüllte ich. »Hat man Ihnen denn gar nichts beigebracht? Was soll diese Hast?«

Der Junge salutierte und stotterte: »Verzeihung, Sir! Ich wollte noch rechtzeitig das Shuttle erreichen, um ... um ...« Er brach ab und wurde bleich, als er bemerkte, mit wem er hier sprach.

»Ja?« bellte ich.

Ihm versagte fast die Stimme. »Um Sie zu treffen, Sir. Fähnrich Adam Tenere meldet sich zur Stelle, Sir.« Er nahm Haltung an. Tolliver achtete sorgfältig darauf, ein ernstes Gesicht zu machen, obwohl ich seine Erheiterung durchschimmern sah.

Mir tat die Schulter weh, und ich fragte mich, ob ich mir den Fuß verstaucht hatte. »Sie kommen von Farside?«

»Ja, Sir. Mein Leutnant schickt mich, um Sie zum Stützpunkt zu begleiten.«

»Hat er Ihnen aufgetragen, durch die Station zu rasen, als wäre ein Geschwader von Fischen hinter Ihnen her?«

»Nein, Sir!«

»Hat er Ihnen aufgetragen, mich umzustoßen, sobald Sie mich gefunden hatten?«

»Nein, Sir.« Der beschämte Fähnrich konnte sich denken, was jetzt kam.

»Vier Minuspunkte, Mr. Tenere. Sie können sich glücklich schätzen.« Jeder Minuspunkt bedeutete zwei Stunden anstrengendes Turnen. Genausogut hätte ich ihn aufs Faß schicken können, und die meisten Kapitäne hätten es getan.

»Aye, aye, Sir. Danke, Sir. Es tut mir leid.«

Ich schnaubte und bückte mich, um die Reisetasche wieder aufzunehmen. »Wohin?«

Es war eine dumme Frage. Er deutete in die Richtung, aus der er gekommen war. »Dort unten, Sir.«

»Sehr gut.« Ich humpelte los.

»Dürfte ich Ihre Tasche tragen, Sir?«

»Nein.« Gedankenlose Kinder, die hier wie geistlose

Idioten durch die Gänge stürmten ... Ich holte vorsichtig Luft und rechnete schon fast damit, daß etwas in mir knirschte. Die Brust schien jedoch in Ordnung zu ein. »Ja. Hier.« Sollte er das verdammte Ding schleppen. Es war schwer.

»Ich hatte Ihnen bereits angeboten, es zu tragen, Sir.«

»Halten Sie den Mund, Tolliver.« Wir folgten dem Korridor schweigend.

Im Shuttle schnallte ich mich an, holte tief Luft und bemühte mich um Gelassenheit. »Tenere, sagten Sie?«

»Ja, Sir. Adam Tenere.«

»In irgendeiner Weise verwandt mit ...«

»Kapitän Tenere? Er ist mein Vater, Sir. Er hat die *Freiheit*. Er müßte in ein paar Monaten mit der Flotte hier eintreffen.«

Da ich mit dem Rennschiff *Victoria* nach Hause fusioniert war, hatte ich die Fahrt in neun Monaten hinter mich gebracht, während der Rest der Flotte nach wie vor in Fusion war. Mit ihrem Eintreffen war bald zu rechnen. Obwohl ich die Nachricht von den schrecklichen Verlusten der Flotte überbracht hatte, waren die Einzelheiten bislang nicht allgemein bekannt.

Ich faßte einen Entschluß. Es ging um seinen Vater; der Junge sollte es erfahren. »Die *Freiheit* ist verlorengegangen. Mr. Tenere hatte jedoch Glück und wurde in einer Rettungskapsel gefunden.«

»Das wußte ich nicht. Hat seine Mannschaft überlebt?«

Sofort bedauerte ich die Minuspunkte. »Nicht, daß ich wüßte.«

Er senkte den Kopf. »Es tut mir leid. Mir war nur gesagt worden, daß er nach Hause kommt.«

»Sie sind auf Farside stationiert?«

»Ja, Sir. Seit zwei Monaten.«

»Ich sorge dafür, daß Sie Urlaub erhalten, wenn er eintrifft.«

Der Fähnrich drehte sich zu mir um; die Minuspunkte waren vergessen. »Danke, Sir!« Er strahlte vor Dankbarkeit. »Wir würden uns beide darüber freuen.«

Ich liebäugelte mit der Idee, die Minuspunkte zurückzunehmen, entschied mich aber dagegen. Der Junge hatte mich wie ein Panzer niedergewalzt.

Der Flug von Station Earthport nach Farside dauerte fünf Stunden. Bei den wenigen Passagieren, die sonst noch an Bord waren, handelte es sich um Techniker, die aus dem Urlaub zurückkehrten. Als der Pilot zur Landung ansetzte, schaltete ich mein Holo aus und blickte zum Bullauge hinaus. Die runden Kuppeln von Farside zeichneten sich deutlich vor dem zerklüfteten Gelände ab. Natürlich taten sie das – schließlich behinderte keine dunstige Atmosphäre die Sicht. Ich kniff die Augen zusammen und versuchte, den Rumpf zu erkennen.

Mit dem Shuttle auf der Mondoberfläche zu landen war nicht ganz so einfach, wie an einer Station anzudocken, aber es war doch eine weit geringere Plage als das Eintauchen in den Gravitationsschacht der Erde. Ich wartete mit dem Losschnallen, bis die Signallampen aufleuchteten. Der junge Mr. Tenere befreite sich bereits in dem Augenblick von den Gurten, als die Antriebsdüsen verstummten.

Der Pilot kam in die Fahrgastkabine, als ich in der geringen Schwerkraft, die nur ein Sechstel des irdischen Wertes betrug, aufstand. »Willkommen auf Farside, Sir.«

»Willkommen zurück, meinen Sie.« Ich lächelte. »Ich war schon hier.«

»O ja, obwohl es einem schwerfällt, Sie sich als Kadetten vorzustellen.«

Darauf wußte ich nichts zu sagen, also wartete ich einfach und betrachtete die Signallampen der Luftschleuse.

Beim Andocken an einer Station war es die Aufgabe des Fahrzeuges, die Kopplung mit der Stationsschleuse durchzuführen. Bei Bodeneinrichtungen kam die Schleuse zum Schiff. Bedächtig rollte die Röhre aus Plastik und Metall über das Landegitter auf uns zu. Eine kurze Unterbrechung trat ein, als der Comp von Farside den Kopplungsvorgang mit der Shuttleschleuse berechnete. Ein leichter Stoß, ein weiterer, dann ein Klicken. Die rote Lampe leuchtete auf. Die Röhre wurde steif, während sie sich mit Luft füllte.

Ein paar Augenblicke später ging die grüne Schleusenlampe an. Das Shuttle war angekoppelt. Wir drängten uns in die winzige Schleuse, und der Austauschzyklus lief an. Obwohl das Shuttle und die Schleusenröhre unter Druck standen, wie auch die Farside-Basis selbst, wurden die Luken selbstverständlich niemals gleichzeitig geöffnet. Damit hätte man Unheil regelrecht heraufbeschworen.

In der Röhre boten zwei starre Bullaugen, eines auf jeder Seite, Ausblick auf die unversöhnliche Mondoberfläche. Die Ankunft verlief ganz anders, als ich es damals als Kadett erlebt hatte. In Raumanzügen, deren richtiger Verschluß von den Ausbildern ein ums andere Mal kontrolliert worden war, hatte man uns in kleinen Gruppen aus den Shuttleschleusen entlassen und über die Mondoberfläche zu den Schleusen der weiträumigen Kuppeln getrieben.

Ich bemerkte, wie mein Gewicht zunahm, als ich mich der inneren Schleuse näherte. Es kostete eine Menge Energie, eine fast erdähnliche Schwerkraft in einer Einrichtung auf dem Mond aufrechtzuerhalten, aber dazu waren unsere atomaren Generatoren schließlich da. Ein Leben bei zu geringem Gewicht hätte die Ausbildung der Kadetten in inakzeptablem Maße beeinträchtigt; deshalb die teuren, fusionsgetriebenen Gravitronen, die tief unter dem Stützpunkt eingegraben waren.

An der Farside-Innenschleuse drückte Adam Tenere auf die Tastatur; die Luke glitt auf. Wir versammelten uns schweigend in der winzigen Kammer – die paar Techs an die Wand gedrückt, der Fähnrich sorgsam darauf bedacht, mich nicht zu berühren. Die Außenluke schloß sich. Da bereits voller Luftdruck bestand, öffnete sich die Innenluke sofort im Anschluß.

Ich ging voraus, während die anderen noch warteten. Vollkommen richtig so – der Kapitän trat stets als erster ein.

Etliche Offiziere erwarteten uns auf dem Korridor. Sie salutierten und nahmen Haltung an; ich gab sie wieder frei. Formgerecht sagte ich: »Gemäß dem Befehl der Admiralität der Regierung der Vereinten Nationen trete ich hiermit den Befehl über den Farside-Akademiestützpunkt an.« So, das wäre geschafft!

»Aye, aye, Sir. Willkommen an Bord.« Eine elegante, schmale Gestalt mit allmählich ergrauendem Haar. »Erster Leutnant Jent Paulson zur Stelle, Sir.«

Korrekterweise hatte er mir nicht die Hand angeboten, aber ich streckte meine aus.

»Sie sind der Dienstälteste?«

»Ja, Sir, zur Zeit.« Das konnte sich ändern, was aber nicht wahrscheinlich war. Die Admiralität nahm für gewöhnlich auf die Feinheiten der Hierarchie Rücksicht, soweit es möglich war.

Mein Blick wanderte zum nächsten Offizier. »Leutnant Darwin Sleak zur Stelle, Sir.«

»Natürlich. Alles unter Kontrolle?«

Bei Sleak handelte es sich um unseren Systemoffizier, und ich hatte ihn bereits in Devon kennengelernt. Er war zwei Tage vor mir heraufgeflogen, um sicherzustellen, daß alles für die zurückkehrenden Kadetten vorbereitet war. Hier auf Farside trug er die Verantwortung für die Lebenserhaltungssysteme: Wiederaufbereitung, Gravitronen, Luftreinigung. Auf der Erde hatte er wenig mehr zu tun, als Quartiermeister Serenco zu beaufsichtigen.

Auf einen Wink Paulsons hin trat eine dünne junge Frau vor, die freundlich lächelte. »Leutnant Ngu Bien, Sir. Klassenzimmerprogramme und dortige Ausbildung.«

»Sehr schön.«

Paulson gab einer der beiden übrigen Gestalten ein Zeichen, und der Mann trat vor. »Leutnant Ardwell Crossburn, Sir. Wartung und Steuerungsanlagen.«

Ich mußte mich anstrengen, keinen giftigen Ton anzuschlagen. »Was machen Sie denn hier?«

Der kleine, korpulente Mann in den frühen Vierzigern

richtete sich auf. »Ich bin seit einigen Jahren hier, Sir. Im Grunde seit unserer Fahrt mit der *Hibernia*.«

Ich grunzte, empfand zuviel Abscheu, um noch etwas zu sagen. Gegen Ende meiner ersten, schicksalhaften Reise war mir Ardwell Crossburn als Ersatzoffizier zugeteilt worden – von irgendeinem Kapitän, der zweifellos begeistert gewesen war, ihn loszuwerden. Crossburn zeichnete sich durch eine Anlage zum Verschwörer aus, und er hatte eine Art, scheinbar unschuldige Fragen zu stellen, die andeuteten, daß er mit der Zeit alle Missetaten aufdecken würde, die verborgen wurden. Und schlimmer noch: Er hatte behauptet, bei seinem Onkel Gehör zu finden, dem Kommandeur des Einsatzstabes der Flotte, Admiral Brentley.

»Es geht Ihnen doch hoffentlich gut, Sir?«

Ich funkelte ihn dermaßen an, daß er einen Schritt zurückwich. Paulson und Sleak wechselten Blicke, sagten aber natürlich nichts. Sie konnten nichts von den endlosen Scherereien wissen, die Crossburn mir auf unserer langen Rückfahrt mit der *Hibernia* gemacht hatte. Bis ich beim Umgang mit ihm alle Vorsicht in den Wind geschlagen hatte.

Leutnant Paulson zögerte, räusperte sich dann und ging zum letzten der Gruppe weiter. »Erster Fähnrich Thomas Keene, Sir.«

»Sehr gut.« Ich nickte knapp, was alles war, was der Fähnrich verdient hatte oder erwarten konnte.

»Unsere übrigen Fähnriche sind bei den Kadetten, ausgenommen Mr. Tenere. Offensichtlich hat er Sie finden können.«

»Ja. Er ist im Stationsflur auf mich gestoßen.« Adam lächelte schwach.

»Gut. Normalerweise schicken wir keinen Fähnrich ohne Begleitung zur Station Earthport, aber Mr. Crossburn hat es vorgeschlagen. Sonst noch etwas, Sir?«

»Ja. Folgen Sie mir in mein Büro. Sie auch, Mr. Sleak. Fähnrich Keene, bringen Sie die Reisetasche in meine Kabine. Die übrigen sind entlassen.«

Ich drehte mich auf der Ferse um.

Ich brauchte einen Moment, um mich zu orientieren und den Weg zum Kommandantenflügel einzuschlagen. Früher hatte ich mich gewöhnlich weit entfernt von dem Bezirk herumgetrieben, wo sich Büro und Wohnung des Kommandanten befanden, obwohl ich zu einem denkwürdigen Anlaß einmal hergeschickt worden war. Während Sleak nicht ganz mitkam, hielt Paulson mit mir Schritt, klug genug, den Mund zu halten. Der Trick, ein guter Leutnant zu sein, bestand zur Hälfte darin, daß man wußte, wann man den Kapitän lieber in Ruhe ließ. Ich wünschte, Tolliver hätte sich ein Beispiel daran genommen.

Immer noch kochend, betrat ich steifen Schrittes mein neues Büro. Der Sergeant im Vorzimmer stand auf – eine dunkelhäutige Frau um die Vierzig. Sie salutierte. »Sergeant Kina Obutu zur Stelle, Sir.«

»Gehören Sie zu meinem Stab?«

»Erster Stabssergeant, Sir. Ich leite Ihr Büro während des nominellen Tages. Nachts übernimmt ein Fähnrich diese Aufgabe.«

»Sehr gut.« Stühle säumten die Wände der Vorkabine, um gelegentlich von unglücklichen Kadetten in Anspruch genommen zu werden. Ich ging zu meinem eigenen Arbeitszimmer hinüber, holte tief Luft und riß die Luke auf. Das heißt, ich versuchte es. Sie war abgeschlossen.

Ich wirbelte herum, kam mir wie ein Idiot vor. »Was zum Teufel soll das?«

»Er hat sie nicht offengelassen?« Sergeant Obutu zog eine Braue hoch.

Ich schüttelte den Kopf. »Wieso ist sie eigentlich . . . Wo finde ich den Code?«

»Der Kommandant hat ihn, Sir.« Das war Paulson.

»Ich bin der Kommand . . .!«

Rasch versetzte er: »Ich meinte Kommandant Kearsey. Verzeihung, Sir!«

»Liegt nicht eine Kopie im Safe?« fragte Obutu.

Mr. Sleak wirkte verlegen. »Ich überprüfe das gleich, Sir. Entschuldigen Sie mich.«

»Ich sehe auch nach, Sir.« Paulson eilte hinter ihm her.

Ich nickte, fand vor Wut keine Worte. Ich marschierte im Vorzimmer auf und ab, ohne mich um den Sergeanten zu kümmern. Sie stand gelassen neben ihrem Schreibtisch. Ich formulierte gerade einen Ausdruck von vernichtendem Sarkasmus, als mir ein Gedanke kam.

»Sarge, warum ist die Luke überhaupt abgeschlossen?«

»Der Komm ... Kapitän Kearsey hat sie abends immer abgeschlossen, Sir.«

»Falsche Frage. Warum ist diese Luke mit einem Schloß ausgestattet?«

»Das ist bei allen unseren Büros der Fall, Sir.« Ihr Gesicht zeigte einen bedacht neutralen Ausdruck.

Ich konnte meine Verblüffung nicht verhehlen. »Seit wann?«

Die Außenluke schwang auf. Leutnant Sleak war zurück, gefolgt von Paulson. Er schüttelte den Kopf. »Kein Code im Safe, Sir.«

Obutu gab Antwort auf meine Frage: »Seit ich herkam, Sir. Soweit ich weiß, also mindestens seit fünf Jahren.«

Ich funkelte beide an. »Was ist hier sonst noch verschlossen?«

»Der Messesaal, glaube ich«, sagte Sleak. »Das war es dann so ziemlich ... Und natürlich die Offizierswohnungen.«

»Natürlich?« Niemand antwortete. Ich knurrte: »NATÜRLICH?«

Die Außenluke ging auf. Tolliver sah die anderen und salutierte. »Guten T ...«

»Tolliver, man schließt hier die Luken ab!«

»Grundgütiger!« Mehr fiel ihm dazu nicht ein.

»Es tut mir leid, Sir«, sagte Sergeant Obutu hilflos. »Ich weiß nicht, wovon Sie reden.«

Sleak wagte sich vor. »Ich gehörte zur Klasse von '72, Sir. Ich weiß es noch.«

»Wir versuchen, die Kadetten zu Offizieren zu erziehen! Wenn wir mit Dieben in der Nacht rechnen, dann bekommen wir sie auch! Diese jungen Leute sind Offiziersanwärter, keine Transpop-Matrosen! Welcher Idiot hat angeordnet, die Schlösser einzubauen?«

»Kommandant Kearsey, Sir«, antwortete Sleak ruhig.

»Ja. Ahm.« Ich rieb mir die Augen. »Es muß am ersten Tag gewesen sein, daß man uns mitteilte: ›Nichts auf der Akademie ist abgeschlossen. Ihr werdet euch als Gentlemen aufführen. Ein Gentleman entfernt keine Gegenstände aus anderer Leute Heim, und er schleicht sich auch nicht dorthin, wo er nichts verloren hat.‹«

»Am zweiten Tag«, warf Tolliver ein. »Das Programm des ersten Tags bestand aus Haareschneiden und Kleiderausgabe und Bettenmachen, etwa zwanzigmal.«

»Wann auch immer.« Ich setzte den Finger auf die Luke. »Entfernen Sie dieses verdammte Schloß! Nehmen Sie den Schneidbrenner, wenn es nicht anders geht. Entfernen Sie die Schlösser überall im Verwaltungsflügel, dem Messesaal und wo Sie sonst noch welche finden. Veranlassen Sie das gleiche auf dem Terrestrischen Stützpunkt.«

»Aye, aye, Sir«, antwortete Sleak. Es war seine Aufgabe als Systemoffizier. »Schließt das auch die Tresore ein?«

»Nicht, wenn sie Waffen oder Bargeld oder vertrauliche Unterlagen enthalten. Das ginge zu weit.«

»Ja, Sir. Ich fange gleich an.«

»Meine Luke zuerst, verdammt! Ich bin solange in meiner Kabine!« Ich stürmte hinaus.

Ich hatte kaum die Reisetasche ausgepackt, da meldete sich schon Sergeant Obutu über Rufer. »Ihr Büro ist jetzt, ah, zugänglich, Sir.«

»Ist Paulson noch dort?«

»Er wartet, Sir.«

»Sehr gut, ich bin gleich da.«

Augenblicke später traf ich wieder im Vorzimmer ein und unterdrückte den Impuls, mir das Haar glattzustreichen und zu prüfen, ob die Schuhe auch glänzten. Ich holte tief Luft und überquerte die Schwelle zu meinem neuen Büro.

Ich schritt durch den mit Mobiliar vollgestopften Raum und machte es mir hinter dem Schreibtisch im Ledersessel des Kommandanten bequem. Kein Blitz traf mich. Ich entspannte mich bewußt. »Schließen Sie die Luke. Setzen Sie sich.«

Ich deutete auf einen Stuhl, der dicht am Schreibtisch stand.

»Aye, aye, Sir.« Leutnant Paulson setzte sich.

»Warum ist dieser Crossburn hier?«

»Ich habe keine Ahnung, Sir. Ich vermute, er wurde vom PersBü hergeschickt.« Das hieß gar nichts. Jeder erhielt seine Posten über das PersBü zugeteilt.

»Wieviel Schwierigkeiten macht er?«

»Schwierigkeiten?« Paulson musterte mich neugierig. »Keine, von denen ich wüßte, Sir. Er ist in mancher Hinsicht ein wenig merkwürdig, aber er tut seine Pflicht. Die Freizeit verbringt er in seiner Kabine und schreibt.«

Auf der *Hibernia* hatte dieser Verrückte fast eine Meuterei angestachelt, indem er Offiziere und Matrosen über die Tragödien ausfragte, die wir durchgemacht hatten, und seine geheimen Schlußfolgerungen in ein kleines schwarzes Tagebuch eintrug, das er nach unserer Rückkehr seinem Onkel zu zeigen gedachte. Als er bei seinen Nachforschungen schließlich andeutete, ich könnte am Tod von Kapitän Haag mitschuldig gewesen sein, hatte ich der ganzen Sache ein Ende bereitet und ihn für den Rest der Fahrt zu einer Beschäftigungstherapie in der Schiffsbarkasse verdonnert.

Ich trommelte mit den Fingern auf die schimmernde Tischplatte. »Stellt er Fragen?«

»Verzeihung?« Paulson beugte sich vor. »Fragen?«

»Über den Stützpunkt. Über Zwischenfälle, zu denen es gekommen ist.«

Er zuckte die Achseln. »Bisweilen. Er zeigte sich höchst interessiert an dem Shuttleabsturz vor zwei Jahren. Ich glaube, er hält sich für so etwas wie einen Historiker.«

Ich schnaubte. »Das kann ich mir vorstellen! Ich möchte ihn loswerden.«

»Ja, Sir. Ich glaube, Sie werden das beim PersBü vorbringen müssen. Ich habe nicht die entsprechenden Vollmachten.«

»Ich bin kein Kadett mehr!« knurrte ich. »Belehren Sie mich nicht über Vorgehensweisen!«

»Nein, Sir. Entschuldigen Sie.«

»Das war alles.«

Er stand auf, salutierte und ging.

Ich saß da und stützte den Kopf auf die Hände. So ging das einfach nicht. Ich war gerade eine halbe Stunde auf dem Stützpunkt und hatte mir bereits meinen ersten Leutnant entfremdet. Ich stand auf, wollte auf und ab gehen und stieß einen Stuhl weg, der mir im Weg stand. Ich ging die paar Schritte bis ans Schott, drehte mich um, ging am Schreibtisch vorbei, drückte mich um den Konferenztisch herum. Schließlich kehrte ich zu meinem Platz zurück und nahm den Rufer zur Hand.

»Sarge, rufen Sie das PersBü in Lunapolis an. Wer auch immer für unser Personal zuständig ist – verbinden Sie mich mit ihm.« Während ich wartete, wandte ich mich der Konsole neben dem Schreibtisch zu. Ich rief ein Menü auf und sah es mir müßig durch. Personaldateien, Zahlmeisterunterlagen, Nachschubverzeichnisse. Ich mußte mich erst noch mit dem System vertraut machen, aber ich wußte, daß faktisch alle unsere Daten von dieser Konsole aus zugänglich waren.

Ich schaltete auf die Kadettenverzeichnisse um und sah sie mir aufs Geratewohl durch. Hier fand ich alles, von den ursprünglichen Bewerbungen über die ID-Fotos bis zu den aktuellen Zensuren.

Im Lautsprecher summte es. »Seafort.«

»Kapitän Higbee vom PersBü. Womit kann ich Ihnen helfen?«

»Ich habe hier einen Leutnant, den ich ausgetauscht

haben möchte.« Wie die meisten Kapitäne auf der Soldliste der Flotte hatte Higbee ein höheres Dienstalter als ich.

»Aus welchem Grund?«

Stand es einem Kapitän nicht frei, sich seinen Stab auszusuchen? Ich versuchte, meine Verärgerung nicht zu zeigen. »Wir hatten, ah, Probleme. Er heißt Crossburn.«

»Was hat er falsch gemacht?«

»Aktuell gar nichts«, antwortete ich lahm.

»Ich verstehe.« Eine lange Pause. »Kapitän, vielleicht sind Sie nicht über die Personalprobleme informiert, die wir ...«

»Der Mann ist eine Zeitbombe! Ich möchte, daß er von meinem Stützpunkt verschwindet!«

»Ja, das haben Sie deutlich gemacht. Ich fürchte, daß ich Ihnen nicht helfen kann. Alle Versetzungen sind zur Zeit eingefroren. Obwohl ich vermute, daß man ihn ruckzuck nehmen würde, falls er sich freiwillig zur fahrenden Flotte meldete.«

»Allmächtiger, nein! Er darf keinesfalls auf ein Schiff!« Ich hämmerte mir an die Stirn. Was tat ich nur? Ich hatte gerade eine Chance vermurkst, ihn loszuwerden. Trotzdem konnte ich Crossburn keinem Schiff zumuten. Er brachte es fertig, schnurstracks die Moral zu erledigen, und sollte das Schiff dann den Aliens begegnen ...

»Wenn er so viele Probleme macht, stellen Sie ihn vors Kriegsgericht«, sagte Higbee. »Ich fürchte, daß wir Ihnen nicht helfen können; wir tauschen keine Offiziere mehr aus, bis die Notlage vorüber ist. Im Augenblick ist es besser, wenn die Leute weiter Aufgaben ausführen, mit denen sie vertraut sind. Der entsprechende Befehl kam direkt aus dem Einsatzzentrum der Flotte. Sonst noch was?«

»Ich ... Nein, Sir.«

»Sehr gut, dann.«

»Mit Ihrer Erlaubnis würde ich gerne mit Admiral Duhaney sprechen.«

Das war unverschämt, aber nicht ganz so schlimm, als

hätte ich es hinter seinem Rücken getan. Es blieb eine Zeitlang still.

Als Higbee sich wieder meldete, schlug er einen kühlen Ton an. »Wie Sie wünschen, Kommandant.«

»Danke.« Ich brach die Verbindung ab und stand auf. Ich hatte erneut das Bedürfnis, auf und ab zu gehen. Machte ich zuviel Theater wegen Crossburn? Sicherlich konnte ich doch irgendwie mit ihm leben. Ich fragte mich, ob der Farside-Stützpunkt über eine Barkasse verfügte. Nun, ich konnte ihn immer noch damit beauftragen, den Rumpf zu polieren, der draußen halb im Staub des Mondes vergraben lag.

Ich prallte gegen einen Couchtisch und stieß mir das Schienbein. Fluchend zog ich mich hinter den Schreibtisch zurück. »Sergeant ... Oba ... Ob ... Sarge!«

Einen Augenblick später tauchte sie in der Luke auf. »Obutu«, korrigierte sie mich ruhig.

Ich brachte das Bein vorsichtig in Ruhelage. »Versuchen Sie mal, Admiral Duhaney im Einsatzzentrum zu erreichen.«

»Aye, aye, Sir.« Sie drehte sich um.

»Und sorgen Sie dafür, daß jemand die verdammten Möbel hier herausschafft!«

Ihr Gesicht blieb ausdruckslos. »Verzeihung, Sir?«

»Hinaus. Das Mobiliar. Es soll weg.« Jetzt hörte ich mich wie ein kompletter Idiot an. Ich holte tief Luft. »Abgesehen von Schreibtisch und Stuhl. Und natürlich der Konsole. Auch dieser Ledersessel vor dem Schreibtisch kann bleiben, ebenso die Couch am Schott. Alles andere möchte ich loswerden.«

»Aye, aye, Sir. Darf ich nach dem Grund fragen?«

»Damit ich Platz habe.« Ein Kapitän brauchte Platz, um auf und ab zu gehen. War Kommandant Kearsey nie auf einer Schiffsbrücke tätig gewesen? Gütiger Himmel!

»Sehr gut, Sir.«

Normalerweise war der Messesaal voller Kadetten, die an ihren langen Holztischen saßen. Die jungen Leute waren stets auf dem Sprung, Haltung anzunehmen, wenn die Offiziere eintraten. Jetzt, in den Semesterferien, hatten weniger als zweihundert Platz genommen, und das Mahl verlief weniger förmlich.

Die Offizierstafel war rund, wie die Tische im Speisesaal eines Schiffes. Es war der einzige runde Tisch im Raum, vielleicht um den Unterschied zwischen Offizieren und Kadetten zu betonen. Obwohl wir dieselben Speisen verzehrten wie die Kadetten, wurde den Offizieren von Stewards aufgewartet, während pro Kadettentisch einer der jungen Leute ausgesucht wurde, seinen Kameraden die Tabletts mit dem Essen zu bringen.

Unser Steward trug Salat und Brot auf. Als er ging, stieß Leutnant Ngu Bien Paulson an. »Da ist ja der junge Chambers. Sieht so aus, als hätten sie ihn wieder hereingelassen.«

»Ich bin überrascht, daß er so schnell schon wieder gehen kann«, sagte Paulson.

Ich zog eine Braue hoch.

»Ein Spektakel mit zwei seiner Tischgefährten, Sir. Zunächst wurde nur geschubst und gestoßen, bis Kadett Chambers den Kopf verlor und eine Kanne Milch über ihnen ausgoß.«

»Ich verstehe.«

»Natürlich erhielt er den Rohrstock. Vom Kommandanten persönlich. Während der zurückliegenden zwei Wochen mußte er auf dem Korridordeck vor dem Messesaal essen.«

Angemessen. Kadetten mußten lernen, sich wie Offiziere zu benehmen. Nur in der Privatsphäre ihrer Unterkünfte konnten sie ihre natürlichen Spannungen durch allerlei Unfug abbauen. Obwohl ich einmal, als Kadettenkorporal Tolliver es mit mir zu weit getrieben hatte ... Ich verbannte den Gedanken.

»Sie haben die Unruhestifter also hier oben behalten?«

»Den Problemkids wurde der Urlaub verweigert,

ebenso den wenigen anderen, die keinen guten Platz haben, wo sie hinfahren könnten, Sir.«

»Womit beschäftigen wir sie?« Bis zu Beginn der nächsten Unterrichtsphase blieben die Klassenräume ja leer.

Ms. Bien meldete sich zu Wort. »Bill Radz und ich führen sie heute nachmittag nach draußen.«

»Den ganzen Haufen?« Sie nickte. Na ja, die Übung in Disziplin und Fitneß würde ihnen guttun. Ich erinnerte mich an die eigenen ersten, unsicheren Schritte, die ich mit Magnetstiefeln auf dem Rumpf getan hatte.

»Würden Sie gern mitkommen, Sir? Wir geben einigen von ihnen Triebwerksanzüge, und alle haben schon von Ihrem Flug in die Schleuse der *Hibernia* gehört.«

Ich erstickte fast an meinem Kaffee. Die riesenhafte, fremdartige Gestalt war hinter dem Rumpf der *Telstar* aufgetaucht. Unsere Matrosen saßen hilflos im Gig. Die Säure. *Geh in Fusion, Vax! In Fusion!*

»Ist alles in Ordnung mit Ihnen, Sir?«

Verzweifelt hatte ich den Triebwerksanzug auf volle Leistung gestellt und Kurs auf die Schleuse der *Hibernia* genommen. Ich hatte ein Wendemanöver versucht, wie Sarge es uns früher gezeigt hatte, damit aber etwas zu lange gewartet, und war mit solcher Wucht in der Schleuse aufgeprallt, daß es mir beinahe die Knochen gebrochen hatte. Immerhin, ich hatte es geschafft, und Vax Holser war augenblicklich in Fusion gegangen.

»Natürlich, mir geht es gut.« Ich wischte mir Kaffee vom Kinn. Ungeachtet dieses späteren Zwischenfalls war die Freiheit, die man mit einem T-Anzug genoß, eine der wenigen Freuden, die ich aus der Kadettenzeit in Erinnerung hatte.

Ich blickte auf. »Ja, ich komme gern mit.«

Zwei Stunden später stand ich vor der Übungsschleuse, schwitzte in dem Triebwerksanzug und gab mir Mühe, meine Ungeduld zu verhehlen. Fast hundert muntere Teenager in Raumanzüge zu bekommen, war eine Aufgabe, die die Geduld Hiobs erforderte. Die beiden Offiziere, die damit betraut waren, schlugen sich so gut, wie man erwarten konnte. Selbst bei voller Kooperation der ungestümen Kadetten erforderte es jedoch Zeit, den Sitz jeder Schnalle und jedes Helmverschlusses zu kontrollieren.

»Stillhalten, Johns. Hast du vielleicht eine Spinne im Anzug?« Sergeant Radz drehte ein letztesmal an ihrem Helm.

Hinter mir kicherte eine junge Stimme. »Ruhe!« schnauzte ich.

»Aye, aye, Sir.« Ein geknickter Tonfall.

»Kadett Drew lacht immer, Sir.« Radz bedachte den Jungen mit einem vernichtenden Blick. »Ich bin mir sicher, daß wir heute abend in der Unterkunft gemeinsam etwas komisch finden.«

Der Junge schluckte. »Es tut mir leid, Sir.« Er war fast so groß wie Sarge, aber noch kaum im Stimmbruch.

Ich grunzte und drehte mich zur Übungsschleuse um. Obwohl sie viel größer war als die VIP-Schleuse, die wir vom Shuttle aus benutzt hatten, waren die Raumanzüge der Kadetten doch sperrig, und wir brauchten drei Austauschzyklen, bis wir alle draußen waren.

Die Offiziere standen auf einer Frequenz mit den Kadetten in Funkverbindung und auf einer weiteren Frequenz untereinander. Heute, als Erwachsener, konnte ich endlich die Logistik würdigen, die man brauchte, um Ordnung zu halten.

Während wir darauf warteten, daß die letzten Kadetten aus der Schleuse auftauchten, versetzte ich dem Mondstaub einen Tritt. Er stieg träge auf und sank in Zeitlupe wieder herab, nur einen Fuß von mir entfernt. Schuldbewußt sah ich mich um. Als Kadett hätte mir so etwas einen Verweis eingetragen, obwohl ich nie begriffen hatte, warum eigentlich. Der allmächtige Gott wußte, daß es hier eine Menge Staub gab, in den man treten konnte.

»In Zweierreihe, jetzt.« Ich fuhr hoch, als diese Worte aus meinem Lautsprecher plärrten. »Zum Rumpf hinüber. Gleichbleibende Distanz wahren.« Ich hielt mich mit Leutnant Bien etwas zurück, während sich unser Trupp pflichtschuldig in Bewegung setzte. Nördlich der Schleuse breitete sich das bekannte, zerklüftete Gelände aus, unverändert seit Errichtung des Farside-Stützpunktes und schon für viele Zeitalter zuvor.

Im Süden befand sich der Rumpf, der lebensgroße Nachbau eines Linienschiffes, tief im Mondgestein vergraben, so daß vom Heck bis zum Bug nur die obere Hälfte daraus hervorragte.

Ein U.N.N.S.-Sternenschiff war geformt wie ein Bleistift, den man durch zwei oder drei Schaumgummischeiben gesteckt hatte, bis sie zusammengedrückt auf halber Länge saßen. Vor den Scheiben lagen die Frachträume, achtern der Maschinenraum und die Fusionsmotoren; letztere liefen im Fusionsantriebsschaft aus, der das eigentliche Heck bildete. In den Scheiben fand man die Kabinen, Mannschaftsquartiere, Trainingsräume sowie die Hydroponik und die Wiederaufbereitung, die das Leben an Bord aufrechterhielten.

Schon Generationen von Kadetten waren auf dem Rumpf herumgeklettert, um zunächst den schieren Trick des Gehens beherrschen zu lernen und später auch einzuüben, wie man dabei Werkzeug und Energiepakete trug, die man vielleicht draußen für Reparaturen benötigte. Den Abschluß bildete dann die Ausbildung mit T-Anzügen.

Die heutige Gruppe beherrschte zumindest die Kunst des Gehens, obwohl sich viele noch durch eine ungelenke Gangart auszeichneten und ein paar sogar noch vorsichtig Weite und zeitliche Abstimmung jedes einzelnen Schrittes regulierten. Niemand stieß jedoch mehr mit dem Kadetten vor ihm zusammen oder landete mit dem Gesicht nach unten im Staub.

Endlich waren die jungen Leute längsseits des Rumpfes versammelt. Leutnant Bien organisierte die meisten zu Gruppen, die die Aufgabe erhielten, auf der Oberseite des Rumpfes entlangzugehen, von einem Ende zum anderen. Hin und wieder variierte sie die Übung, schickte eine Gruppe in den Antriebsschaft, eine andere zum Bug. Der Rumpf besaß keine scharfen Kanten, die einen Raumanzug hätten aufreißen können, aber es war trotzdem eine heikle Sache, von einer Sektion zur nächsten vorzudringen und über die Scheiben hinwegzuklettern.

Schon sich aneinander vorbeizuschieben, konnte für unerfahrene Kadetten zum Problem werden.

Am Heck überwachte Sergeant Radz ein paar Kadetten, die Übungssprünge in Triebwerksanzügen machten. Alles in allem wußte ich die Übung heute mehr zu schätzen als früher, als ich noch selbst daran teilgenommen hatte.

Radz schaltete sich auf meine Frequenz ein. »Sir, wären Sie bereit, einen Sprung zu demonstrieren?«

»Ich?« Erstaunt drehte ich mich um. Ich war wohl kaum ein Experte.

Wie alle Sergeanten überall in der Welt fürchtete er sich nicht vor höheren Rängen. »Ja, Sir, falls es Ihnen nichts ausmacht. Sie würden alle viel aufmerksamer zuhören, als wenn ich es demonstrierte.«

»Nein, ich ...« War das nicht die Aufgabe, für die ich hergekommen war – nämlich Kadetten auszubilden? Stimmt, ich hatte nicht damit gerechnet, dabei so aktiv zu werden. Ich seufzte. »Wo, meinen Sie, sollte ich den Sprung ausführen?«

»Vom Bug bis zum Antriebsschaft, wenn es Ihnen recht ist.«

»Vielen Dank auch«, brummte ich. Falls ich mein Ziel verfehlte, würde ich am Heck vorbeisegeln und wie ein kompletter Idiot aussehen. »Vielleicht bin ich nicht besonders gut darin, Sarge.« Ich probierte einen kleinen Sprung und spreizte die Beine bei der Landung.

»Sicher sind Sie das, Sir. Sie haben doch die Ausbildung absolviert, oder nicht?«

»Mit knapper Not.« Er faßte mein resigniertes Nicken als Zustimmung auf und schaltete sein Mikro um, um die Kadetten zu versammeln. Während sie längsseits

Aufstellung bezogen, schätzte ich nervös die Entfernung ab.

Auf Luna war der Umgang mit einem Triebwerksanzug nicht ganz so einfach wie auf der Übungsstation im Orbit oder außen auf einem der elf Fusionsboote, die für Ausbildungszwecke an den Docks dieser Station bereitlagen. Hier auf Farside mußte man sich mit Schwerkraft auseinandersetzen. Nicht mit allzuviel Schwerkraft, aber es reichte. Man brauchte mehr Treibstoff, und man konnte nicht einfach die Stelle anpeilen, die man erreichen wollte. Man mußte einen weiter entfernten Punkt ins Visier nehmen und es der Schwerkraft überlassen, einen an der gewünschten Stelle herunterzuziehen. Und obwohl die Schwerkraft weit geringer war als auf der Erde, änderte sich an der Trägheit gar nichts. Wäre ich unglücklich in der Schleuse der *Hibernia* aufgeprallt, hätte ich mir die Beine brechen können, ungeachtet der Schwerelosigkeit.

»... mit einem Sprung, wie es der Kommandant euch gleich zeigt. Achtet auf seinen Anstiegswinkel und auf die Stelle, an der er die Triebwerke zündet, um den Kurs zu wechseln. Ihr dort am Endpunkt, weicht weitere zehn Meter zurück.« Er wartete, bis sie gehorcht hatten. »Wenn Sie dann soweit sind, Sir.«

»Sehr gut.« Ich schaltete mein Mikro auf die allgemeine Frequenz. »Paßt gut auf. Ich mache das nur einmal.« Wenn ich es überhaupt schaffte. Ich trabte in der eigenartigen, schwebenden Gangart, wie man sie auf der Mondoberfläche entwickelte, am Rumpf entlang, bis ich den Bug erreicht hatte. Ich packte die Riemen, schaltete die Düsen ein, spürte den Schub nach oben und schaltete rasch wieder ab. Ich segelte auf den Bug hinauf und geriet beinahe übers Ziel hinaus, was dazu geführt hätte, daß ich an Backbord hinunterfiel. Ich aktivierte die Magnetelektronik, so daß die Stiefel sich an den Rumpf hefteten, und hielt die Knie steif. Dann blickte ich am Rumpf entlang zum Antriebsschaft, mehr als hundert Meter entfernt.

In was war ich da nur hineingeraten? Ich ächzte und erinnerte mich bestürzt, daß mein Funk auf die Frequenz der Kadetten eingestellt war. Ich fluchte unterdrückt und wechselte den Kanal.

Jetzt oder nie.

Ich schätzte die Distanz ein letztes Mal ab, packte die Riemen und schaltete die Jets ein.

Ich hatte nicht vor, auf eine ballistische Bahn zu gehen; ich plante, eine relativ konstante Höhe über dem Rumpf beizubehalten. Dafür mußte ich die Energieleistung in winzigen Beträgen ändern. Ich hob ab, beugte mich vor, um die Jets in den richtigen Winkel zu bringen, und versuchte dabei, die ideale Balance zwischen aufwärts- und vorwärtsgerichtetem Impuls zu finden. Unter mir trieb der Rumpf vorbei.

Mehr Energie – andernfalls hatte ich nicht genug Schwung, um mich aufzurichten und auf die Landung vorzubereiten. Zuviel, verdammt! Jetzt schoß ich in großer Höhe über dem Rumpf dahin. Ich mußte die Vorausdüsen zünden, und ich hatte es schon immer verabscheut, das Kinn in der Brust zu vergraben und blind zu feuern. Ich geriet nach Steuerbord außer Kurs. Vorsichtig, du Idiot! Konzentriere dich auf deine Arbeit!

»Ein bißchen nach Backbord, denke ich.« Eine ruhige Stimme ertönte aus meinem Lautsprecher. »Strecken Sie die Beine aus, Sir. Ziehen Sie das Kinn ein. Zünden Sie etwa – jetzt. Gut. Lassen Sie los und orientieren Sie sich für die Landung.«

Ich bekam den Flug unter Kontrolle. Ich drehte mich um, zündete die Rückenjets, um abzubremsen, und sank langsam zum Rumpf hinunter. Zeit, den Körper nach vorn zu kippen und ein paarmal kurz die Jets zu zünden, damit ich nicht zu heftig landete. Meine Füße erreichten festen Grund. Fertig. Ich schaltete die Jets ab.

Die Kadetten schrien Beifall, bis der aufgebrachte Sergeant sie mit ein paar knisternden Worten wieder unter Kontrolle bekam. Lässig sprang ich vom Rumpf herunter, verließ mich darauf, daß mich die Jets sicher hinunterbringen würden, und fiel beinahe flach auf die Nase. Niemand schien es zu bemerken.

Mit vor verspäteter Angst zitternden Beinen sah ich zu, wie Leutnant Bien Radz dabei half, die Kadetten in Triebwerksanzügen auf ihr Training vorzubereiten. Zuerst mußten sie parallel zum Rumpf in einer Reihe Aufstellung im Mondstaub beziehen. Sergeant Radz ging hinter ihnen entlang und zeigte den Kids, wie man sich vorbeugte, um die Vorwärtsrichtung einzuschlagen.

»Jetzt machen wir erst mal einen einfachen Hüpfer auf den Rumpf. Die Vorwärtsbewegung habt ihr schon geübt. Der einzige Unterschied wird jetzt darin bestehen, daß ihr bei der Landung ein Dutzend Meter höher steht als beim Start. Bronski, du als erster.«

Eine nervöse junge Stimme antwortete. »Ja, Sir.«

»Spring ab, sobald du bereit bist.«

Der Junge holte tief Luft und sprang hoch. Er machte es gar nicht schlecht, obwohl er beim Aufsetzen ins Stolpern geriet.

»Weiche ein wenig zur Seite aus und warte auf Salette.« Der Sergeant rückte das Geschirr des nächsten Teenagers zurecht und trat zurück. Ich nutzte die Gelegenheit, um bei abgeschaltetem Mikro meinen Helm mit seinem in Kontakt zu bringen. »Danke, Sarge.«

»Für die Mitfahrt auf dem Rücksitz? Tut mir leid, wenn ich mich eingemischt habe, Sir.« Er blinzelte und wandte sich wieder seinen Schützlingen zu. »Edwards, bist du soweit?«

Die Stimme des Jungen bebte. »Ich denke es, Sir.«

»Dann los!«

Der Kadett kalkulierte die Beugung nach vorn falsch und stieg senkrecht in die Höhe. Er schrie überrascht auf.

»Ruhig, Junge. Komm runter und versuch es noch mal. Fahr die Triebwerksleistung allmählich herunter.«

»Ja, Sir.« Edwards schaltete die Düse jedoch komplett aus und schwebte erst langsam herunter, wurde dann aber kontinuierlich schneller.

»Schub geben! Ganz kurz!«

Der Junge gehorchte und bremste seinen Sturz noch rechtzeitig ab. Er landete und schaltete das Triebwerk aus. »Es tut mir leid, Sir! Ich weiß nicht, wie ...«

Jemand flüsterte: »Du kannst es schaffen, Dustin! Nur Mut!«

Sergeant Radz wirbelte herum, so daß eine kleine Staubwolke aufstieg. »Wer war das?«

Verlegen trat ein Junge vor. »Ich, Sir. Kevin Arnweil.«

»Zwei Minuspunkte, Arnweil! Halte Funkstille, bis du angesprochen wirst!«

»Aye, aye, Sir!«

Radz schüttelte den Kopf. »Dein Kumpel hat recht, Edwards. Du kannst es schaffen. Spring jetzt zu Bronski und Salette auf den Rumpf hinauf.«

»Aye, aye, Sir.« Der Junge spannte sich an und beugte die Knie. »Ich denke ...« Heftig schaltete er die Düsen ein. Das Treibmittel schoß daraus hervor; langsam stieg der Kadett hoch und strampelte dabei wild mit den Beinen. Er gewann zuviel Höhe, war aber gescheit genug, die Jets abzuschalten und zu warten, bis die Schwerkraft ihn wieder gepackt hatte. Er landete auf dem Rumpf und fing sein Gleichgewicht. »Ich habe es geschafft!«

»Natürlich hast du es geschafft.« Radz rückte den Tornister des nächsten Kadetten zurecht. Kadett Arnweil grinste und winkte Edwards anerkennend zu, hielt aber sorgsam den Mund.

Ich lächelte vor mich hin. Ein kleiner Hüpfer von zwanzig Fuß, und beide Jungs frohlockten richtig. Aber wartet nur auf euren ersten Ausflug aus der Übungsstation!

»Sehr gut, Edwards. Ihr vier, geht ein bißchen nach achtern, um Platz zu machen. Drew, du bist der nächste. Dann du, Arnweil.« Er ruckte Kadett Drews Geschirr zurecht.

»Sir, ich denke nicht, daß ich schon bereit bin ...«

»Natürlich bist du es. Du bist schon hochgesprungen, und du bist schon vorwärts gesprungen. Jetzt kombinierst du beides. Beug dich vor, ehe du zündest.«

»Ich ... Aye, aye, Sir.« Der Junge beugte sich vor und verlor das Gleichgewicht.

»Um Gottes willen, Drew! Ein Minuspunkt!«

»Es tut mir leid, Sir!« Der Bursche rappelte sich unsicher auf. »Ich glaube nicht, daß ich ...«

»Du mußt dich erst orientieren. Du darfst nicht ...«

Der ängstliche Junge packte sein Geschirr und schaltete die Jets auf volle Leistung. Er fuhr hoch und strampelte mit den Beinen.

»Weniger Gas!«

Der Kadett beugte sich vor, Richtung Rumpf, die Jets nach wie vor auf voller Kraft. Er schoß hinüber.

Ich schrie: »Schalte deine ...«

»Vorsicht!« Sarge wedele heftig mit den Armen, um die Jungs auf dem Rumpf zu warnen. Einer der Kadetten dort drüben duckte sich langsamer als die anderen. Drew knallte mit voller Kraft auf ihn. Ihre Helme kollidierten. Eine Dampfwolke schoß hervor.

»DUSTIN!« Ein entsetzter Schrei von unten.

Ich beugte mich vor, startete und flog zum Rumpf hinauf. Ich zog Drew von dem strampelnden Dustin Edwards herunter, klemmte mir den gestürzten Kadetten unter den Arm, gab volle Leistung auf meine Jets und startete erneut. Endlose Sekunden verstrichen, während ich Kurs auf die ferne Luftschleuse hatte. Unter mir sprang ein Kadett zur Luftschleuse hinüber. Seine Schritte brachten ihn jeweils einige Meter von Boden hoch.

Die Gestalt in meinen Armen regte sich nicht mehr.

Keine Zeit, um zu landen und zu Fuß in die Schleuse zu gehen. Ich segelte direkt hinein, zog den Kopf ein, feuerte die Bremsdüsen, warf mich herum und fing mich mit den Beinen am Schott ab. In Zeitlupe sank ich auf den Boden hinunter. Ich rappelte mich auf und klatschte mit der Handfläche auf den Verschlußschalter der Schleuse, gerade als Sergeant Radz ebenfalls hereingesegelt kam.

Während die Schleusenluke zufuhr, sprang noch jener

Junge herein, den ich laufen gesehen hatte. Radz stieß einen Schwall von Flüchen aus, ohne zwischendurch Luft zu holen. Der Kadett, der uns gefolgt war, hämmerte an die Innenluke und schrie zusammenhangloses Zeug. Ich warf einen Blick auf seinen Helm. Kevin Arnweil, der für die Ermutigung von Edwards Minuspunkte erhalten hatte.

Was, zum Teufel, war nur mit der Schleuse los? Der Luftaustausch konnte doch bestimmt nicht ewig dauern! Ich schaltete den Funk ein und brüllte: »Medizinisches Notfallteam zur Übungsschleuse, aber sofort! Dekompression!« Ich hätte früher daran denken müssen!

Endlose Augenblicke später öffnete sich die Innenluke. Arnweil riß sich den Helm herunter. Kurzgeschorenes schwarzes Haar, der schwache Schatten eines Schnurrbarts, ein wilder Blick.

Keine Meditechniker. »Krankenstation?« keuchte ich.

Radz packte Dustin Edwards' schlaffe Beine mit einem Arm und zeigte voraus. Wir stürmten durch den Anzugsraum auf den Korridor dahinter, auch wenn wir uns in den Raumanzügen unbeholfen bewegten. Arnweil hatte die Geistesgegenwart, die Luken offenzuhalten.

Die Meditechniker kamen uns auf halbem Weg im Korridor entgegen und brachten ihr stoßfestes Rollbett zum Stehen. Radz zerrte mir Edwards von der Schulter, legte ihn flach hin und drehte den Helm los.

Blut sickerte aus dem Mund des Jungen. Seine Augen . . .

Arnweil stöhnte.

Diese Augen würden mir noch Alpträume bereiten. Ein Techniker klatschte dem Kadetten eine Sauerstoffmaske aufs Gesicht, so daß der Anblick gnädig verdeckt wurde. Die Sanis zogen ihm den Raumanzug aus und schnitten das Hemd auf. Sie versuchten ihn mit Stromstößen wieder auf die Beine zu bringen. Die Brustmuskeln des Jungen krampften sich zusammen, das war alles, was an Reaktion erfolgte. Ein Tech setzte sich rittlings auf den reglosen Patienten, um eine Herz-Lungen-

Wiederbelebung zu versuchen. Ein anderer riß die Sauerstoffmaske herunter, führte einen Atemschlauch in Edwards' Hals ein und aktivierte den Respirator.

Arnweil wimmerte unaufhörlich. Radz, der neben Edwards kniete, zischte: »Schluß mit diesem Geräusch!«

Ich trat zwischen den Kadetten und die reglose Gestalt auf dem Deck. Der Junge huschte um mich herum und kniete sich neben den Körper. »Dustin!« rief er gequält.

Sergeant Radz sah zu, wie sich die Meditechniker abmühten, erkannte, daß er keine große Hilfe zu bieten hatte, und stand auf. »Geh da weg, Arnweil! Beherrsch dich!«

»Lassen Sie mich bei ihm bleiben!« Kevin packte Dustins reglose Hand.

Radz schüttelte den Kopf. »Du behindertest sie.«

»Aber ...«

Die Stimme des Sergeanten wurde härter. »Gehorche deinen Befehlen, Kadett! Sei ein Mann! Schluß mit dem Gejammer! Stell dich vor ...«

»SCHLUSS DAMIT!« Etwas an meinem Tonfall brachte ihn zum Verstummen, was auch gut so war. Ich räusperte mich, um den schmerzenden Hals freizubekommen.

»Sir, er ...«

»Halten Sie den Mund!« Hatte ich den Verstand verloren? Ich stellte mich zwischen einen Kadetten und seinen Sergeanten!

Kevin Arnweil, der auf seinen Knien lag, beugte sich vor, bis er mit der Stirn die reglose Hand seines Freundes berührte. Er stöhnte. Dieser Laut durchdrang meinen Raumanzug, durchbohrte meine Seele.

Er jammerte wieder.

Ich kniete mich ebenfalls hin und legte ihm einen Arm um die Schultern.

Ich schloß die Augen. Das nicht, Herr!

Es war das größte Spiel des Jahres und bereits seit Wochen ausverkauft. Der allmächtige Gott allein wußte, wie Jason an unsere Karten gekommen war. Eine Zeitlang fürchtete ich, Vater würde mir verbieten hinzugehen, aufgrund irgendeiner unbeendeten Lektion oder einer nicht zu seiner Zufriedenheit erledigten Hausarbeit. Endlich konnte ich jedoch, schwach vor Erleichterung, hinter Jasons grüner Jacke her die Straße hinunterstrampeln, das Mittagessen im Rucksack, Geld in der Tasche.

Wir standen im Begriff, die walisische Nationalmannschaft auf eigenem Platz zum großen Spiel des Jahres 2190 gegen die Italiener antreten zu sehen.

Vor dem Stadion von Cardiff schlossen wir unsere Räder ab und mischten uns unter die vielen Menschen, die zum Eingang strömten. Ganze Reihen von Bussen entließen ihre Fahrgäste auf den Bürgersteig; Leute stiegen aus, die in fließendem Italienisch plapperten. Andere Busse trugen die Logos von Manchester, dem Londoner East End, Liverpool. Harte Kerle, die für den Fußball lebten.

Jason blieb abrupt stehen, machte ein entsetztes Gesicht und packte sich auf die Jackentaschen. »Jesus, Nicky, ich habe die Karten zu Hause vergessen!«

»Lästere nicht. Ich habe gesehen, wie du sie in die Hemdtasche gesteckt hast.«

Ein Grinsen erhellte seine Miene. »War 'nen Versuch wert.« Sein goldenes Haar reflektierte das Sonnenlicht. Wir durchquerten die Drehtore und fanden unsere Plätze auf den oberen Rängen, dort, wo sie billiger und nicht überdacht waren.

»Hast du Geld für Getränke?«

Ich fischte in der Jacke.

»Zwei Mäuse.« Ich brachte die zerknitterten Unidollars zum Vorschein.

»Jetzt oder später?«

»Ist mir egal.«

Jason zuckte die Achseln und verschränkte die Hände

hinter dem Kopf. »Warten wir noch.« Er betrachtete das leere Spielfeld. »Neue Markierungen. Freust du dich?«

»Was interessieren mich die Markierungen?«

»Nein, du Schwachkopf! Froh, daß du herkommen konntest!«

Ich überlegte. »Ich schätze, ja. Ich würde mich allerdings besser fühlen, wenn sie mir den ersten Brief nicht geschickt hätten.«

Er blickte forschend über den Platz hinweg. »Sie brauchen neue Bänke.«

»Was ist mit dir? Freust du dich?«

Er legte die Hände in den Schoß und versetzte der Bank vor uns einen Tritt. Ein stämmiger Mann bedachte ihn dafür mit einem ärgerlichen Blick.

»Was soll ich dazu sagen, Nicky?«

»Die Wahrheit.«

»Ob ich froh bin, daß du kriegst, was du immer wolltest? Daß du schließlich doch zu den Sternen fahren wirst? Ob ich froh bin, daß mein bester Freund bald weggeht, während ich Maschinenbau in der dritten Klasse belege?«Er sah mich kurz an und wandte sich dann wieder zum Spielfeld zu.

»O Jase! Ich wünschte, du könntest mitkommen!«

Nach einem Moment zuckte er die Achseln. »So ist das Leben.« Seine Hand senkte sich kurz auf mein Bein. Ich versuchte, mich nicht zu versteifen. Ich packte seine Hand, um sie wegzunehmen, hielt sie statt dessen aber kurz umklammert. Es kostete mich wenig, ihm das zu geben.

»Sie kommen aufs Feld!« Ich sprang auf, als Archie Connelly schwerfällig aus der Kabine getrampelt kam. Nicht der schnellste Mann im Team, aber dafür brauchte man einen Kampfpanzer, um ihn aufzuhalten.

Ich wartete ungeduldig, bis die Nationalhymnen endlich abgespielt waren, und stimmte in das beifällige Gebrüll ein, als die Mannschaften sich zum Anstoß aufstellten.

»Nick? Ich freue mich für dich. Ehrlich!«

Reggie schlug den Ball an Connelly vorbei und rempelte einen italienischen Verteidiger mit der Schulter. Widerwillig wandte ich den Blick vom Spielgeschehen ab. Jasons Augen glänzten feucht. »Danke, Jase. Ich werde dich vermissen.«

»Vier Tage noch.«

»Aye.« Ich hatte meine Sachen bereits gepackt; keine Kleider zum Wechseln, hatte man uns mitgeteilt; wir brauchten nicht mal eine Zahnbürste mitzubringen. Nur meine liebsten Holochips und Papier, um Vater und Jason schreiben zu können, wenn ich nicht an eine Faxkonsole herankam. Ein paar Bilder.

In der zehnten Minute schossen die Italiener ein Tor. Reggie und Archie schienen durch die plötzlichen Positionswechsel ihrer Gegenspieler aus dem Konzept gebracht. Sie spielten aber weiter, ohne sich um das schadenfrohe Geheul der italienischen Fans zu kümmern.

»Wie kommst du dorthin?«

»Zur Akademie? Vater sagt, mit dem Zug.«

»Mit dem Flugzeug ist es nur eine Stunde.«

»Das habe ich ihm auch gesagt. Er meinte, es gebe keinen Grund, durch die Luft zu rasen.«

Wir sprangen auf, als unser rechter Außenverteidiger den Ball abfing. Nach einer herrlichen Einlage, in der er seine ganze Ballbeherrschung unter Beweis stellte, paßte er das Leder zu Couran im Mittelfeld. Ich freute mich nicht gerade auf eine lange, stille Zugfahrt mit Vater, der jedes Zeichen von erregter Vorfreude sofort im Keim ersticken würde.

Die Halbzeit endete mit einer 2:0-Führung der Italiener. Jason zog seine grüne Jacke an und lief zum Stand hinauf, um Getränke für uns zu holen. Die Menge drängelte sich dort dermaßen, daß die Halbzeitpause schon fast vorüber war, als er zurückkam. Ich wickelte mein Sandwich aus und nahm einen Schluck von dem Softdrink, den Jason mitgebracht hatte.

Er stieß mich an. »Versuch mal meinen.«

»Ich hab' selbst genug.«

Er hielt mir seinen Becher hin. Ich nahm einen Schluck und würgte. »Jesus, wo hast du das denn her?« Ich drückte ihm den Becher wieder in die Hand.

»Lästere nicht«, äffte er mich nach.

»Sag's mir!«

»Angus Terrie war auch da oben.«

Ich trank aus meinem eigenen Becher weiter. »Du bringst uns ins Gefängnis!«

»Sei doch nicht so ein Langweiler.« Er nahm einen weiteren kräftigen Schluck Bier. »Gönne dir ruhig mal ein bißchen Spaß, Nick. Wozu soll das Leben sonst gut sein?« Er wedelte mit dem Becher.

»Stell ihn ab!« zischte ich. Wenn er Bier verschüttete, roch vielleicht irgendein Wichtigtuer den Alkohol und rief die Jerries. Ich wurde vielleicht von der Akademie gefeuert, ehe ich mich dort überhaupt gemeldet hatte. Manchmal hatte Jason einfach keinen Verstand!

Leute drängten sich an uns vorbei zu ihren Plätzen. Die Spieler kehrten aufs Feld zurück. Ich verdrückte den letzten Happen aus dem Lunchpaket und trank nervös aus dem Becher.

»Ich hab' mit meiner Ma geredet. Sie würde mir Geld für eine Fahrkarte pumpen, wenn ich mitfahren möchte.«

Ich starrte ihn an. »Du meinst, nach Devon? Mit Vater und mir?«

»Würde er es erlauben?« Ob ich es wollte, brauchte er nicht zu fragen.

Die zweite Halbzeit begann. Ob ich Vater überreden konnte? Auch wenn er sich nichts aus Jason machte, wußte er doch, daß ich es tat. Ich mußte den richtigen Zeitpunkt wählen und den richtigen Ton finden. Wie anders die Fahrt dann werden würde! Ich durfte damit allerdings nicht bis zur letzten Minute warten. Ich mußte Vater die Idee schon eine Zeitlang vorher in den Kopf setzen.

»O nein!«

Die Italiener hatten sich den Ball wieder geschnappt

und stießen in unsere Hälfte vor. Reggie näherte sich seinem Gegenspieler, der den Ball führte.

Mit einer wagemutigen Aktion wandte sich Archie Connelly von seinem Gegenspieler ab und half Reggie, den ballführenden Italiener zu attackieren. Der linke Außenstürmer des Gegners kam ebenfalls herbeigerannt, um seinem Teamgefährten zu helfen. Inmitten der Konfusion prallten Archie und der ballführende Italiener zusammen. Der Italiener ging zu Boden.

Eine Pfeife schrillte, und das Spiel war unterbrochen. Auf dem Platz wurde heftig gestikuliert. Der Schiri zückte eine gelbe Karte und deutete auf Archie.

»Eine Tätlichkeit?« Jason war empört. »Der Spaghetti ist doch in ihn reingerannt!«

Der Menge gefiel die Sache auch nicht. Buhrufe tosten über die Ränge, von den italienischen Sektionen abgesehen. Die Itaker bekamen einen Freistoß, führten den Ball auf unsere Abwehrreihe zu und verloren ihn. Wir stürmten wie ein Blitz durch ihre Verteidigung und erzielten ein Tor. Schmähungen und Pfiffe prasselten auf die italienische Mannschaft ein.

»Nur noch zwanzig Minuten.« Jason biß sich auf die Lippe. Die Waliser mußten gewinnen, um das Endspiel zu erreichen. Ein Unentschieden reichte nicht.

Zehn Minuten lang passierte nichts Entscheidendes. Die Stimmung der Zuschauer wurde hitziger. Jason war Gott sei Dank endlich mit seinem Bier fertig. Ich versteckte den belastenden Becher zwischen den Sitzen, wo er einfach jedem gehört haben konnte.

Hinter uns ertönte ein heiserer Schrei: »Los, Archie! Schnapp dir die blöden Itaker!« Ich runzelte die Stirn, aber irgendwie bekam Archie den Ruf mit und winkte. Unsere Ränge reagierten mit einem Mordsgebrüll.

Als nur noch ein paar Minuten zu spielen waren, schlug Cardiff den Ball über den Platz. De Ville paßte weiter zu Reggie, der wuchtig in eine günstige Position trabte und aus zwanzig Fuß Distanz ein Tor erzielte. Wir hatten ausgeglichen.

Die Mannschaften bezogen für den erneuten Anstoß Position. »Ich frage Vater heute abend, Jason.«

»Was, wenn ich einfach im Zug auftauche?«

Ich dachte darüber nach. »Ich weiß nicht.« Vater würde sich denken können, daß Jasons Auftauchen kein Zufall war, aber was sollte er schon machen? Ich konnte sogar ohne seine Erlaubnis mit Jason durch den Zug wandern. Der Gedanke an Rebellion stieg in mir auf. Ich mußte ja nicht *immer* tun, was Vater sagte!

Vier Minuten noch. Das Gebrüll war ohrenbetäubend. Die Italiener verloren den Ball. Sie rannten zurück, um ihre Abwehr zu stabilisieren, aber Archie Connelly rempelte jeden Widerstand zur Seite. Mir tat der Hals weh vor lauter Geschrei.

Plötzlich spielte Archie das Leder zu Reggie hinüber, der es genausoschnell zurückpaßte. Archies Schußbahn war für einen Moment frei; er rammte einen Verteidiger zu Boden und holte zu einem gewaltigen Schuß aus. Der Ball segelte majestätisch in den oberen Torwinkel. Damit hatten wir bei weniger als einer Minute Restspielzeit gewonnen.

Jason und ich waren ganz aus dem Häuschen und tanzten auf den Bänken. Der stämmige Kerl vor uns warf sich herum und knurrte: »Laßt das, ihr Trottel! Das Tor wurde nicht gegeben!«

»Was?« Aber es stimmte. Der Schiri hatte nicht nur das Tor aberkannt, sondern auch Archie die rote Karte gezeigt. Auf dem Platz hatte das Cardiff-Team den Schiri umzingelt. Er stand mit verschränkten Armen da und schüttelte den Kopf.

»Zur Hölle mit den Spaghettis!« intonierten Typen auf der anderen Stadionseite. Andere Zuschauer fielen ein.

»Macht den Schiri alle! Macht den Schiri alle!«

»Wow, jetzt geht's rund!« Jason grinste vor Aufregung. »Wenn Reggie nicht aufpaßt, fliegt er auch vom Platz!«

»Das sollte er lieber nicht.« Die Lage war jedoch bereits weiter eskaliert. Ein Itaker versetzte De Ville einen Schwinger, und De Ville schlug zurück.

Wutgebrüll ertönte auf den Bänken gegenüber. Italienische Zuschauer schwärmten über das Spielfeld. Sie gerieten mit Kerlen aus Cardiff von den unteren Rängen aneinander, die ein gutes Stück unter uns lagen. Jerries drängten sich mit ihren Schlagstöcken ins Gewühl, um die Ordnung wiederherzustellen.

»Sieh mal!« Jason deutete zum angrenzenden Block hinüber.

Auf den höheren Rängen dieses Blocks, auf der anderen Seite des Zwischenganges, hatten ein paar Jungs ein Ende ihrer Bank losgerissen und versuchten gerade, auch das andere freizubekommen. Andere Zuschauer, die sich darüber fast amüsierten, machten ihnen Platz. Einen Moment noch hielt die Bank, dann brach sie abrupt ab. Einer der Kerle hob sie an und wirbelte sie wie ein Hammerwerfer über den Kopf. Er schwang sie dreimal im Kreis, ehe er sie schwindelig losließ und dabei selbst zurückfiel.

Die Bank wirbelte abwärts über die Ränge und mähte Zuschauer nieder wie Kegel.

Wütende Menschen sprangen über Bänke und Leiber hinweg und stürmten nach oben, auf ihren Angreifer zu. Ein paar stürzten oder wurden niedergerissen.

Ich packte Jason am Handgelenk. »Verschwinden wir lieber!«

»Die nächste Treppe ist ganz oben!«

»Aber ... Okay!« Wir drängelten uns zum Zwischengang und versuchten dort, uns einen Weg zum Ausgang zu bahnen. Abrupt sprang der Tumult über den Zwischengang hinweg wie eine Feuersbrunst über eine Schneise. Unser Block war voller schubsender, kreischender Fans.

»Los, Nicky!« Jason schob mich.

Irgend etwas schlingerte hier. Über uns verschwanden auf einmal zehn Sitzreihen in der Tiefe.

Wie ein Mann drängte die Menge zum sicheren Boden des Spielfelds. Menschen sprangen von Bank zu Bank, ohne sich darum zu scheren, worauf sie jeweils landeten.

Auf dem Zwischengang war jede Fortbewegung blockiert.

Jason drehte sich um und versuchte, sich ebenfalls nach unten durch den Mob zu drängen. Ich hielt seinen Arm fest. Der Druck der Leiber hob mich vom Boden an und riß mich mit, während ich mich weiter an Jason festklammerte.

Unser Zwischengang endete an einem Geländer, das die oberen und unteren Ränge trennte. Eine ans Geländer gedrückte Frau kämpfte wie rasend darum, sich zu befreien. Neben ihr stemmte sich ein Mann der Menge entgegen. Einen Moment später ging er bereits zu Boden. Dann folgte ihm die Frau. Der Mob schob sich weiter auf den sicheren Platz zu und zermalmte alle, die unter ihn gerieten, am Geländer oder auf dem Betonboden.

Jasons Hand spannte sich. »Halt fest, Nicky!«

Ich packte sein Handgelenk. Die Menge drängte weiter. Ein Ellbogen traf mich in der Seite, und ich verlor Jason aus dem Griff. Wir wurden getrennt. Ich versuchte, mich an den Leibern zwischen uns festzukrallen. Ein Mann holte zum Schlag aus und erwischte mich im Magen. Ich klappte zusammen und stürzte vor eine Bankreihe.

»JASON!« Ich erwischte einen kurzen Eindruck von goldenen Locken. Ich kämpfte mich wieder zum Zwischengang vor. Unter uns gab etwas nach. Die Menge schwankte, ruderte mit Armen und Beinen. Ich rutschte auf etwas Nassem aus, konnte mich aber wieder aufrappeln.

»Jason, antworte doch!« Die Menge stürmte über das zerbrochene Geländer und katapultierte mich auf die Ränge darunter. Ich landete so heftig auf Köpfen und Armen, daß ich schier keine Luft mehr bekam. Die Kerle, auf die ich gestürzt war, schleuderten mich fluchend zur Seite. Ich plumpste auf Beton.

Jemand trat mir auf die Hand.

Ich schrie auf und rollte mich unter eine Bank. Wut- und Schmerzensschreie ertönten ringsherum. Ein lautes

Krachen war zu hören, gefolgt vom Geräusch zersplitternden Holzes.

Äonen später ließ der Lärm allmählich nach. Ich lag halb zerschmettert unter der zerbrochenen Bank. Stimmen. Der Druck ließ nach. Licht.

Ein Jerry. »Der hier lebt noch. Alles in Ordnung, Junge?«

Ich fing an zu weinen.

Sie zogen mich hervor. »Irgendwas gebrochen?« In der Tiefe beförderten Jerries menschliche Leiber auf Tragen vom Platz.

Ich sackte auf eine Bank in der Nähe. »Ich glaube, nicht.« Ich sah mich um. »Wo ist er?« Der größte Teil der Menschenmenge war verschwunden. Verwundete drängten sich zusammen, als suchten sie Trost. Einige waren verbunden, andere bluteten, viele hatten einen Schock erlitten.

»Wer, Junge?« Das war ein Jerry, den Schlagstock im Gürtel.

»Jason.«

Er zuckte die Achseln. »Er ist wahrscheinlich inzwischen draußen. Wenn du möchtest, kannst du auf dem Spielfeld nachsehen. Die Ambulanzen stehen draußen bereit, um die Verletzten ins Krankenhaus zu bringen.« Er tätschelte mir die Schulter. »Ich kann nicht bleiben, Junge. Es warten noch andere auf mich.« Er wandte sich ab.

Die Rippen taten mir weh. Ich knirschte mit den Zähnen, ging zum Zwischengang, schloß die Augen. Wenn Jason hier war, wollte ich ihn nicht sehen. Ich stählte mich innerlich und öffnete die Augen einen Spalt weit. Nichts. Rötlichbraune Flecken auf den Zementstufen, und überall lagen zertrampelte Jacken und Schuhe verstreut herum. Gottlob jedoch keine grüne Jacke.

Ich suchte mir den Weg aus dem Stadion. Hunderte von Verletzten saßen oder lagen auf dem Bürgersteig. Eine Ambulanz landete; Techs mit Krankentragen sprangen heraus. Ich ging die Reihe der Verletzten entlang und hielt Ausschau. Jason war nicht dabei. Bestimmt wartete er bei den Fahrrädern. Ich schleppte mich über den Betonparkplatz. Unsere Fahrräder standen weiterhin abgeschlossen und unberührt da.

Sinnlos, auf das schaurige Spielfeld zurückzukehren. Ich steckte die Hände in die Taschen, senkte den Kopf, starrte ins Leere.

Dann brachten mich zögernde Schritte zurück zum Stadioneingang. Nur, damit ich mich überzeugen konnte, daß er im Krankenhaus war. Krankenschwestern konnten so streng sein, und wenn ein richtiges Durcheinander herrschte, würden sie mit mir schimpfen. Besser war es, wenn ich mir einfach sagen konnte, daß er meines Wissens nach dort sein mußte. Ich folgte den Schildern zu den unteren Blocks und spazierte ungehindert über die frisch gezeichneten Markierungen des Spielfelds. Ein Jerry hielt mich auf. »Was suchst du hier, Junge?«

»Ich ...« Meine Zunge war dick. »Ich suche jemanden.«

»Faß hier nichts an.« Ich nickte, und er ließ mich gehen. Ich schlang die Arme um mich, als ich die erste Reihe erreichte. Die meisten Gesichter waren unbedeckt. Eine Frau starrte aus hervorquellenden Augen zu mir herauf; eine Seite ihres Kopfes war zertrümmert. Ich wandte mich ab, tat zwei Schritte, erbrach mein Mittagessen auf den Platz und wischte mir den Mund ab. Der Magen tobte weiter.

Jason, du wirst nicht glauben, was ich heute durchgemacht habe! Mir diese ganzen Leichen anzusehen und zu fürchten, du könntest dabeisein. Was soll das mit deinem Bein? Du wirst in einer Woche wieder gehen, also komm mir bloß nicht damit! Mein Gott, hast du mir Angst eingejagt!

Einige Leichen waren ganz zugedeckt. Ich sah schon an der Größe, daß Jason nicht unter dieser Decke dort liegen konnte. Ein Baby, ein kleines Kind. Ich kämpfte gegen einen erneuten Brechreiz an. Noch ein Toter unter einer achtlos hingeworfenen Decke. Ich eilte vorbei, blieb stehen.

Nein, es war jemand anderes. Der Ärmel, der unter der Decke hervorsah, war überwiegend braun. Nur Teile davon waren grün. Das bist du nicht! Mit winzigen Schritten trat ich an die Decke heran. Zögernd griff ich nach dem oberen Ende und zog sie herab. Es war nicht Jasons Gesicht. Ich schluchzte vor Erleichterung.

Es war überhaupt niemandes Gesicht. Nur eine Masse von geronnenem Blut über einem grünen und braunen Kragen. Ich zog die Decke ganz weg, legte den Körper frei.

Jeder Junge hätte diese braune Hose und diese Stiefel tragen können.

Jeder Junge hätte goldene Locken haben und diese grüne Jacke tragen können, fleckig vor Blut aus der zermalmten Brust.

Jeder Junge.

Ich bückte mich tief hinab, nahm seine Hand, drückte sie an meine Seite. Aus tiefstem Inneren entfuhr mir ein Laut.

Dort fanden sie mich, Stunden später in der Dunkelheit.

Die Meditechniker wechselten Blicke. Einer schüttelte den Kopf. Kevin Arnweils Finger strichen über die Jacke seines reglosen Freundes. Ich fing ihn auf, als er in sich zusammensackte, und drückte seine Locken an meine Brust. Er weinte lautlos. Sergeant Radz betrachtete die Szene mißbilligend.

Der Korridor füllte sich mit niedergeschlagenen Kadetten, im Zaum gehalten durch leise Befehle Leutnants Biens. Kyle Drew, der den Unfall mit seinem Sprung verursacht hatte, war durch den Schock ganz weiß.

Ich sagte: »Schicken Sie sie in die Unterkünfte, Leutnant.«

»Aye, aye, Sir. Auch Arnweil?«

»Lassen Sie ihn hier.«

Ein junger Fähnrich kam durch den Korridor gelaufen und blieb vor mir stehen. »Fähnrich Keene zur Stelle, Sir. Sarge sagt, ich sollte Ihnen mitteilen, daß Admiral Duhaney am Apparat ist.«

»Wer? Oh. Sehr gut, ich …« Arnweil schluchzte. Ich holte tief Luft. »Sagen Sie ihm, ich wäre beschäftigt. Ich rufe später zurück.«

Der Fähnrich starrte mich verblüfft an, faßte sich aber wieder. »Aye, aye, Sir.« Er eilte davon.

5. Kapitel

Ich marschierte im Büro auf und ab und verfluchte mein unkluges Verhalten. Man lehnte einfach kein Gesprächsangebot des kommandierenden Admirals im Einsatzzentrum der Raumflotte ab, wenn man jemals wieder seine Gunst genießen wollte. Kadett Arnweil hätte warten können. Abgesehen davon war es Sergeant Radz' Aufgabe, ihn zu trösten, nicht meine.

Mein Rufer summte. Ms. Obutu. »Haben Sie Zeit für Mr. Radz, Sir?«

»Sehr schön. Schicken Sie ihn herein.«

Er salutierte und nahm Haltung an. Ich nickte, um ihn freizugeben, und bot ihm einen Platz an.

»Sir, ich würde gern auf die Erde versetzt. Weg von der Akademie.«

»Weil ich Ihren Befehl auf dem Korridor außer Kraft gesetzt habe? Seien Sie nicht albern.«

»Nein, Sir.« Seine Augen drückten Schmerz aus. »Ich habe Kadett Edwards verloren. Und Kyle Drew wird sich sein Leben lang daran erinnern, daß er einen Jungen umgebracht hat, weil ich meiner Aufgabe nicht gerecht geworden bin.«

»Es war ein Unfall.«

»Ja, Sir. Meine Aufgabe aber ist es, Unfälle zu verhindern, besonders dumme Unfälle.«

»Sie haben keine Schuld daran, Sarge. Es war Zufall.«

Er schüttelte stur den Kopf. »Das kann man bei jedem Unfall behaupten. Drew war nicht bereit; er hat es mir sogar gesagt! Er hat einen ungeschickten Sprung ausgeführt, und ich habe ihn zu einem weiteren gezwungen.«

Ich stand auf, ging hin und her. »Was möchten Sie von mir?«

»Schicken Sie mich woanders hin, Sir. Besorgen Sie sich einen fähigen Ausbilder.«

»Nein.« Ich hielt seinem Blick stand, bis er sich abwandte und geschlagen gab. »Das war alles.«

Ihm blieb keine Wahl. »Aye, aye, Sir.« Er stand auf, wollte gehen.

Er brauchte eine Absolution. Ich dachte rasch nach. »Ich möchte einen Bericht über alle Unfälle, zu denen es in den vergangenen fünf Jahren bei der Ausbildung gekommen ist, und Ihre Empfehlungen für verbesserte Sicherheitsvorkehrungen. Kein Abgabetermin; nehmen Sie sich ruhig ein paar Wochen, wenn Sie sie brauchen. Und noch etwas.«

»Ja, Sir?«

»Für den jungen Edwards ist es zu spät. Aber Sie tragen die Verantwortung für zwei wandelnde Verletzte. Kyle Drew und Arnweil. Helfen Sie ihnen wieder auf die Beine.«

Er runzelte die Stirn. »Wie, Sir?«

»Ich weiß nicht; dafür sind Sie ja hier. Drew muß ganz krank vor Schuldgefühlen sein, und Arnweil ist am Boden zerstört. Sie brauchen Sie.« Mein Ton wurde schärfer. »Sie sind für den Tod des Jungen nicht verantwortlich, aber Ihr anschließendes Verhalten war eine Schande! Arnweil und Edwards müssen sich nahegestanden haben.«

»Sie haben sich gemeinsam verpflichtet. Kevin muß noch lernen, daß Soldaten sterben, und manchmal ganz sinnlos.« Unaufgefordert setzte er sich wieder und rieb sich das Gesicht. »Aber er ist immer noch ein Kind, da haben Sie ganz recht. Ich habe zuviel von ihm erwartet.«

Ich schwieg. Schließlich blickte er auf. »Wir sollten uns aber auch nicht wie Kindermädchen verhalten.«

»Finden Sie die richtige Balance«, sagte ich.

»Aye, aye, Sir. Ich versuche es.« Er ging.

Spät am Abend schaltete ich seufzend die Konsole aus. Die Statistiken von Farside schwammen in meinem Schädel. Die Verweildauer von Kadetten. Die Anzahl der Betten. Die Vorräte pro Kadett. Ausbilder-Schüler-Verhältnisse. Tabellen, die man mir schon vor meinem Amtsantritt geschickt hatte und noch genau so bedeutungslos waren wie vorher.

Ich streckte mich, schaltete das Licht aus, schloß die Luke hinter mir. Der Fähnrich im Vorzimmer stand auf – klein, mit dünnen Knochen, einem ernsten Gesicht. »Sind Sie die ganze Nacht hier, Fähnrich?«

»Mr. Tenere löst mich um zwölf ab, Sir.«

»Sehr gut.« Ich warf einen forschenden Blick auf die Konsole hinter ihm. »Was ist das?«

Er wurde rot. »Fortgeschrittene Navigation, Sir. Ich kann hier leichter lesen als auf meinem Holovid.«

An Bord eines Schiffes hielt ein Fähnrich niemals allein Wache, und auf der Brücke würde er nicht wagen, etwas anderes zu studieren als seine Instrumente. Der Rufer war jedoch das einzige Instrument, worauf dieser Bursche achtzugeben hatte. »Sehr schön. Wie heißen Sie?«

Er nahm Haltung an. »Fähnrich Tommy Tsai zur Stelle, Sir.« Eine Spur von Sorge schimmerte durch, daß ich vielleicht verärgert war, weil er sich nicht vorgestellt hatte.

»Sehr schön, Mr. Tsai. Ich mache einen Rundgang. Melden Sie sich auf der Rundspruchanlage, falls Sie mich brauchen.« Ich ging.

Wie auf jeder lunaren Einrichtung waren die Kuppeln

und Bezirke von Farside durch ein Labyrinth von Korridoren verbunden, allesamt mit Sicherheitsluken ausgestattet, die im Fall einer Dekompression zufuhren. Die größeren Räume wie der Messesaal und die Sporthallen befanden sich in den überirdischen Kuppeln.

Mein Büro lag fast am äußeren Rand des Nordbezirks und war durch einen Korridor mit der VIP-Schleuse und den Klassenzimmern im Süden verbunden. Weitere Gänge, die zu den Unterkünften führten, zweigten davon ab. Unter uns auf Deck 2 befanden sich die Atomanlagen, die Gravitronen, die Wiederaufbereitung und die sonstige Maschinerie, von der die Funktionstüchtigkeit der Basis abhing. Und natürlich waren dort die Unterkünfte der Techniker, denen die Wartung oblag.

Die Hände auf dem Rücken verschränkt, spazierte ich durch den Irrgarten aus Korridoren zu den Klassenzimmern, an die ich mich aus meiner Jugend erinnerte. Natürlich waren sie um diese Zeit leer; die Kadetten hielten sich in ihren Schlafsälen auf und genossen ihr bißchen Freizeit, ehe das Signal ›Licht aus‹ kam.

»... fragt man sich doch, warum sie ihm kein Schiff geben wollten.«

Ich blieb stehen. Leise Stimmen hinter einem Lukendurchgang, die freundschaftlich plauderten. »Vielleicht wollte er gar keines.«

»Adam, wer würde freiwillig auf ein eigenes Schiff verzichten?«

Ich steckte den Kopf ins Klassenzimmer. Eine Schar Fähnriche. Zwei lungerten an einem Schott. Der dritte hockte auf einem Tisch und ließ die Beine baumeln. Als sie mich sahen, sprangen sie auf.

»Kommando zurück«, sagte ich rasch. »Was geht hier vor?«

Einer meldete sich. »Nichts, Sir. Wir haben nur geredet.«

Ich deutete ins leere Klassenzimmer. »Warum hier?«

Der älteste von ihnen zuckte die Achseln. »Warum nicht, Sir? Wir sind hier ganz zufällig vorbeigekommen.«

Ich ballte eine Faust. Als ich noch Kadett gewesen war, hatte man uns nicht erlaubt, ohne Aufsicht nach Belieben durch den Stützpunkt zu spazieren. Was sollte nur aus dieser Einrichtung werden?

»Weiß Ihr Serg ...« Ich schluckte die zornige Antwort hinunter. Es waren Fähnriche, keine Kadetten, und sie hatten dienstfrei. Wie an Bord eines Schiffes konnten sie gehen, wohin sie wollten. »Tut mir leid. Vollkommen richtig. Sie sind, ah, Keene?«

»Ja, Sir. Erster Fähnrich Thomas Keene, Sir. Es tut mir leid, wenn wir Sie gestört ...«

»Nein, ich hatte nicht daran gedacht. Sehen Sie, ich habe nie als Fähnrich auf der Akademie gedient.« Nur wenige Kadetten wurden ausgesucht, um auch als Fähnriche hierzubleiben. Ich war auf die U.N.S. *Helsinki* versetzt worden, wo ...

Ich brach den Gedanken ab.

Keene schien sich unbehaglich zu fühlen. Ich fragte mich, ob er früher je erlebt hatte, wie ein Kapitän sich entschuldigte. Unwahrscheinlich. Ich wandte mich den anderen zu. »An Mr. Tenere erinnere ich mich noch. Wer sind Sie?«

»Fähnrich Guthrie Smith, Sir.« Mager, Segelohren, ein zaghaftes Gebaren.

»O ja. Sehr gut, machen Sie weiter.«

Adam Tenere sprudelte hervor: »Können wir Ihnen bei etwas helfen, Sir?«

Ich drehte mich um. »Was?«

»Es tut mir leid. Ich wollte nicht, daß es so ... Suchen Sie etwas, Sir?« Ich starrte ihn an. Er wurde rot. »Verzeihen Sie, es geht mich nichts an. Es tut mir leid, wenn ich ...«

»Das reicht, Adam.« Keenes Ton war höflich, aber bestimmt.

»Ich meine – aye, aye, Mr. Keene.« Wie jeder Fähnrich redete er seinen dienstältesten Kameraden mit dem Nachnamen an.

Ich zog eine Braue hoch, verärgert über die Unverfrorenheit des jungen Mannes. »Nein, fahren Sie fort, Mr. Tenere.«

»Ja, Sir. Ich meine, aye, aye. Sollte keine Beleidigung sein, bitte, Sir. Ich dachte nur, wenn Sie vielleicht eine bestimmte Stelle suchen – vielleicht könnten wir dann ...« Verwirrt holte er tief Luft. »Bitte verzeihen Sie mir, Kapitän Seafort.« Ich sagte nichts. Er wand sich und fügte verzweifelt hinzu: »Weil es ja Ihr erster Tag hier ist, das war alles, worauf ich hinauswollte. Ich wußte nicht, ob Sie sich noch erinnern ... Aber natürlich tun Sie das. Ich habe einfach nicht nachgedacht. Ich wollte nicht resp ...«

Ich wandte mich an Keene. »Ist er immer so?«

Der Ton des ersten Fähnrichs war eisig. »Nein, Sir. Nur wenn es darauf ankommt, sich zusammenzureißen.« jetzt steckte Tenere in Schwierigkeiten. Ein Fähnrich sollte darauf achten, daß man ihn weder sah noch hörte, und es war die Aufgabe des ersten Fähnrichs, seine Untergebenen im Zaum zu halten. Auf der *Hibernia* hatte einmal ein Leutnant die jüngeren Fähnriche dabei ertappt, wie sie auf dem Korridor herumalberten, und ich als Oberfähnrich hatte dafür bezahlen müssen.

Vielleicht stellte Keene ähnliche Überlegungen an. »Ich bitte um Entschuldigung, Sir. Er wird Sie in Zukunft nicht mehr belästigen.«

Adam studierte kläglich das Deck. Na ja, ein paar zusätzliche Minuspunkte würden ihm nicht schaden, obwohl er sich bereits vier eingehandelt hatte, als er mich auf Station Earthport wie eine Kanonenkugel traf. Zehn nicht abgearbeitete Minuspunkte führten auf das Faß des Ersten Leutnants.

»Sehr gut.« Auf die eine oder andere Art würde Tenere lernen, weniger ungeschickt zu sein, sowohl körperlich als auch mit seinem Mundwerk. Und doch hatte der Junge nur hilfreich sein wollen. Ich seufzte und gab nach. Wie konnte ich Keene auf andere Gedanken bringen, ohne mich in seine Vorrechte einzumischen?

»Eigentlich, Mr. Keene, hatte ich nach jemandem

gesucht, der mich begleitet. Es ist Jahre her, daß ich auf Farside war. Wären Sie Gentlemen bereit, mich zu begleiten?« Das kostete mich zwar die Privatsphäre, aber mir fiel nichts Besseres ein.

»Natürlich, Sir.« Mehr war nicht zu sagen. Eine Einladung, die ein Kapitän aussprach, kam einem Befehl gleich.

»Dies hier ist der Simulatorraum, Sir«, sagte Guthrie Smith.

»A ja.« Die Ausstattung war brandneu. Zu meiner Kadettenzeit hatte es eine solche Einrichtung noch gar nicht gegeben; ich erinnerte mich, daß diese Kabine nur ein weiteres Klassenzimmer gewesen war. Jetzt wurden hier Schlachten gegen die Fische simuliert und dabei Computerdarstellungen der *Hibernia* und anderer Schiffe benutzt, die den Fremden begegnet waren und das Glück gehabt hatten, das zu überleben. Ich setzte meinen Weg fort.

»Das Navigationszimmer, Sir.«

In diesem Klassenraum war ich mit Lamberts und Greeleys *Elementen der Astronavigation* bekanntgemacht worden. Damals hatte ich geglaubt, das Fach mit harter Arbeit meistern zu können. Heute wußte ich es besser.

Ich fragte: »Welches war Ihr bestes Fach, Mr. Keene?«

»Ingenieurwesen, Sir. Dieses Jahr habe ich Mr. Vriese gebeten, mir Privatunterricht im neuen Rennschiffantrieb zu geben.«

»Ist er immer noch hier?« Er war mir schon vor zwölf Jahren uralt vorgekommen. Er mußte damals mindestens fünfzig gewesen sein. Ich schmunzelte über die eigene Naivität. »Und Ihres, Mr. Tenere?«

Klugerweise hatte der Junge während unseres Spaziergangs so wenig wie möglich gesagt. Mit einer direkten Frage konfrontiert, blieb ihm jedoch keine Wahl, als zu antworten.

»Nav und Pilotieren, Sir.«

Ich mußte ihn aus der Reserve locken, ihm zeigen, daß ich ihm nichts nachtrug. »Waren Sie gut darin?«

Er senkte den Blick. »Erster in meiner Klasse, Sir.«

»Wirklich?« Ich konnte nicht verhindern, daß mein Ton Überraschung ausdrückte.

»Ja, Sir.« Es klang bitter. »Ich bin nicht immer inkompetent, Sir. Obwohl Sie das natürlich nicht wissen konnten.«

»Das reicht vollkommen, Mr. Ten . . .«

»Nein, Mr. Keene. Er fühlt sich nicht gut. Wir hatten gestern, ah, einen Zusammenstoß.« Die Schulter tat mir immer noch weh davon.

Wir ließen den Bereich der Klassenräume hinter uns. »Was ist da unten?«

»Die Leiter zum Unterdeck, Sir. Zu den Gravitronen und zur Technik. Wir haben dort keinen Zutritt.« Adam machte ein hoffnungsvolles Gesicht.

Ich sah keinen Sinn darin, sie mit aufs Unterdeck zu nehmen. Ich war selbst nur einmal dort gewesen, bei einer gescheiterten Mission mit Fähnrich Jeffrey Thorne. »Und da drüben?«

»Der Wartungskorridor, Sir. Er führt zum Messesaal.« Sie führten mich durch den verlassenen Flur, der normalerweise von Matrosen benutzt wurde, um Reinigungsmaschinen und andere schwere Gerätschaften zu den Kuppeln zu fahren.

»Dieser Weg ist länger, aber schneller, wenn man spät dran ist für den Unterricht«, gestand Adam Tenere. »Kadetten haben keinen Zutritt.« Ich stellte mir vor, wie ein besorgter Fähnrich durch den Wartungskorridor zu seiner Klasse sprintete, um seinen Ausbilder nicht zu verärgern. Andererseits war das Laufen auf den Hauptkorridoren streng verboten.

»Hier ist der Messesaal, Sir. Die Kadetten treten von der anderen Seite aus ein.«

»Ja, ich erinnere mich.« Wir gingen weiter Richtung Unterkünfte und passierten eine Notluke, die jetzt offenstand, aber im Dekompressionsfall gleich zuknallen würden. »Die Unterkünfte liegen rechts von hier, wenn ich mich recht erinnere.«

»Ja, Sir.« Einige Augenblicke später erweiterte sich der Bezirk.

Ich entschied mich aufs Geratewohl für einen Schlafsaal. »Werfen wir mal einen Blick hinein.«

Als die Luke aufglitt, brüllte Keene »Achtung!« Kadetten sprangen aus den Betten, um entlang des Zwischengangs in einer geraden Reihe Aufstellung zu beziehen.

Ich hatte gedacht, die Unterkünfte wären jetzt in den Ferien unbesetzt. »Kommando zurück. Weitermachen.« Ich lächelte. »Dies ist keine Inspektion.« Keene warf mir einen zweifelnden Blick zu, sagte aber nichts. Ich verstand, warum er verwirrt war; ein Kommandant erklärte vor schlichten Kadetten sein Vorgehen! Ich wußte allerdings, daß ich mich noch lächerlicher gemacht hätte, wenn ich nur den Kopf hineinsteckte und sofort wieder verschwand. Also marschierte ich an den Bettenreihen vorbei. Ich blieb stehen.

Eine Reisetasche lag auf einer leeren Koje. Das Bett war abgezogen und ohne Bezug wieder gemacht worden. Ich fragte das Mädchen vor der angrenzenden Koje. »Edwards?«

»Ja, Sir.«

Die Reisetasche würde über Nacht liegenbleiben. Am Morgen würden sich die Kadetten ringsherum versammeln, sie öffnen und den kargen Inhalt durchsehen. Enge Freunde würden sich Erinnerungsstücke aneignen, und dann packte man die Tasche wieder, um sie nach Hause zurückzuschicken. So war es bei der Flotte Sitte.

Ich sah mich um. »Wo ist Mr. Arnweil?«

Ein Junge meldete sich zu Wort. »Bei Sergeant Radz, Sir.«

»Sehr gut. Folgen Sie mir, Gentlemen.« Wir gingen.

»Edwards schien ein anständiger Kerl zu sein«, sagte Keene.

Ich reagierte schroff. »Ich habe ihn nicht gekannt.«

»Würden Sie sich gerne die Unterkunft Krane ansehen?«

»Warum?«

Eine Kaserne glich der anderen.

»Sie haben dort gewohnt, Sir.«

Ich zog eine Braue hoch. »Hängt eine Bronzeplakette an der Toilette, die ich benutzt habe?«

»Verzeihung?«

»Nichts.« Ich schüttelte angewidert den Kopf. Irgendwie mußte ich dieser Sache ein Ende bereiten. »Wir haben, warten Sie mal, sechzehn Unterkünfte?«

»Zwanzig inzwischen«, platzte Tenere hervor.

Natürlich. Ich hatte das irgendwo gelesen. »Die nicht alle benutzt werden.«

»Nicht, ehe die Erstkläßler heraufkommen, Sir.«

Dreißig Kadetten pro Unterkunft. Insgesamt hatten wir Platz für sechshundert Kadetten. Die Übungsstation bot Platz für weitere fünfzig. Die Unterkünfte der Terrestrischen Akademie in Devon reichten für noch einmal dreihundertachtzig. Eine gewisse Überkapazität war erforderlich, ansonsten hätte man keinen Kadetten versetzen können, ohne daß ein andere den umgekehrten Weg nahm. Ich schüttelte den Kopf. Logistik!

Ich ließ zu, daß die Fähnriche mich durch die Sportkuppel und dann die Leiter hinunter auf die Wartungsebene führten. Ich blieb stehen. Genug für einen Tag. »Danke, Gentlemen. Das war alles.«

»Aye, aye, Sir.«

Ich zögerte. »Mr. Tenere, ich möchte noch mit Mr. Keene sprechen.«

»Ja, Sir? Ich meine, aye, aye, Sir.«

»Allein«, gab ich ihm das Stichwort.

»Aye, aye, Sir!« Mit rotem Gesicht salutierte er und eilte davon.

»Sir, es tut mir leid, was ...«

»Ich war selbst mal erster Fähnrich. Auf der *Hibernia*.«

»Ja, Sir.« Keene wartete verwirrt ab.

»Es ist keine leichte Aufgabe. So könnten Sie zum Beispiel denken, es wäre mein Wunsch, daß Sie Tenere hart rannehmen.«

»Es ist ... Natürlich werde ich ... Ich tue alles, was Sie möchten, Sir.«

»Tun Sie das? Also gut. Tun Sie, was Sie auch getan hätten, wenn wir uns heute abend nie begegnet wären.« Ich lächelte freundlich. »Manchmal, Mr. Keene, lösen sich Probleme ganz von selbst.«

»Aye, aye, Sir.« Er lächelte seltsam.

»Das wäre alles.«

Ich suchte mir den Weg zurück zu meiner Wohnung und zog mich gerade aus, als der Rufer summte. »Verzeihung, Sir.« Es war Tolliver. »Nur eine Erinnerung. Senator Bolands Sohn meldet sich in zwei Tagen in Devon.«

»Und, was ist damit?«

»Möchten Sie nicht dort sein, für alle Fälle?«

»Für welchen Fall, Edgar?« Ich schleuderte das Hemd auf den Stuhl.

»Sein Vater bringt ihn höchstwahrscheinlich hin. Er sitzt im Ausschuß für Flottenangelegenheiten, wie Sie wissen.« Natürlich wußte ich das. Hätte Boland mich nicht überredet, wäre ich dabei geblieben, den Dienst zu quittieren, nachdem mich die *Victoria* nach Hause gebracht hatte.

»Tolliver, der junge Boland ist ein Kadett wie jeder andere. Wir fliegen ohnehin morgen abend wieder hinunter, nachdem ich das Budget mit der Admiralität diskutiert habe.«

»Sehr gut, Sir. Tut mir leid, wenn ich Sie geweckt habe.«

Ich knurrte eine Antwort und brach die Verbindung ab. Falls Tolliver glaubte, ich könnte ein Politiker werden, hatte er sich getäuscht. Ich schlief ein.

Wieder einmal wartete ich im überfüllten Vorzimmer von Admiral Duhaneys Büro in Lunapolis. Das letzte Mal, als ich hiergewesen war, vor Monaten, war ich noch richtig geschafft gewesen von der langen Reise an Bord der *Victoria*, in feindseliger Umgebung, und hatte mich noch kaum von der Lungenimplantation erholt gehabt. Ich war wütend aus dem Büro des Admirals stolziert, hatte mit einem Kriegsgerichtsverfahren gerechnet und einen Scheiß darauf gegeben. Statt dessen hatten sie beschlossen, mich mit der Akademie zu belohnen.

Als der gelangweilte Leutnant meinen Namen aufrief, durchquerte ich die Luke, salutierte und nahm Haltung an, mit derselben Disziplin, die ich von meinen Kadetten verlangte.

»Hallo, Seafort.« Duhaney kam mit ausgestreckter Hand auf mich zu. Ich nahm das als Erlaubnis, bequem zu stehen. Er gab mir mit einem Wink zu verstehen, daß ich mich setzen sollte. »Tut mir leid, daß mein Anruf Sie gestern nicht erreicht hat.« War das ein Vorwurf? Es klang nicht danach.

»Ich entschuldige mich, Sir. Wir hatten einen Unfall. Ein Kadett ist gestorben.«

Er spitzte den Mund und schüttelte den Kopf. Trotzdem, ich wußte, daß er zu viele Berichte von Todesfällen erhalten hatte, um noch von einem weiteren schockiert zu werden. Wie Sergeant Radz festgestellt hatte: Soldaten starben, besonders im Krieg. »Warum wollten Sie mich sprechen, Kommandant?«

Ich konnte Leutnant Crossburn einfach nicht zur Sprache bringen; Dustin Edwards' Tod ließ das Thema als zu trivial erscheinen. Ich würde mit dem Mann schon klarkommen. »Ich habe ein paar Fragen zum Budget.«

»Ich kann Ihnen einfach nicht mehr Geld besorgen, Seafort. Fragen Sie nicht mal. Unsere Möglichkeiten sind bis zum äußersten gespannt.«

»Nein, Sir, das verstehe ich. Ich wollte nicht darum bitten.«

Er musterte mich argwöhnisch. »Ich habe das schon mal gehört. Ich sage Ihnen: Keine speziellen Zuwendungen!«

Unwillkürlich mußte ich lächeln. »Befehl erhalten und verstanden, Sir. Falls ich mehr Geld haben wollte, würde ich es sagen.«

»Also, um was geht's?«

Ich fischte einen Chipkasten aus meiner Tasche und öffnete ihn. »Darf ich?« Ich steckte den Chip ins Holovid. »Diese Ausgabenspalten, Sir. Warum steht da ›Richtlinien‹?«

Er runzelte die Stirn. »Ist Kearsey das nicht mit Ihnen durchgegangen?«

»Er hat mir die Budgetunterlagen zum Lesen gegeben. Mehr nicht.«

»Machen Sie sich keine Sorgen darüber. Die Zahl, auf die es ankommt, steht hier in der untersten Zeile.« Er tippte mit dem Finger auf die Summe der Ausgaben.

»Aber diese Spalte, Sir, in der die Lebensmittelkosten pro Kadett im einzelnen aufgeführt werden, die Uniformkosten . . .«

Er winkte ab. »Das hat alles keine Bedeutung, Seafort. Wie oft muß ich Ihnen das noch erklären?«

»Das kommt darauf an, Sir«, sagte ich kühl.

»Worauf?«

»Ob Sie mich als Kommandanten haben möchten.«

Er funkelte mich an. »Fangen Sie nicht wieder damit an! Ich habe ohnehin schon zu viele Primadonnen um mich!« Ich hielt seinem Blick stand; er seufzte. »Also gut. Was genau ist Ihnen unklar?«

»Wie finde ich heraus, wieviel wir für die Ernährung eines Kadetten ausgeben? Ansonsten merke ich es erst, wenn wir das Budget überschreiten.«

»Sie haben einen Quartiermeister, der sich darum kümmert, Seafort. Soll er seine Arbeit machen. Sie selbst brauchen sich nur zu merken, daß Sie zwei Komma sechs Millionen Unidollars ausgeben können. Wie Sie es verteilen, ist Ihre Sache.«

Ich schüttelte den Kopf. »Aber die Uniform- und Ausbildungskosten pro Kadett . . .«

»Sie haben ungefähr siebenhundertsechzig Kids, nicht wahr? Wir versuchen, die Kosten pro Kadett zu bestimmen, weil es dem Senatsausschuß so gefällt. Das ist der einzige Grund für diese Spalten.«

»Aber ...« Mir drehte sich der Kopf. »Wenn wir vor den Ausschuß für Flottenangelegenheiten gehen, müssen wir ihm dann nicht zusichern, daß ...«

»Ja, wir sagen ihm, wieviel wir auszugeben gedenken und wofür. Aber der Sicherheitsrat weiß es besser, als uns auf unsere Schätzungen festzunageln. Geben Sie Ihr Geld so aus, wie es für die Kadetten am besten ist. Vergessen Sie nicht, Mittel für bauliche Reparaturen in Reserve zu halten. Sehen Sie mal, Seafort, alles läuft auf siebenhundertsechzig Kadetten hinaus. Seit Jahren berechnen wir unsere Zahlen mit Hilfe einer simplen Formel, die unsere Richtlinien ausspuckt. Sie brauchen sich nicht genau daran zu halten. Theoretisch brauchen Sie nicht einmal für die Zahl der Kadetten Rechenschaft abzulegen.«

»Wie bitte? Und was ist mit der Abschlußbewertung?«

»Oh, das Auswahlkomitee präsentiert Ihnen die Kandidaten; daran können Sie gar nichts ändern. Aber sie orientieren sich nur ...« Der Rufer summte; er hob ab. »Duhaney. Er hat was? Sind Sie sicher?« Er hörte zu. »Der Mistkerl! Ja, ich komme runter. Heute nachmittag noch. Potomac-Shuttlehafen. Setzen Sie eine Konferenz an.« Er wechselte den Ruferkanal. »Bill, sagen Sie für heute nachmittag ab. Verschaffen Sie mir einen Shuttleplatz nach Potomac. Schmeißen Sie notfalls jemanden raus.«

Er knallte den Rufer wieder hin. »Wir hatten ein Abkommen mit dem Flottenausschuß, und jetzt springt Senator Wyvern einfach ab. Auf einmal möchte er, daß wir ihm versprechen, die Rumpfkomponenten bei nordamerikanischen Gießereien zu bestellen. Wir hatten sie aber bereits bei ... Sehen Sie mal, Seafort, ich muß meine Termine regeln und in weniger als einer Stunde von hier weg. Sagen Sie mir Bescheid, wenn Sie auf ein Problem stoßen.« Er holte meinen Chip aus dem Holovid und gab ihn mir zurück.

»Aber ...«

»Danke für Ihren Besuch. Lassen Sie mich bitte in

Ruhe, ja? Wenn wir die neue Flotte nicht bekommen, brauchen wir auch Ihre Kadetten nicht.«

Das hatte etwas für sich.

»Ja, Sir.« Ich blieb an der Luke stehen. »Dieses Memo über die Katzenjaulbombe, das ich geschrieben habe, Sir. Werden Sie ...«

»Wir haben es einem Team vorgelegt. Das Thema ist schwieriger als Sie denken.« Er öffnete die Schublade, suchte einen Chipkasten hervor und steckte ihn sich in die Tasche.

»Sir, es ist zu wichtig, um ...«

»Verdammt, Mann, Sie möchten, daß wir eine computergesteuerte Sonde irgendwo hinschicken, damit sie verzerrte N-Wellen oder Katzengeschrei erzeugt, wie Sie es nennen. Nicht zu dicht an zu Hause, weil sie jeden Fisch anlockt, der in Hörweite ist. Aber wir haben es noch nie geschafft, eine Sonde hinauszuschicken, jedenfalls nicht mit einem Fusionsantrieb. Ohnehin hat der Antrieb bauartbedingte Abweichungen von einem Prozent, so daß wir nicht einmal genau wissen, wohin wir das Ding schicken.«

Er nahm einen ledernen Aktenkoffer zur Hand und stopfte Papiere hinein. »Sagen wir mal, die Sonde erzeugt Katzengeschrei, bis sie Fische anlockt. Wie viele Fische wären genug? Wie dicht würden sie herankommen?«

Ich sagte: »Das spielt keine Rolle, wenn eine Bombe sie alle ...«

»Lassen Sie mich ausreden, schließlich muß ich mein Shuttle kriegen. Zu irgendeinem Zeitpunkt geht die Bombe hoch, sofern die Fische sie nicht vorher zerstören. Na ja, wenn es dann Bums macht, woher sollen wir wissen, ob sie alle Fische erwischt hat? Könnten überlebende Fische vielleicht ihren Weg bis zu uns zurückverfolgen? Und am wichtigsten: Wenn das Katzengeschrei Fische anlockt, wie können wir dann ein Schiff dort hinschicken, wo es von Fischen wimmelt, um sich anzusehen, ob das verdammte Ding funktioniert, ohne das

Schiff dabei aufs Spiel zu setzen? Und wenn die Fische das Schiff nicht erwischen, dann tut es die Bombe.«

Er brach ab und wedelte mit der Hand, damit ich endlich hinausging. »Die Idee hat ihre Vorteile, Seafort, aber wir müssen erst noch die Mängel ausmerzen.« Er schnappte sich den Rufer. »Karl? Sorgen Sie dafür, daß Boland über die Konferenz heute nachmittag unterrichtet wird.«

Ich holte meine Reisetasche im Vorzimmer ab und trottete dann durch den belebten Korridor Richtung Alt-Lunapolis. Geistesabwesend erwiderte ich Grüße, während ich über die Bemerkung nachdachte, die Duhaney über mein Budget gemacht hatte. Das Kommando über die Akademie unterschied sich von dem über ein Schiff. Zum Beispiel konnte ich einen Verbrecher nicht eigenmächtig hinrichten lassen. In anderer Hinsicht jedoch ließ mich die Flotte so autokratisch handeln wie jeden Kapitän an Bord. Hier haben Sie Ihr Werkzeug; erledigen Sie damit Ihren Job. Belästigen Sie uns nicht mit den Details.

Ich meldete mich beim Flottentransportdienst und erfuhr, daß das nächste Shuttle bereits voll besetzt war. Drei Stunden mußte ich mir um die Ohren schlagen, ehe ich eine Verbindung über Station Earthport nach London bekam. Ich hätte mich an Duhaney hängen sollen, um zusammen mit ihm zu fliegen. Na ja, wenigstens hatte ich reichlich Zeit, um irgendwo in den Bezirken von Lunapolis etwas zu essen. Es gab hier eine größere Auswahl an Restaurants, in denen die Preise niedriger waren als auf der Station.

Ich speiste allein, was ganz ungewohnt für mich war. Obwohl etliche meiner Offiziere für den Schulbeginn ebenfalls hinunterflogen, hatte keiner zusammen mit mir den Abstecher nach Lunapolis gemacht.

Nach dem Dinner bestieg ich das London-Shuttle. Die meisten übrigen Passagiere waren Zivilisten, wozu ein paar Flottenangehörige kamen. Auch Leute von den U.N.A.F. waren da, aber wir ignorierten einander betont.

Die Armee war eine andere Dienstgattung, und wir hatten nicht viel gemeinsam.

Zu meinem Kummer kam der Pilot in die Fahrgastkabine und blieb an meinem Platz stehen. »Kapitän Seafort? Mein Name ist Stanner. Ich fliege sie heute abend hinunter.« Er reichte mir die Hand. Resigniert ergriff ich sie und murmelte irgendeine höfliche Phase.

»Es ist mir eine ehre, Ihnen zu begegnen.« Er zögerte und wandte sich wieder ab, um ins Cockpit zurückzukehren. »Falls wir irgend etwas für Sie tun können . . .«

Bringen Sie mich nur nach Hause. »Nein, danke, Mr. Stanner.«

»Na gut, dann.« Wieder zögerte er. »Der Platz des Copiloten ist heute abend frei. Würden Sie gerne vorne sitzen?«

Ich hätte gerne meine Ruhe gehabt. Andererseits hatte ich einmal Erfahrung als Shuttlepilot gesammelt, auf einem wilden Flug mit Leutnant Tolliver über den Fareach-Ozean auf Hope Nation. Es könnte interessant sein, einem Experten bei der Steuerung eines Shuttles zuzusehen.

Ohne mich um die neidvollen Blicke der Armeeoffiziere zu kümmern, stand ich auf. »Na ja, wenn es Ihnen nichts ausmacht . . .«

»Natürlich nicht!« Er führte mich ins Cockpit. Ich argwöhnte, daß er im Grunde nicht mich persönlich dabeihaben, sondern eher an meinem verdammten Ruf partizipieren wollte. Jetzt konnte er erzählen, daß er mit Nicholas Seafort als Copilot geflogen war. Dergleichen konnte ich nicht vermeiden, sofern ich nicht zum Einsiedler werden wollte.

Ich schnallte mich an. Sobald sich die Cockpitluke geschlossen hatte, widmete der Pilot seine ganze Aufmerksamkeit der Checkliste. Ich fragte mich, ob meine Anwesenheit etwas damit zu tun hatte; das Shuttle zu fliegen, mußte ihm längst zur zweiten Natur geworden sein.

»Steward, bestätigen Sie bitte, daß die Shuttleluke

geschlossen ist.« Natürlich verließ er sich nicht nur auf die blinkende Konsolenlampe. Vollkommen richtig so. Konsolen und Comps konnten sich irren.

»Shuttleluke gesichert, Mr. Stanner.«

»Verkehrsleitung, London-Shuttle Victor drei vier null bereit zur Abkopplung. Erbitte Freigabe.«

Im Lautsprecher knackte es. »Einen Moment noch, Pilot.« Etliche Minuten verstrichen, ehe sich die Verkehrsleitung wieder meldete. »London-Shuttle Victor drei vier null, Sie haben Freigabe zur Abkopplung. Guten Flug!«

»Danke.« Stanners Hand senkte sich auf den Hebel für die Schubtriebwerke. Die Manövertriebwerke des Shuttles verbrannten wie bei den meisten Fahrzeugen Hydrozin als Treibstoff. Mit geschickter Hand gab der Pilot erst auf die Vorder- und dann die Achterdüsen Schub und schaukelte die Maschine ganz sachte, bis sich die Luftschleusenverschlüsse voneinander lösten. Sobald wir von der Station frei waren, brachte er uns auf sichere Distanz und zündete die Haupttriebwerke. Gedämpfte Kraft pulsierte im Rumpf der Maschine.

Ich riß mich vom Anblick der zurückfallenden Station los, um mich auf die Erde zu konzentrieren, die auf den Steuerbord-Bildschirmen zu sehen war. Optisch hatte man nicht den Eindruck, daß wir Kurs dorthin hatten, aber es war natürlich so. Wäre das Shuttle kopfüber in die Atmosphäre getaucht, wäre es einfach nur verglüht. Statt dessen senkten wir uns in einem flachen Winkel hinein, der fast parallel zur Erdoberfläche verlief.

Der Pilot drückte diverse Schalter auf seiner Konsole und behielt das Display intensiv im Auge. Als die Anzeige dort auf Null gefallen war, schaltete er die Energie ab. Die Triebwerke verstummten.

Da er seine Arbeit für den Moment getan hatte, entspannte sich Stanner. »Sind Sie unterwegs zur Bodenakademie, Käpten?«

»Ja.« Das erschien mir als Antwort dann doch zu dürftig. »Meine neuen Kadetten melden sich dort morgen.«

»Sie werden wohl sehr beschäftigt sein.«

»Ich schätze, schon.« Ich hatte keine Ahnung, was von mir erwartet wurde. Vielleicht wußten es die Sergeanten.

Stanner tippte Zahlen ein, löschte den Monitor und führte weitere Berechnungen durch. »Noch fünfundzwanzig Minuten. Wenn Sie gerne Kaffee hätten, können wir ...«

»London-Shuttle, melden Sie sich bei der Verkehrsleitung.«

Der Pilot aktivierte das Mikro. »Hier London-Shuttle.«

»Dies ist eine Eilmeldung, wiederhole, eine Eilmeldung.« Die Stimme klang angespannt. »Dringen Sie auf einer steileren Bahn sofort in die Atmosphäre ein. Sie sind damit nicht mehr in Position für London; weichen Sie auf den Von-Walther-Flughafen New York über den Potomac-Shuttlehafen aus.«

Der Pilot schluckte einmal, aber seine Stimme blieb ruhig. »London-Shuttle leitet Sinkflug ein.« Er drückte Schalter und zündete erneut die Triebwerke. Er warf mir einen kurzen Blick zu und konzentrierte sich wieder auf die Konsole. »Irgendwas ist im Busch.«

»Offensichtlich.« Ich griff nach dem Rufer und erinnerte mich dann, daß es seine Maschine war. »Können Sie die Flottenfrequenzen empfangen?«

»Die offenen ja, aber nicht die geheimen. Nur zu.«

Ich aktivierte den Rufer. Stimmen sprudelten aus dem Lautsprecher.

»... habe aus viertausend Kilometern Sichtkontakt. Wir sind an ihm dran!«

»*Verstanden, Charleston.* Sie und die *Tripolis* sind ihm am nächsten.«

»Sagen Sie dem Admiral, daß wir Funkverbindung mit der *Tripolis* haben.«

Eine forsche Stimme: »Hier Admiral Le Tour in meiner Eigenschaft als Kommunikationsbefehlshaber Luna. Wir sind zugeschaltet, Kapitän Briggs. Sind Sie absolut sicher?«

»Der Comp ist auf volle Vergrößerung gegangen, Sir.

Er hockt einfach da, ganz lebensecht. Ein Fisch wie in den Übungsholos.«

Ich ballte auf der Konsole die Faust. Allmächtiger, nein!

»Nur einer?«

Briggs lachte rauh. »Im Moment schon, Sir.«

Stanner sagte: »Bleiben Sie fest angeschnallt, Käpten. Es wird etwas holprig.«

Ich kontrollierte die Gurte. Straffer konnten sie nicht sitzen. »Bringen Sie uns einfach nach Hause, Pilot.«

»Wir verlieren wahrscheinlich für ein paar Minuten den Funkkontakt. Das ist beim Eintauchen in die Atmosphäre normal.«

»Ich bin kein Bodenwurm.« Mein Ton war scharf.

»Ich weiß, Sir.«

»Tut mir leid. Die Nerven.« Ein Fisch im Heimatsystem? Mir war schlecht, und ich schluckte mehrfach.

»Kom-OB an alle Schiffe. Führen Sie Manöver C aus. *Argentinien* und *Brunswick*, Sie halten Ihre Position. Ich stoße mit dem Geschwader zu Ihnen, das Station Earthport sichert. Sollte ich außer Gefecht gesetzt werden, hat Kapitän Lusanski auf der *Waterloo* das Kommando.«

Ein Flüstern ertönte an unserem Rumpf.

»*Melden Sie alle Sichtungen direkt an* ...« Störungen. »*Geben Sie alle fünf Minuten Ihre Positionen durch.*«

»Aye, aye, Si ...« Störungen. Ein gedämpftes Tosen drang durch unsere Maschine.

»Achtung, alle Schiffe, die *Tripolis* meldet eine zweite Sichtung auf Koordi ...« Das Shuttle bockte. Stanner zündete die Düsen, um die Nase der Maschine unten zu halten.

»Bis die Bestätigung vorl ...« Der Lautsprecher fiel aus.

Stanners Stimme klang angespannt. »Wir sind für eine Zeitlang ohne Kontakt. Warten Sie ab.«

»Schaffen wir es?«

Er preßte die Kiefer zusammen. »Oh, wir schaffen es, so oder so. Ich habe nämlich die letzte Prämie der Versicherung zu zahlen vergessen.« Er atmete mehrmals rasch ein und aus. »Noch zehntausend Fuß, und ich fahre die Tragflächen aus. Das wird etwas helfen.«

»Was immer Sie sagen.« Mein einziger Versuch, mit der Steuerung eines Shuttles klarzukommen, hatte auf Suborbitalhöhe stattgefunden.

»Potomac-Shuttlehafen, empfangen Sie London-Shuttle Victor drei vier null?« Keine Antwort. Er schüttelte den Kopf.

»Sind sie getroffen worden?« Mein Ton schwankte.

»Getroffen? Es liegt an den atmosphärischen Störungen. Wir müssen noch warten, bis wir wieder durchkommen.«

Ich kam mir wie ein kompletter Idiot vor. »Ja, natürlich.«

»Versuchen Sie es jede Minute oder so. Ich muß auf meine Instrumente achten.«

»Klar.« Damit hatte ich wenigstens etwas zu tun.

Zu meiner grenzenlosen Erleichterung erhielt ich auf den vierten Versuch Antwort. »London-Shuttle, hier Potomac-Shuttlehafen, wir empfangen Sie.«

Stanner schaltete seinen Rufer ein. »Wir haben eine Eilmeldung erhalten, Potomac. Ich fliege auf vierzigtausend Fuß von Südwesten an. Können Sie uns aufnehmen?«

Ich hielt die Luft an, aber die Antwort klang ganz lässig. »Kein Problem, London-Shuttle. Earthport hat uns vor einer Stunde alarmiert. Jeglicher abgehende Verkehr wurde am Boden eingefroren. Kommen Sie nur rein.«

War es schon so lange her? Ich packte die Armaturentafel, während Stanner seine Anflugkoordinaten entgegennahm. Dann fluchte ich vor mich hin. Wenn wir die Anflugkontrolle hören konnten, dann genausogut die Admiralität.

Ich schaltete vom Lautsprecher auf den Kopfhörer um und aktivierte den Rufer.

»Nein, Sir. Ich bin mir sicher. Der Comp ebenfalls. Keine anderen Hindernisse als die *Tripolis*.«

»Wohin zum Teufel ist er verschwunden, *Charleston*?«

Eine Pause auf seiten der *Charleston.* »Das konnte ich nicht feststellen, Sir.«

»Klar. Ahm, tut mir leid.«

Wieder eine Pause. »Kom-OB Luna an alle Schiffe. Aktueller Status: Eine bestätigte Sichtung, Koordinaten vierunddreißig, eins siebenundachtzig, zweihundert. Der Alien ist anscheinend in Sicherheit fusioniert. Gegenwärtige Position unbekannt. Zweite Sichtung bislang unbestätigt, vielleicht eine Anomalie.«

Ich schnaubte. Bei dieser ›Anomalie‹ handelte es sich wahrscheinlich um einen übererregten jungen Offizier, der jetzt in äußerster Ungnade seines Kapitäns förmlich in sich zusammenschrumpfte.

Ein Protestschrei der Luft, als Stanner die Tragflächen in den Flugmodus zurückklappte. Das Rütteln ließ nach. »Was bedeutet das alles, Käpten?« fragte er.

Ich gab ihm mit einem Wink zu verstehen, daß er ruhig sein sollte, und versuchte angestrengt, die Stimmen durch die Störungen hindurch zu hören. Sämtliche Schiffe des Geschwaders waren auf Gefechtsstation gegangen und warteten auf weitere Sichtungen. Es wurden keine gemeldet. Schließlich seufzte ich und schaltete den Rufer aus.

Stanner leitete einen langen, langsamen Schwenk nach Backbord ein. Er sagte nichts.

Ich wurde rot, als ich endlich bemerkte, daß ich ihm in seinem eigenen Cockpit die kalte Schulter gezeigt hatte. »Tut mir leid, Mr. Stanner, ich habe dem Funk zugehört. Wie es scheint, war nur dieser eine Fisch da, der zweite dagegen eine falsche Sichtung.«

»Planen sie einen Angriff? Es war das erste Mal, daß sie im Heimatsystem aufgetaucht sind.«

Das zweite. Der Fisch, den ich mit der *Challenger* aufgespießt hatte, war das erste Mal gewesen. »Es ist noch zu früh, um das zu sagen. Vielleicht war es Zufall, oder es handelte sich um einen Späher. Bei Hope Nation . . .«

»Ja?«

Bei Hope Nation war die Flotte teilweise für Tage oder

Wochen zwischen einzelnen Sichtungen in Bereitschaft gewesen. »Man kann es unmöglich wissen.«

Für einen Moment galt Stanners Aufmerksamkeit ganz der langen Kurve, die das Shuttle flog. Dann fragte er: »Käpten, ich habe eine Frau und Kinder. Sind sie in Lunapolis oder zu Hause sicherer?«

»Ich habe nicht die leiseste Idee.« Einen Augenblick später versuchte ich mich in Wiedergutmachung für meinen Tonfall. »Niemand weiß das, Pilot. Einerseits ist Lunapolis das kleinere Ziel, andererseits hat Terra eine Atmosphäre und ist weniger zerbrechlich. Wenn ich die Wahl hätte, würde ich meine Familie dort haben wollen.«

»Christus schütze uns«, brummte er.

»Amen.«

Eine halbe Stunde später fuhren wir vor das Terminal und hielten an. Die Triebwerksgeräusche sanken zu einem Wimmern herab. Ich schnallte mich ab, wollte schon aufstehen, zögerte. Ich reichte ihm die Hand. »Viel Glück, Mr. Stanner.«

»Ihnen auch, Sir.«

»Danke.« Ich duckte mich durch die Luke und betrat die Kabine.

Er rief hinter mir her: »Wir brauchen Sie auf einem Schiff!« Ich tat so, als hätte ich nichts gehört.

Der Steward hatte schon meine Reisetasche in der Hand. Er hielt die übrigen Passagiere zurück, damit ich als erster aussteigen konnte. Gut gemeint, schätze ich, aber mir wäre es lieber gewesen, wenn er mich ganz ignoriert hätte.

Ich schritt das Laufband entlang und hoffte, den richtigen Schalter zu finden.

»Kapitän Seafort! Warten Sie, Sir!« Ich drehte mich um und sah, daß ein rotbäckiger Leutnant hinter mir herlief. Ich wartete. »Leutnant Greaves, Sir. Mr. Duhaney hält sich im Verbindungsbüro der Flotte auf und hat mich geschickt, um Sie abzuholen.«

»Im was? Und woher weiß er, daß ich hier bin?«

»Im Verbindungsbüro der Flotte, Sir. Es ist eigentlich

nur ein für Flottenoffiziere reserviertes Konferenzzimmer. Die Basis Lunapolis hat ihn dort erreicht, während er in einer Besprechung war. Als er hörte, daß das London-Shuttle umgeleitet worden war, wußte er, daß Sie an Bord sein würden.«

»Sehr schön.« Ich hängte mir die Reisetasche über die Schulter und folgte ihm durch die Korridore.

Er hielt eine Tür für mich auf. »Treten Sie nur ein, Sir.«

Admiral Duhaney warf einen Blick über die Schulter, richtete sich auf und rieb sich den Rücken. »Ah, da sind Sie ja, Seafort.« In seiner Gesellschaft befanden sich Senator Boland und ein Mann, den ich nicht kannte. Sie saßen über einen Rufer gebeugt. »Haben Sie schon Senator Wyvern kennengelernt?« Wir schüttelten uns die Hände und setzten uns.

»Was ist der aktuelle Stand, Sir?«

»Nichts mehr passiert, seit das Mistvieh in Fusion gegangen ist. Wir halten die Gefechtsbereitschaft noch für ein paar Stunden aufrecht. Dann heben wir sie auf, es sei denn, er läßt sich noch mal blicken.«

Ich nickte. Viel mehr konnten wir nicht tun.

Richard Boland atmete mit einem langen Seufzer aus. »Es ist eine Sache, von diesen Abenteuern in den Holos hören, Seafort. Es ist schon etwas ganz anderes, einen Fisch über sich zu haben.«

»Ich weiß.«

Er beugte sich auf seinem Stuhl vor. »Was führen die Ihrer Meinung nach im Schilde?«

»Ich? Woher soll ich das wissen?« Vielleicht lag es am Adrenalinstoß. Ich fühlte mich etwas wackelig auf den Beinen.

»Sie waren dort draußen, wir nicht.«

Duhaney und Wyvern musterten mich konzentriert.

»Ich habe keine Ahnung.« Ich erhob mich, um auf und ab zu schreiten. »Ich vermute allerdings, daß Sie eine ganze Weile lang keinen mehr zu sehen bekommen.«

»Warum nicht?«

»Nur so ein Gefühl. Auf Hope Nation ist es uns nie

gelungen, ihr Vorgehen vorherzusagen. Und es sind Jahre zwischen dem Verlust der *Telstar* und dem nächsten Angriff vergangen.« Kaum hatte dieser Angriff jedoch begonnen, hatte er beinahe Hope Nation und unsere Abwehrflotte ausgelöscht.

Senator Wyvern räusperte sich, als setzte er gerade zu einer Rede vor der Vollversammlung an. »Das macht es nur um so wichtiger, endlich zu entscheiden, wo die neuen Schiffsrümpfe gebaut werden sollen.«

Boland versetzte scharf: »Jetzt nicht, Brett!«

An Politik war ich nicht interessiert. »Können Sie veranlassen, daß die Entscheidung über die Katzenjaulbombe beschleunigt wird, Admiral?« Ich setzte mich.

»Der Vorfall bietet mir Gelegenheit, ein paar Köpfe aneinanderzuhauen.« Duhaney legte eine Pause ein. »Andererseits ... Seafort, geben Sie keine öffentlichen Kommentare zu dieser Geschichte ab, ja?«

Meine Verärgerung brach sich Bahn. »Ich habe noch nie Interviews gegeben, Sir.« Wußte er nicht mal das?

»Sagen Sie nichts. Das ist ein Befehl.« Er zögerte. »Ich kann es Ihnen genausogut verraten. Wir haben uns bereits geeinigt. Sofern die Fische sich nicht vor morgen wieder zeigen, behandeln wir den Vorfall als falschen Alarm.«

»Sie tun was?« Ich stand auf.

»Soweit es die Öffentlichkeit angeht, meine ich. Natürlich erhöhen wir unsere Wachsamkeit.«

»Aber warum?«

Senator Boland schlug einen besänftigenden Ton an. »Zwecklos, die Leute zu beunruhigen, Kapitän. Oder sie in Panik zu versetzen.«

»Sie lügen über einen Feind auf heimischem Gebiet?«

»Überlegen Sie doch mal, Seafort! Was würde uns die Wahrheit nützen?«

»Was sie nützen ...« Das hatte etwas für sich. Solange unsere Heimatflotte auf der Hut blieb, konnte man durch die Bekanntgabe von Gefahren, die eh unvermeidlich waren, nur Panik erzeugen. Schlimmer noch, es konnte

Forderungen provozieren, daß die Flotte die Versorgung der Kolonien einstellte, um nur keine Fische anzulocken. »Es ist nicht meine Entscheidung, Senator.« Und ich danke Gott dafür.

Duhaney mischte sich ein. »Setzen Sie ihm nicht weiter zu, Richard. Er ist so müde wie wir. Seafort, ich arrangiere einen Suborbitalflug nach London für Sie. Ein Flug wird unsere Bodenverteidigung nicht beeinträchtigen.«

»Ich kann wart . . . Sehr gut. Was immer Sie möchten.« Sollten sich ruhig die Tore der Akademie hinter mir schließen und mich vor Politikern und Schreibtisch-Admiralen abschirmen.

Boland stand auf. »Mr. Duhaney, wenn Sie den Flottentransportdienst anrufen würden, begleite ich Mr. Seafort zur Abfertigung.« Elegant geregelt. Ich hatte noch nicht mal das Gefühl, hinausgeworfen zu werden. Wenige Augenblicke später schritt ich mit Boland durch Korridore, auf denen es von frustrierten Reisenden wimmelte, die auf das Ende der Verspätungen warteten.

»Wir tun unser Bestes, Seafort. Ich benutze die Sichtung als Knüppel, um Brett wieder ins Glied zu treiben, und wir werden Ihre neuen Schiffe bauen. Eine Alarmierung der Öffentlichkeit würde uns dabei nur in die Quere kommen.«

Ich grunzte. Soweit ich wußte, hatte er recht. Die U.N.S. *Wellington* stand kurz vor dem Stapellauf, und wir brauchten noch viel mehr Schiffe dieser Art.

Der Senator bemerkte ganz beiläufig: »Ich bringe Robert morgen nach Devon.«

»Robert?«

Er runzelte die Stirn. »Meinen Sohn.«

»O ja. Verzeihen Sie mir. Ich bin sicher, daß er sich gut halten wird.«

»Ich bin sehr daran interessiert, daß er es tut. Wenn ich in irgendeiner Form helfen kann, teilen Sie es mir bitte mit.« Ich wartete auf weiteres, aber er beließ es dabei.

Es war spät am Abend, als mich ein Helitaxi endlich auf der Rollbahn der Akademie absetzte. Der Wachtposten salutierte und winkte mich durch, ohne daß ich meine ID zu zeigen brauchte. Ich überlegte, ob ich das ansprechen sollte, entschied mich aber dagegen. Mein Gesicht war zu gut bekannt, sogar ohne Narbe. Ich rief die Admiralität in Lunapolis an und fragte bei einem Stabsleutnant nach, den ich kannte. Bei der Heimatflotte war alles ruhig.

Der Stützpunkt war das reinste Irrenhaus. Rufer läuteten in einem fort. Wie durch Magie veranlaßte der Ankunftstag Eltern der nachfolgenden Gruppe, Termine zu bestätigen, noch einmal nachzufragen, was die Kadetten mitbringen durften, und überhaupt Fragen nach jeder einzelnen Ermahnung zu stellen, die im Zulassungsbrief und der Broschüre bereits detailliert erläutert worden waren.

Leutnant Paulson und die Sergeanten kannten das bereits und ließen sich nicht aus der Ruhe bringen. Zwei Fähnriche hielten sich in meinem Vorzimmer bereit, um anfallende Aufträge zu erledigen, und Tolliver war draußen unterwegs und hielt die Augen offen. Trotzdem saß ich im Büro und wartete darauf, daß der ein oder andere Anruf an den Vorposten vorbeischlüpfte. Nach einer Weile mußte ich einräumen, daß ich womöglich vergebens wartete.

Ruhelos ging ich auf und ab, vorbei an Couchtischen und Stühlen, und nahm mir vor, das Mobiliar wie auf Farside ausmisten zu lassen.

Die Mittagszeit war vorbei, als ich entschied, daß ich genug hatte. Der einzige Anruf, den ich beantworten mußte, war von Quartiermeister Serenco gekommen. Der benötigte die Genehmigung für eine Sonderbestellung Milch, um verdorbene Vorräte zu ersetzen. Ich fuhr mir mit der Hand durchs Haar, rückte die Krawatte zurecht, ging hinaus und schloß die Tür hinter mir. »Ich bin draußen.«

»Ja, Sir.«

Wie an Bord eines Schiffes führte ich keinen Rufer mit. Auf einem Schiff war ich über jeden Korridorlautsprecher zu erreichen; hier ging das nicht. Auf einem Schiff brauchte man mich jedoch in Notfällen vielleicht sofort, und das galt auf der Akademie nicht. Jedenfalls wollte ich verdammt sein, ehe ich einen Rufer mitführte, der irgendwann unter der Jacke summte, oder ehe ich mit einem Minihörer im Ohr zu sehen war. Da hätte ich ja gleich wie ein Teenager mit einem Stereochip herumlaufen können!

Ich nahm Kurs auf die Unterkünfte, zögerte dann und schlug eine andere Richtung ein. Ich folgte dem gepflegten Fußweg zurück zu den Offiziersquartieren und darüber hinaus zum Frontrasen, der sich im Schatten der Bäume ausbreitete.

Die Rekruten hatten Anweisung, sich zwischen zehn und vierzehn Uhr einzufinden. Die Eltern fuhren ihre nervösen Nachkommen bis auf die geschwungene Einfahrt vor den imposanten Eisentoren, oder sie kamen zu Fuß über die öffentlichen Wiesen, nachdem sie in einigen Blocks Entfernung am Bahnhof oder auf dem Helilandeplatz eingetroffen waren.

Innerhalb der Tore empfingen Fähnriche mit einem entsprechenden Sonderauftrag die angehenden Kadetten und führten alle paar Minuten eine Gruppe zum Verwaltungsgebäude, in dem ihre Flottenlaufbahn begann. Sobald die Kadetten auf dem Akademiegelände waren, durften sie mit ihren Familien nur noch per Brief in Kontakt treten, und das galt bis zu ihrem ersten Urlaub in ferner Zukunft.

Aus sicherer Entfernung sah ich mir die tränenreichen Abschiedsszenen an. Ein Rekrut entdeckte mich zwischen den Bäumen und zeigte aufgeregt in meine Richtung. Rasch wandte ich mich ab und ging zum Messesaal zwischen den Unterkünften und den Klassenzimmern hinüber.

Obwohl das offizielle Mittagessen vorüber war, spazierte ich in die Kombüse, ignorierte die erschrockenen

Küchenmaate und blickte forschend in die Kühlschränke. Sicherlich konnte ich irgendwas finden.

»Hätten Sie gern ein Sandwich, Sir?«

Ich grunzte. »Was immer am einfachsten ist.«

»Warum nehmen Sie nicht in der Messe Platz? Der Messesteward bringt es Ihnen.«

»Sehr gut.« Ich entschied mich für den nächststehenden Kadettentisch, stützte das Kinn auf die Handflächen und dachte nach.

Der Anfang eines Schuljahres. Ein Teil meiner Schützlinge hatte die Ausbildung zur Hälfte hinter sich, andere standen eben erst im Begriff, damit anzufangen. Wie konnte ich den neuen Rekruten dabei helfen zu begreifen, worauf sie sich hier eingelassen hatten? Ein Offizier arbeitete nicht für die Flotte, er *war* die Flotte. Heute, wo die Fische unsere Kolonien verwüsteten, brauchten wir mehr denn je verantwortungsbewußte Offiziere.

Sachte fuhr ich mit der Hand über die grobe Tischplanke. Die Kadetten, die hier ihre nächste Mahlzeit einnehmen würden, waren noch Kinder. Wie konnten wir von ihnen erwarten ... Was? Initialen? Ich rieb an den verblaßten Markierungen und entdeckte weitere. Ich fragte mich, welcher Sergeant hier seine Arbeit nicht tat. Als ich noch Kadett gewesen war ... Konnten wir die Übeltäter anhand der Buchstaben identifizieren? Nein, die Schnitzkünstler hatten sich klugerweise mit jeweils nur einer Initiale begnügt.

»Ihr Lunch, Sir.«

Ich fuhr hoch, als die unerwartete Stimme ertönte. »Sehr gut.« Der Steward stellte das Tablett ab. Sie hatten sich die Mühe gemacht, eine komplette Mahlzeit aufzuwärmen: Fleisch, Gemüse, Kartoffelbrei. Eine große Portion Salat, dampfender Kaffee. Ich seufzte. Ich wäre auch mit weniger ausgekommen.

Die Tür flog auf, und ein Fähnrich kam hereingestürmt. Er eilte an meinen Tisch und nahm schneidig Haltung an.

»Fähnrich Anton Thayer meldet sich zur Stelle, Sir.«

Sein karottenrotes Haar war ordentlich gekämmt, und die Uniform saß richtig. »Grüße von Leutnant Sleak; Senator Boland fragt am Tor nach Ihnen.«

»Sagen Sie ihm ... Nein, warten Sie.« Ich stand auf, ging zum Wandrufer neben der Tür hinüber und wählte mein Büro an. »Seafort.«

»Hier Sleak, Sir. Soll ich den Senator in Ihr Büro führen lassen?«

»Was möchte er?«

»Er bringt seinen Sohn.«

»Ja, schicken Sie ihn ...« Ich zögerte. Einem wichtigen Politiker sollte man nicht vor den Kopf stoßen; welche Rolle spielte schon die Tradition, wenn ein Mitglied des Ausschusses für Flottenangelegenheiten ... Nein. »Er soll am Tor bleiben. Ich komme.«

»Sind Sie si ... Aye, aye, Sir.«

Ich beendete die Verbindung. Anton wartete darauf, entlassen zu werden. Ich knurrte: »Haben Sie nichts zu tun?«

»Doch, Sir!« Er rannte davon.

Ich eilte zur Tür, bremste mich dann jedoch ab. Der Kommandant war nicht der Lakai eines Senators, der auf dessen Geheiß angesprungen kam. Trotzdem wurden meine Schritte länger, als ich dem Rand des Paradeplatzes folgte. Vielleicht wäre es ja doch besser gewesen, ihn gastfreundlich im Büro zu empfangen.

Ich überquerte den Frontrasen zum Tor hinüber. Ein Fähnrich, der eine Gruppe ungeschickter Kadetten führte, salutierte im Vorbeigehen. Am Bordstein parkten zwei Wagen. Neben einem von ihnen erduldete ein schlanker Junge die Umarmung einer älteren Frau. Senator Boland wartete geduldig vor dem Wachhäuschen.

Ich ging durch das Tor und zupfte mir die Jacke zurecht. »Schön, Sie wiederzusehen, Senator.«

»Sie auch, Kommandant. Darf ich Ihnen meinen Sohn Robert vorstellen? Robert, Kommandant Seafort.« Der schlaksige Vierzehnjährige lächelte schüchtern und war sich nicht sicher, ob er mir die Hand reichen sollte.

Ich verschränkte die Hände so beiläufig wie möglich auf dem Rücken und nickte höflich. »Ich bin sicher, daß er sich als guter Kadett erweisen wird, Mr. Boland.«

Meine Gesten blieben nicht unbemerkt. Etwas veränderte sich im Blick des Senators. Trotzdem sagte er leutselig: »Ich hatte gehofft, mir Roberts Unterkunft ansehen zu können.«

»Man hat mir nicht gesagt, wo er untergebracht wird. Tut mir leid.« Die Information war natürlich auf der Konsole des Wachhäuschens in wenigen Schritten Entfernung abrufbar. »Ich weise jemanden an, Ihr Büro heute nachmittag anzurufen.« Sicherlich war das keine übertriebene Konzession an seine Stellung.

»Ich kann die Unterkünfte nicht allein anhand des Namens unterscheiden.«

Ich lächelte. »Sie sehen alle gleich aus.«

»Ja. Nun ...« Er blickte mir tief in die Augen. »Meine Frau und ich sind sehr darum besorgt, daß Robert der Ehre seiner Aufnahme gerecht wird.«

»Das ist lobenswert.« Ich wurde das Geplänkels überdrüssig und wandte mich Robert zu. »Wenn du dich verabschiedet hast, wird einer der Fähnriche dich hineinführen.«

»Danke.« Roberts Ton verriet seine Unsicherheit.

»Sonst noch etwas, Senator?«

»Admiral Duhaney erwähnte Ihre Fragen nach dem Budget. Ich würde mich freuen, sie mit Ihnen durchzugehen.«

»Ich schätze, ich ... Ahm, na ja, vielleicht ...« Ich brach ab, denn ich stellte fest, daß ich mich wie ein Trottel anhörte. Ich holte tief Luft und fuhr mit festerer Stimme fort: »Robert, ich möchte für einen Moment allein mit deinem Vater sprechen.«

»Ja, Sir.« Er zog sich zum Wagen zurück.

Mein Herz klopfte. »Senator, ich weiß, was Sie möchten. Es ist nicht möglich. Der Besuch des Ausschusses für Flottenangelegenheiten findet erst in einigen Monaten statt. Sie sind privat hier, und Eltern dürfen die Akademie nicht betreten. Ich mache da keine Ausnahmen. Wir kümmern uns um Ihren Sohn, wie um alle unsere Zöglinge.«

Senator Bolands Blick zeigte Schmerz. »Auch um den Jungen, dessen Helm vor ein paar Tagen zerschmettert wurde? O ja, ich weiß davon!« Er brach ab. »Können Sie sich vorstellen, wie teuer mir Robbie ist? Ich bin stolz und gleichzeitig verängstigt.«

»Ja, ich denke, das kann ich verstehen.«

»Er geht von zu Hause weg und damit von meiner Verantwortung in Ihre über. Sehen Sie, wie eifrig er wirkt? Innerlich muß er völlig eingeschüchtert sein.« Sein Ton wurde bitter. »Natürlich kennen Sie das nicht selbst.«

Ich sah ihm wieder in die Augen. »Sie können doch nicht im Ernst ...« Die Stimme versagte mir. Er konnte es nicht wissen. Ich hatte nie davon gesprochen.

Ich saß da, hatte die Arme um mich geschlungen und sah nichts von den Feldern, die draußen vorbeizogen, während der Zug langsam durch die sanfte Hügellandschaft Englands rollte. Auf dem Platz gegenüber las Vater in seiner Bibel.

Vor vier Tagen hatten mich die Jerries in einem Polizeiwagen vom Stadion nach Hause gebracht. Sie hatten mir eine Decke um die Schultern gelegt, damit ich es nach dem Schock warm hatte. Ein unberührter Kakao kühlte auf der Bank neben mir langsam ab. Als die Lichter des Wagens die Nacht erhellten, kam Vater vor die Tür. Wir hatten keinen Rufer zu Hause; er wußte noch nichts.

Als er mich aus dem Fahrzeug rief, folgte ich ihm gehorsam ins Haus. Mechanisch setzte ich mich an den Küchentisch und starrte an die verblaßte Wand, bis die Teekanne schrill verkündete, daß das Wasser erhitzt war.

»Trink.«

»Ich kann nicht.«

»Natürlich kannst du.« Er legte die Hände auf die

Lehne meines Stuhls und drehte sich noch einmal zum Herd um, um sicherzustellen, daß er abgeschaltet war. »Danach gehst du zu Bett.«

Ich saß reglos da. Man hatte mir nicht erlaubt, Jason in die Leichenhalle zu folgen. Ich hatte ihnen den Namen seiner Mutter genannt; seinen Leihvater hatte er nie kennengelernt. Bestimmt war seine Mutter jetzt mit müdem Blick in der Leichenhalle und betrachtete die schaurigen Überreste ihres Sohnes. Hätte meine Leihmutter sich um mich gegrämt, wenn sie von meinem Tod erfahren hätte? Sie hatte mich nie gekannt, und ich sie auch nicht. Trotzdem hatte ich in gewisser Weise zwei Eltern; für Klon-Nachkommen galt nicht mal das.

»Laß dein Hemd hier, damit ich es waschen kann.«

Ich senkte den Blick und entdeckte das Blut auf dem Ärmel. »Zur Hölle mit dem Hemd!«

Er hob die Hand, um mich zu schlagen, nahm sie jedoch wieder herunter. »Nicht heute abend. Ich verstehe dich.« Er setzte sich mir gegenüber. »Obwohl ich mit deiner Haltung nicht einverstanden bin.« Er betrachtete forschend mein Gesicht. »Zuzeiten ist Sein Wille schwer zu ergründen.«

Zum Teufel mit Seinem Willen, wollte ich fast schon sagen, wußte es aber besser; Vaters Toleranz hatte Grenzen. Ich kauerte mich zusammen, war fest entschlossen, nichts zu sagen, aber nur Augenblicke später machten Schluchzer meine Entschiedenheit zunichte.

Nach einer Weile glitt Vaters knorrige Hand über den Tisch und packte mein Handgelenk. Er wartete. Als ich immer noch nicht reagierte, schüttelte er beharrlich meinen Arm, bis ich aufblickte. »Dein Freund hat nicht nach Seinem Willen gelebt. Du weißt, daß ich ihn nicht geschätzt habe.«

»Aye.« Ich versuchte, die Hand freizubekommen.

»Er wollte dich zu – üblen Handlungen verleiten. Ich hoffe, daß du ihm widerstanden hast. Falls nicht, wird dein Gewissen leiden.« Ich wand den Arm, aber Vaters Griff war eisenhart. »Trotzdem war er dein Freund, und ich respektiere deinen Kummer. Er war jung genug, um sich noch ändern zu können, hätte der allmächtige Gott ihm die Zeit gegeben.«

Ich blickte auf. »Hast du ihn deshalb geduldet? Weil er sich vielleicht noch geändert hätte?«

»Nein, Nicholas. Weil er dein Freund war.« Er gab meinen Arm frei. »Ich werde für ihn beten, sowohl jetzt als auch später. Vielleicht gesellst du dich dabei zu mir.«

Leise sagte ich: »Ja, bitte.«

»Gehst du zum Begräbnis?«

Ich schrak zurück. »Dem was?« Sie konnten Jason doch nicht im steinigen Boden vergraben! Das war zu grausam! Ich wollte schlucken, aber der Schmerz schnürte mir den Hals zu. Vater, halt mich fest! Nimm mich in die Arme, sag mir, daß ich wieder leben möchte!

»Ich könnte mir vorstellen, daß sie ihn begraben, noch ehe du fortgehst.«

Ich zitterte. »Fortgehen? Wohin denn?«

Vater stand auf und goß sich Tee nach. Meine Tasse stand unberührt da und wurde langsam kalt. »Nicholas, hast du die Akademie vergessen?«

»Ich möchte nicht ... Es gibt keinen Grund mehr, dort hinzugehen.«

»Es gibt keinen Grund zu bleiben.«

Ich blickte erschrocken auf.

»Es war dein Traum. Jasons Tod ist kein Grund, ihn aufzugeben.«

»Wie kann ich ihn denn verlassen?« schrie ich. Wenn da ein Grab war, mußte es gepflegt werden. Man mußte Blumen hinbringen, das Unkraut jäten.

»Er selbst ist bereits fort, Nicholas. Das Fleisch bedeutet nichts.«

Das Begräbnis fand zwei Tage später statt.

In meinem schlecht sitzenden Anzug stand ich zwischen Vater und Jasons benommener Mutter, hin- und hergerissen zwischen Ruhe und Anfällen von Schmerz.

Ich bückte mich sogar, um mit dem Spaten Erde auf den billigen Sarg aus Alulegierung zu schaufeln. Seine Mutter lächelte mich an und drückte mir die Hand. Ich war ihr dankbar dafür, daß sie mir erlaubt hatte, ihm das Balsaholzmodell der *Trafalgar* mitzugeben, das er so bewundert hatte, damit es ihn in die Dunkelheit begleitete.

Als alles vorbei war, kehrten wir in unser stilles, trauriges Heim zurück, wo ich an dampfendem Tee nippte, während Vater die Heilige Schrift öffnete. Wir lasen aus den Psalmen und den Sprüchen Salomonis. Vielleicht, weil ich immer noch nicht getröstet war, schlug er dann Lukas, Kapitel achtzehn, auf. Zusammen mit ihm flüsterte ich die auswendig gelernten Worte: »*Laßt die Kinder zu mir kommen; hindert sie nicht daran! Denn Menschen wie ihnen gehört das Reich Gottes.*«

Zwei Tage später machte ich meine Reisetasche zu, folgte Vater zum Taxi, stieg in den Zug.

Ich saß lustlos da und schwang die Beine unter dem Sitz vor und zurück. Die sauber gewaschenen Ohren standen unter dem kurzen neuen Haarschnitt hervor.

Die Akademie. Die Summe all meiner Träume.

Als der Zug endlich anhielt, packte ich meine Tasche, stieg auf den Bahnsteig hinunter und wartete, während sich Vater bei einem Schalterbeamten nach dem Weg erkundigte.

»Es ist nahe genug, um zu Fuß zu gehen. Nicht nötig, Geld für den Bus zu verschwenden.«

»Aye.« Ich folgte Vater aus dem Bahnhof. Er blieb stehen, orientierte sich und folgte dann einer Straße. Ich packte meine Reisetasche fester, die ganz schön schwer war mit dem unverzehrten Mittagessen, der großen Bibel und den gedruckten Büchern, die ich im letzten Moment noch hineingestopft hatte. Ich gaffte die fremdartigen Läden an.

Wir folgten schweigend unserem Weg. Gelegentlich packte mich Vater an der Schulter, um mir die Richtung zu weisen. An einer belebten Ecke wechselte ich die Tasche in die rechte Hand, um mich mit der linken an ihm festhalten zu können, aber in diesem Moment sprang bereits die Ampel um, und er ging weiter. Wir überquerten den Hang des Gemeindeparks. Ich nahm die Tasche wieder in die Linke und wollte nach Vaters Hand greifen, aber er wechselte auf meine linke Seite.

Ist das nun der Abschied? Wer werde ich sein, wenn wir uns wiederbegegnen? Vater, welchen Rat hast du für mich, welchen Trost?

Liebst du mich?

Du hast dein geliebtes Cardiff verlassen, um mich herzubringen; ich weiß, daß das Beweis genug ist.

Ich möchte dir sagen, daß ich dich stolz machen werde. Ich werde mir große Mühe geben, Vater, wirklich!

Das große Eisentor ragte vor mir auf. Ich griff erneut die Tasche um, damit ich Vater die Hand geben konnte, aber er hatte seine fest in die Jackentasche gesteckt.

Wir näherten uns den Torflügeln, wo die regungslosen Wachtposten steif vor ihrem Häuschen standen. Ich wandte mich Vater zu, und mein Hals war wie zugeschnürt. Er deutete zum Wachhaus, legte mir die Hände auf die Schultern und drehte mich zum wartenden Tor um. Sanft, aber bestimmt, schob er mich dorthin. Benommen ging ich hindurch, die Reisetasche fest umklammert.

Nach ein paar widerwilligen Schritten drehte ich mich erneut zu Vater um. Er ging bereits zum Bahnhof zurück. Ich winkte ihm hinterher, wünschte mir so sehr, daß er mir noch einmal einen Blick zuwarf, aber weder blieb er stehen, noch hatte er auch nur einen Blick für mich übrig, ehe er außer Sicht war. Ein Eisenring schloß sich um meinen Hals.

Ich blinzelte die Tränen weg und betrat die Akademie allein.

Senator Boland packte mich am Arm. »Ist alles in Ordnung mit Ihnen, Seafort? Sie sind ganz bleich geworden!«

Ich schüttelte seine Hand ab. »Mir geht es gut.« Nach kurzer Unterbrechung setzte ich hinzu: »Danke.«

Ich winkte seinen Sohn heran. »Robert, sobald wir durch das Tor sind, werde ich nicht mehr mit dir sprechen oder besondere Notiz von dir nehmen. Hast du das verstanden?« Er nickte. »Wenn du dich von deinem Vater verabschiedet hast, komm herein. Vergiß nicht, daß er dich liebt, oder er wäre nicht hier.« Ich räusperte mich. »Du hast nichts zu befürchten.« Ich nickte dem Senator zu und marschierte rasch aufs Akademiegelände zurück.

6. Kapitel

Tolliver klopfte an meine Tür und steckte den Kopf hindurch. »Sie sind bereit für die Vereidigung, Sir.«

»Sehr gut.« Ich stand auf, schaltete das Holo ab. »Möchten Sie mitkommen?«

»Ich möchte es um nichts in der Welt versäumen.« Seine Augen funkelten vor Erheiterung, ungeachtet meiner mißbilligend gerunzelten Stirn. Als wäre er noch nicht zu weit gegangen, ergänzte er: »Ich habe den Text auf einer Karte, Sir, falls Sie ihn lieber ablesen möchten.«

»Tolliver!«

»Wenn ich es richtig verstehe, möchten Sie das nicht.« Er schloß sich mir an. Während wir die Treppe hinunterstiegen, fragte er: »Erinnern Sie sich noch an Ihre Vereidigung, Sir?«

Ich blieb stehen. »Als wäre es erst heute morgen gewesen.« Etwas an meinem Tonfall führte dazu, daß sein Lächeln schmaler wurde. »Und Sie?«

»Ich könnte Ihnen die Stelle zeigen, wo ich gestanden habe.« In jetzt ernster Stimmung gingen wir schweigend zum Verwaltungsgebäude hinüber. Ich stieg die Stufen hinauf und wandte mich zur Versammlungshalle.

»*Achtung*!« Der Sergeant, der der Tür am nächsten stand, nahm Haltung an, während er seinen Befehl brüllte. Die übrigen Drillsergeanten folgten seinem Beispiel, ebenso Leutnant Sleak und die Fähnriche. Mehrere Rekruten unternahmen einen halbherzigen Versuch, sich dem anzuschließen, was ich ignorierte.

»Kommando zurück.« Ich marschierte zur Frontseite des Saals und zerbrach mir den Kopf, was ich sagen wollte. »Sergeant Radz, lassen Sie in zwei Reihen Aufstellung beziehen.«

»Aye, aye, Sir! Du da, zwei Schritte vor! Du, neben ihn. Tretet ins Glied! Nicht so eng!« Einen Augenblick später standen siebenundvierzig Jungen und dreizehn Mädchen in zwei ungeraden Reihen, die Arme an den Seiten.

Mit kräftiger Stimme sagte ich: »Ich bin Nicholas Ewing Seafort, Kapitän der Raumflotte und Kommandant der Flottenakademie der Vereinten Nationen. Der Eid, den abzulegen ihr im Begriff steht, ist weder ein bloßes Versprechen noch eine bloße Formalität. Er steht für eine freiwillig gegenüber dem allmächtigen Herrgott eingegangene Verpflichtung, die euch für fünf Jahre an die UN-Flotte bindet und euch solange zu meinen Mündeln macht, bis ich es für richtig halte, euch den Abschluß zuzuerkennen. Der Flottendienst der Vereinten Nationen ist die beste militärische Organisation aller Zeiten. Die unter euch, die den Diensteid ablegen möchten, heben die rechte Hand.« Alle gehorchten sofort. Ich räusperte mich. »Ich – euer Name ...«

Ein Gemurmel ertönte. »Lauter bitte! Dies ist keine Handlung, deren man sich schämen müßte. Ich schwöre bei meiner unsterblichen Seele ...«

»*... schwöre bei meiner unsterblichen Seele ...*« Die Stimmen klangen jetzt lauter.

»... die Charta der Vollversammlung der Vereinten Nationen zu bewahren und zu beschützen ...«

»*... die Charta der Vollversammlung der Vereinten Nationen ...*« Ein Junge zitterte, vielleicht vor Angst. Die Augen eines anderen Burschen glänzten feucht.

»... für die Dauer meiner Verpflichtung dem Flottendienst der Vereinten Nationen die Treue zu halten und Gehorsam zu erweisen ...«

»... *für die Dauer meiner Verpflichtung dem Flottendienst der Vereinten Nationen die Treue zu halten und Gehorsam zu erweisen* ...« Mit inzwischen größerer Kraft gaben sie meine Worte wieder.

»... und allen seinen rechtmäßigen Befehlen und Vorschriften nachzukommen, so wahr mir der allmächtige Gott helfe.«

»... *und allen seinen rechtmäßigen Befehlen und Vorschriften nachzukommen, so wahr mir der allmächtige Gott helfe.*«

Ein Augenblick der Stille. »Ihr seid jetzt Kadetten im Flottendienst der Vereinten Nationen.« Ich nahm Haltung an, zeigte einen schneidigen Paradesalut, wirbelte auf den Fersen herum und marschierte hinaus.

Auf halbem Weg zum Büro holte mich Tolliver ein. »Jesus, Sohn Gottes!«

»Hm?« Das Blut strömte kräftig durch meine Adern; mein Schritt war schnell.

»Nichts, was ich jemals gehört habe ...« Er schluckte. »Ich habe noch nie etwas Ähnliches gehört.«

»Verspotten Sie mich nicht!«

Er zögerte kurz und sagte dann mit leiserer Stimme: »Das habe ich nicht, Sir.«

»Hmpff. Kommen Sie mit, wir müssen über Geschäftliches diskutieren.«

In der Privatsphäre meines Büros zog ich die Jacke aus und warf sie über einen Couchtisch. Ich schob einen Chip ins Holovid und drehte das Gerät so, daß wir beide das Display sehen konnten. »Unser Budget.«

»Ja, Sir.«

Ich deutete auf die Ausgabenspalten. »Behalten Sie als erstes die Ausgaben im Auge, und achten Sie darauf, daß wir uns innerhalb der Richtlinien bewegen.«

»Aye, aye, Sir. Aber kümmert sich nicht der Quartiermeister ...«

»Sie tun es. Als zweites möchte ich Stichproben durchführen, ob wir tatsächlich die Dinge erhalten, für die wir bezahlen.«

Er sah mich überrascht an und grinste plötzlich. »Eine Art Generalinspekteur sozusagen?«

»Das ist nicht komisch, Edgar.« Auf Hope Nation war ich zum Generalinspekteur ernannt worden, eine Eskapade, die damit geendet hatte, daß ich den Kommandeur des Venturas-Stützpunktes abgesetzt und mir damit den spektakulären Zorn meines Admirals eingehandelt hatte.

»Nein, Sir, natürlich nicht.«

Ich knirschte mit den Zähnen, fest entschlossen, mich nicht aus dem Konzept bringen zu lassen. »Prüfen Sie als drittes die Bücher des letzten Jahrs. Überspringen Sie dabei die Posten, für die wir Verträge haben oder die wir aus Beständen der Flotte erhalten. Sehen Sie sich sämtliche Bareinkäufe an. Verifizieren Sie, was Sie können, und melden Sie alle Unregelmäßigkeiten.«

Er betrachtete mich eindringlich. »Hegen Sie irgendeinen Verdacht?«

»Admiral Duhaney zufolge bestimmen wir selbst, wie wir unser Geld ausgeben. Unsere Buchführung ist bizarr. Sie hat sich aufgrund der heißgeliebten Unabhängigkeit der Flotte so entwickelt, aber wer immer das ausgetüftelt hat ...« Ich schluckte den Rest hinunter, als ich merkte, daß ich im Begriff stand, vor einem Untergebenen meine Vorgesetzten zu kritisieren. »Überprüfen Sie einfach, was Sie können.«

»Leutnant Sleak ist unser Systemoffizier und obendrein mein Vorgesetzter. Es wird ihm nicht gefallen, wenn ich ihm auf die Zehen trete.«

»Versuchen Sie, nicht zu offen vorzugehen. Wenn er Einwände erhebt, verweisen Sie ihn an mich.«

»Aye, aye, Sir.« Tolliver studierte stirnrunzelnd die Zahlen. »Spielt es eine Rolle, ob wir die Richtwerte einer Spalte überschreiten, solange wir ...«

»Der Admiral meinte ...« Ich versuchte, mich an seine Worte zu erinnern. »Er hatte es eilig, sein Shuttle zu erreichen. Wir brauchen uns nicht an die Ausgabenrichtlinien zu halten. Und noch etwas: Theoretisch brauchen wir für die Anzahl der Kadetten keine Rechenschaft abzulegen. Ich habe keine Ahnung, was er damit meinte, und erhielt auch keine Gelegenheit, danach zu fragen. Gehen Sie der Sache nach. Sehen Sie sich die Vorschriften an, fragen Sie jemanden in der Buchhaltung.«

»Aye, aye, Sir. Sonst noch was?«

»Im Moment nicht. Entlassen.«

Inzwischen standen die Erstkläßler sicher in einer Reihe vor den Ausgabeschränken, um die Arme mit Ausrüstungsgegenständen vollgepackt zu bekommen – das uralte Ritual für alle Einberufenen. Ich lehnte mich zurück, verschränkte die Arme hinter dem Kopf, wiegte mich in dem bequemen Ledersessel. Zuerst erhielten sie graue Hosen, dann weiße Hemden, dann ihre grauen Jacken. Schuhe und Unterwäsche kamen oben auf die Stapel.

Danach trennten sie sich in die Gruppen für die einzelnen Unterkünfte und trugen ihre Lasten ungeschickt im Gänsemarsch dorthin.

Auf dem terrestrischen Stützpunkt begegnete man erstaunlich wenigen Offizieren. Die Erstkläßler kamen hier in die Obhut ihrer Drillsergeanten, denen sie vorbehaltlos zu gehorchen lernten. Offiziere, vor denen selbst die Sergeanten in Habachtstellung salutierten, waren über jedes Verständnis hinaus erhabene Gestalten.

Oder so war es mir zumindest mit dreizehn vorgekommen.

»Ins Glied! Habe ich vielleicht ›Links schwenk‹ gesagt? Und wenn du es fallengelassen hast, heb es wieder auf, du Trottel!«

Er war über einsfünfundachtzig groß. Er war stämmig; seine Stimme klang bedrohlich wie die eines verletzten Tigers. Er war Marinesergeant Darwin P. Swopes.

Er war Gott.

Wir marschierten in einer ungeraden Reihe zum Valdez-Saal hinüber, einem einstöckigen Bauwerk aus Alulegierung, das zu einer Ansammlung ähnlicher Gebäude gehörte. Fenster durchbrachen die saubere, weiße Seitenwand; drei Stufen führten zu einer breiten Tür hinauf. Ich umklammerte mein Kleiderbündel mit einem Arm und die Tasche von zu Hause mit dem anderen.

»Im Gänsemarsch! Die ersten fünfzehn von euch beziehen Aufstellung am Fußende der Betten rechts.« Er wartete. »Die anderen auf die linke Seite.«

Ich stand vor meinem neuen Bett und wechselte Blicke mit dem zerzausten Jungen rechts von mir. Sein Grinsen verschwand, als der Sergeant den Raum betrat.

»Dreht euch um, legt eure Sachen auf das Fußende des Bettes und wendet euch wieder dem Mittelgang zu. Nehmt mit den Händen an den Seiten Aufstellung.« Er wartete, bis wir den Befehl ausgeführt hatten.

»Ihr habt meinen Namen bereits gehört, aber einige von euch werden zu dumm ein, um sich daran zu erinnern. Ich bin Sergeant Swopes. Ich erkläre euch, wie ihr mich anzusprechen habt, nämlich mit ›Sergeant Swopes‹ oder ›Sarge‹. Wie ihr wißt, wird ein Sergeant normalerweise nicht mit ›Sir‹ angeredet. Ihr seid allerdings noch ...« Er spie das Wort förmlich hervor. »... Kinder, keine Offiziere oder Soldaten. Deshalb werdet ihr mich ›Sir‹ nennen, wie in den Wendungen ›Ja, Sir‹ und ›Aye, aye, Sir‹. Tatsächlich werdet ihr alles, was sich bewegt, mit ›Sir‹ anreden, es sei denn, es trägt Grau wie ihr selbst, oder es ist weiblich, in welchem Fall ihr ›Ma'am‹ sagen werdet. Habe ich mich klar genug ausgedrückt?«

Ein unsicherer Chor verkündete: »Ja, Sir!« Ich schwitzte allmählich in meinem schweren Flanellhemd.

»Die korrekte Antwortet lautet ›Aye, aye, Sir‹. Wenn euch eine Frage gestellt wird, kann die Antwort ›Ja, Sir‹ lauten. Wenn ihr dagegen eine Anweisung erhaltet, heißt es ›Aye, aye, Sir‹.«

Auf der anderen Seite des Zwischengangs stieg eine Hand hoch.

Sergeant Swopes funkelte den Jungen an. »Ja?«

Es war ein hochgewachsener, tolpatschiger Bursche mit Segelohren. »Sie fragten, ob Sie sich klar genug ausgedrückt hätten. Das war eine Frage, nicht wahr? Sollten wir dann nicht ›Ja, Sir‹ sagen?«

Sarge lächelte. Er schlenderte zu dem linkischen Jungen. »Name?«

»Von Halstein. Erich von Halstein.«

»Erich von Halstein, du läufst jetzt siebenmal außen um die Unterkünfte herum. In zwei Minuten möchte ich dich wieder hier sehen. Los!«

Der Junge schluckte. »Ja, Sir!« Er hastete zur Tür.

Sarge brüllte: »Komm sofort zurück!« Der Kadett kam schlitternd zum Stehen und lief zurück. »War das eine Frage oder ein Befehl, Junge?«

»Ah, ein Befehl, Sir.«

»›Sarge‹ reicht auch. Wie du so klug angemerkt hast, antwortet man auf einen Befehl mit ...«

»Aye, aye, Sir.«

»Gut. Da du es bereites wußtest, drei Minuspunkte für Ungehorsam. Du wirst jeden Punkt durch zwei Stunden Gymnastik abarbeiten. Zunächst aber die Runden um die Unterkünfte! Los jetzt!«

»Ja ... Aye, aye, Sir!«

Er lief zur Tür hinaus.

Als die Tür sich schloß, brummte Sarge: »Ich *hasse* Paragraphenreiter.« Er drehte sich zu uns anderen um. »Noch irgendwelche Fragen?«

Nachdem der schwitzende und aufgekratzte von Halstein zurückgekehrt war – und einen weiteren Minuspunkt für seine Verspätung erhalten hatte –, wies Sarge uns an, die Sachen, die wir von zu Hause mitgebracht hatten, auf den Kopfkissen zu plazieren, aber die Sachen, die wir von der Flotte erhalten hatten, an den Fußenden der Betten zu belassen. »Jeder einzelne von euch wird jetzt alles, was er trägt, ausziehen und aufs Kopfkissen legen und dann zu den Duschen hinübergehen. Handtücher findet ihr auf einem Regal im Bad.«

Ich erbleichte. Alles, vor aller Augen? Vor den Mädchen? Unmöglich; ich konnte das nicht tun!

»Nach dem Duschen suche ich mir aufs Geratewohl zwei Kadetten für eine gründliche körperliche Inspektion aus. Der allmächtige Gott sei euch gnädig, falls ich mit dem Ausmaß an Sauberkeit nicht zufrieden sein sollte! Los!«

Ich zögerte gerade lange genug, damit Sarge zu mir hinübersah. Beschämt machte ich mich daran, die Kleidung abzulegen. Es war absolut still im Raum, abgesehen vom Scharren der Schuhe und dem Rascheln der Kleider.

Ich bedeckte mich, so gut ich konnte, und stolperte mit dem Rest meiner Gruppe zur Dusche hinüber. Die meisten Jungs waren zu verlegen, um den Mädchen verstohlene Blicke zuzuwerfen. Ich schrubbte mich gründlich und betete inbrünstig darum, daß Sarge nicht mich zur Inspektion auswählte.

Als wir zu unseren Kojen zurückkehrten, die Handtücher fest um die Hüften geknotet, war der Sergeant mit unserer Ausrüstung fast fertig. Ein paar Sachen lagen noch auf meinem Kopfkissen: Die Bücher, die Chips, das Papier. Die Kleidung, die ich getragen hatte, entdeckte ich zusammen mit der Reisetasche auf dem Fußboden.

»Zieht euch jetzt die Kadettenkleidung an. Danach packt ihr die Taschen, die ihr von zu Hause mitgebracht habt, mit allem, was ich auf den Boden gelegt habe. Diese Sachen kommen ins Lager. Alles, was auf euren Kissen übrig ist, steckt ihr in die Flottentasche, die ihr dann unter dem Bett verstaut. Bringt die Handtücher ins Bad zurück, und wenn ihr fertig seid, bezieht ihr draußen Aufstellung, und ich bringe euch zum Haareschneiden. O ja, du – und du. Kommt her.«

Er hatte nicht mich ausgesucht. Mir war schwindelig vor Erleichterung.

Benommen und ganz fügsam vor lauter Schock folgten wir Sarge vom Friseur zum Messesaal und wieder zurück zur Unterkunft. Wir brachten den ganzen Abend damit zu, unsere Betten abzuziehen und neu zu machen, bis jede Koje seinen Beifall fand.

»Das Kommando ›Licht aus‹ erfolgt in einer halben Stunde. Ihr werdet schon in Unterwäsche sein und fürs Bett bereit. Jeder, der noch das Bad benutzen möchte, muß bis dahin fertig sein.« Ich schloß die Augen. Ich war ganz krank vor Entsetzen. Die Toiletten zogen sich in einer Reihe vor den Waschbecken entlang, hatten aber keine Fronttüren. Ich wußte, daß ich mich nicht würde erleichtern können, vielleicht auf Tage hinaus.

Als Sarge zurückkehrte, unterhielten sich Jungen und Mädchen leise von Bett zu Bett. Ich saß allein da und sehnte mich nach Einsamkeit, nach meinem knarrenden Bett in Vaters trautem Heim.

Sarges Stimme klang überraschend sanft, als er die Beleuchtung herunterdrehte. »Du, setz dich auf dieses Bett. Du auch. Ich möchte euch beide dort drüben sehen.« In wenigen Augenblicken hatte er uns jeweils zu dritt auf einem Bett sitzen, anscheinend aufs Geratewohl verteilt. Ich saß steif da und bemühte mich, nicht die Schulter des scheuen Mädchens zu berühren, das die Arme über dem kurzen weißen T-Shirt verschränkt hatte.

»Einige von euch stammen aus Nordamerika, ein paar aus Deutschland, zwei aus Lunapolis. Wieder andere kommen von der anderen Seite des Globus oder von noch weiter her. Das *war* einmal.« Langsam schritt er durch den Zwischengang. »Das ist jetzt vorüber. Jetzt gehört ihr zu Valdez. Dies ist euer Zuhause, und das sind eure Kameraden.«

Er blieb vor unserem Bett stehen. »Seafort, berühre ihr Gesicht. Nimm beide Hände; sie beißt nicht. Sanders, leg deine Hand auf seine Schulter. Ich möchte, daß ihr euch alle gegenseitig anfaßt.« So verlegen, daß ich es gar nicht in Worte fassen konnte, hob ich zögernd die Finger an Kadett Sanders' Gesicht, während die klamme Hand des dritten Jungen auf meinem Knie lag.

Sarge fuhr leise fort: »Ihr gehört jetzt zur feinsten militärischen Truppe, die der Mensch je kannte. Die anderen hier sind eure Brüder, eure Kameraden. Ihr braucht nicht verlegen zu sein, wenn sie euch berühren, wenn ihr ihre nackten Körper seht. Ihre Leistungen sind auch eure. Eure Ehre ist ihre Ehre und umgekehrt. Wenn ihr lügt, macht ihr ihnen Schande. Wenn ihr sie verratet, verratet ihr euch selbst, eure Flotte, den allmächtigen Gott. Wenn ihr in künftigen Jahren durch die Leere zwischen den Sternen fahrt, werdet ihr wissen, daß jeder Offizier der UN-Raumflotte dieses Band mit euch teilt. Für den Moment heißt es: Bemüht euch nach besten Kräften, um eurer Kameraden willen. Von Zeit zu Zeit werdet ihr etwas nicht schaffen und dafür bestraft werden. Letztlich werdet ihr Erfolg haben. Heute morgen wart ihr euch noch fremd. Jetzt seid ihr Saalgefährten und zu der Mission angetreten, euch der Flotte und einander würdig zu erweisen. Jeder kehrt jetzt zu seinem Bett zurück.«

Ich schlich zu meiner Koje zurück. »Gute Nacht.« Er marschierte zur Tür, ging hinaus.

In den Unterkünften war alles still.

Unsere Kadetten lernten es, sich im Wirbelwind ihres neuen Lebens zu orientieren. Fünf Tage später nahm ich der nächsten Gruppe den Eid ab und sah aus der Ferne zu, wie sich die ganzen Rituale wiederholten.

Im Verlauf der Woche rief Senator Boland dreimal an, um sich nach seinem Sohn Robert zu erkundigen; ich schaffte es, mich jedesmal um den Rückruf zu drücken. Der Bürosergeant übermittelte ihm die gleichen beruhigenden Floskeln, die auch alle anderen Eltern erhielten.

Für die Kadetten im zweiten Jahr ging der Urlaub zu Ende. Bald würden alle Plätze in den Unterkünften besetzt sein, bis wir die Verschiffung von Kadetten nach Farside einleiteten. Ich überlegte, ob ich selbst hinauffliegen sollte, tat es aber nicht. Hier von Devon aus konnte ich innerhalb weniger Stunden in New York sein, falls Annie anrief.

Im Weltraum patrouillierte die Heimatflotte vergebens. Kein Fisch wurde irgendwo gesichtet.

Die Tage gingen dahin; unsere dritte und vierte Kadettengruppe traf ein, und wir absolvierten mit ihnen die gleiche Einführung wie mit den anderen. Mit wachsender Ruhelosigkeit marschierte ich über das Gelände der Akademie, während grimmige Sergeanten ihre Kadetten in den Grundlagen der Gymnastik, der militärischen Haltung und des Gehorsams unterwiesen. Ich staunte über ihre Geduld.

Eines Abends spazierte ich durch den Bezirk der Unterkünfte und wich dabei Schlafsälen aus, von denen ich wußte, daß sie belegt waren. Meine Drillsergeanten hatten auch ohne überraschende Inspektionen des Kommandanten genug zu tun. Nachdenklich blieb ich vor einem leeren Gebäude stehen.

Wir erwarteten die vorletzte Rekrutengruppe in zwei Tagen. Innerhalb einer Woche war dann die Belegung komplett. Wer unter den ängstlichen Jugendlichen, die wir in unsere Gemeinschaft aufnahmen, würde sich letztlich als ein neuer Hugo von Walther erweisen und wer als trauriger Fehlschlag? Hätten wir das doch nur gewußt! Alles nahm hier seinen Anfang, in alternden Schlafsälen wie dem, vor dem ich stand. Müßig öffnete ich die Tür und schaltete das Licht ein.

Dreißig kahle Matratzen, dreißig leere Betten. Ich spazierte an den stählernen Bettgestellen vorbei, fuhr mit den Fingern über die staubigen Fenster. In wenigen Tagen pulsierte dieser Saal vor Aktivität und Erwartung, vor Angst und Leid, während junge Menschen darum rangen, erwachsen zu werden.

»Kann ich Ihnen helfen ... O Verzeihung, Sir!«

Ich drehte mich um; Sergeant Olvira salutierte lässig und nahm Haltung an.

»Kommando zurück.« Verlegen steckte ich die Hand in die Tasche. »Ich bin nur – spazierengegangen.«

Er nickte, als wäre es ein alltägliches Ereignis, den Kommandanten in einer verlassenen Unterkunft anzutreffen. »Ja, Sir.«

»Und was machen Sie hier, Sarge?« Das war nicht viel, aber ich mußte ja irgend etwas sagen.

»Ich übernehme Valdez, Sir. Ich hörte, wie die Tür aufging.« Die Sergeanten waren in Wohnungen untergebracht, die an die jeweilige Unterkunft angrenzten. Damit genossen sie Privatsphäre, waren aber trotzdem zur Stelle, wenn es nötig sein sollte. Allerdings war zweifelhaft, wieviel Privatsphäre das war, wenn Olvira meine leisen Schritte gehört hatte.

»Tut mir leid, Sarge. Ich wollte mich nicht einmischen.«

»Kein Problem, Sir. Ich habe mir gerade die Papiere angesehen, ehe meine Kids hier eintreffen.« Er zögerte. »Ich habe frischen Kaffee da, Sir, wenn sie welchen möchten.«

»Nein, danke.« Mein Ton war kühl. Schlimm genug, daß ich eine Stunde mit ihm im Stabssalon verbracht hatte. Es war ungehörig, wenn ein Befehlshaber mit seinen Untergebenen geselligen Umgang pflegte; und schlimmer noch: Manche hätten es als Begünstigung angesehen.

»Tut mir leid, wenn ich Sie gestört habe, Sir. Ich lasse Sie gern in Ruhe.« Er wartete darauf, daß ich ihn entließ; ich nickte. Allein saß ich dann auf einem Bett und bemühte mich, meinen Ärger hinunterzuschlucken. Er mußte meine Schroffheit bemerkt haben; was hatte er verbrochen, außer mir eine Tasse Kaffee anzubieten?

Ich stand auf und schlenderte wieder zur Tür. Was immer mir dieser Besuch an Freude hätte bringen können, war dahin. Ich schaltete das Licht aus und verließ das Gebäude. Ich machte mich auf den Weg zu den Offiziersquartieren, aber meine Schritte wurden langsamer. Es ging nur um Kaffee. Ich war zu barsch gewesen. Ich kehrte zu den Unterkünften zurück und fand den Außeneingang zu seiner Wohnung.

»Dürfte ich auf den Kaffee zurückkommen?«

Sergeant Olvira zeigte es nicht, wenn ihn mein plötzliches Erscheinen überraschte. »Natürlich, Sir. Kommen Sie herein.« Er gab mir den Weg frei.

Ich setzte mich an den Tisch und wartete, während er Zucker und Milch holte. Er goß mir eine Tasse ein, wärmte die eigene an und setzte sich. »Es ist schön, sich wieder an die Arbeit zu machen.«

Ich lächelte höflich. »Sie hatten keine Freude am Urlaub?«

»Ich kann nicht viel mit freier Zeit anfangen. Ich habe nur eine Woche genommen.«

»In ein paar Tagen werden Sie alle Hände voll zu tun haben.« Ich nippte an dem dampfenden Kaffee.

Er schob einen Stapel Mappen zur Seite, um sich vorzubeugen und die Ellbogen auf dem Tisch abzustützen. Eine Mappe rutschte herunter, und ich fing sie auf. Das Deckblatt klappte auf und zeigte das halbseitige Photo eines ernsten Jungen. Ich klappte das Heft zu und warf es wieder auf den Stapel. »Woran arbeiten Sie zur Zeit?«

»Den Gesichtern Namen zuzuordnen. Ein Frühstart hilft wirklich. Und ich weiß gern über die Kids Bescheid, wenn ich sie sehe.«

Ich hatte gar nicht gewußt, daß Sergeanten so etwas taten. Ich hatte überhaupt nie viel davon gewußt, wie sie arbeiteten. »Haben Sie etwas Interessantes gefunden?«

»Nein, im Grunde nicht«, seufzte er. »Nehmen wir zum Beispiel den hier. Franzose. Theroux. Vierzehn, die Mutter ein Dosman in Paris. Vater verstorben. In seinem Bewerbungsaufsatz schreibt er, er hätte stets vom Eintritt in die Flotte geträumt, seit er *Celestina Voyage* sah. Schrecklicher Unsinn, dieses Holo, aber ich kann schon verstehen, wie es einen Jugendlichen inspiriert. Vielleicht wird es sich nie als hilfreich erweisen, das zu wissen, vielleicht kommt es mir aber mal zustatten.«

»Theroux?«

»Jacques Theroux. Er ist nur einer der . . .«

»Zeigen Sie mir mal die Akte.«

»Aye, aye, Sir.« Gesellige Umstände oder nicht, einem Befehl gehorchte er sofort.

Der Junge blickte ernst an mir vorbei in die Holokamera und darüber hinaus. Ohne Tollivers Einmischung hätte er jetzt einen Ablehnungsbescheid verdauen müssen, anstatt immer wieder den Inhalt seiner Reisetasche zu prüfen und besorgt die Stunden zu zählen. Welcher Jugendliche war nicht auf die Liste gekommen, damit Theroux die Akademie besuchen konnte? Ich hatte mir nicht mal die Mühe gemacht, danach zu fragen. Ich klappte die Mappe zu.

»Stimmt etwas nicht, Sir?«

Ich schüttelte mich, um in die Realität zurückzukehren. »Nein, nichts.« Ich konversierte noch eine Zeitlang mit ihm, bis ich mich verabschieden und in die Nacht entkommen konnte.

Ich blieb vor der Tür zur Messe stehen und zupfte die Jacke zurecht. »In Ordnung, ich bin bereit.« Tolliver öffnete für mich.

»Achtung!« Das Gebrüll hallte im ganzen Saal wider. Zweihundertvierzig Kadetten standen sofort auf und nahmen Haltung an. Die meisten bekamen es richtig hin. Die Haare ordentlich gekämmt, die Krawatten korrekt, die Hosen in Bügelfalten – etwas anderes hätten die Sergeanten nicht geduldet. Ich marschierte an ihren Bänken vorbei zu dem runden Tisch an der Vorderseite hinüber. Meine Offiziere salutierten, als ich näher kam.

Ich erhob die Stimme: »Kommando zurück.« Und in leiserem Ton wandte ich mich an meine Tischgefährten: »Setzen Sie sich, Gentlemen.« Leutnant Sleak, Edgar Tolliver, Sergeant Obutu und etliche Ausbilder, die keine Unterkünfte betreuten, nahmen Platz. Bis jetzt hatte ich wenig Kontakt mit ihnen gehabt. Vielleicht sollte ich hin und wieder in den Klassenzimmern auftauchen, obwohl das die Arbeit der Ausbilder sicher nicht erleichterte.

»Der Probelauf des neuen Geschützsimulators ist

großartig verlaufen«, bemerkte Sergeant Olvira, während er sich mit Suppe bediente.

Sleak gab die Schüssel weiter. »Wie sieht's aus, Gunnie?«

Olvira grinste. »Sie hätten mal Ramons Gesicht sehen sollen, als er herauskam. Er kann es gar nicht mehr erwarten, daß das Ding endlich hier eintrifft.«

»Ramon?« fragte ich.

»Ramon Ibarez, Sir. Er ist Hilfsschütze.«

»O ja.« Ich wurde rot und ärgerte mich darüber, daß ich es vergessen hatte. »War er so beeindruckt?«

»Es ist überwältigend, Sir. Wenn wir die Anlage installiert haben, könnten Sie es mal probieren. Man befindet sich in einer Kabine, die ganz an die Lasergeschützsteuerung eines Linienschiffes erinnert. Wenn die Fische auftauchen, übt man mit den normalen Zielmonitoren, aber obendrein ist ein riesiger, compgesteuerter Simultanschirm vorhanden, auf dem man die Fische, die man trifft, richtig sieht. Es wirkt einfach echter als ... Es wirkt einfach echt!«

Ich versuchte, mich für seinen Enthusiasmus zu erwärmen, obwohl die Idee, wieder mit Fischen konfrontiert zu werden, sei es auch nur simuliert, abschreckend war. »Ich probiere es mal aus, obwohl Geschützbedienung nie mein bestes ... Ja? Was?«

»Fähnrich Sandra Ekrit zur Stelle, Sir.« Sie machte eine Pause, um wieder zu Atem zu kommen. »Mr. Diego meldet einen Anruf von Admiral Duhaney, und ob Sie ihn in Ihrem Büro entgegennehmen möchten?«

Ich möchte ihn am liebsten gar nicht entgegennehmen. »Nein, ich benutze den Apparat an der Tür.« Ich stand auf und gab meinen Offizierskameraden mit einem Wink zu verstehen, daß sie sich wieder setzen sollten. Auf der gegenüberliegenden Seite des Saals nahm ich den Rufer ab. »Seafort.«

»Einen Moment; ich verbinde mit Admiral Duhaney.«

Ich wartete. Mehrere Minuten vergingen. Ich trat unbehaglich von einem Fuß auf den anderen und bemerkte, wie mir Kadetten neugierige Blicke zuwarfen. Es war kein guter Stil, ihnen zu zeigen, wie ihr Kommandant am Rufer wartete, ähnlich einem Botenjungen, der noch Anweisungen zu erhalten hatte.

Endlich knackte es im Lautsprecher. »Seafort?«

»Ja, Sir.«

»Ich bin froh, daß ich Sie erreichen konnte. Rufen Sie mal Senator Boland an, ja? Er macht sich Sorgen um seinen Jungen.«

»Meinen Sie das ernst?« Die Worte rutschten mir heraus, ehe ich es verhindern konnte.

Eine Pause trat ein, bei der ich das Gefühl hatte, sie würde niemals enden. »Ja, ich meine das ernst, Kapitän Seafort. Er hat Mühe, Sie zu erreichen, und ich habe ihm versprochen, mich darum zu kümmern. Sprechen Sie mit dem Saalsergeanten, stellen Sie sicher, daß alles in Ordnung ist, und rufen Sie den Mann an. Ich erkundige mich später, ob er zufriedengestellt wurde.«

»Ich denke nicht ... Aye, aye, Sir.« Mir blieb nichts anderes übrig. Es war ein Befehl.

»Sie könnten dem Jungen hin und wieder erlauben, mit seinem Vater zu reden.«

Ich starrte den Rufer an; sicher meinte er das nicht ernst! Ich schluckte eine unkluge Antwort hinunter. »Ich denke darüber nach.«

»Schwingen Sie sich nicht aufs hohe Roß, Seafort!« schnauzte er. »Bolands Ausschuß hat unsere Brieftasche in der Hand!«

»Das ist mir bekannt.« Mein Ton war kalt.

»Oh, nebenbei, dieses neue Compprogramm, das Sie auf der *Victoria* mitgebracht haben. Die Dosmen sind ganz verrückt darüber. Wir werden den größten Teil der Flotte umprogrammieren.«

»Geht es Billy gut?« Ich kam mir albern vor bei dieser Frage.

»Nennen Sie es Billy? Der Comp der *Victoria* ist nicht abgeschaltet worden, wenn Sie das meinen. Er warnte uns, daß dabei unwiederbringlich Daten verlorengehen würden. Das Programm ist zu kompliziert, um es schnell zu enträtseln, und so gehen wir lieber kein Risiko ein.«

Ich lächelte. William, der dahingeschiedene Comp der Orbitalstation, hatte sogar daran gedacht, das Leben seines Sohnes zu schützen. Vielleicht war Billy aber auch von allein auf die Idee gekommen.

»Sorgen Sie dafür, daß Boland glücklich ist, Seafort. Eine Hand wäscht die andere.«

»Sehr gut, Sir.«

Er beendete die Verbindung. Langsam und nachdenklich kehrte ich auf meinen Platz zurück. Was er von mir verlangte, war falsch, und ich hatte widerspruchslos eingewilligt.

Tolliver blickte auf. »Alles in Ordnung, Sir?«

»Prima.« Ich starrte auf mein kaltes Mahl und winkte den Steward herbei. »Nehmen Sie das weg.« Eine gedämpfte Konversation nahm ihren Fortgang, während mein Blick fest auf dem gestärkten weißen Tischtuch ruhte.

Nach dem Abendessen kehrte ich in mein Büro zurück, schloß die Tür und plumpste in meinen Ledersessel, während hinter mir die Abenddämmerung den Tag ablöste. Nur ein Anruf, eine kurze Zusicherung. Nicht nötig, eine Staatsaffäre daraus zu machen. Der Junge brauchte es nicht mal zu erfahren. Andererseits entsprach es wohl kaum dem Brauch, daß sich der Kommandant nach dem Wohlergehen eines Kadetten erkundigte; in dem Augenblick, in dem ich mit Ibarez sprach, würde er wissen, daß Robert Boland besondere Aufmerksamkeit genoß. Unausweichlich würde sich der Umgang mit dem Jungen subtil verändern, und ebenso unausweichlich war, daß dadurch seine Beziehung zu den übrigen Kadetten vergiftet wurde.

Und doch blieb mir keine Wahl. Man hatte mir einen Befehl erteilt, und ich hatte zugesichert, dem nachzukommen. Der Rufer summte. Tolliver war dran. »Was diese Zahlen angeht, um die ich mich kümmern sollte – ich habe etwas Interessantes ...«

»Jetzt nicht!« Ich knallte den Rufer wieder hin. Welchen Sinn hatte eigentlich mein Vorzimmer, wenn jeder Offizier auf dem Stützpunkt mich belästigen konnte ... Nun, Tolliver war mein Adjutant und damit berechtigt, den Fähnrich im Vorzimmer zu umgehen. Trotzdem waren seine Anrufe ein Ärgernis; ich sollte sie ihm verbieten. Nur, welchen Sinn hatte dann ein Adjutant? Vor mich hinknurrend stand ich auf und marschierte im Raum hin und her, bis mein Zorn abkühlte.

Der Rufer summte erneut. Ich hob ab. »Keine Anrufe mehr!«

»Aye, aye, Sir. Verzeihung.« Es war Fähnrich Guthrie Smith. »Ich dachte nur, weil es Ihre Frau ist ...«

Fluchend wechselte ich den Kanal und fiel wieder in meinen Sessel. »Annie?«

»Hallo, Nicky.« Ihre Stimme kam für mich wie aus ferner Vergangenheit. »Ich habe mit Dr. O'Neill gesprochen, und er ... Ich wollte dich anrufen.«

»Das freut mich. Ich habe dich vermißt.«

»Wie geht es? Bekommste die Kadetten in den Griff?« Sie kicherte, klang wieder ganz wie früher.

»Ich gebe mir Mühe.« Ich hielt meine Fragen zurück, war fest entschlossen, sie nicht unter Druck zu setzen.

»Nicky, ich hab' mich in letzter Zeit nich' so gut gefühlt. Manchmal denke ich, wennde einfach kämst, mich irgendwo hinbringen würdest, wär' alles okay. Ich würd' mich dann mit dir ins Bett legen, und du würdest mich festhalten.«

Ich holte langsam Luft, beherrschte meinen Tonfall. »Ich kann jederzeit kommen. Heute abend noch, wenn du möchtest.« Selbst, wenn ich dazu einen Ausbildungsheli stehlen mußte.

»Nein, das möchte ich nicht.« Sie klang bestimmt. »Manchmal fühle ich mich so, wie ich's gesagt habe. Aber manchmal auch nich'. Ich möcht' warten, bis es mir klar ist, die ganze Zeit.«

Ich riskierte einen Vorschlag. »Vielleicht wird es das erst sein, wenn wir die ganze Zeit zusammen sind.«

»Yeah. Ich weiß nich'. Das wollt' ich nur sagen, daß ich's noch nich' weiß. Und ich wollte deine Stimme hören.«

»Gott, ich liebe dich, Annie!«

Tränen waren in ihrer Stimme. »Ich liebe dich auch, Nicky. Kannste das verstehen, auch, daß ich trotzdem allein sein möchte?«

Ich zögerte, entschied mich dafür, ehrlich zu sein. »Nein, Liebes, das kann ich nicht. Vielleicht liegt es daran, daß ich so gern mit dir zusammen sein möchte.«

»O Nicky!« Sie klang traurig, und ich hatte Gewissensbisse.

»Es ist schon in Ord ...«

»Laß mich 'ne Weile drüber nachdenken. Ich ruf' dich an. Vielleicht in ein paar Tagen, vielleicht morgen.«

»In Ordnung, Liebes.«

»Tschüs dann.« Sie unterbrach die Verbindung, und ich saß trostlos da.

Nach ein paar Minuten stand ich schwerfällig auf, entschlossen, meine unangenehme Aufgabe hinter mich zu bringen.

Draußen belebte der frische Hauch eines frühen Herbstes die abendliche Luft. Als ich dem weißen Fußweg folgte, blickte ein einsamer Kadett auf und widmete sich gleich wieder seiner Rasenschere. Ich fragte mich, welchen Verstoß er begangen hatte.

Ich ging hinüber zu den Unterkünften und traf vor dem Valdez-Saal ein. In fünfzehn Minuten erfolgte das Signal ›Licht aus‹. Ich hatte vor zu warten, bis Sergeant Ibarez herauskam; das war besser, als den Kadetten meinen Auftrag bekanntzumachen. Bis dahin wollte ich jedoch nicht hier herumschleichen, als ob ich die Unterkünfte ausspionierte. Ich ging weg und spazierte in der Dunkelheit an anderen Schlafsälen vorbei.

Der Wright-Saal. Die Tür schwang auf. Ein graugekleideter Junge stürmte die Stufen hinunter, lief zur Ecke des Gebäudes und baute sich mit dem Gesicht zur Wand auf, wobei er bequem stand.

Ich schlenderte hinüber. »Was machst du da?«

»Sir, ich ...«

Die Tür ging erneut auf. »Nur zu, sag es ihm! Guten Abend, Sir.« Es war Sergeant Radz.

Jerence Branstead antwortete mit lauter Stimme: »Ich lerne, zu meinen Vorgesetzten nicht unverschämt zu sein, Sir!«

Der Sergeant zeigte kein Erbarmen. »Und wie lange wird das dauern?«

»Ich ... Solange, wie Sie sagen, Sarge.«

»Ich schätze, etwa die halbe Nacht, wenn du gleich anfängst.«

»Ja, Sir!«

Im Grunde hatte ich mich hier nicht einzumischen, aber es war zu spät. Wer A sagt, muß auch B sagen. »Warum lassen Sie ihn so leicht davonkommen, Sarge? Wir haben Mittel und Wege, was den Umgang mit Unruhestiftern angeht.«

»Ja, Sir. Ich hatte gehofft ...«

»Schicken Sie ihn morgen früh in mein Büro.« Jerence wurde bleich. »Wenn er sich dafür entscheidet, ein Problemfall zu sein, schicke ich einen Fähnrich, der seine Sachen aus der Unterkunft holt. Wir haben genug Kandidaten, die ihre Ausbildung zu schätzen wissen.«

»Aye, aye, Sir.«

Ich gedachte, mich damit zu begnügen, daß Jerence ein paar Stunden lang auf dem Stützpunkt herumlief und Aufträge erledigte, aber das brauchte der Junge noch nicht zu wissen. Sollte er ruhig eine Nacht in der Erwartung verbringen, vom Kommandanten den Rohrstock verabreicht zu bekommen; dann würde er seinen Sergeanten künftig nicht mehr so leicht erzürnen.

»Sehr gut.« Der Sergeant salutierte; als ich mich zum Gehen wandte, blinzelte er.

Zögernd suchte ich mir den Weg zurück zu Valdez. Das Licht war aus, die Tür geschlossen. Ich schluckte meinen Abscheu hinunter, ging zu Ibarez' Tür an der Seite des Gebäudes und klopfte.

»Ich dachte, ich hätte euch gesagt ... Oh, guten Abend, Sir.« Er wartete. »Gibt es ... Möchten Sie hereinkommen?«

»Ich ... Nein.« Ich hatte das sehnliche Bedürfnis, mich auf den Fersen umzudrehen und meine Wohnung aufzusuchen, aber ich konnte Admiral Duhaneys Befehl nicht ignorieren. Andererseits – wie sollte er es erfahren, wenn ich nicht bei Ibarez nachfragte? Ich konnte Senator Boland einfach sagen, daß mit Robert alles in Ordnung war, wie es gewiß auch zutraf.

Nein, ich konnte von meinen Kadetten nicht erwarten, daß sie Befehlen gehorchten, wenn ich es selbst nicht tat. Und der Admiral war ganz deutlich gewesen: Fragen Sie den Saalsergeanten, wie es Robert geht, und informieren Sie seinen Vater darüber. »Sarge, ich ...«

Hatte sich Duhaney so ausgedrückt? Ich versuchte, mich an seine Worte zu erinnern. »Sprechen Sie mit dem Saalsergeanten, stellen Sie sicher, daß alles in Ordnung ist, und rufen Sie den Mann an.«

Sollte ich es wagen? War es glatter Ungehorsam? Ich wußte, was der Admiral hatte sagen wollen. Wurde ich jetzt noch zum Paragraphenreiter? Andererseits, dem Jungen zuliebe ...

Ich lächelte. »Ist alles in Ordnung, Sarge?«

Ibarez stotterte: »Ich, ah, ich weiß nicht ... Ja, Sir.«

»Sehr gut, dann. Weitermachen.« Lebhaften Schrittes suchte ich mein Büro auf und schlug Senator Bolands Nummer nach.

Als ich zu meiner Wohnung zurückging, schnitt ich eine Grimasse. Meine albernen Zusicherungen klangen mir noch in den Ohren. Betont hatte ich alle Andeutungen des Senators ignoriert, daß er gern mit seinem Sohn gesprochen hätte. Er war nicht zufrieden, hatte jedoch beschlossen, nicht weiter in mich zu dringen.

Ich summte Tolliver an. »Sind Sie wach?«

»Ja, Sir. Die Flotte schläft nie.«

»Lassen Sie das. Sie wollten mit mir über Ihren Bericht sprechen?«

Sein Ton wurde sachlich. »Sind Sie in Ihrer Wohnung? Ich kann gleich herüberkommen.«

»Ich wollte Sie nicht ...«

»Ist schon in Ordnung, Sir. Bis zum Morgen könnten Sie bereits wieder in der Stimmung sein aufzulegen. Ich bin gleich da.«

Ich stieß knurrend einen Verweis hervor und legte auf. Der Mann konnte unmöglich sein! Immerhin war er gewissenhaft und kannte mich so gut wie nur wenige andere.

Fünfzehn Minuten später saß er mit gekreuzten Beinen auf meiner Couch und begutachtete seine Notizen. »Ich sage Ihnen gleich, daß ich nichts Besonderes gefunden habe. Aber in vielen Fällen kann man auch nichts finden.«

»Wie meinen Sie das?«

»Zum Beispiel die Treibstofflieferungen. Die Unterlagen enthalten keinerlei Hinweise, ob wir sie tatsächlich erhalten haben. Keine Rechnungen, keine Quittungen.«

»Was sagt der Quartiermeister dazu?«

»Ich habe Sergeant Serenco nicht gefragt, Sir. Sie hatten mich angewiesen, nicht offen vorzugehen. Und es geht nicht nur um den Treibstoff. Die Uniformzuschüsse ...«

Ich fühlte mich unbehaglich. »Vielleicht sollten wir Sleak hinzuziehen.«

»Vielleicht sollten wir das lieber nicht, Sir.« Er erwiderte meinen Blick.

Ich schnitt eine Grimasse. Wenn mein Systemleutnant die Bücher fälschte ... »Suchen Sie weiter. Sehen Sie mal, was Sie sonst noch finden.«

»Aye, aye, Sir.« Er klappte seine Mappe zu. »Nebenbei habe ich, was diese andere Sache angeht, in Lunapolis nachgefragt. Wie es scheint ...«

»Andere Sache?«

»Das Verfahren, die Ausgaben pro Kadett aufzuspalten. Wie es scheint, sind unsere Ausgabenrichtlinien ziemlich sinnlos. Sie würden nur gelten, wenn man jedes Jahr dieselbe Anzahl Kadetten voraussetzt. Aber ...«

Ich war gereizt. »Was sollen wir denn sonst voraussetzen? Wir nehmen dreihundertachtzig.«

»Ja, Sir, aber anscheinend ist das nur Tradition. Die Anzahl der Kadetten ist eine Funktion des Budgets, nicht umgekehrt. Falls ...«

»Was soll das denn heißen?«

»Vielleicht sollten Sie mich gelegentlich einen Satz beenden lassen. Es heißt, daß die Anzahl der aufgenommenen Kadetten historisch davon abhing, wieviel Geld man uns gab. Aber die Personalpolitik der Flotte versteinerte, wie jede Tradition. Als wir also die Zahl von dreihundertachtzig Kadetten erreichten, gingen alle künftigen Haushalte von der Voraussetzung aus, daß wir im nächsten Jahr genauso viele aufnehmen würden. Wenn Sie mehr für jeden Kadetten ausgeben möchten, können Sie die Anzahl der Aufnahmen reduzieren. Keinerlei Befehle oder Vorschriften hindern Sie daran.«

»Gütiger Gott!«

»Eine faszinierende Institution, die Flotte.«

»Nun, das hat nichts zu besagen. Wir werden die Zahl nicht zurückschrauben, wenn ein Drittel der Flotte ersetzt werden muß. Spüren Sie diesen Ausgaben weiter nach.«

»Aye, aye, Sir.« Sobald er gegangen war, schaltete ich das Licht aus und ging zu Bett.

7. Kapitel

Mittlerer Nachmittag. Ich verließ das Büro und ging über das Gelände zur Versammlungshalle.

»ACHTUNG!« Die Rekrutengruppe versuchte erfolglos, die steife Haltung der Sergeanten nachzuahmen.

»Kommando zurück. Sie sollen Aufstellung beziehen, Sarge.« Jungen und Mädchen bildeten zwei ungerade Reihen. »Ich bin Nicholas Seafort, Kommandant der U.N.N.S.-Akademie. Ich werde euch jetzt den Diensteid abnehmen.« Ich brach ab und versuchte, mich an die Rede zu erinnern, die ich vor ein paar Wochen vor der ersten Gruppe gehalten hatte.

»Durch diesen Eid seid ihr für fünf Jahre an die Raumflotte gebunden. Ihr bleibt meine Mündel, bis ich der Meinung bin, daß ihr für den Abschluß bereit seid.« Ein älterer Junge zog die Nase hoch und fuhr sich mit der Hand über die Augen. Ich wandte den Blick ab. Ein Sergeant würde mit ihm alle Hände voll zu tun haben.

»Die UN-Raumflotte ist die beste Kampftruppe der Welt. Es ist ein Privileg, ihr beizutreten. Wer von euch jetzt den Eid ablegen möchte, der hebe die Hand.« Ich wartete für einen feierlichen Augenblick. Sechzig junge Leute hoben den rechten Arm.

»Ich – euer Name . . .«

Jemand räusperte sich lautstark. Ich warf mich herum, wütend über die Unterbrechung. Tolliver deutete heftig auf die vordere Reihe. Nein, es waren nicht sechzig Arme. Es waren neunundfünfzig.

Ich funkelte den großen, linkischen Jungen von fünfzehn Jahren an. »Hebe die Hand zum Eid!«

Er umklammerte sich und nuschelte: »Ich hab's mir anders überlegt.« Er scharrte mit den Füßen. »Ich möchte nach Hause.«

Einige andere Jugendliche starrten ihn an.

»Ich – aber . . .« Ich wußte nicht weiter. »Gütiger Gott!«

Ein Drillsergeant näherte sich ihm mit rotem Gesicht, Mord in den Augen. Ich winkte ihn zurück und sah hilflos Tolliver an, der die Achseln zuckte. »Ich weiß es nicht, Sir. Ist so was schon jemals passiert?«

»Sarge?«

Sergeant Olvira antwortete: »Nicht, seit ich hier bin. Das sind elf Jahre.« Jemand kicherte.

Die Zeremonie wankte am Rande des Chaos dahin.

»Führen Sie ihn raus!« schnauzte ich. »Sofort!« Zwei Ausbilder stürzten sich auf den kläglichen Jungen und führten ihn hinaus. Sollte ich mit ihm reden? Nein. Ein Kadett mußte die Akademie besuchen wollen. Die Flotte bettelte nicht um Rekruten.

»Hebt die rechte Hand.« Die Reihe mit der Lücke reagierte sofort, ebenso die Reihe dahinter. Unsere Rekruten waren Freiwillige, keine Eingezogenen. Wir würden das unwürdige Kind in Schande zu seiner Familie zurückschicken. »So. Ich ...« Verdammt! So konnte ich nicht weitermachen. »Halten Sie sie hier fest!« Ich marschierte zur Tür.

Ein Drillsergeant hielt den Jungen am Kragen, als wollte er ihn an der Flucht hindern. Ich baute mich vor dem beschämten Teenager auf. »Name!«

»Loren Reitzman.«

»Alter!«

Er schluckte. »Fünfzehn, seit März.«

»Da drin habe ich Dreizehnjährige, die wissen, was sie wollen. Warum weißt du es nicht, Reitzman?«

»Es tut mir leid! Ich wollte nicht ...«

»Antworte mir!«

»Ich weiß nicht, Sir. Ich wollte Kadett werden. Aber die Soldaten, das Gebrüll ...« Er wischte sich die Augen ab. »Wenn ich jetzt zurückkomme, wird Dad ...« Er schlang die Arme noch fester um sich. »Ich kann mich nie wieder in der Schule blicken lassen. Aber wenn ich bleibe ...«

»Ja?«

Er flüsterte: »Es ist nur so ... Die anderen Kids sind alle klüger als ich; ich konnte heute nicht mal ihre Witze verstehen. Ich möchte nicht mit solchen Leuten zusammen sein. Da kriege ich Angst.«

Sanft fragte ich: »Du würdest lieber nach Hause zurückgehen und dich dein Leben lang daran erinnern, daß du aufgegeben hast, ohne es zu versuchen?«

Er schüttelte den Kopf. »Was ist – wenn ich es nicht schaffe?«

»Dann bist du gescheitert. Aber dann hast du es wenigstens probiert.«

Er unterdrückte ein Schluchzen. »Ich fürchte mich.«

»Sehr gut. Sarge, führen Sie ...«

»Warten Sie! Ich lege den Eid ab! Geben Sie mir noch eine Chance!«

Ich drehte sein Gesicht herum, so daß er mich ansehen mußte. »Bist du sicher?«

Er schluckte. »Ja, Sir.«

War es richtig, was ich hier tat? Ich konnte es nicht wissen. »Sarge, führen Sie Mr. Reitzman wieder hinein.«

Ein paar Augenblicke später intonierte ich das bekannte Ritual. »... die Treue zu halten und Gehorsam zu erweisen und allen seinen rechtmäßigen Befehlen und Vorschriften nachzukommen, so wahr mir der allmächtige Gott helfe.« Ich wartete, bis das Gemurmel verklungen war. »Ihr seid jetzt Kadetten der Raumflotte.« Ich salutierte und drehte mich zum Sergeant um. »Führen Sie sie hinaus«, knurrte ich. Ich deutete auf Loren Reitzman. »Von ihm abgesehen. Er erhält den Rohrstock, weil er die Zeremonie der Verpflichtung entehrt hat.«

Ich ignorierte den gequälten Vorwurf des Verrats in Kadett Reitzmans Blick. Es war vielleicht hart, aber notwendig. Er würde darüber hinwegkommen und seinen Kameraden als Beispiel dafür dienen, daß man mit den Traditionen der Flotte nicht leichtfertig umging.

Nach dem Abendessen ging ich in meine Wohnung und lockerte die Krawatte. Ich setzte mich an die neu installierte Konsole und blätterte müßig durch die Kadettenakten.

Der Rufer summte. »Ja?«

»Leutnant Sleak.« Er klang angespannt. »Ich würde mich gern so rasch wie möglich mit Ihnen treffen.«

»Dann kommen Sie gleich herüber.« Ich legte auf und las in den Aktenmappen, bis er anklopfte.

Er salutierte und folgte mir ins Wohnzimmer.

»Nun?«

»Wenn Sie möchten, quittiere ich den Dienst, Sir. Oder wenn es Ihnen lieber ist, ersuche ich um meine Versetzung.«

Ich blinzelte. »Der Junge ist kräftig aus der Reihe getanzt, als er sich vor allen weigerte, den Eid abzulegen. Hätte ich gewußt, daß Sie so starke Gefühle haben, was ...«

»Wovon in aller Welt reden Sie da?«

Ich ignorierte seinen scharfen Ton. »Loren Reitzman. Der Kadett! Ich weiß, daß es sein erster Tag war, aber ...«

»Es geht mir nicht um einen verdammten Kadetten!«

»Um was dann?«

Er wandte sich mir zu, die Hände in den Hüften. »Ihre ungeschickten verdeckten Ermittlungen, was meine Buchführung angeht! Ihr Mann, dieser Tolliver, schnüffelt herum und kontrolliert Seriennummern von Lasergewehren. Und er stellt dem Quartiermeister scheinheilige Fragen!«

»Er tut das auf meinen ...«

»Wenn Sie etwas wissen möchten, fragen Sie mich geradeheraus! Oder wenn Sie mir nicht trauen, kassieren Sie mich! Ich habe einen Eid geschworen, wie diese Kadetten heute, und ich habe nicht vor, ihn für ein paar Scheiß-Unimäuse zu verraten!«

»Es ist nicht ...«

»Kommandant Kearsey hätte *niemals* ...«

»Wie können Sie es wagen, einen Kapitän zu unterbrechen?« Ich wurde lauter. »WIE KÖNNEN SIE ES WAGEN?«

Seine Tirade brach ab. »Es tut mir leid.«

»Es tut mir leid, *Sir*!«

»Es tut mir leid, Sir. Ich bitte um Entschuldigung, weil ich Sie unterbrochen habe. Aber das hat nichts mit dem zu tun, was ich zum Ausdruck bringen wollte.«

Mein Ton war eisig. »Nehmen Sie Haltung an, Erster Leutnant Sleak.« Er gehorchte sofort. »Sie müssen mir meine Verwirrung schon verzeihen. Ich habe meine Karriere auf Schiffen im Einsatz verbracht, wo sich ein Leutnant nicht im Traum vorstellen könnte, seinen Kapitän herunterzuputzen.« Er wurde rot. »Da ich das korrekte Protokoll an Land anscheinend nicht kenne, reagiere ich, wie in der richtigen Flotte üblich. Ist Ihnen das recht?«

»Ich ... Ja, Sir. Aye, aye, Sir.«

»Sehr gut. Drei Wochen Soldentzug für Insubordination, und einen Verweis in Ihrer Akte. Noch so ein Zwischenfall, und ich bringe Sie vors Kriegsgericht. Haben Sie das verstanden?«

Sein Blick war vorsichtig, seine Stimme beherrscht. »Ja, Sir.«

»Stehen Sie bequem. Was meine Nachforschungen angeht, so halte ich es für richtig, die Buchhaltung der Akademie zu durchleuchten. Es ist meine Buchhaltung, nicht Ihre, auch wenn Sie die Bücher führen. Da Sie jetzt von der Untersuchung wissen, werden Sie Leutnant Tolliver jeden Beistand gewähren, um den er Sie vielleicht bittet. Bestätigen Sie das!«

»Befehle erhalten und verstanden, Sir.« An der Oberfläche Ruhe, flackernder Zorn darunter.

»Sonst noch etwas?«

»Ich bitte um meine Versetzung, Sir.« Der Mann hatte Rückgrat.

»Ich denke darüber nach. Entlassen.« Ich wartete, bis er gegangen war, setzte mich dann und starrte die Liste meiner Kadetten an. Der Mann hatte vielleicht Nerven! Selbst an Land war sein Verhalten durch nichts zu rechtfertigen. Was für ein Befehlshaber war Kapitän Kearsey gewesen, wenn er eine solche Einstellung geduldet hatte?

Und doch – unterschied sich Sleaks Empörung von meiner, als ich von Leutnant Crossburns bedeutungsschwangeren Fragen auf der *Hibernia* erfahren hatte? Ich wurde rot. Wenigstens war die Untersuchung jetzt ans Tageslicht gekommen. Tolliver würde mehr erreichen und das in kürzerer Zeit. Jemand klopfte an. Hatte man hier nie Ruhe? Ich riß die Tür auf.

»Leutnant Paulson zur Stelle, Sir.« Ein Schweißfilm bedeckte seine Stirn. »Ich, ahm, habe eine Nachricht für Sie.«

»Nun?«

»Admiral Duhaney hat angerufen, und der Fähnrich gab es an mich weiter. Er . . .«

»Sie hätten ihn durchstellen sollen.«

»Er hat nach dem Offizier vom Dienst verlangt. Ich sollte Ihnen die Nachricht übermitteln, Sir. Er . . .« Paulson brach ab.

»Heraus damit!«

»Aye, aye, Sir.« Mein Befehl schien eine Erleichterung für ihn zu sein. »Mr. Duhaney hat mich angewiesen, Ihnen zu sagen, daß er die Nase voll hat von Ihren Winkelzügen.«

»Was?«

»Es war das Wort, das zu gebrauchen er mir befahl. Sie sollen in jeder Beziehung mit Mr. Boland kooperieren und endlich damit aufhören, seine Zeit und die des Admirals zu verschwenden. Er sagte, er würde anerkennen, daß Sie die Akademie leiten, daß es Ihnen freisteht, im Rahmen Ihrer Vollmachten zu handeln und die Vorschriften so umzusetzen, wie Sie es für richtig halten, daß jedoch die Politik der Flotte weiter oben bestimmt wird und Sie sich danach richten werden.«

Meine Ohren brannten. Ich schloß die Augen, zwang mich dann, die Demütigung abzuschütteln und zu reagieren. »Sonst noch etwas, Leutnant?«

»Nein, Sir. Er hat mir befohlen, Ihnen die Nachricht Wort für Wort auszurichten und sie ins Logbuch einzutragen.«

»Sehr schö . . .«

Er platzte hervor: »Ich wünschte, ich wäre nicht dort gewesen. Er hätte nicht . . . Es tut mir leid.«

»Danke.« Ich schloß die Tür und schritt in dem stillen, anklagenden Zimmer auf und ab. Natürlich würde ich zurücktreten. Admiral Duhaney hatte mich in aller Öffentlichkeit, vor meinen Untergebenen, zurechtgewiesen. Dieses Vorgehen brachte klar zum Ausdruck, daß ich nicht mehr sein Vertrauen genoß. Er hatte mich abgekanzelt wie einen bloßen Kadetten, wie ...

Meine Mundwinkel zuckten. Wie ich es gerade mit Leutnant Sleak getan hatte. Ich hatte eingesteckt, was ich ausgeteilt hatte. Immerhin hatte ich wenigstens den Anstand gezeigt, den Mann privat zu verdammen. Obwohl, das stimmte gar nicht. Indem ich ihm Sold aberkannt und einen Verweis aktenkundig gemacht hatte, hatte ich die Sache vor der ganzen Welt offengelegt. Ich seufzte. Vielleicht konnte ich das noch zurückziehen ...

Der Rufer summte. Ich wirbelte herum und riß den Apparat von der Konsole hoch. »Was ist denn nun schon wieder?«

»Ich ... Hier Sergeant Olvira, Sir. Ich hoffe, daß ich Sie nicht störe.«

»Doch, Sie stören, aber dazu bin ich ja hier. Worum geht's?«

Sein Ton wurde förmlich. »Aye, aye, Sir. Ich bitte um Entschuldigung; vielleicht hätte ich nicht anrufen sollen. Es geht um diesen Kadetten Reitzman, der sich geweigert hatte ...«

»Ja?«

»Er ist in meiner Wohnung und weint und benimmt sich wie ein Baby, Sir. Leutnant Sleak hat ihn kräftig herangenommen; er hat ein paar Striemen am Hintern und kann sich nicht setzen. Ich werde schon damit fertig, aber ich dachte, da er ja nicht mal den Eid ablegen wollte ...«

»Ja?«

»Sollten wir weiteren Schaden verhindern, Sir? Ihn doch nach Hause schicken?«

Ich beherrschte meinen Zorn und dachte über seinen Vorschlag nach. Wir hatten keinen Platz für Schwächlinge im Fähnrichsstab. Fähnriche mußten ... Nein, Reitzman war kein Fähnrich – noch nicht. Er war Kadett, bis ich entschied, daß er sich qualifiziert hatte.

»Er hat sich sein Bett gemacht, Sarge. Jetzt soll er auch darin schlafen. Trösten Sie ihn ein bißchen; er braucht das, aber schicken Sie ihn dann in die Unterkunft zurück. Wenn er sich nicht beruhigt, warnen Sie ihn jedoch: Falls Sie ihn morgen früh zu mir schicken müssen, werde ich dafür sorgen, daß er noch darum bettelt, sich wieder bei Leutnant Sleak melden zu dürfen.«

Eine Pause. »Aye, aye, Sir.«

Ich schüttelte ungeduldig den Kopf. Der Mann verstand mich nicht. »Und, Sarge, sorgen Sie dafür, daß Sie ihn nicht zu mir schicken müssen.«

Sein Ton wurde merklich wärmer. »Aye, aye, Sir. Ich kümmere mich darum.«

Ich setzte den Rufer ab und marschierte erneut auf und ab. Was war nur los mit der Flotte? Zuerst Sleaks Wutanfall, dann die bestürzende Nachricht des Admirals an meinen diensthabenden Leutnant, dann Sarge ... Ich schüttelte den Kopf. Es war alles meine Schuld. Hätte ich nicht hinter Sleaks Rücken gehandelt, hätte ich ihm als gewissenhaftem Offizier vertraut, wäre er auch nicht gekränkt gewesen und hätte sich die Strafen erspart. Hätte ich selbst den Befehlen Duhaneys gehorcht, wäre der Admiral nicht erzürnt gewesen.

Und hätte ich meinen Instinkten vertraut und Reitzman nach Hause geschickt, als er den Eid verweigerte, wäre er nicht geschlagen worden. Außerdem müßte ich mich jetzt nicht mit einem kläglichen, verängstigten Jungen auseinandersetzen, während andere, bereitwilligere Kids nicht mal eine Chance erhalten hatten.

Und zur Krönung all dessen mußte ich jetzt Senator Boland anrufen und mich im Büßerhemd präsentieren, ehe sich die Lage verschlimmerte.

Ich stolzierte durchs Zimmer und wirbelte an der Wand herum, um die Gegenrichtung einzuschlagen. »Die Politik wird von oben festgelegt, und Sie haben sich danach zu richten.« Zur Hölle mit seiner Politik! Jetzt sollte ich ein Lakai sein, der in jedem Detail überwacht wurde. Ich hätte um Dienst an Bord bitten sollen. War es zu spät dafür? Wahrscheinlich, für den Moment. Der Kommandant konnte nicht in seinem ersten Monat zurücktreten; das hätte den Verdacht auf einen Skandal nahegelegt.

Nichts davon wäre passiert, wenn Admiral Brentley noch das Einsatzzentrum der Flotte geleitet hätte. Na ja, Duhaney hatte eingeräumt, daß er mehr Politiker als Admiral war. Aber wie konnte ich die Akademie befehligen, wenn ich jeder seiner Launen ausgeliefert war? Richten Sie sich nach der Politik, Seafort! Schmeicheln Sie sich beim Senator ein!

Ich warf mich in meinen Sessel. Ich mußte fair bleiben. Er hatte noch mehr gesagt. »Es steht Ihnen frei, im Rahmen Ihrer Vollmachten zu handeln und die Vorschriften so umzusetzen, wie Sie es für richtig halten.« Aber was bedeutete das, wenn er entschied, daß eine Sonderbehandlung für Senator Boland eine politische Frage war?

Ich war nur ein Rädchen in der Maschine. Nimm dreihundertachtzig Kadetten, die andere Leute ausgesucht haben, führe sie durch die Ausbildung und spucke sie am anderen Ende wieder aus. Von der Abschlußbewertung mal abgesehen, hatte ich keinen Einfluß darauf, welche Kadetten wir nahmen oder wie viele, und keine Möglichkeit ...

Ich starrte die Konsole an. »Es steht Ihnen frei, im Rahmen Ihrer Vollmachten zu handeln ...«

Gab es einen Weg?

Ich kaute auf einem Finger, vom Konsolenmonitor hypnotisiert. Eine ganze Weile später raffte ich mich endlich auf, schaltete den Rufer ein und sprach mit dem wachhabenden Fähnrich. »Seafort. Meine Grüße an die Leutnants Tolliver und Sleak, und sie möchten mich bitte in fünf – wie spät ist es? – zehn Minuten in meinem Büro treffen.« Ich legte auf. Es dauerte nur einen Moment, die Krawatte zu richten und die Jacke anzuziehen. Ich durchquerte den Stützpunkt, lief die Treppe zum Verwaltungsgebäude hinauf und eilte in mein Vorzimmer.

Fähnrich Thayer nahm Haltung an. »Sie sind noch nicht da, Sir.«

»Was hält ... Sehr gut. Ist Kaffee da?«

»Er ist schon alt, Sir.«

»Es wird reichen.« Ich nippte an der Tasse mit dem warmen Schlamm und schnitt eine Grimasse. Tolliver traf als erster ein; wie ich hatte er kürzlich noch auf einem Schiff gedient und war es gewöhnt, zu den merkwürdigsten Zeiten gerufen zu werden. Einige Augenblicke später folgte ihm Sleak; der Blick, mit dem er Tolliver bedachte, bewegte sich im Rahmen der Umgangsformen, aber nur gerade eben noch.

»Edgar, Sie sagten, wenn ich mehr Geld pro Kadett ausgeben wollte, könnte ich die Zahl der Aufnahmen zurückfahren. Stimmt das?«

»Ja. Ist Ihnen klar, welche Uhrzeit wir haben?«

»Lassen Sie das.« Ich sah Sleak an. »Sind Sie mit den entsprechenden Vorschriften vertraut?«

Sein Ton war reserviert. »Ich verstehe, worauf Sie hinauslaufen.«

»Hat Tolliver recht?«

»Technisch gesehen, ja. Aber ...«

»Sehr gut. Was ist, wenn ich pro Kadett weniger ausgeben möchte?«

Tolliver fragte: »Sir, ist jetzt der richtige Zeitpunkt, die Ausbildung zurückzuschrauben, nur um Geld zu sparen?«

»Nicht, um es sparen. Um es auszugeben.« Ich genoß diesen Augenblick, wie ein Kind sich über Weihnachten freut, und wandte mich der Konsole zu. Ich griff in die Tastatur und arbeitete mich durch die Menüs bis zur gesuchten Bildschirmseite vor. »Hier. Die Liste der Zulassungen.«

»Ja, Sir.«

»Und das hier ist die Liste der Kandidaten vor der Abschlußbewertung. Ein Unterschied von vierzig Namen.«

»Ja, Sir?«

»Schicken Sie ihnen sofort ein Rundschreiben: ›Wir bedauern, daß Sie aufgrund einer unabsichtlichen Fehlberechnung der zur Verfügung stehenden Plätze einen ablehnenden Bescheid zu Ihrer Bewerbung erhielten. Sie werden hiermit für die Flottenakademie der Vereinten Na ...«

»Was?« Tolliver war auf den Beinen.

»... tionen zugelassen. Bestätigen Sie postalisch und melden Sie sich ... Und so weiter, und so fort. Gezeichnet, Nicholas E. Seafort, Kommandant.‹ Sie kennen die Formulierungen.«

Sleak warf ein: »Aber unser Platz reicht nicht für ...«

»Wir haben reichlich leere Betten, wo wir jetzt die Kadetten des zweiten Jahres nach oben geschickt haben.«

»Material? Lebensmittel?«

»Das Budget bietet Spielraum. Nehmen Sie das für Unterhaltungszwecke abgezweigte Geld. Streichen Sie die Reisezuschläge für das Personal. Streichen Sie meine Alkoholration; ich mache ohnehin keinen Gebrauch davon.«

Tolliver sagte: »Wir müßten einen weiteren Schlafsaal öffnen. Wer sollte ihn übernehmen?«

»Nehmen Sie einen der theoretischen Ausbilder, oder machen Sie es selbst.«

»Ich?«

»Was ist los mit Ihnen? Werden Sie nicht mit ein paar jungen Sternenträumern fertig?«

»Nein, Sir, ich bin nicht ... Aber wieso?«

Meine Faust krachte auf den Tisch. »Weil ich es für richtig halte!« Und um es Admiral Duhaney heimzuzahlen. Ich verbannte diesen unwürdigen Gedanken.

Als ob er meine Gedanken gelesen hätte, sagte Sleak: »Vielleicht sollten Sie das erst mit der Admiralität besprechen, Sir.«

»Nein. Ich habe heute abend eine Nachricht aus dem Einsatzzentrum erhalten.« Sleak unterdrückte eine befriedigte Miene, aber nicht, ehe ich sie bemerkt hatte. Also hatte er schon davon gehört. Sogar hier flogen Gerüchte schneller als ein Schiff in Fusion. Mit fester Stimme sagte ich: »Admiral Duhaney hat klar zum Ausdruck gebracht, daß es mir freisteht, im Rahmen meiner

Vollmachten zu handeln und die Vorschriften so umzusetzen, wie ich es für richtig halte.« Das war nicht der Kern seiner Nachricht gewesen, aber der Satz hatte dazugehört. Er würde auch im Logbuch stehen, falls ich mir die Mühe machte, dort nachzuschlagen.

»Sind Sie sicher, daß Sie das tun möchten, Sir?« fragte Sleak.

»Ja. Irgendwelche Einwände?«

Er schüttelte den Kopf, als hätte ich gar nicht voller Sarkasmus gesprochen. »Nein, Sir. Wir werden alles neu ... Natürlich kommt zuerst der Brief an die Reihe. Er muß gleich verschickt werden.«

»Ja.«

»Mr. Tolliver, helfen Sie mir dabei, ihn aufzusetzen? Bestimmt möchten Sie ihn heute nacht noch unterschreiben, Kapitän, damit er mit den Morgenfaxen hinausgehen kann. Falls Sie zu Bett gehen möchten, schicke ich den Fähnrich, wenn alles soweit ist. Anschließend können Tolliver und ich die Stabskonferenz für morgen einberufen. Selbst wenn wir eine weitere Unterkunft öffnen, müssen wir ein paar zusätzliche Kadetten in jeden der übrigen Schlafsäle stopfen.«

Ich sah ihn erstaunt an. Sleak war tief in logistischen Planungen versunken, als hätte er meinen heftigen Verweis vergessen. Vielleicht hatte er das für den Moment auch.

Ich überließ ihn seiner Arbeit.

Beim Frühstück blickte Tolliver aus trüben Augen. Ich sagte nichts dazu, denn ich wußte, daß er Schlaf nachholen konnte, wann immer sich eine Gelegenheit bot. Jeder Fähnrich beherrschte bereits diesen Trick. Danach überquerte ich auf dem Weg zu meinem Büro den Paradeplatz und blieb stehen, um einer Gruppe Kadetten zuzusehen, die unter Leitung von Sergeant Ibarez Scherensprünge, Aufsetzen und Liegestützen übten.

In der vorderen Reihe mühte sich Robert Boland angestrengt mit Aufsetzen ab, während ein anderer Kadett ihn an den Knöcheln festhielt. Rasch wandte ich den Blick ab. Er würde keine Sonderbehandlung erfahren. Auf dem Rückweg ins Büro wappnete ich mich allerdings innerlich für den Anruf bei seinem Vater.

Ich setzte mich auf die Tischkante und sah die Morgenmemos durch. Für die neue Unterkunft hatte Sleak einen Lehrer bereitgestellt, der früher eine Unterkunft geleitet hatte; somit blieb Tolliver diese Prüfung erspart.

Ich schlug an der Konsole Zeit tot, begutachtete Zahlen, billigte Verträge und kontrollierte noch einmal die Ankunftstermine unserer letzten und größten Kadettengruppe, bis ich endlich zum Mittagessen gehen konnte.

Im rappelvollen Messesaal kam ich an Kadett Reitzmans Tisch vorbei; mir fiel ein, daß er nicht zu mir geschickt worden war. Na ja, ich hatte auch nicht damit gerechnet. Ungeachtet ihrer Härte wußten unsere Drillsergeanten im allgemeinen, wann ein sanftes Wort hilfreich war. Schließlich bestand ihre Aufgabe darin, die Kids zum Erfolg zu führen, nicht sie zu zerstören. Ich sah noch mal hin und entdeckte, daß der Junge im Saal fehlte. Ich vermutete, daß es noch ein paar Tage lang dabei bleiben würde, bis er wenigstens wieder auf einem Kissen sitzen konnte. Mir fielen bereits Verbesserungen im Betragen der Kadetten auf, an Bekleidung und Körperpflege. Innerhalb weniger Wochen würde man ihnen die Offizierskandidaten ansehen, nicht mehr die verzogenen Zivilistenkinder. Ich löffelte meine Suppe. Die Disziplin, die körperlichen Anstrengungen, das Gefühl der Kameradschaft während der frühen Tage auf der Akademie waren allesamt fast zuviel, um es begreifen zu können. Ich starrte auf den Teller. Fast zuviel, um es begreifen zu können ...

Eine Hand schloß sich um meinen Oberarm, riß mich aus dem Bett und schleuderte mich auf den kalten, harten Boden. »Ein Minuspunkt, Seafort! Du auch, Sanders! Das

Signal zum Wecken kam schon vor drei Minuten!« Ich ächzte und rappelte mich auf. Arlene Sanders warf einen kurzen Blick auf meine Unterhose und grinste. Dunkelrot warf ich mich herum und krallte nach meiner Hose. Ich konnte nichts für die Wölbung. Es war nicht fair, daß sie mich auslachte!

In zehn Minuten ging es zum Frühstück. Ich mußte mich beeilen! Ich stürmte zur Toilette und wartete in einer Schlange darauf, daß eine Kabine frei wurde. Danach schnappte ich mir ein Handtuch, lief zu einem Waschbecken und schrubbte mich. Vor ein paar Tagen hatte Sarge gefunden, daß von Halstein nicht sauber genug war, hatte ihn zurück ins Bad geschleift und uns angewiesen zuzusehen, wie er ...

Ich seifte mir die Brust und die Achselhöhlen ein. Es gab Grenzen. Ich würde sterben, wenn er so was mit mir tat! Ich ignorierte die Rasierer auf der Ablage; ich brauchte noch keinen, hoffte aber, es bald zu tun. Einige Jungs benutzten sie täglich.

Nach dem Frühstück kam die Gymnastik an die Reihe. Ich fand sie nicht so schlimm, im Gegensatz zu den Liegestützen. Sergeant Swopes hatte so eine Art, den Stock zu schwingen, wenn man versagte. Es tat weh. Als wir fast soweit waren, daß wir vor Erschöpfung umkippten, führte er uns zur Laufbahn am Rand des Platzes. Dort mischten wir uns mit Sergeant Tallors Gruppe aus dem Renault-Saal.

Tallor lächelte. »Ich bin an der Reihe, Darwin. Okay, Kinder. Vier Runden heute.« Wir stöhnten. »Tolliver, du übernimmst die Führung.«

Ein großer, schlanker Kadett aus dem zweiten Jahr lief nach vorn. »Aye, aye, Sir!«

»Ich übernehme die Nachhut«, sagte Sergeant Tallor. Ich verzog das Gesicht. Wenn er dicht genug an einen Kadetten herankam, um ihn mit dem Stock zu berühren, erhielt er nach dem Lauf den Rohrstock. Es passierte nicht oft, und es hieß, daß Leutnant Zorn zurückhaltend zu Werke ging, aber ich wollte das nicht ausprobieren.

Danach liefen wir zurück zu den Duschen. Während ich mich einseifte, blickte ich über die Schulter und fand mich neben Arlene Sanders wieder. Ihr Haar roch sauber.

Sie kicherte, und einen Augenblick später lächelte ich schwach. Ich achtete jedoch darauf, zur Wand gerichtet zu bleiben, bis ich schließlich den Mut aufraffte und mich beiläufig umdrehte. Da war Sanders jedoch bereits gegangen und bahnte sich den Weg durch den dampfenden Duschraum zur Tür und den Handtüchern dahinter.

Ein dunkelhäutiger indischer Junge stöhnte theatralisch. »Oh, wäre sie doch nur Zivilistin!« Wir lachten.

Nach dem Mittagessen und dem Unterricht im Klassenzimmer führte uns Sarge zum Übungsgelände, wo unser Ausbilder uns Raumanzüge vom Ständer zuwarf. Wir mußten dastehen und sie festhalten, während man uns ein Ausbildungsholo auf dem großen Bildschirm über uns zeigte. »Okay, Leute. Helft euch gegenseitig, sie anzuziehen. Achtet darauf, daß die Luftzufuhr eingeschaltet ist, ehe ihr die Helme aufsetzt. Dann geht ihr einer nach dem anderen in den Raum links; ich erwarte euch draußen.«

»Aye, aye, Sir.« Unsere Antwort klang immer noch uneben, wurde aber allmählich besser. Seit wir uns an Sergeant Swopes' Tonfall gewöhnt hatten, sprachen wir die Formel fast wie aus einem Mund.

Ich fummelte an den Helmklammern herum. Nein, zuerst den Lufttank! Ich wartete auf das Zischen. Jetzt der Helm. Im Holo hatten sie etwas von – Klammer schließen und zudrehen gesagt. Ich drehte pflichtgemäß. Der Helm schien dicht.

Ich nahm meinen Posten in der Reihe ein. Einen nach dem anderen schob uns Sergeant Swopes in den geheimnisvollen Raum links und schloß die Tür hinter ihm. Als ich an der Reihe war, stolperte ich unter dem Schubs, den er mir versetzt hatte, hinein. Der Raum erschien mir ungewöhnlich dunstig. Ich ging zur Tür an der Wand gegenüber; der Atem zischte laut im Anzug. Nach einem langen Moment ging die Tür auf. Ich stampfte hinaus auf den Rasen, wo sich etliche Kadetten bereits ihrer Raumanzüge entledigten.

Sarge klopfte an meinen Helm. »Runter damit!« Ich fummelte nach den Klammern und drehte das Ding los. Ich atmete die kühle, herrliche Luft ein und drehte mich grinsend zu Robbie Rovere um. »Wenn das alles ist, worauf es ankommt, bin ich für Farside bereit!«

Er lächelte schwach, aber plötzlich quollen ihm die Augen hervor. Er bückte sich und erbrach sich heftig auf das Gras. »Jesus, was ...« Ein weiterer Krampf schüttelte ihn.

Der Ausbilder kam herbeigestürmt. »Weg von dem Raumanzug! Auf die andere Seite des Gebäudes, zu den anderen Pennern!« Er drehte Robbie herum und versetzte ihm einen Tritt. Ächzend stolperte der Junge davon.

Der Ausbilder stemmte die Hände in die Hüften. »Was ist mit dir, Junge? Wirst du auch dein Mittagessen wieder hergeben?«

»Ich weiß nicht ...« Ich schluckte, aber mit mir schien alles okay zu sein. »Nein, Sir. Was ist mit Robbie los, Sarge?«

Der Ausbilder stolzierte zur Tür und zog einen weiteren Kadetten hervor. Der Junge wurde grün im Gesicht und krallte nach dem Helm. Sarge traf keine Anstalten, ihm zu helfen. Plötzlich war die Vorderseite des Helms zugekleistert; der Kadett sank auf die Knie. »Sie lernen gerade, wie man zuhört«, knurrte Sarge.

Eine halbe Stunde später hatten wir neben dem Gebäude Aufstellung bezogen, einige von uns immer noch bleich und zittrig. Die Stimme des Ausbilders triefte vor Abscheu. »Ihr seid der kläglichste, dümmste Haufen, den die Akademie je erlebt hat! In ein oder zwei Wochen kommt ihr nach Farside; hat euch niemand gesagt, daß es draußen, vor den Schleusen, keine Luft gibt? Diesmal haben wir auf euch achtgegeben, und deshalb seid ihr mit ein bißchen Bauchschmerzen davongekommen. Nächstes Mal kommt ihr vielleicht um!«

Geknickt scharrten wir mit den Füßen, aber er war mit uns noch nicht fertig. »Für jeden von euch, der gekotzt hat, zwei Minuspunkte.« Zwei Stunden pro Punkt, und neben dieser anstrengenden Gymnastik wirkten unsere Morgenübungen leicht. Ich hatte dergleichen schon absolviert, bis meine Muskeln lauthals protestierten, und das für Verstöße, die ich einfach nicht vermeiden konnte, sosehr ich mich auch bemühte. Diesmal war ich allerdings sicher.

»Und die anderen: Jeder drei Minuspunkte!« Ich blickte entrüstet auf. Das war nicht fair!

»Ihr habt alle das Holo gesehen, nicht wahr? Eure Kameraden gingen dorthin, wo sie auf Raumanzüge angewiesen waren. Hat irgend jemand von euch die Verschlüsse eines Kameraden kontrolliert?« Er wurde lauter. »Habt ihr das? Rovere könnte jetzt tot sein, ebenso Sanders oder sonst jemand von euch! Und ihr habt ihnen nicht geholfen!« Sein Blick drückte Abscheu aus, und sein Ton stieg zu lautem Gebrüll an. »Nächstes Mal seid ihr im Vakuum! Habt ihr jemals gesehen, wie jemand leeren Raum atmet? Ihr kotzt mich an, ihr alle! Geht mir aus den Augen!«

Später am Abend lagen wir benommen und erschöpft in unseren Betten. Auf der anderen Seite des Ganges schluchzte jemand. Ich vergrub das Gesicht im Kopfkissen. Jemand flüsterte? »Ist schon in Ordnung, Robbie.«

Wenn Sarge uns hörte ... Ich lag ganz still.

»Ich muß hier raus!«

Jemand lachte heiser.

»Heulsuse!«

»Muttersöhnchen.« Lautes Geflüster.

»Er heult über ein bißchen Kotzen, wie ein ...«

Es war Robbie, der mich gedeckt hatte, als ich mal vergaß, das Handtuch in den Kasten zu werfen. Als Sarge ins Bad kam, lag es vergessen neben Robbies Waschbecken. Aus irgendeinem Grund behauptete Robbie, es wäre sein Handtuch. Nur ein Minuspunkt, aber ... Ich ballte eine Faust. Laßt ihn in Ruhe!

Stille, dann wieder ein ersticktes Schluchzen.

Am Ende des Saals imitierte ein Witzbold das Geräusch. Jemand anderes lachte.

Ich stieß die Decke von mir und sprang aus dem Bett. »Haltet die Klappe, ihr alle!« Es klang wie ein Zischen.

Von Halstein höhnte: »Willste uns vielleicht zwingen, hübscher Junge?«

»Wenn es sein muß!« Meine Stimme bebte. Ich zitterte in der Unterhose. »Laßt ihn in Ruhe! Hackt lieber auf mir rum!«

»Das wäre zu einfach.« Jemand kicherte.

»Seid lieber leise, ihr Typen. Sarge hört es noch!« Das war Arlene Sanders.

»Geh wieder ins Bett, Seafort, ehe wir alle dran sind.« Beifälliges Gemurmel.

Ich ging auf die andere Seite des Gangs hinüber und fand Robbies Koje. Verlegen wickelte ich die Decke fest um ihn. »Du bist in Ordnung, Junge.« Für eine Sekunde legte ich ihm die Hand auf die Schulter. Ich wollte sie schon wieder wegnehmen, erinnerte mich aber an Jason und ließ sie eine weitere Sekunde dort liegen. »Du bist okay.«

Ich ging zu meiner Koje zurück und wollte mich gerade wieder auf die Matratze legen, als eine Stimme an der Tür ertönte: »Was geht hier vor?«

Überall Stille. Mit klopfendem Herzen zwang ich mich dazu, wieder aufzustehen. »Kadett Seafort zur Stelle, Sir. Ich hatte meine Koje verlassen.«

»Warum?«

Ich überlegte. Ich mußte die Wahrheit sagen, aber ... »Ich dachte, ich hätte etwas gehört.«

»Dann bewachst du uns besser. Bring deine Matratze mit.«

»Aye, aye, Sir. Wohin?«

»Nach draußen.«

Alles war still, während ich die schwere Matratze über den Boden des Saals schleifte.

»Sind Sie fertig, Sir?«

Ich blickte von meiner kalten Suppe auf. »Ja.« Die Schale verschwand, und ein Salat nahm ihre Stelle ein.

Ganze Gruppen von Kadetten, die mit dem Essen fertig waren, standen auf. An jedem Tisch sammelte der Kadett, der Aufräumdienst hatte, das Geschirr ein; sie standen dann in einer Reihe und deponierten die vollen Tabletts an der Ausgabe. Ich hatte mein Tablett mal fallengelassen und war für eine Woche aus dem Messesaal verbannt worden.

Ich erhob mich, streckte mich, ging zur Tür. Kadetten gaben mir respektvoll den Weg frei. Unter ihnen sah ich Robert Boland, mit frischer Gesichtsfarbe, ordentlich gebügelter Uniform und glänzenden Schuhen. Ich tat so, als ignorierte ich ihn, wie es ein Kapitän mit jedem Kadetten tat.

Auf dem Rückweg zum Büro seufzte ich, denn mir war klar, daß ich den Anruf nicht länger hinausschieben konnte.

Ich schloß die Tür, setzte mich an den Schreibtisch und stählte mich innerlich, wohl wissen, daß ich im Begriff stand, meinen Stolz zuliebe alles wegzuwerfen. Ich nahm den Rufer zur Hand. »Verbinden Sie mich bitte mit Senator Boland.« Ich wartete und dachte nach. Vielleicht, wenn Duhaney mich nicht so öffentlich zurechtgewiesen hätte ...

In Washington war es früher Morgen, aber er meldete sich. »Seafort? Schön, von Ihnen zu hören.« Boland konnte sich Jovialität leisten.

Meine Muskeln spannten sich. »Ich entschuldige mich dafür, daß ich Ihren Anrufen aus dem Weg gegangen bin.«

»Sie brauchen sich nicht zu ...«

»Oh, aber ich tue es, Sir! Ich hatte ja keine Ahnung, welchen Einfluß Sie haben.«

»Danke, Kapitän. Ich hatte mir schon Sorgen gemacht ...«

»Bitte lassen Sie mich ausreden. Admiral Duhaney hat

mir befohlen, mit Ihnen in jeder Beziehung zu kooperieren, und das werde ich natürlich tun. Ich habe mich nach Ihrem Sohn erkundigt. Ihm geht es ausgezeichnet. Sollten Sie nähere Informationen wünschen, nehmen Sie jederzeit Kontakt zu mir auf.«

»Ich bin Ihnen sehr dankbar ...«

Mein Herz klopfte. »Senator Boland, ich habe Sie unterschätzt.«

Er legte eine Pause ein. »Sie haben was?«

»Nicht nur die Macht Ihres Ausschusses, sondern auch Ihre persönliche Macht. Sie haben meine Karriere in der Hand.«

Er klang jetzt vorsichtig. »Ich verstehe nicht.«

»Es ist ganz einfach. Wenn Sie sich über Ihren Sohn informieren möchten, rufen Sie an. Wenn Sie ihn sprechen möchten, verbinde ich Sie. Fühlen Sie sich frei, jederzeit zu Besuch zu kommen. Ich werde Admiral Duhaney buchstabengetreu gehorchen. Aber nach Ihrem ersten Anruf oder Besuch, oder wenn ich hören sollte, daß Sie sich erneut beim Admiral beschwert haben, trete ich sofort als Kommandant zurück und quittiere darüber hinaus den Dienst. Das schwöre ich beim allmächtigen Gott selbst.«

Im Lautsprecher blieb es still. Ich fuhr fort: »Meine Zukunft liegt in Ihrer Hand. Verzeihen Sie mir, daß ich Sie unterschätzt habe. Sie brauchen nur nach dem Rufer zu greifen, und meine Karriere ist beendet.«

»Jesus, Seafort!«

»Sir, Sie haben einen Sohn, auf den Sie stolz sein können. Geben Sie ihn frei, und ermöglichen Sie uns, unsere Arbeit zu tun.«

»Ich ...«

»Eine andere Lösung akzeptiere ich nicht.« Ich lauschte, hörte keine Antwort und legte sachte auf.

ZWEITER TEIL

Oktober, im Jahre
unseres Herrn 2201

8.
Kapitel

Zu meiner Verärgerung nahm mich auf Station Earthport erneut ein Fähnrich in Empfang; diesmal hatten sie den Ersten Fähnrich Thomas Keene geschickt. Ich knurrte ihn an, als wäre es seine Schuld.

Von nun an mußte ich wohl ohne Vorankündigung reisen, oder besser noch die Order geben, daß man mir keinen Hirten schicken sollte. Schließlich war ich kein luftkranker Kadett, der ein Kindermädchen benötigte, und die Reisetasche konnte ich auch selbst tragen.

Stunden später durchquerte ich, immer noch sauer, die Luftschleuse von Farside und funkelte den diensthabenden Offizier an, der mich erwartete: Leutnant Ardwell Crossburn. Ich erwiderte seinen Gruß schweigend und wünschte mir, ich hätte mir die Mühe gemacht, ihn loszuwerden.

»Hatten Sie eine angenehme Reise, Sir?« Sein Ton war höflich.

»Ja.«

»Falls ich etwas für Sie tun kann ...«

»Entlassen.« Er wandte sich ab. »Warten Sie. Kommen Sie mit in mein Büro.«

»Sehr gut, Sir.«

Auf unserem langen Weg durch die Korridore schwieg der untersetzte Leutnant gnädigerweise. Im Büro angekommen, setzte ich die Reisetasche ab und warf meine Mütze auf den Tisch. »Führen Sie weiterhin ein Tagebuch?«

Er runzelte die Stirn. »Ja, Sir, aber nur zu meiner eigenen ...«

»Schreiben Sie über aktuelle Ereignisse, wie früher?«

»Das ist meine Art, die Dinge zu analysieren, Sir. Ich denke über sie nach und ...«

»Sprechen Sie mit anderen Offizieren über das, was Sie schreiben?«

»Nun, ich schätze ... Ja, Sir. Müßige Konversation bei den Mahlzeiten.«

Wie ich befürchtet hatte. »Leutnant, ich befehle Ihnen, in Ihrem Tagebuch nichts zu verzeichnen, was nicht direkt etwas mit Ihnen zu tun hat. Insbesondere untersage ich Ihnen, irgend etwas von dem, was Sie schreiben, mit irgendeinem meiner Offiziere zu diskutieren. Nein, machen Sie daraus jeden Offizier, Matrosen oder Kadett.« Man konnte unmöglich sagen, wozu dieser Mann fähig war!

Er schüttelte stur den Kopf. »Sir, mit allem gebührenden Respekt, das ist eine Beeinträchtigung meiner persönlichen Freiheit, die nichts mit ...«

»Seien Sie still!« Ich fuchtelte mit dem Finger unter seiner Nase herum. »Beschweren Sie sich bei der Admiralität, wenn Ihnen die Sache nicht gefällt. Sie haben meine Erlaubnis dazu.« Ich bezweifelte jedoch, daß man ihn anhören würde. »Bis dahin gehorchen Sie meinen Befehlen, oder ich ... Oder ich ...« Ich versuchte, mir irgendeine Drohung auszudenken.

»Ja, Sir?« Er wirkte furchtlos.

Ich knurrte: »Wir haben hier keine Barkasse, aber sollte mir zu Ohren kommen, daß Sie auch nur eine einzige Frage darüber gestellt haben, wie die Dinge hier laufen, ernenne ich Sie zum aufsichtsführenden Offizier der Übungsstation.«

Ihm schwoll die Brust. »Das wäre mir eine Ehre, Sir! Ich würde mich freu ...«

»Mit permanentem Aufenthalt!« Damit brachte ich ihn abrupt zum Schweigen. Die Übungsstation stand jedes Jahr für mehrere Monate völlig leer. Er konnte dann durch die verlassenen Korridore spazieren und nach Herzenslust schreiben.

Ich empfand einen Stich des Bedauerns, diese Warnung ausgesprochen zu haben: Jetzt konnte ich ihn nicht eher verbannen, bis ich ihn nicht tatsächlich bei einer Übertretung erwischt hatte.

Nachdem er gegangen war, schritt ich auf und ab, bis

der Ärger nachließ. Schließlich schaltete ich den Rufer ein. »Wo ist Mr. Paulson?«

»In seiner Kabine, Sir.«

»Rufen Sie ihn.«

Ich empfing Paulson an der Luke und deutete auf einen Stuhl. »Hatten Sie einen guten Flug herauf? Alles unter Kontrolle, Jent?« Natürlich war es das, andernfalls hätte man es mir gesagt.

»Die Kadetten wurden alle untergebracht; keine Probleme.« Er zögerte. »Wir waren etwas überrascht, als Sie sechzig von ihnen vorzeitig heraufschickten, Sir.«

»Wir brauchten den Platz.« Leutnant Sleak hatte es empfohlen, und ich hatte eingewilligt. Besser, wenn wir unsere guten Schüler mit Farside belohnten, anstatt die Unterkünfte in Devon unnötig stark zu belegen.

»Ja, ich ... wir haben davon gehört.« Er wahrte einen sorgsam neutralen Gesichtsausdruck. »Wie hat die Admiralität reagiert?«

Ich lehnte mich zurück. »Ich habe nichts von ihr gehört.« Und das zu überhaupt keinem Thema. Vielleicht debattierten sie darüber, was sie mit mir anstellen sollten. In den zwei Wochen seit meinem sensationell unverschämten Auftritt hatte Senator Boland nicht ein einziges Mal angerufen. Von Mitgefühl bewegt, hatte ich mir überlegt, ihm einen kurzen Brief zu schicken, war aber noch rechtzeitig wieder zu Sinnen gekommen. Man sollte eine bereits gewonnene Schlacht nicht noch einmal austragen.

»Wie lange bleiben Sie bei uns, Sir?«

»Eine Woche oder so.« Zeit genug, durch den Stützpunkt zu spazieren und allen zur Last zu fallen. Auch genug Zeit, um erneut die Übungsstation zu besuchen, auf der unsere weiter fortgeschrittenen Kadetten in das Leben an Bord eines Schiffes eingeführt wurden. »Setzen Sie für später im Verlauf der Woche eine offizielle Inspektion an, Jent. Sagen Sie es den Sergeanten, aber nicht den Kids.« Die Besorgnis und die Aufregung würden den Kadetten guttun, aber es war nicht nötig, auch die Drillsergeanten zu plagen. »Noch etwas, wovon ich erfahren sollte?«

»Ich hatte Ihnen die Formulare zu dem Edwards-Jungen geschickt.«

»Ich weiß.« Ich hatte die Unterlagen an seiner Mutter weitergeleitet und eine unzureichende persönliche Notiz beigefügt. »Wie geht es dem anderen Jungen, diesem Arnweil?« Ich hatte keinen Kontakt mehr mit dem dunkelhaarigen Teenager gehabt, seit ich ihn wieder hochgehoben und in die tröstliche Umgebung seiner Unterkunft zurückgeführt hatte.

»Dazu müßten Sie Sergeant Radz befragen, Sir. Ich habe da keinen Einblick.« Er verzog das Gesicht. »Die einzigen, die ich häufiger sehe, sind die Unruhestifter auf meinem Faß.«

»Haben Sie es häufig benutzt?«

»Dreimal seit Beginn des Schuljahres. Zweimal bei Kadetten, die ihre Minuspunkte nicht schnell genug abgearbeitet hatten, und einmal letzte Woche ...« Er schüttelte den Kopf. »Ich kann mir einfach keinen Reim darauf machen, was manchmal mit ihnen los ist. Ein Kadett und ein Fähnrich haben sich geprügelt.«

Meinte er das im Ernst? »Unter wessen Zuständigkeit?«

»Der Kadett Johan Stritz gehört zur Krane-Unterkunft von Sergeant Tripole. Der Fähnrich ... Nun ja, ich bin erster Leutnant. Es war meine Schuld.«

Ich schnaubte. Wenn jemals der Tag anbrach, an dem ein Leutnant darüber auf dem laufenden war, was Fähnriche im Schilde führten ... Letztere hatten eine natürliche Begabung dafür, in Schwierigkeiten zu geraten, wie ich bezeugen konnte. Auf der *Helsinki* hatte ich einmal ... » Welcher Fähnrich?«

»Guthrie Smith, Sir. Er ist siebzehn, alt genug, um es besser zu wissen.«

Ich erinnerte mich an einen schüchternen Jungen, der auf meiner Fähnrichskonferenz steif dagesessen hatte, die Mütze in der Hand. »Was ist passiert?«

»Er hat ihn natürlich schikaniert. Was sonst?« Kadetten waren leichte Beute für Schikanen, sowohl durch Fähnriche als auch jedermann sonst. Schließlich mußten sie lernen, es zu ertragen. Kapitäne waren an Bord ihrer Schiffe absolute Diktatoren, einige von ihnen richtige Tyrannen. Ein Fähnrich, der mit solchen Unannehmlichkeiten nicht fertig wurde, konnte nicht überleben.

»Fahren Sie fort.«

»Da ist nicht viel zu sagen. Mr. Smith wies eine Gruppe Kadetten an, den Speisesaal für eine gründliche Reinigung leerzuräumen. Er fand, daß Stritz nachlässig zu Werke ging, und befahl ihm, zur Luke und wieder zurück zu kriechen und dabei einen Stuhl vor sich herzuschieben.«

»Das hört sich gar nicht so schlimm an.«

»Dann ließ er es ihn noch einmal tun. Der Kadett hatte genug und weigerte sich. Also führte Smith ihn auf den Korridor hinaus, wo Bill Radz sie dabei erwischte, wie sie aufeinander losgingen. Er rief mich sofort, da ein Fähnrich beteiligt war.«

»Gütiger Gott!«

Leutnant Paulson schüttelte den Kopf. »Ich habe Stritz ein Dutzend verabreicht und ihn heulend zurück in den Schlafsaal geschickt. Er muß lernen, sich zu beherrschen.«

Ich nickte. Ich hätte ihm auch nur leicht zugesetzt. Es hörte sich ganz so an, als hätte der Junge Mumm, wenn auch kein Urteilsvermögen.

»Um die Wahrheit zu sagen: Mir war danach, auch Keene ein halbes Dutzend zu geben, weil er Guthrie Smith nicht mehr Verstand eingehämmert hat. Wozu ist ein erster Fähnrich schließlich da?«

»Haben Sie es?«

»Nein, aber er mußte sich vor dem Schott aufstellen, wo ich ihn heruntergeputzt habe, daß er es nicht so leicht vergessen wird. Dazu gab es vier Minuspunkte. Als Fähnrich Smith an der Reihe war, habe ich es ihm richtig gegeben. Er hat eine Zeitlang in der Fähnrichskabine in seiner Koje gegessen. Verdammt, er müßte es besser wissen!«

Ein Fähnrich – überhaupt jeder Offizier – konnte seine Autorität nicht mit brutaler Gewalt behaupten, auch nicht gegenüber Kadetten. Ansonsten hätte sich jeder Matrose, der körperlich stärker war als sein Offizier, gegenüber diesem durchsetzen können. Stimmt, wir verabreichten Fähnrichen nötigenfalls den Rohrstock, aber sie galten als junge Gentlemen und Ladies, per Gesetz volljährig, aber noch zu jugendlichen Unbesonnheiten fähig, aufgrund derer sie der Züchtigung bedurften. Die Matrosen auf dem Unterdeck wurden nicht geschlagen.

Ich grübelte. »Manchmal frage ich mich . . .«

»Ja, Sir?«

»Ob wir uns nicht zu sehr auf den Rohrstock verlassen.« Ich erkannte, daß ich fast eine Ketzerei geäußert hatte. »Ich meine, ein paar Schläge für eine wirklich ernste Missetat sind eine Sache, aber gewinnen wir irgend etwas, wenn wir als erstes gleich zum Rohrstock greifen?«

»Zuerst greifen wir nach den Minuspunkten, nicht dem Rohrstock, und ja, wir gewinnen etwas.« Paulsons Antwort kam ohne Zögern. »Kadetten und Fähnriche müssen lernen, ihren Vorgesetzten zu gehorchen. Das Leben auf einem Sternenschiff ist kein Zuckerschlecken.«

Das stimmte. Ungehorsam oder Unaufmerksamkeit konnten sich dort als tödlich erweisen, und nicht nur für den Fähnrich selbst. Ich zuckte die Achseln. Ich ging nicht als Idealist mit rollenden Augen durchs Leben. Die Gesellschaft hatte sich schließlich von einem Jahrhundert oder mehr erholt, in dem rebellische Kinder verhätschelt worden waren, und es war so nur zum besten für uns alle.

»Sonst noch was, Sir?«

»Nein. Wir sehen uns beim Abendessen.«

Nachdem Paulson gegangen war, setzte ich mich an die Konsole und begutachtete einen Stoß Berichte, der sich seit meinem letzten Besuch angesammelt hatte.

Dann stand ich auf, weil ich mich unruhig fühlte, und freute mich, daß ich Platz hatte, um auf und ab zu gehen, ohne mir dabei die Schienbeine an niedrigen Couchtischen zu stoßen.

Ich setzte mich erneut an den Schreibtisch und schaltete die Konsole ein. Das Problem bestand, wie ich erkannte, darin, daß ich keine Ahnung hatte, was ich tun sollte, sei es nun während meines gegenwärtigen Aufenthaltes auf Farside oder generell als Kommandant der Akademie. Als ich Kapitän der *Hibernia* geworden war, stand mir ein klares Ziel vor Augen: das Schiff sicher nach Hope Nation zu bringen und dort die Fracht und die Passagiere auszuladen. Bei der Übernahme der Akademie hatte sich mir kein solches Ziel geboten. Ich mußte nur Zeit verbringen, bis die Kadetten für ihren Abschluß bereit waren und eine neue Gruppe an ihre Stelle trat. Und man erwartete von mir, noch mehr als von einem Kapitän, als eine ferne, unnahbare Gestalt zu herrschen.

Ich war der falsche Mann für den Job. Da ich zu ruhelos war, um mich in Kleinigkeiten zu vertiefen, um die sich eh besser die Drillsergeanten kümmerten, blieb mir wenig mehr übrig, als durch die Gänge zu spazieren, eine aufgrund meiner Reputation ehrfurchtgebietende, aber im wesentlichen nutzlose Gestalt.

Nun, dann war dem halt so. Wenn es mein Los war, ein Wanderer zu sein, konnte ich genausogut sofort damit anfangen. Vielleicht lernte ich dabei sogar noch etwas. Ich verließ das Büro.

Ich trottete durch einen verlassenen Korridor zum Flügel mit den Klassenzimmern und darüber hinaus zu den Unterkünften. Zur Zeit war nomineller Tag, und die Kadetten befanden sich in den Klassenräumen oder bei der praktischen Ausbildung. Ich blieb beim Krane-Saal stehen, sah mich um, entdeckte jedoch niemanden. Verlegen trat ich ein.

Reihen leerer Betten, die Decken fest gespannt, das Deck makellos sauber. Sergeant Tripole schien seine Kids gut im Griff zu haben, ungeachtet des Streits zwischen

Kadett Stritz und dem Fähnrich. Ich schloß die Augen, orientierte mich, ging hinüber zur Backbordseite und spazierte an der Bettenreihe entlang. Da. Das war meins gewesen. Es kam mir irgendwie kleiner vor, wie die ganze Unterkunft.

War ich hier glücklich gewesen? Ich streckte die Hand aus, zog die Finger am Bettgestell entlang. Noch unschuldig des späteren Verrats an meinem Eid, hatte ich mich hier darum bemüht, meinen Vorgesetzten zu gefallen, während sich Körper und Geist veränderten. Immer seltener war meine Stimme in die höheren Tonlagen ausgebrochen; täglich hatte ich mir über die Oberlippe gestrichen und auf den magischen Augenblick gewartet, an dem ich eine Rasur rechtfertigen konnte.

Ich setzte mich langsam auf die Bettkante. War ich glücklich gewesen? Na ja, vielleicht unschuldig. War das nicht dasselbe?

Ich sprang aus dem Bett und trat gegen Robbie Roveres Koje. »Steh auf, Sarge ist jeden Moment hier!«

Robbie ächzte, setzte sich jedoch auf und rieb sich die Augen. »Yeah, danke.« Er saß noch für einen Moment da, hörte dann das leise Zischen der Luke und sprang auf, ehe sie sich ganz geöffnet hatte.

Sarge schnauzte: »In Ordnung, ihr Tölpel, hört gut zu!« Ich grinste. Sergeant Trammel konnte uns anreden, wie er wollte – und tat es auch –, aber ich hegte den Verdacht, daß er etwas anderes empfand als die professionelle Verachtung, die er uns zu vermitteln versuchte. Er hatte so einen Blick an sich, wenn ein Kadett eine besonders schwierige Aufgabe löste; dann diese anscheinend beiläufige Berührung mit der Hand, wenn man im Begriff stand, die Beherrschung und die Selbstachtung zu verlieren ...

»Aye, aye, Sarge!« echote ich pflichtschuldigst im Chor mit den anderen.

»Morgen geht's los zur Übungsstation, also erhaltet ihr

heute besondere Instruktionen. Nach dem Unterricht begebt ihr euch mit Korporal Tolliver zur Versammlungskuppel. Ich möchte euch ein paar Holos zeigen ...« Unterdrücktes Stöhnen; Flottenholos konnten quälend langweilig sein. »... und dann ein Quiz veranstalten, um zu sehen, ob ihr auch aufgepaßt habt.« Er lächelte grimmig. »Ich hoffe, daß ein paar nicht zuhören, wie letztes Mal. Das hat Spaß gemacht!« Er ging hinaus und schloß die Luke hinter sich.

Robbie senkte die Stimme zu einer rauhen Imitation von Sarge. »Begebt euch mit Korporal Tolliver auf die Toilette. Ich möchte euch ein paar Haufen zeigen ...«

Ein paar Kojen weiter knöpfte sich Tolliver gerade die Jacke zu und bedachte Robbie mit einem kalten Blick. »Nur weiter so, Rovere. Du findest Freunde, wohin immer du gehst.«

»Ich versuche es, Mr. Tolliver.« Robbie gab nach; er wußte, wann man lieber den Mund hielt. Als Kadettenkorporal verfügte Edgar Tolliver über beträchtliche Machtmittel, um uns zu ärgern, wenn nicht sogar, um uns ganz unglücklich zu machen.

Jede Unterkunft hatte einen Korporal, einen Kadetten, der vom Sergeant mit der Aufgabe betraut war, uns rechtzeitig zur Kuppel zu bringen oder die Unterkunft für die wöchentliche Inspektion vorzubereiten. Ein Korporal blieb trotzdem Kadett; er verdiente kein ›Sir‹, wurde aber wie ein Fähnrich nur mit dem Nachnamen angesprochen. Sein einziges Mittel bestand zwar darin, uns zu melden, wenn wir ungehorsam waren, aber ein gründlicher Korporal konnte uns ganz schön an die Kandare nehmen, als Alternative zu einer Tirade oder Schlimmerem von Sarge. Korporal van Fleet war netter gewesen als Tolliver, hatte es aber zum Fähnrich gebracht und war auf die *Prince of Wales* versetzt worden.

Robbie kämmte sich sorgfältig, in der Hoffnung, noch ein paar Tage mehr herauszuschlagen, ehe ihn Sarge wieder zum Friseur schickte. »Wovon wird das Holo wohl diesmal handeln?«

Ich zuckte die Achseln. Wir würden es früh genug erfahren. Ich putzte mir die Zähne und spie die Paste ins Waschbecken. Tolliver drückte sich an uns vorbei, um das nächste Becken zu benutzen.

In der Regel waren Fähnriche netter als Korporale, vielleicht, weil sie weniger beweisen mußten. Trotzdem wollte niemand einem Fähnrich in die Quere kommen, denn die darauf folgenden Schikanen konnten schwerwiegend sein. Einmal hatten sie mich sogar gezwungen, die Vorschriften zu rezitieren.

Bis auf die Unterhose entkleidet hatte ich schwitzend auf dem Stuhl in der Fähnrichskabine gestanden und versucht, mich an Passagen aus den Flottenvorschriften zu erinnern, während die Fähnriche vernichtende Bemerkungen über meine körperliche Erscheinung und mein Verhalten einwarfen. Gerüchte wollten wissen, daß, wenn die Fähnriche nur verärgert genug waren, sogar die Unterhose dran glauben mußte. Ich hoffte inständig, die Wahrheit darüber nie herauszufinden. Fähnrich Jeff Thorne hatte nichts gesagt und auch nicht die Erheiterung meiner übrigen Quälgeister geteilt. Als zweiter Fähnrich hatte er aber auch nichts unternehmen können, bis es seinem Vorgesetzten endlich reichte.

Nach dem Bettenmachen marschierten wir zum Frühstück. Tolliver setzte sich mit uns zusammen; die Autorität eines Korporals galt nur in Abwesenheit des Sergeanten. Zu schade, daß Tolliver nicht zu einem der anderen Tische gehörte. Selbst beim Essen mußte ich also auf jedes Wort achten, das ich sagte, um nicht seine Aufmerksamkeit auf mich zu ziehen.

»Hey, Nicky, warum so still heute?« Obwohl Robbie morgens nur langsam aufwachte – sobald er ganz bei sich war, zeigte er sich deprimierend fröhlich.

»Vielleicht, weil er etwas gesunden Menschenverstand entwickelt«, meinte Tolliver bissig. »Dann könnte er wieder damit aufhören, Spinde zu polieren.«

Ich wurde rot. Der ganze Vorfall wäre ohne Tolliver unbemerkt geblieben. Mein Anzug war aus dem Spind hervorgequollen, so daß ich die Tür nicht schließen konnte. Ich hätte den Grund dafür auch bemerkt, hätte ich es nicht so eilig gehabt, den Navigationsunterricht zu erreichen. Und Sarge hätte wahrscheinlich nichts erfahren, hätte Tolliver nicht die ganze Zeit meinen Spind angestarrt. Sarge drehte sich um, um zu sehen, was da los war. Nach vier Stunden, in denen ich Spinde aus Alulegierung poliert hatte, hatte ich Blasen an den Händen und einen wilden Haß im Herzen zurückbehalten.

Unter der Flut der Gefühle schlug ich jede Vorsicht in den Wind. »Ich bin gut im Polieren, Mr. Tolliver«, sagte ich. »Ich könnte Ihre Schuhe mit Spucke polieren, wenn Sie möchten.«

Jetzt war es an Tolliver, rot zu werden. Aufgrund irgendeiner eingebildeten Beleidigung hatte er Arlene Sanders dazu verdonnert, seine Schuhe zu polieren, und zu spät herausgefunden, daß sie mehr Spucke in den Schuhen hinterlassen als außen weggeputzt hatte.

Trotzdem schien Tolliver jetzt gut gelaunt, auch wenn sein Blick scharf war. »Nein danke, Seafort. Wo ich deine Hilfe allerdings wirklich gebrauchen könnte, ist bei der Vorbereitung für die Inspektion heute abend.«

Ich schnitt eine Grimasse. Na ja, ich hatte es mir selbst zuzuschreiben. Jetzt würde er mich mitschleppen, während er durch die Unterkunft schlenderte, und es war dann meine Aufgabe, jedes Stäubchen, jeden eingebildeten Flecken wegzuwischen. Ich wußte, daß er den Toilettenkabinen im Bad besondere Aufmerksamkeit widmen würde und ich nichts daran ändern konnte.

Einen großen Teil des Tages über mühte ich mich mit Navigationsaufgaben ab, lauschte pflichtschuldig einer Vorlesung über die Mysterien des Fusionsantriebes und konnte sogar in Kolonialgeschichte Mr. Peretz zeigen, daß ich das Kapitel wenigstens teilweise gelesen hatte. Darauf folgten das Mittagessen, die Freistunde und die rigorose tägliche Gymnastik, der ein Kadett niemals entkam.

Später trafen wir uns in der Unterkunft, marschierten

zur Versammlungskuppel und setzten uns, um uns die Holovid-Instruktionen anzusehen. Das erste Holo hätte den Titel tragen können: »Zehn augenfällige Möglichkeiten, auf einer Raumstation nicht ums Leben zu kommen.« Und die zweite: »Für den Fall, daß ihr beim ersten nicht richtig aufgepaßt habt.«

Während mir die Ermahnungen noch in den Ohren klangen und ich den festen Entschluß faßte, niemals ohne einen geschlossenen Helm aus einer Stationsschleuse zu steigen und niemals bei Schußübungen vor dem Laser entlangzulaufen, zog ich mich zum Abendessen um. Bei Tisch verhielt ich mich unauffällig und hoffte, daß Korporal Tolliver meine Frechheit beim Mittagessen vergessen hatte.

Er hatte nicht.

Nach dem Abendessen folgte ich ihm durch die Unterkunft, Besen und Kehrichtschaufel in einer Hand, Mop und Eimer in der anderen, einen feuchten Lappen über dem Arm. Wie schmutzig kann eine Unterkunft werden, die fast täglich geputzt wird? Man hätte erstaunt sein können, es sei denn, man kannte Edgar Tolliver. Ich wischte imaginären Staub, fegte die Zwischengänge und tat so, als wüßte ich nicht, daß er mich als nächstes ins Bad rufen würde.

»Ist die Dusche eine Schimmelwüste, was meinst du, Seafort?« Es gab keine korrekte Antwort darauf, und wir beide wußten es. Wohl aber gab es Tricks für den Umgang mit einem Kadettenkorporal, und ich wandte einen davon an. Kritisch musterte ich die makellosen Schotten. »Ich denke, Sie haben recht, Mr. Tolliver!« sagte ich begeistert. »Sie sollten gründlich geschrubbt werden. Möchten Sie, daß ich gleich anfange?«

Er runzelte die Stirn, führte das Spiel aber zu Ende. »Ja, das möchte ich, aber kontrollieren wir zuerst die Toiletten.«

Die Toiletten wurden zweimal täglich von den Kadetten gesäubert, die sich Sarges Mißfallen zugezogen hatten, und so wußte ich, daß an ihnen eigentlich nichts auszusetzen war. Ich wußte auch, daß dieser Umstand nicht den geringsten Einfluß auf Tollivers Entscheidung haben würde.

»Sieh dir das mal an, Seafort! Das dürften wir Sarge nicht zeigen, oder wir verlieren alle eine Freistunde. Mach hier gründlich sauber, ja?«

»Ja, Mr. Toll . . .«

Er riß ein kleines Stück vom Lappen ab. »Von Hand.«

»Natürlich, Mr. Tolliver.« Zur Hölle mit ihm! Es war demütigend, und Knie und Rücken würden mir nachher weh tun. Ich lächelte.

Der nächste Trick war schwieriger. Es kam ganz auf den Tonfall an; die Worte mußten absolut unschuldig klingen, wenn sie Sarge gegenüber wiederholt wurden. Fröhlich sagte ich: »Ich freue mich, daß Sie auf diese Dinge hinweisen, Mr. Tolliver. Nicht viele Unterkünfte haben einen Korporal, der so viel über schmutzige Toilettenkabinen weiß wie Sie.« Er betrachtete mich forschend, aber ich strahlte ihn freundlich an, machte ein Gesicht wie ein frohgemuter Schwachsinniger.

Trotzdem war er derjenige, der im Begriff stand, aus dem Bad zu spazieren, während ich ein oder zwei Stunden lang die Toiletten putzen würde. »Ich kontrolliere das noch mal, Seafort«, sagte er. »Nur für den Fall, daß uns etwas entgangen ist.«

Ich bückte mich, um mit der Arbeit zu beginnen, und stellte mir mit jedem Zug des Lappens vor, daß ich Tolliver ohrfeigte.

Eine halbe Stunde später war er zurück. »Na, hast du Spaß, Seafort? Schön, daß du Arbeit gefunden hast, für die du geeignet bist. Ich werde versuchen, dir . . .«

»Achtung!« Die Stimme war leise, der Tonfall liebenswürdig, aber trotzdem nahm Tolliver mit stocksteifem Rücken Haltung an. Ich rappelte mich auf, ließ den Lappen fallen und preßte die Arme an die Seiten.

»Was geht hier vor?«

Tolliver sagte: »Nichts, Mr. Thorne. Wir putzen das Bad für die Inspektion, Sir.«

Fähnrich Jeffrey Thorne verschränkte die Hände auf dem Rücken und warf einen Blick in die nächste Kabine. »Ausgesprochen annehmbar. Mr. Seafort leistet gute Arbeit.«

»Das habe ich ihm auch gerade gesagt, Sir.«

»Ja, ich habe es gehört.« Thorne versetzte dem Eimer mit Seifenwasser einen leichten Tritt. »Wir sind alle stolz auf dich, Tolliver.«

Etwas in seinem Ton veranlaßte Tolliver, die Lippen zusammenzupressen. »Ja, Sir.« In die Habachtstellung gebannt, konnte er nichts unternehmen.

»Ich möchte, daß dein Freund Seafort wieder ein paar Vorschriften für uns rezitiert. Macht es dir etwas aus, wenn ich ihn mitnehme?«

Tollivers Blick war reines Gift. »Nein, Sir, überhaupt nichts.«

»Gut.« Fähnrich Thorne funkelte mich an. »Laß den Eimer stehen, Kadett. Augen links, vorwärts Marsch. Augen links, halt.« Ich tat wie geheißen und stand nun mit dem Gesicht zur Badezimmertür.

Thorne trat lässig auf Tolliver zu und betastete die frische graue Jacke des Korporals. »Ich sehe dich wieder, Kadett Tolliver. Du kannst diese Utensilien wegräumen. Oder, wenn du möchtest, kannst du die Arbeit selbst zu Ende führen.« Er tätschelte ihm die Schulter. »In Ordnung, Seafort, vorwärts Marsch!« Er ließ mich durch den Schlafsaal zur Außenluke marschieren. Die anderen Kadetten sahen voller Mitgefühl zu. Niemand wollte von einem Fähnrich für Schikanen ausgesucht werden.

Die Luke ging hinter uns zu. Auf Thornes Befehl hin schritt ich bis zur ersten Biegung durch den Korridor. »Das ist weit genug, Seafort. Kommando zurück.«

»Danke, Sir.« Ich musterte ihn und lächelte versuchsweise.

»Ich hätte ihm befehlen sollen, die Toilette zu schrubben, aber ich konnte seine Autorität nicht vor dir untergraben.« Thorne schnitt eine Grimasse; dann hellte sich seine Miene auf. »Hast du sein Gesicht gesehen?«

»Ja, Sir, im Spiegel.«

»Vergiß diese Geschichte mit dem Vorschriftenrezitieren. Ich organisiere wieder einen Einsatz. Möchtest du dich freiwillig melden?«

Er war mein Vorgesetzter; er brauchte mich nicht zu fragen, aber das hätte ich um nichts in der Welt versäumt! »Ja, Sir!«

Ich weiß nicht, wie ich zu dem Glück gekommen war, für Jeff Thornes legendäre ›Einsätze‹ ausgewählt zu werden. Bis zu dem Abend, als die Fähnriche mich gezwungen hatten, Vorschriften zu rezitieren, hatte er keine Notiz von mir genommen. Als sie damals fertig waren, führte er mich zur Unterkunft zurück.

In einem Wartungskorridor nahm er mich auf die Seite und sagte ein paar nette Worte. Ich war allen Fähnrichen gegenüber vorsichtig und antwortete nicht. So, als merkte er das gar nicht, spazierte er an meiner Seite dahin, die Hände in den Taschen, und plauderte über die Flotte, seine Erlebnisse als Kadett, seine persönlichen Hoffnungen, bis er mich schließlich aus der Reserve gelockt hatte. Ich erzählte ihm ein wenig über Cardiff und über Vater. Beiläufig erwähnte ich sogar Jason.

Der erste Einsatz fand eine Woche später statt. Weitere folgten.

Thorne warf je einen kurzen Blick in beide Richtungen und flüsterte: »Ich habe Bailey aus dem Reardon-Saal und Justin Ravitz organisiert; sie erwarten uns vor der Fähnrichskabine. Kennst du sie?«

»Ich kenne Justin, Sir.« Ich trabte dahin und gab mir Mühe, das von Jeff Thornes langen Schritten vorgegebene Tempo zu halten. »Was ist das für ein Einsatz?« Letztes Mal war es darum gegangen, auf dem Unterdeck die Techniker auszuspionieren, die die Gravitronen bedienten. Ich hatte erfahren, daß es ein ewiges Bestreben des Fähnrichsstabes war, einmal ungesehen den Steuerungsraum zu erreichen, die Gravitronen langsam abzuschalten und die daraus resultierende Verwüstung zu genießen. Gelungen war das bislang nie.

Thorne stellte sicher, daß der Korridor leer war, und senkte die Stimme. »Der Messesaal.« Er gab mir einen Klaps auf die Schulter. »Ich weiß nicht, warum wir immer nur ein Stück Apfelkuchen zum Dessert bekommen, wenn noch so viel übrig ist. Außerdem müßten wir im Kühlschrank Eiscreme finden.«

Sein Lächeln war ansteckend; ich ertappte mich dabei, daß ich wie ein Idiot grinste, während ich mein Bestes tat, um mit Mr. Thorne Schritt zu halten. Er konnte streng mit uns sein, wenn wir bei der Ausbildung nicht zuhörten, aber im Herzen war er einer von uns.

Eine halbe Stunde später standen Bailey, Ravitz und ich an der Abkürzung zum Korridor, der zur Messekuppel führte, und bereiteten uns innerlich auf den Einsatz vor. Thorne spähte um die Ecke. »Los!«

Wir sprinteten durch den langen Korridor. Als Offizier konnte Mr. Thorne hingehen, wohin er wollte, aber für uns Kadetten galt das nicht. Obwohl er uns schützen würde, wenn man uns entdeckte, oder nicht? Hoffentlich brauchten wir das nicht herauszufinden.

Zu den Mahlzeiten stand die Luke des Messesaales offen, aber so spät am Abend war sie abgeschlossen. »Ist das Schloß codiert, Sir?«

»Zum Messesaal? Sei nicht albern.« Er drückte auf die Taste und zögerte. »Am besten werfe ich erst einen Blick hinein.« Als die Luke sich geöffnet hatte, blickte er vorsichtig hindurch.

»Die Luft ist rein!« Es war ein Flüstern. Wir schlichen in den dunklen Saal. Ich blickte auf. Die lange Mondnacht von Farside war halb herum; die offenen Filter zeigten den hellen, goldenen Glanz von einer Milliarde Sternen.

Wir drängten uns um einen der vertrauten Tische. Thorne winkte uns näher heran. »Sollten wir hier bei den Tischen erwischt werden, kann ich behaupten, ich hätte euch schikaniert, obwohl ich um diese Zeit eigentlich nicht hier sein sollte. Erwischt man uns jedoch in der Kombüse, sind wir alle dran.« Kritisch musterte er seine

Mitverschwörer. »Bailey, du bewachst die Luke. Falls sich jemand nähert, schnippst du laut mit den Fingern. Kriegst du das hin?« Der Junge nickte. »Dann versteckst du dich da drüben, wo es dunkler ist, unter einem Tisch und hoffst, daß dich niemand sieht. Wenn die Sache schiefgeht, versuchst du, zurück zur Unterkunft zu kommen.«

»Aye, aye, Sir!« Bailey grinste vor Aufregung.

»In der Kombüse können wir Bailey nicht hören, also beziehst du, Ravitz, direkt hinter dem Ausgabegeländer Position und gibst das Signal weiter. Wenn jemand kommt, schnippst du mit den Fingern und duckst dich. Ich schnippe zurück, um dir zu zeigen, daß wir dich gehört haben.«

»Ja, Sir.«

Thorne puffte die Schulter des Kadetten. »Aye, aye, Sir, meinst du wohl. Vergiß nicht, was du gelernt hast, nur weil du so nervös bist, daß du dir in die Hosen machst.«

Ravitz versetzte empört: »Ich mache mir nicht . . .«

»Schhh! Seafort, du und ich, wir durchbrechen den feindlichen Schiffsrumpf. Ich besorge Teller und mache das Eis ausfindig, während du im Kühlschrank nach dem Kuchen suchst. Findest du ihn im Dunkeln?«

»Es ist gar nicht so dunkel, Sir. Die Sicherheitslampen brennen.«

»Okay, los geht's.«

Während sich Justin Ravitz hinter das Geländer kauerte, schlüpften wir durch einen der beiden Durchgänge zwischen Kombüse und Messesaal. Thorne grinste. »Angst?«

»Nein, Sir.« Mein Herz pochte.

»Lügner. Ich hab' auch welche. Denkst du, ich möchte an Mr. Zorns Luke klopfen?« Erster Leutnant Zorn war der Hüter des Fasses. Thorne drückte meinen Arm und flüsterte: »Heh, darin besteht schließlich der Spaß! Ich hol' jetzt die Teller.«

Ich tastete in einem unverschlossenen Kühlschrank herum, fand aber nur Gemüse aus den Hydroponikkammern in der Tiefe. Ich schloß die Kühlschranktür heftiger, als ich eigentlich geplant hatte; als das widerhallende *Klank* ertönte, kam Thorne herbeigestürmt. Er zischte: »Sei doch leise, du Idiot!« Ich nickte und bat mit einem besänftigenden Lächeln um Verzeihung. Ich hatte diesen Ton von Thorne noch nie gehört; seine Nerven mußten zum Zerreißen gespannt sein.

Die Kuchen befanden sich im dritten Kühlschrank. Ich holte zwei heraus und plazierte sie auf einem Tablett, während Thorne auf der anderen Seite der Kombüse im Gefrierschrank nach dem Eis fischte.

Ein Geräusch ertönte. Ich drehte mich zu Thorne um; er hatte nichts gehört. Ich schob das Tablett auf die Theke.

Das Geräusch war erneut zu hören: schnippende Finger. Thorne wandte sich gerade vom Gefrierschrank ab. Zum drittenmal schnippten die Finger, leiser diesmal. Ravitz mußte außer sich sein. Thorne merkte immer noch nichts; ich hob die Hand und schnalzte selbst einmal mit den Fingern.

Thorne blickte auf. Ich deutete verzweifelt auf das Geländer und dahinter. Seine Augen weiteten sich; er nickte und winkte. Ich huschte über das Deck, während Thorne die andere Tür ansteuerte.

Draußen im Messesaal ertönte eine Stimme. »Wer ist da? Was machst du ... Heh!« Laufschritte. »Komm zurück!«

Thorne verschwand durch die Tür auf der anderen Seite. Ich duckte mich hinter die Ausgabetheke.

»Ist hier noch jemand? Was geht hier ...«

Ein knirschendes Geräusch wurde vernehmbar, als ob jemand an ein Möbelstück unmittelbar vor der Kombüse geprallt war. Ein gellender Schrei, ein Krachen, ein Schmerzenslaut. Rasende Schritte. Thorne, der eilig in Sicherheit strebte. Die Schritte verklangen in der Ferne.

Das Licht ging an. Ich kauerte mich hinter der Theke zusammen. Jemand näherte sich dem Kühlschrank. Konnte ich unbemerkt hinauskriechen? Ich blieb tief geduckt und tappte vorwärts. Der Eindringling brummte: »Gott verdamme diese blöden Kadetten! Ich pack ihre Eier in ... Du da!«

Ich hastete davon. Die Stimme brüllte: »Du da, Kadett!«

Ich stürmte auf die Luke zu.

»Stehenbleiben! Achtung!«

Vielleicht hatte er mein Gesicht nicht gesehen, und alle Kadettenuniformen sahen gleich aus. Aber da war nichts zu machen: Er hatte mir einen direkten Befehl gegeben, und ich mußte gehorchen. Ich kam stolpernd zum Stehen und erstarrte in Habachtstellung, nur wenige Schritte von der unerreichbaren Luke entfernt.

»Beweg dich bloß nicht!« Er kam näher. Mein Rücken zuckte. Wer war es, der mich hier ruinierte? Sicherlich kassierten sie mich, wenn nichts Schlimmeres. Diebstahl von Flottenvorräten! Aufbrechen und Entern! Konnte man mich dafür erschießen?

Endlich kam er in mein Blickfeld. Ein Mannschaftsdienstgrad, ein simpler Matrose. Wäre ich Fähnrich gewesen, hätte ich ihm nicht zu gehorchen brauchen, aber als Kadett war jeder Erwachsene im Universum mein Vorgesetzter. Ich blickte kurz zur Luke hinüber. Eine Pfütze, ein umgekippter Wischeimer. War Thorne dagegen gestoßen?

Mit geballten Fäusten trat der Mann zurück. Einen Moment lang glaubte ich, er würde mich schlagen. »Name!«

»Kadett Nicholas Seafort zur Stelle, Sir!« Meine Stimme schwankte.

»Bleib genau da stehen, Junge, kapiert?« Er ging zum Rufer. Ich hätte durch die Luke sprinten können, aber was hätte ich davon gehabt? Er hatte mein Gesicht gesehen und kannte meinen Namen. Ich blieb eisern in Habachtstellung und erwartete mein Schicksal.

Kurz darauf zog der Matrose einen Stuhl heran, setzte sich und beugte sich grinsend vor. »Jetzt kannst du was erleben, Junge. Vielleicht darf ich sogar zusehen.«

Ich sagte nichts. Diese Bemerkung erforderte keine Antwort, und ich wußte, daß mir ohnehin nur die Stimme versagt hätte. Der Matrose lächelte und zeigte dabei Zahnlücken. »Ist jetzt jeden Moment soweit. Behalt du nur Haltung.«

»Aye, aye, Sir.«

»Du hattest Hunger, was?«

»Ich ... Nein, Sir.«

»Gott, wie ich euch unverschämte kleine Idioten hasse! Na, diesmal werdet ihr Obies aber kriegen, was ihr verdient!«

Der Schweiß lief mir an den Seiten hinab. Schritte an der Luke ersparten mir eine Antwort. Ich blickte auf. O nein! O Gott, nein!

»Was geht hier vor?« knurrte Sergeant Trammel.

Der Matrose sprang auf. »Sehen Sie sich mal diesen Schlamassel an! Ich hab' diesen Jungen in ...«

»Ich habe den Kadetten gefragt.« Sarge machte sich nicht die Mühe, die Stimme zu heben, aber trotzdem brach das Gejammer des Matrosen sofort ab. Ein Sergeant bekam so was hin.

Lahm versetzte ich: »Kadett Seafort zur Stelle, Sir.«

»Ich weiß, wer du bist; sag mir, was du im Messesaal tust!«

Immer noch in Habachtstellung, den Blick auf das Schott gegenüber gerichtet, suchte ich nach einer Antwort. Ein Einsatz? Schikanen durch Fähnrich Thorne? Schlafwandeln? Ich holte tief Luft. »Ich habe Kuchen besorgt, Sir.«

»Im Namen des Herrn Jesus!« Sergeant Trammels Ton drückte einen solchen Abscheu aus, daß ich zusammenzuckte. »Ich dachte, du hättest inzwischen was gelernt, Seafort. Zurück in die Unterkunft!«

»Aye, aye, Si ...«

»Er war nicht allein, Sarge. Es waren noch drei, vielleicht vier andere dabei – ein richtiger Raubzug! Sie haben meinen Eimer umgestoßen und alles!«

Sarge wirbelte zu mir herum. »Ist das wahr?«

»Ich ... Ja, Sir.«

»Was hattet ihr vor?«

»Kuchen und Eis stehlen, Sir.«

»Ich hab' die anderen nicht zu sehen gekriegt, Sarge. Es war dunkel, und sie haben unter Tischen und allem möglichen gesteckt. Aber dieser Typ kenn ...«

Sergeant Trammel warf sich zu ihm herum. »Ihr Name?«

»Lewis, Sir. Elton Lewis.«

»Gehen Sie an Ihre Arbeit, Lewis. Ich kümmere mich um die Sache.«

»Ja, Sir.« Der Ton des Matrosen war unüberhörbar gehässig. »Meine Arbeit besteht darin, hier sauberzumachen. Jetzt muß ich auch noch den Schlamassel beseitigen, den sie angerichtet haben. Der Stabsbootsmann sollte erfahren ...«

»Ja, das sollte er, und ich werde es ihm sagen. Sollte ich jetzt noch irgendwas von Ihnen hören, erwähne ich noch ein paar weitere Dinge. An die Arbeit!«

Grollend hob der Mann seinen Eimer auf und machte sich daran, die Pfütze aufzuwischen. Sarge funkelte ihn an, und der Matrose senkte schließlich den Blick.

»Kommando zurück, Seafort! Auf den Korridor, los!« Sarge trieb mich hinaus und knallte die Luke hinter uns zu. Kaum war sie geschlossen, packte er mich am Revers und stieß mich ans Schott. »Du nutzloses Abziehbild von einem Erstkläßler! Dir habe ich es zu verdanken, daß ich dem verdammten SBM schmeicheln muß!« Ich hatte ihn noch nie so wütend erlebt.

»Es tut mir leid, Sarge. Ich wollte nicht ...«

»Bah! Sonderaufgaben für den Rest des Schuljahres! Sechs Minuspunkte! Und das ist nur der Anfang! Wenn ich ...« Er brach ab. »Wer war bei dir?«

»Was? Noch ein paar Kadetten und ...«

»Die Namen, Seafort!« Er knuffte mich. Es tat nicht weh, aber ich hätte trotzdem am liebsten geheult. »Wer war dafür verantwortlich?«

Ich biß mir auf die Lippe. Bitte, Gott! Könntest Du

mich nach Hause, nach Cardiff befördern? Schenk mir ein Wunder, nur ein kleines!

»Bitte, Sir!« Wie konnte ich es ihm denn sagen ...

»Die Namen!« Er knuffte mich erneut.

»Ich überleg' ja!« schrie ich.

An seinen Augen erkannte ich, daß er erschrocken war, aber er ließ für einen Moment von mir ab. »Nun?«

Ich holte tief Luft. Es schien nicht zu reichen, und ich atmete erneut ein. »Befehl erhalten und verstanden, Sarge. Ich ... Ich sage es Ihnen nicht.«

Es dauerte einen Augenblick, bis mir die Ungeheuerlichkeit dessen richtig bewußt wurde. Ich zuckte zusammen, erwartete einen vernichtenden Schlag. Statt dessen ließ Sarge meine Jacke los. »Sehr gut, du hast dir dein Lager bereitet; jetzt schlaf auch darin. Geh in deine Unterkunft zurück, Junge. Ich werde dich melden.«

»Aye, aye, Sir.« Ich salutierte. Er reagierte nicht. Ich flüchtete den Korridor hinunter.

Am Morgen wurde mir verboten, gemeinsam mit den anderen zu frühstücken. Robbie Rovere brachte mir ein Tablett in die Unterkunft. Leise fragte er mich: »Ich soll nicht mit dir sprechen. Was ist passiert?«

Ich schluckte. »Ich stecke tief in Schwierigkeiten. Tu, was Sarge dir sagt.«

»Du bist erst lange nach ›Licht aus‹ zurückgekommen. Es heißt, du hättest ihm nicht sagen wollen, was du getan hast.«

Ich nickte. »Wir wollten ... Geh einfach zur Messe zurück, Robbie.«

Er nickte. »Yeah, das muß ich.« Da er niemanden sonst sah, umarmte er mich kurz. »Sag ihnen, was sie wissen wollen, Nick. Ich möchte, daß du neben mir stehst, wenn die Absolventenliste verlesen wird.« Verlegen eilte er hinaus. Zwei Stunden später kam Korporal Tolliver herein. Bis dahin hatte ich mich in einen solchen Zustand hineingesteigert, daß ich sogar seinen Anblick begrüßte. »Rück deine Krawatte zurecht, Seafort. Ich bringe dich ins Büro des Kommandanten.«

»Wozu?«

»Vielleicht, damit er dich zur Luftschleuse hinausschubsen kann? Woher soll ich das wissen, du Trottel?«

Mit zitternden Beinen sank ich auf die Koje zurück. Ich hatte noch nie Kommandant Kearseys Büro gesehen, und ich wollte es auch nicht. Mein Herz klopfte.

»Los, Seafort. Ich möchte wegen dir keine Probleme kriegen.«

Ich schloß die Augen und bemühte mich um eine Ruhe, die sich mir entzog. »Ja, Mr. Tolliver.«

Ich folgte ihm in den Verwaltungsbezirk, klamm vor Angst. Tolliver blieb vor der Außenluke des Kommandanten stehen, klopfte höflich und nahm Haltung an. »Kadettenkorporal Edgar Tolliver zur Stelle, Ma'am. Ich bringe wie befohlen Kadett Seafort.«

Die dunkelhäutige Frau klopfte auf ihre Konsole. »Schick ihn herein. Entlassen.«

»Aye, aye, Ma'am!« Tolliver salutierte, warf sich auf den Fersen herum und marschierte wieder auf den Korridor hinaus. Er winkte mich Richtung Luke. »He, Seafort . . .«

Ich blieb stehen. »Was?«

Tolliver musterte konzentriert das Wandschott. »Viel Glück«, sagte er endlich. Dann war er verschwunden.

»Setz dich dorthin.« Die Frau deutete auf eine Reihe von Stühlen mit harter Rückenlehne. Ich entschied mich für den am weitesten von Schreibtisch entfernten Platz – vor dem Schott zum Büroraum des Kommandanten.

Mit den Händen auf den Knien saß ich steif da und wartete auf meine Hinrichtung. Der diensthabende Sergeant blickte auf die Uhr und betätigte den Rufer. »Ich gehe für einen Moment nach unten, Sir. Der Kadett ist hier.«

»Sehr gut.«

Ohne einen weiteren Blick auf mich war sie verschwunden. In der plötzlichen Stille des Vorzimmers hörte ich die Konsole summen. Ich rutschte auf dem Stuhl herum, legte den Kopf ans Schott.

Stimmen. Beschämt beugte ich mich vor, aber nach einem Moment legte ich den Kopf wieder zurück und drückte das Ohr an die Trennwand.

»... hätte ich es in der Unterkunft regeln können, aber er verweigerte mir zweimal eine Antwort. Auf einen direkten Befehl hin!«

Kommandant Kearsey schlug einen scharfen Ton an. »Was haben Sie denn erwartet, Sergeant?«

Eine Pause. »Ich verstehe nicht, Sir.«

»Erkennen Sie denn nicht, was Sie getan haben?« Seine Stimme wurde leiser. Ich lauschte angestrengt. »... bringen wir diesen Teenagern bei, eine Gemeinschaft zu bilden, aufeinander achtzugeben! Darum geht es in der Flotte schließlich, nicht wahr? Wir sind Schiffskameraden. Wir kümmern uns selbst um unsere Probleme, zunächst innerhalb der Unterkunft, dann innerhalb des Stützpunktes, letztlich innerhalb der Raumflotte. Wir wenden uns nicht an Außenseiter um Hilfe.«

»Alles fängt damit an – den Befehlen zu gehorchen, Sir.« Sarge klang hartnäckig. »So hat man es mir beigebracht.«

»Natürlich tut es das, Trammel, und deshalb ist Ihr Fehler auch so schwerwiegend.«

»Ich bitte um Verzeihung, aber mir ist nicht klar, wo ...«

»Was haben Sie denn von dem Jungen erwartet, als Sie ihm befahlen, seine Kameraden preiszugeben? Natürlich wollten Sie herausfinden, wer hinter der Sache steckte. Sie hatten jedes Recht dazu. Aber das letzte, was Sie tun konnten, war, ihn geradeheraus nach den Namen zu fragen! Was denken Sie, wie er sich gefühlt hätte, wenn er Ihrem Befehl gehorcht hätte? Was hätten seine Saalgefährten von ihm gedacht?« Ich fuhr mir mit der Hand über die Augen, überwältigt von Gefühlen, von denen ich noch gar nicht gewußt hatte, daß ich sie hegte. Ich war mir nicht sicher, warum ich die Antwort verweigert hatte. Ich wußte nur ... Es war mir so vorgekommen, als hätte Vater mich durch die Luke beobachtet.

»Wie könnte ich die anderen Schuldigen denn sonst finden, Sir? Ich bin nicht der Herrgott, müssen Sie wissen!«

»Obacht da, das klingt schon beinahe nach Blasphemie! Sie hätten die anderen auffordern können, vorzutreten und ihre Schuld zu gestehen.«

»Und wenn sie es nicht getan hätten? Wir wären schlimmer dran gewesen als zuvor.«

»Ja. Also hätten Sie seine Kohorten genausogut vergessen und sich lieber mit dem Übeltäter befassen können, den Sie am Kragen hielten. Aber ihn zum Verrat aufzufordern ...«

»Gütiger Gott! Verrat nennen Sie das?«

»Ja, Sergeant, oder etwas, was verdammt dicht herankommt! Als Sie ihn aufforderten, Ihnen zuliebe seine Saalgefährten zu verraten, haben Sie ihn vor eine unmögliche Wahl gestellt.«

»Aber wir alle hier sind gemeinsam die Flotte, Sir, selbst Sie und ich!«

Kommandant Kearsey sagte ruhig: »Woher sollte er das jetzt schon wissen? Wir stehen so weit über ihnen, auf einer ganz anderen Ebene. Für den Moment besteht seine Flotte aus den Saalkameraden. Später wird er auch den Rest verstehen.«

»Ich ... Es ist nur so ... Ich war wütend, Sir, oder ich hätte es nie von ihm verlangt. Der umgekippte Eimer, dieser flegelhafte Matrose, der grinsend dort hockte. Ich wußte, daß er die Geschichte auf dem ganzen Unterdeck verbreiten würde.«

»Und Sie wollten, daß sich der Junge vor dem Putzmann nobel verhält. Nun, auf seine Art hat er es getan.«

Eine lange Pause. »Also werden Sie es ihm durchgehen lassen?«

»Eh? Nein, natürlich nicht. Ich kann es nicht, nachdem Sie die Sache vorgebracht haben. Ich muß Sie unterstützen.«

»Sie werden ihn doch nicht der Akademie verweisen, oder?«

»Seien Sie nicht albern. Ich finde es nicht schlimm, wenn die Kadetten mich für einen Menschenfresser halten, aber Sie sollten es besser wissen.«

Sarges Ton war jetzt nachdenklicher. »Seafort ist kein geborener Anführer, Sir. Es kann nicht seine Idee gewesen sein. Ich würde wirklich gern den Rädelsführer in die Finger kriegen, aber wir werden ihn nie mehr ausfindig machen.«

»Es war Thorne, wenn Sie es unbedingt wissen möchten.«

»Aber woher ...«

»Er hat sich heute morgen gestellt, als er hörte, daß Seafort erwischt wurde. Er sagte, er hätte dem Kadetten befohlen, bei der Sache mitzumachen. Ich habe ihm kein Wort geglaubt.«

»Ich werde diesem kleinen Halunken nie mehr vertrauen!«

»Oh, gehen Sie nicht so weit! Er wird sich höchstwahrscheinlich bessern. Ich habe ihn zu Zorn geschickt.« Ein Stuhl scharrte. »Benutzen Sie nächstes Mal Ihren gesunden Menschenverstand.«

»Aye, aye, Sir. Ist das alles?«

»Schicken Sie ihn rein.«

Die Luke ging auf. Sergeant Trammel kam heraus und sah, wie ich kerzengerade dasaß, die Hände auf die Knie gedrückt. »Der Kommandant möchte dich jetzt sehen.«

»Ja, Sir.« Ich stand auf, rückte die Mütze zurecht und marschierte hinein. Kommandant Kearsey musterte mich von seinem Platz am Schreibtisch aus mit stählernem Blick.

»Kadett Nicholas Seafort zur Stelle, Sir.« Ich salutierte und nahm Haltung an.

»So. Du bist also der unverschämte Bengel, der einen direkten Befehl seines Sergeanten verweigert hat.«

Meine Seiten waren feucht. »Ja, Sir.«

»Ich bin jedesmal enttäuscht, wenn ein Kadett in diese Kabine gebracht wird. Es bedeutet, daß wir unsere Arbeit nicht getan haben, daß wir es nicht geschafft haben, die Grundlagen zu vermitteln. Oder daß der Kadett ungeeignet ist und nie hätte aufgenommen werden dürfen.«

Irgendeine Reaktion schien gefragt. »Ja, Sir.«

»Ich habe nicht vor, diesen Punkt zu vertiefen. Statt dessen werde ich mich bemühen, dir beizubringen, daß Befehle ausnahmslos zu befolgen sind. Falls du den Abschluß machst, wirst du in der Position sein, Matrosen Befehle zu erteilen. Zuerst mußt du jedoch lernen zu gehorchen.«

»Ja, Sir.«

»Zieh die Jacke aus, setz die Mütze ab und plaziere beides auf dem Stuhl.« Ich tat wie geheißen. »Beug dich über den Schreibtisch. Leg die Hände unterm Kinn auf den Tisch. Bück dich.«

»Aye, aye, Sir.« Er hatte mich noch gar nicht angefaßt, aber die Demütigung war bereits niederschmetternd.

Kommandant Kearsey rollte den Stuhl zurück und stand auf. Er ließ sich Zeit, während er in die Ecke ging und den hölzernen Rohrstock zur Hand nahm, der dort lehnte.

»Bist du jemals aufs Faß geschickt worden?«

»Nein, Sir.«

»Eine Züchtigung ist nicht angenehm. Da ein Kadett jedoch nur nach einem beachtlichen Verstoß hierhergeschickt wird, muß meine Strafe eindringlicher ausfallen als die des ersten Leutnants. Kadett, rühr dich nicht, bis du wieder die Erlaubnis erhältst, dich zu bewegen.«

»Aye, aye, Si ...« Der Rohrstock prallte mit einem trockenen Knall auf. Ich schrie gellend auf. Mein Kopf fuhr hoch.

»Du solltest dich doch nicht rühren!«

»Ja, Sir!« Ich drückte den Kopf fest auf die Hände und hoffte, sie dadurch an Ort und Stelle zu halten. Der Stock landete ein ums andere Mal.

Als es endlich vorbei war, lag ich auf dem Schreibtisch, vollkommen fertig von der Anstrengung des Stillhaltens, und wurde von Schluchzern geschüttelt. Kommandant

Kearsey stellte den Stock weg und nahm meine Jacke zur Hand. »Steh auf.«

Ich richtete mich vorsichtig auf. Er half mir in die Jacke und drehte mich zur Luke um. »Jede Tat hat ihren Preis, Mr. Seafort. Sie haben Ihren gerade gezahlt. Die Schuld wurde beglichen.« Sanft schob er mich vorwärts. »Tun Sie weiter Ihr Bestes.«

»Aye, aye, Sir.« Wie ein Zinnsoldat schwankte ich aus seinem Büro hinaus, während ich dunkelrot war vor Demütigung und mir der Hintern brannte. Die junge Frau an der Konsole draußen beachtete mich nicht. Ich torkelte durch die Außenluke und schloß sie hinter mir. Auf dem Korridor sackte ich ans Schott und weinte.

In meiner blauen Kapitänsuniform strich ich sachte über das Bett, auf dem ich saß. Es war eine bittere Lektion gewesen. Sarge hatte mir die Mahlzeiten persönlich in die Unterkunft gebracht, bis ich den Messesaal wieder ohne Schmerzen aufsuchen konnte.

Ein Geräusch ertönte.

Ich blickte erschrocken auf. »Wer bist du?«

Der graugekleidete Junge nahm forsch Haltung an. »Kadett Johan Stritz zur Stelle, Sir!« Drahtig, muskulös, ein junges Gesicht, ein besorgter Blick.

»Wie lange beobachtest du mich schon?« fuhr ich ihn an.

»Es tut mir leid, ich ... Ich bin hereingekommen, Sir, und da saßen Sie hier. Ich wußte nicht, was ich ... Es tut mir leid!«

»Du nimmst gefälligst Haltung an, ob ich dich nun sehe oder nicht!«

»Ja, Sir! Aye, aye, Sir!«

»Stritz, hast du gesagt? Du bist der junge Dummkopf, der die Hand gegen einen Offizier erhoben hat?«

Er schluckte. »Ja, Sir!«

»Wäre ich nicht auf der Erde gewesen, hätte ich ... Ich hätte ... Kommando zurück!« Ich stolzierte hinaus.

Der Steward goß uns Kaffee ein und verließ das Konferenzzimmer. Ich musterte jeden der am Tisch versammelten Offiziere. »Womit fangen wir an?« Es war meine erste Stabssitzung auf Farside.

Für einen Moment sagte niemand etwas. Dann meldete sich Sergeant Obutu schüchtern: »Früher sind wir der Reihe nach um den Tisch vorgegangen, Sir. Normalerweise machte die Instandhaltung den Anfang.«

»Sehr gut. Beginnen Sie.«

Leutnant Crossburn schaltete sein Holo ein und sichtete die Notizen. Als er schließlich aufblickte, wandte er sich mehr an die anderen als an mich. »Aus irgendeinem Grund verzögern sich die Nachschublieferungen, ungeachtet meiner wiederholten Anrufe in Lunapolis. Wir sollten eigentlich alle paar Wochen frisches Gemüse erhalten, um den Ertrag der Hydroponik zu ergänzen. Seit zwei Monaten ist jetzt jedoch nichts mehr eingetroffen.« Er wartete auf eine Reaktion.

»Und?« fragte ich kurz angebunden.

»Was möchten Sie in dieser Frage unternehmen?« Vielleicht war das als Herausforderung gedacht.

»Sind unsere Vorräte knapp?«

»Nein. In Anbetracht der Tiefkühllebensmittel und der Hydro ...«

»Rufen Sie erneut an. Sonst noch was?«

Er machte ein mürrisches Gesicht. »Vom Unterdeck kommen Beschwerden über Fähnriche in den Wartungskorridoren. Manchmal lassen sie einfach Softdrinkpack ...«

»Mr. Paulson, sprechen Sie mit Mr. Keene, damit die Fähnriche in Zukunft hinter sich aufräumen.« Ich hatte nicht vor, den Fähnrichen zu verbieten, in den Korridoren herumzuhängen; Gott allein wußte, welche Treffpunkte sie sich sonst gesucht hätten.

»Aye, aye, Sir.«

Mein erster Leutnant, dessen Haare allmählich grau wurden, machte sich eine Notiz.

Crossburn zuckte hilflos die Achseln. »Ich habe von

Kommandant Kearsey nie eine Antwort auf den Plan zur Kontrolle der Instandhaltung erhalten, den ich ihm vorgelegt hatte, Sir. Vor zwei Wochen habe ich auch bei Ihnen eine Kopie eingereicht.«

Ich grunzte. »Sehr schön, ich kümmere mich darum.« Ich vermutete, daß das Thema mit einer kurzen Durchsicht erledigt sein würde. »Die Systeme?«

Leutnant Paulson setzte sich zurecht, als wäre er müde. »Nichts Neues, Sir. Sämtliche Basissysteme arbeiten korrekt, und die Übungsstation ist im Moment geschlossen.«

»Bis wann?«

»Der Plan sieht vor, daß Hillmans Kadetten in drei Wochen hinauffliegen.«

»Sehr gut.«

Crossburn blickte mit wichtigtuerischer Miene auf. »Wann haben Sie vor, die Station zu inspizieren, Sir?«

»In ein oder zwei Tagen. Warum?«

»Wenn Sie nicht auf Sergeant Hillman warten, werde ich alles vorbereiten müssen.« Nun, daran konnte ich nichts aussetzen, aber bei dem selbstzufriedenen Ton juckte es mich ... Ich wußte nicht, wozu.

»Nächstes Thema?«

Leutnant Ngu Bien überwachte den Unterricht in den Klassen. »Die Zensuren liegen im laufenden Monat etwas über dem Durchschnitt, Sir. Alles in allem, keine Probleme.«

»War es das?«

»Ja, Sir.«

»Na, das ging ja schnell. Mr. Pau ...« Sergeant Obutu räusperte sich. »Ja, Sarge?«

»Verzeihen Sie mir, wenn ich unterbreche, aber vielleicht könnten Sie sich einmal die einzelnen Höhen und Tiefen jeder Klasse anschauen.«

Leutnant Bien belohnte sie mit einem frostigen Blick. »Hat das irgend etwas mit Ihren Verwaltungsaufgaben zu tun, Sergeant?«

Ms. Obutu zeigte darauf kaum eine Reaktion. Nur ich

konnte die geballte Faust unter der Tischkante sehen. »Nein, Ma'am, das hat es nicht.«

»Nun, dann ...«

Ich überging sie. »Ein guter Punkt, Ms. Bien. Sarge ist nur eine bessere Sekretärin und hat sich da nicht einzumischen.« Sergeant Obutu preßte die Lippen zusammen. Ich achtete auf einen unbekümmerten Tonfall. »Nebenbei, Ms. Bien, würden *Sie* mir vielleicht die einzelnen Höhen und Tiefen der Klassen zeigen?«

Bei diesem Verweis wurde sie rot. »Ja, Sir, natürlich.«

Während sie ihre Unterlagen durchsah, begegnete Sergeant Obutu meinem Blick. Ich zeigte ein ungerührtes Gesicht, aber kurz bevor ich mich wieder abwandte, zuckte mein Augenlid.

»In Navigation zwei, Sir, hat Kadett Alicia Johns die besten Zensuren; die hat sie meistens. Jerence Branstead belegt den zweiten Platz. Zwei sind diesmal durchgefallen – ahm, Arnweil und Stritz.«

Leutnant Paulson warf ein: »Ich glaube, das ist unter Kontrolle. Ihre Saalsergeanten haben Nachhilfeunterricht arrangiert.«

»Gemeinsam mit der üblichen Streichung der Privilegien. In Geschichte schneiden Benghadi, Guevire und Boland am besten ab. Am unteren Ende finden wir Kyle Drew und Kevin Arnweil.«

»Drew?« Ich dachte nach. »Woher kenne ich den Namen?«

»Er war in den Todesfall verwickelt, Sir«, sagte Paulson.

»Nein, das war Arnweil. Er ist zur Schleuse gerannt, während ...« Ich schnalzte mit den Fingern. »Der andere!« Der Junge, dessen übereifriger Start den Tod von Edwards verursacht hatte.

»Ja, Sir.«

Ich trommelte auf den Tisch. »Sehen wir uns mal die Ergebnisse von Arnweil, Drew und Stritz während der letzten drei Monate an.«

Er tippte Zahlen ein; wenig später leuchtete der Bildschirm auf. Die Zensuren aller drei Kadetten waren förmlich abgestürzt.

»So läuft das nun mal, Sir. Sie werden sich früher oder später wieder aufrappeln oder ...«

»Ja?«

»Oder ausscheiden.«

Jent Paulson wollte etwas einwerfen, aber ich schüttelte den Kopf. Wenig später sagte ich: »Konferenz beendet. Wir machen heute nachmittag weiter. Mr. Paulson, ich möchte einen Bericht über alle Kadetten erhalten, die Schwierigkeiten haben. Sprechen Sie selbst mit den Ausbildern, unterbrechen Sie notfalls den Unterricht. Reden Sie auch mit den Saalsergeanten. Manche Probleme zeigen sich vielleicht nicht in den Zensuren.«

»Aye, aye, Sir. Möchten Sie ... Ich meine, machen wir Hausputz, Sir?«

»In gewisser Weise.« Ich verließ die Runde und kehrte ins Büro zurück. Nachdem ich eine halbe Stunde lang vor mich hingebrütet hatte, raffte ich mich auf und rief Sergeant Obutu herein.

»Sarge, noch einmal zur Konferenz: Weshalb Ihre Frage?«

»Es tut mir leid, wenn ich mich ...«

»Lassen Sie das. Was war Ihre Absicht?«

Sie lehnte sich zurück und klammerte die Hände um ein Knie. »Sir, sie hat mich mit diesem Gerede über Mittelwerte geärgert. Wir lehren hier keine Durchschnittswerte, wir bilden Kadetten aus.«

»Weiter.«

»Es geht mich eigentlich nichts an, aber die Kids, ah, reden manchmal mit mir. Vielleicht, weil ich eine Frau bin.« Sie wurde rot, als wären mütterliche Züge mit ihren Dienstpflichten unvereinbar. Vielleicht waren sie das. »Ich traf Kyle Drew dabei an, wie er Korridore wischte, zwei Tage nach – dem Unfall.« Sie lächelte entschuldigend. »Er fuhr mit seiner Arbeit fort, aber ich sah eine Zeitlang zu und plauderte mit ihm. Er war Edwards' Saalkamerad, wissen Sie?«

»Er trägt eine schwere Last.«

Eindringlich fuhr sie fort: »Sie können sich gar nicht vorstellen, wie schwer. Kyle beharrte darauf, er wüßte, daß es nicht seine Schuld war, und doch fing er nur einen Augenblick später an zu weinen und hörte gar nicht mehr auf.«

Ich seufzte. »Wie sind Sie dann vorgegangen?«

»Ich habe ihm die Schulter getätschelt und bin meines Weges gegangen, achtete aber darauf, ihn später am Abend wiederzusehen. Seitdem habe ich noch zweimal mit ihm gesprochen.«

»Sie sollten Psychologin werden.«

»Der Herrgott bewahre! Die Sache ist die – er ist nicht der einzige, Sir. Sie tun so, ich meine, wir – die Flotte – tun so, als hätten wir es mit Erwachsenen zu tun. Aber es sind nur Kinder, die etwas über das Erwachsensein zu lernen versuchen.«

»Ich weiß.«

Meine Worte waren kaum zu hören.

»Manchmal, wenn ich in diesem Vorzimmer sitze und sie aus dem Büro des Kommandanten kommen, jetzt Ihres, sehe ich den Blick in ihren Augen – die Schuldgefühle, die Scham . . . Manchmal glaube ich, Sie wissen gar nicht, wie sehr die sich bemühen, es Ihnen recht zu machen.«

»O doch! Glauben Sie mir!«

»Ich erinnere mich an einen solchen Kadetten vor vielen Jahren, einen tapferen Jungen. Er weinte draußen auf dem Korridor, als er glaubte, niemand könnte ihn hören.«

Nach einem Moment erwiderte ich ihren Blick. »Das waren Sie?«

Sie blickte zu Boden, als wäre sie schüchtern. »Ich war damals jünger. Ich wollte aber keine alten . . .«

»Ich hatte einen solchen Schrecken, ich wußte kaum, wo ich war.« Ich dachte nach. »Sie sind eine gute Frau, Ms. Obutu.«

»Danke.«

Ein Moment verging. Ich sagte: »Sie ist ein Esel, nicht wahr?«

Sergeant Obutu wirkte schockiert. »Ms. Bien? Na ja, es wäre unhöflich, Ihnen nicht zuzustimmen.« Aber dann schüttelte sie den Kopf. »Nein, das war falsch. Ich stimme Ihnen wirklich nicht zu. Es klingt dumm, was sie sagt, ja, aber vielleicht kann sie einfach nicht über den Papierkram hinausblicken. Vielleicht würde sie anders reagieren, wenn sie mit einem wirklichen Kadetten, einem wirklichen Problem konfrontiert wäre.«

Ich schämte mich sowohl der Unbesonnenheit als auch der mangelnden Nachsicht. »Ja. Sehr gut. Entlassen.«

Erneut saßen wir im Konferenzzimmer zusammen. Ich schaltete das Holo aus; die trockenen Statistiken verschwanden. »Zusätzliche Arbeit, um Drew geistig zu beschäftigen. Was können wir sonst noch für ihn tun?«

Paulson zuckte die Achseln. »Was wäre denn überhaupt noch möglich, Sir?« Ein guter Punkt. Die Akademie hatte ihre Routine, und da sollten wir lieber nicht eingreifen. Trotzdem nagte etwas an mir, und ich war mir nicht sicher, was.

»Schauen wir mal, ob sein Sergeant eine Antwort weiß.«

»Verzeihung, Sir?«

»Radz. Rufen Sie ihn herein.«

»In eine Stabskonferenz?« platzte Crossburn hervor. »So machen wir das aber ...«

»Er gehört zum Stab, oder nicht?« Ich winkte den Einwand ab. »Ms. Obutu, rufen Sie ihn bitte.«

Ein paar Minuten später setzte sich Sergeant Radz auf den Platz, den ich ihm anwies. Ich faßte unsere Diskussion zusammen. »Wie lautet Ihre Meinung, Sarge?«

»Ja, er ist launisch, aber das sind sie in diesem Alter alle. Wer kann schon sagen, warum?«

»Sie denken also, daß er von selbst wieder da herauskommt?«

Radz machte ein grimmiges Gesicht. »Wenn er Fähnrich werden möchte, bleibt ihm nichts anderes übrig.«

Ich stand auf, ging ein paar Schritte und studierte die Fugen des Schotts. »Aber denken Sie nicht ...«

Paulson räusperte sich. »Die Frage lautet, welchen Ansatz man wählt, und die Philosophie der Flotte ist eindeutig. Sie schwimmen entweder aus eigener Kraft oder gehen unter. Edwards' Tod war eine Tragödie, aber Drew muß lernen, damit fertig zu werden.«

Radz warf ein: »Wenn man es genau nimmt, Sir, sind wir Lehrer, keine Kindermädchen. Wir können Kadetten ermutigen, aber ihnen nicht über die ganze Karriere hinweg die Hand halten. Je schneller sie das begreifen, desto besser. Falls Kyle Drew sich wirklich in seine Arbeit stürzt, kann er immer noch zusammen mit seinen Kameraden den Abschluß schaffen. Ansonsten bleibt er entweder sitzen oder wird fortgeschickt.«

»Einfach so?«

»Nein, Sir, nicht einfach so. Ich habe mit ihm lange Spaziergänge durch die Korridore unternommen, ebenso wie mit Arnweil. Er zuckt dabei nur die Achseln und schließt sich immer dichter ab, bis ich ihn am liebsten schütteln möchte. Und wenn überhaupt, dann geht es dem Arnweil-Jungen noch schlechter als Drew; er stand Edwards näher. Sie beide wußten, daß die Flotte eine ernste Sache ist, als sie ihr beitraten.«

Leutnant Crossburn machte sich bemerkbar. »Falls ich das sagen darf, Sir ...«

»Sie dürfen nicht. Ich habe kein Interesse an dem, was Sie zu sagen haben.«

»Ich ... Aye, aye, Sir.« Er zeigte offen, wie verletzt er war.

Ich seufzte. »Ihr gemeinschaftlicher Rat lautet, sich nicht weiter einzumischen. Wahrscheinlich haben Sie recht.« Mehr als wahrscheinlich. Einhundertsiebzig Jahre Flottentradition bekräftigen ihre Haltung. »Sehr gut. Halten Sie mich auf dem laufenden.«

9.
Kapitel

Am nächsten Morgen zog ich mir den Raumanzug an und begleitete Leutnant Bien und zwei Sergeanten nach draußen, um einer weiteren Übung zuzusehen. Ich sagte wenig, überwachte die unsicheren Schritte der Kadetten wie eine Mutterhenne und hielt mich für einen weiteren schrecklichen Unfall bereit. Als wir die Schleuse wieder nach innen durchquerten, war ich erschöpft und reizbar.

Ich öffnete den Raumanzug, hängte ihn wieder in einen Spind und war mir dabei vage bewußt, daß die Kadetten – von denen ich eigentlich erwartet hätte, daß sie vor lauter angesammelter Spannung schwatzten – ungewöhnlich still waren. Ein Junge ließ den Helm fallen, der laut aufs Deck klapperte. Er schrumpfte unter meinem Blick förmlich zusammen. Was war nur los mit ihnen? Hatte Edwards' Tod sie alle eingeschüchtert? Sobald wir unter uns waren, fragte ich Leutnant Bien danach. Sie lächelte schief. »Ja, sie sind eingeschüchtert, Sir. Aber nächstes Mal werden sie okay sein.«

»Warum sind Sie da so sicher?«

»Weil Sie nicht mitkommen werden.« Ihr Lächeln wurde breiter. »Haben Sie nicht gesehen, wie die Kadetten auf Zehenspitzen herumgetappt sind? Wie sie Sie draußen im Auge behalten haben? Sie haben richtig Angst vor Ihnen.«

Ich grunzte. Es war verständlich, vielleicht sogar passend. Trotzdem fand ich es beunruhigend. Dieser schwer faßbare Gedanke führte mich allerdings nirgendwohin.

Am Abend wies ich Sergeant Obutu an, meinen Flug hinauf zur Übungsstation zu organisieren. Die Zustimmung der Admiralität brauchten wir dafür nicht; die Station unterstand meiner Befehlsgewalt, und wir hatten ein eigenes Minishuttle. Ich konnte bleiben, solange ich wollte, und dann wieder das Shuttle rufen, damit es mich zur Basis zurückbrachte.

Ms. Obutu rief zurück, als ich gerade zu Bett ging. »Morgen, gleich nach dem Frühstück. Mr. Trayn ist Ihr Pilot.«

»Sehr gut.«

Als ich dann im Bett lag, dachte ich an Annie. War es zu spät, um sie anzurufen? Sollte ich überhaupt Kontakt mit ihr aufnehmen, oder war es am besten, wenn ich abwartete? Würde ich jemals wieder wirklich verheiratet sein? Ich versank in unruhigen Schlaf.

Am Morgen zog ich mich an, suchte den Messesaal auf und marschierte zu meinem Platz. »Gentlemen, setzen Sie sich!« Vierhundertachtzig Kadetten nahmen fast wie ein Mann Platz. »Guten Morgen.« Ich griff nach dem Kaffee.

»Morgen, Sir.« Jent Paulson goß für uns beide ein.

»Wo sind die anderen? Ms. Bien? Mr. Crossburn?« Ich kaute auf einem Frühstücksbrötchen.

»Ms. Bien wechselt routinemäßig nach Devon, Sir. Wahrscheinlich wartet sie gerade auf Station Earthport auf Ihren Flug. Ich glaube, Mr. Crossburn überprüft gerade Ihr Shuttle.« Er zögerte. »Haben Sie heute morgen das Logbuch durchgesehen, Sir?«

»Ich war noch nicht im Büro.«

»Tenere ist wieder fürs Faß gemeldet worden. Zehn Minuspunkte. Ich habe ihn angewiesen, draußen zu warten, damit ich nicht zu spät zum Frühstück kam.«

»Adam?« Ich empfand einen Stich von Schuldgefühl. Ein Teil seiner Minuspunkte stammte von mir. »Mr. Paulson, könnten Sie es bei ihm mit Zurückhaltung machen?« Was tat ich hier? Der Junge hatte sich die Minuspunkte schließlich zuzuschreiben.

»Aye, aye, Sir, wenn Sie wünschen.« Mehr sagte er nicht. Vielleicht mischte ich mich in seine Vorrechte ein, aber ein Kapitän, jeder Kapitän, durfte nun mal seinen Kopf durchsetzen.

»Warum?« fragte ich plötzlich.

»Hm? Die Minuspunkte? Ms. Bien verpaßte ihm die letzten, ehe sie das Shuttle nahm. Hatte etwas mit Johan

Stritz zu tun; seinetwegen kam der Kadett zu spät zum Unterricht. Die Einzelheiten kenne ich nicht.«

Ich grunzte. Was hatte Stritz mit Adam Tenere zu tun? Es war ein Zeichen von schwacher Disziplin, wenn Fähnriche mit Kadetten Umgang pflegten. Ich dachte an Jeff Thorne und schüttelte den Kopf. Trotzdem hatte Ms. Bien wahrscheinlich überreagiert. Indem ich Paulson gebeten hatte, sachte zu Werk zu gehen, hatte ich den größten Teil des Schadens behoben, aber ich empfand trotzdem eine anhaltende Unruhe.

»Was ist mit dem Stritz-Jungen?«

»Ich habe keine Ahnung. Ich könnte mir vorstellen, daß Ngu ihn zu seinem Sergeanten geschickt hat.«

Ich nippte an meinem Kaffee. Stritz hatte schon genug Probleme, und wenn Tripole so unversöhnlich war wie Radz, stand dem Jungen noch mehr Elend bevor. Ich nahm mir vor, mich darum zu kümmern, sobald ich von der Station zurück war.

Nach dem Frühstück trug ich meine Reisetasche zur Luftschleuse und spürte eine vage Depression darüber, daß ich unsere Personalprobleme nicht in den Griff bekam.

Das Shuttle war angekoppelt und bereit. Erster Fähnrich Thomas Keene stand parat, um die Schleuse nach unserem Abflug zu sichern. Neben ihm stand Ardwell Crossburn.

»Bereit, Sir?« Der untersetzte Leutnant lächelte höflich.

Ich drehte mich um. »Ja, Mr. Crossburn. Auf Wiedersehen.«

»Auf Wiedersehen? Ich komme doch mit, Sir!«

»Den Teufel werden ... Das wird nicht nötig sein.«

Crossburn wirkte entsetzt, während Fähnrich Keene den Vorgang interessiert verfolgte. »Sie können nicht allein fliegen, Sir! Die Station ist abgeschaltet. Jemand muß die Anlagen hochfahren, die Dinge ... Wer sollte sonst Ihre Mahlzeiten zubereiten?«

»Sie nicht, Mr. Crossburn.« Eher hätte ich den Flug abgesagt.

»Wie Sie meinen, Sir. Gestatten Sie mir jedoch den Hinweis, daß ich als Instandhaltungsoffizier weiß, wo die Stationsvorräte gelagert sind. Soll ich statt dessen Mr. Paulson rufen?«

»Nein, er hat zu tun.« Ich war brüsk. Warum hatte mir niemand gesagt, daß Crossburn mitkommen würde? Warum hatte ich nicht gefragt? »Ich komme allein zurecht, denke ich.«

»Sir, seien Sie doch vernünftig! Was, wenn irgendwas schiefgeht?«

Er hatte recht, aber beim Gedanken an seine Gesellschaft wurde mein Ton scharf. »Also gut, dann. Holen Sie Ihre Sach ...« Ich brach ab.

Meine Idee war vielleicht unorthodox, aber sie würde ein weiteres Problem lösen. Ich nahm den Rufer an der Luke ab und wählte Paulsons Kabine. Keine Antwort. Gut; ich kam nicht zu spät.

Ich drehte mich zu dem wartenden Fähnrich um. »Laufen Sie hinunter zu Leutnant Paulsons Kabine; Adam wartet davor. Er soll seine Tasche packen und sich hier bei mir melden. Falls Sie Mr. Paulson sehen, richten Sie ihm aus, ich hätte gesagt, daß Mr. Teneres Züchtigung warten kann.«

Der erstaunte Fähnrich wußte es besser, als mir Fragen zu stellen. »Aye, aye, Sir.« Er lief los.

Ich rief ihm hinterher: »Beeilen Sie sich, um Adams willen!« Paulson würde jetzt jede Minute zurückkommen. Der Fähnrich raste den Korridor hinunter; alle Laufverbote waren durch meine erhabene Befehlsgewalt außer Kraft gesetzt.

Ardwell Crossburn räusperte sich. »Sicherlich haben Sie nicht vor, nur einen Fähnrich als ...«

Ich legte die Hand auf die Luke und seufzte. »Ardwell, seien Sie still. Ich schwöre, daß ich ... Halten Sie einfach den Mund.«

»Aye, aye, Sir. Ich muß Sie darüber informieren, daß ich eine schriftliche Beschwerde bei der Admiralität einreichen werde, was diesen ...«

»Schön. Tun Sie das.« Falls Admiral Duhaney mich absetzte, um so besser. Etliche Minuten verstrichen in unbehaglichem Schweigen, bis die beiden atemlosen Fähnriche auftauchten.

»Fähnrich Tenere zur ...«

»Haben Sie Ihre Sachen? Gut. Steigen Sie ins Shuttle, wir fliegen zur Übungsstation.«

»Aye, aye, Sir.« Adam zeigte sich weniger überrascht, als ich erwartet hatte; anscheinend hatte ihn Keene vorgewarnt. Gut. Es war auch Keenes Job, sich um seine Fähnriche zu kümmern.

Wir stiegen an Bord und setzten uns. Das Minishuttle war gerade groß genug für eine Saalschaft Kadetten, die zwischen der Station und der Basis Farside unterwegs war. Bei größeren Gruppen mußten wir die Dienste des Armee-Transportwesens auf Station Earthport in Anspruch nehmen.

Der Pilot vertiefte sich in die Berechnung von Gewicht und Flugbahn. Adam schnallte sich an. »Darf ich etwas sagen, Sir?«

Von Fähnrichen wurde eigentlich erwartet, daß man sie zwar sah, aber nicht hörte. Andererseits hatte ich Tenere zu einer Sonderaufgabe in meiner Begleitung abkommandiert. Wieso seine Gesellschaft suchen, wenn ich vorhatte, ihn auf die traditionelle Art und Weise zu ignorieren? »Nur zu.«

»Darf ich fragen ... Ich meine ...«Er lächelte schwach. »Was werden wir ... Warum bin ich hier, Sir?« Ich zog eine Braue hoch. »Das heißt, ich weiß, daß Sie es mir befohlen haben, aber ...« Er probierte es erneut. »Verzeihen Sie, Sir, ich wollte nicht, daß es so klingt. Ich wollte nur ...«

Ich schwieg, bis er verwirrt aufhörte. Kein Wunder, daß Ms. Bien den Jungen zum Faß geschickt hatte; noch etwas mehr unsinniges Geplapper, und ich hätte ihm selbst den Rohrstock verabreicht. Selbst Ardwell Crossburns Gesellschaft wäre mir lieber gewesen.

Der Pilot rief: »Bereit zum Start, Sir! Achtung!« Ich

winkte ihm zu und klammerte mich am Sitz fest, obwohl ich wußte, daß die Beschleunigung von Luna aus kaum mit dem atemberaubenden Andruck zu vergleichen war, den man brauchte, um sich aus dem besitzergreifenden Zugriff der Erdschwerkraft zu befreien.

Ich lehnte mich zurück, schloß die Augen und spürte, wie wir Höhe gewannen. Nach etlichen Minuten wurde der Rumpf ruhig. Ich setzte mich wieder aufrecht und löste den Gurt. Auf dem Platz neben mir bemühte sich Adam Tenere darum, nicht meine Aufmerksamkeit zu erregen.

Ich seufzte. Ich mußte mit ihm zurechtkommen, wobei es mehr um mich als ihn selbst ging. »Mr. Tenere, dieses Verhalten war beschämend.«

»Ich ... Ja, Sir. Es tut mir leid. Ich werde nichts mehr sagen.« Er verschränkte die Hände fest auf dem Schoß.

»Nicht zufriedenstellend.«

»Ja, Sir!« Winzige Schweißperlen glänzten auf seiner Stirn. »Was verlangen Sie von mir, Sir?«

»Stellen Sie die Frage, die Sie vor dem Start im Sinn hatten.«

»Ich wollte wissen, warum wir hinauffliegen. Ich wollte nicht über die Stränge schlagen, Sir!«

»Sehen Sie mich an, Junge.« Sein Kopf fuhr herum. Ich packte ihn am Handgelenk und zog seine Hand an meine Brust. Er riß sie zurück, als hätte er sie sich verbrannt, obwohl er mir weiterhin fest in die Augen blickte. »Ich bin Ihr Kommandant, nicht der liebe Gott. Man hat mir die Macht gegeben, Sie zu schlagen, Sie sogar zu entlassen. Das ist jedoch kein Grund, wie ein Idiot zu stottern!«

»Verzei ...« Er schluckte. »Bitte!« Ein gequälter Schrei.

»Wenn Sie um Verzeihung bitten ...« Nein, so ging das nicht. Ich zwang mich zu einem ruhigen Tonfall. »Adam ...« Ich wünschte, ich hätte gewußt, wann es reicht. Jetzt mußte ich mit ihm über Dinge sprechen, die mir zuwider waren.

»Wie haben Sie sich gefühlt, als Sie hörten, daß ich

Kommandant werden würde?« Ich wandte mich ihm zu, um sein Gesicht zu studieren.

Er murmelte: »Ich war – stolz, Sir. Wir alle waren es. Ich konnte gar nicht glauben, daß ich tatsächlich unter Ihnen dienen würde.«

»Warum?«

»Das wissen Sie doch! Sie sind ein Held!«

»Das behauptet man. Warum?«

»Wie tapfer Sie waren. Die Dinge, die Sie getan haben.«

Ich schnaubte. »Ich hatte solche Angst, daß ich glatt in die Hose machte.«

»Aber das hat Sie nicht aufgehalten.«

»Als ich Sie zum Shuttledock rief, wo waren Sie da?«

»Vor Leutnant Paulsons Kabine, Sir.«

»Und haben auf den Stock gewartet.« Er nickte. »Hatten Sie Angst?«

»Es tut weh!« Er wandte sich ab und starrte zum Bullauge hinaus. »Natürlich hatte ich Angst.«

»Aber Sie haben den Stock auch früher schon erhalten. Sie wissen, daß Sie es ertragen können.«

Er antwortete leise: »Ja, Sir.«

»Wenn ich nun von Ihrer Idiotie genug hätte und Sie entlassen würde, was dann? Brächten Sie sich dann um?«

»Was?« Er riß den Mund auf.

»Würde Ihr Vater je wieder mit Ihnen sprechen? Wäre Ihr Leben vorbei?«

Adams Ton war gepreßt. »Doch, Sir, er würde wieder mit mir reden. Er würde mich noch genauso lieben wie jetzt. Und mein Leben wäre nicht vorbei.«

»Also, Sie kennen jetzt das Schlimmste, wozu ich in der Lage bin, und wissen, daß Sie es ertragen würden. Jetzt können auch Sie ein Held sein.«

Der Zorn des Jungen wich der Verwirrung. »Ich verstehe Sie nicht, Sir.«

»Dieser berühmte Vorfall mit der *Challenger*, als ich den Fisch gerammt habe. Ich hatte einfach entschieden zu handeln, und alles weitere ergab sich daraus. Es war ein Würfelwurf, verstehen Sie? Oder als ich die Orbitalstation hochjagte. War das Heldentum? Ich habe nicht mehr geschwankt, das war alles. Ich hatte beschlossen, Verrat zu begehen, um diese verdammten Fische loszuwerden, und tat es.« Ich wandte mich ab, schämte mich zu sehr, um ihm in die Augen zu blicken.

Nach einem Moment zwang ich mich dazu, fortzufahren: »Es ist lächerlich zu denken, man müßte ein Held sein, um ohne Gestotter mit mir zu reden, aber es geht folgendermaßen: Machen Sie den Mund auf, sagen Sie, was Sie sagen möchten, und schließen Sie ihn wieder. Von dem Augenblick an, als Sie gefragt hatten, ob Sie etwas sagen durften, waren Sie festgelegt.«

»Ich war mir nicht sicher, ob ... Ich meine, ich dachte, Sie wären vielleicht wütend.«

»Dann halten Sie gleich ganz den Mund. Sie können nicht gleichzeitig sprechen, sich dafür entschuldigen und den Mund halten.«

»Ja, Sir. Danke, Sir.«

Ich hätte ihn am liebsten geohrfeigt. »Haben Sie es immer noch nicht kapiert? Um überhaupt jemandes Respekt zu genießen, sei es meinen oder Ihren eigenen, mußten Sie Ihre Frage vollständig stellen. Wenn Sie das nicht begreifen, hat die Flotte keinen Platz für Sie.«

Er verdrehte das Revers seiner Jacke und flüsterte: »Sie verstehen mich nicht. Ich ... Ich hatte Angst.«

»Adam, wir alle haben Angst. Angst hat nichts damit zu tun, wie Sie handeln!« Ich wandte mich ab. Ich hatte versagt und dabei mehr von mir selbst offengelegt, als mir recht war.

Sollte er ruhig in seinem Saft schmoren. Sobald wir zurück waren, würde ich ihn mit unbefriedigendem Bescheid zur Erde schicken. Ich fischte mein Holovid aus der Reisetasche.

Adam Tenere sackte kläglich ans Bullauge. Als er glaubte, daß ich nicht mehr auf ihn achtete, wischte er sich eine Träne ab.

Ich versuchte, die Übungsstation zwischen den Lichtpunkten zu erkennen, die wie Nadelspitzen auf schwarzem Tuch funkelten. Natürlich entdeckte ich sie nicht. Ich hatte nicht die leiseste Idee, wo ich überhaupt hinsehen sollte. »Wie lange noch, Pilot?«

»Neunzehn Minuten, Sir.« Er deutete nach Steuerbord. »Man kann sie sehen.«

Ich grunzte.

»Warten Sie, ich schalte da drüben das Licht an.« Er aktivierte den Rufer und tippte einen Code ein. Ein Augenblick verstrich, dann leuchteten in der Ferne Lichter auf.

Die Akademie-Übungsstation hatte kaum Ähnlichkeiten mit Earthport, unserem riesigen Tor zu den Sternen. Earthports Lagerhäuser quollen über von Erzen und Lebensmitteln, mit denen unsere Kolonien die Wirtschaft der Erde fütterten; aus ihren Docks strömten sogar zur Zeit noch Kolonisten und Verwalter zu den besiedelten Welten, ungeachtet der neuen Bedrohung durch die Fische.

Unsere Übungsstation war nur eine einzelne Scheibe, und obendrein eine kleine. Obwohl elf Fusionsboote längsseits vertäut waren, nahmen die beiden Docks nur zwei Boote zugleich auf.

Die auf Schlichtheit hin ausgelegte Station verfügte über keine Hydroponik und nur über primitive Messeeinrichtungen. Die wenigen Kabinen waren gedrängt voll mit Kojen, wo Kadetten so dicht aufeinander schliefen wie in der Fähnrichskabine eines Schiffes. Die Energie der Station stammte nur aus Solarzellen.

Ich war erst einmal in meinem Leben hiergewesen, elf Tage lang, zusammen mit meiner Gruppe und zwei wachsamen Ausbildern. Es war ein komisches Gefühl, auf eigene Faust zurückzukehren, aber es war unwahrscheinlich, daß ich Schwierigkeiten haben würde. Die Station diente nur einem Zweck: Kadetten unterzubringen, die gerade auf den Fusionsbooten ausgebildet wurden, und anschließend wieder abgeschaltet zu werden.

Pilot Trayn lenkte uns näher heran. Ich sah kurz zu und kehrte zu meinem Platz zurück, um darauf zu warten, daß wir eine Ruheposition im Vergleich zur Station erreichten. Endlich trafen die Schleusen aufeinander, und unsere Verschlüsse hefteten sich fest an ihre Gegenstücke an der Station.

Ich stand auf. »Ziehen Sie den Raumanzug an, Mr. Tenere.« Ich stieg unbeholfen in meine eigene Ausrüstung, während der Junge die Prozedur mit geschmeidiger Eleganz absolvierte. Obwohl die Station mit Luft gefüllt war, überprüfte ich sorgfältig die Helmklammern und achtete darauf, daß meine Sauerstoffanzeige im grünen Bereich stand.

Der Pilot, der bereits im Raumanzug steckte, leitete den Austauschzyklus der geschlossenen Schleuse ein. Da er vollen Luftdruck an Bord der Station erwartete, machte er sich nicht die Mühe, die Schleuse ganz leerzupumpen, sondern packte nur für alle Fälle den Sicherungsgriff. Unsere Außenluke glitt auf, ebenso die der Station. Anschließend befestigte der Pilot das stählerne Sicherungstau.

Unmittelbar vor der Luke packte ich den Fähnrich an den Schultern, drehte ihn herum und kontrollierte seine Klammern. Wie ich erwartet hatte, waren sie alle sicher verschlossen. Ein Offizier war für seine eigene Sicherheit verantwortlich, aber bei dieser Vorsichtsmaßnahme fühlte ich mich doch besser.

Wir durchquerten die Schleuse und betraten die Station. Der Pilot schaltete seinen Funk ein. »Soll ich warten, während Sie hier alles kontrollieren, Sir?«

Wenn der Kommandant nicht wußte, wie man die Station hochfuhr, wer dann? »Nein, kehren Sie zum Stützpunkt zurück. Wir rufen Sie, wenn wir soweit sind.«

»Aye, aye, Sir. Dann lege ich gleich ab.«

»Sehr gut.« Die Stationsschleuse ging zu. Ich warnte Adam: »Bleiben Sie an der Luftversorgung des Anzuges, bis wir alle Kabinen überprüft haben!«

Erst die Generatoren einschalten; Licht und Heizung

ergaben sich daraus. In den Kühlschränken würden wir reichlich Q-Rationen finden. Ich konnte in der Ausbilderkabine schlafen, während sich Adam irgendeine andere Kabine aussuchte.

Der Junge räusperte sich. »Sir?«

»Jetzt nicht, Mr. Tenere.« Dem Holo zufolge, daß ich mir auf Farside angesehen hatte, fand ich die Kommandokonsole in der Kabine des Stationsmeisters, unweit der Ausbilderunterkünfte. »Kommen Sie mit.«

Ich kam an Kabinen vorbei, an die ich mich vage erinnerte, und dann an der Achterschleuse, aber erst, als wir fast wieder den Ausgangspunkt erreicht hatten, entdeckte ich die Kabine des Stationsmeisters.

Die Konsole wies eine übergroße Tastatur auf, damit man sie auch mit Fingern bedienen konnte, die in den Handschuhen eines Raumanzuges steckten; man hatte wirklich an alles gedacht. Ich tippte meinen ID-Code ein und wartete auf das Freigabesignal. Adam Tenere blickte mir über die Schulter, als ich eintippte: »Bitte mündliche Kommunikation.« Dann wartete ich darauf, daß es im Helmfunk knackte.

Nichts. Ich tippte ein: »Reagiere auf Kommando.«

»REAKTIONSBEREIT.«

»Beende Beschränkung auf alphanumerische Kommunikation.«

»DIESE BESCHRÄNKUNG IST NICHT AKTIV.«

»Comp, reagiere bitte!« Ich fluchte vor mich hin. »Wieso höre ich dich nicht?« Die Kommunikation war gestört, und ich hatte das Shuttle weggeschickt. Wenn es mir nicht gelang, die Station hochzufahren, konnten wir es vielleicht nicht zurückrufen.

Adam Tenere hüstelte. »Sir, verzeihen Sie, aber ...«

»Still, ich bin beschäftigt.« Hätte ich das Shuttle doch nur nicht so voreilig weggeschickt! Ich versuchte, das Rätsel zu lösen. Mein Funk war intakt; Adam konnte mich hören. Erneut tippte ich ein: »Reagiere auf Kommando.«

»REAKTIONSBEREIT.«

Na ja, wenigstens konnte ich mich alphanumerisch verständigen, und das war gar nicht so schlimm, wenn wir erst mal die Atmosphäre geprüft und die Raumanzüge abgelegt hatten. Aber irgendwo im Comp ...

»Sir, Sie sind auf ...«

Ich warf mich herum. »Zwei Minuspunkte! Machen Sie vier dar ...«

»... der Shuttle-Anflugsfrequenz! Sie müssen Ihren Funk umschalten!«

Es blieb lange still im Raum. Ich wechselte im Anzugsrufer den Kanal und sagte unsicher: »Hallo?«

»Comp D 1004 meldet sich, Kommandant.« Es war ein entschlossen klingender Tenor.

»Ja. Nun. Fahre die Energieversorgung hoch.« Ich achtete sorgsam darauf, nicht in Fähnrich Teneres Richtung zu blicken.

Die Konsole leuchtete auf. Die Bereitschaftslampen wurden heller. »Prüfe Atmosphäre.«

»Atembare Luft in allen Abteilungen.«

Ich mußte den Fähnrich loswerden. »Mr. Tenere, kontrollieren Sie rasch alle Luftanzeigen in den Kabinen.«

»Aye, aye, Sir.« Er überließ mich meiner Demütigung.

Als er wieder zurückkehrte, waren alle Anlagen voll in Betrieb; die Beleuchtung von Korridoren und Kabinen transformierte die Station in vertrautes Terrain. »Alle Anzeigen auf Normalwerten, Sir.«

»Anzug ablegen.« Ich löste die Klammern und war froh, den eigenen nervösen Schweiß loszuwerden. Ich hängte den Anzug auf einen Ständer. »Bringen Sie Ihre Sachen in eine Kabine.«

»Welche?«

»Irgendeine. Sofort!« Ich stützte den Kopf auf die Hände. Gott, was für ein Fehler, einen Fähnrich mitzunehmen, der dann Zeuge meines Debakels wurde! Die Geschichte würde auf ganz Farside die Runde machen. Ich würde zum Gegenstand des Gelächters werden, und das aufgrund eines Schnitzers, den sogar ein Kadett vermieden hätte.

»Ich erwarte Ihre Befehle, Sir.«

Ich suchte nach einer Möglichkeit, ihn aus meiner Nähe zu verbannen, um das Gefühl der Demütigung zu mildern. Ich konnte ihn anweisen, die Vorräte zu kontrollieren, Funkkontakt mit Farside herzustellen ...

Mühsam hob ich den Kopf. Wie peinlich es auch immer war, ich hatte es verdient. »Mr. Tenere, danke, daß Sie mich korrigiert haben. Vergessen Sie die Minuspunkte.«

»Es tut mir leid, wenn ich ...« Er brach abrupt ab. Dann sagte er entschlossen: »Nichts zu danken, Sir.«

»Ich bringe meine Sachen in die Ausbilderkabine. Rufen sie Farside an, und teilen Sie ihnen mit, daß wir sicher eingetroffen sind.« Ich stand auf, um zu flüchten.

»Aye, aye, Sir. Entschuldigen Sie, darf ich etwas sagen?«

»Ja.«

Er zögerte nur eine Sekunde lang. »Würden Sie mir bitte sagen, warum wir hier sind und welche Pflichten ich habe?« Er wartete gerade einen Augenblick ab, ehe er hervorsprudelte: »Ich meine, wenn es Ihnen nichts ... Ich bin ... Gottverdammt!« Mit rotem Gesicht fuhr er hastig fort: »Sie haben ja keine Ahnung, wie ich das geprobt hatte, Sir! Ich war entschlossen, die Zunge im Zaum zu halten!«

Ich schlug einen kalten Ton an. »Zwei Minuspunkte sind hiermit neu vergeben, Mr. Tenere, weil Sie Seinen Namen mißbraucht haben.« So etwas duldete ich nicht.

»Ja. Sir.« Er sackte in sich zusammen. »Bin ich entlassen?«

»Nein. Versuchen Sie es erneut mit Ihrer Frage.«

»Aye, aye, Sir.« Er leckte sich die Lippen. »Verzeihen Sie, aber warum sind wir hier? Was soll ich tun?«

»Sehr gut, Mr. Tenere. Ich bin hergekommen, um mich nach zwölf Jahren Abwesenheit wieder mit der Station vertraut zu machen. Sie sind hier, um sich nützlich zu machen. Eine Möglichkeit dazu besteht darin, alle paar Stunden einen Funkcheck mit Farside durchzuführen.«

»Aye, aye, Sir.«

»Das war alles. Sie haben in letzter Zeit mit alarmierender Geschwindigkeit Minuspunkte gesammelt. Sie sollten sie jetzt allmählich abarbeiten; ich trage das für Sie ins Logbuch ein.«

»Aye, aye, Sir. Ich stelle die Verbindung mit Farside her und mache einen Punkt, ehe wir essen.«

»Sehr gut.« Ich trug meine Sachen in meine Kabine.

Nach einem Abendessen aus Q-Rationen kehrte ich in die Kabine zurück und las in Chips voller Berichte und Memos, die ich mitgebracht hatte. Derweil kämpfte der junge Tenere mit einem weiteren Minuspunkt. Obwohl sein Erscheinen beim Abendessen keinen Zweifel daran gelassen hatte, daß sportliche Betätigung hinter ihm lag, verließ ich mich natürlich auf sein Wort. Ein Fähnrich war, wie jeder Offizier, ein Gentleman, dessen Versprechungen man zu vertrauen hatte. Sollte er jemals dabei erwischt werden, wie er bezüglich eines Minuspunktes log, würde man ihn auf der Stelle kassieren. Ich beschloß, die Übungsstation häufiger zu besuchen. Sie war ein ausgezeichneter Platz, um ohne Störungen zu arbeiten.

Am nächsten Morgen lungerte ich nach dem Frühstück auf meiner Koje herum und bemühte mich, mir die Gesichter von Kadetten einzuprägen, wie ich es bei Sergeant Ibarez gesehen hatte. Adam klopfte höflich an, um zu melden, daß er einen weiteren Minuspunkt abgearbeitet hatte. Ich befahl ihm, für ein paar Stunden Pause zu machen. Minuspunkte waren als Strafe gedacht, nicht als Mißhandlung.

Als es Zeit war fürs Mittagessen, machte ich in der Messekabine den Kaffee, während der Fähnrich die Laschen zweier Q-Rationen abriß und sie hinstellte, damit sie sich erhitzten. Als die chemische Reaktion zwischen Innen- und Außenhülle abgeschlossen war, brachte er sie zum Tisch, setzte sich vorsichtig und seufzte dabei.

Ich öffnete den Deckel meiner Ration und haute rein. Um die Stille zu durchbrechen, fragte ich: »Welche Pläne haben Sie für heute nachmittag, Mr. Tenere?«

Er verzog das Gesicht. »Ich führe planmäßig einen weiteren Funkcheck mit Farside durch. Dann wieder ein Minuspunkt. Vielleicht zwei.«

»Nein, Sie übertreiben es.«

Er zuckte bitter die Achseln. »Es ist die einzige Möglichkeit für mich, mit neuen Minuspunkten Schritt zu halten.«

»War das eine Beschwerde?«

Er blickte erstaunt auf. »Nein, Sir! Ich weiß, daß es meine Schuld ist.«

»Es heißt, Demut wäre der erste Schritt zur Besserung.« Ich dachte eine Weile nach. »Anstatt die Minuspunkte abzuarbeiten, können Sie mir dabei helfen, die Fusionsboote zu überprüfen.« Damit hätten wir beide etwas zu tun. Obwohl ich mit dem Papierkram, zu dem ich mich selbst verdonnert hatte, noch lange nicht fertig war, hatte ich Kadettendossiers bereits von Herzen satt.

Er wurde merklich munterer. »Aye, aye, Sir.«

Nach dem Essen zogen wir die Raumanzüge an und trotteten zur leeren vorderen Schleuse. Ich stellte sicher, daß die Luken auf Standardcodes eingestellt waren, und führte dann den Austauschzyklus durch. Augenblicke später standen wir auf dem Außenrand der Scheibe.

»Fusionsboot eins liegt uns am nächsten«, sagte ich.

Mit unseren Magnetstiefeln kletterten wir über den Rumpf. Das Boot schwebte einige Meter vor dem Rand der Station und hing an einem Tau, das an seiner Luftschleuse befestigt war. Ohne ein solches Tau hätte sogar der Impuls eines Ausbilders, der sich vom Rumpf abstieß, ausgereicht, um das Fahrzeug auf eine langsame Reise ohne Antrieb zu schicken, die irgendwann auf einem neuen elliptischen Orbit endete oder hinaus ins Weltall führte.

»Springen Sie zuerst, Adam. Seien Sie vorsichtig.«

»Aye, aye, Sir.« Er bückte sich und schaltete die Stiefel

aus. Als Kadett wäre er durch eine Rettungsleine gesichert worden, aber jeder Fähnrich wußte, wie man sich richtig abstieß.

Adam achtete darauf, nicht zuviel Kraft einzusetzen. Er schwebte langsam zum Ausbildungsboot hinüber und schaltete bereits unterwegs wieder die Stiefelmagnete an. Die Landung fiel unbeholfen aus, aber die Stiefel stellten festen Kontakt mit dem Rumpf her.

Ich entschied, daß ich mich für einen Ausflug bereits genug zum Idioten gestempelt hatte, und schaltete vor dem Sprung meine Handmagnete ein. Eine kluge Vorkehrung. Ich landete auf allen vieren und wäre zurück in den Weltraum geprallt, hätten die Handschuhmagnete sich nicht an den Bootsrumpf geheftet. Ich brachte die Knie auf die Unterlage, stellte auch den Stiefelkontakt her und schaltete die Handschuhe aus. »Öffnen Sie die Schleuse.«

Wenig späte befanden wir uns im Inneren des winzigen Schiffes. Ich ging zu der beengten Brücke und warf dann einen Blick in die Hauptkabine und die beiden engen Unterkünfte, in denen die Kadetten während der Ausbildungseinsätze untergebracht waren. Alles wirkte lachhaft klein. »Jemals auf einem Schiff der Flotte gewesen, Mr. Tenere?«

»Mein Vater hat mich unmittelbar nach dem Abschluß durch die *Freiheit* geführt, Sir. Ich weiß, daß sie nur eine Korvette war, aber verglichen hiermit ...«

»Ja.« Ich setzte mich auf den Platz des Piloten und bedeutete dem Jungen mit einem Wink, den Platz daneben einzunehmen. Ich strich über die stille Konsole. Es konnte viel passieren, sogar in einem Ausbildungsboot ...

»Hört zu, ihr Kretins!« Sergeant Garver schwebte im Zentralkorridor, die Hände in den Hüften. »Ihr habt die Holos gesehen, also wißt ihr, daß ein Fusionsboot ein Zwitter ist, der speziell für den Flottendienst gebaut wurde und für nichts weiter taugt, als dumme Kadetten auszubilden. Es hat keine Kombüse, keine Hydroponik, keine Wiederaufbereitung, keine Frachträume, keine Scheiben. Auch kein Haupttriebwerk, sondern nur Schubdüsen, um aus der vertäuten Position zu manövrieren oder dorthin zurückzukehren. Darum bezeichnen wir es auch als Boot, nicht als Schiff.«

Ich hielt den Blick gehorsam auf Sarge gerichtet und achtete darauf, den Anschein konzentrierter Aufmerksamkeit zu erwecken. Selbst wenn ich nachplappern konnte, was sie gerade gesagt hatte, hätten ein umherschweifender Blick oder nervöses Herumzappeln gereicht, um Sonderdienst aufgebrummt zu bekommen, wenn nicht sogar einen Minuspunkt. Da ich jedoch aufgeregter war, als ich hätte ausdrücken können, weil ich endlich an Bord eines richtigen Raumschiffes kam, legte ich keinen Wert, mir Ms. Garvers Ärger zuzuziehen.

»Aber natürlich hat es einen Fusionsantrieb, was der Hauptgrund ist, warum ihr hier seid.«

Die Fusionsantriebe der Ausbildungsboote funktionieren exakt wie die von regulären Flottenschiffen, mit nur zwei bedeutsamen Abweichungen: Zunächst waren die Comps in der Lage, viele Fusionsberechnungen anzustellen, die auf einem größeren Schiff von der Besatzung vorgenommen wurden, so daß man das Ausbildungsprogramm eines bestimmten Tages auf einen einzelnen Aspekt der Fusion konzentrieren konnte.

Der zweite Unterschied bestand in der Größe.

Es hatte viele Menschenleben gekostet, bis man endlich richtig verstanden hatte, daß der Fusionsantrieb in der Nähe einer Gravitationsmasse nicht richtig funktionierte. Je größer ein Schiff war, desto weiter mußte es sich von der nächsten Gravitationsquelle entfernen, um in Fusion zu gehen. Ein UN-Sternenschiff konnte innerhalb von ein paar Stunden fusionieren, die es sich mit Schubkraft von Station Earthport entfernt hatte, während eine beladene Erzbarke mit ihrer gigantischen Masse wesentlich weiter fahren mußte, um die Fusionsfreigabe zu erhalten. Unsere Übungsboote waren dagegen so klein, daß man ihre Fusionstriebwerke praktisch überall im Sonnensystem sicher zünden konnte – außer natürlich innerhalb der B'n-Auba-Zone, also so dicht an der Sonne, daß ungeachtet der Masse keine Fusion mehr möglich war. Während unserer Schulung hatte ich zuzeiten über den Saudi-Astronomen und seine schwierigen Formeln geflucht, mit denen wir uns herumschlugen.

Sarge wartete darauf, daß wir ihr unsere Aufmerksamkeit schenkten. »Die Fusion ist nichts, wovor man sich fürchten müßte, ungeachtet des Unsinns, den ihr in den Holos zu sehen kriegt. Weder hat man das Gefühl, man würde ohnmächtig werden, noch empfindet man ein unheimliches Prickeln im Rückgrat oder hat es mit prasselnden Ionen zu tun. Tatsächlich spürt man überhaupt nichts; ja, man erkennt nicht mal, daß man in Fusion gegangen ist, solange man nicht zum Bullauge hinausblickt und ... was sieht, Seafort?«

»Ja, Ma'am! Ich ...« Ich versuchte angestrengt, mich an das zu erinnern, was sie gesagt hatte. »Man sieht gar nichts, Ma'am. Keine Sterne, kein Licht.«

»In Ordnung, aber wenn du Kadett Sanders noch einmal puffst, verbringst du die Fahrt als leitender Offizier der Bordtoilette! Mir ist egal, ob sie damit angefangen hat.« Endlich wandte Ms. Garver wieder den Blick ab. »Inzwischen solltet ihr alle gegenseitig austauschbar sein, aber ich werde eure Möglichkeiten nicht zu sehr auf die Probe stellen. Drei von euch gehen in den Maschinenraum, drei in den Navigationsraum und zwei auf die Brücke.«

Sie nickte dem zweiten Ausbilder zu. »Mr. Reese und die Kadetten auf der Brücke werden das Boot auf sichere Distanz zur Station bringen, und der Navigationsraum kalkuliert eine Fusion.«

Bitte, lieber Gott, gib mir einen Platz auf der Brücke! Ich verabscheute Lamberts und Greeleys *Elemente der Astronavigation* inbrünstig. Im Navigationsraum zu landen, hätte bedeutet, endlose Stunden lang unter Sergeant Reeses nie nachlassender Aufsicht Berechnungen vorzunehmen. Der Maschinenraum war noch schlimmer. Die Fusion war ein kaum verstandenes Prinzip, gut für Stunden voller Schweiß, Agonie und Angst.

»Wir führen mehrere Sprünge durch, und wahrscheinlich schicke ich einige von euch Trotteln noch auf andere Positionen, aber verlaßt euch nicht zu sehr darauf!« Im Verlauf der nächsten Woche würde das Fusionsboot von einer verlassenen Stelle im Weltraum zur nächsten springen. Das ermöglichte uns endlose, nervenzermürbende Übungen – sowohl in Sachen Fusionsberechnungen als auch in Navigation. Jedesmal, wenn das Boot defusionierte, mußten schwitzende Kadetten mit peinlicher Genauigkeit die Position bestimmen.

Mir war bekannt, daß die heikelsten Berechnungen an die Reihe kamen, wenn es zurück zur Station ging. Auf einer langen Fahrt defusionierte ein Schiff sonst nur ein paarmal, um Navigationschecks durchzuführen, was bei kurzen Sprüngen wie unseren nicht anfiel.

Trotzdem mußten wir letztlich wieder in der Nähe der Station ankommen. Obwohl die Fusionsboote mit übergroßen Treibstofftanks ausgestattet waren, saßen im Andockvorgang ungeübte Kadetten an der Steuerung, und dabei wurde jede Menge Treibstoff verschwendet.

Arlene Sanders versetzte mir einen kräftigen Stoß in die Rippen. Ich zuckte zusammen, hielt den Blick aber unverwandt auf Sarge gerichtet. Die Zeit für meine Vergeltung kam noch.

Natürlich landete ich im Navigationsraum.

Unser erstes Ziel war eine leere Stelle zwischen den Umlaufbahnen des Jupiters und des Saturns, achtunddreißig Grad oberhalb der Ekliptik. Wir kämpften mit unseren Berechnungen, bis die Ergebnisse übereinstimmten. Das dauerte erstaunlich lange, da van Roef immer wieder durch die Masse teilte, anstatt mit ihr zu multiplizieren. Als letztlich sogar Sergeant Reese langsam einen scharfen Ton anschlug, bekamen wir es alle richtig hin und gaben die Resultate an die Brücke weiter. Eine weitere endlose Wartezeit schloß sich an, während die Brückencrew ihre eigenen Aufgaben löste.

Schließlich raunzte Sergeant Reese: »Um Gottes willen, steht auf und streckt euch! Dieses Gezappel macht mich noch verrückt!«

»Eine kurze Zündung«, murmelte Robbie Rovere eine Spur zu laut. Mr. Reese funkelte ihn an, entschied sich aber, nichts zu hören.

Falls das Lernziel darin bestand, uns mit der Langeweile der Fusion vertraut zu machen, verlief die Übung bewundernswert erfolgreich. Zwischen den Sprüngen teilten uns die Ausbilder in Gruppen auf, befahlen uns, die Raumanzüge anzuziehen, und führten uns zu Ausbildungszwecken auf den Rumpf hinaus.

Ich gehörte mit van Roef und Sanders zur zweiten Gruppe. Diesmal war es Sergeant Garver, die die Gruppe nach draußen führte. Ich hatte schon Übungen auf dem Rumpf im Mondstaub absolviert und war auch von der Übungsstation nach draußen geführt worden, aber unter dem kalten, unnachsichtigen Licht der Sterne auf der Außenseite eines winzigen Bootes herumzuklettern, das war schon etwas ganz anderes.

Während mein Atem im Helm kratzte, ging ich zwischen Antriebsschaft und Bug hin und her. Obwohl Sarge ausnahmsweise mal nichts dagegen hatte, fanden keine lockeren Gespräche zwischen uns statt; wir konzentrierten uns alle darauf, mit der Schiffshülle in Kontakt zu bleiben und die erschreckende Weite des Weltalls zu ignorieren.

Bevor es wieder hineinging, praktizierten wir Luftschleusenmanöver. Es war für eine ganze Gruppe von Personen schwieriger, als man vielleicht denken möchte, in Schwerelosigkeit eine Luftschleuse zu betreten und dabei, was die Körperhaltung anging, in die gleiche Richtung orientiert zu bleiben. Wenn man das jedoch nicht beachtete, konnte ein Zufallstritt mit dem Fuß einen Helm zertrümmern. Sarge demonstrierte uns den

Vorgang zweimal und sah dann aus der Schleuse heraus zu, wie wir uns darum bemühten, den Rumpfkontakt zu lösen, die Handgriffe zu packen und uns in einem Winkel von neunzig Grad in die Schleuse zu ziehen.

Unser erster Versuch fiel unbeholfen aus, der zweite besser, während sich der dritte zu einem Fiasko entwickelte. Van Roef brachte es fertig, den Griff zu früh loszulassen, schwebte dann mitten in der Luftschleuse und strampelte mit den Beinen in allen Richtungen, bis er an ein Schott heranschwebte und dort einen Griff packen konnte.

Ich kletterte mit weniger Schwierigkeiten hinein, aber Sanders, die van Roefs Gekasper von der Außenhülle aus miterlebte, krümmte sich vor Lachen zusammen und vergaß, die Stiefelmagnete einzuschalten. Sie ließ den Haltegriff los und fand sich durch irgendeine Laune des Zufalls einige Zentimeter vom Schiffsrumpf entfernt wieder, ohne irgendeine erkennbare Bewegung in Relation zum Schiff.

Wir alle wußten, daß Sarge einen Triebwerksanzug trug, aber nichts war erschreckender, als jeden Halt verloren zu haben und aus eigener Kraft nicht mehr in Sicherheit gelangen zu können. Wenn man nicht gerettet wurde, konnte man die Ewigkeit im Sarg des eigenen Raumanzuges verbringen. Besonders schlimm war es, so dicht vor einem Schiff zu schweben und es doch nicht berühren zu können. Ohne einen Triebwerksanzug war Arlene hilflos.

Sie stieß einen Schrei aus, der fast meine Trommelfelle zerriß. Van Roef strampelte krampfhaft und prallte dabei von einem Schott ab.

Für Sarge war das alles nichts Neues. »In Ordnung, Seafort, zieh sie herein.«

Ich packte den inneren Haltegriff, lehnte mich soweit hinaus, wie ich konnte, und streckte gerade die Hand nach Sanders' wie rasend greifenden Fingern aus, als van Roefs Stiefel auf die Lukensteuerung traf.

Die Luke glitt zu. Ein schriller Schrei ertönte. Ein

Augenblick verstrich, ehe ich bemerkte, daß er von mir gekommen war. Ich drehte mich. Eine Welle der Agonie lief meinen Arm hinauf. Ich steckte zwischen den Lukenverschlüssen fest, während mehr von mir draußen war als im Inneren. Arlene Sanders' Hand war nur wenige Zoll von meiner entfernt. Mein linker Arm war fast mit Sicherheit gebrochen. Verzweifelt versuchte ich mich zu befreien.

»BEWEG DICH NICHT, SEAFORT!« Die Eindringlichkeit von Sergeant Garver durchbrach meine Panik.

»Ma'am, mein Arm ...«

»Wackel nicht herum! Dein Anzug könnte aufreißen!«

O, allmächtiger Gott! *Wir sind zutiefst zerknirscht, weil wir Deine Gebote gebrochen haben.* Ich wurde ganz reglos.

Van Roef wimmerte: »Es tut mir leid, ich wollte nicht ...«

»Halt die Klappe. Ans Schott!« Sarge schlug auf die Steuertaste der Luke. Keine Reaktion. Sie fluchte und versuchte es erneut. »Seafort, ich muß die Steuerung neu einstellen. Nur einen Moment, während ich den Strom ausschalte.«

»Nicky!« Es war ein drängendes Flüstern. »Streck die Hand aus!«

»Schluß damit, Sanders, er darf sich nicht bewegen. Du bist nicht in Gefahr; ich hole dich rein, sobald ich kann.« Sarge tippte den Code ein und wartete auf die Signallampe.

»Nicky, ich kann nicht mehr warten! Hol mich zurück, oder ich ... weiß nicht, was passiert!«

Versuchsweise streckte ich mich. Schmerz wogte durch den Unterarm. »Ich kann nicht.«

»Ich habe ein rotes Licht, Sarge! Meine Luft!« Van Roef schien der Panik nahe.

Ms. Garver schlug immer wieder auf den Freischalter der Luke. »Beruhig dich, van Roef, du hast noch für eine halbe Stunde Luft. Seafort, die Luke blockiert.« Sie hämmerte auf die Schalttafel. »Ich muß sie manuell öffnen. Das dauert ein paar Minuten.«

»Ja, Ma'am.« Ich legte die Hand auf den Schiffsrumpf. Gott, tat es weh!

»Ein paar Minuten?« winselte van Roef. »Meine Luft wird schlecht!«

»Ruhig, Junge.« Sarge öffnete das Notfach und setzte den Hebel in die Verankerung.

»Nick! Jetzt gleich!« Sanders unterdrückte ein Schluchzen.

Ich streckte mich so weit, wie ich es wagte. »Mach die Finger lang!« Wir berührten uns fast.

»Seafort, mit ihr ist alles okay! Riskier nicht deinen Anzug!«

»Ja, Ma'am. Sie kann nicht viel länger ...« Ich verbannte die Schmerzen aus meinen Gedanken und dehnte den gebrochenen Arm. Jemand stöhnte. Ich preßte die Lippen zusammen, legte meine ganze Willenskraft in den Entschluß, still zu bleiben. Nur noch ein Zoll ...

»Die gottverdammte Winde ist blockiert!« Sarges Blasphemie dröhnte durch die Stille.

»Ich brauch' Luft!« Van Roef duckte sich an Sarge vorbei und schlug auf die Steuerung der Innenluke. Die rote Sicherheitslampe ging an. Die Luke blieb geschlossen.

Sarge schleuderte ihn quer durch die Schleuse. »Du Idiot, die Schalttafel ist defekt! Wäre die Luke aufgegangen, hättest du alle an Bord getötet!« Sie aktivierte ihren Rufer. »Reese, stecken Sie alle sofort in die Raumanzüge! Wir müssen das Boot leerpumpen. Ich brauche hier eine Hilfswinde; wir können die Außenluke weder öffnen noch schließen. Sie haben fünf Minuten. Und halten Sie einen Tank für van Roef bereit; sein Vorrat wird knapp.« Erst, wenn das Boot leergepumpt war, konnte man Innen- und Außenluke gleichzeitig öffnen.

Ich warf einen verstohlenen Blick auf meine Luftanzeige. Fast leer, aber noch im grünen Bereich. Ich hatte Zeit.

»Nicky!« Sanders' Blick zeigte etwas, was ich lieber nicht gesehen hätte. Ich stemmte mich gegen die Mechanik der Luke. Falls mein Anzug aufriß, starb ich auf der

Stelle. Oder vielleicht auch nicht sofort, aber ich verbannte diesen schrecklichen Gedanken. Sanders war meine Saalkameradin und brauchte Hilfe. Ich hatte keine Wahl.

Ich streckte den freien Arm zu Sandes hin und wehrte mich gegen die Qualen. Es reichte nicht. Ich nahm die Spannung zurück, knirschte mit den Zähnen und unternahm ruckartig einen neuen Versuch. Irgend etwas rutschte, und ich wurde fast ohnmächtig.

Unsere Finger berührten sich. Ich nutzte das letzte Iota meines Spielraums und griff in ihre Finger. Wie auf einer Streckbank gedehnt, kämpfte ich gegen das Schwindelgefühl an und versuchte, Sanders mit dem Willen heranzuziehen.

Van Roef jammerte: »Vergessen Sie die doch, ich brauch' Luft! Ich bin im roten Bereich! Ich krieg' keine Luft!«

»Komm du noch einmal in die Nähe der Schalttafel, und du brauchst nie mehr zu atmen. Ich bringe dich eigenhändig um.« Ich denke, Sergeant Garver meinte das ernst.

Unsere Finger verschränkten sich ineinander. Sanders griff gierig nach meiner Hand, meinem Handgelenk. Einen endlosen Augenblick später konnte sie auch mit der anderen Hand zugreifen. Sie zog sich an meinem Arm entlang auf das Boot zu, aber selbst, nachdem sie es erreicht hatte, klammerte sie sich noch für einen Moment an mir fest wie an einem Rettungsfloß. Als die Spannung am eingeklemmten, pochenden Arm nachließ, sackte ich an der Schleuse zusammen. »Alles okay, Arlene. Halt dich nur fest.«

Sie weinte. »Danke! O, lieber Gott, danke!«

»Alles okay.« Ich wiederholte meinen unzulänglichen Trost.

Mit aneinandergelegten Helmen warteten wir darauf, daß die Schleuse wieder aufging. »Hast du noch Luft, Nicky?«

»Genug. Und du?«

»Ich denke, ich auch. Die Lampe ist gerade erst auf Rot gesprungen.«

»Sarge?«

»Wir sind fast leergepumpt. Sobald ich die Winde habe, dauert es keine Minute mehr.«

»Was, wenn ... auch die Winde nicht funktioniert?«

Ihr Ton war grimmig. »Ich bahne mir den Weg zur Not mit dem Schweißbrenner. Ich versuche es fünf Minuten lang mit der Winde, dann hole ich den Schweißbrenner. Wir haben immer noch mehr als genug Zeit. Ich bin bei dir, Seafort. Halt einfach still und reiß den Anzug nicht auf. Wie geht's Sanders?«

»Mir ...«

»Ihr geht es gut, Sir. Ich habe sie jetzt.«

Reeses Stimme ertönte: »Wir sind leergepumpt, Sarge. Ich öffne jetzt.«

Wie sie es gesagt hatte, konnte Sarge die Luke in weniger als fünf Minuten öffnen. Ich schrie gellend auf, als der Druck auf meinen Arm schwand, hielt aber still.

»In Ordnung, der Anzug ist unbeschädigt. Ich hab' deine Stiefelmagnete eingeschaltet; kannst du gehen?« Sie legte mir einen Arm um die Hüfte, damit ich sicherer stand. Wir warteten im Inneren, während sich das Boot zischend wieder mit Luft füllte.

Sie halfen mir, den Raumanzug auszuziehen, und hielten dabei sachte den verletzten Arm. In der Ecke wimmerte van Roef vor sich hin, ohne daß jemand Notiz von ihm nahm. Mr. Reese berechnete einen Kurs zur Station, und wir fusionierten sofort. Vor den Bullaugen wurde es schwarz.

»Ich versuche, den Arm zu richten, aber ich bin kein Meditechniker.« Sarge packte mein Handgelenk und legte die andere Hand auf meinen Oberarm. Ich biß die Zähne zusammen und schrie nur einmal auf. Während sie den Bruch richtet, strich sie mir sanft das Haar aus den Augen. Blieb die Hand nicht eine weitere Sekunde dort liegen? »Gut gemacht, Junge.« Sie widmete sich wieder ihrer Arbeit.

Danach saß ich in der winzigen, mit niedergeschlagenen Kadetten gedrängt vollen Kabine auf meiner Koje und trank heißen Kakao. Arlene Sanders trat zu mir. »Danke, daß du mir geholfen hast.«

Ich setzte den Kakao auf dem Knie ab. »Kein Problem. Ich hatte gerade nichts zu tun.« Ich brach ab; ich erkannte, daß mein Humor fehl am Platz war. Sie half mir auf die Beine und umarmte mich. Ich drückte sie verlegen mit dem gesunden Arm, und sie legte mir kurz den Kopf an die Brust. Wir trennten uns wieder. Ich setzte mich rasch, während seltsame und unerwartete Gefühle in mir aufstiegen.

Wir defusionierten, und Mr. Reese manövrierte uns zum Liegeplatz. Unter der Luke zur Kadettenkabine ragte Sarge auf. »Mr. Seafort, in der Luftschleuse befahl ich Ihnen stillzuhalten, damit Sie nicht Ihren Anzug aufreißen. Sie haben sich nicht daran gehalten. Was haben sie zu Ihren Gunsten zu sagen?«

Ich stand auf. »Keine Entschuldigung, Sarge.«

»Zwei Minuspunkte, sobald Sie geheilt sind. Sanders, Sie waren zu keinem Zeitpunkt in Schwierigkeiten. Ich hätte sie geholt, sobald die Schleuse offen war. Sie haben Seaforts Leben für nichts riskiert. Kommen Sie mit.«

Mit starrer Miene folgte ihr Arlene in die nächste Kabine. Einige Augenblicke später hörten wir sie aufschreien, als die Hiebe fielen.

Am Tag nach unserer Rückkehr zum Stützpunkt wurde Kadett van Roef zur Erde hinuntergeschickt. Wir sahen ihn nie wieder.

»Ist mit Ihrem Arm alles in Ordnung, Sir?« Adam Tenere klang besorgt.

Ich bemerkte, daß ich mir den Unterarm gerieben hatte. »Natürlich.«

Der Junge warf einen sehnsüchtigen Blick auf die Steuerung der Schubtriebwerke.

Ich brauchte kein Gedankenleser zu sein, um zu vermuten, was ihn bewegte. Jeder Fähnrich sehnte sich nach einer der seltenen Gelegenheiten, ein Raumfahrzeug zu pilotieren. Dichter an die Aufgaben eines Kapitäns würden die meisten nie herankommen. »Keine Chance, Mr. Tenere.«

»Ich habe nichts gesagt, Sir.«

Ich schnaubte. »Das brauchten Sie auch nicht.« Ich tippte die Startcodes ein und wartete darauf, daß die Energieversorgung des Bootes voll hochfuhr. Dann warf ich einen prüfenden Blick auf die Bildschirme; ich war nicht scharf darauf, mit einem unterversorgten, energieschwachen Übungsboot im Raum zu treiben. Ich faßte den schweigenden Lautsprecher an. Sogar die Kommunikationseinrichtungen eines Fusionsbootes waren verkümmert; der Rufer stand nur auf einer Frequenz.

Das war so seit circa siebzig Jahren, seit der Heulbojen-Affäre. Fünf Kadetten waren zu dicht am Merkur gestrandet, um noch in Fusion gehen zu können; die nahe Gravitationsmasse verzerrte ihre N-Wellen. Die verzweifelten Hilfeschreie der Betroffenen auf allen Kanälen brachten allerdings auch die Kadetten der übrigen Boote fast um den Verstand und machten das Ereignis zu einer Sensation für die Holozine, selbst während sich bereits ein Rettungsschiff eilig dem Schauplatz näherte.

Der peinliche Vorfall erboste den Kommandanten. Er ordnete an, die Funkelektronik jedes Übungsfahrzeuges fest auf nur eine geheime Frequenz einzustellen, die nur von der Station und dem Kommandoschiff entschlüsselt werden konnte.

Ungeachtet der Wut des Kommandanten hatten die Jungs noch Glück gehabt, daß sie nicht zu nahe an der Sonne defusioniert hatten, damit es die Hitzeschilde noch verkrafteten. Die Möglichkeit eines solchen Desasters war einer der Gründe dafür, daß wir Fusionskoordinaten mit peinlicher Genauigkeit ein ums anderemal nachrechneten. Ich führte einen Systemcheck durch und fuhr die Energie dann herunter. »Gehen wir.«

Wir versiegelten die Luke wieder. Draußen fragte der Fähnrich: »Wohin jetzt, Sir?«

»Zum Mutterschiff. Das ist das fünfte in der Reihe.« Wenn mehrere Gruppen Kadetten gleichzeitig übten, begleitete sie die *Trafalgar*, ein voll ausgestattetes Kommandofahrzeug, das allgemein unter dem Spitznamen Mutterschiff bekannt war. Mehr als einmal hatte sie bereits ein Fusionsboot nach Hause geschleppt, auf dem die Kadetten den Treibstoff schon vor Erreichen der Docksanlage vergeudet hatten. Das war keine Auszeichnung, um die man sich reißen sollte.

Wir suchten uns den Weg über die Flachseite der Stationsscheibe, vorbei an den hinderlichen Ausläufern unserer Funkelektronik und Sensoren. Endlich kletterten wir in die Schleuse der *Trafalgar*.

Das Mutterschiff war beträchtlich größer als die Übungsboote, aber obwohl es über Gravitronen und Fusionsantrieb verfügte, war es nicht für interstellare Fahrten konstruiert: keine Hydros, nur minimale Vorräte. Eine siebenköpfige Besatzung fand Platz an Bord. Anstelle der üblichen Kreiskorridors führte die Schleuse in eine Kabine, die von Steuerbord bis Backbord reichte und an deren vordere Seite die Brücke grenzte.

An der Konsole kontrollierte ich die Atmosphäre, öffnete den Helm und zog den Raumanzug aus. Ich streckte mich genüßlich. Adam setzte sich auf den Platz des zweiten Offiziers und rückte sich mechanisch die Krawatte zurecht. Ich lächelte; die Brücke der *Trafalgar* verdiente kaum diese Bezeichnung, und der Fähnrich meldete sich hier nicht zum Wachdienst.

Ich lehnte mich zurück. »Energie hochfahren.«

»Aye, aye, Sir.« Der Junge studierte ausgiebig und besorgt die Konsole.

»Nur zu«, sagte ich. »Wenn Sie uns hochjagen, werde ich keine Gelegenheit mehr finden, mich zu beschweren.«

Sein Lächeln wirkte angespannt. »Aye, aye, Sir.« Meine Bemerkung diente einem bestimmten Zweck, wie unangenehm auch immer er war. Ein Fähnrich mußte lernen, mit Druck fertig zu werden. Falls er auf der Brücke war, wenn einmal ein Fisch auftauchte ... Ich verstärkte den Griff um die Armlehne.

Zaghaft tippte er eine Reihe von Befehlen ein. Zahlen leuchteten überall auf der Konsole auf. Kurz darauf wurde die Beleuchtung heller. Adams Miene ebenfalls. »Energie hochgefahren, Sir.«

Ich war nicht bereit, ihm zu erlauben, daß er mit dem Schiff ablegte, aber eine Fortsetzung der Übung konnte nicht schaden. »Bringen Sie die Schubtriebwerke online.«

»Aye, aye, Sir.«

Ich sah von der eigenen Konsole aus zu. »Kontrollieren Sie die Luftschleusenverschlüsse.«

»Luftschleusen gesichert, Sir.«

»Fusionsbereitschaft, bitte.«

»Aye aye ... Aber Sir, wir sind noch an der Station vertäut!« Wenn wir dabei zu fusionieren versuchten, zerstörten wir das Schiff und die Station.«

»Ich weiß, wir fahren auch nirgendwohin.«

»Fusionsbereitschaft wird hergestellt, Sir.« Er zog den Finge über den Bildschirm, und die grüne Linie folgte ihm.

Normalerweise war an diesem Punkt die Crew im Maschinenraum damit beschäftigt, den N-Wellen-Ausstoß zu überwachen und darauf zu achten, daß wir uns innerhalb der Toleranzen hielten. Ohne Besatzung mußten wir uns in dieser Frage ganz auf den Comp verlassen, und das tat man einfach nicht. »Schalten Sie ab, Adam.«

Er seufzte. »Aye, aye, Sir.«

Während die Fusionsmotoren wieder ausliefen, verblaßte auch die grüne Konsolenlampe. Nein, ich würde nicht mit Adam in die Fusion gehen, aber es lag kein Grund vor, nicht einen kleinen Ausflug mit den Hilfstriebwerken zu unternehmen. Der Fähnrich würde im siebten Himmel schweben, und die Übung konnte sich für ihn nur als nützlich erweisen, wenn ...

Im Lautsprecher knackte es. »Stationscomp D 1004 an *Trafalgar*. Bitte melden!«

Ich schnappte mir den Rufer. »Hier *Trafalgar*.«

»Die Basis Farside ist online und wünscht den Kommandanten zu sprechen.«

Ich sah den Fähnrich an. »Wahrscheinlich Ihr Funkcheck. Vergessen Sie nicht zurückzurufen, sobald wir wieder an Bord sind.«

Adam schüttelte den Kopf. »Es ist noch zu früh, Sir, und bei einem Funkcheck hätten sie nicht nach Ihnen verlangt.«

»Stimmt.« Ich überlegte. Ich konnte dem jungen Mann seine Chance an der Steuerung geben und den Anruf später erwidern. Farside kam bestimmt eine weitere Stunde ohne mich aus. »Sagen Sie ihnen ...« Nein, es war besser, die Sache gleich zu erledigen. »Bitte an die *Trafalgar* weiterleiten.«

Augenblicke verstrichen. Sergeant Obutu meldete sich. »Sir, Ihr Mr. Tolliver auf der Erde. Soll ich ihn durchstellen?«

»Was möchte er?«

»Das wollte er nicht sagen.«

»Sehr gut, stellen ...« Ich brach ab. Nicht »Er hat es nicht gesagt«, sondern »Er wollte es nicht sagen.« Sie hatte gefragt, und Tolliver hatte es ihr nicht verraten. Merkwürdig, selbst für meinen exzentrischen Adjutanten.

»Hier Seafort.«

Sekunden verstrichen, während die Antwort aus Devon über die Relais geleitet wurde. »Hier Leutnant Tolliver, Sir. Ich brauche Sie auf der Erde.«

Ich starrte den Lautsprecher ungläubig an. Wirklich eine höchst eigenartige Aufforderung, wenn man bedachte, daß sie von einem Untergebenen an seinen Kapitän erging! »Sie brauchen wen?«

Adam war ganz Ohr. Tolliver klang angespannt. »Wir brauchen Sie schnellstmöglich hier, Sir. Bitte kommen Sie auf direktem Weg.«

Hatte er den Verstand verloren? »Ich möchte eine umfassende Meldung hören, Leutnant! Was geht da vor?«

»Aye, aye, Sir. Wir haben, ah, keine sichere Leitung.«

»Natürlich haben wir das!«

»Erinnern Sie sich an Ihre Meldung von der *Challenger*, Sir? Die Holozine hatten sie ebensoschnell wie die Admiralität.« Tolliver hatte recht; mit Hilfe der modernen Technik konnten die Nachrichtenmedien die meisten interplanetaren Sendungen abfangen und entschlüsseln.

»Ich bin auf der Übungsstation.« Meine Stimme klang verdrossen. »Können Sie es mir nicht so sagen?«

»Ja, wenn Sie darauf bestehen.« Tollivers Ton wies eine gewisse Schärfe auf. »Andererseits könnten Sie aber auch meinem Urteilsvermögen trauen.«

Andererseits konnte ich ihn kassieren. Das war eine dreiste Frechheit! »Ist Erster Leutnant Sleak über dieses Gefasel informiert?«

Eine lange Pause. »Nein, Sir, und es hätte auch keinen Sinn, es ihm zu sagen.«

»Tolliver ist übergeschnappt«, brummte ich. Adam Tenere studierte seine Fingernägel. »Sehr schön, Edgar, ich komme schnellstens. Beim allmächtigen Gott, es sollte die Sache lieber wert sein!«

»Besorgen Sie sich beim Transportdienst Lunapolis ein Sondershuttle, Sir. Warten Sie nicht auf den Nightliner!«

Jetzt reichte es aber! »Geben Sie *mir* keine Befehle, Tolliver!« Schäumend beendete ich die Verbindung. »Was glotzen Sie da, Fähnrich? Rufen Sie Farside – wir brauchen ein Shuttle!«

»Aye, aye, Sir. Sie hatten gerade mit Far ...« Adam sah, was ich für ein Gesicht machte, und stoppte noch rechtzeitig. Kurz darauf hatte er Sergeant Obutu wieder in der Leitung. Sie informierte mich darüber, daß Mr. Trayns Shuttle erst neu aufgetankt werden mußte, ehe es uns abholen konnte.

»Wundervoll!« Mindestens drei weitere Stunden, wahrscheinlich sogar mehr. »In den Raumanzug, Mr. Tenere. Wir kehren auf die Station zurück.«

»Aye, aye, Sir.« Tenere packte seinen Anzug und reichte mir höflich meinen. Als er ein Bein hineingesteckt hatte, hielt er abrupt inne. »Sir, wenn es so auf Schnelligkeit ankommt . . .«

»Ja?«

»Warum nehmen wir dann nicht die *Trafalgar* und treffen das Shuttle über Farside?«

»Das ist ja lächerl . . .« Ich dachte nach. Wenn wir sofort aufbrachen, konnten wir in dem Moment über Farside eintreffen, an dem das Shuttle dort startete. »Nein, es wäre niemand da, der die *Trafalgar* zur Station zurückbrächte.«

»Ich könnte es tun, Sir.« Er musterte mein Gesicht, erkannte darin die Ablehnung und zog sich zur zweiten Linie zurück. »Leutnant Paulson oder einer der Sergeanten könnte mit dem Shuttle heraufkommen, den Platz mit Ihnen tauschen, dann mit mir hierher zurückfahren und darauf warten, daß das Shuttle uns abholt.«

Eine Verschwendung von Treibstoff, aber die Raumflotte war gut versorgt. Waren ein paar eingesparte Stunden den ganzen Aufwand wert? Wahrscheinlich nicht, aber wenn das der Fall war, warum beeilte ich mich dann so? Entweder glaubte ich Tolliver ganz, oder ich tat es gar nicht.

»Wir brauchen noch unsere Sachen auf der Station.« Ich ignorierte die Begeisterung in Adams Augen. »Ziehen Sie sich an und holen Sie unsere Reisetaschen. Muß ich mitkommen, oder sind Sie vorsichtig?«

»Ich war schon häufig allein draußen, Sir.« Als Offizier auf Farside bot sich ihm dazu reichlich Gelegenheit.

Während er unterwegs war, rief ich ein weiteres Mal auf Farside an und vereinbarte das Rendezvous mit dem Shuttle.

Als Adam zurückkehrte, legten wir ab. Ich gab sachte Schub auf die Düsen und schaukelte das Schiff frei. Adam sah mir zu und machte dabei ein langes Gesicht. Ich sagte nichts und schaukelte heftiger. Die Verschlüsse trennten sich.

Langsam trieben wir von der Station weg. Ich mußte das Schiff herumdrehen, damit die Hilfstriebwerke uns korrekt auf Kurs brachten. Der Junge sah sehnsüchtig aus.

Ich seufzte. »In Ordnung, übernehmen Sie. Bringen Sie uns nach Hause.«

Sein Verhalten war fast ehrerbietig. »Aye, aye, Sir. Danke, Sir.« Er senkte die Hände auf die Steuerung. Zwei kurze Stöße mit den Backbordtriebwerken, einen Augenblick später mit denen an Steuerbord. Er tippte eine Anforderung ein, und die vorprogrammierten Koordinaten leuchteten auf.

Ich sah vom Platz des ersten Offiziers aus zu. Am Ruder war die ganze tolpatschige Zimperlichkeit des Fähnrichs wie weggezaubert. Sein Blick wechselte zwischen Konsole und Sichtschirm hin und her, während er sowohl die Navigation als auch die Ausrichtung des Schiffes mit eleganter Kompetenz bewältigte.

»Bereit zur Zündung der Haupttriebwerke, Sir.«

»Machen Sie weiter.«

Er packte den Schubhebel fester, aber sein Blick wich nicht vom Positionsraster auf der Konsole. In exakt dem richtigen Augenblick schaltete er die Energie zu. Zuerst langsam und dann immer schneller fiel die Station zurück.

»Mit Ihrer Erlaubnis: Fünfzig Minuten Brennzeit, siebenundsechzig Minuten freie Fahrt, fünfzig Minuten Bremszündung, Sir.«

Ich griff in meine Tastatur und wiederholte seine Berechnungen. Sie schienen zu stimmen, aber andererseits war Navigation nie mein bestes Fach gewesen. »Sehr schön.«

Adam stellte das Alarmsignal ein und lehnte sich zurück, wobei jedoch eine Hand weiterhin auf dem Schubhebel ruhte, um ihn zurückzunehmen, falls ein Triebwerk zu vibrieren begann. »Ich habe da noch eine Idee, Sir. Ich könnte sie direkt zu Station Earthport bringen und das Rendezvous mit dem Shuttle auch dorthin verlagern.« Sein Blick ruhte auf der Konsole. An seiner Schläfe pochte eine Ader.

»Nein.« Das Andockmanöver mit dem Shuttle war eine Sache, der Anflug auf das geschäftige Handelszentrum der Erde eine ganz andere. Selbst wenn es zu keiner Katastrophe kam, warf ein ungeschicktes Manöver ein schlechtes Licht auf die Flotte.

»Aber wir ... Ich wollte nur ... Aye, aye, Sir. Ich wollte nicht ...« Er preßte die Lippen zusammen.

Ich schnauzte: »Zeigen Sie mir noch mal so ein verdrossenes Gesicht, und Sie kassieren zwei weitere Minuspunkte!«

Er wirbelte herum. »Verdrossen? Sir, ich ...« Er schluckte die Worte hinunter und schwieg eine ganze Weile lang. Endlich sagte er entschlossen: »Sir, verzeihen Sie, aber Sie haben das falsch verstanden. Ich habe mich nur selbst angewidert, weil ich nicht einmal einen einfachen Satz hervorkriege, ohne zu stottern.«

Mein Zorn schmolz dahin. »Warum, Adam?«

Er studierte die Konsole. »Ich wünsche, ich wüßte es. Ich kann mit Mr. Keene oder Guthrie Smith oder den Kadetten reden. Vielleicht liegt es daran ...« Er brach ab. Ich wartete. »Ich möchte Sie so sehr beeindrucken«, murmelte er.

»Weil ich der Kommandant bin?«

»Nein, Sir, weil Sie Kapitän Seafort sind.« Er wurde rot. »Ich wollte meinem Vater erzählen können, daß ich unter dem großen Mr. Seafort gedient habe. Jetzt kann ich ihm nur sagen, daß ich Sie umgestoßen habe, daß ich bei jeder Gelegenheit, zu der ich Sie sah, nur gestottert habe, und daß ich innerhalb von zwei Wochen mehr Minuspunkte verdient habe als in einem Jahr als Kadett.«

»Nein, haben Sie nicht.« Ich räusperte mich und sagte barsch: »Alle übrigen Minuspunkte sind gelöscht, einschließlich der zehn, für die Sie zu Mr. Paulson geschickt wurden.« Das war schlecht für die Disziplin, aber er hatte für seine Leistungen als Pilot eine Belohnung verdient, und seine Idee hatte mir etliche Stunden voller besorgter Erwartung erspart.

»Im Ernst? Wirklich?« Er sah erstaunt aus. Als ihm dann auffiel, was er gesagt hatte, wurde er rot. »Es tut mir leid, wie sich das anhörte. Natürlich haben Sie ...« Er schüttelte den Kopf. »Sehen Sie? Ich wollte nur sagen: Vielen Dank, Kapitän.«

»Sehr gut.« Ich schloß die Augen und dachte nach. Nach einer Weile sagte ich: »Mr. Tenere, beachten Sie für den kommenden Monat folgende Regel: Wann immer ich oder einer der Leutnants etwas zu Ihnen sagt, antworten Sie mindestens fünf Sekunden lang nicht. Jedesmal, wenn Sie das nicht beachten, melden Sie sich beim Offizier vom Dienst, damit ein Minuspunkt für Sie eingetragen wird. Ich verzeichne diesen Befehl im Logbuch, damit Sie niemand der Unverschämtheit beschuldigt. Ist das klar?«

»Aye, aye, Sir.«

»Ein Minuspunkt.«

Eine lange Pause. »Aye, aye, Sir.«

Ich lehnte mich zurück und fragte mich, ob es helfen würde.

Während wir darauf warteten, daß das Shuttle andockte, bat ich Sergeant Obutu darum, eine Verbindung nach Devon herzustellen. Innerhalb weniger Augenblicke meldete sie sich wieder. »Sir, ich komme nicht durch. Auf allen Leitungen antwortet nur eine Aufzeichnung: ›Schaltungen für eine Ausbildungsübung belegt‹.«

Meine Nackenhaare richteten sich auf. Langsam sagte ich: »Sarge, ich könnte mir vorstellen, daß Tolliver den Verstand verloren hat. Arrangieren Sie, daß mich eine Kampfgruppe der Marineinfanterie am Shuttlehafen London erwartet, nur für alle Fälle.«

»Aye, aye, Sir. Sind Sie sicher, daß das nötig ist?«

»Besser auf Nummer Sicher gehen, als hinterher etwas beklagen.«

»Haben Sie vor, sich den Weg hinein freizuschießen?«

Ich lächelte freudlos. »Bei diesem Typ weiß man nie, woran man ist.« Falls Tolliver wirklich durchgetickt war, waren nur Leutnant Bien, Sleak und die Drillsergeanten da, um ihn zu stoppen.

Ich durchquerte die Schleuse von Station Earthport.

»Kapitän Seafort? Bitte folgen Sie mir.« Es war ein Techniker vom Flottentransportdienst. Wir gingen durch den belebten Korridor zu den Shuttle-Abflugrampen.

Obwohl ich meinen Rang normalerweise nicht ausnutzte, freue ich mich diesmal, daß mir aufgrund meines Postens ein Sondershuttle zur Verfügung stand. Ich konnte mir gut vorstellen, wie ich irgendeinem Leutnant vom Transportdienst erklärte, ich müßte eilig zur Erde hinunter, um nachzusehen, ob mein Stabsleutnant auf dem Akademiegelände einen Putsch durchgeführt hatte. Ob ich nicht auch noch einige Kampfpanzer haben könnte, wenn ich schon dabei war? Vielleicht ein paar Laserkanonen?

Als wir endlich auf dem Londoner Shuttlehafen aufsetzten, war ich ganz krank vor Sorge. Wenn Tolliver nicht mehr aus allen Düsen feuerte, brachte er es vielleicht fertig, mich zu kidnappen oder umzubringen, sobald ich auftauchte. Sollte ich allerdings die Tore der Akademie mit einer Kampftruppe stürmen, obwohl Tolliver einen soliden Grund für sein Vorgehen hatte, wären bald alle Holos voll davon. Zweifellos endete ich dann in einer Neueinstellungsklinik gleich neben Annie.

In der Abenddämmerung traf ich den Leutnant der Marineinfanteristen, war jedoch immer noch unentschlossen. Am Ende einigte ich mich auf einen Kompromiß: Falls ich mich nicht innerhalb von zwei Stunden meldete, hatten die Marines auf den Stützpunkt vorzudringen und die Lage zu klären. Ich stieg in den wartenden Heli. Minuten später landeten wir auf der Plattform der Akademie.

Als die Wachtposten herankamen, sprang ich hinaus und duckte mich unter die kreisenden Blätter. »Nehmen Sie Haltung an! Wo ist Tolliver?« Einer der Posten leuchtete mir mit der Taschenlampe ins Gesicht.

»Aye, aye, Sir.« Er schaltete die Lampe aus. »Ich wollte nur sichergehen, daß Sie es sind.« Er nahm Haltung an.

»Was zum Teufel geht hier vor?«

»Mr. Tolliver kommt gleich, Sir. Ich habe bei der Verwaltung angerufen, als Ihr Pilot um Landeerlaubnis bat.« Soviel zum Überraschungseffekt.

»Sehr gut.« Ich stand kochend da, bis drei Gestalten auf den Landeplatz geeilt kamen: Tolliver, Sergeant Ibarez, Erster Fähnrich Sandra Ekrit.

Tolliver salutierte forsch. »Leutnant Edgar Tol . . .«

»Schluß damit! Was geht hier vor?«

»Leutnant Sleak ist tot.«

»Er ist was?« Ich war schockiert und verspürte eine instinktive Furcht, aber ein Gefühl persönlichen Verlustes gesellte sich nicht hinzu. Ich hatte den Mann nicht gut gekannt. Ich holte langsam Luft und entspannte die verkrampfte Muskulatur. Kein Putsch, kein verrückt gewordener Tolliver. »Verdammt, warum konnten Sie mir das nicht über . . .«

»Er hat sich erschossen.« Ich sperrte den Mund auf.

»In seinem Quartier. Der Branstead-Junge fand ihn nach dem Morgenlauf.«

Ich war wie betäubt. »Aber . . . Warum? Das ergibt keinen Sinn!«

»Dem stimme ich zu.«

Aus Erleichterung wurde Zorn. »Warum haben Sie den Stützpunkt abgeschottet? Ich dachte, Sie hätten den Verstand verloren!«

»Ja, Sir. Das Risiko besteht immer.«

Sergeant Ibarez und der Fähnrich verfolgten dieses Zwischenspiel fasziniert. Ich knurrte: »Verdammt, Toll . . .«

»Ich habe es getan, um Ihnen Zeit zu verschaffen. Um Ihnen alle Möglichkeiten offenzuhalten.«

»Zeit? Möglichkeiten?«

Geduldig erklärte er: »Ich wußte nicht, wie Sie damit umgehen möchten, Sir. Sobald die Magazine davon Wind bekommen ...«

»Die machen sich nichts aus einem armen Leutnant auf einem Land ...«

Sergeant Ibarez räusperte sich. »Entschuldigung, Sir, es geht um Sie, nicht um Mr. Sleak.« Er lächelte besänftigend.

»Sind Sie beide übergeschnappt?«

Tolliver sagte: »Wenn Sie sich die Nase schneuzen, ist das bereits eine Nachricht, Sir. Oh, ich weiß, daß Ihnen das nicht gefällt, aber mich anzufunkeln, ändert gar nichts. Sobald die Nachrichtenleute hören, daß sich Ihr zweiter Leutnant ohne erkennbares Motiv erschossen hat, werden sie das Tor belagern und Schnappschüsse von allem machen, was sich bewegt.«

Zur Hölle mit seiner Unverschämtheit! Die Tatsache, daß er wahrscheinlich recht hatte, minderte meine Verärgerung keinesfalls. Meine Gedanken rasten im Kreis. »Hat Sleak mit jemandem gesprochen? Wer hat ihn gefunden?«

»Jerence Branstead, Sir. Der Kadett.«

»Was hat er denn dort gemacht?« fragte ich zänkisch.

Sergeant Ibarez: »Ich habe ihn beim Morgenlauf mit dem Stock berührt.«

Ich schwenkte zu Sandra Ekrit herum. »Warum sind Sie hier, Fähnrich?«

Sie erwiderte würdevoll: »Weil es mir Leutnant Tolliver befohlen hat, Sir.«

Ihr Verhalten brachte mich wieder zu Verstand. Alle vier standen wir unter den Rotorblättern und zankten uns in Sichtweite der Wachen. So ging das einfach nicht. »Sehr gut, in mein Büro.« Ich stolzierte den Weg hinunter.

Tolliver eilte den anderen voraus und paßte sich meiner Geschwindigkeit an. »Sie haben recht; es war wahrscheinlich die Schuld des Fähnrichs oder von Kadett

Branstead. Ich bin froh, daß Sie wieder die Leitung übernehmen.«

»Halten Sie den Mund.«

»Aye, aye, Sir.«

Kochend vor Wut verlängerte ich meine Schritte. Ich hatte nicht nur einen guten Leutnant verloren, sondern mußte mich auch auf einen exzentrischen, unverschämten Kerl wie Tolliver verlassen. Alles, was ich sagte, verdrehte er mit sardonischem Humor. Trotzdem mußte ich mehr erfahren. »Aber warum die Basis abschotten, selbst wenn Sleak sich umgebracht hat? Was soll ich denn unternehmen ... ihn vielleicht um Mitternacht unter dem Messesaal begraben?«

»Die Blumenbeete wären passender ... Verzeihung, Sir. Sehen Sie mal!« Ich legte noch einen weiteren Schritt zurück, ehe ich bemerkte, daß er abrupt stehengeblieben war und wartete, bis ich ihm meine Aufmerksamkeit schenkte. Er stemmte die Hände in die Hüften. »Ich kann nicht Ihre Gedanken lesen, Kapitän. Hätten Sie es vorgezogen, daß ich die Nachricht in alle Welt hinausposaune? Sehr gut, nächstes Mal werde ich genau das tun. Diesmal wenigstens können Sie die Nachricht jedoch selbst freigeben, und zwar so, wie Sie möchten. Entschuldigen Sie, daß ich versucht habe, Ihren Arsch zu decken!«

Ich schluckte, als sein Zorn dazu führte, daß meiner verrauchte. »Sie hatten Zeit, darüber nachzudenken. Was sollte ich also tun?«

Wir gingen weiter. »Das hängt davon ab, warum Sleak sich umgebracht hat. Wenn es aus persönlichen Gründen geschah, wäre vielleicht eine kurze, würdevolle Bekanntmachung angeraten. Wenn es etwas mit der Akademie zu tun hatte, ist mir schleierhaft, wie wir damit umgehen sollten.«

»Mit der Akademie? Wie das«

»Woher zum Teufel soll ich das wissen? Vielleicht hat er einen Erstkläßler gevögelt oder Zugangsprüfungen manipuliert. Ich hatte nichts weiter vor, als Ihnen Zeit zu verschaffen, damit Sie es herausfinden können!«

Wenig später sagte ich: »Tut mir leid.« Wir gingen schweigend bis zur Treppe. »Wo ist seine Leiche?«

»Ich gab Anweisung, sie auf die Krankenstation zu bringen. Es erschien mir ... unpassend, ihn dort liegenzulassen, wo er war.«

»Sind Sie sicher, daß er Selbstmord begangen hat?« Ein Mord wäre ... undenkbar gewesen. Und eine Katastrophe für die Moral.

»Ganz sicher.« Er hielt mir die Tür auf. »Sie werden es selbst feststellen.«

Im Büro wies ich den Sergeant und Fähnrich Ekrit an, sich zu setzen. »Warum Sie drei? Handeln Sie als Komitee?«

Sergeant Ibarez schüttelte den Kopf. »Eigentlich nicht. Als Branstead die Leiche gefunden hatte, rannte er los und holte mich. Ich sah mir die Sache an, schloß die Tür ab und rief Mr. Tolliver. Ich teilte Branstead für Sonderaufgaben ein, die ihn auf Distanz zu den anderen Kadetten halten, und agiere seitdem als so eine Art Verbindungsmann zum übrigen Stab. Die wissen nur, daß irgendwas im Busch ist, kennen aber nicht die Einzelheiten.«

Tolliver sagte: »Ich wies Ms. Ekrit an, eine Fähnrichswache von Mr. Sleaks Tür zu postieren. Fähnriche sind ranghöher als Sergeanten oder jemand vom Unterdeck. Technisch gesehen, heißt das.«

Sandra Ekrit lächelte resigniert über diese Erinnerung an ihren Status. »Ja, Sir, technisch gesehen. Ich hab' einige Jungs in Schichten eingeteilt, um sich bei der Bewachung der Tür abzulösen. Thayer und Tsai haben die Leiche zur Krankenstation gebracht.«

Ich wandte mich Tolliver zu. »Sie sagten, Sie wären sicher, daß ein Selbstmord vorliegt.«

»Ja.« Tolliver steckte einen Chip in mein Holovid. »Seien Sie gewarnt, Sir, daß es kein ...«

Ich schaltete das Gerät ein. Darwin Sleaks hagere Züge starrten in die Linse. Er streckte die Hände aus; sie kamen näher, wurden ganz verzerrt und packten den

Holorecorder. Die Wände glitten vorbei, als er einen Schwenk durch das leere Zimmer ausführte, bis er wieder den Ausgangspunkt erreicht hatte. Mit einem Ruck kam der Recorder auf dem Schreibtisch zum Stehen. Sleak setzte sich davor und griff in die Schublade, den Blick fest in die Kamera gerichtet.

Seine Hand kam mit einer Schußwaffe zum Vorschein, einem altertümlichen Modell mit Bleikugeln. Er prüfte den Ladestreifen, zögerte, setzte sich die Pistole an die Schläfe.

»Das ist ein Selbstmord«, sprach Leutnant Darwin Sleak ins Holo. »Ich bin allein, und niemand sonst ist in die Sache verwickelt. Kommandant, es tut mir leid. Ich habe gefehlt. Ich hätte nie damit gerechnet ...« Er schloß die Augen. »Im Vertrauen auf die Liebe und Gnade Deines Geistes ...« Er drückte ab.

Ich zuckte in meinem Sessel zurück, und der Schuß klang mir noch in den Ohren. Sein Kopf ... »Jesus, Herr Christus!«

»Amen. Ich hatte Sie gewarnt.«

Mein Magen würgte. Ich versuchte den Brechreiz zu unterdrücken. Das Holovid blieb auf die Überreste von Sleaks Kopf gerichtet. Mit unsicherer Hand schaltete ich es aus und holte tief Luft. »Sehr gut, es war Selbstmord. Was meinte er damit, daß es ihm leid tue?«

»Ich habe keine Ahnung.«

Ich trommelte mit den Fingern auf die Tischplatte. »Wieviel Zeit bleibt uns?«

»Für was, Sir? Seine Leiche ist im Kühlfach; in dieser Hinsicht besteht kein unmittelbares Problem.«

»Bis es bekannt wird.«

»Bescheid wissen nur Branstead, die in diesem Zimmer versammelten Personen, die Fähnriche und der Meditechniker. Sarge meint, er wäre vertrauenswürdig.«

»Der ganze Fähnrichsstab weiß natürlich Bescheid«, warf Ms. Ekrit ein. »Wir können so was nicht voreinander geheimhalten. Niemand wird jedoch etwas sagen, Sir. Dafür verbürge ich mich.«

Ich lächelte. Ein erster Fähnrich konnte sehr überzeugend sein, wenn es die Situation erforderte. »Sehr gut. Wir haben also wenigstens Zeit bis morgen. Edgar, weiß Ms. Bien von der Sache?«

»Nein, Sir. Ich bin ranghöher und habe das ausgespielt. Ich glaube nicht, daß sie noch mit mir redet.«

»Sagen Sie es ihr. Ich möchte, daß Sie beide noch heute Abend Mr. Sleaks Kabine durchsuchen. Sarge, Sie helfen ihnen. Ein Fähnrich kann sich solange um Ihren Saal kümmern.«

»Ich habe bereits einen dafür, Sir. Mr. Thayer.« Das rothaarige Kind, das ich erst vor Monaten dabei erwischt hatte, wie es sich glücklich an einer Kissenschlacht beteiligte. Ich stand auf. »Melden Sie sich bei mir, wenn Sie fertig sind, egal wie spät es ist. Ich bin in meinem Quartier, sobald ich einen Happen gegessen habe. Ich hatte nichts mehr seit ... ich weiß nicht, wann.« Ich blieb an der Tür noch einmal stehen. »Mr. Branstead soll sich im Messesaal bei mir einfinden.«

Ich schlang gerade ein schlichtes Sandwich hinunter, als Fähnrich Diego den jungen Jerence in den leeren Saal führte. Ich nahm ihre Grüße entgegen und entließ den Fähnrich. »Kommando zurück, Mr. Branstead.«

»Aye, aye, Sir.« Da er nicht wußte, was er mit sich anstellen sollte, stand er bequem. Nach einem Moment sprudelte er hervor: »Es ... es tut mir leid, Sir! Was immer ich auch getan habe!«

Er war lange genug Kadett, um zu wissen, daß er nur zu reden hatte, wenn er angesprochen wurde, aber ich ließ es ihm durchgehen. »Setz dich.«

Seine Augen weiteten sich bei dieser unerwarteten Vertraulichkeit. »Aye, aye, Sir.«

Ich musterte seine geröteten Augen, die kauernde eingesunkene Haltung. »Du mußt einen ganz schönen Schrecken bekommen haben.«

»Mir geht es gut, Sir.« Die Antwort erfolgte augenblicklich.

»Das weiß ich. Trotzdem, ich habe auch gesehen,

wie ... Das war etwas, worüber man lieber nicht unerwartet stolpert.«

Jerence erschauerte. »Ich habe angeklopft, wie es sich gehört. Die Tür ging auf, und ich dachte, er wollte mir damit zeigen, daß ich eintreten sollte. Er saß zusammengesunken hinter ... hinter dem ...« Er wandte sich abrupt ab.

Ich räusperte mich. »Es tut mir leid.« Ich konnte ihn nicht anfassen, ihm nicht mal tröstliche Worte schenken. Er war einfach irgendein Kadett und ich sein kommandierender Offizier.

»Mit mir ist alles in Ordnung.« Der Ton hätte einen täuschen können, wäre da nicht sein Blick gewesen.

»Ja, nun gut.« Vor vielen Monaten hatte ich Harmon Branstead versprochen, für die Sicherheit seines Sohnes zu sorgen. Und wenn das noch nicht reichte, so war ich Jerences gesetzlicher Vormund. Trotzdem zögerte ich.

Mein kleiner Nathan hätte ein solcher Junge werden können, wäre er nur am Leben geblieben.

»Komm mit.« Der Junge folgte mir zur Essensausgabe. Ich öffnete das Tor am Tresen und führte ihn mit der Hand auf der Schulter in die dunkle Kombüse. »Sag niemandem etwas davon, Jerence. Wir sollten eigentlich nicht hier sein.«

»Nein, Sir.«

»Hast du Abendessen bekommen?«

»Ja, Sir. Mr. Tsai hat mir ein Tablett in den Ausstattungsraum gebracht.«

»Was hast du dort getan?«

»Inventur, Sir. Eine Kontrolle der Seriennummern.«

Ich seufzte. Ibarez hätte ruhig etwas Glaubhafteres finden können. Ich öffnete einen Kühlschrank und blickte forschend hinein. Ein großes Blech mit Schokoladenkuchen. Das tat es. Ich holte es hervor, suchte Teller und packte zwei Portionen darauf. »Nimm sie bitte.«

Ich ging zu den Gefrierfächern und suchte Eiscreme. Ich teilte Jerence einen großzügig bemessenen Brocken zu und nahm selbst einen kleineren. Ich stemmte mich auf den glänzenden Stahltresen hinauf und gab dem Jungen zu verstehen, daß er meinem Beispiel folgen sollte. »Greifen Sie zu, Mr. Branstead. Das Abendbrottablett kann nicht allzuviel enthalten haben.«

»Danke, Sir.« Er traf keine Anstalten zuzugreifen. »Mr. Seafort, ich meine, Kommandant, Sir, was habe ich falsch gemacht? Hätte ich draußen bleiben sollen? Warum darf ich heute abend nicht in die Unterkunft zurück?«

»Du hast nichts falsch gemacht. Alles übrige geht dich nichts an.« Mein Ton war rauh, und Jerence senkte den Blick auf seine Schuhe. »Iß dein Eis.«

Gehorsam nahm er einen Löffel. »Es tut mir leid, Sir. Verzeihen Sie.«

Ich seufzte; ich wußte es eigentlich besser. Wir waren Schiffsgefährten gewesen, er und ich. »Jerence.« Er blickte auf. »Wir wissen nicht, warum Leutnant Sleak sich umgebracht hat. Wenn die Nachricht durchsickert, ehe wir es herausgefunden haben, wird das ausgesprochen peinlich.«

»Hat Sarge deshalb verlangt, daß ich in der geschlossenen Unterkunft schlafe? Damit ich nicht mit den anderen rede?«

»Ja.« Das schmelzende Eis wirkte nicht mehr verlockend. Ich stellte meinen Teller zur Seite. »Er dachte, du könntest das Geheimnis nicht für dich behalten.« Ich zögerte und schlug dann jede Vorsicht in den Wind. »Aber ich weiß es besser. Wenn du mit dem Essen fertig bist, bringe ich dich zurück zum Valdez. Du wirst uns dabei helfen, daß alles ruhig bleibt, bis wir wissen, was eigentlich passiert ist.«

»Natürlich, Sir.« Seine Schultern strafften sich. »Ich sag' es niemandem, nicht mal meinen Saalkameraden. Ich verspreche es!«

»Iß jetzt auf, ehe uns die Kombüsenmaate finden.«

»Ja, Sir.« Er lächelte, etwas zaghaft zunächst.

»Es muß schlimm gewesen sein, Mr. Sleak zu finden.«

»Das war es, Sir.« Er nahm ein Stück Kuchen. Er hob den Kopf. »Aber ich bin jetzt darüber hinweg.«

10. Kapitel

Als Jerence wieder sicher in seinem Schlafsaal war, kehrte ich erschöpft in meine Wohnung zurück. Die Durchsuchung des Quartiers von Leutnant Sleak würde Stunden beanspruchen; inzwischen brauchte ich Schlaf. Ich legte mich ins Bett, das Bild von Mr. Sleaks Kopf vor Augen, nachdem er abgedrückt hatte. Ich verbannte es, aber andere Bilder suchten mich heim, darunter Kadett Dustin Edwards, leblos in einem Korridor auf Farside zusammengesackt.

Ich fuhr hoch; jemand klopfte drängend an meine Tür und schrie dazu. Ich wankte in Unterhose zur Tür und riß sie auf. »Lassen Sie diesen Unf . . .«

»Hände hoch!« Das Lasergewehr des Marines erlaubte keinen Widerspruch. Ich streckte die Hände über dem Kopf aus und wich mehrere Schritte zurück.

»Ruhig, Jodgson, das ist der Kommandant. Alles in Ordnung, Sir?« Es war der stämmige Leutnant der Marineinfanteristen.

»Natürlich ist alles in Ordnung! Warum in drei Teufels Namen platzen Sie her . . .« Ich lief dunkelrot an. »Rufen Sie Ihre Leute zurück, Leutnant. Ich . . . habe vergessen, Ihnen Bescheid zu sagen.«

Das Gesicht, das er machte, reduzierte mich zu einem verkohlten Fleck auf dem Teppich. »Vergessen. Ich verstehe. Sehr gut, Kommandant.« Er hob den Rufer. »Korporal Manners, sichern Sie die Waffen und geben Sie die Wachtposten frei. Die ganze Sache ist ein Flop!«

Ich senkte die Arme.

»Wie sind Sie an den Wachen vorbeigekommen? Gab es Beschädigungen?«

»Nicht viele, Sir. Wir haben das vordere Wachhaus besetzt, wo Ihr Mann vor sich hindöste. Dann sicherten wir den Helilandeplatz, für den Fall, daß der Feind zu flüchten versuchte. Als nächstes umstellten wir die Offiziersquartiere. Im angrenzenden Korridor haben wir drei Flottenoffiziere unter Bewachung.«

»Lassen Sie sie gehen«, sagte ich rasch. »Es war falscher Alarm. Nur eine Übung.«

»Klar.« Er salutierte, erlaubte sich jedoch eine abschließende Stichelei. »Sollten Sie mal ein Bereitschaftstraining für Ihre Wachen wünschen, sagen Sie uns Bescheid.« Ich schlüpfte in Hose und Hemd und lief hinüber zu Leutnant Sleaks Wohnung. Tolliver stand mit verschränkten Armen an der Tür und stritt sich mit einem Marine. Er zog eine Braue hoch.

»Kein Wort, verstanden?« Ich versuchte, meine Verlegenheit in Wut umzuformen. »Machen Sie sich einfach wieder an die Arbeit!«

Der Infanterieleutnant folgte mir, um seinen Mann zurückzurufen. Der junge Soldat erklärte ihm eindringlich: »Sir, darin ist Blut. Jemand wurde . . .«

Ich knurrte: »Leutnant, bringen Sie den Mann von hier weg, aber sofort!« Zu meiner Erleichterung gehorchten die Marines. Ich folgte ihnen zurück zum Landeplatz und wartete mit ihnen auf ihren Transporter, während meine eigenen peinlich berührten Wachtposten ihr Bestes taten, um meinem Blick auszuweichen. Als der Heli der Marines aufsetzte, warnte ich ihren Leutnant vor Konsequenzen, falls auch nur ein Wort von diesem Fiasko durchsickern sollte.

Ich bezweifelte, daß ich ihn übermäßig beeindruckt hatte, aber vielleicht aus Mitleid mit mir willigte er ein. Als sie endlich weg waren, drehte ich mich auf den Fersen um und eilte zurück zu den Offiziersquartieren. Die Tür zu Sleaks Kabine stand einen Spalt weit offen.

Tolliver, der an Sleaks Konsole saß, sagte nur: »Noch nichts, Sir. Danke, daß Sie eine stimulierende Pause organisiert haben. Wir bewunderten gerade . . .«

Ich knurrte: »Ich möchte es nicht hören.« Ich schloß die Tür und ging wieder in meine Kabine. Stundenlang warf ich mich hin und her, ehe ich in der Morgendämmerung endlich einnickte.

»Er muß irgendwo einen Hinweis hinterlassen haben.« Zerzaust und mit verschwommenem Blick funkelte ich Ibarez und Tolliver an.

»Ich habe alles durchgesehen, sogar die Briefe seiner Schwester.« Auch Tolliver schien müde. »Ms. Bien ist gerade dabei, ein weiteres Mal seine Compdateien zu überprüfen.«

»Haben Sie nicht ...« Ich schluckte meinen gedankenlosen Zorn hinunter. »Haben Sie keine Notizen gefunden, überhaupt nichts?«

»Natürlich, Sachen, wie sie jeder zurückgelassen hätte. Verabredungen zum Essen, hingekritzelte Zahlen. Nichts Besonderes.«

»Was für Zahlen?«

Er klang verärgert. »Eine Notiz schien die Logistik für die Beförderung von Erstkläßlern zur Station zu behandeln, für die kommende Unterrichtsperiode. Bei den anderen habe ich keine Ahnung. Möchten Sie sie sich ansehen?«

Ich sah auf die Uhr. »Warten wir damit bis nach dem Frühstück.«

Darwin Sleaks Tod war sinnlos. Gut, er war wütend auf mich gewesen, hatte um seine Versetzung gebeten, weil ich Tolliver damit beauftragt hatte, seine Buchführung durchzusehen. Edgar hatte jedoch nichts gefunden, was Sleak belastet hätte, und letzterer war auch nicht der Mann, der sich aus Gereiztheit umbrachte.

Tolliver hatte mir einen Schrecken eingejagt, als er den Stützpunkt abschottete, aber ich mußte einräumen, daß sein Vorgehen sinnvoll war. Die Flotte durfte ihre schmutzige Wäsche nicht in der Öffentlichkeit waschen. Und da mein Name in die Sache verwickelt war, hätten die Medienleute nach einem Skandal geforscht oder sogar einen erfunden, um den Selbstmord daran aufzuhängen.

Ich seufzte. Die Leiche meines Leutnants lag in einem Kühlfach; darum mußten wir uns ebenfalls kümmern. Darüber hinaus freute ich mich nicht gerade darauf, seinen Nachfolger einzuarbeiten, während ich selbst hier noch neu war. Zu allem Überfluß war ich müde, litt unter der Zeitverschiebung und vermißte Annie. Wenigstens konnte ich sie jetzt, wo ich auf der Erde war, besuchen, sobald die Dinge unter Kontrolle waren.

Beim gemeinsamen Frühstück nippte ich düster an meinem Kaffee und betrachtete mir die blitzsauberen, förmlich glänzenden Kadetten. Niemand an meinem Tisch kommentierte Leutnant Sleaks leeren Platz.

Auf dem Weg nach draußen sprach mich Leutnant Bien unter vier Augen an. »Der Quartiermeister hat Anfragen zu Lieferverträgen, und die täglichen Systemmeldungen für Mr. Sleak liegen vor.«

»Was soll ich Ihrer Meinung nach unternehmen?« Ihr resignierter Ausdruck erboste mich. Mühsam beherrschte ich mich. »Tut mir leid, Ms. Bien. Geben Sie bekannt, daß Mr. Sleak mit einem Sonderauftrag befaßt ist. Alle Meldungen und Anforderungen gehen solange an Sie.«

»Aye, aye, Sir. Und das Faß?«

Das war die Aufgabe des ersten Leutnants. Ich zögerte. »Bringen Sie es zu Tolliver; er ist ranghöher.«

Ich durchquerte den Stützpunkt zu meinem Büro und schloß die Tür. Ich schritt auf und ab und nagte dabei am Geheimnis von Sleaks Tod. Wir hatten in seiner Wohnung keine Hinweise gefunden. Vielleicht gab es gar keine, und der Mann war einfach einer Depression erlegen. Falls das zutraf, reichte eine schlichte Bekanntgabe. Ich setzte mich an den Schreibtisch und spielte mit dem Entwurf einer solchen Meldung herum. Tief im Bauch entstand allmählich ein Knoten.

Endlich löschte ich mein Gekritzel und summte das Vorzimmer an. »Sagen Sie Ms. Bien, daß ich Ihr Erscheinen wünsche.« Ich wartete ungeduldig, bis sie anklopfte. »Sie waren noch spät in Mr. Sleaks Kabine. Was haben Sie in seinem Comp gefunden?«

»Nicht viel, Sir. Notizen, Briefe, Berichte. In etwa das, womit ich gerechnet hatte.«

»Kein Hinweis auf ein Problem?«

»Nein, Sir. Sehen Sie ruhig selbst nach. Ich habe seine Dateien unter Ihrem persönlichen Sicherheitscode abgelegt.«

Zwei Stunden später hatten wir nichts Ungewöhnliches gefunden. Endlich gab ich auf. Ich entließ Ms. Bien wieder zu ihren übrigen Pflichten und vertiefte mich erneut ins Brüten.

Bis zum Mittag hatte ich mich entschlossen, daß ich die Sache erledigt haben wollte, Medienleute hin, Medienleute her. Ich schaltete das Holo ein, um eine Bekanntmachung zu formulieren.

Sergeant Kinders klopfte an. »Die Wochenberichte sind bereit zum Versand an die Admiralität, Sir. Soll ich . . .«

»Schicken Sie sie ab.« Die verdammten Berichte hatten nichts zu bedeuten; niemand las sie. Soweit es die Admiralität anging, stand ich auf eigenen Füßen, wie vorher Kommandant Kearsey. Ich genoß die Freiheit, meinen Etat sinnvoll auszugeben oder zu verschleudern, abgeirrte Kadetten zu kassieren und die Schüler so auszubilden, wie ich es für richtig hielt. Es sei denn natürlich, ich verabsäumte es, Senator Boland um den Bart zu gehen, in welchem Fall Admiral Duhaney mich zur Verantwortung ziehen würde. Die Admiralität hätte mir lieber ein paar vernünftige Richtlinien in die Hand geben sollen, als mir mit der Politik . . .

Richtlinien. Sehr gut. Falls Duhaney sich in die Belange der Akademie einmischen wollte, konnte ich ihm Stoff anbieten. »Mr. Kinders!«

Die Tür ging auf. »Ja?«

»Verbinden Sie mich mit Admiral Duhaney. Es ist dringend.«

»Aye, aye, Sir.« Er verschwand. Erleichtert ging ich im Büro auf und ab. Ich würde Duhaney die Wahrheit sagen. Sollte er sich überlegen, wie dieses Problem zu lösen war. Und sollte die Bekanntmachung ruhig aus seinem Büro stammen, statt aus meinem. Die Medienleute würden dann nie . . .

Ich fluchte und riß die Tür auf. »Vergessen Sie diesen Anruf, Sarge.«

Sergeant Kinders blickte mit unverbindlicher Miene auf. »Aye, aye, Sir.«

»Ich kann ihm aus demselben Grund wie Tolliver nicht über Funk mitteilen ...« Ich brach ab und musterte sein Gesicht. »Wieviel wissen Sie?«

»Offiziell? Nichts. Aber etwas ist mit Mr. Sleak passiert, soviel ist offensichtlich.«

Ich mußte meinem eigenen Stab vertrauen. »Er hat in seiner Kabine Selbstmord begangen. Ich muß den Admiral aufsuchen.« Es bedeutete eine weitere Auseinandersetzung mit der brutalen Beschleunigung, und ich konnte Annie nicht besuchen. Es gab jedoch keinen anderen Weg, es sei denn ... »Wenn ich es mir recht überlege, setze ich lieber eine Mitteilung auf. Rufen Sie einen Fähnrich.« Ich tastete nach einem Namen, irgendeinem Namen. »Mr., ah, Thayer.«

Eine Stunde später packte ich den Chip in einen Taschenbehälter und reichte ihn dem rothaarigen Jungen, der vor meinem Schreibtisch bequem stand. »Holen Sie Ihre Reisebefehle bei Sarge ab. Suchen Sie die Admiralität in Lunapolis auf und melden Sie sich in Admiral Duhaneys Büro. Sie dürfen diesen Chip niemand anderem als ihm persönlich aushändigen.« Ohne diese Vorkehrung ging meine Nachricht vielleicht in den Stapeln von Berichten unter, die täglich bei der Admiralität eintrafen. »Diese Befehle dürfen nicht widerrufen werden, verstanden?«

Die Augen des Jungen funkelten vor Erregung. »Aye, aye, Sir!«

»Entlassen.« Ich sah ihm hinterher, als er hinausmarschierte. Sein Eifer war verständlich; es war sein erster unbeaufsichtigter Flug in den Weltraum. Und wenn er seine Aufgabe erledigt hatte, blieben ihm ein paar freie Stunden in Lunapolis, vielleicht sogar eine Übernachtung. Ein neugieriger junger Fähnrich konnte in den schäbigeren Bezirken dort seine Bildung vertiefen.

Ich lehnte mich zurück. Auf die eine oder andere Weise würde dieser Vorfall abgewickelt werden. Und abgesehen davon – wir mußten Sleak ersetzen; die terrestrische Akademie war schon mit drei Leutnants unterbesetzt, von nur zweien ganz zu schweigen. An Bord eines Schiffes, auf einer langen und trübseligen interstellaren Fahrt, hätte ich mich damit arrangiert oder einen Fähnrich befördert. Im Heimatsystem brauchte ich nur das PersBü anzurufen. Selbst bei der aktuellen Sperre aller Veränderungen im Personalbereich würden sie mir geben, wen ich wollte.

Wen also? Ich dachte kurz an Alexi Tamarow, entschied aber, daß ich mich – selbst wenn sein Gedächtnis inzwischen wiederhergestellt war – bereits genug in sein Leben eingemischt und ihm genug geschadet hatte.

Wir brauchten jemanden mit besonderem Verständnis und einer besonderen Affinität für die Flottentraditionen. Einen Disziplinaristen, der seinen hohen Standard künftigen Generationen vermittelte. Niemand, den ich kannte, paßte zu dieser Anforderung. Ich mußte die Entscheidung also dem PersBü überlassen. Wenn ich Ardwell Crossburn tolerierte, kam ich mit jedem klar.

Am selben Nachmittag rief ich in der Klinik an und fragte nach Annie. Sie war draußen auf dem Grundstück unterwegs.

Müde und gereizt wartete ich im Büro auf Admiral Duhaneys Anruf, bis es fast zu spät war, um noch rechtzeitig zum Abendessen zu kommen.

Die Kadetten erhoben sich forsch, als ich eintrat. Ich marschierte an den Tischen vorbei und stellte fest, daß Jerence Branstead in Gesellschaft seiner Saalkameraden war. Ich rief: »Nehmen Sie Platz, Gentlemen!« Stühle scharrten, und die Gespräche nahmen ihren Fortgang.

Edgar Tolliver schien Schlaf nachgeholt zu haben; sein Esprit stand in voller Blüte. Ich ignorierte eine raffinierte Anspielung auf den Besuch der Marines, aber als er eine weitere von sich gab, beugte ich mich zu ihm hinüber. »Schluß damit, Mr. Tolliver. Zugegeben, ich habe mich zum Narren gemacht, aber Sie hören jetzt auf, Salz in die Wunde zu reiben!«

Er zog eine Braue hoch. »Salz in die Wunde reiben? Keineswegs, Sir! Falls ich, ah, auf diesem Punkt verharre, so deshalb, weil ich die Ablenkung von unserem langweiligen Akademieleben genossen habe.« Es gelang ihm, eine unschuldige Miene zu machen.

»Langweilig, ja?« Jetzt hatte er es zu weit getrieben. »Sehr gut, ich verschaffe Ihnen ein paar Ablenkungen. Beenden Sie Ihren Bericht über die Verträge, der Mr. Sleak so verärgert hat. Ich möchte ihn innerhalb einer Woche auf meinem Schreibtisch liegen haben. Und was die Unterhaltung angeht, können Sie ungefähr einen Monat lang die Morgenläufe beaufsichtigen.« Damit mußte er täglich mindestens eine Stunde früher aus den Federn. Er war kein Fähnrich und unterlag daher nicht dem System der Minuspunkte, aber er würde schon noch lernen, daß es riskant war, einen Kapitän zu sticheln, selbst an Land. Er hätte es inzwischen eigentlich wissen sollen.

»Aye, aye, Sir.« Er wirkte unerschüttert. Vielleicht war er ja Frühaufsteher; mir fiel auf, daß ich es nach einem Jahr engen Kontaktes nicht wußte.

»Ein Anruf für Sie, Sir«, meldete der Messesteward, der hinter meiner Schulter aufgetaucht war.

»Ja?« Ich lehnte mich an den Durchgang und blockierte das gedämpfte Tosen der Stimmen im Saal mit der freien Hand.

»Hier Duhaney. Ihr Chip ist vor einer Stunde eingetroffen.«

»Ja, Sir.«

»Sie hatten recht, das ist ein ganz unglücklicher Vorfall, besonders nach dem Tod des Jungen auf Farside. Wir können gerade im Moment keine Schwierigkeiten bei den Dienstverpflichtungen gebrauchen. Ich arrangiere die Sache von hier aus. Sagen Sie niemandem etwas. Ich schicke einige Leute für das, ah, Paket hinunter.«

»Das was?«

»Das Paket!« Sein Ton wurde schärfer. »Das, worüber Sie geschrieben haben. Wir erledigen das hier oben. Wir versetzen einige Leute und behandeln es als Routineangelegenheit.«

Ungläubig platzte ich heraus: »Sie möchten das, das ...« Ich konnte den verstorbenen Leutnant Sleak nicht als ›Paket‹ bezeichnen; es war obszön! »Sie möchten das ganze Problem nach Lunapolis verlagern und als Versetzung behandeln?«

»Verdammt, Seafort, ist es nicht genau das, was Sie von mir wollten? Wieso haben Sie mir die Sache sonst hingeknallt?«

»Ich ... Ja, Sir.«

»Geben Sie mir einen oder zwei Tage. Ich schicke einen Heli, der das Paket zum Shuttlehafen London bringt. Die Papiere werden rückdatiert.«

Plötzlich kam mir das ganze Verfahren falsch vor. »Sir, falls Fragen gestellt werden, sieht es dann nicht nach, ich meine, ich ...« Jetzt stotterte ich schon herum wie der junge Adam Tenere.

»Machen Sie sich keine Sorgen, Seafort. Unsere Sicherheit ist wasserdicht. Denken Sie an, ah, den falschen Alarm über eine Fischsichtung letzten Monat. Wir haben diese Dinge fest im Griff.« Er beendete die Verbindung.

Nun, er hatte recht; sie hatten es geschafft, die Sichtung unter der Decke zu halten. Die Magazine hatten nur geringes Interesse gezeigt, das in den Fragen der Kommentatoren gipfelte, warum unsere Elektronik so ungenau war. Ich trottete zu meinem Tisch zurück.

»Gute Nachrichten, hoffe ich?« Tolliver war die verkörperte Liebenswürdigkeit.

»Wie es sich trifft, ja.« Ich riß wütend an einem Brötchen.

Hinter mir zerbarst Geschirr; ein ungeschickte Kadett hatte sein Tablett fallengelassen – Minuspunkte, es sei denn, sein Sergeant war in nachsichtiger Stimmung. Schrille Pfiffe ertönten auf einmal in der Nähe. Ich sprang auf und stolzierte zu dem Tisch, wo die Kadetten gefeixt hatten. »Sergeant Olvira! Machen Sie Meldung über alle!« Im ganzen Messesaal verstummten die Gespräche. »Wie lange ist es her, seit sie den Eid abgelegt haben, Sarge? Wenn Sie sie nicht schulen können, finde ich einen Ausbilder, der es kann!«

Der Marine erhob sich und stand bequem. »Es tut mir leid, Kommandant. Ich werde dafür sorgen, daß sie Ihnen keinen Ärger mehr bereiten.«

»Verdammt, das sollten Sie aber auch lieber! Es ist eine Schande! Ich möchte diese Strolche gleich morgen früh als erstes in meinem Bür ...«

»Verzeihen Sie, Sir!« Tollivers Stimme klang eindringlich.

Ich wirbelte herum. »Kehren Sie zu Ihrem Tisch zurück, Leutnant! Wenn diese ...«

»Es kann nicht warten.« Er schob die Schulter zwischen mich und Sergeant Olvira. »Bitte, jetzt gleich!«

Verblüfft folgte ich ihm ein paar Schritte weit in Richtung unseres Tisches. »Was ist so verdammt wichtig, daß ...«

»Fassen Sie sich wieder!« Tolliver preßte die Lippen zusammen. Er hatte so leise gesprochen, daß ich Mühe hatte, ihn zu verstehen.

»Keine Unverschämtheiten mehr, oder ich sorge dafür, daß Sie kassiert werden!«

»Das ist Ihre Entscheidung, Sir, aber solange ich Ihr Adjutant bin, beschütze ich Sie sogar vor sich selbst. Die Sache mit den Marines war gar nichts. Jetzt gerade stehen Sie im Begriff, sich in aller Öffentlichkeit zum Trottel zu machen!«

Langsam wurde ich mir der überwältigenden Stille bewußt. Ich nahm erst einen tiefen Atemzug, dann einen zweiten. Mit wackligen Beinen drehte ich mich zu Sergeant Olvira um. Ich bemühte mich um einen gelassenen Ton. »Sarge, es ist nicht anständig von den Kadetten, zu lachen, wenn einer von ihnen ein Tablett fallenläßt. Das Mißgeschick jedes Kameraden ist ihr eignes. Bitte sprechen Sie mit ihnen darüber.« Ich ging zu meinem Tisch zurück.

Leutnant Bien musterte mich und wandte sich ab. Allmächtiger, was war nur los mit mir? Ich hatte hier einen Wutanfall hingelegt, der alles übertraf, was ich je von einem Erstkläßler erlebt hatte. Eine Nacht nicht geschlafen zu haben war keine Entschuldigung; ich mußte lernen, damit zurechtzukommen. »Danke«, brummte ich Tolliver zu.

Sein Ton war weiterhin leise. »Da ist noch die Sache mit Sergeant Olvira. Ich wechsle nach dem Essen ein Wort mit ihm, wenn Sie möchten.«

»Ja.« Ich schloß die Augen und spürte, wie meine Ohren brannten. Wenn noch ein Beweis benötigt wurde, daß ich für meine Pflichten ungeeignet war, so hatte ich ihn gerade geliefert.

»Verzeihung, Sir, da ist noch ein Anruf.«

Ich warf mich herum. »Wer diesmal?«

Der Steward lächelte besänftigend. »Ich habe keine Ahnung, Sir.«

Genausogut hätte ich einen Stereochip-Rufer mitführen können wie ein Zivilist. »Sehr gut.« Ich stolzierte zur Tür, nahm den Rufer zur Hand und schnauzte: »Seafort!«

»Nicky? Ich hatte ihnen gesagt, sie sollten dich nicht stören.«

»Annie.«

»Es hieß, du hättest angerufen.«

»Ja, Liebes. Wie geht es dir?«

Eine Pause. »Ich weiß ... weiß es nicht, Nicky. Manchmal fühle ich mich gut, dann wieder ganz durcheinander. Ich denke daran ...« Sie brach ab.

»Ich verstehe.«

»Was sie mit mir gemacht haben. In Centraltown.« Sie klang entschlossen. Ich schloß die Augen und lehnte mich an die Wand; die Erleichterung war fast zuviel für mich. Es war das erstemal, daß Annie ihre brutale Vergewaltigung überhaupt erwähnte.

»Bist du okay, Nicky?«

»Ja, abgesehen davon, daß ich dich vermisse.«

Sie kicherte. »Gut, ich möcht' auch, daßte mich vermißt. Wenndes mal nich' mehr tust, bin ich in Schwierigkeiten.«

»Warte mal, bis du unsere Wohnung siehst, Annie. Sie ist riesig! Und es gibt alle möglichen Geschäfte hinter dem Park, in Devon.«

Sie kicherte. »Wetten, daß ich noch was kenne, was riesig ist?«

»Annie!« Unwillkürlich wurde ich rot.

»Nicky?«

»Ja, Liebes?«

Ein Schluchzen. »Ich lieb' dich.« Sie legte auf.

Mit schweren Schritten kehrte ich zu meinem Platz zurück. Ich wartete auf das Dessert und sehnte mich nach der Zurückgezogenheit in meiner Wohnung. Ich goß die Tasse mit Kaffee voll und genoß das warme Getränk. Die Puddingschale traf ein.

»Sir, verzeihen Sie.« Es war der Messesteward.

»Was jetzt?«

Vorsichtig antwortete er: »Noch ein Anruf.«

Ich starrte den Pudding an. »Allmächtiger Gott im Himmel!«

»Es tut mir leid, ich wollte Sie nicht . . .«

»Und Seine Engel! Amen.« Ich marschierte zum Rufer. »Seafort!« sagte ich heftig.

»Hier Sergeant Obutu, Sir.« Sie klang fern, was auch den Tatsachen entsprach. »Ich hoffe, ich habe Sie nicht gestört.«

»Sie haben es, und es sollte lieber wichtig sein!«

»Das zu entscheiden liegt bei Ihnen, Sir. Kadett Arnweil wurde heute abend zu Leutnant Paulson geschickt. Zum Faß.«

Zu schade, aber ich konnte nichts daran ändern. »Ich lese das Logbuch später. Warum belästigen Sie mich mit . . .«

»Sergeant Radz hat ihn geschickt. Und Kyle Drew

erhielt gerade seinen zehnten Minuspunkt. Er soll sich morgen früh bei Mr. Paulson melden.« Drew? Er hatte nach dem Unfall genug durchgemacht.

Ich überlegte. »Sergeant, wer hat die Minuspunkte verteilt?«

Ihre Förmlichkeit entsprach meiner eigenen. »Ich glaube, die meisten stammen von Sergeant Radz, Sir.«

Ich wartete, während sich die Stille in die Länge zog.

»Der Stritz-Junge ebenfalls, Sir. Der mit den schlechten Zensuren aus Kuhns Unterkunft. Er hat einen Monat lang Strafarbeit bekommen.«

»Warum?«

»Damit sich seine Zensuren bessern.«

Irgend etwas ging da schief. Sergeant Radz hatte Gewissensbisse über Edwards' Tod empfunden, konnte aber nicht die eigene Verantwortung für die abstürzende Moral der Kadetten akzeptieren. Er betrachtete es als seine Aufgabe, die Jugendlichen durch Härte zu richtigen Flottenoffizieren zu machen. Anscheinend hielt er Stritz' Ausbildungsleiter, Sergeant Kuhn, genauso.

»Sehr gut, ich kümmere mich darum, sobald ich zurück bin.«

Eine Pause. »Aye, aye, Sir. Ich lösche die Minuspunkte von Kadett Drew, wenn er sich von Mr. Paulson zurückmeldet.«

Geschickt gemacht, ohne einen Hauch von Kritik. Ich seufzte. »Sagen Sie Sergeant Radz, er soll Drews Minuspunkte löschen und darauf achten, daß keiner mehr zehn erreicht, bis ...«

»Aye, aye, Sir. Sind Sie ganz sicher, daß Sie das möchten?«

Ich packte den Rufer fester, zwang mich dann aber wieder zu entspannen. Diese Frau wußte, was sie tat. »Was schlagen Sie vor, Sarge?«

»Ich weiß nicht, Sir. Aber ich denke nicht, daß es die richtige Antwort wäre, Sergeant Radz' Autorität vor seinem Saal zu untergraben.«

Verdammt, sie hatte recht. Nun, als Alternative mußte

ich zulassen, daß Kyle Drew den Rohrstock erhielt. Da war nichts zu machen, es sei denn ...

»Schicken Sie die Kadetten herunter. Alle drei.«

»Sicher gibt es eine bessere Möglichkeit, als sie rauszuwerfen.«

Ich knurrte: »Ich habe nicht gesagt, daß ich sie hinauswerfen möchte; Sie sollen sie einfach nur herunterschicken! Tun Sie das, ehe sich Mr. Drew für das Faß melden muß.« Damit hatte ich den Jungen vom Haken, ohne Radz zu offensichtlich in den Rücken zu fallen. Ich hängte den Rufer ein und schleppte mich ein weiteres Mal zu meinem Tisch zurück, wo alle darauf warteten, daß ich die Versammlung aufhob.

Tolliver führte mich zur Tür. »Ich komme nach, sobald ich ein Wort mit Sergeant Olvira gewechselt habe.«

»Nein, Sie kommen mit mir.« Wir gingen schweigend zu meiner Wohnung. Als wir sicher darin angekommen waren, schüttelte ich meine Jacke ab und warf mich auf die Couch. »Tolliver, soll ich zurücktreten?«

»Verzeihung?« Er zog eine Braue hoch.

»Ich habe die Beherrschung verloren. Sehen Sie mich nur an!«

Unaufgefordert setzte er sich. »Sie sind müde. Wir sind nicht mehr so jung wie früher.«

»Blödsinn! Von meinen Wutanfällen mal abgesehen, weiß ich auch sonst nicht mehr, was ich tue. Ich schwanke zwischen harter Disziplin und Verhätscheln hin und her.«

»Na gut, Sie sind unberechenbar. Sie sind ein Kapitän.«

Ich knurrte: »Schluß mit Ihrem Fähnrichshumor, Edgar! Ich will jetzt nichts davon hören!«

Er zuckte die Achseln. »Sie haben einen schlechten Tag. Hängen Sie das nicht zu hoch.« Er stand auf. »Wenn das alles war, gehe ich jetzt Sergeant Olviras Gefieder glätten. Ich bin sicher, daß es keine Freude für ihn war, vor seinen Kadetten heruntergeputzt zu werden.«

»Setzen Sie sich. Ich habe Sie noch nicht entlassen.«

Das klang zänkischer, als ich vorgehabt hatte. »Tut mir leid. Probleme auf Farside; ein paar von den Saalsergeanten gehen ganz schön hart mit ihren Kids um. Die Sache gerät außer Kontrolle.«

»Was gedenken Sie zu unternehmen?«

»Ich weiß nicht. Deshalb bin ich ja auch der falsche Mann für den Job.« Ich brütete vor mich hin. »Wie schnell werden Sie mit Ihrem Bericht über Ausgaben und Lieferungen fertig?«

»Der Buchprüfung? Sie haben mir eine Woche gegeben. Ich könnte schneller fertig werden, wenn ich nicht die Morgenläufe überwachen müßte.« Sein Ausdruck war höflich-glatt.

»Vergessen Sie alles andere; schließen Sie nur den Bericht ab. Sobald Sie damit fertig sind, schicke ich Sie nach oben. Der Stab ist ... Ich brauche einen ausgleichenden Einfluß.«

»Dafür bin ich kaum der richtige.«

Barsch versetzte ich: »In der Fähnrichskabine der *Victoria* haben Sie sich gut genug geschlagen.« Als Fähnrich hatte Tolliver die überbordenden Feindseligkeiten unter meinen Junioroffizieren geglättet. Mit einem Stich erkannte ich, daß mein lange gehegter Groll gegen seine früheren Schikanen vielleicht auch ein bißchen unvernünftig war. »Das ist alles, Edgar. Schlafen Sie etwas.«

»Klar. Aye, aye, Sir. Ich besuche erst noch Olvira.«

»Ich befasse mich mit ihm. Nein, sagen Sie nichts dazu!« Nachdem er gegangen war, saß ich auf der Couch, den Kopf in den Händen, und versuchte, nicht an die vor mir liegende Prüfung zu denken. Nach einer Stunde stand ich schließlich auf und griff nach meiner Jacke.

Ich marschierte von den Offiziersquartieren über das Gelände hinweg zu den Kadettenunterkünften und nahm unterwegs die Grüße vorbeikommender Fähnriche entgegen. Die Nachtluft war kalt; ich schritt kräftiger aus.

Sergeant Olvira leitete den Wilhaven-Saal, den dritten

entlang des ordentlich gepflegten Fußweges. Ich hörte Gelächter von innen, als ich die Stufen hinaufsprang.

Ein Kadett erblickte mich und schrie: »Achtung!« Hastig bezogen sie in einer Reihe Aufstellung, stocksteif aufgerichtet. Einige trugen Jacken, andere nur Hemden und Krawatten. Ein paar waren sogar in Unterhosen. Die Kojen waren zerwühlt, und überall lagen aufgeklappte Holovids herum. Ein typischer Kasernenabend, an dem die entspannten Kadetten ihre Arbeit abschlossen, ehe Licht Aus kam.

»Steht bequem.« Ich sah mich um. »Wo ist euer Sergeant?«

Ein Junge mit Korporalsstreifen sagte zaghaft: »Ich denke, er ist in seinem Quartier, Sir.«

»Meine besten Grüße, und ob er sich bitte zu uns gesellen würde.«

»Aye, aye, Sir.« Der Kadett schlüpfte in seine Schuhe und eilte hinaus.

Wir warteten schweigend. Kurz darauf ertönten Schritte. »Sergeant Olvira meldet sich wie . . .«

»Kommando zurück, Sarge.« Ich stellte mich in der Mitte des Zwischenganges auf und wandte mich an die Kadetten: »Eines Tages werdet ihr Matrosen kommandieren, die ein Recht darauf haben, daß ihr euer Bestes tut. Das soll eine Lektion für euch sein.« Ich drehte mich zu Olvira um und sagte, so daß es alle hören konnten: »Sergeant, ich entschuldige mich bei Ihnen für die groben und unpassenden Bemerkungen, die ich heute abend im Speisesaal getan habe. Sie haben gezeigt, daß ich nicht in der Lage bin, meine Gefühle zu beherrschen, was ich in Zukunft zu korrigieren beabsichtige. Es tut mir leid.«

Aller Augen ruhten gebannt auf mir. Ich schluckte Galle hinunter und wandte mich wieder an die Kadetten. »Das einzige, was noch schlimmer ist, als Fehlverhalten gegenüber einem Bruderoffizier, ist das Versäumnis, es einzugestehen. Meine Unhöflichkeit gegenüber eurem Sergeanten wird nicht durch euer Gelächter über einen

Mitkadetten entschuldigt, dessen Verlegenheit darüber, in Gegenwart des Kommandanten ein Tablett fallenzulassen, man nur erahnen kann. Ich weise euch dafür zurecht, wie ich mich selbst für meine Reaktion zurechtweise. Das war alles.« Mit dem, was ich noch an Würde aufbrachte, ging ich hinaus.

In dieser Nacht schlief ich traumlos, tief und erholsam. Am Morgen stemmte ich mich aus dem Bett, duschte, ging frühstücken und setzte mich dann in mein Büro. Ich summte Sergeant Kinders an. »Irgendeine Nachricht von Admiral Duhaney?«

»Nicht mehr seit gestern abend, Sir.«

Na ja, er hatte schließlich gesagt, daß es einen oder zwei Tage dauern würde. Ich dachte an Leutnant Sleak im Kühlfach der Krankenstation, wo er darauf wartete, weggeschafft zu werden. Sein in Verzweiflung genommenes Leben endete in einer Travestie.

»Es tut mir leid«, hatte er gesagt. Hätte er doch noch ein paar Worte der Erklärung hinzugefügt!

Ich trommelte auf dem Schreibtisch herum. Nicht nur, daß wir Sleak verloren hatten – ich plante auch, Tolliver nach Farside zu versetzen. Wir brauchten einen neuen Leutnant, und zwar zügig. Ich nahm den Rufer zur Hand. »Verbinden Sie mich mit dem PersBü.«

Nach kurzer Wartezeit hatte ich Kapitän Higbee in der Leitung, denselben Beamten, der sich geweigert hatte, Ardwell Crossburn zu versetzen. Lahm setzte ich ihm auseinander, daß Leutnant Sleak auf Befehl Admiral Duhaneys nach Luna versetzt werden sollte und ich einen neuen Offizier brauchte. Es stimmte auch beinahe.

»Schwebt Ihnen jemand Bestimmtes vor?« Higbee schien in Gedanken woanders.

»Nein.«

»Sehr gut, ich finde jemanden für Sie. Ich melde mich.« Er trennte die Verbindung.

Ich brachte den Vormittag damit zu, flüchtig Berichte

durchzusehen. Kurz vor dem Mittagessen summte der Rufer.

Es war Sergeant Kinders. »Fähnrich Keene ist von Farside eingetroffen. Er begleitet drei Kadetten.«

»Sehr gut.« In meiner vergnatzten Stimmung vom Vorabend hatte ich es versäumt, Arrangements für sie zu treffen – ganz so, wie ich vergessen hatte, die Invasion der Marines abzublasen. Vielleicht ein Zeichen frühzeitiger Senilität. »Schicken Sie sie herein.«

Sie nahmen vor meinem Schreibtisch steif Haltung an, Thomas Keene stolz vor lauter Verantwortung, die drei jungen Kadetten niedergeschlagen und vorsichtig.

»Haben sie auf dem Weg hierher irgendwelche Schwierigkeiten gemacht, Mr. Keene?«

»Nein, Sir.«

»Sehr gut.« Ich überlegte kurz. »Danke. Ich vermute, Sie möchten schnellstens zurückkehren.«

»Eigentlich ni . . . Ja, Sir.«

Ich war in großzügiger Stimmung. »Das glaube ich nicht. Die Beschleunigung muß für einen Mann Ihres vorgeschrittenen Alters schrecklich sein.« Keene war kaum achtzehn. »Nun, nehmen Sie zwei Tage Urlaub, wenn Sie möchten. Sie könnten sich London ansehen.«

Seine Augen leuchteten auf. »Danke, Sir!«

»Entlassen.« Als er gegangen war, wandte ich mich an die wartenden Kadetten. »Rühren. Sie müssen Stritz sein.«

»Ja, Sir. Johan Stritz. Wir sind uns in meiner Unterkunft begegnet.« Ich dachte scharf nach und erinnerte mich wieder an den drahtigen, muskulösen Jungen, der während meiner Tagträumerei in den Saal geschlüpft war. Seine Stirn glänzte jetzt; er hatte Angst.

»Ich beiße nicht, Mr. Stritz.« In barschem Ton wandte ich mich an Arnweil: »Wie fühlen Sie sich?«

»Mir geht es gut, Sir.«

»Können Sie in der Messe sitzen?«

Er wurde rot. »Ja, Sir. Ich schätze, Mr. Paulson war bei mir zurückhaltend.«

Ich drehte mich zu Kyle Drew um. So oft der Name auch bei unseren Überlegungen gefallen war, hatte ich ihn doch nur einmal gesehen – draußen auf dem Schiffsrumpf. Sein Gesicht war fahl, die Wangen eingesunken. Die Pubertät machte sich bei ihm noch kaum bemerkbar. Mit seinen fünfzehn Jahren hatte er bereits eine wirklich schwere Bürde zu tragen.

»Sie sind also Drew.« Hohl, aber mir fiel nichts anderes ein.

»Ja, Sir.« Er trat nervös von einem Fuß auf den anderen.

Ich musterte die drei. Ich hatte nicht über den Entschluß hinaus gedacht, sie nach Devon herunterzuholen und damit vor Schaden zu bewahren. Jetzt mußte ich erst mal Unterkünfte für sie finden. »Wissen Sie, warum Sie hier sind?«

Kyle Drew meldete sich. »Weil wir nicht standhalten. Wir verpfuschen alles.« Es klang bitter.

Arnweil ergänzte: »Um zu sehen, ob Sie uns noch eine weitere Chance geben, ehe Sie uns aussieben.«

»Wer hat das gesagt?«

»Sergeant Radz, Sir.«

Zum Teufel mit ihm! Ich platzte hervor: »Nein, Sie sind hier, um ...« Ich zögerte. Durch den Ruf nach Devon hatte ich sie zu einem Unterricht verdonnert, den sie bereits durchlaufen hatten, und zu den Erstkläßler-Unterkünften. Sie mußten ja davon ausgehen, daß ich sie für Versager hielt, und entsprechend ihre Rolle spielen. Aber was sollte ich sonst tun?

Ich improvisierte. »Sie sind hier ... um an einem experimentellen Programm teilzunehmen. Einige Kadetten scheinen bei individualisierter Ausbildung besser abzuschneiden, und ich möchte herausfinden, warum.« Johan Stritz glotzte dumm. »Ich bringe Sie in einem der Schlafsäle unter. Sie werden am sportlichen Programm Ihrer Saalgefährten teilnehmen, während Ihre akademische Ausbildung auf Farside in individuelle Studienprojekte umgewandelt wird.«

Kyle Drew versetzte zögernd: »Verzeihung, Sir, aber ich verstehe das nicht. Was ... machen wir? Ich meine, tagsüber?«

Eine gute Frage, auf die ich keine Antwort wußte. Natürlich durften sie das nicht erfahren. Entschlossen fuhr ich fort: »Das ist der zentrale Punkt. Sie sind mir zugeteilt. Sie werden mich nach Farside und zurück begleiten und ... Pflichten erfüllen, die ich von Zeit zu Zeit festlege. In meinem Büro.« Ich geriet ins Schwitzen. »Das reicht für den Moment. Melden Sie sich bei Sergeant Kinders. Er soll Ihnen eine Unterkunft zuteilen. Die von Sergeant Ibarez«, setzte ich hinzu. Ramon Ibarez würde als Ausbilder die Zuwendung aufbringen, zu der Radz nicht imstande war.

Als die Tür hinter ihnen zuging, setzte ich mich benommen hin. Was um alles in der Welt hatte ich getan? Ich hatte wie ein Blödmann von Programmen geschwätzt, die nicht existierten, von unabhängiger Ausbildung, die nie autorisiert worden war, von Pflichten, die ich erst noch erfinden mußte, ehe ich sie ihnen übertragen konnte. Und das auch noch unter meiner persönlichen Aufsicht!

Effektiv hatte ich drei geplagte Jugendliche aus der Akademie genommen und zu meinen persönlichen Schützlingen gemacht. Schlimmer noch – ich hatte eine Tradition zertrümmert, der zufolge Kadetten so unbedeutend waren, daß sie die Aufmerksamkeit eines Offiziers nicht lohnten. Wie konnten diese Jungs mich noch respektieren, wenn sie mich so gut kannten?

11. Kapitel

Bis zum Abend hatte ich dafür gesorgt, daß Arnweil, Drew und Stritz untergebracht waren. Am nächsten Tag wies ich Sergeant Kinders an, sie beschäftigt zu halten. Wie es sich traf, erwiesen sie sich als recht nützlich, da uns gerade ein Offizier fehlte. Die Fähnriche, die ansonsten als Laufburschen oder zur Unterstützung dienten, konnten jetzt dabei helfen, Leutnant Sleaks Aufgaben auszuführen.

Am nächsten Morgen landete ein Heli bei uns, und Darwin Sleaks Überreste wurden in aller Stille aus der Akademie geschafft. Ich begleitete das traurige, auf einem Wägelchen festgeschnallte Bündel, und sprach im Gehen ein stilles Gebet. Was es uns auch gekostet hätte, seinen Tod bekanntzugeben – ich wußte, daß wir falsch handelten, indem wir ihn vertuschten, und die Tatsache, daß der Admiral das Verfahren festgelegt hatte, änderte nichts an meinem Anteil daran. Anschließend kehrte ich ins Büro zurück.

Meine drei Kadetten nahmen die Mahlzeiten in Gesellschaft der Erstkläßler aus ihrer Unterkunft ein; es erleichterte mich, daß sie nicht irgendwo unterwegs waren. Ich war mir unbehaglich der Tatsache bewußt, daß ich ihnen seit dem Ende unseres Gespräches aus dem Weg gegangen war, ungeachtet meiner beruhigenden Worte.

Am folgenden Tag schaffte ich es, sie zum Frühstück und zum Mittagessen nicht zur Kenntnis zu nehmen, aber als es Zeit fürs Abendessen wurde, ertrug ich es nicht länger. Ich gab dem Messesteward einen Wink. »Drei weitere Plätze bitte.« In Abwesenheit von Sleak und Tolliver war unsere Tafel alles andere als überbesetzt.

Als die Plätze vorbereitet waren, wies ich den Steward an, meine drei Kadetten von Sergeant Ibarez' Tisch zu holen. Sie näherten sich uns verlegen, angeführt von Kevin Arnweil. Leutnant Bien schien etwas sagen zu wollen, wandte aber dann den Blick ab.

Soweit sich irgendein lebender Mensch zurückerinnerte, war noch nie ein Kadett an den Tisch des Kommandanten gerufen worden, nicht mal für eine Zurechtweisung. Tradition.

»Setzen Sie sich, Gentlemen. Von jetzt an werden Sie das Abendessen mit uns einnehmen.« Arnweil setzte sich schüchtern neben Sandra Ekrit, und die beiden übrigen Jungen nahmen die angrenzenden Plätze. Die drei drängten sich zusammen, als wollten sie sich inmitten kalter Mißbilligung gegenseitig wärmen.

Ich löffelte meine Suppe und wartete darauf, daß irgend jemand das Eis brach. Zuerst sagte niemand etwas. Dann wandte sich Fähnrich Ekrit betont von den Kadetten ab und setzte ihr Gespräch mit Leutnant Bien fort. Arnweil wurde rot und konzentrierte sich ganz auf seine Suppenschale. Johan Stritz flüsterte Kyle Drew etwas zu, der mit seiner Gabel herumspielte. Kurz darauf warf Drew Sergeant Olvira einen verzagten Blick zu. »Guten Abend, Sir. Ich meine, Sarge.«

»Guten Abend.« Sarges Ton war frostig. Er drehte sich zu Fähnrich Thayer um. »Entsprach Lunapolis ganz Ihren Erwartungen?«

Anton Thayer grinste. »Ja, ich . . .«

Nein, so ging das nicht! Ich sah Stritz an. »Wie alt sind Sie, Johan?«

»Fünfzehn, Sir.«

»Sie hatten Schwierigkeiten mit Navigation, wenn ich mich recht entsinne. Wie geht es heute damit?«

»Ein wenig besser, Sir.«

»Gut.« Mein Ton wurde schärfer. »Ich glaube, Fähnrich Ekrit hat gute Leistungen in Nav gezeigt.« Ich wandte mich an den ersten Fähnrich. »Nicht wahr?«

»Ja, Sir.« Wachsam musterte sie mein Gesicht.

»Dann macht es Ihnen sicher nichts aus, Mr. Stritz bei seinen Studien zu helfen.«

Ihr Widerwillen war unübersehbar. »Natürlich nicht, Sir.«

»Und da Sie nicht wissen, wann Johan jeweils Hilfe braucht, dürfen Sie den Stützpunkt nicht verlassen, bis seine Zensuren besser geworden sind.«

»Ich ...«

»Und Ihre Manieren.«

Sie senkte den Blick auf ihren Teller. »Verzeihen Sie, daß ich Sie gekränkt habe, Sir.«

Ich lächelte kalt. »Sie haben mich nicht gekränkt, Fähnrich, obwohl ich sicher bin, daß Mr. Stritz sich verletzt fühlt. Natürlich kann er das als Kadett nicht offen zeigen.«

Sie sagte leise: »Ich bitte um Entschuldigung, Sir. Auch bei Ihnen, Kadett.«

Ich hatte mein Ziel erreicht; Zeit, die Zügel zu lockern. Ich lächelte Anton Thayer an und deutete auf Arnweil. »Erzählen Sie Kevin von Ihrem Ausflug nach Lunapolis, Mr. Thayer. Sind Sie für die Lichtershow nach draußen gegangen?«

Leutnant Bien sondierte meinen Gesichtsausdruck, während die Gespräche am Tisch stockend ihren Fortgang nahmen. Ich erwiderte ihren Blick reglos. Notfalls gedachte ich auch an ihr ein Exempel zu statuieren. Vielleicht verstand sie das; endlich wandte sie sich an Kyle Drew und plauderte mit ihm.

Nach dem Abendessen kehrte ich ins Büro zurück und kochte vor Wut über die Gefühllosigkeit meines Stabes. Ich hatte die Kadetten eingeladen, das Brot mit uns zu brechen, und meine Offiziere schuldeten ihnen die gleiche Höflichkeit wie jedem Gast, Tradition hin, Tradition her.

Der Rufer summte. »Das PersBü, Sir.«

Ein Klicken. »Bitte warten Sie auf Kapitän Higbee, Sir.« Es wurde still in der Leitung. Ich tippte mit den Fingerknöcheln an meine Zähne. Stimmt, Leutnants und Fähnriche gingen gleichermaßen davon aus, daß Kadetten weniger als nichts waren. Selbst als Kadett hatte ich jedoch Offiziere kennengelernt, die den Menschen innerhalb der perfekt gebügelten grauen Uniform erblickten – zum Beispiel Fähnrich Jeffrey Thorne. Er war freundlich zu mir gewesen und hatte mich in seine Welt des Risikos und Abenteuers mitgenommen, war mein Mentor und Freund gewesen.

»Seafort? Ich habe einen Leutnant für Sie. Brann, fünfzig Jahre alt. Er erholt sich zur Zeit von einem Sturz; leichte Aufgaben wären perfekt für ihn.«

»Sehr schön.«

»Er ist etliche Jahre auf der Wega-Route gefahren und nicht sehr glücklich darüber, an Land zu gehen, aber das ist sein Problem. Wenn es ihm wieder gutgeht, sehen wir mal, ob wir ihn wieder nach draußen versetzen.«

Brann paßte nicht für die Akademie, war nicht für die Aufsicht über muntere, gesunde Jugendliche geeignet, während er gleichzeitig die eigene körperliche Behinderung verabscheute. Im Grunde brauchte ich einen jüngeren Mann, jemanden mit Enthusiasmus.

Higbee schlug einen vorsichtigeren Ton an. »Nebenbei, Ihr Mr. Sleak ist in Lunapolis eingetroffen und dem Stab des Admirals zugewiesen worden.« Ich verzog das Gesicht, sagte aber nichts. »Ich überspiele Branns Datei auf Ihren Comp und schicke ihm seine Reisebefehle.«

»Nein.«

»Rechnen Sie mit ihm in ... Was?«

»Ich möchte ihn nicht.«

»Ich habe Sie gefragt, ob Sie an jemanden dächten, und Sie sagten nein. Wir hatten das alles schon mal, Seafort. Solange Brann keine unbefriedigende Bewertung hat, bleibt Ihnen nichts anderes übrig ...«

Ich holte tief Luft. »Machen Sie sich nicht die Mühe, ihn zu schicken, weil ich ihn gleich wieder zurückschicke.«

»Ich bin dienstälter als Sie, Mr. Seafort, vergessen Sie das nicht! Und ich handle mit der Autorität Admiral Duhaneys.«

Ich knurrte: »Sehr gut, wenn das so ist, schicken Sie

mir Leutnant Sleak zurück!« Am anderen Ende trat Schweigen ein. »Tatsächlich denke ich sogar daran, ihm eine Empfehlung auszusprechen. Das ergäbe eine nette Presseverlautbarung. Der Admiral liebt Presseverlautbarungen – sie steigern die Anzahl der Meldungen zum Dienst!«

Higbees Ton klang vorsichtig. »Was möchten Sie, Kapitän?«

»Ich weiß es nicht. Ich möchte jemanden ... jemanden, der ...« Jemanden wie Jeff. »Sagen Sie mal, was ist aus Thorne, Jeffrey, geworden? Abschlußklasse von '88.«

»Ich habe nicht die leiseste Idee, und wir können ohnehin nicht einfach jemanden ...«

»Sehr gut, ich begnüge mich mit Sleak.«

Eine lange Pause. »Ich melde mich wieder.«

Ich legte den Kopf in die Hände. Higbee würde sich natürlich gleich an Admiral Duhaney wenden, dessen Geduld mit mir erschöpft war. Vielleicht setzte er mich ab. Auch gut. Die Kommandantur erforderte ein Taktgefühl und politische Fertigkeiten, die ich niemals meistern konnte.

Ich brütete vor mich hin. Menschen wie Sergeant Radz bemühten sich, ihre Pflicht zu tun, und waren auf ihre Art ausgezeichnete Offiziere. Aber Kompetenz mußte durch Freundlichkeit gemildert werden. Ich selbst war dazu nicht in der Lage; ich schlug unterschiedslos um mich und bedauerte meinen Ungestüm erst, wenn es zu spät war. Die Kadetten brauchten nicht verhätschelt zu werden. Was sie brauchten ... war eine leitende Hand. Manchmal war Verständnis alles, was man ihnen geben konnte. Ich saß in der Abenddämmerung da und erinnerte mich.

Jeffrey Thorne wandte den Blick ab; sein Gesicht zeigte Schmerz. »Es tut mir leid, Nick. Ich wollte nicht, daß es so endet.«

Ich ignorierte seine Entschuldigung und gab lediglich

das Wort seiner Äußerung wieder, das die größte Bedeutung hatte. »Endet, Sir?«

Der Fähnrich scharte mit den Füßen. »Ich muß eine Zeitlang achtgeben; noch irgendwelche Schwierigkeiten, und sie schicken mich an Land. Mr. Zorn hat mich gewarnt.« Erneut zog er einen Fuß über das Deck. »Ich kann es nicht mal mehr riskieren, so wie jetzt mit dir zu reden.«

Ich hatte das Gefühl, als würden meiner Welt die Stützbalken entzogen. »Ja, Sir.«

»Seafort, du bist jetzt im zweiten Jahr und bringst es bald zum Fähnrich. Du brauchst mich nicht mehr!«

»Sie wissen gar nicht, was ich brauche!« brauste ich auf. Sofort setzte ich hinzu: »Es tut mir leid, Mr. Thorne. Bitte verzeihen Sie mir.« Freund oder nicht, er war Offizier und ich nur Kadett.

»O Nicky!« Er winkte ab. Für einen Moment zeigte er wieder das gewinnende Lächeln, das letztlich zu meiner Demütigung und Schande geführt hatte. »Jedenfalls gibt es keine Einsätze mehr. Ich habe ihnen gesagt, daß alles meine Schuld war.«

»Ich weiß, Sir.« Meine Augen brannten. »Aber das war es nicht. Ich hätte ja nicht mitzugehen brauchen.«

»Doch, gewiß.« Er legte mir die Hand auf die Schulter. »Es tut mir leid, Seafort. Ich habe dich im Stich gelassen. Du hättest nicht den Rohrstock kriegen sollen.«

»Mit mir ist alles okay.«

»Ja, sicher. Verstehst du das?«

»Natürlich. Es tut weh, aber ...«

»Nein, hör mir zu. Du bist okay, Seafort. Innerlich.«

Aus irgendeinem Grund fühlte ich mich verlassen. »Wie meinen Sie das?«

Thorne steckte die Hände in die Taschen und wandte den Blick ab. »Es ist nur ... Du hast nicht viele Freunde, oder?«

»Da sind Robbie und Arlene, eine Menge ...«

»Typen, mit denen du wirklich reden kannst?«

Ich schluckte. »Worüber sollte man reden?«

Er kam dicht heran und blickte mir direkt in die Augen. »Sag du es mir, Nick.«

Ich zuckte die Achseln. »Vater und ich – wir haben nicht viel geredet.«

»Aber manchmal brauchst du es doch.«

Ich senkte den Blick aufs Deck.

»Du bist einsam, Nick. Ich bin es auch manchmal; du schienst jedoch eine innere Kraft zu haben. Du kommst darüber hinweg.«

»Wirklich?« Der Schrei entrang sich mir förmlich.

»Ja. Es wäre einfacher, wenn du ... es mit jemandem teilen könntest, denke ich. Sieh mich nicht so an. Du gibst etwas, wenn deine Freunde es brauchen. Ich habe dich einmal beobachtet, als Rovere ganz fertig war, weil Sarge ihn heruntergeputzt hatte. Die Art, wie du ihn abgelenkt hast, bis er über seine Verdrossenheit hinweg war. Aber ich möchte nicht übers Geben sprechen ...« Wieder verlor er den Faden.

»Sagen Sie es, Sir.« Meine Bitte klang fast wie ein Befehl. Ich hielt die Luft an, bis ich erkannte, daß er es mir nicht übelnahm.

Er zappelte herum. »Sich öffnen. Etwas von sich preisgeben. Andere können dir erst helfen, wenn du sie hereinläßt.« Er wandte sich ab. »Ich würde dir ja nicht so zusetzen, aber ich weiß nicht, ob wir eine weitere Chance erhalten.«

»Mir geht's gut, ich ...«

Er machte ein trauriges Gesicht.

»Ich weiß nicht, wie!« sprudelte ich hervor. »Ich hab' es noch nie getan! Einmal hatte ich einen Freund, Jason ...« Die Erinnerungen stiegen hoch, und ich verbannte sie gewaltsam wieder. »Mir geht's gut, Sir, wirklich.«

Der junge Fähnrich lächelte. »Na ja, wir hatten ein paar gute Einsätze.«

Mein Lächeln fiel unsicher aus. »Ja, Sir.«

»Halt durch, Kadett. Du schaffst es.« Eine kurze Umarmung, und er war fort.

Ich sah ihm hinterher, wie er den Korridor hinunterging, ohne sich noch einmal umzudrehen. Ich dachte an Vater, und mir war kalt.

Nach dem Frühstück verließ ich die Wohnung und spazierte über das Gelände. Auf dem Geschützstand übten Kadetten mit dem altertümlichen Lasersimulator, während man es ein paar anderen erlaubte, eine richtige Laserkanone auszurichten, die auf geringe Intensität eingestellt war. Später sah ich vor dem Anzugsraum zu, wie Kadetten stolpernd ihren Raumanzugdrill absolvierten. Heute wurde niemand durch das Gas grün im Gesicht und krallte nach seinem Helm.

Ich spazierte zu meinem Büro hinüber und brütete vor mich hin. Vielleicht sollte ich mal eine Überraschungsinspektion durchführen. Tolliver oder Bien konnten mir dabei helfen, die Runden zu drehen. Aber faßte ich das nur deshalb ins Auge, um der eigenen Langeweile abzuhelfen? Nun, selbst wenn es so war, konnten die Kadetten ...

»Kadett Arnweil zur Stelle, Sir!«

Ich wirbelte herum. »Schleich dich nicht von hinten heran, du junger ... Was möchtest du?«

Der Junge salutierte forsch und zupfte die graue Jacke zurecht. »Grüße von Sergeant Kinders, Sir, und ein Besucher fragt am Tor nach ...«

»Eltern dürfen nicht herein. Die Wachen sollen ihn wegschicken.«

»... nach Ihnen persönlich, Sir.« Er brach ab, um Luft zu holen.

»Wer ist es?«

»Ein Mr. ...« Er fischte nach dem Namen. »Ein Mr. O'Neill, Sir.«

Hatten wir einen Kadetten, der so hieß? Ich war mir nicht sicher. »Sag dem Posten, wer immer es ist, soll einen Termin vereinbaren.« Ich ging ins Büro.

Sergeant Kinders blickte von seinem Rufer auf. »Oh,

da sind Sie ja, Sir. Kapitän Higbee vom PersBü ist am Apparat.«

»Sehr gut, ich spreche mit ihm.« Ich ging ins Privatbüro hinüber und setzte mich an den Schreibtisch.

Ein Klicken. »Seafort? Ich habe hier einen Thorne, Jeffrey R., Leutnant, vier Jahre Dienstalter. Ein Jahr auf der U.N.S. *Targon*, dann im Stab der Admiralität in Lunapolis, jetzt auf Basis Callisto.«

»Ich möchte ihn.«

»Seine Dienstzeit endet in sechs Monaten. Unsere Politik erlaubt keine Versetzung mehr . . .«

»Er wird sich weiterverpflichten, er ist ganz versessen auf eine Flottenkarriere.« Warum hatte ich nicht eher an Thorne gedacht? Seine gute Laune, seine gelegentliche Respektlosigkeit gegenüber der Tradition waren ideal. »Er ist der richtige.«

Ein feindseliger Unterton durchbrach Higbees höfliche Fassade. »Ich kriege ihn vielleicht nicht für Sie.«

Wäre ich ihm mehr um den Bart gegangen, säße ich jetzt nicht so in der Klemme. Aber obwohl ich das wußte, konnte ich mich nicht beherrschen. »Mr. Higbee, ich verstehe mich nicht auf dieses Spiel. Ich bin kein Politiker. Ich kenne jedoch zwei oder drei Leute, die es sind und die ich anrufen könnte. Einer allein hat vielleicht nicht genug Einfluß, aber ich wette, daß alle zusammen Ihnen die Flügel stutzten könnten. Sollen wir mal sehen, wer sich besser durchsetzen kann, Sie oder ich?« Ich war perplex über die eigene Unverschämtheit. Sie grenzte an Meuterei.

Eine Pause trat ein. Ich fragte mich, wen ich tatsächlich hätte anrufen können, vom Admiral mal abgesehen. Die einzige Person mit Einfluß, die ich kannte, war Senator Boland, und der hätte nur gelacht und aufgelegt.

»Sehr gut, Sie haben Ihren Thorne in ein paar Tagen. Es kommt nicht darauf an.« Higbee versuchte nicht, seinen Ärger zu verhehlen. »Ich freue mich schon darauf, Ihnen wieder behilflich sein zu können.« Er unterbrach die Verbindung abrupt.

Ein weiterer Feind. Ich war ja so gut darin, sie zu sammeln. Jetzt mußte ich mit Adleraugen über jeden Neuzugang wachen. Ich seufzte und entspannte mich dann. Es spielte keine Rolle. Ich bekam Jeff Throne.

Der Rufer summte erneut. »Ja?« Ich schluckte die Wut hinunter. »Das Wachhaus, Sir. Ein Besucher besteht darauf ...«

»Ein Mr. O'Neill? Wir empfangen keine unangemeldeten ...«

»Dr. O'Neill, nicht Mister.«

Allmächtiger! Die Klinik! »Schicken Sie ihn sofort in mein Büro. Haben Sie einen Fähnrich, der ihn begleiten kann?«

»Ich nehme einen Ihrer speziellen Kadetten.«

Ich grunzte. Meine speziellen Kadetten. Na ja, dieses Problem hatte ich nur mir selbst zu verdanken.

Ich unternahm einen Versuch in Geduld und wartete, gab aber schon nach wenigen Minuten auf. Ich eilte auf den Korridor hinaus und begegnete Dr. O'Neill und Drew am Haupteingang. »Es tut mir furchtbar leid! Ich hatte Ihren Namen nicht erkannt.«

»Egal.« Gut gekleidet, zurückweichender Haaransatz, schmales Gesicht. Er schüttelte mir die Hand und betrachtete mich forschend. »Ich hielt es für das beste, Sie persönlich aufzusuchen. Können wir uns irgendwo unterhalten?«

»In meinem Büro.«

Er wartete, bis die Tür hinter uns geschlossen worden war und wir uns gesetzt hatten. »Mr. Seafort, das ist eine unglückliche Situa ...«

»Was ist passiert?«

»Ich weiß nicht, wie ich es Ihnen erklären soll.« Er zögerte. »Sie müssen verstehen, die medizinische Praxis ist keine exakte ...«

Ich fuhr hoch und packte die Rückenlehne meines Sessels. »Um Gottes willen, Mann, spucken Sie es aus!«

Er sagte vorsichtig: »Sie ist fortgegangen.«

»Annie ist tot?« Ich hatte ein hohles Gefühl im Bauch.

»Nein, aus der Klinik fortgegangen.« Er sah, was ich für ein Gesicht machte, und fuhr eilig fort: »Ich meine, unser Betrieb stellt normalerweise sicher ... Es ist nicht so, daß wir ein Gefängnis leiteten, verstehen Sie? Ich möchte Ihnen versichern, daß im Normalfall ...«

»Mir ist egal, was der Normalfall ist. Was ist mit meiner Frau?«

Schweiß glänzte auf seiner Stirn. »Gestern nachmittag hat sie das Gelände verlassen und ist nicht zurückgekommen.«

»Sie haben zugelassen, daß sie hinausspazierte? In ihrem Zustand?«

»Fast alle unsere Patienten sind freiwillig da. Mrs. Seafort kann sich frei auf dem Gelände bewegen.«

»Aber sie ist nicht mehr auf Ihrem Gelände!«

»Einer unserer Patienten hatte Familienbesuch. Anschließend begleitete Ihre Frau die Leute zum Tor und spazierte mit ihnen hinaus. Wir wußten nicht mal, wie sie hinausgekommen war, bis wir uns die Bänder noch mal angesehen hatten.«

»Was trug sie?«

»Einen leichten Overall.«

»Geld?«

»Soweit wir wissen, hatte sie keines dabei. Alle ihre Ausgaben wurden mit Ihrem Konto verrechnet.«

Ich ballte die Fäuste.

»Die Polizei sucht nach ihr. Wir haben sie innerhalb von Stunden hinzugezogen.«

»Haben Sie die Schuppen der Obdachlosen vor der Klinik kontrolliert?«

»Als die Polizei kam. Allein konnten wir nicht hinaus.«

»Natürlich nicht. Sie hätten sie ja finden können.«

»Ich habe Verständnis für Ihren Zorn, Mr. Seafort. Deshalb bin ich auch persönlich gekommen.«

Ich ignorierte das. »War sie durcheinander?«

»Ihrer Karte zufolge war sie in letzter Zeit schwermütig. Das ist jedoch in ihrem Stadium normal. Letztlich werden ihre Stimmungsschwankungen nachlassen, und sie kann sogar ganz ruhig werden, solange sie ihre Medikamente einnimmt. Aber im Moment ...«

»Sie ist weg. Ohne Geld und richtige Kleidung.«

»Ja.« Er zögerte und sprudelte dann hervor: »Es ist vielleicht gar nicht so schlimm! Das, ähm, Milieu, aus dem Ihre Frau stammt ... Vielleicht kommt sie besser als die meisten mit ...«

Ich stand auf. Meine Stimme klang seltsam. »Milieu?«

»Na ja, schließlich ist sie eine Nichtseßhafte. Diese Leute kommen mit den schlimmsten ...«

Ich blieb auf den Beinen. »Gott verdamme Sie!« Ich hätte ihn erwürgen können. Ich war jung genug, stark genug. Er war in Reichweite.

»Käpten, es ist schon viel über die eigenartige Subkultur der Transpops geschrieben worden. Es ist nicht ...«

»Ich brüllte: »KINDERS! REIN HIER!«

Innerhalb von Sekunden fuhr die Tür auf, und der Sergeant kam mit beunruhigtem Blick hereingestürmt.

»Es ist keine Beleidigung, sondern eine Tatsache, daß sie gute Chancen hat, Situationen zu überleben, die ...«

Mühsam schaffte ich es, einen gleichmäßigen Ton zu wahren. »Dr. Richard O'Neill, vor Zeugen fordere ich Sie hiermit auf, Ihre Ehre zu verteidigen! Teilen Sie mir den Namen Ihres Sekundanten mit. Die Wahl der ...«

O'Neill rührte sich nicht, und er sprach präzise. »Obwohl wir eine Privatklinik sind, erhalten wir Zuschüsse von der Kommune. Wie es sich trifft, bin ich als Beamter eingestuft und damit von den Duellstatuten ausgenommen.«

Ich beugte mich über den Schreibtisch, war außer mir. »Sie pompöser Trottel, finden Sie meine Frau, wie auch immer Sie es anstellen müssen! Falls sie stirbt, bringe ich Sie eigenhändig um, und wenn ich dafür in einer Strafkolonie lande!«

Dr. O'Neill war bleich. »Wie ich schon sagte, kann ich Ihren Zorn verstehen. Obwohl Ihre Drohungen gerichtlich verfolgbar sind, werde ich keine Beschwerde einreichen, es sei denn ...«

»Kinders, führen Sie ihn vom Stützpunkt, und zwar SOFORT!«

Der Sergeant zuckte nicht mit der Wimper. »Aye, aye, Sir.« Er ging durch den Raum, beugte sich über O'Neill, packte ihn am Arm. »Hier entlang, Sir. Bitte gleich.«

Ich marschierte mit wachsender Wut im Büro auf und ab, bis ich endlich die Tür aufriß. »Rufen Sie Tolliver!«

Ich wartete, bis mein Adjutant vorsichtig hereinspähte. »Wie ich gehört habe, sind Sie auf dem Kriegspfad.«

»Annie wird vermißt. Sie ist aus der Klinik spaziert.«

Sein Gebaren veränderte sich sofort. »Mein Gott! Das tut mir leid.« Er zog einen Stuhl heran und setzte sich, ohne daß ich ihn dazu aufgefordert hätte. »Was soll ich tun?«

»Sie hat sich gestern hinausgeschlichen, und es gibt keine Spur von ihr.« Ich blickte durchs Fenster und hatte auf einmal Schwierigkeiten mit dem Reden.

»Man wird sie finden, Sir. Das ist nur eine Frage der Zeit.« Er schürzte die Lippen und dachte nach. »Sie könnten dabei helfen.«

»Nach ihr suchen gehen, meinen Sie?«

»Nein, natürlich nicht. Wo können Sie schon suchen, wo es andere nicht schon probiert haben? Aber Sie könnten doch einmal Vorteil aus Ihrer Popularität schlagen. Den Jerries Feuer unterm Hintern machen.«

»Das könnte ich.« Ich drehte mich um. »Besorgen Sie mir die Nummer des örtlichen Reviers.«

Sein sardonisches Lächeln meldete sich zurück. »Das wäre doch nicht Ihr Stil, Sir! Versuchen Sie es beim Polizeipräsidenten. Dem Bürgermeister. Verdammt, rufen Sie den Generalsekretär an; er würde einen Anruf von Ihnen entgegennehmen. Jeder würde das.«

»Außer Admiral Duhaney.«

»Na ja, er kennt Sie.« Als er meinen Blick bemerkte, verschwand das Lächeln. »Verzeihung, das war unpassend. Wie weit oben möchten Sie anfangen?«

»Beim Polizeipräsidenten, falls ich durchkomme.«

Tolliver stand auf. »Geben Sie mir ein paar Minuten.«

Eine halbe Stunde später legte ich auf, und die Zusicherungen des Polizeipräsidenten klangen mir noch in den Ohren. Sie unternahmen alles Erdenkliche, mit der höchsten Priorität usw. usf. Ich saß da und kaute auf den Fingerknöcheln. Irgendwie hatte es so geklungen, als sollte ich abgespeist werden.

Den Rest des Tages verbrachte ich mit quälendem Warten. Jedesmal, wenn der Rufer summte, riß ich den Apparat hoch, voller Grauen vor einer Katastrophenmeldung, und betete darum, daß Annie gefunden worden war.

Keine Nachricht.

Beim Abendessen war ich schweigsam. Niemand an meinem Tisch hatte von Annie erfahren, aber sie kannten meine Stimmungen gut genug, um mich nicht zu belästigen. Gedämpfte Gespräche bahnten sich ihren Weg um mich herum, während ich mit dem Essen herumspielte.

Zwei Tage vergingen in endloser Agonie. Ich unterzeichnete Berichte, verabreichte einem unglücklichen Kadetten, der außerhalb des Zauns erwischt worden war, den Rohrstock und befahl, eine Kabine für Leutnant Thorne vorzubereiten. Die Admiralität rief an und bat mich, in zwei Wochen an der Indienststellung der U.N.S. *Wellington* teilzunehmen. Ich willigte ein. Bis dahin war Annie sicherlich aufgefunden worden. Das mußte sie einfach.

Als der Nachmittag des dritten Tages halb herum war, war ich fast schon außer mir. Mehrere Male rief ich in der Klinik an, um zu sehen, ob Annie von selbst zurückgekehrt war. Ich erledigte mechanisch meine Pflichten.

»Kapitän?«

Ich schwenkte mich so heftig herum, daß ich fast vom Stuhl fiel. »Was ist, Edgar?«

»Ich denke, ich habe etwas gefunden.«

Es dauerte einen Moment, bis ich begriff, daß Tolliver nicht von Annie sprach. Ich zwang mich zur Konzentration. »Nur zu.«

»Erinnern Sie sich, wie Sergeant Ibarez Jerence Branstead von seinen Kameraden fernhielt? Er beauftragte ihn, die Seriennummern der Raumanzüge zu kontrollieren. Ich habe mir das mal angesehen.«

»Und?« Zur Zeit gab ich einen Scheiß auf Raumanzüge und die Kadetten, die sie trugen.

»Bransteads Ergebnisse passen zur Ausstattungsliste des Anzugsraumes, aber nicht zu den Rechnungen im Comp. Vielleicht hat das etwas zu bedeuten.«

»Stimmt die Anzahl der Raumanzüge?«

»Es scheint so. Trotzdem liegt da eine komische Diskrepanz vor.«

»So was passiert ständig. Eine Bestellung landet schon mal auf dem falschen Schiff. Vergessen Sie es.«

»Aye, aye, Sir. Warum vergesse ich nicht einfach die ganze Buchprüfung, wenn ich schon dabei bin?«

»Tolliver!« Meine Stimme klang gefährlich.

Mit flammendem Blick hielt er mir stand. »Sie haben mir gesagt, die Scheißbuchprüfung wäre wichtig! Ich habe auf Schlaf verzichtet und geackert, bis sich das Zimmer um mich drehte, nur um diesen verdammten Bericht fertig zu kriegen! Und bei der ersten Gelegenheit, bei der etwas nicht paßt, sagen Sie mir, ich sollte es vergessen. Werden Sie mal schlau daraus, was Sie eigentlich möchten!«

Ich gab vor seiner Wut nach. »Es tut mir leid, ich denke die ganze Zeit an Annie. Tun Sie, was Sie möchten.«

»Aye, aye, Sir«, sagte er, kaum besänftigt. »Schon etwas erfahren?«

»Nichts.« Ich zögerte. »Edgar, was soll ich tun?«

»Was können Sie schon tun? Warten Sie einfach ab.«

»Sie ist allein da draußen.«

»Das wissen Sie nicht.«

»Was meinen Sie damit?«

Sein Ton war sanft. »Sir, sie ist zu Hause.«

Ich ballte die Fäuste. »Das ist nicht mehr ihr Zuhause! Das kann es nicht sein!«

»So sehen Sie und ich es.« Den Rest ließ er ungesagt.

»Diese verdammten Medikamente . . .«

Er schüttelte den Kopf. »Vielleicht war es früher besser, als man die Leute noch nicht neu einstellte. Selbst wenn Sie schizo waren und nicht alle Tassen im Schrank hatten.«

Ich winkte ab. »Ich möchte meine Frau, nicht Ihre Theorien.«

»Ja, Sir, dafür habe ich jedes Verständnis. Warten Sie ab. Es ist ja nicht so, daß Sie selbst nach ihr suchen könnten.« Ich blickte auf.

Einen Augenblick später fragte ich: »Wieso nicht?«

12. Kapitel

Tolliver protestierte energisch dagegen, daß ich fortging, und bekam fast einen Schlag, als ich andeutete, mich allein aufzumachen. Um ihn zu beruhigen, willigte ich ein, einen Fähnrich mitzunehmen. Er wählte Adam Tenere aus, der die Depeschen auf die Erde gebracht hatte. Immerhin war der Junge guten Willens; ich mußte nur in Raumhafenkorridoren vorsichtig sein.

Zur Verärgerung des Stewards war ich bereits auf den Beinen, kaum daß der Suborbitalflieger aufgesetzt hatte. Mit Adam an der Seite stand ich aufgewühlt da, während sich die Ausstiegsrampe bedächtig auf den Boden senkte. Draußen wurde es bereits dunkel über New York.

Hatte es Sinn, um diese Uhrzeit die Klinik aufzusuchen? Lieber sollten wir uns ein Hotel suchen und uns am Morgen ausgeruht auf die Suche machen. Meine Aufgaben auf der Akademie drängten im Moment nicht; ich hatte alle Termine abgesagt und es Tolliver überlassen, Jeffrey Thorne zu begrüßen und sich um den Papierkram in Devon zu kümmern.

Nein, ein Hotel hätte mir nur einen Kabinenkoller eingebracht. Ich mußte mich einfach in der Klinik umsehen und mich in Annie hineinversetzen.

Nachdem man mir mehrere Helitaxis weggeschnappt hatte, gab ich es auf zu warten, bis ich an der Reihe war, und schubste wie alle anderen, nur um dann bei einem Piloten zu landen, dem ich fünf Minuten lang gut zureden mußte, ehe er einwilligte, in die Bronx zu fliegen.

Ich lehnte mich zurück und ersticke alle Gesprächsversuche Adams mit einem Stirnrunzeln. Endlich landeten wir auf dem Besucherparkplatz, so weit vom umzäunten Perimeter entfernt, wie es der Cabbypilot nur hinbekam.

»Melden Sie uns im Sheraton an, Adam. Ich stoße später dort zu Ihnen.«

»Aye, aye, Sir. Könnte ich nicht ...«

»Nein.«

Die Kliniktür öffnete ich bereits nach dem ersten Anklopfen; ich war vom Augenblick der Landung an von der Kamera erfaßt gewesen. Kein Wunder, daß die Sicherheitsmaßnahmen nachts besonders streng waren.

Der Krankenpfleger am Schreibtisch blickte auf, gab sich aber nur wenig Mühe, seine Langeweile zu verbergen. »Käpten Seafort? Ich bin Jose Gierra. Dr. O'Neill hat auf Sie gewartet, aber er ist vor einer Stunde nach Hause.«

»Mein Flug hatte Verspätung.« Ich setzte die Reisetasche ab. »Zeigen Sie mir bitte Annies Zimmer.«

»Tut mir leid. Unseren Vorschriften zufolge kann nur der verantwortliche Arzt einen Besuch genehmigen. Kommen Sie mor ...«

Ich ging bereits auf die Tür zur Station zu. »Ich bin nicht auf Besuch, sondern führe eine Inspektion durch.«

»Sie brauchen auf der Station einen Begleiter!«

»Schön, begleiten Sie mich!« Ich öffnete die Tür, als er gerade den Schließschalter drücken wollte; zu spät für ihn.

Der Pfleger keuchte, als er mich einholte. »Immer mit der Ruhe, Mann. Dieser Job ist kein Vergnügen!«

Wir schritten durch den Flur, vorbei an stillen, dunklen Zimmern. Annies Zimmerchen war ganz so, wie ich es in Erinnerung hatte; spartanisch, ordentlich, weiß. Ihre wenigen Kleidungsstücke lagen ordentlich im winzigen Wandschrank verstaut. Die Bettbezüge waren mit typischer Krankenhauspräzision unter der Matratze festgeklemmt. Ich öffnete die seitliche Schublade am Bett: eine Bürste, ein Kamm, ein Chipbehälter. Annies Holovid lag auf dem Stuhl. Ich steckte einen Chip hinein: Ein romantisches Holodrama von der Art, wie sie sie liebte. Ich suchte nach einem Chip, auf dem sie vielleicht eine Nachricht zurückgelassen hatte.

»Hier ist nichts zu finden. Die Jerries haben sich schon vor vier Tagen umgesehen.«

Ich hätte ihm so gern die Zähne ausgeschlagen! Stattdessen fragte ich höflich: »Sind Sie verheiratet, Mr. Gierra?«

»Sicher.«

Ich setzte mich auf das Bett. »Wie heißt sie?«

»Connie.«

»Würden Sie sich etwas daraus machen, wenn sie umgebracht würde?«

Er ballte die Fäuste. »Natürlich.«

»Was, wenn Connie jetzt dort draußen herumspazierte, wo die Gangs sie jederzeit anfallen können?«

»Yeah, aber sie ist keine Trannie.«

Mein Gesicht verriet nichts.

Kurz darauf wich seine Verdrossenheit. Langsam setzte er sich auf den Gästestuhl. »Es tut mir leid, Käpten. Sie haben jedes Recht, sich Sorgen zu machen.«

»Verzeihen Sie, daß ich Sie angefahren habe.«

»Egal.« Er deutete auf den Wandschrank. »Wir haben nach Hinweisen gesucht, aber nichts gefunden. Die Jerries sind gekommen und haben ein paar Fragen gestellt. Die Wahrheit lautet, daß sie sich aus der ganzen Geschichte nichts machen würden, wären Sie nicht berühmt. Eine weitere verirrte Trann ... verirrte Patientin ist noch die geringste ihrer Sorgen.«

»Wenn Sie Connie schnellstens finden müßten, was würden Sie unternehmen?«

»Ich würde auf die Suche gehen, genau wie Sie. Aber nicht nachts.«

»Ihr Leute kommt doch zur Arbeit her, oder nicht?«

»Mit dem Helikopter und tagsüber. Darum konnte Dr. O'Neill auch nicht warten. Noch ein paar Minuten, und er hätte für die Nacht hier festgesessen.«

»Wir haben einmal die Gray-Line-Tour durch Manhattan gemacht.« Das waren Amanda und ich gewesen, und es lag eine Lebenszeit zurück. »Es sah gar nicht so schlimm aus.«

Er schnaubte. »Manhattan, bei Tageslicht in einem gepanzerten Bus! Die Crypsnbloods auf den Straßen fressen diese Innnenstadttrottel, sollten sie sich jemals bis hierher verirren!«

»Ich muß meine Frau finden, Mr. Gierra.«

»Geht Ihr Typen von der Flotte bewaffnet?«

»Nicht am Boden.«

»Na ja, da haben wir's. Sie könnten es am Morgen probieren.«

Ich stand auf. »Wenn mich hier kein Taxi abholen möchte, wo bekomme ich dann eins?«

»Auf dem anderen Flußufer. Oder vielleicht landet auch jemand beim Jerryhaus an der Eins fünfundsiebzig; der Block ringsherum wurde weggeräumt.«

»Könnte ich zu Fuß gehen?«

»Haben Sie jemals versucht, durch die Bronx zu spazieren? Sie haben ja keine Ahnung, wie das ist! Die lassen Ihren Kadaver zum Verfaulen liegen.«

»Ich muß meine Frau finden.«

»Vielleicht bei Tag, wenn Sie Glück haben. Glauben Sie mir, Mr. Seafort! Denken Sie nicht mal dran, bei Nacht hinauszugehen.«

Ich sank aufs Bett zurück und schüttelte den Kopf. »Wieso hat man eine Klinik in einem bewaffneten Feldlager errichtet?«

»Wir sind schon seit Jahren an dieser Stelle. Es war erst

gar nicht so schlimm, bis die Stadt die Wohnprojekte aufgegeben hat. Als die Leute obdachlos wurden, war das das Ende.«

Annie war irgendwo dort draußen.

»Käpten, bleiben Sie bis zum Morgen im Zimmer Ihrer Frau. Ich bin mir sicher, daß O'Neill deswegen keinen Aufstand machen wird, nachdem er zugelassen hat, daß sie davonspazierte.«

»In Ordnung.« Ich hatte keine große Wahl. »Danke, Mr. Gierra.«

»Joe. Tut mir leid, daß ich Ihnen Ärger gemacht habe.« Er stand auf. »Ich hab' die ganze Nacht Dienst. Morgen zeige ich Ihnen die Gegend.«

»Ich würde mich freuen.«

Ich zog mich aus, um zu Bett zu gehen, und mein Blick ruhte dabei auf Annies wenigen Kleidern im Wandschrank. Ich sehnte mich danach, ihren Kopf an meine Brust zu drücken. Als ich mich in der Dunkelheit hinlegte, erwies sich ihr Kopfkissen als armseliger Ersatz.

Ich schlief wie ein Toter. Am Morgen weckte mich jemand, der mich beharrlich an der Schulter schüttelte.

»Käpten? Möchten Sie frühstücken?«

Ich ächzte und öffnete ein Auge. »Geben Sie mir ein paar Minuten.« Ich verschwand im Bad. Joe Gierra wartete auf dem Flur, als ich hinausging und mir dabei noch die Krawatte zuband. »Wo kann ich telefonieren?«

»In der Cafeteria.« Er führte mich den Flur entlang.

Ich wählte die Nummer des Sheraton und wartete mehrere Klingelzeichen ab.

Adam klang schläfrig. »Sie sind nicht mehr aufgetaucht, Sir. In der Telefonzentrale der Klinik hieß es, Sie würden im Zimmer von Mrs. . . .«

»Ich bin gleich eine Zeitlang draußen. Um die Mittagszeit rufe ich wieder an.«

»Aye, aye, Sir. Darf ich mit . . .«

»Nein.« Ich legte auf.

Ich kaute auf einem Brötchen. »Wie kommen Sie nach Hause, Joe?«

»Normalerweise mit dem Helitaxi. Es sind noch ein paar gepanzerte Bodentaxis übrig, aber sie fahren normalerweise für die Standhaften.«

»Die was?«

»Die Familien, die hier ursprünglich lebten. Die Bronx war einmal Teil der Zivilisation. Als die letzten U-Bahnen den Verkehr einstellten, gingen fast alle Leute von hier weg, aber ein paar Unverwüstliche mauerten ihre Fenster zu und hielten durch. Ihre Kinder wohnen nach wie vor hier. Es sind keine Obies, aber sie haben ihre eigenen Läden, ihren eigenen Lebensstil.« Er riß ein Stück Synthospeck ab und tunkte es in Eidotter.

»Aber ... was machen Sie eigentlich?«

»Das gleiche wie alle, vermute ich – sie versuchen zu überleben. Sie gehen nur gruppenweise und bis an die Zähne bewaffnet aus, und das auch nur tagsüber. Ihre Konvois bringen ungefähr wöchentlich Nachschub. Sie benutzen Bodentaxis, wenn sie sie kriegen können.«

»Was für ein Leben.«

»Ich nehme lieber Helitaxis, auch wenn sie ein paar Unimäuse mehr kosten. Ich möchte nicht in einer Blechbüchse festsitzen, wenn die Crypsnbloods auftauchen.«

Ich trank meine dritte Tasse Kaffee aus. Mit jedem weiteren Augenblick fiel es mir leichter, die Augen offenzuhalten.

»Kommen Sie, Käpten, ich bringe Sie zur Tür.«

Jemand hatte Dr. O'Neill informiert, daß ich da war. Als wir gerade meine Reisetasche am Schalter abgaben, platzte er aus seinem Büro heraus. »Kapitän, ich habe gerade vor ein paar Minuten auf der Polizeistation angerufen. Immer noch keine Nachricht von Mrs. Seafort. Ich empfehle Ihnen nicht, allein hinauszugehen.«

»Ich werde daran denken.« Das war alles, was ich sagen konnte, um eine Fassade der Höflichkeit zu wahren. »Mr. Gierra?«

Kurz darauf standen wir am Ausgang. Er deutete nach

draußen. »Diese Schuppen ziehen sich ganz um die alten Stadionmauern herum. Vielleicht hat einer der Squatter gesehen, wie sie hinausgegangen ist. Sie können ja fragen.«

»Klar.«

»Wenn Sie an den Schuppen vorbei sind, verläuft die Eins einundsechzig in dieser Richtung, von Ost nach West.« Er zeigte es mir. »Am besten läßt man sich dort nicht blicken.«

»Danke, Joe.« Als der Wachmann das Tor mit einem Schalterdruck öffnete, zögerte Gierra erst und streckte dann die Hand aus. Ich schüttelte sie.

Ich marschierte zu den nächsten Schuppen in einem halben Block Entfernung hinüber und stolperte dabei über Risse im Asphalt, die man unter wogendem Unkraut kaum erkennen konnte.

»Heh!«

Ich drehte mich um. Joe Gierra kam hinter mir hergetrabt. Er blieb stehen und zuckte die Achseln, als wäre er verlegen. »Ich dachte nur ... Verdammt! Ich könnte genausogut mitkommen. Zu zweit ist es sicherer.«

»Das ist nicht nö ...«

»Sie ist ein guter Kerl, Ihre Lady. Eine der netteren.« Er knöpfte sich die Jacke zu. »Kommen Sie, ehe ich es mir anders überlege.«

Ich lächelte und hatte das Gefühl, als wäre die Sonne durch den Morgendunst gebrochen.

Wir trotteten zu einer ungleichmäßigen Reihe von Hütten hinüber, die aus dem Schutt der zerfallenden Zivilisation errichtet worden waren: zerbrochene Platten aus Alulegierung, zerbröckelnde Mauersteine, die mit Schlamm verfugt waren. Keine Seele war zu sehen, nicht mal jetzt am mittleren Vormittag.

Ich klopfte an die zerbeulte Tür des ersten Schuppens. Schweigen. »Stehen die leer?«

Joe schnaubte. »Machen Sie Witze? Wenn wir den Müll rausstellen ...«

Ich ging zur nächsten Hütte weiter und klopfte erneut.

»Bitte reden Sie mit uns! Wir tun Ihnen nichts!« Die Tür flog auf. Eine abgezehrte Vettel in schmutzigem Overall. In ihrer Hand schimmerte ein Messer.

»Ich suche nach ...«

»Haut ab!« Ihre Stimme klang wie ein Nagel auf einer Schiefertafel.

»Ich bin Kapitän Seafort. Meine ...«

Sie griff an. Als ich zurücktaumelte, verschwand sie wieder in der Hütte und knallte die Tür zu.

»Jesus, Herr Christus!« Ich wußte gar nicht, daß ich das laut gesagt hatte, bis ich Gierras Gesicht sah.

Wir überquerten die mehr zufällig entstandene Gasse und klopften an eine weitere Hütte. Die Tür ging sofort auf, als hätten die Bewohner nur auf uns gewartet. Vielleicht hatten sie es ja. Zwei ausgedörrte junge Leute in den frühen Zwanzigern. Einer lehnte sich auf einen Knüppel. »Was wollter?«

»Meine Frau war in der Klinik da drüben. Ich versuche sie zu finden. Ich habe ein Bi ...«

»Habse nich' gesehen, und würd's nich' sagen, wenn ich's hätte. Fick dich selbst!« Die Tür wurde zugeknallt.

»Mistkerle!« sagte ich inbrünstig.

»Sie werden hier von allen das gleiche hören, Käpten.«

»Sind alle so schlimm?«

»Nein. Das hier sind noch die zivilisierten.« Er warf sich herum und schrie: »Wir haben Messer! Vergiß es lieber!« Ein mürrischer Bengel wog seinen Stein mit der Hand, spuckte aus und verschwand außer Sicht.

Ich flüsterte: »Haben Sie wirklich ein Messer mitgenommen?«

»Nein, ich hatte ja zunächst nicht vor, Sie zu begleiten.«

Ich probierte es an einer weiteren Tür. Eine Frau mit zerlumpten Kindern, die sich an ihren Knien festklammerten, warf einen Blick auf mein Holo und schüttelte den Kopf. »Habse nich' gesehen. Wennse da war, isse weg. Zwecklos, nachzugucken.«

»Hat sie sich jemand geschnappt?« Mir wurde kalt.

»Muß wohl. Niemand kommt hier durch. Selbst für uns isses nich' sicher.« Sie hob ihr Kleinstes auf, entblößte die Brust und flehte: »Gehn'se weg, Mister!«

»Danke, Ma'am.« Sie war von dem ganzen Haufen noch am höflichsten gewesen.

Ich deutete zum Ende der Gasse. »Was liegt dort?«

»Die richtige Straße. Verlassene Geschäfte, alte Wohnungen.«

»Versuchen wir es dort.«

»Zu weit. Werfen wir lieber auf der anderen Seite einen Blick hinter den Zaun.«

»In Ordnung.« Danach würde ich die Straße allein absuchen.

Wir gingen unseren Weg zurück. Joe blieb stehen. »Das ist zu riskant. Ich hole mir lieber erst einen Knüppel oder ein Messer. Es dauert nur eine Minute.«

Widerwillig begleitete ich ihn zurück zum Tor. Ich sah auf die Uhr, war besorgt, nicht zuviel kostbare Tageszeit zu verschwenden. Ich sagte: »Treffen wir uns an der Südseite des Grundstücks wieder. Ich fange mit den Schuppen an, die dem Zaun am nächsten stehen.«

Er ging los, und ich suchte mir den Weg zu den heruntergekommenen Hütten. Ein widerlicher Gestank machte sich bemerkbar; ich rümpfte die Nase. Vielleicht hatte Tolliver recht gehabt; es war besser, wenn ich nach London zurückkehrte und die Arbeit den Jerries überließ. Diese Leute ...

»Wat willste hier?«

Ich wirbelte herum. Drei Männer, zwei davon bärtig. Das Gesicht des dritten war wie von sportlichem Training oder Fieber gerötet. Er versteckte eine Hand hinter dem Rücken.

»Ich suche jemanden.«

»'n Mädchen?«

»Wissen Sie etwas von ihr?« fragte ich eifrig.

Der Anführer musterte mich und rieb sich den zottigen Bart. »Wieviel Knete haste?«

Mein Ton wurde härter. »Das reicht! Wo ist sie?«

Er deutete auf eine Seitengasse. »Da lang.«

Der Weg war verlassen. »Wir warten erst, bis mein Freund zurückkommt.« Ich hielt nach Joe Ausschau und hoffte, ihn möglichst bald zu sehen.

»Scheiß auf'n Freund.« Fiebergesicht grinste mich mit zerbrochenen Zähnen tückisch an.

»Verpißt euch!« Mein scharfer Ton überraschte sogar mich selbst. Ich steckte eine Hand in die Tasche. »Legt euch mit mir an, und ihr seid tot!« Sie zögerten. »Macht schon!«

Zottelbart gab ein Handzeichen. Ich wandte mich Fiebergesicht zu. Lächelnd näherte ich mich ihm einen Schritt weit und trat ihm in die Leistengegend.

Er schrie laut auf, fiel auf die Knie und ließ die Laserpistole fallen, die er hinter dem Rücken versteckt hatte. Als der dritte Bursche nach ihr griff, trat ich ihm auf die Hand. Er heulte, rappelte sich auf und klemmte sich die Hand unter den Arm, während ich mir die Pistole schnappte.

Ich rammte sie mir in die Tasche. Gott allein wußte, ob sie noch Ladung hatte.

Zottelbart warf einen Stein. Ich schnappte nach Luft, als er mich an der Seite traf. Er zerrte Fiebergesicht auf die Beine. Ich bereitete mich auf einen weiteren Angriff vor, aber sie verschwanden um die Ecke.

Joe Gierra hatte recht; ich konnte nicht allein auf die Suche gehen. Ich brauchte Adam Tenere oder eine Polizeieskorte. Ein Kanonenboot der Flotte wäre nicht unpraktisch gewesen.

Ein Geräusch ertönte. Wilde Gestalten tauchten aus einem nahe gelegenen Schuppen auf. Teenager. Einer spielte mit einer rostigen Kette, ein anderer schwenkte ein riesiges, schmutziges Messer, der dritte schlenkerte mit einem angesplitterten Knüppel. Ich wollte weglaufen, geriet aber ins Stolpern, als der Knüppel von hinten eines meiner Beine erwischte. Ich brauchte einen Stein, ein Rohr, irgendwas. Ich fischte in der Tasche und zog die Pistole hervor.

»Verschwindet! Ich benutze sie!« Die Ladung war bereits so gering, daß das Warnlicht nicht einmal mehr leuchtete.

»Taugt nix, Matrose! Iss leer!« Das Hemd des Jungen bestand nur aus Fetzen.

»Laß mich in Ruhe, verdammt!«

Der Kettentyp sprang heulend vor. Ich schleuderte ihm die Pistole ins Gesicht. Blut spritzte. Er sackte in die Knie und faßte sich an die Augen.

Sein Gefährte griff an und erwischte mich mit dem Prügel seitlich am Kopf. Während ich die Sterne wegzublinzeln versuchte, hielt ich seinen Hals umklammert. Er stank.

»Laß mich los, du Tunte!« Der Junge versuchte sich mir zu entziehen, aber ich konnte nicht mehr sicher auf den Beinen stehen und hielt mich an ihm fest; eine Waffe hatte ich nicht mehr.

Der letzte Angreifer umkreiste uns mit zuckendem Messer. Er sprang vor. Ich riß den Jungen, den ich festhielt, herum, so daß er zwischen mich und die Klinge geriet.

Mit einem schrillen Schrei ließ er den Prügel fallen und erzitterte. Als wäre er unsäglich müde, legte er mir eine Hand auf die Schulter. Seine Knie gaben nach, und er glitt langsam zu Boden. Der dritte Angreifer wich mit geweiteten Augen zurück. Blut tropfte von dem Messer, das in der Seite seines Kameraden steckte. Ich würgte über den Gestank und rieb mir den schmerzenden Kopf.

»Verfluchter Matrose!« Der übriggebliebene Junge schnappte sich einen herumliegenden Knüppel und griff an. Der Schlag erwischte mich am Arm. Der Schmerz loderte höllisch.

Ich stemmte mich gegen den Angreifer, rammte ihm die Schulter in die Brust. Er ging zu Boden, rollte sich weg, sprang wieder auf. Ich ergriff die Flucht.

Er war nur wenige Fuß hinter mir. Ich brach seitlich aus und rammte mich durch die Tür einer verlassenen Hütte. Ich brauchte einen Knüppel, einen Ziegelstein, irgendwas! Ich stolperte über einen kaputten Tisch, rammte ihn an die Wand. Er fiel auseinander. Ich packte eines der Tischbeine.

Der wutentbrannte Junge kam durch die Tür gestürmt. Als er mit seinem Knüppel ausholte, beugte ich mich zurück und zog ihm meinen Prügel mit voller Kraft übers Gesicht. Ein Knirschen. Er kippte nach hinten. Seine Beine wurden dabei hochgerissen und trafen mich im Unterleib. Ich verlor das Gleichgewicht und schlug mit dem Kopf an der Wand auf.

13. Kapitel

Der Schädel tat mir fürchterlich weh. Ich zwängte die Augen auf und sah nur Schwärze. War ich blind? Ich ächzte und tastete die schmerzhafte Schwellung an der Kopfseite ab. Ich lag an einer Wand. Ich hatte mich geprügelt. War weggerannt. Ketten. Knüppel.

Auf Händen und Knien kroch ich herum und suchte nach der Tür. Kleiderstoff. Eine steife, kalte Gestalt. Etwas Kaputtes und Knochiges. Und Klebriges. Mit einem Schrei riß ich die Hände von ihm und rieb sie wie rasend an der Jacke ab, am Fußboden, an allem, was ich finden konnte.

Ich wußte, was ich da berührt hatte.

Blind oder nicht, ich mußte hier raus! Ich rappelte mich auf, streckte die Hände aus, stolperte über Schutt. Wo war die Scheißtür? Falls ich dieses ... dieses Ding noch mal anfassen mußte ...

Eine Brise kühler Luft durchbrach den ekligen Gestank. Zitternd stand ich da und schnupperte, versuchte festzustellen, aus welcher Richtung der Wind wehte.

Wo in drei Teufels Namen war die Tür? Mit ausgestreckten Händen wankte ich wie ein Automat durch die Gegend. Ich stieß mit etwas Hartem zusammen, und riß mir daran Lippen und Nase auf. Fluchend betastete ich das pochende Gesicht. Zwischen den ausgestreckten Händen war mir die Kante der verdammten Tür entgangen! Ich tupfte ein Rinnsal Blut ab und torkelte in die ersehnte frei Luft hinaus.

Warum war Joe Gierra nicht zurückgekommen? Wenn ich laut rief, hörte er mich vielleicht und kam zur Hilfe. Andere konnten jedoch mithören. Womöglich beobachteten sie mich schon in diesem Augenblick. Hilf mir, lieber Gott! Nicht um meinetwillen, sondern wegen Annie. Sie hat sonst niemanden.

Ein mattes Leuchten wie aus großer Ferne.

Ich rieb mir die Augen. Lichter.

Plötzlich konnte ich mich wieder orientieren und erkannte, daß ich bis zum Einbruch der Nacht bewußtlos dagelegen hatte. Bei den fernen Lichtern mußte es sich um die Obietürme von Manhattan handeln.

Wenn das zutraf, mußte die Klinik ... dort liegen. Nein, mir fiel nicht mehr ein, welche Richtung ich eingeschlagen hatte. Ich konnte es mir jedoch überlegen, falls ich nicht in Panik geriet.

Ein Hund heulte. Ein Kribbeln lief mir über die Haut.

Stimmen, ganz in der Nähe. Ich wurde steif, reglos. Gestalten gingen an mir vorbei.

Ohne Vorwarnung mußte ich niesen. Jemand kreischte. Das Trommeln rennender Füße. Stille. Ich bleckte die Zähne zu einem wilden Grinsen. Die Squatter hatten genausoviel Angst vor mir wie ich vor ihnen.

Als sich meine Augen auf die nächtliche Dunkelheit eingestellt hatten, sah ich Lichter durch löchrige Wände schimmern. Die Hütten waren bewohnt. Ich kniff die Augen zusammen und entschied, daß ich dort drüben das Ende der Gase vor mir sah. Ich trabte in diese Richtung und fiel flach aufs Gesicht. Fluchend rappelte ich mich wieder auf. Wieso war ich nur so dumm gewesen, allein loszuziehen, ohne Lampe oder Rufer!

Ein Heli zog über mir dröhnend seine Bahn. Der Suchscheinwerfer spielte über aufgerissenen Asphalt. Jerries? Wie konnte ich sie auf mich aufmerksam machen? Nicht durch Geräusche; sie hätten mich nie gehört. Verfügten sie über Wärmesucher? Zwecklos; jeder lebende Körper löste sie aus. Ich brauchte Licht. Brich einfach in einen Squatterschuppen ein, finde etwas, woraus du eine Fackel improvisieren kannst. Ich verzog die Lippen zu einem wilden Lächeln.

Der Schlag erwischte mich voll im Rücken und schleuderte mich zu Boden. Paralysiert schnappte ich nach Luft. Hände grapschten nach mir. Mit einem krampfhaften Schluchzer setzte der Atem wieder ein.

Jemand riß meine Jacke auf und drehte mich um. Hände zupften an einem Schuh und öffneten die Schnürsenkel. Ich riß das Bein los und trat nach einem schattenhaften Gesicht. Die Gestalt klappte zusammen. Ich stemmte mich auf die Knie hoch. Ein pfeifendes Geräusch; ich zog den Kopf ein, und der Knüppel verpaßte mich um einen Zoll.

Ich rannte davon, als wäre der Satan hinter mir her. Ich prallte von einer Wand ab, fand die Gasse wieder, lief um eine Ecke. Ein Stein drehte sich unter dem geöffneten Schuh; ich hüpfte ein paar Schritte weit und lief dann wieder, wobei der Knöchel warnende Schmerzstiche aussandte. Die Stimmen wurden leiser.

Ich tapste in einen Müllhaufen hinein. Eine Katze schrie. Jesus, lieber Gott! Schwankend zog ich mich an einem vergessenen Elektrowagen hoch und bemerkte, daß ich eine reguläre Stadtstraße erreicht hatte.

»Annie!« Mein Schrei zerriß die Luft. »Ich bin hier, um dich zu holen. Komm raus, um Gottes willen!«

Laufschritte. Ich kam wieder zu Sinnen, duckte mich hinter den Wagen und huschte gebückt davon.

Wohin in Gottes Namen bewegte ich mich eigentlich? Die Lichter rechts von mir mußten Manhattan sein. Lag es im Westen? Nein, im Süden. Ich rannte ... nach Osten. In die Dunkelheit hinein.

Ich blieb stehen, lehnte mich an eine Hauswand und versuchte, wieder zu Atme zu kommen.

Die Klinik lag an der Eins einundsechzig. Ich hielt angestrengt nach ihren beleuchteten Fenstern Ausschau; ohne sie würde ich nie zurückfinden. Dann versteck dich halt bis morgen. Im Tageslicht hatte ich mehr Chancen; diese Wilden kannten sich auf ihren Straßen aus, wie es mir nicht möglich war. Ich blickte forschend den Block entlang, suchte nach einem Unterschlupf.

Irgendwo vor mir flackerte ein Licht. Zivilisation? Hinter mir klapperte eine Dose. Ich stürmte zum Sanktuarium des Lichtes.

Instinktiv verlangsamte ich meine Schritte, während ich näherkam. Gebückte Gestalten sprangen um ein Feuer herum und boten einen Anblick, der an Hieronymus Bosch erinnerte. Jemand hielt einen Stuhl, jemand anderes eine Flasche. Eine dritte Gestalt streckte ein Horn hoch über den Kopf aus und gackerte und krächzte. Ein paar Tänzer waren nackt.

Über dem Feuer war ein Bratspieß montiert. Auf dem Spieß steckte ein Hund. Eine kahlköpfige Kreatur in Frauenkleidern sprang schwindelerregend im Kreis herum und kreischte unverständliches Zeug.

Schritt für Schritt wich ich zurück, und mein Herz hämmerte. Hinter mir ertönte ein Knurren. Ich warf mich auf den Fersen herum. Zwei rote Augen über einem gezähnten Maul. Ich schrie. Die Kreatur wich nach hinten. Ich zog mich gleichfalls zurück, Richtung Feuer, wo die Gefahren menschliche Gestalt hatten.

Das Untier knurrte erneut. Vielleicht war es nur ein Hund, aber ich blieb nicht, um es herauszufinden. Ich sprintete auf das Feuer und den herumtanzenden Stamm zu. Der wilde Tanz geriet durcheinander. Jemand packte ein brennendes Holzstück, ein anderer griff zum Messer. Ich stürmte an ihnen vorbei auf den Lagerplatz, schickte die kahle Frau der Länge nach zu Boden und verschwand wieder in der Nacht.

Ich galoppierte mitten auf der Straße entlang und

bemühte mich dabei, den schmerzenden Knöchel zu entlasten. Ich warf einen Blick über die Schulter. Nackte Nachtschwärmer, ein wütender Hund und die Dämonen der Hölle hetzten mich. Ich vergrößerte die Distanz zu allen außer dem Hund. Eine verstreute Ansammlung ausgeschlachteter Autos; ich schwenkte nach links.

Die Schreie hinter mir wurden wieder lauter. Ich riskierte einen weiteren Blick. Das Untier lief mit raumgreifenden Schritten vor den anderen her, entschlossen und mit hängender Zunge. Ich hielt an, um einen Stein aufzuheben. Als das Tier einen Satz machte, warf ich mein Geschoß. Der Hund jaulte auf und huschte davon. Ich drehte mich wieder um und rannte los, und der Atem rasselte mir schluchzend im Hals. Der Hund humpelte hinterher. Hinter ihm ertönten die Rufe der Menschen.

Ich kanterte durch die Dunkelheit, mit lose schlappendem Schuh, einen beharrlichen Hund und Kapriolentänzer im Schlepptau. Wo waren eigentlich die Jerries, wenn man sie mal brauchte? Das nächste Revier lag an . . .

An der Eins fünfundsiebzig, hatte Joe Gierra gesagt. Ich lief um eine Ecke, wandte mich nach links, stürmte weiter.

Steine prasselten rings um meine Füße auf; die Jungs vom Lagerfeuer hatten ebenfalls die Ecke erreicht. Bald würde ich zu müde sein, um weiterzulaufen, zu müde auch, um mir noch etwas daraus zu machen. Ich mußte wenigstens ein bißchen Kraft für den Kampf aufsparen, wenn sie mich in die Enge getrieben hatten.

In der Schwärze der Nacht schmetterte ein Horn sein Signal. Die Echos der Töne liefen ein ums andere Mal die breite, stille Avenue entlang.

Türen gingen auf. Jungen und junge Männer strömten auf die Straße hinaus. Zwei weitere Hunde schlossen sich der Hetzjagd an, als das Horn erneut schmetterte. Ich war in eine Fuchsjagd hineingestolpert, und ich war der Fuchs.

Hände krallten nach mir; ich riß mich los und stolperte weiter.

Die Eins fünfundsechzig. Noch zehn Blocks, aber ich konnte es nicht schaffen. Der Atem ging abgehackt. Immer weiter lief ich und schloß die Augen, um den Rhythmus beizubehalten ...

»Na los, Seafort!« Sergeant Tallor streckte den Stock aus.

»Aye, aye, Sir.« Ich wankte die Laufbahn von Farside entlang, bis ich mehrere Schritte Vorsprung hatte. Sarge hätte mich mühelos einholen können, aber ich wußte, daß er nicht schneller laufen würde, nur um mich mit dem Stock zu berühren. Er war immer fair. Trotzdem mußte ich den Abstand wahren; eine kurze Berührung des Stocks, und ich landete auf dem Faß. Das widerfuhr immer wieder einem von uns, nicht jeden Tag, aber oft genug. Ich war mir nicht sicher, argwöhnte jedoch, daß die Geschwindigkeit allmählich gesteigert worden war.

Noch zwei Runden. Robbie Rovere hatte eine halbe Länge Vorsprung und lief neben Korporal Tolliver.

Konnte ich das durchhalten? In den Monaten, die ich jetzt auf Farside war, hatte ich gespürt, wie meine Ausdauer zunahm, und ich hatte Hose und Jacke bereits gegen eine Nummer größere tauschen müssen. Ich war mir nicht ganz im klaren darüber, glaubte jedoch, daß auch die Stimme etwas tiefer geworden war. Vielleicht lag es am Essen.

Sergeant Tallor holte wieder auf. Ich konnte einen Sprint einlegen, wahrscheinlich sogar die Nachzügler ein Dutzend Meter vor mir einholen, aber falls ich jetzt meine geringe Energiereserve einsetzte, würde ich vor der letzten Runde zusammenbrechen.

Ich stolperte und verlor Tempo. Tallors Schritte kamen näher. Verdammt! Jetzt hatte ich keine Wahl mehr! Ich legte los und wurde erst wieder langsamer, als ich ihn eine Viertelkurve weit zurückgelassen hatte. Jetzt brauchte ich nur durchzuhalten.

Ich trat die letzte Runde an. Hinter mir ertönten Sarges unerbittliche Schritte. Meine Lungen schufteten. Das war nicht fair! Ich hatte erst letzte Woche den Rohrstock erhalten! Nur sachte, stimmt. Hiebe fürs Laufen fielen immer sachte aus, aber die Demütigung war unerträglich.

Ich stolperte weiter. Sarge kam näher. »Nicht schlappmachen, Junge!«

Ich nickte, hatte aber nicht mehr genug Atem, um die Warnung zu bestätigen. Der Abstand zwischen uns schrumpfte zusammen. Sarge streckte den Stock nach vorn aus. Ich machte einen Satz vorwärts, wich ihm um wenige Zoll aus.

Erneut kam er näher. Wäre ich nur nicht auf der vorherigen Runde ins Stolpern geraten! Jetzt hielt ich nicht mal mehr die letzte Viertelrunde durch.

Der Stock kam näher ...

Und ich ging zu Boden. »Au!« Ich wälzte mich auf der Schotterbahn. »Mein Fuß!« Ich umklammerte das Bein. »O Gott, der Knöchel!«

Sarge kniete sich neben mich. »Lästere nicht.« Er schob meine Hände weg und tastete das Gelenk ab. »Kannst du ihn bewegen? Und in diese Richtung?«

Ich schluchzte. »Es tut weh! Ich glaub', ich habe mir den Fuß verstaucht.«

»Das passiert schon mal. Es kommt wieder in Ordnung.« Er stieß in seine Pfeife, um Sergeant Swopes auf sich aufmerksam zu machen.

Ich lag auf dem Kies, während die beiden über meiner schwitzenden Gestalt konferierten. »Nichts gebrochen, Nick. Der Meditechniker wird das mal überprüfen, nur um sicherzugehen.«

»Okay, Sarge.«

Swopes streckte mir die Hand hin. »Ich glaube nicht, daß du die Trage brauchst, oder?« Ich kam zitternd auf die Beine. »Lehn dich auf mich.« Ich tat wie geheißen. Hinkend und hopsend ging es zur Krankenstation hinüber.

Bei der Untersuchung der Knochen wurde keine Verletzung entdeckt; der Techniker wickelte den Fuß für eine Stunde in Kühltücher und schickte mich dann in den Schlafsaal zurück. Ich duschte und zog mich um. Als ich mich zum Mittagessen zu meinen Kameraden gesellte, humpelte ich kaum noch. Beim Nachmittagsunterricht gelang es mir, nicht das Mißfallen des Ausbilders zu erwecken, obwohl ich mit den Gedanken nicht bei der Sache war. Sergeant Swopes ersparte mir am Abend den Küchendienst. Ich aß lustlos. Nach dem Essen trotteten wir für die Freistunde zu den Unterkünften zurück, ehe Licht Aus gegeben wurde. Ich legte mich aufs Bett.

»Alles in Ordnung mit dir?«

Ich blickte auf und lächelte. »Klar, Arlene.«

Sie setzte ich zu mir und flüsterte: »Siehst du Peterson? Er hat heute abend echt einen Trick durchgezogen.«

»Was meinst du damit?« Ich beugte mich zu ihr herüber.

»Warst du nicht im selben Navigationsunterricht? Er wurde erwischt, wie er einen Zettel weiterreichte, und Vasquez hat ihm einen Minuspunkt verpaßt.«

»Na und?«

Sie wirkte angewidert. »Das macht zehn, du Dummie. Er mußte bei Zorn antanzen.«

»Yeah, also hat er den Rohrstock abgekriegt. Darum liegt er ja auch auf dem Bauch.«

»Und danach war er im Büro des Kommandanten.«

Ich nickte. Der unglückliche Kadett mußte an die Luke des Kommandanten klopfen und gegenüber dem Offizier vom Dienst die rituellen Worte sprechen: »Kadett Peterson zur Stelle, Sir. Beste Grüße von Leutnant Zorn, und ob Sie bitte zehn Minuspunkte löschen würden?«

Sanders rutschte vom Bett hinunter, hockte sich auf den Fußboden und hielt den Mund an mein Ohr. »Ich habe ihn heute abend unter der Dusche gesehen. Er war nicht auf dem Faß. Keine Spuren, nicht mal eine Rötung.«

Ich flüsterte: »Vielleicht hat Zorn ihn verschont.«

Sie schnaubte. »Verschonen sie denn jemals einen Kadetten?«

Ich schüttelte verwirrt den Kopf. »Wie ist er aus der Sache rausgekommen?«

»Verstehst du nicht? Er hat sich überhaupt nicht bei Zorn gemeldet! Er hat einfach gewartet und ist dann zum Kommandanten gegangen, damit die Minuspunkte gelöscht wurden.«

Ich stieß einen leisen Pfiff über Petersons Dreistigkeit aus. Falls man ihn erwischte ... »Was wirst du unternehmen?«

Ihr Gesicht zeigte Verachtung. »Ich? Das ist seine Sache, nicht meine. Und entschuldige das Wortspiel, aber es geht um *seinen* Arsch, wenn sie ihn erwischen.«

»O Mann!«

Als sie davonspaziert war, starrte ich Peterson an und wandte dann enttäuscht den Blick ab. Ich hatte ihn gemocht.

Die Glocke ertönte und verkündete das Ende der Freistunde. Wir machten uns fürs Bett bereit.

Als Licht Aus kam und die Beleuchtung heruntergedreht wurde, ging die Luke auf. Sergeant Swopes begutachtete uns in unseren Betten. Als er den Mund öffnete, klang es ernst. »Kadett Peterson, raus aus der Koje.«

Der Junge gehorchte sofort. Er hatte nur die Unterhose an. »Ja, Sarge?«

»Zieh Hose und Hemd an.«

»Aye, aye, Sir.« Er griff nach seinen Sachen. Ich bemerkte, daß er darauf achtete, Sarge nicht den Rücken zuzukehren.

»Und die Schuhe.«

Halb angezogen, wartete Peterson neben seiner Koje. Sarge spazierte den Zwischengang auf und ab und sah nacheinander jeden von uns an, ehe er sich wieder Peterson zuwandte. »Melde dich sofort im Büro des Kommandanten.«

»Aye, aye, Sir.« Der Junge ging zur Luke.

»Mit deiner Reisetasche.«

»Aye ... was?«

»Du hast mich schon verstanden. Los!«

Kadett Peterson steckte seine übrigen Kleider in die Tasche und eilte zur Luke hinaus.

Sergeant Swopes schritt den Gang hinunter zu Petersons Bett und setzte sich auf das Fußgeländer, eine schattenhafte Gestalt im matten Licht. Einen Augenblick später sagte er zum gegenüberliegenden Schott:

»Ihr habt euer Leben dem Flottendienst der Vereinten Nationen verpflichtet. Der Dienst ist eurer Loyalität wert. Wir hoffen, daß ihr euch auch seiner würdig erweisen werdet. Zu diesem Ziel bilden wir euch aus, schulen wir euch, lehren euch die Fertigkeiten und Künste, die ihr beherrschen müßt.« Er legte eine Pause ein. Es war völlig still in der Unterkunft.

»Keiner von euch würde dulden, daß ein Kadett seine Saalgefährten betrügt. Ihr wißt, daß ihr zusammenhalten müßt, euch vorbehaltlos aufeinander verlassen müßt, um die Härten des Weltraums zu überstehen. In ähnlicher Weise müssen sich auch eure Kameraden auf euren Mut, eure Intelligenz, eure Ehrlichkeit verlassen können.«

Er stand auf. »Ihr müßt auch lernen, daß sich nicht nur die Saalkameraden auf eure Integrität verlassen. Der gesamte Flottendienst ist eins mit euch. Kapitäne, Admirale, Leutnants und Fähnriche, Offiziere und Mannschaften, Köche und Ingenieure. Euer Wort ist Verpflichtung, gegenüber jedem von ihnen. Das muß immer so sein.«

Erneut legte er eine Pause ein, bis die Spannung zur Qual wurde, und setzte sich wieder aufs Bett.

»Ihr dürft keinen Betrug dulden. Nicht bei mir, nicht bei euch selbst. Was ist Betrug? Wenn ich eine Überraschungsinspektion durchführe und ihr eine lose Socke unter die Koje tretet, ist das fair. Ihr seid dafür verantwortlich, bereit zu erscheinen, und ich dafür, die Socke zu finden. Aber wenn ich frage: ›Kadett, liegt eine Socke unter deiner Koje?‹, müßt ihr die Wahrheit sagen. Unehrlichkeit verstößt gegen euren Diensteid, und schlimmer noch, gegen eure Integrität – und sie macht euch zu etwas, was ihr selbst nicht lange ertragen könnt.«

Irgendwo fing sich ein Schluchzen in einem Hals.

»Was Kadett Peterson heute getan hat, war verachtenswert, aber der Krebs wurde entfernt. Ob sowas noch mal vorkommt, liegt bei euch. Ihr seid Teenager, und ich bin erwachsen, aber gemeinsam bilden wir die Raumflotte. Mit euren Handlungen legt ihr fest, was für eine Flotte das ist.«

Erneut stand er auf. »Hat irgend jemand etwas zu sagen?« Es blieb still. »Irgend jemand?« Er ging zur Luke und schob sie auf.

Eine schwankende Stimme meldete sich. »Ja, Sir, ich.«

Er drehte sich nicht um. Immer noch zur Luke gewandt, sagte er: »Ja, Seafort?«

»Ich habe heute gelogen, als ich behauptete, ich hätte mir den Knöchel verletzt. Ich bin absichtlich hingefallen.«

Es blieb lange still. »Komm mit.« Er durchquerte die Luke.

Nur mit der Unterhose bekleidet, stand ich in seiner Kabine zitternd vor ihm.

»Warum, Seafort?«

»Sergeant Tallor stand kurz davor, mich mit dem Stock zu berühren.«

Er nickte. »Hattest du solche Angst vor dem Faß?«

Meine Augen brannten. »Eigentlich keine Angst. Ich dachte nur ... Keine Entschuldigung, Sarge.«

»Laß das. Die Wahrheit!«

»Ich konnte nicht schneller laufen. Ich suchte einen Ausweg, und mir fiel nichts anderes ein. Ich bin in Panik geraten.« Meine Ohren standen in Flammen.

»Du hast deine Integrität weggeworfen, um ein paar Schlägen von Mr. Zorn auszuweichen?«

»Ich ... Ja, Sir.« Hätte ich doch nur unter die Luke kriechen können! Wenn er doch nur den Blick abgewandt hätte!

»Ich verstehe.« Er ging zu seinem Ordner und zog eine Mappe hervor. »Lies das.«

Ich schlug sie auf. Auf der linken Seite mein Bild. Auf

der rechten diverse Berichte und Prüfungszensuren. Ganz oben eine Notiz heutigen Datums. »Kadett Seafort täuschte eine Verletzung vor, um nicht vom Stock berührt zu werden. Eine Reaktion bleibt vorerst ausgesetzt.«

Ich klappte die Mappe zu. »Sie wußten es.« Ich zwang mich dazu, ihm in die Augen zu blicken. »Warum haben Sie mich dann nicht zusammen mit Peterson losgeschickt, Sir?«

»Es bestand noch Hoffnung, daß du es wiedergutmachen würdest.«

Ich schluckte. Mir war zu elend zumute, um etwas zu sagen. »Was werden Sie mit mir machen, Sarge?«

»Ich? Nichts. Das liegt bei Tallor.« Er deutete auf die Luke. »Zieh dich an und melde dich bei ihm.«

»Jetzt gleich?«

»Das ist genau, was ich gesagt habe.«

Fünfzehn Minuten später klopfte ich an Sergeant Tallors Luke, erfüllt von einem Grauen, das ich kaum beherrschen konnte. »Kadett Seafort meldet sich zur Stelle, Sir.«

»Das hat ja lange genug gedauert.«

Ich wurde dunkelrot. »Sie wußten es?«

»Ja.«

»Es ...« Das klang so unzureichend. »Es tut mir leid.«

»Aber der Schaden ist angerichtet worden. Muß ich dir darüber einen Vortrag halten?«

Ich blickte auf. »Nein, Sir, mir ist klar, was ich getan habe.«

»Unterscheidet es sich von dem, was Peterson getan hat?«

Natürlich tat es das! Peterson hatte richtig gelogen und so getan, als hätte er den Rohrstock erhalten. Ich hatte nur ... Ich blickte ans Schott und hindurch, bis zu Vater, bis nach Hause. Vielleicht konnte ich, nachdem sie mich hinausgeworfen hatten, auf diesen felsigen Wiesen von Wales Mut gewinnen, vielleicht eines Tages sogar Ehrlichkeit.

»Nein, Sir. Es ist das gleiche. Ich habe dieselbe Strafe verdient.«

Sein Ton war scharf. »Diese Entscheidung liegt bei mir!«

»Ja, Sir.«

Er setzte sich kopfschüttelnd auf seine Koje. »Würde der Rohrstock dir irgendwas nützen?«

»Vielleicht würde mir gar nichts nützen!« platzte ich hervor. Auf seinen überraschten Blick hin fuhr ich schnell fort: »Ich sollte nicht einmal hier auf der Akademie sein! Ich habe die Abschlußbewertung nicht bestanden. Sie wußten, daß ich nicht qualifiziert bin. Schicken Sie mich aufs Faß oder von der Akademie, Sarge. Tun Sie irgendwas, damit ich den anderen nicht schade.«

»Ruhig, Seafort.«

Ich schluckte Tränen hinunter. »Es ist wahr!«

»Sehr gut.« Er dachte nach, und es schien kein Ende zu nehmen. »Nicht das Faß.«

Erleichterung und Verzweiflung stritten sich in mir. »Warum nicht?«

»Dir ist klar, was du getan hast, und entweder wiederholst du es, oder du wirst reifer. Auf dem Faß würdest du nichts lernen.«

»Aber Sie bestrafen mich trotzdem?« fragte ich hoffnungsvoll.

»Vier Minuspunkte. Und einen Monat lang jeden Abend Klosettdienst. Das ist harte Arbeit, aber sie wird dich geistig nicht beschäftigen. Damit hast du Zeit zum Nachdenken.«

»Danke, Sir.«

»Das war alles.«

Als ich schon fast durch die Luke war, brachte er mich zum Stehen. »Ich hätte dich nicht mit dem Stock berührt, Nicky.«

»Ich konnte kein bißchen mehr schneller laufen, und Sie kamen immer näher.«

»Aber ich hatte dich nicht berührt, und ich hatte es nicht vor. Du hast dein Bestes gegeben.«

Ich schrie: »Woher sollte ich das wissen?«

»Du solltest mir und der Flotte vertrauen. Wie ich dir vertrauen möchte.«

Ich wischte mir die Augen ab. »Warum sind Sie dann so dicht herangekommen?«

»Ich wollte dich bewegen, einfach alles zu geben.«

Endlich begriff ich. Seit wir auf der Akademie eingetroffen waren, lag man uns in den Ohren, auf dem einen oder anderen Feld ›alles‹ zu geben. Es war ein Schlagwort der Akademie, ihr ›alles‹ zu geben.

»Ich habe Tempo zugelegt, und du hast mitgehalten. Ich tat es erneut, und du hast wieder mitgezogen. Wenn du läufst, solltest du dich auf jeden einzelnen Schritt konzentrieren, einen nach dem anderen, als ob er der einzige wäre. Denk nicht an die anderen, die noch kommen. Du hast mehr Durchhaltevermögen, als du denkst. Ich wollte, daß du das lernst.«

»Sarge, es tut mir leid. Bitte, ich meine es ernst!«

»Ich glaube dir, Kadett. Entlassen.«

Ich schlich zurück in meinen Schlafsaal.

»Packt'en! Er will zu'n Jerries!«

Mein Atem ging schnarrend. Die Eins neunundsechzig; noch sechs Blocks. Ich riskierte erneut einen Blick zurück. Ein Typ trat in die Pedale eines rostigen Fahrrades, und ein paar weitere hatten Rollerboards.

Der Junge auf dem Fahrrad strampelte wütend und schwenkte eine schwere Kette. »Heut gibt's Fleisch! Du wirst gefressen!«

Ich schwenkte seitlich ab auf den Bürgersteig, aber er war mit kaputten Möbeln und anderem Schutt übersät. Ich schrie gellend auf, als ich mir erneut den Fuß verdrehte, und verlor beinahe den losen Schuh. Ich wechselte wieder auf die Straße. Der Radfahrer war mit seiner pfeifenden Kette fast über mir.

Ich hielt abrupt an und duckte mich unter der nur verschwommen sichtbaren Kette hindurch. Der Fahrer schmetterte sie auf die Straße. Ich lief weiter, und Nebel breiteten sich in meinem Blickfeld aus. Ich hielt nicht mehr lange durch.

»Doch, du schaffst es, Seafort.«

Keine fünf Blocks mehr, Sarge. Ehrlich!

»Nur noch ein paar Schritte, Junge.«

Gehorsam folgte ich seinem Rat. Er sorgte schon für mich. Das würden sie immer tun.

Die Eins zweiundsiebzig. Äonen später die Eins dreiundsiebzig. Der größte Teil des Pöbelhaufens hatte aufgegeben. Ein paar grinsende Jugendliche sprangen weiter die Straße entlang und warteten nur darauf, daß mir die Kräfte schwanden.

Bestimmt war die Polizeistation in Scheinwerferlicht getaucht. Vor mir war alles dunkel, aber im Osten wurde ein Leuchten erkennbar. Bitte, lieber Gott! Joe hat mir gesagt, es wäre an der 175sten. Zwing mich nicht, einmal quer durch die Stadt zu laufen. Das kann ich nicht, nicht mal für Annie!

Irgendwie erreichte ich die Ecke. Wo war nur das Scheißrevier?

Da! Der nächste Block im Osten lag hell erleuchtet in der Nacht. Das von einem hohen Kettenzaun umringte Gebäude wirkte wie eine Festung. Man hatte die umstehenden Gebäude abgerissen, so daß es auf einer großen Freifläche stand.

Keuchend stolperte ich an den Zaun. Zwei Jugendliche hatten mich beinahe erreicht und spotteten: »Er will zu'n Jerries!« Eine Hand griff nach meinem Hemd.

Ein Laser fauchte. Mein Angreifer stürzte. Ich zuckte zusammen, erkannte jedoch, daß der Schuß aus dem Revier gekommen war. Die übrigen Jugendlichen stürmten über die Straße hinweg und verschwanden in der Dunkelheit.

Kein Tor. Erschöpft packte ich den Zaun, um mich auf den Beinen zu halten. Ein Brutzeln.

Ich kreischte vor Schmerz und packte die versengte Hand. Auf der anderen Straßenseite höhnisches Gelächter. Weinend taumelte ich den Bürgersteig entlang. Ein hohes Tor. Danke, lieber Gott.

Ich berührte eine Gitterstange kurz mit dem Finger. Keine Ladung. Ich rüttelte mit der heilen Hand daran, suchte nach einem Summer, einer Kamera. »Helft mir!« Ich hatte es schreien wollen, brachte aber kaum ein krächzen hervor.

Ein Lautsprecher, den ich gar nicht bemerkt hatte, ertönte auf dem Torpfosten: »Weg vom Tor, Trannie! Wir haben bis morgen früh geschlossen!«

Ein Stein krachte in den Zaun. Die Jäger waren hinter mir.

»Sie sind hinter mir her!«

»Wir geben dir Deckung bis zur Ecke, dann mußt du selbst klarkommen.«

»Ich bin Nicholas Seafort! MACHT DAS BESCHISSENE TOR AUF!«

»Die helfen nich'!« Ein Junge, der wagemutiger war als die übrigen, tauchte auf der Straßenmitte auf, einen Stein in der Hand. »Ich freß dich!«

Eine neue Stimme meldete sich blechern im Lautsprecher. »Das ist der, den Commander Chai angekündigt hat! Macht das Tor auf!«

»Komm schon, Matrose!« Ein Ziegelstein wirbelte auf mich zu und streifte mich an der Stirn.

Ich schwankte, und die Welt drehte sich.

»Du biss Schaschlik!«

Schwärze.

»Alles in Ordnung mit Ihnen, Sir?«

Ich lag auf dem Rücken, einen kalten Lappen auf der Stirn. Ein hell erleuchtetes Zimmer. Ich konzentrierte mich auf das junge Gesicht über mir, die blaue Uniform. »Sind Sie ein Jerry?«

Er runzelte kurz die Stirn. »Ich bin Polizeibeamter, ja, Sir. Streifenmann Wesley de Broek.«

»Bin ich auf dem Revier?«

»Fünftes Konsolidiertes Revier, Station an der Eins fünfundsiebzig.«

Ich lag da und sammelte meine fünf Sinne. »Helfen Sie mir, mich aufzusetzen.«

Der junge Streifenmann legte mir einen Arm unters Genick. »Vorsichtig, Käpten, Sie haben einiges hinter sich.«

»Mir geht es gut.« Glaubte ich wenigstens.

»Ich sage Commander Chai, daß Sie wach sind.«

»Warten Sie eine Minute.« Ich nahm Bestand auf. Meine Hand war mit Gaze umwickelt. Das Hemd war quer über die Vorderseite aufgerissen. Keine Jacke.

Auf der anderen Seite des Zimmers hing ein Wandspiegel. Ich blickte hinein. Allmächtiger! Eine blaue Schwellung auf der Stirn, die Nase blutverkrustet, die Lippen geschwollen. Ich kicherte. »Wie auf der Titelseite der *Holoworld*.«

»Die haben Ihnen übel mitgespielt, Sir, aber Sie hatten noch Glück. Wenn die Trannies mit ihnen fertig sind, sehen manche der Standhaften aus wie ...«

»Ich verstehe, warum Sie das Tor nicht öffnen.«

»Ja, nun.« Er wirkte verlegen. »Niemand hatte sich vorgestellt, daß Sie mitten in der Nacht vor der Station auftauchen würden. Jensik dachte, die Nachricht wäre durchgesickert, und die Trannies würden ein Spiel mit uns treiben.«

»Ich verstehe.«

»Wir wußten, daß Sie irgendwo da draußen waren. Irgendein britischer Leutnant hat ein halbes Dutzend Mal angerufen und uns die Hölle heiß gemacht.«

Ah, Tolliver! Ich wußte gar nicht, daß sie sich etwas aus mir machen.

Ich humpelte zu einem Stuhl. »Mr. de Broek, diese Gegend hier ...« Meine Geste umfaßte den ganzen Bezirk. »Der Staat hat die Kontrolle verloren. Warum gibt er das Gebiet nicht ganz auf oder schickt das Militär hinein?«

Streifenmann de Broek steckte die Hände in die

Taschen und blickte zum Panzerfenster hinaus. »Ich kann in dieser Frage nicht mitreden. Meiner Meinung nach sollten wir diese Station schließen, die Bronx den Trannies überlassen und uns nach Manhattan zurückziehen. Durch Ballung unserer Kräfte könnten wir einen Teil der City halten. Wenigstens zu Füßen der Türme.«

»Warum geschieht das nicht?«

»Die Standhaften verfügen nach wie vor über ihre Stimmkarten, und das wird so bleiben, solange sie die Steuern zusammenkratzen. Da die Bodenpreise ins Nichts gestürzt sind, können sie es sich leisten, die Karten zu halten. Es ist ihre einzige Chance auf wenigstens minimalen Polizeischutz.«

»Können Sie denn irgendwas für sie tun?«

»Tagsüber fliegen wir Patrouillen über ihren Geschäften. Wir halten dann sogar die meisten Straßen. Wie es nachts ist, haben Sie ja erlebt.«

»Sicherlich haben Sie doch genügend Feuerkraft, um ...«

»Unsere Wärmesucher und intelligenten Bomben könnten alles umbringen, was sich bewegt. Aber solange wir nicht bereit sind, uns wirklich den Weg freizuschießen, verlieren wir einen Heli, wie letzten November. Drei Beamte sind umgekommen.« De Broek rieb sich das Gesicht. »Manches, was wir hier sehen ... ist kaum zu glauben. Sogar für mich, und ich bin seit sechs Jahren Jerry.« Er wurde still.

»Meine Frau ist da draußen.« Das mußte sie einfach sein. Die Alternative war unerträglich.

»Ich hole lieber den Commander.«

Ich lehnte mich zurück, müde und voller Schmerzen.

Der Reviercommander kam hereingeeilt. »Dem Himmel sei Dank, daß es Ihnen gutgeht.« Er streckte die Hand in typischer Politikergeste aus, damit ich einschlug. »Bleiben Sie bis zum Morgen bei uns, wenn Sie möchten; wir können Ihnen aber auch gleich eine Eskorte geben. Was wäre Ihnen lieber?«

»Finden Sie meine Frau.«

»Wir versuchen es. Wie Sie wissen, ist das hier nicht der Garten Eden.« Er wartete einen Moment. »Für heute ...«

Ich seufzte. Bis ich Annies Schicksal kannte, hatte ich keinen Frieden, aber ich konnte einfach ihre Spur nicht aufnehmen. Die Transpops waren nicht bereit zu helfen; sie rotteten sich gegen alle Außenseiter zusammen.

Ich konnte nichts für sie tun; ich sah das jetzt ein. Und meine Kadetten warteten. Wenn alles gesagt und getan war, hatte ich weiter meine Pflicht zu tun.

Schatz, ich habe dich geliebt. Es tut mir leid, daß ich so schwach war.

Ich hatte gehofft, daß Annies Bild, ihr scheues Lächeln, vielleicht die finstere Feindseligkeit der Menschen hier durchbrechen würde. Aber sie bedeutete weder ihnen noch der Polizei etwas. Niemand liebte sie außer mir.

Mir und ...

Ich blickte auf, die Lippen trocken. »Bringen Sie mich zum Midtown Sheraton.«

Der Reviercommander wandte sich an de Broek. »Rufen Sie einen Heli. Setzen Sie ihn an seinem Hotel ab.«

Ich stand vorsichtig auf. »Meine Reisetasche befindet sich nach wie vor in der Klinik. Wir holen sie dort ab.«

Wir landeten innerhalb des Klinikzauns. De Broek sprang hinaus, um meine Sachen zu holen.

Eine Gestalt lief vom Tor aus auf uns zu. »Sind Sie das, Sir?« Adam Tenere sprang mit zerzausten Haaren auf die Trittstufe. »Gott sei Dank! Ich wußte nicht, was ich machen sollte, also habe ich Mr. Tolliver angerufen und ...« Er brach ab und salutierte. »Fähnrich Tenere zur Stelle!«

Seine Augen weiteten sich, als er mein blutiges Hemd und die verbundene Hand sah. »Sir, sind Sie ... Ich weiß, Sie hatten mich angewiesen, im Hotel zu bleiben, aber ich habe mir solche ...«

Ich knurrte: »Beenden Sie wenigstens mal einen verdammten Satz!«

»Ich habe mir solche Sorgen um Sie gemacht«, sagte er leise.

Ich wandte den Blick ab und räusperte mich. »Verzeihen Sie mir. Es war eine . . . harte Nacht.«

De Broek kam auf den Heli zugelaufen und hatte meine Reisetasche über der Schulter hängen. Adam machte ihm Platz.

De Broek stieg ein. »Kommt der Junge mit?«

»Es scheint so.« Ich rutschte hinüber. »Fliegen wir.«

Während wir über der dunklen Stadt unsere Bahn zogen, ließ ich zu, daß Adam mir half, in ein sauberes Hemd zu wechseln. Trotzdem stellte mein Aussehen sogar die Höflichkeit der übersättigten Skytel-Angestellten auf eine harte Probe. Ohne Jacke und verbunden humpelte ich durch das Foyer des Penthouses. Na ja, da konnte man nichts machen. Ich legte mich in die Wanne und ließ mich lange einweichen.

Mit frischen Verbänden über den Abschürfungen kam ich mir anschließend fast wieder wie mein altes Ich vor, obwohl ich verzweifelt müde war. »Geben Sie mir den Rufer, Adam.« Ich warf mich in einen Sessel und wartete auf die Verbindung.

»Hier ist Kapitän Seafort. Geben Sie mir sofort Admiral Duhaney.«

»Kapitän Helgar hat die Wache, Sir. Der Admiral ist in seiner Wohnung und schläft.«

»Wecken Sie ihn.«

Ich war mir nicht sicher, ob es Adam oder der Leutnant war, der nach Luft geschnappt hatte.

»Das kann ich nicht, es sei denn, eine Flottenaktion stünde an. Ich gebe Ihnen Kapitän Helgar.«

Helgar war dienstälter als ich und würde meinen Anruf bis zum Morgen zurückstellen. Kostbare Stunden gingen damit verloren. Ich fauchte: »Ich sagte Duhaney, nicht Helgar! Holen Sie ihn an den Apparat, oder ich kassiere Ihren Job, wenn nicht gar Ihre Haut! SOFORT!«

Es machte klick. Ich packte den Rufer fester und überlegte mir, ob ich gerade das weggeworfen hatte, was von meiner Karriere noch übrig war. Duhaney hatte auch ohne diese letzte Provokation schon Grund genug, mich zu kassieren. Unruhig tippte ich auf die Armlehne.

Eine halbe Minute verstrich. Dann: »Duhaney.« Er klang verschlafen.

»Nick Seafort.«

»Ich weiß. Leutnant Sprey hat sich fast in die Hose gemacht. Es sollte lieber wichtig sein!«

Ich sprudelte hervor: »Sir, ich bin in Schwierigkeiten und brauche Hilfe!«

Sein Ton veränderte sich schlagartig. »Was ist los, Seafort?«

»Meine Frau.« Rasch erklärte ich ihm die Geschichte mit Annie. »Ich habe ohne Erlaubnis meine Arbeit im Stich gelassen, um Annie zu suchen. Leutnant Tolliver kümmert sich um den Stützpunkt.«

»Womit können wir Ihnen helfen?«

»Genehmigen Sie zuerst meine Abwesenheit. Ich habe mich unerlaubt von der Truppe entfernt und möchte nicht, daß das in den Holos auftaucht. Ich kann von meinen Kadetten nicht erwarten, daß sie Disziplin wahren, wenn ich es nicht tue.«

»Gemacht. Jesus, Seafort, sie ist Ihre Frau! Natürlich haben Sie sich auf die Suche gemacht.« Er dachte nach. »Warum erzählen Sie es nicht den Holozinen? Wenn ihr Bild auf den öffentlichen Nachrichtenbildschirmen erscheint, erkennt sie vielleicht jemand.«

»Sir, da draußen geht es schlimmer zu, als Sie denken. Eine Meldung in den Nachrichten würde eine Menschenhatz auslösen. Jemand könnte sie festhalten, um Lösegeld zu erpressen, oder sie umbringen.« Falls sie nicht schon tot war.

»Also gut; es ist Ihre Entscheidung. Was noch?«

»Ich brauche Hilfe, um sie zu finden. Mir schwebt jemand vor, aber alle Versetzungen sind zur Zeit eingefroren. Würden Sie ...«

»Jeden, den Sie möchten. Sagen Sie es dem PersBü.«

Ich schluckte. »Sir, ich weiß nicht, wie ich Ihnen danken soll.«

»Streicheln Sie hin und wieder Senator Boland. Ist das zuviel verlangt, Kapitän?«

Es blieb still. »Es tut mir leid, Sir.«

Er schnaubte. »Wie immer Sie das auch angestellt haben, er hat nie wieder von seinem Sohn gesprochen. Sie haben einen guten Trick durchgezogen, da bin ich sicher. Eines Tages finde ich noch heraus, welchen.«

»Ich sage es Ihnen gleich, wenn Sie möchten.«

Er lachte in sich hinein. »Nein, ich bin überzeugt, daß Sie sich an die Befehle gehalten haben, auf Ihre ganz eigene Art und Weise. Ich möchte die Einzelheiten lieber nicht wissen. Kann ich jetzt wieder schlafen gehen, Nick?«

»Ja, Sir, selbstverständlich.«

Sein Ton wurde weicher. »Was Ihre Frau angeht – Sie haben meine besten Wünsche. Und meine Gebete.«

»Danke, Sir.« Ich zwängte die Worte hinaus.

»Gute Na . . .«

»Admiral!«

Er klang erschrocken. »Ja?«

Ich packte den Rufer fester und holte tief Luft. »Sie sollten etwas erfahren, ehe Sie mir weiterhin die Befehlsgewalt über die Akademie anvertrauen.« Sergeant Darwin P. Swopes stand auf dem Zwischengang, und sein Blick war ernst. Ich sah ihm in die Augen.

»Raus damit.«

Ich sagte: »Es geht um Kapitän Higbee vom PersBü. Mir gefiel der Ersatz nicht, den er für Leutnant Sleak ausgesucht hatte, also behauptete ich, ich hätte Einfluß und würde ihn vernichten, falls er nicht kooperierte.« Ich hielt den Rufer an die Wange und wartete auf die Explosion.

Er seufzte. »Man hat Sie zu gut ausgebildet, Nick Seafort.«

»Das verstehe ich nicht, Sir.«

Er zögerte, als suchte er nach den richtigen Worten. »Versuchen Sie, sich die Raumflotte als zweigeteilt vorzustellen, Sohn. Die eine Flotte hat man Ihnen vermittelt; ihr gehören Sie an. Sie schützt die Raumfahrtstrecken und mobilisiert ihre Ressourcen für den Kampf gegen die Fische. Die andere, zu der ich gehöre, kämpft um Geldmittel und die Indienststellung neuer Kriegsschiffe. Was man Ihnen über Ehre, Wahrheit und Integrität beigebracht hat, ist für Ihre Flotte gültig. Für meine galt es nie. Wir sind politisch, mein Junge. Wir waren es immer und werden es immer sein. Wir nehmen die Söhne von Senatoren auf, sorgen für die Zufriedenheit der Bürokraten, fordern den Nachschub an und bewaffnen die Kriegsschiffe, damit Sie und Ihre Helden kämpfen können.«

»Sir, ich ...«

»Lassen Sie mich ausreden. So geht es in Washington zu, in London, auf den Korridoren der UN. Wenn Sie Ausrüstung haben möchten, kämpfen Sie darum oder bezahlen dafür den Preis, der gefordert wird. Wenn Sie jemanden im Stab haben möchten, holen Sie ihn sich, was immer es auch kostet. Higbee hat sich vor drei Tagen bei mir beschwert. Ich sagte ihm, er sollte mich in Ruhe lassen. Ich dachte mir, wenn Sie den Mumm haben, ihn einzuschüchtern, dann kriegen Sie Ihren Stab zusammen. Wenn nicht, hätte man Ihnen von Anfang an nicht das Kommando über die Akademie geben dürfen.«

Die Stille dehnte sich in die Länge. Er fügte hinzu: »Nick, Sie brauchen sich nicht meiner Flotte anzuschließen; ich möchte nur, daß Sie darüber im Bilde sind. Tun Sie, was Sie tun müssen, und bestrafen Sie sich nicht selbst durch Schuldgefühle. So funktioniert das System nun mal.«

»Aye, aye, Sir.« Das war alles, war mir einfiel.

»Gute Nacht.« Er legte auf.

»Zufriedenstellend, Kadett.«

Mein Kopf fuhr hoch. »Was, Sarge?«

Adam riß den Mund auf. »Ich habe nichts gesagt, Sir!«

»Nicht Sie, Mr. ...« Ich schluckte den Rest hinunter. Ich hatte mich für einen Tag bereits genug lächerlich gemacht. »Adam, ehe Sie zu Bett gehen, rufen Sie das Verbindungsbüro der Flotte an. Ich möchte ein Bodenfahrzeug und einen Helikopter in Bereitschaft haben. Und ich brauche noch eine Jacke; ich habe nur eine mitgebracht. Die sollen sich darum kümmern.«

»Aye, aye, Sir. Es ist vier Uhr früh, Sir; ich weiß nicht, ob sie ...«

»Jemand wird abnehmen. Die Flotte schläft nie.«

Als ich allein war, zog ich mich aus, legte mich ins Bett, drehte die Beleuchtung herunter. Mir graute vor meiner nächsten Aufgabe. Einen Moment später nahm ich erneut den Rufer zur Hand und wählte die Admiralität an. »Das PersBü bitte.« Ich wartete auf die Verbindung. Das Herz klopfte schneller.

»PersBü, Leutnant Dervis, Offizier vom Dienst.«

Meine Stimme ertönte selbstbewußt: »Hier spricht Kapitän Nicholas E. Seafort; ich rufe auf Befehl von Flottenadmiral Duhaney an. Priorität Drei A, sofort auszuführen. Ich brauche einen Mann von der U.N.S. *Waterloo* schnellstens auf der Erde; das Schiff hält sich im Heimatsystem auf. Schicken Sie innerhalb einer Stunde ein Shuttle los, um ihn abzuholen. Ich möchte ihn spätestens morgen Nachmittag auf dem Von-Walthers-Flughafen sehen.«

»Um wen handelt es sich?«

Mein Herz hämmerte. Durch widerstrebende Lippen zwängte ich hindurch: »Sein Name lautet Eddie Boß, Vollmatrose.«

14. Kapitel

Ich zappelte unruhig in der Ruferzelle des Shuttlehafens herum. »Ich weiß, was ich tue, Edgar.«

»Er hat keinen Grund, Ihnen zu trauen, Sir, oder Ihnen zu helfen.«

»Ich werde schon damit fertig. Derweil führen Sie das Kommando. Ich habe das Plazet des Admirals dafür.«

»Worauf es mir nicht ankommt. Ich hatte bereits Ihr Okay.«

Tolliver hatte recht. Die Befehle, unter denen er stand, enthoben ihn der Verantwortung.

»Die speziellen Kadetten. Arnweil, Kyle Drew und Stritz.«

»Ja, Sir?«

»Vielleicht haben Sie schon gemerkt ...« Ich seufzte; kein Grund, es nicht einzugestehen, besonders ihm gegenüber. »Ich habe keine Ahnung, was ich mit ihnen machen soll.«

»Ich beschäftige sie zur Zeit als Laufburschen, aber der Plan lautete, daß sie Sie begleiten sollten.«

»Nicht dorthin, wohin ich jetzt gehe.«

»Man erwartet Sie nächste Woche bei den *Wellington*-Zeremonien. Warum die Jungs nicht dorthin mitnehmen? Dann hätten sie etwas, worauf sie sich freuen können.«

»Haben Sie den Verstand verloren? Bloße Kadetten bei all den hohen Tieren von der Flotte, bei einer Indienststellung?«

»Wieso nicht?«

»Weil ... weil ...«

»Das sagten Sie bereits.«

»Ich denke darüber nach.« Eine Frau näherte sich der Zelle und warf einen bedeutungsvollen Blick auf den Rufer. Ich wedelte sie weg.

»Ja, Sir. Schade, daß ich es ihnen nicht gleich sagen

kann, damit sie wissen, daß sie nicht einfach Ihre Laufburschen sind.«

»*Alle* Kadetten sind Laufburschen.« Ich überlegte. »Na gut, sagen Sie es ihnen.«

»Wie Sie wünschen, Sir. Ich hoffe doch, daß Sie diesmal eine Waffe mitnehmen?«

»Ja.« Vielleicht eine Pistole. Mehr nicht. Meine Absicht war es, Hilfe zu suchen, nicht einen Krieg gegen die Transpops auszutragen. »Sind Sie mit Ihrem Bericht fertig?«

»Ich warte noch auf eine Antwort von United Suit and Tank.«

»Ist Jeff Thorne schon eingetroffen?«

»Wird heute nachmittag erwartet. Ich schicke einen Fähnrich, der ihn in London abholt.«

»Sehr gut. Grüßen Sie ihn von mir. Ich sehe ihn, wenn ... wenn das hier vorbei ist.«

»Viel Erfolg, Sir.« Wir legten auf.

Ich hängte den Rufer ein und hinkte zum Schalter. Adam sprang von seinem Platz auf und gesellte sich zu mir. »Zu Tor zwölf geht es dort entlang, Sir.«

»Ich kann lesen!« knurrte ich.

»Ja, Sir. Falls Ihr Fuß Beschwerden macht, könnte ich den Mann ja abholen.«

»Ich bin kein Invalide.« Alle behandelten mich so, schon seit dem Augenblick, als ich das Kommando übernommen hatte. Adam zu schicken, damit er mich von Station Earthport abholte, als ob ich den Weg nicht selbst finden könnte! Und er hatte mich dann fast wirklich zum Invaliden gemacht.

Ich humpelte ein paar Schritte weiter, vorbei an einer leeren Wartezone. Ich seufzte. »Sehr gut, ich warte hier. Sie werden ihn problemlos erkennen. Er ist nicht größer als Sie, aber doppelt so schwer. Falls Sie Zweifel haben, rufen Sie einfach seinen Namen.« Ich setzte mich in den Passagiersalon.

»Aye, aye, Sir. Soll ich Ihnen ein Holozin holen?«

»Gehen Sie!« Ich brauchte auch keine Decke oder ein

Kissen. Sicherlich kein verdammtes Kindermädchen. Ich brütete vor mich hin. In wenigen Minuten stand ich wieder Eddie Boß gegenüber. Das höhnisch grinsende Gesicht des jungen Matrosen erschien vor meinen Augen. Arme, die einem das Rückgrat brechen konnten. Sein verächtliches, zahnlückiges Lächeln. Sein ...

Ich seufzte erneut. Eddie hatte falsch gehandelt, aber er war kein Monster. Nachdem man ihn im Rahmen eines schlecht beratenen Umsiedlungsprogramms für Transpops von den Straßen des Unteren New York aufgesammelt hatte, war er zusammen mit Annie und mir auf der *Challenger* ausgesetzt worden. Wenn ich die Augen schloß, erinnerte ich mich wieder an seine riesige Hand, die mich ehrfürchtig berührte, als ich geschworen hatte, ihm das Lesen beizubringen.

Ich beschwor Eddies Bild herauf, wie er an meinem polierten Konferenztisch saß und sich mühte, schwierige Wörter zu bilden. Und ich dachte daran zurück, wie er, nur Augenblicke, nachdem er den Diensteid als Matrose abgelegt hatte, Christ Dakko zu Boden schlug, weil der Obie sich geweigert hatte, selbst den Eid zu schwören. Ich konnte ihn in ...

Genug. Ich wollte nichts weiter von ihm sehen.

... in der Messe der *Challenger* sehen, zögernd, sich vor Verlegenheit windend. Ob ich ihm wohl Obie-Sprechweise und Obie-Manieren beibringen würde, damit er nicht als verachteter Trannie sterben mußte?

Wir hatten wochenlang gearbeitet. Langsam meisterte er die zivilisierte Sprechweise, kämpfte darum, sein grobes Verhalten zu verfeinern. Endlich hatte er Erfolg.

Und dann brachte er Annie zu mir, damit ich das gleiche für sie tat.

»Fähnrich Tenere meldet sich zur Stelle, Sir.«

Ich zwang mich, in den Salon des Shuttlehafens zurückzukehren. »Sehr gut, Mr. Ten ...«

Der Matrose nahm Haltung an, die weiße Uniform steif und gestärkt. Sein Gesicht war ausdruckslos. »Matrose Boß meldet sich zur Stelle, Sir.«

»Kommando zurück, alle beide.« Der Fähnrich entspannte sich, Eddie Boß nicht.

»Das Shuttle kam zu früh, Sir, um . . .«

»Halten Sie den Mund, Fähnrich. Hallo, Mr. Boß.«

Der muskulöse junge Matrose grunzte. Er hielt den Blick geradeaus gerichtet.

Ich spielte auf Zeit. »Mr. Boß, hat man Ihnen gesagt, warum Sie heruntergeschickt wurden?«

»Nein.« Die Antwort erforderte eigentlich ein ›Sir‹, aber ich hatte nicht vor, das anzusprechen.

»Ich habe um Sie gebeten. Ich brauche Hilfe.«

Er verzog das Gesicht. »Habe ich eine Wahl, Käpten?«

Gute Frage. Ich konnte ihm befehlen, mir zu helfen, aber was hätte mir seine Unterstützung dann genützt? Konnte ich ihm überhaupt befehlen, sein Leben für mein privates Vorhaben zu riskieren? »Ja, Sie haben die Wahl.«

»Dann sag' ich nein.«

Adam regte sich entrüstet. »Sie sprechen mit einem Kapitän!«

»Ich weiß, wer er iss.« Eddies Ton war grob.

Der Fähnrich nahm eine drohende Haltung an. »Geben Sie auf Ihre Manieren acht, Matrose! Das ist . . .«

»Mr. Tenere, lassen Sie uns allein.« Ich wußte, daß der Junge sich nur Mühe gab, seinen Job zu tun. Es war die Aufgabe eines Junioroffiziers, die Disziplin unter den Mannschaften aufrechtzuerhalten.

»Aye, aye, Sir.« Mit vorwurfsvollem Blick zog sich der Fähnrich außer Hörweite zurück.

»Mr. Boß . . .« Ich brach ab, schmeckte Galle. Was immer nötig wurde – ich würde es tun. »Annie ist fort, Eddie. Sie ist aus dem Krankenhaus weggegangen. Falls sie noch am Leben ist, dann irgendwo auf den Straßen. Wir müssen sie finden.«

»Ich nicht. Sie müssen es.«

»Bedeutet sie dir denn gar nichts?« fragte ich leise.

»Annie Wells? Die Tranniehure, die 'nen Obie-Käp'n geheiratet hat? Sie bedeutet mir gar nix!«

»Eddie!«

»Sie tut's nich'. Und Sie auch nich'.«

Meine Knie gaben nach. Ich setzte mich abrupt. »Eddie, ich schaffe es nicht ohne dich. Sieh nur, was passiert ist, als ich es versucht habe.« Ich hob die verbundene Hand zu den blauen Flecken im Gesicht.

Sein Grinsen war bösartig. »Wenn ich das sehe, fühl' ich mich zarky!«

Ich holte tief Luft. »Ist das ... Ist das noch wegen Centraltown? Weil ich dich weggeschickt habe?«

»Nee, denkense, der olle Eddie würd sich was draus machen? Dasser auf'n großes Schiff gebracht wurde, das weiß Gott wohin unterwegs war, weg von allen annern, weg von ihr?« Er winkte ab. »Mit 'ner Akte, wo steht, bringt den Typ weg aussem System, sein Käp'n mag'n nich', damitter aufem ganzen Weg nach Hause die Scheißdecks wischen mußte?« Er wechselte zu einer Parodie seiner feinsten Sprechweise. »Denken Sie, das würde mir etwas ausmachen, Käpten Seafort, Sir?« Sein Gesicht war dunkel.

»Eddie, als ich dich mit ihr gefunden hatte, war ich außer mir.« Ich starrte zum Fenster hinaus auf die Gepäckwagen. »Ich habe es damals nicht verstanden.« Ich zwang mich dazu, ihn anzusehen. »Aber jetzt tue ich es. Für dich war es nicht dasselbe. Du hast sie schon lange vor mir gekannt. Die Trannie ... Die Transpopkultur ist anders als meine. Sex bedeutet ihr nicht soviel, wird mehr zum Spaß gemacht. Was für mich Verrat bedeutete, war für euch ... war ...«

»Es war nix«, flüsterte er. »Verdammt noch mal nix, Käp'n. Mann, wir sind'n Stamm! Im Stamm machenses die ganze Zeit über! Jungs und Mädchen, Jungs und Jungs, Mädchen und ... Im Stamm spielt's einfach keine Rolle!«

»Eddie, hilf mir!«

Sein Gesicht wurde hart. »Neh. Ich werd' kein Trannie mehr.«

»Ich flehe dich an, wenn es sein muß. Bitte!«

Er verzog die Lippen zu einem grausamen Lächeln.

»Yeah, das würd' mir gefallen. Bittense 'in ollen Eddie, mal sehen, wasser macht.«

Annie, sogar das – so sehr liebe ich dich. Ich rutschte vom Stuhl und sank auf die Knie, ohne auf die ganzen Passanten zu achten. Mein Blick bohrte sich in seine Augen. »Eddie, ich flehe dich an. Hilf mir, sie zu finden!«

Er riß mich auf die Beine. »Machense das nich', Käp'n! Für niemanden!« Seine Augen glänzten. »Kriechense nich' vor'm ollen Eddie. Niemals!«

»Hilf mir!« flüsterte ich.

Er wandte sich ab und schmetterte die Faust gegen das Schott. Es zitterte nach. »Gott, ich hab' mir so gewünscht, Sie zu hassen!« schrie er. »Die ganze Zeit auf'm Schiff hab ich Ihr Gesicht gesehen und reingeschlagen, und es iss immer wieder gekommen, hat mich ständig angeguckt, wie damals, als ich Sie gefragt hab, obse mir's Lesen beibringen. Diese Augen, traurig, aber auch anders, wie Sie dann später Annie angeguckt haben. Gottverdammt, ich wollte Sie hassen!« Seine Stimme sank. Fast unhörbar ergänzte er: »Ich konnt's nich'.«

»O Eddie.«

Für einen Moment sackten seine Schultern herab. Dann richtete er sich wieder auf und wirbelte herum. »Nicht für Sie! Für Annie, weilse zum Stamm gehört! Habense das verstanden?«

Mein Herz machte einen Sprung. »Was immer du sagst!«

Er nickte. »Für sie.« Er hob seine Tasche auf, und wir gingen Richtung Korridor. Eddies Finger schlossen sich um meinen Arm. »Vor allem für sie. Nur'n bißchen für Sie.«

Er durfte den Kapitän nicht anfassen. Falls der junge Fähnrich, der auf uns zugelaufen kam, das sah, konnte er Eddie auf der Stelle exekutieren. Trotzdem lächelte ich und drückte ihm sachte die Hand. »Ein bißchen reicht.«

Eddie stemmte eine massige Gestalt aus dem Heli. Ich folgte ihm zum Tor der Klinik. »Sie ist mit einigen Besuchern zusammen hinausgegangen und verschwunden.«

Der Matrose sah sich die Schuppen der Obdachlosen mit zusammengekniffenen Augen an, sagte aber nichts.

»Wenn wir nachts hierbleiben und uns jeden Morgen ...«

Eddie schüttelte den Kopf. »Nee. Wir suchen nich' hier.«

»Aber das ist ...«

»Wennse noch hier iss, isse tot.« Er sagte es mit Bestimmtheit.

»Woher willst du das wissen?«

»Mira!« Seine Handbewegung umfaßte das Stadion, die verrotteten Straßen, die abgerissenen Kinder. »Dassis die Bronx. Crypsnbloods. Sehense das nich'? Wenn die Bronks sie kriegen, isse futsch. Dann brauchenwer nich' mehr nachzusehen.«

»Ist sie tot?« fragte ich traurig.

»Das hab' ich nich' gesagt. Nur, wenn ein Bronk 'nen Hat ...«

Ich schüttelte verwirrt den Kopf. »Hat?«

»Käp'n, Annie und ich sind von 'Hattan. Bronks und Hats sind nich' dasselbe. Die Typen hier, die essen einfach alles. Manchmal sogar ihre Toten. Denkense, Annie und ich wär'n Müll wie die Bronks?«

»Natürlich nicht«, sagte ich mit Inbrunst, während ich mich an die Urinflecken erinnerte, die Eddies Transpops auf meinen Korridordecks hinterlassen hatten, und an die verschmutzten Kabinen. »Nein. Der Unterschied ist deutlich.«

Er musterte mich argwöhnisch. »Vielleicht«, räumte er ein, »schwebt ihr Obies so weit oben, dasser es nicht erkennt.« Er spuckte aus, voller Verachtung für die Schuppen der Squatter. »Die sind nur Müll, Mann. Kommense.« Er wandte sich ab.

Ich wechselte einen Blick mit dem verblüfften Fähnrich und folgte Eddie. »Wohin?«

Er sagte wie zu einem Kind: »Nach Hause, Käp'n. 'Hattan. Annie weiß sicher, daß die Bronks sie umbringen würden. Also versuchtese 'türlich, nach Hause zu'n Maces zu kommen. Wennse noch lebt, isse dort.« Verärgert rüttelte er am Kliniktür. »Mach auf, Mann! Ich hab'n Käp'n dabei!«

»Eddie, wie sollte sie es bis Manhattan schaffen? Die Transpops haben mich beim ersten Anblick versucht umzubringen! Ich bin kaum eine Meile weit gekommen!«

Er grinste mürrisch. »Aber Sie sind kein Trannie, Käp'n. Annie iss clever. Nicht auffallen, bei Nacht gehen. Sie iss ne Hat, besser als jeder Bronk. Wennse'n Kopf benutzt, kommtse an denen vorbei.«

Bescheiden fragte ich: »Wo fangen wir an?«

»Weißnich. Als erstes 'n Mace-Stamm finden. Iss vielleicht besser, wenn ich allein geh'.« Wir überquerten die ausgedehnte Rasenfläche.

»Ich möchte helfen.«

»Sie haben keine Ahnung vonnen Stämmen. Andererseits sindse 'n berühmter Typ auf allen Nachrichtenschirmen. Ich hab' gehört, daß die Trannies sogar 'n speziellen Namen für Sie ham. Iss vielleicht hilfreich, wennse Ihr Gesicht sehen. Okay, kommense mit, aber helfense mir aus diesem albernen Anzug raus. Kann damit nich' aufe Straßen.«

»Was ist mit mir?«

Er zeigte sein Zahnlückengrinsen. »Sind zu hübsch in Weiß, Käp'n. Vielleicht die Blaue für 'n Alltag, als wolltense auf'n Rumpf raus und Aufsicht führen. Aber wennse nich' nach Flotte aussehen, werdense Ihnen nich' glauben, werse sind.« Er blieb stehen und kratzte sich am Kopf.

»Was sollte der Fähnrich anziehen?«

»Er? Ich werd' nich' auf'n kleinen Jungen aufpassen, wenn wir nach Annie suchen.«

Er schien Adams Empörung überhaupt nicht wahrzunehmen.

»In Ordnung.« Ich läutete die Türglocke. »Hoffen wir, daß die hier etwas in deiner Größe haben.«

»Zu klein wäre auch okay. Sieht mehr nach Trannie aus.«

Am Empfangsschalter der Klinik teilte ich mit, was ich brauchte. Während wir warteten, fragte ich: »Was ist mit den Dingen, die ich dir beigebracht habe, Eddie? Wie man spricht und all das. Ist alles weg?«

Er bedachte mich mit einem langen, nachdenklichen Blick. »Meine Sprache iss – ist okay, Käpten, wenn ich sie benutze. Ich wollte ja kein Trannie mehr sein. Sie sagen jetzt, werd' es wieder. Okay. Aber wenn ich das soll, muß ich auch im Innern wieder 'n Trannie werden.«

Ich wurde rot. »Verzeihen Sie, daß ich Sie darum gebeten habe, Mr. Boß.«

»Spielt keine Rolle, Sir.«

Ich überließ ihn seinen Gedanken.

Auf dem Pilotensitz sagte Fähnrich Tenere: »Ich bin zur Mittagszeit dort, Sir. Sollten Sie nicht auftauchen, dann am nächsten Tag wieder zur gleichen Zeit.« Er drehte sich um und sah mich an. »Sir, überlegen Sie es sich noch einmal! Jeder Flottenangehörige, der New York bereisen möchte, erhält eine Routinewarnung, daß die Fortbewegung am Boden gefährlich ist.«

Eddie schnaubte abschätzig.

»Ich bin nicht um mich selbst besorgt, Sir. Ich komme mit dem Bodenfahrzeug schon durch, aber ...«

»Seien Sie einfach an der Vierunddreißigsten und Broadway.« Ich tätschelte die Tasche meiner Blauen und spürte die beruhigende Wölbung der Pistole. In der anderen Tasche hatte ich zwei Ersatzladungen. Kleider zum Wechseln, eine Lampe und Rasierzug waren alles, was ich sonst mitnahm. »Fertig, Mr. Boß?«

Der Matrose nickte. »Wird bald dunkel. Besser, wenn wir jetzt aufbrechen.«

Zögernd startete der Fähnrich die Motoren. Als wir

vom Dach des Sheraton starteten, hob Eddie seinen schweren Sack auf. Nach dem Fortgang aus der Klinik hatten wir in einem Lebensmittelgeschäft eingekauft. Eddie hatte ein paar Dutzend Dosen mit Fleisch und Gemüse ausgesucht sowie ein paar Insta-Mahlzeiten. Im Hotel stopfte er dann alles in einen Kopfkissenbezug. Auf dem Dach packte er schließlich das offene Ende mit festem Griff und schmetterte den Sack zweimal an die Zementwand.

»Wozu diente das?«

Er zeigte seine Zahnlücken. »Meine Dosen waren noch zu hübsch; da hätten die Leute nich' geglaubt, dassich 'n Trannie bin.«

Während der Heli seine Bahn zog, wandte Eddie sich an den Fähnrich. »Besser, wennse ...« Er kratzte sich am Kopf und fing noch einmal von vorn an. »Mr. Tenere, wenn Sie landen, springen wir raus, und Sie starten besser ganz schnell wieder. Okay, Sir?« Der Junge nickte. Der große Matrose brummte: »Wird jetzt dunkel. Man weißes nie, aber die Maces und Broads könnten 'n Tänzchen aufführen.«

Adam flog unseren Zielort rasch in geringer Höhe an. Im letzten Moment drehte er die Motoren hoch und setzte mit einem dumpfen Schlag mitten auf der Straße auf. Bevor ich etwas sagen konnte, riß Eddie die Tür auf, sprang hinaus und zerrte mich von meinem Platz. Er knallte die Tür wieder zu. »Weg hier, Flottenjunge!« Adam zog die Maschine sofort hoch.

Zu meiner Überraschung waren die Straßen verlassen. Bei meiner damaligen Tour mit der Grey Line waren überall Menschen gewesen. Natürlich war es mittlerer Nachmittag gewesen und ein bißchen weiter oben in der Stadt.

»Was machen wir ...«

»Loslaufen, Mann, ehe irgendein Broad Sie allemacht!« Eddie schob mich auf die zerfallenden Fassaden zu. Ich stieß seine Hand weg, beeilte mich aber, mit ihm Schritt zu halten. Vorsichtig folgten wir der verlassenen Straße,

Wo ich mich an die Mauern gedrängt hätte, um Sicherheit zu finden, hielt sich Eddie am Bordstein und blieb auf Distanz zu offenen Eingängen. Ich tat das gleiche.

»Auf wen achten wir eigentlich? Es ist doch niemand hier?«

Er schnaubte verächtlich. »Es wird bald Nacht; was erwartense? Broads sind tagsüber reichlich draußen. Vielleicht machense 'n Tänzchen mit uns, wenn's dunkel wird.«

»Broads?«

Eddie bedachte mich mit seinem Zahnlückengrinsen. »Prima Zeit, danach zu fragen! Broads sind die Trannies, die hier leben. Annie und ich, wir sind Maces. Das hier iss Broadgebiet.« Wir näherten uns der Ecke.

»Woher weißt du das?«

»Hör'nse eigentlich nich' zu, Käp'n?« Er deutete auf das rostige Straßenschild. BROADWAY. »Wo sonst sollen die Broads hausen? Geh'nwer!« Er hängte sich den Sack mit Lebensmitteln über die Schulter und sprintete über die Straße.

Wir duckten uns hinter einen ausgeschlachteten Elektrowagen. Das Schild zeigte eine Zahl in den Dreißigern ... die zweite Ziffer war vielleicht eine Acht oder Neun.

»Im nächsten Block sind viele Häuser kaputt. Zu offen. Wennse jemand sehen, bleibense still, packen mich nur am Arm.« Er richtete sich vorsichtig auf. Meine Nackenhaare sträubten sich, als ich ihm folgte.

»Warum sind wir nicht einfach auf der Vierunddreißigsten gelandet?«

»Nicht so laut!« Er musterte die Fenster über uns und entspannte sich endlich wieder. »Wenn der olle Eddie mitten auf Macegebiet mittem Heli vom Himmel schwebt, glaubt dann vielleicht noch jemand, dasser 'n Trannie iss? War früher vielleicht einer, aber jetzt nich' mehr.«

»Ich verstehe nicht, was ...«

»Wennse Annie finden möchten, müssen die uns helfen. Kein Trannie erzählt einem Flottenjungen irgendwas, der innem Scheißheli runterkommt. Also gehen wir natürlich zu Fuß hin. Haltense sich bereit loszulaufen.«

Er holte Luft und sprintete an einem Platz vorbei, der unter dem Schutt eines eingestürzten Gebäudes begraben lag. Wir erreichten eine Ladenfront, deren Fenster mit Brettern vernagelt waren. Der Eingang war mit Resten von Wandverkleidungen verstopft. Eddie sah sich die Sache an und grunzte zufrieden. »Iss okay hier, bis zur Ecke.« Er richtet sich auf. »Wär' aber besser, wenn ich was inner Hand hätte.« Er richtete den Blick auf ein ramponiertes Schild, das eine Geschwindigkeitsbegrenzung verkündete. Er trottete dorthin, stellte den Sack ab und packte den Schildpfosten. Er stemmte sich dagegen. Die Stange bog sich nur leicht durch.

»Ich habe eine Pistole.«

»Pistole iss okay, wennse jemand allemachen möchten. Wollense aber jemand erschrecken, ist ne Stange besser.« Er begutachtete den unnachgiebigen Pfosten. »Steckt irgendwie tief drin. Aber vielleicht ...« Er packte wieder zu und zog, daß sich seine Muskeln wölbten. Der Pfosten gab ein paar Grad nach. Vor Ärger grunzend warf Eddie sich dagegen und bog ihn in die andere Richtung.

Ich spazierte zu dem schuttbedeckten Platz zurück. Lag hier nicht irgendwo ein Brett, ein Stück Holz oder Metall?

»Wie soll ich aufse aufpassen, wennse einfach weggehen?« Eddie hatte seinen ramponierten Pfosten stehenlassen.

»Ich dachte nur ...«

»Egal, geh'nwer. Wir finden schon noch irgendwas.« Wir zogen uns zu dem Gebäude mit den vernagelten Fenstern zurück. »In zwei Blocks sind wir auf Mace ...«

Plötzlich sahen wir uns an der Brettertür direkt einer hageren Frau und einem bärtigen Mann gegenüber. Der Mann hielt einen Baseballschläger.

Ich glotzte dumm. Eddie schob mich hinter sich, wirbelte den Sack über dem Kopf und machte einen Satz nach vorn. Die Frau kreischte. Der Mann schlug heftig mit dem Schläger zu. Eddie duckte sich unter dem Schlag hindurch.

Der Mann schob die Frau zur Tür zurück, entblößte die Lippen, schwenkte seinen Prügel.

Meine Hand fuhr in die Tasche, zur Pistole. Eddie fauchte: »Nein, damit bringense uns um!« Er trat bedrohlich einen Schritt vor.

Der Mann platzte hervor: »Alles paletti wär' cool!«

Eddie zögerte, senkte den Sack. »Alles klar?«

»Ihr seid keine Broads. Haut ab!«

»Wir hauen ab, wenn alles klar iss.«

Der Mann warf einen Blick auf die Frau. Sie nickte. »Zark.« Er wich einen Schritt weit zur Tür zurück.

»Cool«, sagte Eddie. Vorsichtig gingen sie auf Distanz zueinander, erst einen Schritt, dann noch einen. Der bärtige Mann erreichte die Bretterverschalung. Er und seine Frau zogen sich durch den Eingang zurück und waren verschwunden.

»Laufense!« Eddie schlug einen drängenden Ton an. Wir stürmten über die Kreuzung hinweg, ohne auf Gefahren zu achten. Auf halber Höhe des nächsten Blocks hockte sich Eddie neben ein verlassenes Auto.

»Wird er nicht Hilfe herbeitrommeln?« fragte ich.

»Nee, er hat gesagt, verschwinden wär cool.«

»Aber was soll das ...«

Eddie zeigte seinen Ärger. »Wir waren kurz vor 'nem Tänzchen. Er bat um alles paletti. Heißt, wir trennen uns, kein Theater. Ich hab' ihn auch dazu gebracht, alles klar zu sagen.« Ersuchte in meinem Gesicht nach einer Spur des Verstehens. »Alles klar, keine Abrechnung. Solange wir von Broadgebiet verschwinden, sind wir okay. Er ruft nich' 'n Stamm.«

Eddie spähte über den Wagen und entschied, daß es sicher war weiterzugehen. Wir beeilten uns, Boden gutzumachen. »Tagsüber können Maces und Broads, sogar Subs, miteinander reden, manchmal sogar Handel treiben. Aber der Typ hatte recht, wir sind auf seinem Land, gehören hier nich' hin.« Er wurde langsamer. »Also hab' ich ihm nix getan.«

Ich grinste, dachte an den Schläger zurück, den der Mann geschwungen hatte.

Als könnte er meine Gedanken lesen, warf Eddie mir einen Seitenblick zu. »Sie wissen nix vom ollen Eddie, wennse denken, 'n kleiner Schläger könnt'n aufhalten.« Trotzdem warf er erneut einen Blick über die Schulter, um sicherzugehen.

Die abfallübersäte Avenue erstreckte sich bis in dunstige Ferne. Ich konnte an den verschiedenen Stammesblocks kaum Unterschiede erkennen, aber nichts hier erinnerte an das bizarre Lagerfeuer, auf das ich unweit der Klinik in der Bronx gestoßen war. Hier lehnten sich nicht Schuppen an aufs Geratewohl entstandenen Gassen voller Schutt aneinander. Hohe, vernachlässigte Gebäude ragten düster über uns auf, aber wenigstens standen sie noch. Vielleicht konnten eines Tages Geld und Beachtung dazu führen, daß die zentrale City wieder auferstand.

»Kommense, Käp'n. Noch ein Block, dann Macegebiet.«

»Was ist ein Mace? Du sprichst immer wieder ...«

»Ich zeig' Ihnen. Der nächste Block iss Mace.«

Ich sah mich bestürzt um. »Annie wurde hier geboren?« Ein scheußlicher Gedanke.

»Yeah, Annie und wir annern auch alle.« Er stampfte die Straße entlang und brummte vor sich hin. Dann erhellte sich seine Miene. »Deke iss mittem Schiff weggefahren, aber Sam und Boney erinnern sich bestimmt noch annen ollen Eddie. Machense sich keine Sorgen, Käp'n. Ich rede für Sie.« Seine Schritte wurden länger.

»Wohin?«

Er streckte die Hand aus. »Da, anne Ecke.« Er richtete sich auf und ging stolz an den restlichen Gebäuden vorbei. »Ich zeig Ihnen, wo Annie und ich ...« Er blieb abrupt stehen.

Der Sack rutschte ihm aus den Fingern.

»Eddie?« Ich packte ihn am Arm; er schüttelte mich ab wie eine Fliege.

Er stürmte auf den schuttübersäten Platz. Einen Moment lang starrte er ins Leere. Dann riß er einen Stein hoch und schleuderte ihn über das Geröll. »Maces! WO SEID IHR?« Sein qualvoller Schrei erzeugte Echos in der Dämmerung.

Ich holte den Sack und suchte mir einen Weg über Zement und Mauersteine. Eddie hockte da und suchte zwischen zerbröckeltem Gestein herum.

»Was ist passiert?«

»Maces weg!« Sein Ausdruck grenzte an Wahnsinn.

»Wir müssen an der falschen Stelle sein.«

Er stach in den Schutt hinein. »Hier, ich sag's Ihnen! Wir Maces!«

»Was ist ein Mace? Ich habe dich schon mal ...«

»Der Stamm! Wo wir gelebt ham! Wie die Broads auf'm Broadway!«

Ich stand auf, drehte mich langsam um und blickte suchend über den leeren Block hinweg. »Was war hier?«

Sein Finger zuckte in Richtung des offenen Geländes. »Ich bin hier geboren. Ich war vielleicht dreizehn, da kam Ma bei Zoff mitten Broads um. Genau dort!« Er deutete zur Ecke. »Wir sinnen großer Stamm, Hunnerte. Ich war Boß aufem dritten Stock.«

Endlich dämmerte es mir. »Eddie, war das hier das alte Macy's?«

»Ich sag's doch die ganze Zeit!« Eine Träne lief ihm übers Gesicht. »Käp'n, wo sindse? Was iss mit meinen Maces passiert?«

»Die sin' weg.«

Wir warfen uns herum. Vier Gestalten kamen über den Platz. Der Anführer war männlich, schmal, hart. Eine zerlumpte Jacke. Ihn begleiteten zwei weitere Männer und eine Frau.

Eddie sprang wie elektrisiert auf. »Was wollter?«

»Nee, wat wollt *ihr*? Ihr seid auf mei'm Gebiet!« Der Anführer schlug einen scharfen Ton an.

Ich schluckte. Meine Hand näherte sich der Hosentasche.

Der Anführer widmete mir nur am Rand Aufmerksamkeit. »Satte fünfssig vonnuns Rocks gucken zu. Kannstes mit fünfssig aufnehmen, Matrosenjunge?«

»Wo sind die Maces?« Eddie trat einen Schritt vor.

Der Rock lächelte brutal. »Was drin?«

Eddie öffnete den Sack. »Büchsen. Zwei.«

»Scheiß auf die blöden Büchsen.« Der Rock lachte verächtlich. »Zwei Minuten, dann seiter runter vom Rockgebiet, oder wir machen euch alle.« Er drehte sich auf den Fersen um.

»Rockgebiet?« Ein wilder Blick stand in Eddies Augen.

»Eddie ...«

»Rockgebiet?« Eddies Sack fuhr durch die Luft und erwischte den Anführer an der Schläfe. Der Rock schwankte. Sofort tauchten Messer in den Händen seiner Begleiter auf.

Eddie spuckte aus, als er weiter vordrang, und der Sack kreiste. Ich krallte nach der Pistole, aber die beiden Männer wichen bereits zurück. Die Frau erwies sich als beherzter und sprang Eddie auf den Rücken. Er schüttelte sie ab. Sie rappelte sich wieder auf; Eddies Faust schoß vor und erwischte sie seitlich am Kiefer. Sie klappte zusammen.

Eine der zurückweichenden Gestalten drehte sich um. »Du biss Hackfleisch, Junge! Die Rocks kommen jetzt raus!« Er legte die Hände gewölbt vor den Mund. »Aiyee!«

Bei diesem Schrei sprang Eddie vor. Der Rockmann wandte sich ab und rannte los. Eddie setzte ihm ein paar Schritte nach und wirbelte dann herum, um festzustellen, daß der Anführer der Rocks schwankend wieder auf die Beine kam. Eddie donnerte zurück. Sein zweiter Schlag krachte an den Hinterkopf des benommenen Mannes. Er kippte um und lag still. Eddie holte erneut aus.

»Nein, Eddie!« Der gefällte Rock lag reglos da. Ich

packte Eddies Arm. Er hob den Sack und schlug noch einmal auf den Gestürzten ein. Der Sack tropfte rot.

»Halt!« Ich warf mich zwischen ihn und sein Opfer.

»Macegebiet! War es, isses, wird's immer sein! Immer!« Er starrte auf die Leiche hinunter und trat sie heftig. Einen Moment später fielen seine Schultern herab. Er machte ein ganz klägliches Gesicht.

»Eddie, bring uns von hier weg!«

»Maces weg.« Er stand wie gelähmt da.

»Wer sind diese Leute?«

»Rocks. Lebten früher in Rockcenta, bisse rausgeschmissen wurden.«

»Wir können nicht hierbleiben.« Ich stieß ihn an. »Gibt es hier irgendwo einen Rufer? Wir brauchen Adam und den Heli!«

Eddie sah wieder die Leiche an. »Die Rocks haben bei Zoff nie viel gebracht.«

»Eddie!«

»In Ordnung. Wir gehen zur vierunddreißig, Ost.«

»Warum nicht dorthin zurück, wo wir ...«

»Rocks.« Er deutete zur anderen Straßenseite hinüber. Mir wurde kalt; Männer, Frauen, sogar Kinder sammelten sich vor der zerfallenden Gebäuden. Sie waren bedrohlich still.

Eddie schien die Benommenheit abzuschütteln. »Los!« Er eilte die Vierunddreißigste Straße hinunter. Hinter uns wurden Stimmen laut.

»Eddie, der ganze Stamm ist ...«

»Wen schert's.« Trotzdem legte er noch Tempo zu. Wenig später sagte er widerwillig: »Besser, wennse die Pistole ziehen. Alles Rockstellen hier.« Sein Blick schweifte, und seine Miene hellte sich plötzlich auf. »Außer vielleicht da!« Er deutete über die Straße auf eine Ladenfront mit schweren Metallplatten. »Pedro Chang hat da immer gehaust. Mein ... ein Neut.« Er lief über die Straße.

Die Rocks folgten uns. Im Gegensatz zu dem Gesindel, das mich zum Polizeirevier gehetzt hatte, blieben sie zusammen und schienen es nicht eilig zu haben, uns einzuholen. Ich fragte: »Ob er uns hilft?«

»Keine Ahnung.« Eddie probierte die solide Tür. Er trat dumpf gegen eine Stahlplatte.

»Diese Schlösser nützen nicht viel gegen einen Laser«, meinte ich.

»Gibt keine Laser aufer Straße. Ladepacks zu schwer zu kriegen, und die Unies metzeln jeden gleich nieder, den sie mit einem erwischen.« Er hämmerte an die Tür. »Chang, mach auf!« Er wartete und versuchte es erneut. Die Rock-Stammesleute näherten sich uns.

Hinter der Tür hustete jemand. »Geschlossen.«

»Eddieboß muß was eintauschen, Mann!«

»Eddie seit drei, vier Jahren weg. Die Jerries haben ihn rausgeschickt.«

Ein Stein prallte dumpf auf einem plattengeschützten Fenster auf. Ich zuckte zusammen, zog die Pistole, stellte sie auf hohe Intensität ein. Auf der anderen Straßenseite wartete der Mob. Knüppel, Speere, Kinder, die Mauersteine schleppten.

»Komm schon, Changmann, laß uns rein!«

Ein Hustenanfall hinter der Tür. »Was drin?«

»Büchsen! Dutzende!«

Ich lehnte mich an die Wand und zielte mit beiden Händen.

Das Geräusch von Metall auf Metall. Ein Schloß drehte sich, dann ein weiteres. Die Tür ging vorsichtig einen Zoll weit auf. Ein runzeliges Gesicht spähte zwischen schweren Ketten hervor. Erneut pfiff ein Stein an uns vorbei.

»Wer ... . Eddie? Ich dachte nich' ...« Die Tür wurde uns förmlich ins Gesicht geschlagen. Ich fluchte, aber sie ging fast sofort wieder auf, diesmal ganz. Eddies fleischige Hand zuckte vor und zerrte mich ins Innere. Die Tür fiel unter einem Steinhagel wieder ins Schloß. Der alte Mann legte hastig die Ketten vor.

Ich blinzelte. Eine auf einer Valdez-Permabatterie montierte Lampe durchbrach die Dunkelheit. Der staubige Laden war voller Schachteln und Stapel – eine merkwürdige Ansammlung von Waren. Lebensmittel in Dosen stapelten sich auf durchsackenden Regalbrettern, die für leichtere Lasten gedacht waren. Schwere Winterbekleidung war auf Stühle gehäuft. Der Duft von Gewürzen hing in der Luft.

»Hola, Pedro.«

Der alte Mann betrachtete Eddie finster. »Du hast nich' gesagt, daßte jemand mitbringst.«

»Sind seine Büchsen.« Draußen wurde an die Tür gehämmert.

»Du hastse. Gibse mir.«

Widerwillig reichte Eddie ihm den Sack.

»Warum isser bei dir?«

»Ich ...« Eddie wußte nicht so recht weiter. »Er iss mein Käp'n.«

Der alte Mann sah mich an und gackerte. »Käp'n von was?«

»Flottenmann.« Eddie richtete sich auf. »Wie ich.«

»Du biss rausgeschickt wor'n, als dich die Unies erwischt ham.«

»Ich hab' mich verpflichtet.«

»Raus hier, wennde versuchst, 'n ollen Chang zu beschwindeln!« Der Mann, den Eddie als Neut bezeichnet hatte, schüttelte entschlossen den Kopf. »Trannie, der sich verpflichtet? Niemals so was Dummes ...«

Irgendein Metallgegenstand klopfte an die gepanzerten Fenster. Sie waren durch Eisenverstrebungen geschützt; im Moment waren wir in Sicherheit. Chang trippelte zu den Platten und rief: »Verschwindet! Legt euch nich' mit Chang an!«

Draußen ertönte eine Stimme. »Gib uns 'n Macejungen. Wollen Rache.«

Chang prallte zurück. »Weiß nix von Rockrache an Mace. Wenner euch mittem ollen Chang anlegt, zeigter euch, was Rache iss!« Darauf wurde es still. Chang nickte zufrieden und sagte leise: »Die gehen nirgendwohin.«

Einen Augenblick später kam er vom Fenster zurück,

nahm mich von Kopf bis Fuß in Augenschein und schnaubte verächtlich. »Käp'n, hah!«

»Mr. Boß, wer ist ...«

Der Matrose runzelte die Stirn. »Das iss Pedro Chang, der Neut, von dem ich Ihnen erzählt hab'. Hat jetzt 'ne Macke, weiler so alt iss, aber früher hatter mehr Chips inner Birne als sechs Trannies auf einmal.«

Pedro Chang richtete sich zu seiner ganzen bescheidenen Höhe auf. »Macke, sagste? Willst mir weismachen, 'n Trannie geht inne Flotte und kommt von draußen zurück und bringten Käp'n mit? Wer hat hier 'ne Macke?«

Ich trat besser ins Licht. »Sehen Sie mich an. Sehen Sie meine Uniform an.«

Chang trat dicht an mich heran und musterte mein Gesicht. »Kein Typ schwindelt Pedro Telamon Chang an.« Er tappte langsam um mich herum und brummelte: »Neuts müssen cleverer sein als die ganzen Stammesleute; Rock oder Mace oder Broad, iss egal. Handelsmann muß hart sein.« Er befingerte meine Jacke. »Flottenstoff, yeah, aber jeder könnt's kriegen. Und Käp'nzwirn iss weiß. Ich hab' Holozine!«

Ich bewegte mich nicht, aber meine Stimme war Eis. »Nehmen Sie die Finger weg.« Chang zögerte erst und zog dann die Hand zurück. »Ein Kapitän trägt, was ihm gefällt. Und ich ziehe kein Galaweiß an, wenn ich einen Triebwerksanzug trage. Oder hier.«

Er klickte mit den Zähnen. »Oh, groß und mächtig isser! Genau wie'n Obie.«

»Können Sie lesen, alter Mann? Sind Sie clever genug, Bilder im Kopf zu behalten? Haben Sie überhaupt ein Holovid?«

Chang funkelte mich an und spuckte aus.

Ich packte meine Pistole und ging zur Tür. »Eddie, komm mit! Ich gehe draußen mein Risiko ein.« Ich drehte an den Schlössern. »Wir haben mindestens fünfzehn Ladungen, vielleicht sogar ...«

»Die bringen Sie um, Käpten Nicholas Seafort.« Die Stimme des alten Mannes klang verändert. »Vielleicht metzeln Sie fünfzehn nieder, vielleicht mehr, wenn Sie überhaupt 'n neues Ladepack außer Tasche ziehen können. Dann prügeln die anderen Sie tot.«

»Sie Schwindler!« Ich packte eine Kette. »Was ist jetzt mit dem schweren Dialekt? Ich brauche Sie nicht, und ich möchte Sie auch nicht kennenlernen.«

Chang duckte sich unter meinem Arm hindurch und verriegelte ein Schloß wieder. »Ich geb' gar nix vor. Ich sprech wie 'n Trannie, weil ich einer bin. Dassich auch mehr wie 'n Obie reden kann, wenn ich's versuch, iss kein Grund, auf mich runterzusehen.« Seine katarrhalischen Augen hefteten sich in meine.

»Mir ist egal, was ...« Ich schluckte. »In Ordnung.«

Chang drehte sich zu Eddie um. »Das heißtes also, daßte 'n Flottenmann bist. Wenn Käp'n 'ne Trannie heiratet, schätze ich, kann Trannieboy sich auch verpflichten.« Sein Blick kehrte zu mir zurück. »Sie sind immer auf'n Nachrichtenschirmen. Natürlich hab ich Sie erkannt, gleich zu Anfang. Alle Trannies gucken sich'n Schirm hoch oben am Turm an, aber sie glauben nich', daß die Geschichten stimmen. Na, was machense jetzt aufen Straßen?«

»Meine Frau, Annie Wells. Sie war eine Mace. Wir suchen ...«

»War, iss, wird sein. 'Ne Trannie bleibt innerlich 'ne Trannie.«

»Du hass ja keine Ahnung, alter Mann!« polterte Eddie.

Chang spazierte zu ihm hin und stach mit dem Finger auf die muskulöse Brust des Matrosen. »Als ein Macejunge angelaufen kam und weinte, weil seine Ma tot war, und sich annem Broad rächen wollte, der's getan hatte, hießes da ›alter Mann‹ oder Mista Chang, häh? Als ich den Namen des Broads hergab, damitte den richtigen kaltmachen konntest, obwohl du nix hattest, was für mich drin war, hießes da ›alter Mann‹?«

Eddie lief rot an. »Okay, hatte nix zu bedeuten.«

»'ne Macke hab ich, wa? Vielleicht geb' ich dir gleich

'ne Ohrfeige, Macejunge! Ich hab's schon getan, alsde noch klein warst und den ollen Chang geärgert hast!«

Der Matrose scharrte mit den Füßen. »Hatte nix zu bedeuten, hab ich gesagt. Und du wirst keinem hier ne Ohrfeige geben! Bin kein kleiner Junge mehr!«

»Und ich bin Pedro Chang, der einzige Freund, den dieser Macejunge hatte.« Gleich darauf wurde sein Gesicht weicher. »Könntes immer noch sein, wenner Macejunge Manieren hätte.«

Eddie zwang sich, die geballten Fäuste zu entspannen. »Beruhig dich. 'n Freund iss genau, wassich jetzt brauche.«

»Ah! Jetzt redenwer miteinander.« Der alte Mann trippelte zu den Stühlen, häufte Kleider auf andere Stapel und forderte uns auf, uns zu setzen. »Warum suchense nach Annie?«

Ich antwortete: »Sie ist aus einer Klinik in der Bronx verschwunden, wo sie eine Hormonbehandlung erhielt. Sie wandert jetzt irgendwo herum, ganz verwirrt und elend.«

»Wennse noch lebt.«

Ich zwang mich dazu, diese Möglichkeit anzuerkennen. »Falls sie noch lebt.«

»Wär nich' gut, wenn die Bronks sie erwischt ham. Treib' mit denen Handel, red' sogar mit ihnen. Die ham 'ne Macke, alle.«

»Eddie meint, sie würd' versuchen, nach Hause ... hierher zu kommen.«

»Wenn sie kann.«

Eddie packte Changs knochigen Arm. »Was iss mitten Maces passiert?«

Der alte Mann gab Eddie verärgert einen Klaps auf die Finger. »Klammer dich nich' an, du biss kein Babykid mehr.« Er ging durch den Raum, stöberte in einem Kasten herum und brachte eine Teekanne zum Vorschein. Er stöpselte sie in die Permabatterie ein und goß Wasser aus einem Plastikkrug hinein, der auf dem Boden gestanden hatte. »Mace Drei Vier iss vor zwei Jahren abgerissen worden. Die Wände waren vergammelt, und Brocken sind aufe Straße gefallen. Jerries sind gekommen, Hunnerte. Bulldozer. Maces ham sich gewehrt, und 'n paar wurden getötet.«

Aus der Schublade eines ramponierten Schreibtisches brachte er Teebeutel zum Vorschein. »In weniger als 'ner Wochen saßense alle aufer Straße.«

Stimmen ertönten draußen. »Heh, Changmann! Bisse Neut oder Mace?«

Chang wirkte angewidert. »Rocks verstehen nix von Geduld.« Er schlurfte zur Tür und sagte hindurch: »Ich sprech grad mitten Maces. Ihr wartet gefälligst ab, wie ich's euch gesagt hab! Filmumelf!«

»Wir ham nich' ...«

»Ihr kriegt nix! Wenner mal gucken wollt, ob der olle Chang noch Nitro hat, dann wartet 'ne Minute!« Draußen entfernten sich Schritte. Chang grinste durch seine fleckigen Zähne hindurch.

»Wo sind meine Maces hin?« fragte Eddie.

»Die Rocks wollten sie nich' ohne was drin vorbei lassen. Die Maces hatten aber nix ...«

Mein Ton war scharf: »Was meinen Sie mit ›was drin‹? Alle hier sagen das immer wieder!«

Der alte Mann stellte drei Tassen auf den staubigen Tisch. »Iss 'ne Trannie-Redeweise: Was iss drin für mich?«

»Ich habe doch gerade danach gefragt!«

»Und ich hab's Ihnen gesagt.« Als er meine Verwirrung bemerkte, wiederholte er langsam: »Was iss für *mich* drin? Man kann keinen Handel machen, ohne daß was drin iss.«

»Sie wollten – bestochen werden?«

»'türlich. Wenn Maces durchs Rockgebiet möchten, muß für die Rocks was drin sein. So geht das bei'n Trannies. Die Maces hatten aber nich' viel zum Eintauschen übrig, nachdemse außem Maceladen vertrieben worden waren. Also habense sich den Weg durche Stadt freigekämpft, vorbei annen Rocks, sogar annen Unies.«

Eddie beugte sich vor, und seine Augen hingen gebannt an dem alten Mann. »Habenses geschafft?«

»Weißes nich' mit Sicherheit. Die Rocks habense nich' aufgehalten. Hab' gehört, sie wären auch annen Unies vorbei, hätten vielleicht auch die Easters vertrieben, aber vielleicht sind die Maces auch alle tot, wer weiß? Keiner iss je wieder zurückgekommen.« Er goß spärliche Portionen Tee in unsere Tassen. Nach einem Moment hatte er es sich noch mal überlegt und schenkte ein, bis sie voll waren.

»Mr. Chang, war Annie bei Ihnen?«

»Hab se nich' gesehen.«

»Wartste ab, ob was drin iss?« knurrte Eddie.

Chang fuhr kerzengerade hoch. »Ich geb' dir guten Tee, für den ich Büchsen oder sogar 'n Holovid eintauschen kann! Erzähl du mir nix von was drin!«

»Alles paletti. Hatte nix zu bedeuten.«

»Obendrein hab' ich von euch schon alles, was drin iss.« Chang hockte sich vor unseren Sack und holte eine Dose hervor. »Echtes Fleisch, gut. Gemüse, okay.« Er durchsuchte den Inhalt. »Ihr habt echt gut was zum Eintauschen dabei.«

»Das war die Idee«, versetzte Eddie trocken.

»Oh, hört mal, Obiesprech vom Matrosenjungen!«

»Käp'n hat's mir beigebracht.«

»Hattich zur Schule geschickt, ha?«

Eddie wich seinem Blick aus. »Der Käpten hat es mir selbst beigebracht. Auf dem Schiff.«

»Käptens tun so was nich'.«

»Dieser Käpten tut's.«

Pedro Chang trat vor meinen Stuhl. Er ragte über mir auf, die Arme verschränkt, und musterte mein Gesicht. Endlich nickte er. »Okay, Sie haben sich um Eddieboß gekümmert, also helf ich Ihnen 'n bißchen. Nicht zuviel; ich bin schließlich 'n Neut.« Bevor ich danach fragen konnte, sagte er: »Neut bedeutet, sich auf keine Seite schlagen. Was habter gemacht, umse so zum Kochen zu bringen?«

Eddie sagte: »Ich hab 'nen Rock kaltgemacht. Vielleicht zwei.«

Chang saugte durch seine gelben Zähne die Luft ein. »Dat kann ich nich' hinbiegen, dafür müßte zuviel drin sein. Ich muß euch zurückgeben.«

»Gibt es hier noch einen Ausgang?« fragte ich.

»Die Rocks behalten alle Ausgänge im Blick. Sie sind nich' so dumm, wie der Macejunge denkt.« Chang hockte sich auf den Tisch und nippte an seinem Tee. »Aber der olle Chang ist ein cleverer Handelsmann. Vielleicht tauschen wir.«

»Was soll das ...«

»Ein Geschäft machen«, sagten beide gleichzeitig. Eddie wandte sich wieder an Chang. »Wie du schon sagtest, für die Rocks iss nich' genug drin, außer dem, was wir dir gegeben ham.«

»Die Rocks geben keine Rache für Büchsen auf. Weiß nich', wassich anbieten soll.« Chang rieb sich das Kinn. Endlich hellte sich seine Miene auf. »Chang bietet gar nix an! Fragen wir sie.« Er nahm einen Knüttel zur Hand, ging zur Tür und hämmerte daran. »Rocks! Möchteter mit Chang reden oder nich'?«

Vorsichtige Schritte. »Haste Nitro?«

»Wollters rausfinden, oder reden wir nur?«

»Wir wollen 'n Macejungen.«

»Iss mir klar. Ein Macejunge, ein Rock reden in Changs Haus. Kein Zoff.«

»Nur 'ne Minute.«

Die Zeit verstrich. Chang lehnte sich mit leuchtenden Augen an die Tür. Endlich meldete sich die Stimme wieder. »Alles klar, aber zwei Rocks. Nur Quatsche, kein Zoff, cool?«

»Chang hat sein Wort gegeben. Gilt auch für Rocks.«

»Zark. Mach auf!«

Chang sagte leise: »Nach hinten, alle beide, bissich rufe.«

»Kommse, Käp'n.« Eddie war bereits auf den Beinen. »Die Tassen?« Er deutete auf den Tee.

Der Händler sagte: »Lasse. Die Rocks wissen, dasser hier seid.«

Eddie führt mich zu dem mit einem Vorhang bedeckten Durchgang. Die Wohnung dahinter war peinlich sauber. In einer Ecke stand ein nachlässig gemachtes Bett. Die Wand war vom Boden bis zur Decke mit alten Büchern aus echtem Papier gesäumt. Ein Korridor führte zu einer schwer verriegelten Tür an der Rückseite.

Angestrengt lauschend hielt ich den Vorhang einen Zoll weit auf.

Riegel scharrten. Pedro wahrte einen würdevollen Tonfall, als eine ungepflegte Frau eintrat. »Willkommen in Changs Haus, Tresa.«

Ein Stammesmann schob sich an ihr vorbei. »Vergiß'n Feinsprech – wir wollen'n Mace!«

»Wir reden, und vielleicht kriegtern.«

Der Mann knurrte: »Quatsch zuviel, dann nehmen wer'n vielleicht einfach!«

Chang nahm eine drohende Haltung an. »Ihr habt Wort gegeben, kein Zoff! Wieviel iss drin für's Wort der Rocks?«

Die Frau war empört. »Rockwort gut! Cool bleiben, Butchie.«

Eddie flüsterte: »Schitt! Wort von Rocks bedeutet gar nix!«

»Okay, okay, setzt euch und trinkt Changkaffee.« Der alte Mann hantierte mit der Kanne herum. »Warum wollter Macejungen?«

Tresa sagte: »Arno liegt aufer Straße, die Birne ganz Matsche. Wollen Mace wegen Gleichstand.«

»Arno hatte immer große Klappe. Hat's ja rausgefordert.«

»Nee, hat nur geredet, under Mace zieht ihmen Sack mit Steinen rüber.«

Eddie zischte. »Hat nich' nur geredet! Hat es Rockgebiet genannt ...«

Ich versetzte ihm einen Stoß in die Rippen, woraufhin er nur noch düster vor sich hinbrummelte.

Chang goß Kaffee in Metallbecher ein und reichte sie herum. Er wandte sich an die Frau. »Was Eintauschen für Gleichstand?

»Haste nich' gehört, wie Butchie Rache sagte?«

»Okay, okay, Chang iss neut, er gibt euch 'n Macejungen, wennern wollt.«

Ich spannte mich an. »Er hat gesagt, er wär dein Freund ...«

Eddie schüttelte den Kopf und flüsterte: »Chang gibt mich nich'n Rocks.«

»Woher willst du das wissen?«

»Er hat uns Tee gegeben.« Das ergab keinen Sinn, aber ich blieb still.

»Was soll's Eintauschen, nachdemer Arno kaltgemacht hat?« Butchie lachte heiser. »'n ganzen Vorrat von Chang für Gleichstand?«

»Da weißtes eigentlich besser, Butchie. Was eintauschen?«

»Wir tauschen Arnos Rache nich' gegen Büchsen.«

Chang zögerte nicht. »Okay, okay. Die Rocks wissen, wasse wollen. Kein Tausch. Trinkten Kaffee aus und dann raus hier.«

Tresa zeigte sich nachdenklich. »Vielleicht Eintauschen für Gleichstand, irgendwie.«

Chang wartete.

»Hab gesehen, dasser Obietyp 'n Laser hatte. Tauschen Büchsen un' Tee un' Laser ein, dann alles klar.«

Der alte Mann prallte zurück. »Laserpistole als Gleichstand für einen blöden Rockjungen? Laser iss'n ganzen Rockstamm wert und noch'n paar Unies als Kleingeld!«

»Du sagst, Rocks nix wert ...«

»Ich sag', kein Stamm kriegt Laser! Wenn Rocks Laser ham, sinse Boß aufer Straße!«

Butchie brummte: »Wennwer Laser ham, könnwer Zoff mitten Broads machen, vielleicht sogar'n Subs.«

Verärgert fauchte Tresa: »Halt die Klappe, Butchie! Ich kann nich' Handel machen mit Chang, wennde so redest!«

Pedro schüttelte den Kopf. »Kann nich' Laser eintauschen. Der Obie hatten noch.«

Tresa nickte, als hätte er gar nichts gesagt. »Laser, drei Ladungen. Und Büchsen, dann Gleichstand für Arno.«

Chang verschränkte die Arme. »Nee, wenn Chang 'n Laser kriegt, behält er'n und gibten Macejungen.«

»Bleibste neut?« Butchies Ton war bedrohlich.

»Mittem Laser inner Tasche kann Chang Neut sein, Rock, alles, wasser möchte.«

Tresa jammert: »Du hass gesagt, komm rein und macht Handel! Jetzt willste nich' mehr!«

»Ich hab' euch nie was vom Laser gesagt. Obie hatten Laser und willen vielleicht nich' rausgeben. Besser, wennwerse fragen.« Chang kam zum Vorhang und riß ihn auf. Bevor er sich abwandte, blinzelte er mit einem seiner schlauen Augen. »Kommt raus, redet mitten Rocks.«

Er hätte uns eigentlich vorwarnen können. Vorsichtig trat ich aus dem Alkoven. Eddie folgte mir.

»Du biss Hackfleisch, Macejunge!« Das war Butchie.

»Deine Mutta treibt's mitten Hunden!« Eddie spannte die Muskeln. »Der blöde Arno war auf Macegebiet!«

»Schluß damit!« Changs Knurren durchbrach die wachsende Spannung. »Sind zum Reden hier, nix Zoff! Habt euer Wort gegeben, alle beide!«

Zögernd gaben sie nach.

Chang schob seinen Stuhl zwischen die gegnerischen Parteien und wandte sich an mich. »Käp'n, möchtensen Laser rausgeben für Gleichstand zwischen Mace und Rock?«

Sein Blick gab mir keinen Hinweis darauf, welche Antwort er erwartete. Ich überlegte lange. Der Laser war unser einziger Schutz, und der Zeugmeister der Flotte würde nicht begeistert sein über den Papierkram, der auf den Verlust der Waffe folgte. Andererseits war Chang ein geschickter Unterhändler. Sollte ich mein Einverständnis andeuten oder nicht? Sie wollten Eddies Leben, und ich konnte das nicht zulassen. Falls ich mich irrte, eskalierte die Auseinandersetzung. Ich warf den mürrischen Rocks einen Blick zu. Hätte Eddie doch nur nicht ...

Ich deutete mit dem Finger auf ihn. »Meine Waffe aufgeben, um diesem Trannie-Abschaum zu helfen?« Meine Stimme klang kalt. »Du bist nicht ganz dicht, alter Mann. Wenn einer versucht, sich meinen Laser zu greifen, röste ich euch alle!«

Eddie ballte die Fäuste. »Nennense mich nich' ...«

»Halt die Klappe, Junge!«

»Wenn nich', mussich euch raussetzen«, sagte Chang. »Dann kriegense euch.«

»Zuerst brennen sie!« raunzte ich.

»Die Rocks wollen 'n Macejungen und Sie, beide. Oder wir machen Handel ...«

»Sprich Englisch, du alter Trottel! Und vergiß jedes Geschäft mit Abfall wie diesen beiden!«

Die Rocks sprangen auf.

»Whoa, whoa, whoa.« Chang tätschelte sie, bis sie sich wieder gesetzt hatten, und schob auch an Eddies Gestalt, die keinen Zoll nachgab. »Kein Zoff in Changs Haus. Der Obie denkt wie'n Obie; was habter erwartet? Er gibten Laser nich' her für'n Gleichstand.«

Tresa räusperte sich und spuckte aus. »Obie, willste uns Rocks rösten? Wie viele, ehe alle annern über dich herfallen? Und was danach, dich häuten vielleicht?«

Ich zeigte ein häßliches Lächeln. »Versuch's mal, Miststück.«

Chang tappte auf mich zu und hielt die Hände in einer besänftigenden Geste ausgestreckt. »Okay, okay, Käp'n. Vielleicht wissenses nich'; 'ne Menge Rocks sind aufer Straße, nich' nur zwei oder drei. Wenn Zoff losgeht, kommt's nich' mehr drauf an, wie viele es kostet; die werden Sie kriegen! Besser, wennse Geschäft machen.«

Ich schubste ihn weg und hoffte, daß er nicht stürzte. »Wir hätten die Straßen schon vor Jahren säubern sollen! Ich bleib' einfach hier, bis meine Leibwächter mich suchen kommen. Es gibt reichlich Futter!«

Chang beugte sich über die Rock-Unterhändler und

redete leise auf sie ein. »Laßt mich mittem reden. Der olle Chang issen Händler, vielleicht kanner 'n Geschäft machen.«

Tresas Stimme klang heiser. »Vergiß Geschäft und gib uns 'n Obie!«

Chang tätschelte ihre Schulter. »Vielleicht hörter mir ja zu. Muß aber solo mittem reden.«

Tresa stolzierte zur Tür und spuckte erneut aus. »Die Großmaulobies glauben, dassen die Welt gehört! Irgendwann kriegen wir se alle!« Sie wartete, daß Chang aufschloß.

Der Händler schob Butchie sachte zur Tür. »Ich sag's euch dann. Filmumelf.« Sobald die Rocks gegangen waren, verriegelte er die Tür wieder.

»Mr. Chang, es tut mir leid, wenn ich ...«

»Jetzt hamwerse!« Seine Augen funkelten. »Der Käp'n sollte Handelsmann werden und Chang mittem Sternenschiff fahren lassen!« Er durchquerte den Laden und stellte die Teekanne hoch ein. »Wir geben ihnen Zeit, vielleicht 'ne Stunde. Dann machenwer Geschäft.« Er wandte sich an Eddie, der sich nicht von der Stelle bewegt hatte.

»Trannie-Abschaum?« Die Augen des Matrosen loderten.

»Mr. Boß, ich hatte nicht vor ...«

Der alte Händler stieß Eddie an die Brust. »Dummer Macejunge, der mittem Käp'n schimpft, nur weilerm das Leben gerettet hat! Als der heulende Teeniejunge an Changs Tür geklopft hat, hab ich'm dann nich'n bißchen Grips beigebracht? Hah! Chang und Käp'n wissen's, auch wenn's Macejunge nich' tut!«

»Wissen was?« Eddie klang bedrohlich.

»Dein Käp'n ...« Er sprach mit Würde. »Dein Käpten wußte, daß Rocks kein Geschäft machen, wenn sie zu böse auf Eddie sind. Also hatterse auf sich selbst böse gemacht. Hat uns alle böse gemacht. Jetzt vergessense dich und machen Geschäft.«

Der Matrose machte ein finsteres Gesicht. »Woher soll

ich wissen, dassers so gemeint hat? Woher soll ich irgendwas kapieren, wasser sagt? War mal mein Freund! Hat mirs Lesen und Reden beigebracht. Dann hatter mich weggesch...« Eddie brach ab und brummte: »Weißnich'.«

»Er iss immer noch dein Freund, du dummer Macejunge.«

»Woher willste das wissen?«

»Weil er mir 'n Laser geben wird, um dich zu retten.« Chang streckte die Hand aus. »Und weil der olle Chang nich' Händler sein könnte, wenner nich' wüßte, wasse Leute denken.«

Ich zog den Laser aus der Tasche und gab ihm die Waffe. Ich sah Eddie an.

Der Matrose scharrte mit den Füßen. Kurz darauf wandte er sich ab. »Versteh überhaupt nix mehr.« Der Tonfall konnte jedoch seine Erleichterung nicht verbergen.

Als Chang den richtigen Zeitpunkt für gekommen hielt, rief er die Rock-Stammesleute zurück. Verächtlich lehnte er Tresas Forderung nach mehr Beute ab. Sie konterte mit dem Angebot einer sicheren Passage für mich allein; Chang wollte nichts davon wissen. »Kommen zusammen, gehen zusammen«, war alles, was er dazu sagte. Endlich stimmten sie dem zu, worauf Chang von Anfang an hinausgewollt hatte: dem Tausch meines Lasers und der Nachladepacks gegen freies Geleit durch das Rockterritorium am Morgen.

»Und keine Rache«, ermahnte der alte Mann sie. »Alles klar, mit beiden.«

Widerwillig stimmten sie zu.

»Für wen sprechter damit?«

»Alle Rocks. Ich bin Boßfrau, wiede weißt. Wenn ich sag alles klar, dann isses klar!« Sie spuckte Eddie vor die Füße. »Aber nächstesmal, Macejunge, bisse Hackfleisch!«

Eddie knurrte, aber meine in seinen Unterarm gegrabenen Finger und Changs warnendes Funkeln bewegten ihn doch dazu, den Mund zu halten.

Als sie gegangen waren, fragte ich: »Halten sie sich denn an die Abmachung, wenn sie den Laser erst mal haben?«

Changs Augen blitzten auf. »Transpops sind nich' wie Obies. Ihr Wort iss gut. Viel anneres hamse nich'.«

Ich ließ es damit bewenden.

Chang werkelte in seinem Quartier herum, verschwand im Keller und kam mit einer Handvoll Dosen wieder zum Vorschein. Während er vor sich hinsummte, machte er sich daran, auf der Heizplatte zu kochen. Das Aroma von schmackhaftem Hühnchen breitete sich im Laden aus. Endlich winkt er uns in seine Wohnung und lud uns ein, uns mit an den wackligen Tisch zu setzen, der mich an den von Vater erinnerte. Wir hatten Hühnersuppe mit Instabrötchen frisch aus der Aufwärmverpackung, dazu weiteren von Changs kostbarem Tee.

Danach zeigte er uns das Bad. Zu meiner Überraschung war es recht sauber, und es gab sogar fließend Wasser. Irgendwie hatte ich mit einer unaussprechlichen Kloake gerechnet.

Wir legten uns in Changs Apartment auf Matratzen, die Eddie auf Anweisung Pedros aus einem Obergeschoß geholt hatte. Mein Hilfsangebot lehnte der Händler ab. Anscheinend schenkte er mir nicht genug Vertrauen, um mir zu zeigen, welche Vorräte er in dem vernachlässigten, vernagelten Gebäude versteckte.

Erschöpft vor Anspannung döste ich ein, aber zunächst entzog sich mir der Schlaf. Endlich sackte ich weg.

In der Dunkelheit rüttelte mich eine Hand wach. Ich hatte keine Ahnung, wie spät es war. »Wieso . . .«

»Schhh!« Der alte Mann führte mich am schnarchenden Eddie vorbei durch den Vorhang und in den Laden. Ich folgte ihm mit trübem Blick zur Theke, wo die Kanne vor sich hindampfte, und setzte mich auf den Platz, den er mir wies. Der Tee war dunkel und reich im Geschmack und hatte ein Aroma, das ich nicht bestimmen konnte.

Er wartete, während ich an dem dampfenden Getränk nippte. Seine Stimme klang weich. »Wassis zwischen Ihnen und Eddieboy passiert?«

»Passiert? Ich weiß nicht ...«

»Nix davon macht Sinn.« Der Händler hockte auf der Kante seines Stuhls und balancierte die Tasse auf dem Schoß. »Ein Käpten spaziert nich' mittem Transpopmatrosen aufen Straßen, unner Matrose guckten nich' an, als würd er ihn gleichzeitig lieben und hassen.«

Ich wandte den Blick ab. »Darüber spreche ich nicht gern.«

»Es muß was für mich drin sein, da ich ihm's Leben rette.« Er hantierte an der Kanne herum. »Aber okay, okay, red ich halt.«

Er blies über seinen Tee und dachte nach.

»Chang hatte mal 'ne Frau, iss lange her. War 'n gutes Mädchen. Aber keine Babies.« Er zuckte die Achseln. »Iss nich' leicht, 'n Neut inner Tranniestadt zu sein. Man darf niemand 'n Gefallen tun. Zum Beispiel, wennse 'n Laser behalten hätten, hätte ich Sie 'n Rocks ausliefern müssen; keine Wahl. Aber wennen Macejunge zu Changs Tür kommt, die Augen ganz rot, und sich so gut als Mann gibt, wie er kann, und den Namen des Broads eintauschen möchte, der seine Mama kaltgemacht hat, kann auch 'n Neut 'n bißchen helfen. Ein Neut kann vielleicht dafür sorgen, dasser Junge durch 'n ersten Winter kommt, bisser stark genug ist, um allein klarzukommen. Vielleicht kanner sich sogar überlegen, wie 'n Sohn ausgesehen hätte, wenner einen gehabt hätte.«

Chang starrte in seinen Tee. Wenig später: »Okay, okay, Eddie iss jetzt ganz erwachsen, kein Baby mehr. Trotzdem kann 'n Handelsmann nachdenken und sich fragen, wieso 'n Käpten, dessen Gesicht auf allen Holos iss, diesen speziellen Typ haben möchte, damitter ihm hilft, seine Frau zu finden.«

Es blieb lange still, während ich den heißen, wohltuenden Dampf einatmete. Als ich etwas sagte, richtete ich es an die Wand. »Auf einem Schiff wie der *Challenger* betrachtest du Eddie zunächst als eines von hundert wütenden Transpopgesichtern.« Ich nahm einen Schluck Tee. »Aber später, wenn du auf einem Wrack in der Falle sitzt und weißt, daß keine Hilfe kommen wird, und so ein Junge bittet dich darum, aus ihm etwas Besseres zu machen, arbeitest du mit ihm Tag für Tag, siehst ihm zu, wie er mit den Wörtern ringt ...«

Chang schwieg.

»Du wünschst dir seinen Erfolg so sehr, daß du eins mit ihm wirst. Er ist zu alt, um dein Sohn zu sein. Vielleicht ein Bruder. Ihr werdet gerettet, und er bleibt bei der Flotte und fährt wieder mit dir hinaus. Er ist stark und treu und einer der wenigen Leute, denen du vertraust. Du wünschst dir verzweifelt, deiner Frau Sicherheit zu bieten. Als also die staatlichen Behörden langsam zusammenbrechen, beauftragst du ihn, auf sie aufzupassen.«

Ich redete jetzt schneller. »Dann passiert etwas zwischen ihnen, und du schickst ihn mir nichts, dir nichts vom Planeten weg, und weil du deine Frau alleingelassen hast, wird sie vergewaltigt und mißhandelt und verliert sie den Verstand. Du möchtest den Jungen hassen, kannst es aber nicht, weil es deine Schuld war, nicht seine, und die Stimme, die du nicht zum Schweigen bringen kannst, sagt dir das in der schrecklichen Wahrhaftigkeit der Nacht immer und immer wieder.«

Wir tranken unseren Tee.

Nach einer Weile sagte Chang: »Er hatte niemanden mehr, nach seiner Mama. Hier und da 'n Mädchen, das war alles. Als die Jerries ihn mitten andern jungen Leuten geholt haben, war er nur froh, denke ich.« Seine trüben Augen suchten meine. »Der olle Chang, der Handelsmann, und der Obiekäpten, wir sind seine Mama.«

»Ich habe ihm mehr geschadet, als Sie sich vorstellen können.«

»Nein, Sie sind jemand, den er respektiert. Das brauchter.«

Ich schnaubte. »Respekt? Nach dem, was ich ...«

»Vielleicht Verehrung. Guckense nich' so überrascht, daß ich das Wort kenne; denkense, ich hätt' all diese Bücher und würd nich' reingucken?« Er winkte ab. »Egal. Ich möchte, daß was für mich drin iss.«

»Ich kann Ihnen Geld schicken, was Sie auch ...«

Seine drahtige Hand umfaßte mein Knie mit überraschender Kraft. »Behaltense Ihre Münzen, sie bedeuten nem ollen Chang nix. Wennse mir zahlen möchten, was mir zusteht, gebense mir Ihr Obiewort.«

Ich lachte, und es klang rauh. »Sie haben selbst gesagt, was ein Obiewort wert ist.«

»Das iss aber nich', wasse Flotte sagt. ›Das Wort eines Offiziers ist seine Verpflichtung.‹«

Ich wurde rot. »Was möchten Sie?«

»Sorgense für 'n ollen Eddieboß, so gut se können.«

»Ich weiß aber nicht mit Sicherheit ...«

»So gut se können, habich gesagt. Um mehr bitte ich nich'.« Er stand auf und gab zum erstenmal sein Alter zu erkennen. »Er war mal wie 'n Bruder? Man läßten Bruder nich' im Stich.« Er nahm die leere Tasse von meinem Schoß. »Chang hatten Macejungen, der 'n um Hilfe gebeten hat, nich' im Stich gelassen.« Er klopfte an seine zerbrechliche Brust. »Acht Jahre, vielleicht, bewahrter olle Chang 'n Jungen wie seinen Sohn, hier drin.« Sein Blick drückte eiserne Härte aus. »Ich will ham, was für mich drin iss. Gebenses oder nich', wiese möchten.«

Voller Würde tappte er zum Vorhang und ging hindurch.

Noch lange saß ich zusammengesunken im matten Licht der Batterielampe auf dem Stuhl. Endlich schlich ich auf Zehenspitzen zurück ins Bett.

15. Kapitel

Am Morgen steckte sich Chang die Laserpistole in die Tasche, entriegelte die Tür und schlüpfte hinaus. Eine halbe Stunde später kam er zurück, einen zufriedenen Ausdruck im runzeligen Gesicht. »Okay, okay, Macejunge. Raus hier, denne Rocks sagen, Chang wär' kein Neut.« Er trippelte im Laden herum und fand unseren Sack mit Lebensmitteln. »Geht nich' aufer Drei Vier nach Osten, da sinde Unies zu stark. Rocks bringen euch 'nen Block weit rauf, und ihr macht Geschäft mit Broads für Passage.«

Eddie runzelte die Stirn. »Iss der falsche Weg. Wir müssen . . .«

»Du mußtem ollen Chang zuhören, kleiner Mace. Gehten Weg zurück, dener gekommen seid, bis Vier Zwo Platz. Sprecht mitten Subs, unse lassen euch unnerer Stadt durch.«

»Jetzt hasse wirklich 'ne Macke, Changmann! Die Broads wollen, daß was fürse drin iss, und wir haben nix mehr, und die Subs . . .«

Chang hielt ihm den Sack hin. »Büchsen gut genug für Broads.« Er überlegte und fischte dann zwei Dosen Fleisch aus dem Sack. »Das iss drin für Chang. Broads werden sowieso nich' wissen, daß ich se genommen hab'.« Er reichte Eddie den Sack mit dem restlichen Inhalt. »Nur 'ne Sekunde.« Er verschwand hinter dem Vorhang. Es dauerte mehrere Minuten, ehe er mit einer Schachtel in der Hand wieder auftauchte. »Der Obiekäp'n sollte das für die Subs mitnehmen. Die wollen mehr als Büchsen.«

»Was ist das?« fragte ich. Es war schwer.

»Batterien. Valdez-Permas. Die Subs tauschen die ganze Zeit Permas ein; niemand weiß, wieso.« Er zuckte die Achseln. »Quatscht keinen Sub blöd an, die machen gleich Zoff deswegen. Wenn für sie was drin iss, lassense euch vielleicht durch.« Er öffnete die Tür und sagte: »Raus hier, alle beide.«

Eddie senkte den Blick und trottete zur Tür.

Ich schlug einen förmlichen Ton an: »Mr. Boß, ich erteile Ihnen einen Befehl.«

»Huh?« Eddie bemühte sich, die Identität zu wechseln. »Ja, Sir?«

»Ehe Sie gehen, umarmen Sie ihn.«

Chang nahm eine drohende Haltung ein. »Wenn der blöde Macejunge versucht, Chang anzufassen, steck' ich ihm ne ...«

»Tun Sie es, Mr. Boß.« Ich verschränkte die Arme.

Chang wich zurück. »Ich bin 'n Neut, und niemand faßt einen ...«

Verlegen umarmte Eddie den Händler. Nach einem Augenblick verhielt Chang sich ruhig.

Ich hob mein Kleiderbündel auf und öffnete die Tür. »Leben Sie wohl, Sir. Möge Gott mit Ihnen sein.«

Der alte Mann schob Eddie zum Ausgang. »Versuch das noch mal, Junge, dann schnippelt Chang dich auf! Raus hier! Hab' Arbeit zu tun!« Seine Augen waren feucht.

Eddie grinste. »Wir sind schon weg.« Er schloß die Tür hinter uns.

Die Sonne brachte mich zum Blinzeln. Die Straße war voller Menschen. Manche saßen mit Brettern voller Handelsware da, andere standen nur herum und redeten. Weiter unten am Block spielten Kinder. »Gütiger Gott!«

»Irgendwie anders.« Eddie deutete dorthin. »Iss aber nur Müll, das meiste, wasse ham. Der olle Changmann iss der einzige ...«

»Geh'nwer, Macejunge.« Drei Männer. Einer davon war Butchie.

»Okay.« Eddie schien furchtlos. »Nach Norden, zur Vier Zwo.«

»Klar.« Sie umringten uns; ob als Geleitschutz oder als Aufpasser, da war ich mir nicht sicher.

Einer der drei schloß sich uns seitlich an, während wir

dahingingen. Zu meiner Verblüffung plauderte er ungezwungen mit Eddie. Im Gegensatz zur vorigen Nacht wimmelte es auf den Straßen von Tanspops, manche davon mit ihren Familien. Leise fragte ich: »Eddie, warum sind wir nicht bei Tag gekommen?«

»Hab' ich doch schon gesagt. Wenn Trannies uns im Heli gesehen hätten, wer hätt' uns geholfen? Vielleicht hätt' nich' mal Chang uns reingelassen.«

Von Block zu Block wurden wir in gespannter Atmosphäre von einem Stammesgebiet ans nächste weitergereicht, bis wir uns schließlich einem offenen Platz näherten. »Wo sind wir, Mr. Boß?«

»Am Vier Zwo Platz.«

Ich blickte nach oben. »Ist das nicht ein Skytel? Wir könnten uns dort einen Heli ...«

Eddie lachte. »Rein, vonne Straße? Sehense 'ne Tür, auch nur 'n Fenster?«

»Ein Ausflugsbus oder ...«

»Wahrscheinlich erschießense uns, sobald wir was sagen.« Eddie verwarf die Idee.

Wir wagten uns auf den Platz hinaus. Im Zentrum ragten die Ruinen eines hohen Gebäudes himmelwärts. Auf der anderen Straßenseite verschwanden bröckelige Stufen unter der Erde.

»Was ist das?«

»Weißnich'. Der Substamm lebt da.«

»Sicherlich gibt es eine bessere ...«

»Wir können Annie nur finden, wennse bei 'n Maces iss. Wie möchtense durche Stadt, innem Heli?«

»Du weißt ja nicht mal, wo deine Maces stecken!«

»Yeah, aber wir findense.« Eddie schien zuversichtlich. »Sie trippeln nich' durche Gegend wie Mäuse. Sie sind nach Osten gegangen; die Stämme werden's mitgekriegt ham.« Seine Miene verdunkelte sich. »Zunächst müssen wir nach unten.«

Ich zögerte, den klaffenden Schlund zu betreten. »Könnten wir nicht auf der Vier ...«

»Zu weit, zu viele Mids. Und die geben nich' mal 'n

Weg frei, wenn was für sie drin iss. Kommense!« Er trat zaghaft einen Schritt vor. »Yo, Subs!« Sein Gebrüll warf Echos in der Dunkelheit. Keine Antwort.

Die ramponierte Treppe führte zu einem geröllbedeckten Absatz. Darauf folgten erneut Stufen. Na ja, wer A sagte, mußte auch B sagen ... Ich ging hinunter und hielt die Schachtel fest im Griff. »Jemand hier?«

»Ruhig, Käp'n.« Am Fuß der Treppe empfing uns eine schwarze Höhle.

Ich kniff die Augen zusammen. »Wo sind deine verdammten Subs?«

Eine Stimme ertönte in meinem Ohr. »Hier sin'wer.«

»Jesus!« Ich sprang einen halben Meter weit und ließ mein Bündel fallen. »Allmächtiger Gott im ...«

Jemand kicherte. »Wat willste, Obie?«

»Wer seid ihr?«

»Ich binnen Typ, der hier unnen hingehört. Du biss einer, der's nich' tut.«

»Ooh, er hat 'nen Tranniefreund!«

»Kein Zoff!« sprudelte Eddie hervor. »Iss was drin!«

»Zu spät für was drin. Wir ham euch jetzt.« Hände packten mich am Arm und entwanden mir die Schachtel.

Eddie schrie: »Ihr blöden ...« Ein dumpfer Schlag. Er schnappte nach Luft und zwängte gequält die Worte hervor: »Okay, haut einen, der euch nich' sehen kann! Ganz wie 'n Sub!« Er schrie erneut auf und stöhnte.

»Laßt ihn in Ruhe!« Ich versuchte, mich zu befreien. »Wir haben euch doch gesucht!« Eine Faust knallte in meinen Magen. Ich klappte würgend zusammen. Hände griffen zu und schleppten uns durch die Dunkelheit.

Als ich wieder Luft bekam, sah ich mich von Stammesleuten umgeben. Wir befanden uns in einem großen Tunnel, der von Birnen an der Decke matt erleuchtet wurde. Eddie lag zusammengesackt in einer Nische.

Die Leute, die uns gefangengenommen hatten, waren mit schweren Ohrringen und Ketten geschmückt, und ihre Kleidung bildete ein Durcheinander von grellen Farben. Männer und Frauen trugen das Haar gleichermaßen mit Bändern an den Seiten und hinten zusammengebunden. Einige saßen mit gekreuzten Beinen da und aßen von Metalltellern aus einem Gemeinschaftstopf, der auf einer Heizplatte vor sich hinköchelte; andere schwatzten miteinander. Uraltes, zerbrochenes Mobiliar lag überall herum. »Wo sind wir?«

Niemand antwortete. Ich lehnte mich an die Betonwand und pflegte den schmerzenden Magen. »Wo ist meine Schachtel?« Wiederum war nur Schweigen die Antwort. Ich entschied, daß ich bereits verloren war, und schlug jede Vorsicht in den Wind. »Ihr Tiere!«

Ein Junge blickte in meine Richtung. »Obiesprech! Denken, alle Trannies wär'n ...«

Ich spuckte aus. »Ich hab' schon Trannies gesehen, echte Trannies. Broads und Maces. Mids. Ihr Subs seid Abfall, keine Trannies!« Damit brachte ich ein paar von ihnen auf die Beine.

Eddie stöhnte und richtete sich auf die Knie auf. Jemand versetzte ihm einen Tritt. Er schlug nach dem Fuß, verfehlte ihn aber.

»Cool bleiben, Subs!« Auf der anderen Seite der Höhle wartete eine Gestalt. »Laßten reden.«

Ich ballte die Fäuste. »Wer sind Sie?«

»Alwyn bin ich, Subboß, bis irgendnen Typ mich rausfordert.« Sein Blick machte die Runde, als hielte er nach einem Herausforderer Ausschau. »Undu?«

»Nicholas Seafort, Kapitän.«

»Biss aus deinem Tourbus gesprungen, wa?«

»Wir sind gekommen, um Sie zu suchen. Wir haben was mitgebracht ...«

»Batterien. Nett, das. Können wer immer brauchen.« Alwyn gab einem dürren Mädchen einen Wink. »Sag Jossie und den anneren, sie sollen mira kommen. Innen paar Minuten machenwer 'nen Obie alle.«

»Klar.« Das Mädchen eilte davon.

»Hätt's nich' runterkommen sollen, Typ.« Er kam näher ran. Jung, muskulös, die Kleidung irgendwie anders als beim Rest. Weniger Farben, mehr Muster.

»Sie haben uns gesagt, wir sollen was mitnehmen, was für euch drin ist, wenn ihr uns durchlaßt. Wir ...«

»Sie?«

Ich schluckte meinen schwelenden Zorn hinunter. »Ein Händler. Er hat uns die Batterien für euch gegeben.«

»Wir nehmen uns, was für uns drin iss, wennwer möchten. Niemand sagt's uns. Du hättst 'n Heli nehmen können, statt Spiele mitten Trannies zu spielen. Jetzt hasse dich um dein Fell gebracht.«

»Wir brauchen eure Hilfe! Ich suche meine Frau, ein Transpopmädchen. Eine Mace.« Wie konnte ich nur zu ihm durchdringen?

Er schwenkte zu den anderen herum. »Sagt, sein Weibsbild wär' 'ne Trannie!« Das rief einige spöttische Bemerkungen hervor.

Weibsbild? Ich sprang vor. »Sie ist meine Frau, verdammt!« Jemand schubste mich zurück; ich schlug die Hand weg.

Alwyn hob die Stimme. »Hört zu, Subs!« Es wurde still. »Iss egal, warum er gekommen iss. Das Gesetz sagt: Niemand unterer Erde außer 'n Subs, außer, wir sagen vorher okay!« Zustimmendes Gebrumm. »Möchte jemand für 'n Obie sprechen?« Stille. »Dann wird er ...«

»Ich tue es!« Eddie rappelte sich auf. »Laßten in Ruhe! Ich haben mitgebracht! Macht mich kalt, wenner Blut sehen möchtet!« Drei Subs sprangen ihn an und rissen ihn unter Flüchen und Schlägen wieder zu Boden.

»Du bisser nächste, Junge«, erklärte ihm Alwyn. »Nachem Obie.«

Laufschritte waren zu hören. Ein Dutzend weitere Stammesleute drängen sich heran. Lieber Gott, hilf mir! Ich brauche Zeit, Annies wegen!

Der Subanführer zückte ein häßliches Messer und heischte mit erhobener Hand um Ruhe. »Obie, wir ham Gründe, warumwer dich kaltmachen. Wiede gesagt hast, sinwer Abfall.« Er überging das mürrische Grollen, das diese Äußerung ausgelöst hatte. »Aber wir ham 'n Leben, genau wie ihr. Wir machen Kiddies, genau wie's die Obies tun. Und Subs sterben, genau wie ihr, nur schneller!«

Er deutete nach oben. »Aufer Straße gibt's kein Hospi, keine Jobs, keine Schule. Sieht aus, als würd ganz 'Hattan wiede Bronx wern, nix außer Crypsnbloods. Wir können's nich' aufhalten. Aber sieh dich um, Obie! Wir haben was zu essen für jeden Sub, der's braucht, und für Freunde, wenn Subs welche mitbringen. Wir haben Betten, aufen Gleisen. Wir haben Subgebiet und Subgesetz. Ich bin Subboß, bis mich jemand rausfordert. Hier sagen wir, wer reinkommt und wer nich'!«

»Ihr bringt Fremde auf Sicht um und nennt das Recht?«

»Gerechtigkeit. Ihr Obies killt uns jeden Tag. Wenn ich zum Skytel komme und um Hilfe bitte, was krieg' ich?«

Irgendwie mußte ich ihn ablenken, aber mir fiel nichts ein. »Alwyn . . .«

Er duckte sich, packte das Messer fester. »Du biss Hackfleisch, Obie.« Er trat einen Schritt vor.

Ich wich an die Wand zurück. Verzweiflung spülte den letzten Rest meines Verstandes weg. Laut rief ich: »Alwyn Subboß, ich fordere dich raus! Zoff für Boß!«

Er sperrte den Mund auf. »'n Obie kann nich' . . .«

»Gib mir 'n Messer!« Wütend attackierte ich ihn und schubste ihn quer durch die Höhle. »Gesetz sagste? Dann Zoff mit Käp'n nach Subgesetz!«

»Ein Käp'n redet Tranniesprech?« Alwyns Blick drückte etwas aus, was vielleicht sogar Respekt war.

»Ich bin Trannie, Mann; sinwer alle!« Ich knirschte mit den Zähnen. »Iss für alle das gleiche, wenner Herr uns abruft!« Ich spuckte Alwyn vor die Füße. »Komm schon, Zoff!«

»Wennde gewinnst, bleibste Sub?«

»Solang ich will. Genau wie du!«

Seine Lippen zuckten, formten ein widerwilliges Lächeln. »Klar, genauso. Jossie, gib Käp'n 'n Dolch.«

Das junge Mädchen drückte mir ein Messer in die Hand. Alwyn fintete. Ich wich seitlich aus und lief zu einem Stahlbalken im Zentrum des Tunnels. Er folgte. Um uns bildete sich ein wachsamer Kreis. Wir stießen zu und parierten, und keiner konnte das Blut des anderen vergießen. Sarge, was war das noch, was Sie uns beigebracht haben? Ducken, die Handfläche nach oben? Ich versuchte es.

Auf der anderen Seite der Höhle rappelte sich Eddie wieder auf, während sich die Stammesleute noch an ihm festklammerten. Brüllend schüttelte er sie ab und sprang auf einen Tisch. Das Möbelstück zitterte, hielt aber.

»Mira, Trannies! Es iss kein Obiekäp'n!« Eddie stampfte auf die Hände, die nach ihm zu greifen versuchten. »Er iss der vom Werbeposter!«

Was um alles in der Welt ...? Alwyn, der so verwirrt wie ich war, hob die Hand. Ich nickte und wich zurück.

Eddies Stimme triefte vor Verachtung. »Sind die Subs zu blöd, um zu wissen, warum der Nachrichtenschirm die ganze Zeit füre Flotte wirbt?«

»Sollen Fische da draußen sein!« Das war ein Teenager. »Iss nur 'ne Horrorstory.«

»Und wer hatte Fische gefunden?«

»Irgendnen Schiff ...«

»Sein Schiff!« Eddies Schrei erzeugte Echos. »Er iss nich' einfach 'n Käp'n. ER ISS DER FISCHER!«

In der Stille, die nun herrschte, fuhr Eddie leiser fort: »Er isses, der mittem toten Schiff zurückgekommen iss, der Hope Nation gerettet hat! Er iss der Fischerkäp'n!«

Alwyn tippte an seine Messerscheide, damit ich hinsah, und steckte den Dolch hinein. Ich nickte. Er trat an mich heran und begutachtete mein Gesicht. »Schwindel, das?« Er klang vorsichtig. »Fischer iss echt? Nich' nur innen Holos?«

Ich war zu aufgebracht, um mich darum zu scheren. »Sieh dir mal so 'n Scheißposter an; es iss mein Gesicht da drauf! Ich bin Nick Seafort!«

Er schüttelte den Kopf. »Brauch nich' gucken. Selbes Gesicht.« Seine Hand zuckte vor, berührte mich leicht an der Schulter und fuhr zurück, als hätte er sich verbrannt.

»Was sollte das denn?«

Alwyn grinste. »Wie viele Trannies können sagen, dassen Fischer berührt hätten?«

Ich knurrte: »Wie viele Trannies können sagen, sie hätten 'n Fischer kaltmachen wollen! Du biss immer noch Abschaum! Dassen Dolch weggesteckt hast, ändert nix dran!«

Er schluckte. »War wegen Gesetz, sonst nix. Alles klar? Er streckte die Hand aus.

Ich schlug sie weg. »Wenn alles klar sein soll, dann neues Gesetz. Sonst machenwer Zoff und Subs kriegen neuen Boß.«

Alwyn rieb sich die schmerzende Hand und sagte würdevoll: »Neuer Boß? Subs können jederzeit einen ham, wennse wollen. Ich hab 'n Fehler gemacht, als ich 'n Fischer kaltmachen wollte, also brauchen Subs 'n besseren Boß.« Er zog das Messer und hielt es mir mit dem Griff voraus hin. »Mach schon. Alwyn stirbt stolz.«

»Käpten.« Eddie sprang vom Tisch herunter.

»Ich weiß.« Ich nahm das Messer und drückte es Alwyn an die Brust. Er zuckte nicht mal zusammen. Einen Augenblick später drehte ich es herum und setzte es mir selbst an die Brust. »Mach schon, Leben gegen Leben.«

Langsam hob er die Hand. Seine Faust schloß sich um den Griff. Ich hielt die Luft an, als die Spitze meine Jacke durchstach.

Er ließ die Hand fallen. »Fischerkäp'n, bisse Freund von Subs?«

»Freund.« Langsam hob ich die Hand. »Und Stamm.« In dem Schweigen schüttelten wir uns die Hände. Eddie seufzte.

»Was für 'n neues Gesetz willste?«

»Wennen Typ runterkommt, um die Subs zu suchen, iss nich' genug Grund, ihn kaltzumachen.«

»Wie sollense uns noch respektieren . . .«

»Macht jeden kalt, wenner euch angreift. Sons' nich'.«

Einen Moment später drehte er sich zu den anderen

um. »Gesetz?« Widerwilliges Gebrumm, dann allgemeine Zustimmung.

»Stamm sagt, okay. Was willste jetzt vonnen Subs, Fischer?«

Mir zitterten die Beine. Ich setzte mich unauffällig auf eine Bank. »Wir ham was mitgebracht für Passage nach Osten.«

»Benutz Obiesprech, Fischer, ich versteh's. Du gehst nach Osten, und dann?«

»An den Unies vorbei, meine Frau finden.«

»Unie schlimme Gesellen. Easters auch.«

»Ich komm' schon durch. Ich muß einfach.«

»Okay.« Er hob die Stimme. »Wir helfenem Fischer nach Osten. Jossie, Lo, bringt Sachen füre Unies. Und füre Easters.«

»Wieviel?«

»Alles!«

Sie winkte einer anderen Jugendlichen. »Komm!« Sie verschwanden.

Alwyn flüsterte einem Stammesmann etwas zu, der daraufhin nickte. Kurz darauf brachte er meine Schachtel mit den Batterien zurück. »Sin' deine, Fischer.«

»Iss für die Subs drin.«

»Beinem Stammesmitglied braucht nix drin zu sein.«

»Dann Geschenk.« Ich hielt ihm die Schachtel hin. Er nahm an. Ich fragte: »Wieso Permabatterien?«

Alwyn grinste. »Zeig's dir.« Er forderte Lampen an und führte uns eine Treppenflucht hinauf und durch eine lange, matt erleuchtete Höhle.

»Was ist das hier?«

»U-Bahn hießes früher. Iss man mit gefahren, vor 'n Helis und 'n Obies. Wurde vor etwa drei Lebenszeiten aufgegeben. Gleise meistens futsch. Wir versuchense zu reparier'n.«

»Wie viele Tunnels gehören euch?«

»'ne Menge in 'Hat. Manche Stellen hamwer blockiert. Böse Stämme.«

»Wohin gehen wir?«

»Geheimer Platz.« Er blieb stehen und wartete, bis Eddie und ein Haufen Stammesmitglieder aufgeholt hatten. »Aufer Straße mußte für Passage was eintauschen. Hier geht's besser.«

Als der Korridor einem breiteren Tunnel wich, sprang Alwyn auf die Gleisbettung hinunter und verschwand in der Dunkelheit. Unbehaglich folgte ich ihm.

Er wartete hinter der nächsten Kurve. »Nach Osten wollteste?« Er leuchtete mit der Lampe in den Tunnel.

Eine Art uralter Elektrowagen stand da. Seine Scheinwerfer glänzten hell. Alwyn stieg ein, streckte die Hand aus und half mir hinauf. »Das iss 'n Shuttle. Vier Zwo Platz, Grandcen. Fuhr immer hin und her.« Johlend und lachend drängten sich weitere Subs an Bord. Ich hielt nach Eddie Ausschau und entdeckte ihn am anderen Ende, wo er mit aufgeregten Stammesleuten plauderte.

»Die U-Bahn wurde aufgegeben?«

»Yeah, iss lange her. Aber mit genug Permas ...« Alwyn öffnete eine Abteiltür. Darin drückte er vorsichtig gegen einen Hebel. Der Wagen ruckte an. Langsam glitt er vorwärts, begleitet vom Kreischen rostiger Räder.

»Wir ham diese Strecke wieder in Betrieb!« schrie er über das Getöse hinweg. »Ganz von allein! Nich' alle Trannies sind dumm!«

»Ich habe nicht ...«

»Oder Abfall.«

»Es tut mir leid. Ich war wütend.«

Er zuckte die Achseln. »Du biss nur 'n Fischer, kein echter Trannie.«

Endlich kam das Shuttle knirschend wieder zum Stehen, und die Subs drängten sich hinaus. Auf Straßenhöhe angekommen, drehte ich mich um, um zu winken, aber Alwyn war verschwunden.

Eddie und ich traten mit einer Ehrengarde Subs hinaus ins Tageslicht. Während wir warteten, handelte Jossie mit den Easter-Transpops unsere Passage aus.

Sie sagte: »Maces 'ne Meile im Süden. Ham die Efdears weggejagt.«

»Wen?«

»Efdear Drive. Für Bodenwagen.«

»Hab's ja gesagt, dasses die Maces schaffen!« jubelte Eddie.

Ich fragte: »Hat irgend jemand was von einem Macemädchen gehört, das vor einer Woche durch die Stadt gekommen ist?«

Jossie schwatzte mit unseren Führern. »Keine Ahnung. Ham gehört, sechs Unies wär'n inner Nacht aufer Drei Vier klargemacht worden.«

»Das war Annie!« Eddies Augen leuchteten. »Sie hat gesehen, dasse Maces weg waren, hat rumgefragt, jemand hat's ihr gesagt. Also isse nach Osten gezogen.«

Ungläubig fragte ich: »Annie hat sechs Transpops umgebracht?«

»Wennse ihr inne Quere kamen. Sie kennen Annie nich', Käpten. Haben's nie getan. Aufem Schiff, in Centraltown warse verloren. Hier isse zu Hause. Kein Bronk oder Unie wirdse aufhalten.«

»Gütiger!«

Die letzte Meile war wie ein Traum; mit einer Wache aus Subs und Easters folgten wir den sonnenbeschienenen Straßen.

Wir überquerten eine schmale Zugangsstraße und kamen an verwüsteten Wohnblocks vorbei, die an die Verheerungen der Bronx erinnerten. Links von uns strömte der East River dahin, gesäumt von einem verfallenden, eingezäunten Highway, über den nach wie vor gelegentlich ein Bodenfahrzeug holperte. Ein rostiges Auffahrtsschild verkündete: F.D.R. Drive.

Allmählich wurden unsere Easter-Wachen vorsichtiger und hielten die Hände dicht an den Waffen. Einer von ihnen deutete voraus und sagte: »Noch zwei Blocks Eastergebiet.« Er zögerte. »Außer letztem Block, da müssenwer auf Zoff achten.«

»Wieso?«

»Die Scheißmaces wollen'n. Fast jede Woche Zoff, treibense immer wieder zurück.«

Eddie nahm eine drohende Haltung ein. Ich packte ihn am Arm und schüttelte den Kopf. Er knurrte: »Hab's schon anner Klinik gesagt, man kann nich' gleichzeitig Matrose und Trannie sein!«

»Sie sind ein für besondere Aufgaben abgestellter Matrose, Mr. Boß. Ich weiß, daß das Ihre Leute waren, aber ...«

»Kein ›Aber‹, Sir. Sind immer noch meine Leute, waren's und werden's immer sein.«

»Sie haben mit den Rocks eine Schlägerei angezettelt, Mr. Boß. So etwas geschieht nicht noch einmal!« Er antwortete nicht.

Der letzte Block des Eastergebiets war eine Szenerie entsetzlicher Zerstörungen. Die Wohnblocks, die früher das Flußufer geschmückt hatten, waren ausgebrannt. Was nicht vom Feuer versengt war, war dem Einsturz nahe und völlig ausgeplündert; sogar die Fenster fehlten.

»Wieso kämpft ihr – darum?«

»Iss gar nich' so schlimm füre Maces. Sie wollen uns rausdrängen, und wir drängense zurück.«

»Hier leben Maces?« Eddie war empört.

»Hier, innem Fluß, wer weißes.« Der Easter spuckte aus. »Alle Maces ham 'ne Macke.«

»Seien Sie still, Mr. Boß!« sagte ich gerade noch rechtzeitig.

Der Eastermann führte uns vorsichtig an den umstrittenen Block heran. »Wir warten. Wenner rauskommt, bringenwer euch zurück.«

Eddie und ich gingen weiter, über Bürgersteige voller Schutt. Die Gegend schien verlassen.

Wir erreichten eine Ecke. Ein zerlumpter Teenager lehnte unter einer ausgebrannten Wohnung an einem Laternenpfahl und fingerte an eine Pfeife herum, die an seinem Hals hing. Er spottete: »Wassen das, 'n Stamm Flottenjungs? Habtere Easters vertrieben?«

»Biste Mace?« knurrte Eddie.

»Runter von meinem Gebiet. Beweg deinen Scheißarsch, ehe wir Hackfleisch draus machen!«

Eddie hob ihn hoch und knallte ihn an den Pfahl.

»Laß mich los!« Der Junge griff nach seiner Pfeife. Eddie entwand sie ihm und riß einmal kräftig daran, so daß die Schnur zerriß. Der Junge schrie auf und rieb sich den Hals.

»Bist du 'n Macejunge?« knurrte Eddie.

»Ach, fick dich ...«

Eddies Hand zuckte vor, versetzte ihm eine kräftige Ohrfeige.

Der Junge winselte: »Wir sin' Maces!«

»Sachte, Mr. Boß.«

»Ich bring ihm Manieren bei!« Eddie drückt dem Jungen die Pfeife wieder in die Hand. »Ruf Sam und Boney! Ruf Rafe!«

»Geh doch ...« Er brach abrupt ab, als er den Ausdruck von Eddies Augen sah. Er blies dreimal kurz in die Pfeife.

Ich behielt die Straße im Auge und war auf Ärger gefaßt.

Fast eine ganze Minute lang ließ sich niemand blicken. Auf einmal sprangen drei Gestalten aus einem niedrigen Fenster. Zwei hatten Messer, der dritte einen mit Beschlagnägeln besetzten Knüppel.

»Zurück, Käp'n!« Eddie verdrehte dem Teenie den Arm und hielt ihn als Schutzschild vor sich. »Wollter Zoff, Maces? Zoff mit Eddieboß?« Aus zusammengekniffenen Augen musterte er einen dürren Stammesmann, der kaum aus den Teens war. »Boney, biss du es? Bissja gewachsen!«

»Raus hier, Easter!« Sie umkreisten uns. Ein Knüppel zuckte vor; ich duckte mich.

Eddie schubste den Jungen auf die Straße hinaus und entriß dem Angreifer den Knüppel. »War es 'n Easter, der Boneys Arsch bei Zoff mitten Broads gerettet hat, damals? Mira, Junge! Ich bin Eddieboß!« Er senkte den Prügel. »Ich hab' überall nach euch gesucht, Maces! Ihr kennt Eddie!«

Der Teenager schrie: »Er hat mir weh getan!«

»Wart mal!« Boney hob eine Hand und musterte Eddie argwöhnisch. »Eddie iss rausgefahren.«

»Ich bin zurück.« Eddies Zahnlückengrinsen wärmte sein Gesicht. »Wieder zu Haus!«

»Wen bringste mit?«

»Käp'n; der sucht nach Anniemädchen.«

Die Maces wechselten Blicke.

Ich konnte mich nicht mehr beherrschen. »Wo ist sie?«

»Weiß nich'«, sagte Boney zu Eddie, und es klang wie eine Bitte. »Macemädel iss inne Nacht nach Haus gekommen, sagt, sie wär' draußen gewesen, hätt' Fische gesehen, ne annere Welt, hätten Käp'n geheiratet. Hat sicher 'ne Macke.« Er schüttelte den Kopf. »Hatte nix zu bedeuten, Eddie. Wollen keinen Ärger.«

»Was habt ihr mit ihr gemacht?« fragte ich heiser.

»Hab'n nix gemacht, Käp'n!« Boney schien darauf erpicht, uns gefällig zu sein. »Haben ihr nich' weh getan, haben nur nich' geholfen.«

Mit finsterem Gesicht trat Eddie einen Schritt an die Stammesleute heran. Sie wichen zurück. »Bringten Käp'n aufe Stelle zu Annie!«

»Sicher, Eddie.« Boney packte den Jungen am Kragen. »Such Sam, sagem, daß Eddieboß wieder da iss!« Er deutete zur Gasse. »Im Erdgeschoß. Meist isse da.«

Ich schluckte. »Ist es sicher, Eddie?«

»Gehense schon, Käp'n. Jetzt wissense, daßwer Maces sind.«

Ich lief durch die Gasse und verschwand auf der anderen Seite des Gebäudes.

Ein verrotteter Eingang klaffte vor mir. Ich warf einen suchenden Blick hinein. Zerbrochenes Mobiliar, Abfall, ein abscheulicher Gestank.

Meine Frau hockte in einer Ecke und hielt sich die Ohren zu. »Geht weg, alle! Will keinen Zoff, keine Unies! Will nich'!«

»Annie . . .«

Sie hörte mich nicht. Ich holte tief Luft und sagte lauter: »Annie, ich' hab dich gesucht!«

Langsam drehte sie sich um und hob den Kopf. »Was machste hier, Nicky?«

»Ich möchte dich nach Hause holen.«

»Ich bin Macemädchen.« Sie wimmerte; der Laut tat mir in der Seele weh.

»Du biss meine Frau, Anniemädchen, für immer.«

Eine Sekunde lang lächelte sie, dann schüttelte sie den Kopf. »Du biss kein Trannie.«

»Ich bin, wassich sein muß, damitte mitkommst.«

Sie blickte mir forschend in die Augen. »Möchte nich' weg, Nicky.«

»Was möchtest du, Annie? Das hier?« Meine Handbewegung umspannte den schmutzigen Raum.

»Weißnich', wassich möchte!«

»Darum hab' ich dich ja gesucht.« Ich ging hinüber und hockte mich neben sie. »Du bist krank von den Medikamenten. Komm mit nach Hause.«

»Wir ham kein Zuhause!«

»Dann bring ich dich zu Vater. Raus aus den Städten.«

»Städte sind das, wassich kenne. Ich binne Mace.«

»Jetzt nich' mehr, Anniemädchen«, sagte die Stimme an der Tür mit Nachdruck. »Du biss wie ich. Nix mehr.«

»Eddie!« Sie rappelte sich auf.

Er stellte den Prügel weg. »Wir sind keine Trannies, keine Obies. Wenne nich' bei ihm zu Hause biss, wo dann?«

Ihr Gesicht verzerrte sich. »Wenn ich keine Mace bin, was dann, Eddieboß? Sterben?«

Er schüttelte den Kopf. »Geh mittem. Er liebt dich.«

»Annie ...« Meine Stimme klang heiser.

Sie ignorierte mich. »Was iss das für 'ne Liebe, mich zu 'ner annern Welt schleppen, mich alleinlassen, daß so Kerle mich ficken, bisse fertig sind, mich dann wieder herschleppen und mich innen Scheißhosp stecken?« Sie rutschte an der Wand herunter, das Gesicht in den Händen.

Eddie holte tief Luft. Er sprach mit Bedacht. »Nichts davon war seine Schuld.«

»Wessen dann? Wer hat dich weggeschickt?«

»War mein Fehler, dich zu ficken, wo ich kein Recht hatte.«

»Wir sin' Stamm!«

»Jetzt nich' mehr.« Er ging zu ihr und hob sie auf die Beine. »Geh jetzt mit Käp'n. Iss besser.«

»Mit Nicky?« Sie drehte sich zu mir um und musterte mich wie ein fremdartiges Objekt. »Ich möchte ... ich möchte ...«

Mit einem Aufschrei warf sie sich erneut herum, umschlang Eddie und vergrub den Kopf an seiner Brust.

Er stand reglos da, die Arme an den Seiten. Als Annie in Tränen ausbrach, blickte er auf und sah mir in die Augen.

Ich nickte.

Langsam umfaßte er sie mit seinen breiten, starken Armen und wiegte sie. »Käp'n isser Mann für dich, Anniemädchen. Mußa sein. Aber ich bin da, solanger mich läßt. Ich bin da.«

In der schrecklichen Stille flüsterte ich ein kraftloses Echo.

»Ich bin da.«

Wie Alwyn versprochen hatte, stellten uns die Subs eine Eskorte zurück in die Zivilisation. Zwanzig Subs und eine Handvoll Maces führten uns am Fluß entlang die Stadt hinauf zur neuen UN-Enklave. Annie klammerte sich benommen an Eddie. Sie duldete es, daß ich ihre andere Hand hielt.

Bei der UN mischten wir uns unter die Touristen, die die Elektrozäune passierten. Obwohl die Regierung die Transpops in der Regel nicht als Wählerschaft anerkannte, erlaubte es die Politik der offenen Tür auch ihnen, die Internationale Wandelhalle zu betreten.

Ich rief im Sheraton an und befahl Adam, uns abzuholen. Als ich die Subs fragte, wie sie sicher wieder nach Hause kommen wollten, lachten sie nur. Wir verließen sie und warteten auf dem Dach. Ich brachte Annie in unsere Suite. Sie war fügsam, wie schon die ganze Zeit, seit wir das zerfallende Apartment verlassen hatten.

Ich half ihr dabei, den Straßenschmutz abzuwaschen, und erzählte dabei sanft von meiner Suche. Es schien ihr zu gefallen. Sie erwähnte nichts von den eigenen Abenteuern, und ich fürchtete mich davor, in diesem Punkt in sie zu dringen.

Das Abendessen im Hotel war verkocht und geschmacklos, und die Tatsache, daß ich um Autogramme gebeten wurde, verdarb es mir noch mehr. Am Ende machte es mir trotzdem nichts aus, für das Essen zu unterschreiben.

Annie war in Sicherheit.

Ich buchte für uns drei für den nächsten Morgen Plätze im Suborbitalflieger nach London und ging erschöpft zu Bett. Annie legte mir den Kopf auf die Brust und wollte an mich gedrückt werden. Kurz bevor ich einschlief, drückte sie mir die Schulter und murmelte: »Vielleicht wird's mit der Zeit besser, Nicky.«

Als wir uns Cardiff näherten, schaltete ich den Autopilot aus und flog den Heli selbst. Ich war noch nie nach Hause geflogen, aber als ich die Bridgend Road erst mal entdeckt hatte, folgte ich ihren Windungen durch die Hügellandschaft, bis ich eine Wiese und ein Steinhaus entdeckte, ganz in der Nähe des Fundaments einer altertümlichen Scheune. Vater hätte es als Zurschaustellung von Hochmut betrachtet, wenn ich mit einem Heli auf seinem Hof gelandet wäre, also wählte ich eine Wiese auf der anderen Straßenseite. Annie sprang hinaus, ehe Eddie ihr helfen konnte. »Biste hier zu Hause, Nicky?« Ihre Wangen waren gerötet.

»Nicht ganz. Es ist das Haus dort drüben.«

Sie kicherte. »Das hab' ich doch gemeint.« Sie sah sich um. »Iss komisch, so ohne Straßen. Ein bißchen wie Centraltown.«

»Nicht ganz so wild.« Ich nahm die Reisetasche entgegen, die Eddie herunterreichte. »Laßt mich am besten reden, wenn wir hineingehen. Vater ...« Ich zögerte. »Er wird euch gut behandeln, wenn er euch erst mal kennt, aber Stadtmenschen sind ihm nicht geheuer.« Wir gingen den Weg hinauf.

»Wie lang bleiben wir, Nicky?«

Ich hatte es ihr bereits gesagt, wiederholte jedoch geduldig: »Wir warten mal ab, wie es dir geht. Vielleicht kehre ich zur Akademie zurück, während du dich bei Vater weiter erholst.«

»Er wird mich nich' mögen.«

Wie sollte ich es ihr erklären? »Wenn er sich grob anhört, denk daran, daß es seine Art ist. Ich bin sein einziger Sohn, und mit mir redet er genauso.« Ich wünschte, er wäre zu Hause gewesen, als ich anzurufen versucht hatte. Obwohl ich nie daran zu zweifeln brauchte, daß ich ihm willkommen war, hoffte ich, daß er Eddie und meine Frau nicht zurückweisen würde. Falls er sich aufs hohe religiöse Roß schwang und ihnen einen Vortrag hielt, mußte ich eine Möglichkeit finden, mich einzumischen.

Annie hakte sich bei Eddie unter. »Wenner mir Ärger macht, kümmert sich Eddie um ihn, wa?« Vielleicht hatte sie das im Spaß gesagt. Vielleicht nicht.

Der Matrose löste sich sanft aus ihrem Griff und ließ sich zurückfallen, während wir zum Haus schlenderten. Ich war ihm dankbar dafür.

Als das durchhängende Tor knarrte, empfand ich so etwas wie Schuldgefühl. Immer wieder hatte ich Vater versprochen, es zu reparieren, und jedesmal war nichts geschehen. Diesmal würde ich mich aber darum kümmern.

Wie immer war die Tür unverschlossen; Vater besaß nichts, was Diebe interessiert hätte. »Vater?« Ich trat ein. Am besten warteten wir in der Küche, bis er vom Einkaufen zurückkam.

Eine Teetasse und eine Untertasse standen ungespült

im Becken. Gewöhnlich spülte er ab, ehe er den täglichen Bus in die Stadt nahm; keine Hausarbeit durfte bei ihm unerledigt bleiben. Ich warf einen Blick in sein Schlafzimmer; das Bett war ordentlich gemacht. Ich sah auf der Toilette und in der Vorratskammer nach.

»Nicky?« An der Tür traf ich auf Annie. Ich schob sie zur Seite, und wachsendes Unbehagen beschleunigte meine Schritte.

Ich fand ihn mit dem Gesicht nach unten neben dem Holzstoß hinter dem Haus. Er war dabei gewesen, Holz für den Herd zu holen. Es mußte mehrere Tage her sein. Hunde und andere wilde Geschöpfe hatten sich an ihm zu schaffen gemacht.

Ich kniete neben ihm nieder, versuchte seine Hand zu ergreifen, brachte es aber doch nicht über mich; die Leiche war schon zu stark verwest. Ich zwängte den Mageninhalt wieder hinunter und suchte nach einem Gebet, wie es ihm gefallen hätte. Was mir einfiel, war: *»Denn bei den Toten denkt niemand mehr an dich. Wer wird dich in der Unterwelt noch preisen?«*

Das war so grotesk unpassend, daß ich beschämt den Kopf senkt und Vaters strenges Gesicht aus meinen Jugendtagen heraufbeschwor, als ich die Verse der Bibel auswendig gelernt hatte. Ich bemerkte kaum, wie Annies sanfte Hand mir die Schulter drückte.

Endlich flüsterte ich: *»Ich habe den Herrn beständig vor Augen. Er steht mir zur Rechten, ich wanke nicht. Darum freut sich mein Herz und frohlockt meine Zunge, und auch mein Leib wird in sicherer Hoffnung ruhen; denn du gibst mich nicht der Unterwelt preis, noch läßt du deinen Frommen die Verwesung schauen.«* Ich blickte auf. »Dieser Vers hätte ihm gefallen, falls er ihn nicht für zu hochmütig gehalten hätte.« Ich hockte auf den Knien da und scherte mich nicht darum, daß die feuchte Erde in die Hose eindrang.

»Nicky.« Annie hockte sich hinter mich und umschlang mich.

Ich drückte mir ihre vogelhaften Hände an die Brust, diese Hände, die sechs Unie-Transpops getötet hatten, als sie ihr in die Quere kamen. Voller Abscheu verbannte ich diesen Gedanken. Sie war Annie Wells. Meine Frau.

Nach einer Weile suchte ich einen Nachbarn auf und rief den Leichenbeschauer an. Als der Wagen mit den blinkenden Lichtern Vater aus seinem Haus fortgebracht hatte, saß ich an dem wackligen Küchentisch und ließ eine Tasse mit lauwarmem Tee unbeachtet.

Die alte Kupferteekanne mußte poliert werden. Ich mußte sie mit auf die Liste setzen, neben dem Gartentor.

»Wein nich', Nicky.«

»Das tue ich nicht.« Ich fuhr mir mit dem Ärmel über die Augen. »Wo ist Eddie?«

»Draußen und richtet das Holz.«

Wortlos stürmte ich hinaus zum Holzstapel und warf mich auf Eddies hockende Gestalt. »Geh weg davon!«

»Heb doch nur auf, wasser . . .«

»Ich sehe, was du machst! Laß das!« Ich riß ihm das Feuerholz aus den Armen und trommelte auf seine massige Brust ein.

Eddie betrachtete mich phlegmatisch. »Aufen ollen Eddie einschlagen, das bringten nich' zurück, Käp'n.«

»Widersprich mir nicht, du Trannie . . .« Ich riß mich zusammen, wenn auch zu spät. »Geh zurück ins Haus.«

Ich fuhrwerkte mit dem Holz herum. Wenig später bemerkte ich, daß ich die ganze Zeit damit beschäftigt war, die Scheite immer wieder umzuarrangieren, damit ich sie so hinbekam, wie Vater sie fallengelassen hatte. Ich setzte mich an den Holzstoß, umklammerte mich mit den Armen und wiegte mich hin und her.

Auf der Wiese zwitscherten die Vögel ihre Entdeckungen hinaus. Nach einer Weile stellte ich fest, daß ich zitterte, steckte die Hände in die Taschen und ging langsam zum Haus zurück. »Bitte setzt euch zu mir.« Ich rückte Stühle für sie zurecht. »Mr. Boß, es gibt keine Entschuldigung für mein Verhalten. Es tut mir leid.«

»Weilse mich Trannie genannt ham? Iss genau, wassich bin.«

»Es ist kein nettes Wort.«

»Nee, wir benutzen's auch immer.« Er rutschte auf dem Stuhl herum, und das Möbelstück knarrte.

»Die Stämme tun es, aber ich habe nicht das Recht dazu.«

Kurz blitzte ein mattes Lächeln bei ihm auf. »Warum nich'? Sie sind jetzt ein Sub.«

Annie kicherte. Sie streichelte ihm den Arm.

»Pedro Chang hat mir klargemacht …« Ich brach ab, ganz versunken in der Erinnerung. »Ich habe keine Freunde mehr, Eddie. Derek Carr ist Lichtjahre entfernt, falls er noch lebt. Alexi lernt noch, wieder allein zurechtzukommen. Außer ihnen …«

»Käp'n …«

»Einmal habe ich dich weggeschickt. Möchtest du jetzt bei mir bleiben?«

»Sie brauchen keinen Trannie-Freund.« Zuerst hielt ich es für Sarkasmus, bis ich den Schmerz in seinem Gesicht sah.

»Bitte.« Das war alles, was ich hervorbrachte.

Wir begruben Vater zwei Tage später auf dem öden Friedhof, der auf dem Hügel lag. Ein kalter Nieselregen begleitete ihn ins Grab. Ein paar Bekannte, der Fleischer, der Lebensmittelhändler, erwiesen ihm die Ehre, während der Priester aus der Bibel vorlas.

Ich stand zitternd in meiner weißen Galauniform da. Annie lehnte sich an Eddie. Als die Andacht vorüber war, schleppte ich mich über den steinigen Boden zu Jasons Grab, aber fand keine Tränen in mir, nicht mal für ihn. Danach fuhren wir durchgefroren zum Haus zurück. Ich zündete ein Feuer an. Annie kuschelte sich an meine Knie.

»Ich wünschte, ich könnte bleiben.« Ich starrte in die Flammen.

Der Matrose regte sich. »Wohin müssense, Käpten?«

»Man erwartet mich auf der *Wellington*, für die Indienststellung. Wir müssen bald aufbrechen.«

»Sie nehmen Annie mit auf ein Schiff?« Er klang besorgt.

»Nein, natürlich nicht. Ihr bleibt auf der Akademie.«

Annie sagte mit Nachdruck: »Ich möchte da nich' hin.«

»Wieso nicht? Man würde sich gut um dich kümmern ...«

»Ich gehör' da nich' hin!« Ihr zuliebe versuchte ich, meine Enttäuschung hinunterzuschlucken. Von ihrem Standpunkt aus hatte sie recht. Die Offiziere und Kadetten wären der Frau des Kapitäns mit peinlichster Höflichkeit begegnet, aber sie hätte niemanden gehabt, mit dem sie reden konnte, niemanden, der sie verstand. Andererseits, wo sollte sie sonst ...

»Dann bleibt hier.« Mit einem Wink beschwichtigte ich ihre Überraschung. »Deshalb sind wir ja hergekommen. Und das Haus gehört jetzt mir.«

»Ich kann nich' allein hierbleiben, da tick ich durch!« Sie packte Eddies Arm.

»Nicht allein, Annie.« Ich sah Eddie Boß an.

»Sie lassen mich wieder bei ihr?« Er sah erschrocken aus.

»Annie braucht jemanden, der ...«

»Nich' ohne Sie!« Er stand hastig auf.

Ich brauchte einen Moment, um zu begreifen. »Kommen Sie mit hinaus, Mr. Boß.«

Wir drängten uns an der windgeschützten Seite des Schuppens zusammen. »Käp'n, iss aber keine gute Idee, mich mit Annie alleinzulassen.«

»Jemand muß sie beschützen.« Vielleicht vor sich selbst.

»Dann aufer Akademie!« Er stampfte auf und wandte sich ab. Schließlich, das Gesicht dunkelrot, sprudele er hervor: »Ich fasse nich' an, Käp'n! Ich schwör's! Fasse nie an!«

Ich schloß die Augen und erinnerte mich, wie sie seine Hand ergriffen hatte, um Trost zu suchen. »Kümmern Sie sich um sie, Mr. Boß. Und notfalls ...« Ich zwängte die Worte hervor. »Notfalls berühren Sie sie auch. Geben Sie meiner Frau Frieden.«

Ich eilte zum Haus zurück.

DRITTER TEIL

November, im Jahre
unseres Herrn 2201

16. Kapitel

»Das wichtigste ist, daß Sie sie gefunden haben.« Tollivers Gesicht war ernst. »Sie wird mit der Zeit genesen.«

Ich konnte gar nicht beschreiben, wie Annie in jener Bruchbude gehockt hatte, und ihm auch nicht von ihrer Abhängigkeit von Eddie erzählen. »Was ist passiert, während ich weg war?«

»Das Übliche. Zwei Kadetten kamen aufs Faß, die jüngsten zweiwöchentlichen Prüfungsergebnisse finden Sie in Ihrem Computer, und der neue Simulator hat sich erneut verspätet. Noch etwas. Ich habe Nachricht von United Suit and Tank betreffs dieser fehlerhaften Seriennummern erhalten.«

»Die Branstead bei seiner Inventur entdeckt hat?«

»Ja. U.S. and T. behauptet, die Nummern auf unserer Liste würden zu dem passen, was sie versendet haben. Also habe ich sie drum gebeten, bei der Identifikation der Zahlen auf der Bestandsliste des Anzugsraumes mitzuhelfen.«

Er wartete.

»Ich bin nicht in der Stimmung für Spielchen. Spucken Sie es schon aus.«

»Aye, aye, Sir. United Suit and Tank sagt, es wären alte Nummern.«

»Was reden Sie da?«

»Verzeihung, Sir. Nicht alte Nummern, alte Anzüge. Wieder instandgesetzt.«

Mein müdes Gehirn versuchte, das zu begreifen. »Wie ist das möglich?«

»Mir fällt eine Erklärung ein. Die neuen Anzüge wurden, ähm, umgeleitet, und alte traten an ihre Stelle.« Tolliver wartete auf eine Reaktion, dann beugte er sich vor. »Gestatten Sie mir, es in deutlichere Worte zu fassen. Jemand hat die neue Ausrüstung, für die wir bezahlt haben, verkauft und uns statt dessen Müll geschickt.«

»Wer?«

»Es ist die Aufgabe des Quartiermeisters, neue Lagerbestände zu kontrollieren.«

»Sergeant Wer-doch-gleich? Serenco?«

»Ja, Sir.«

»Was sagte er dazu?«

»Ich wollte das Problem nicht in Ihrer Abwesenheit angehen, Sir. Zu heikel.«

Ich knurrte: »Das hat Sie früher auch nicht aufgehalten.« Kindisch, aber sei's drum.

Tolliver stellte sich der Herausforderung. »Sehr gut, ich befasse mich selbst mit ihm.«

»Nein, ich möchte erst darüber nachdenken.« Ich stand auf. »Sonst noch etwas?«

»Ihr Freund Mr. Thorne ist vergangene Woche eingetroffen. Ich habe ihm eine Wohnung zugeteilt.« Er sammelte seine Notizen ein. »Vergessen Sie nicht, daß Sie in fünf Tagen zur *Wellington* aufbrechen.«

»Ich bin gerade erst zurückgekommen.« Ich seufzte. »Es gefällt mir im Grunde nicht, Kadetten zu einer Indienststellung mitzunehmen. Lassen wir das lieber.«

»Nachdem Sie mich angewiesen hatten, es ihnen zu sagen? Vergessen Sie es.«

»Ich bin hier der Kommandant, nicht Sie!«

Tolliver verschränkte die Arme. »Dann überbringen Sie ihnen die Nachricht.« Ich nahm eine drohende Haltung an, aber er fuhr mir über den Mund. »Hätten Sie Kevin Arnweils Gesicht gesehen, würden Sie es verstehen. Haben Sie ihn je lächeln gesehen?«

»Er lächelt nicht viel.«

»Jetzt tut er es.«

Ich seufzte wieder, und mein Zorn verrauchte. »Wissen Sie, sie haben sich keine speziellen Privilegien verdient. Ich sollte wirklich den Kadetten mit den besten Zensuren mitnehmen.«

»Nur zu. Einer mehr macht auch nichts aus.«

»O sicher! Wie eine Mutterente mit ...«

»Und noch ein Fähnrich, der auf sie aufpaßt.«

»Allmächtiger!« Ich winkte ab. »Ich denke darüber nach.«

Tolliver stand auf. »Mein Beileid für Ihren Vater, Mr. Seafort.«

»Danke. Entlassen.«

Ich saß eine Zeitlang da und brütete über den Raumanzügen von U.S. and T. Es war keine Kleinigkeit, einen Stabssergeant der Unehrlichkeit zu bezichtigen; falls ich mich irrte, war unsere Beziehung vergiftet. Ungeachtet der Andeutung Tollivers konnte die Nummerndiskrepanz zufälliger Natur sein.

Ich konnte später darüber entscheiden. Inzwischen würde es mir guttun, Jeff Thorne zu besuchen. Zum erstenmal seit Äonen stieg meine Laune. Ich verließ das Büro. Im Vorzimmer stand Kevin Arnweil hoffnungsvoll auf. Seine Augen zuckten kurz zu meinem ramponierten Gesicht und wieder weg. Wie die übrigen hier riskierte er keinen Kommentar.

»Ich bin bald zurück.« Ich versuchte, seinen niedergeschlagenen Gesichtsausdruck zu ignorieren, blieb dann aber der Außentür stehen. »Kommen Sie mit, Mr. Arnweil. Ich stelle Sie unserem neuen zweiten Leutnant vor.«

»Aye, aye, Sir.« Er eilte an meine Seite.

Wir überquerten den Hof. »Ich kenne Mr. Thorne schon, seit ich Kadett war.«

»Ja, Sir.«

»Er war damals Fähnrich.«

»Ja, Sir.« Er hielt mit mir Schritt.

Ich gab es auf. Arnweil konnte sich mich ebensowenig als Kadett vorstellen wie sich selbst als Kapitän.

Tolliver hatte Jeff Thorne in den Offiziersquartieren untergebracht, aber dankenswerterweise nicht in der Wohnung seines Vorgängers Mr. Sleak. Das wäre zuviel gewesen. Mein Herzschlag beschleunigte, als wir uns seiner Unterkunft näherten. Würde er mich eines Tages wieder auf einen Einsatz mitnehmen? Einem Raubzug in die Kombüse, ohne daß irgend jemand davon erfuhr?

Ich klopfte an und wartete. »Mr. Thorne?«

Keine Antwort. »Jeff?«

Nichts. Kevin Arnweil trat unbehaglich von einem Fuß auf den anderen. Ich seufzte. »Ein anderes Mal, denke ich. Sie werden ihn früh genug kennenlernen.« Ich machte mich auf den Rückweg ins Büro, und der Kadett folgte mir auf dem Fuß.

Die Tiefe meiner Enttäuschung überraschte mich. Spontan entfuhr mir die Frage: »Oben auf Luna, haben Sie da von irgendwelchen Fähnrichen gehört, die, ah, Kadetten mit auf unautorisierte Einsätze nehmen?«

»Ich ...« Er schluckte. »Ich schätze, ich ... Nein, Sir.«

Ich trat auf die Bremse. »Verzeihen Sie; das ist falsch herausgekommen.«

»Aye, aye, Sir.«

»Ich wollte Sie nicht auffordern zu petzen.«

»O nein, Sir!« Er schien verzweifelt darauf bedacht, mir zu gefallen.

»Ich dachte nur ... Ich habe mich nur gefragt, ob sie immer noch, ich meine, ich weiß nicht, ob Sie es überhaupt mitbekommen würden ...« Ich preßte die Lippen zusammen. Adam Teneres Gestammel verblaßte vor meinem.

»Es tut mir leid, ich mache es immer falsch.« Arnweil strich sich die schwarzen Locken mit einer nervösen Geste glatt.

»Schluß damit!« Den Rest des Weges legten wir schweigend zurück. Jeder Erklärungsversuch wäre sinnlos gewesen; ich hatte schon genug Schaden angerichtet.

An der Außentür sprudelte es hervor: »Es tut mir leid, daß ich Ihnen keine korrekte Antwort gegeben habe!«

»Es war nicht Ihre Schuld.« Ich hatte mich bereits entschuldigt; was verlangte der junge Trottel denn noch von mir? Ich ging zu meinem Schreibtisch und blieb auf einmal stehen. »Verdammt noch mal!« Ich kehrte ins Vorzimmer zurück.

»Kevin, komm mit.« Ich stolzierte in den kühlen Nachmittag hinaus und wandte mich zum Eingangstor.

Der Kadett mußte traben, um mit mir Schritt zu halten.

»Was Ihre Frage angeht, Sir, ich könnte mir wohl denken ...«

»Ich möchte es nicht hören.«

»Verzeihung, Sir.«

Nach einer Weile wurde ich langsamer. Ich verließ den Fußweg, ging über den baumbestandenen Rasen, fand eine geschützte Stelle. Ich zog mir die Jacke aus und lockerte die Krawatte, während Kevin bestürzt zusah. Ich setzte mich mit dem Rücken an einen Baum und zeigte auf den Boden neben mir. »Setz dich.«

Ich nahm mir Zeit, meine Gedanken zu ordnen. »Kevin, ich habe mich zum Trottel gemacht und die falsche Frage gestellt. Ich möchte dir eine Geschichte erzählen. Ich war Erstkläßler auf Farside und hatte wahrscheinlich mehr Angst als du jetzt. Mein Kadettenkorporal hatte mich auf dem Kieker, ich hatte fast keine Freunde und rechnete ständig damit, der Akademie verwiesen zu werden.«

Arnweil betrachtet mich nachdenklich, sagte aber nichts.

»Da war ein Junge, ein Fähnrich.« Ich blickte in die Ferne. Das Reden fiel mir schwer. »Er war in allem das Gegenteil von mir. Gutaussehend, sympathisch. Er brauchte niemanden zu schikanieren; er besaß eine natürliche Autorität. Jemals so jemanden kennengelernt?« Ich wartete nicht auf eine Antwort. »Obwohl ich nur Kadett war, nahm er mich zu Gesprächen auf die Seite, als bedeutete ich ihm etwas. Spät abends holte er mich unter dem Vorwand einer Schikane aus der Unterkunft, aber sobald wir außer Sicht waren, trommelten wir noch ein paar Leute zusammen und stellten verrückte Sachen an. Spionierten auf dem Unterdeck. Plünderten die Notrationen im Anzugsraum. Wir haben sogar die Konsole in der Navigationsklasse umprogrammiert.«

Ich riskierte einen Seitenblick. Kevin war tief in die Betrachtung eines Grashalmes versunken.

»Diese Abenteuer fanden ein plötzliches Ende, als man

uns erwischte. Ich bekam den Rohrstock. Aber manchmal, wenn ich darüber nachdenke, wird mir klar ...« Ich räusperte mich. »Ohne ihn hätte ich es nicht geschafft. Ich meine, man kann so einsam werden.« Halt, so ging es nicht weiter!

Der Junge sagte eindringlich: »Sie brauchen nicht über diese Dinge zu sprechen, Sir.«

»Einsam.« Annie in Cardiff, ihre Zukunft ungewiß, nur Eddie präsent, um sie zu beschützen. Ich schüttelte den Kopf. Nein, ich sprach hier doch über die Vergangenheit, oder nicht? »Sie schütten dich mit Kursen zu, mit Disziplin, mit Traditionen, und manchmal wird es einfach zuviel.«

Vielleicht kehrte sie niemals zu mir zurück. Sogar Vaters kärglicher Trost war mir genommen. Ich hatte niemanden mehr, nicht mal den Herrgott. Nichts war geblieben außer meiner Pflicht, und ich stand im Begriff, darin zu versagen.

»Also, siehst du, ich habe mich nur gefr ...« Ich versuchte es erneut. »Was dieser Fähnrich tat, war so wichtig für mich. Es ist vorbei, soweit es mein eigenes Leben anbetrifft, aber ich wollte herausfinden, ob es immer noch so läuft. Wenn es das tut ...«

»Sir, ich ...«

»Es würde mir viel bedeuten, es nur zu wissen.« Abrupt stand ich auf und wandte mich ab. Meine Augen brannten. Verdammte Luft, voller Giftstoffe.

Nach einer Weile hob ich die Jacke auf. »Komm, gehen wir zurück.«

»Aye, aye, Sir.« Diesmal gingen wir langsamer. Ich hatte die Hände in den Taschen stecken und freute mich, das Eingeständnis losgeworden zu sein, auch wenn Arnweil kein Wort begriffen hatte. Schüchterne Krokusse steckten die Köpfe aus sorgfältig gepflegten Beeten hervor. Eines Tages würde ich nach Hause, nach Cardiff zurückkehren, ob Annie noch dort war oder nicht. Ich würde das Land bebauen und Zäune reparieren und nach einem schwer greifbaren Frieden suchen.

»Ich habe bei solchen Sachen nicht mitgemacht«, sagte Kevin leise.

»Ist schon in Ordnung, Junge. Ich mußte es einfach erklären.«

»Dustin Edwards ... wir hatten uns gemeinsam verpflichtet. Wir dachten ...« Seine Stimme bebte. »Jetzt, wo er nicht mehr da ist, habe ich niemanden.«

»Ich verstehe.«

»Ein paar von den Fähnrichen sind nett. Mr. Keene. Mr. Tenere.« Er wurde langsamer. »Aber keiner von ihnen nimmt so Notiz von mir, wie Sie es erzählt haben.«

»Es tut mir leid, ich ...«

Er holte tief Luft. »Ich habe eben ein bißchen gelogen. Man hört Geschichten in den Unterkünften. Fähnriche, die an den Wachen vorbeizuschleichen versuchen, um zu den Gravitronen zu gelangen. Ich weiß nicht, ob sie Kadetten mitnehmen.«

»Ah.« Ich studierte das Springkraut. Die Farben der Blumen schienen heller zu werden.

»Drei Jungs wurden erwischt, wie sie Gelee in die Schuhe der Übungsanzüge steckten. Ich hab' gehört, es wäre nicht das erstemal gewesen.«

»Schrecklich.«

Er konnte an meinen Augen ablesen, daß ich es nicht so gemeint hatte. Er lächelte zögernd. »Ja, Sir.«

Ich schlug einen barschen Ton an. »Danke.« Schweigend setzten wir unseren Weg fort und blieben vor der Tür zum Verwaltungsgebäude stehen.

»Soll ich drinnen auf Befehle warten, Sir?«

»Na ja ...« Ich lächelte. Ich war Kommandant und konnte tun, was mir gefiel. »Nein, nimm dir den Nachmittag frei. Laß dir die Haare schneiden. Tu, wozu du Lust hast.« Das war unerhört. Das Verhalten eines Kadetten war in jedem Augenblick reglementiert, und das mit Recht.

»Aye, aye, Sir.« Er salutierte und wartete darauf, entlassen zu werden.

Ich öffnete die Tür und zögerte dann. Annie war noch

in Cardiff, und Vater war noch tot. Der Herrgott hielt sein Antlitz weiter von mir abgewandt.

Nichts hatte sich verändert. Und doch war meine Bürde leichter geworden.

Es war kaum eine Woche her, seit ich das letzte Mal meinen Platz im Speisesaal eingenommen hatte, aber mir kam es wie ein ganzes Zeitalter vor. Ich aß langsam und dachte über Tollivers Entdeckungen nach. Nach Cardiff erschienen mir die Probleme auf der Akademie unwirklich, und ich mußte mich zwingen, mich darauf zu konzentrieren. Bei Tisch bedachte mich Kevin Arnweil mit einem schüchternen Lächeln und wurde mit einem finsteren Blick von Sergeant Olvira belohnt. Ich blinzelte ihm zu.

Nach dem Essen begleitete mich Tolliver ins Büro. Wir kamen an Arnweil und Kyle Drew vorbei, die mit dem Spätdienst im Vorzimmer betraut worden waren. Sie standen auf und salutierten.

Ich schloß die Tür hinter uns. »Was soll ich mit Quartiermeister Serenco machen?«

»Warum fragen Sie ihn nicht einfach, Sir?«

»Na, kommen Sie! ›Guten Tag, Sarge. Nebenbei, haben Sie unsere Übungsanzüge gestohlen?‹«

»Etwas in dieser Richtung: ›Bei den Anzugsnummern liegt eine Diskrepanz vor. Können Sie uns dabei helfen, eine Erklärung zu finden?‹«

Ich verkniff mir eine wütende Entgegnung. Vielleicht war das wirklich die einfachste Art vorzugehen. »Sehr gut. Er soll sich morgen früh bei mir melden.«

»Wird gemacht. Soll ich dabei sein?«

»Ja.« Tolliver hatte die Fakten zur Hand, ich nicht. »Nebenbei: Jeff Thorne war nicht beim Abendessen. Wissen Sie, wo ich ihn finden kann?«

Tollivers Ton war kalt. »Seit wann ist es meine Aufgabe, über den Verbleib der Favoriten des Kommandanten auf dem laufenden zu bleiben?«

»Tolliver!«

»Wir haben die Schichten getauscht. Er ist in die Stadt gegangen. Scheint, als wäre er lange weggeblieben.«

»Warum?«

Mein Adjutant stand auf. »Fragen Sie Jeff Thorne, nicht mich!« Er riß die Tür auf, salutierte wütend und stolzierte hinaus.

Ich gaffte ihm hinterher. Bei all seinen Schwächen sah ihm das gar nicht ähnlich. Hatten die beiden Streit gehabt? Es war wichtig, daß sie miteinander klarkamen; ich hatte vor, Edgar nach Farside zu schicken, um selbst mehr Zeit auf der Erde verbringen zu können. Ich hatte darauf gebaut, daß Jeff auf Farside seine wichtigste Stütze sein würde.

Ich brütete an der Konsole vor mich hin. Annie, die sich in Cardiff befand, beschäftigte mich schwer. Ich hatte ihr soviel Schaden zugefügt; weit besser wäre es gewesen, wenn ich sie mit dem Rest ihres Stammes nach Detour hätte weiterfahren lassen. Warum war mein Leben so voller Elend und Tod? Soviel davon hätte vermieden werden können, wäre ich mir nur über alles klarer gewesen, wäre ich nur kompetenter gewesen. Vielleicht hätte sogar Leutnant Sleak gerettet werden können.

Wenigstens hatte ich jetzt Jeff Thorne. Er würde mir helfen, sei es auch nur dadurch, daß er mir mitfühlend zuhörte. Wann würden sich unsere Wege endlich kreuzen?

Nach einer Weile ertappte ich mich dabei, wie ich gähnte. Ich schaltete die Konsole ab. Ich kontrollierte ein letztes Mal den Schreibtisch und schaltete das Licht aus.

»... leiser! Er hört uns sonst noch!«

Meine Hand erstarrte auf dem Türgriff. Was führten die Kadetten denn jetzt im Schilde?

»... du vielleicht, ich wüßte nicht, wie du dich fühlst? Ich denke selbst jeden Tag daran!« Eine hohe Stimme. Kyle Drew. Ich legte den Kopf an die Tür, um besser zu hören.

»Ich hab' nie behauptet, es wär deine Schuld gewesen.« Arnweil klang verdrossen.

»Das brauchst du auch nicht, Kevin.«

»Wer hat dich aufgefordert, es wieder zu erwähnen? Er ist tot. Du kannst es nicht ändern, und ich kann es nicht ...« Arnweil stockte die Stimme.

Für einen Moment war alles still.

Kyle meldete sich wieder. »Sieh mich nicht so an! Ich kann das nicht ertragen! Ich würde sofort mit ihm tauschen, wenn ich es könnte. Ich träume jede Nacht davon.«

Ein gequältes Flüstern. »Ich auch.«

Ein langer Zeitraum verstrich. Kevin Arnweil murmelte: »Dus und ich haben uns gemeinsam verpflichtet. Wir standen uns so nahe! Es war ein Wunder, daß man uns im selben Schlafsaal unterbrachte.«

»Du ahnst gar nicht, wie nahe.« Kyle kicherte. »Damals, als er den Stock kriegte, bist du gegangen, als hätten sie ihn dir verabreicht!«

»Mach keine Witze über uns, du blöder ...«

»Das hab' ich nicht!« Ein Stuhl scharrte. »Kevin, ich bin so verdammt eifer ...« Stille. »Es tut mir leid. Ich wollte nur, daß du es weißt. Wenn ich irgendwas tun könnte ... Verzeih mir. Ich vermisse ihn auch.«

Arnweil klang müde. »Danke. Du hast es nicht mit Absicht getan.«

Kyles Antwort kam so leise, daß ich sie kaum verstand. »Was spielt das für eine Rolle?«

Ich lehnte mich an die Tür. Wir waren so um Navigationszensuren, um Laserübungen und ums Turnen besorgt und taten nichts für die wunden Seelen unserer Kids. Erneut dachte ich an Jeff Thorne und was er für mich bedeutet hatte. Er würde wissen, wie man hier half.

Ich schlich auf Zehenspitzen zum Schreibtisch zurück und tastete im Dunkeln nach dem Rufer. »Verbinden Sie mich bitte mit Sergeant Kinders.«

Arnweil klang ganz geschäftsmäßig. »Aye, aye, Sir.«

Kinders reagierte schon nach dem ersten Klingelzeichen. »Sarge, Leutnant Thorne soll sich nach dem Frühstück in meinem Büro melden.«

»Aye, aye, Sir.«

Nein, verdammt, das wollte ich auch nicht! Vom Kommandanten herbeizitiert zu werden, betonte nur den Rangunterschied, wo ich ihm doch als altem Freund begegnen wollte. »Vergessen Sie das, Sarge.« Wie sollte ... »Mr. Kinders, kennen Sie sich in der Stadt aus?«

»Ein wenig, Sir. Ich lebe hier seit ...«

»Wenn sich ein Offizier nicht auf dem Stützpunkt aufhält, wo würden Sie ihn suchen? Gibt es Restaurants, Pubs?« Mir fiel ein, daß ich das Gelände der Akademie stets nur mit dem Heli verlassen hatte.

»Ja, Sir.« Er zögerte. »Ist es Leutnant Thorne, den Sie ...«

»Ja.«

»Ich habe ihn vor ein paar Tagen in der Athenia Tavern gesehen.«

»Danke.« Ein paar Minuten später prägte ich mir die Wegbeschreibung eines Wachtpostens am Tor ein. Ich durchquerte den Park, um das Stadtzentrum zu erreichen.

Das Athenia lag an einer etwa eine halbe Meile weit entfernten Nebenstraße. Der Fußweg machte mir nichts aus; er verschaffte mir Zeit, den Kopf freizubekommen und meine Gedanken zu regeln.

Über dem Eingang projizierte ein riesiges Holo ein verzerrtes, romantisch verklärtes Abbild des Sonnensystems. Soweit ich wußte, mußte sich ein Schiff, das diesen Anblick einfing, so dicht an der Sonne befinden, daß dessen Holokameras schmolzen.

Drinnen empfing mich mißtönendes Gelächter inmitten schaler Getränkeausdünstungen.

»Ein Tisch, Käpten?« Das war der Kneipier.

»Ich suche ...« Mein Blick schweifte zu den Nischen im Speiseraum und entdeckte eine Flottenuniform. Ich sah genauer hin und erkannte Fähnrich Thayer in Begleitung einer Zivilistin. Er fing meinen Blick auf. Ich schnitt eine Grimasse und gab ihm mit einem Wink zu verstehen, daß er sich wieder setzen sollte.

»Keinen Tisch, danke.« Ich wandte mich der Tür zu. »Ich dachte, einer meiner Leutnants wäre vielleicht ...« Ich wußte nicht weiter. »Vergessen Sie es.«

»Da ist ein junger Mann im Vidraum.«

Das war sicher nicht Thorne. Trotzdem steckte ich den Kopf hinein. Jemand steckte in einem Arcvidhelm, umgeben von bewundernden Teenagern. Die Uniform wirkte ungepflegt, der Körper schlaff. Ein Drink schaukelte auf der Konsole.

»Ich hab' die Bastarde erwischt!« Der junge Mann drehte heftig seine Schubtriebwerke, wodurch das Schiff in der künstlichen sensorischen Umwelt seines Helms rotierte. Eine Wiedergabe auf dem blauen Konsolenmonitor vollzog die Bewegung nach. Er klatschte auf die Feuerkontrolle; drei der feindlichen Schiffe lösten sich auf. Die Konsole erstrahlte hellgrün. »Die sechzehnte Stufe! Auf Angriff vorbereiten!«

Ein Teenager versetzte mir einen Stoß. »Niemand erreicht sonst je die sechzehnte!«

Ich sah zu, war ganz unwillkürlich gebannt. Ungeachtet der heftigen Ermunterung durch Jason war ich jedesmal auf der vierten Stufe abgestürzt. Der Spieler unter dem Helm wirbelte herum und feuerte mit vollendeter Kunstfertigkeit auf seine Angreifer. Innerhalb weniger Augenblicke hatte er die siebzehnte Stufe erreicht. Auf der achtzehnten waren die Angreifer dann einfach zu schnell; in einem Feuerball von unerwidertem Beschuß löste er sich auf.

Er nahm den Helm ab.

»Jeff?« Bestürzung machte sich tief in mir breit.

Thorne blinzelte im Licht des Vidraumes. »Ah! Unser Kommandant.« Er nahm Haltung an und zeigte die Nachäffung eines Akademiegrußes. »Leutnant Jeffrey Thorne zur Stelle, Sir.«

Sein Hemd saß verkehrt, und er konnte eine Rasur gebrauchen. Ich starrte ihn an, war einfach sprachlos.

Thorne lachte in sich hinein; es klang unangenehm. »Ich habe einen kleinen Kater; war ein ziemlich toller Abend gestern.« Die Teens stießen einander an und grinsten.

»Sie haben getrunken?« Es klang albern, aber ich konnte nichts daran ändern.

Er erwiderte meinen Blick. »O ja! Aber außerhalb des Stützpunkts und in meiner Freizeit. So habe ich es immer gehalten.«

»Ich wollte Sie nicht beschuldigen ... Ich wollte nur hallo sagen.«

»Dann hallo.« Die Stille zog sich in die Länge. Endlich sagte er widerwillig: »Ich habe einen Tisch.«

»Es ist nicht ... Vielleicht ein anderes Mal.«

»Es macht mir nichts aus.« Sein Lächeln war bitter. »Diese Jungs möchten an die Konsole. Ich habe sie stundenlang besetzt.« Er führte mich in den Speiseraum.

Wir setzten uns.

»Verzeihen Sie, ich hätte mich umziehen sollen. Auf der Basis Callisto schien es nicht darauf anzukommen.«

»Hier tut es das.« Mein Ton war schroff. »Man erwartet von Ihnen, den Kadetten ein Beispiel zu geben.«

»Ich betrachte mich selbst nicht als Vorbild, Kommandant.«

»Früher waren Sie es.«

Schweigen.

Er schluckte. »Das ist lange her.«

»Was ist seitdem geschehen?«

»Ich bin erwachsen geworden.«

Ein Kellner brachte die Speisekarten. Ich schüttelte den Kopf; Thorne winkte ab. »Noch einen Gin.«

»Mr. Thorne, was ist los?« fragte ich.

Sein Ausdruck war leicht feindselig. »Nichts. In wenigen Monaten ist meine Dienstzeit zu Ende, und ich bin frei.«

Genug war genug. Ich stand auf. »Was Sie in Ihrer Freizeit tun, geht mich nichts an. Im Dienst werden Sie jedoch dafür Sorge tragen, den Ansprüchen der Akademie gerecht zu werden. Und das Tauschen von Wachzeiten ist vorbei!«

»Aye, aye, Sir. Das ist nur recht und billig.«

»Mr. Tolliver wird Sie einführen. Haben Sie noch irgendwelche Fragen?« Da ich keine Antwort hörte, wandte ich mich zur Tür um.

»Nur eine.« Für einen Moment klang er wieder nach dem Jeff Thorne von früher. »Auf welche Art werden Sie sich sonst noch rächen?«

Ich ballte die Fäuste und warf mich herum. »Sie sprechen mit einem Vorgesetzten!«

Seine Stimme klang schneidend wie ein Messer. »Als ob ich das nicht wüßte! Schließlich haben Sie mich versetzen lassen, um sich daran zu ergötzen!« Die Gespräche ringsherum brachen ab; der Kellner trat zögernd einen Schritt auf uns zu. Thorne verscheuchte ihn mit einem Wink.

»Wie kommen Sie nur darauf?« Meine Stimme schwankte.

»Warum haben Sie denn sonst jemanden mit meiner Akte genommen?« Sein Blick bohrte sich in meine Augen.

»Was für eine Akte?«

»Oh, Sie haben wirklich gelernt, wie man jemanden täuscht, wie? Als Kadett waren Sie noch der Junge, der niemals lügt.«

»Als Fähnrich waren Sie der Junge, den ich verehrt habe!« Am liebsten hätte ich mir die Zunge abgebissen, aber es war zu spät. Meine Ohren brannten. Ich schaffte es jedoch, ihm weiter in die Augen zu blicken. »Was steht denn in Ihrer Akte, Mr. Thorne?«

»In Ordnung, tun wir mal so, als hätten Sie nicht nachgesehen. Setzen Sie sich; es macht mir nichts aus, mich zu demütigen.« Mit einem Fußtritt beförderte er meinen Stuhl auf mich zu. Während alle Augen auf mir ruhten, setzte ich mich wieder.

Er erzählte: »Ich habe zwei Jahre als Akademiefähnrich gedient, wie Sie sich erinnern. Zur Zeit Ihres Abschlusses wurde ich auf der U.N.S. *Targon* versetzt. Ein weiteres Jahr, diesmal als erster Fähnrich.«

Er schwenkte den Alkohol im Glas und leerte es dann mit einem Schluck. »Es war keine schlechte Zeit. Eine gute Ausbildung, und ich fand Freunde.« Sein Blick wanderte auf das gestärkte Tischtuch.

»Ich wurde nach Lunapolis zur Admiralität versetzt. Mußte dort kleine Aufträge für Kapitäne erledigen, die Urlaub hatten. Das ging Monat für Monat so weiter. Versorgungsdienst nannten sie das. Fähnriche ohne Ehrgeiz und stiefelleckende Leutnants. Meine Anträge auf Versetzung wurden ignoriert.« Er verzog die Lippen. »Sie wissen, was dann passiert ist.«

»Das tue ich nicht, Jeff.« Mir war kalt.

»Leutnant Tryx wurde nach draußen versetzt. Es bereitete zuviel Schwierigkeiten, einen Ersatzmann einzuarbeiten. Also beförderten sie mich. Nicht, weil ich es verdient gehabt hätte, sondern weil es ... bequem war.« Er spie das Wort förmlich hervor. »Higbee vom PersBü hat es mir persönlich gesagt.«

Der Mistkerl! »Fahren Sie fort.«

»Man hatte mich als einen Offizier des U.N.N.S. ausgebildet, nicht als verdammten Hotelhausmeister! Sicher, wenn dich an Bord eines Schiffes der Kapitän um einen Gefallen bittet, macht es dir nichts aus. Aber das ging monatelang weiter! Jahrelang!« Er schluckte die letzten Reste seines Drinks hinunter und winkte nach einem neuen Glas.

»Was ist passiert?« fragte ich leise.

Er beugte sich vor und sagte mit belegter Stimme: »Ich bin kein Kuppler!« Er musterte mein Gesicht, als erwartete er, daß ich ihm widersprach. Dann senkte er den Blick auf irgendeine Falte im Tischtuch. »Die U.N.S. *Vespa* unter Kapitän Reegis fuhr ein. Ich unterbreitete ihm das übliche Angebot – kann ich Ihnen irgendwie behilflich sein, und so weiter. Wo zum Teufel bleibt mein Drink? Ober!«

»Sie haben bereits eine Menge getrunken, Mr. ...«

»Und ich trinke noch mehr, wenn ich Lust habe.« Thorne sah sich um und wurde wieder friedlich, als er den Kellner mit einem frischen Glas herbeieilen sah. Endlich sagte er: »Reegis wollte eine Frau, vorzugsweise blond und ungebunden.«

»Allmächtiger!«

»Oh, es war nicht das erste Mal, daß ich darum gebeten wurde, und ich habe stets geliefert. Diesmal ...« Er suchte Zuflucht in dem klaren kalten Drink. »Sehen Sie, sie wollten mich einfach nicht versetzen; ich war zu gut in meinem Job. Ich kam mir vor ... wie in der Falle. Anstatt also den üblichen Anruf bei einem Hotel zu tätigen, klingelte ich Mrs. Duhaney an. Ich wußte, daß der Admiral auf der Erde war. Ich sagte ihr, Kapitän Reegis würde eine Party geben, und schickte sie in ein Hotelzimmer. Mrs. Duhaney ist zufälligerweise blond.«

»Mein Gott, Jeff!«

»Ich hatte mir überlegt, daß man mich dafür kassieren würde. Na ja, das war mir recht, wenn ich sowieso nicht bei der richtigen Flotte dienen durfte.« Er nippte erneut an seinem Getränk. »Statt dessen haben sie mich nach Callisto geschickt.«

»Den entferntesten ...«

»Du hast ja keine Ahnung, Nick.« Sein besorgter Blick begegnete mir. »Da gibt es ... überhaupt nichts.« Er brütete vor sich hin. »Außer Videospiele.« Er lächelte verzerrt. »Ich habe mich gleich in die Arcwelt gestürzt. Sie bot mir jedesmal Zuflucht, wenn ich wieder einen miesen Eintrag in die Fitneßakte bekam. Ich bin ... ich war der Champion auf dem Stützpunkt.«

»Jeff, es tut mir ...«

»Arcvid ist wie das Leben, Nick. Man kann nicht gewinnen. Manchmal weicht man der Niederlage für lange, lange Zeit aus. Einmal habe ich die dreiundzwanzigste Stufe erreicht.« Als er aufsah, war sein Ausdruck traurig. »Aber das Arcvid kriegt dich letzten Endes immer.« Sein Blick ging in die Ferne. Er flüsterte: »Immer.«

Der Kellner kam auf uns zu; ich winkte ihn weg. »Er hat genug gehabt. Kommen Sie, Mr. Thorne, ich bringe Sie nach Hause.«

Er stand unsicher auf und suchte Halt, indem er sich auf dem Tisch abstützte. »Zu Hause ist dort, wo das Herz weilt. Wo ist das, Kapitän Seafort?« Er lachte.

Ich warf Geld auf den Tisch und legte mir seinen Arm um die Schultern.

Kein Taxi in Sicht. Ich fand mich bereits mit einem langen Fußweg ab, wobei ich die ganze Zeit meinen halbbewußten Leutnant stützte, als die kalte Nachtluft ihn wieder zu beleben schien. Einmal, als wir uns dem Stadtpark näherten, sagte er: »Ich hab' die ganzen Holozine gelesen, die sie mir schickten. Hab' Ihre Bilder gesehen.«

»Passen Sie auf, wo Sie hintreten.«

»Callisto war die Hölle.« Er stolperte, fing sich wieder. »Daß ich Sie kannte, machte alles noch schlimmer.«

»Inwiefern?« Ich manövrierte ihn an einem Baum vorbei.

»Ein Vorbild für die Kadetten, sagten Sie? Da war ich, in diesen Abgrund verbannt, und hatte stets Ihr Holo vor Augen, das mich anklagte – ein Beispiel für das, was aus mir hätte werden können. Ich habe Sie gehaßt.«

»Man hat Ihr Talent vergeudet.«

»Haben Sie nicht gehört, was ich gesagt habe? Ich habe Sie gehaßt!« Ich wußte keine Antwort darauf. Einen Moment später sank er auf die Knie und erbrach sich. Nach einer Weile wischte er sich den Mund ab und rappelte sich schwankend auf. »Tut mir leid.« Er torkelte weiter. »Mit etwas Glück erinnere ich mich morgen an gar nichts mehr.«

Ich brachte ihn zu seiner Wohnung. Er schloß die Tür, ohne noch etwas zu sagen. Ich ging zu Bett und lag schlaflos da, bis die Morgendämmerung schon lange vorbei war.

»Sergeant Serenco meldet sich zur Stelle, Sir.« Der Quartiermeister kam zackig hereinmarschiert und nahm vor meinem Schreibtisch Haltung an.

Edgar Tolliver stand links von mir, die Hände auf dem Rücken verschränkt.

»Kommando zurück, Sergeant. Bitte setzen Sie sich.« Das klang alles zu förmlich; ich bemühte mich um einen entspannteren Ton. »Wir haben einige Ausrüstungskontrollen durchgeführt, Sarge. Alles Routine, aber ein paar Diskrepanzen bedürfen der Korrektur.«

»Diskrepanzen, Sir?« Serencos unschuldige blauen Augen erwiderten meinen Blick. »Ich verstehe nicht ganz.«

»Zum Beispiel die Übungsraumanzüge.« Ich rief die Zahlen auf der Konsole ab. »Sehen Sie mal, die Bestandsnummern passen nicht.«

»Wozu, Sir? Ich höre heute zum erstenmal etwas von Anzugsnummern.« Er wandte sich an Tolliver. »Sind Sie deshalb meine Listen durchgegangen, Leutnant? Warum haben Sie mich nicht einfach gefragt, wie jeder ...«

»Weil es ...«

»Halten Sie den Mund, Tolliver! Sarge, ich hatte ihn angewiesen, es nicht zu tun.« Soviel zu der taktvollen Anfrage, die mir vorgeschwebt hatte. »Einkauf und Lagerbestände sind ein Chaos. Ich wollte das untersucht haben.«

Serencos blaue Augen blitzten, als er aufsprang. »Wenn Sie möchten, trete ich sofort zurück! Ich kann nicht hinnehmen, daß meine Aufrichtigkeit in Frage gestellt wird, nur weil ich meine Arbeit so tue, wie es mir der alte Kommandant ...«

Ich brüllte: »Ich habe Ihnen nicht erlaubt aufzustehen!« Ich knallte mit der Faust auf den Tisch. »Sie werden meinen Befehlen gehorchen wie jeder andere! Setzen!« Als er gehorcht hatte, zwang ich mich dazu, wieder einen ruhigeren Ton anzuschlagen. »Niemand stellt Ihre Aufrichtigkeit in Frage. Ich hatte Mr. Tolliver angewiesen, Beschaffung und Lagerbestände zu kontrollieren.

Ein paar Kleinigkeiten sind dabei zutage getreten, und wir ...«

»Kleinigkeiten? Vor den Kommandanten und seinen ersten Leutnant zitiert zu werden wie ein ungezogener ...«

»Wenn Sie mich noch einmal unterbrechen, dann, bei Gott, ordne ich Ihren Rücktritt oder Schlimmeres an!« Ich stand auf. »Ich leite diese Einrichtung, Serenco! Ich tue, was ich für richtig halte! So, wie schnell können Sie diese Nummern überprüfen?«

»Ich habe keine Ahnung.« Er hatte seine Wut kaum unter Kontrolle. »Zunächst benötige ich eine Kopie Ihrer Ergebnisse. Dann vielleicht in ...« Er sah, was ich für ein Gesicht machte. »In zwei, vielleicht drei Tagen. Ich muß vielleicht bei unseren Lieferanten nachfragen.«

»Sie haben Zeit, bis ich von der *Wellington* zurück bin. Bis dahin wird Mr. Tolliver eine Liste weiterer Fragen vorbereitet haben. Entlassen.«

Als er gegangen war, ging Tolliver zu dem Stuhl hinüber, den der Sergeant geräumt hatte, und ließ sich ohne Erlaubnis darauf sinken. »Ja, ich bin froh, daß ich gewartet habe. Sie sind viel taktvoller vorgegangen als ...«

»Schluß damit!« Ich ging schäumend auf und ab. »Ich gebe einen Scheiß auf Anzugsnummern, aber sein Verhalten ... den Kommandanten zu unterbrechen! Mit ihm zu streiten! Was ist aus der Disziplin geworden?«

»Sie sind hier an Land, Sir. Die Schiffsdisziplin ist viel ...«

»Und er ist ein Marinesergeant!« Ich warf mich auf die Couch. »Er ist genauso unverschämt wie Sie!«

Tolliver zog eine Braue hoch. »Eine schlechte Nacht gehabt, Sir?«

»Seien Sie nicht so herablassend.« Langsam verzog sich mein Zorn wieder. »Ich habe nicht gut geschlafen.« Ich brütete vor mich hin. »Diese verdammte Unverschämtheit!«

»Beklagen Sie sich nicht; Sie sind sein Rollenvorbild.« Er hielt meinem wütenden Blick stand. »Was mich an etwas erinnert: Ich habe im PersBü angerufen. Higbee ist ... verärgert.«

Ich seufzte. »Kann ich mir vorstellen.« Um Eddies Versetzung zu erreichen, war ich, ahm, provokant gewesen.

»Was haben Sie nur zu ihm gesagt? Nein, es könnte mich auf Ideen bringen. Jedenfalls habe ich Ihnen eine Ordonnanz verschafft.«

Ich setzte mich aufrecht hin. »Ich habe Ihnen schon damals, als wir diesen Job übernommen haben, gesagt, daß ich ...«

»Ja, aber Sie haben es sich anders überlegt.« Er hob die Hand, damit ich ihm nicht ins Wort fiel. »Wie sonst möchten Sie den Auftrag von Mr. Boß erklären, wenn jemand danach fragt?«

»Allmächtiger!« Das hatte ich ganz vergessen.

»Sie hatten genug Durchsetzungsvermögen, um ihn kurzfristig auf die Erde zu holen, aber wenn er permanent hier eingesetzt werden soll, muß das offiziell geregelt werden.«

»Sehr gut.« Ich lächelte schwach. »Danke.«

»Gehört alles zu meinem Job, Sir.« Er stand auf. »Noch etwas, bevor ich gehe?«

»Nein. Doch, ein Punkt.« Ich setzte mich hinter den Schreibtisch. »Wieso bezeichneten Sie Jeff Thorne als meinen Favoriten?«

»Ich ziehe die Bemerkung zurück. Ich war ...«

»Antworten Sie!«

Tolliver zögerte. »Es war die einzige Erklärung, die mir in den Sinn kam, als ich seine Einstellung kennenlernte.«

»Verdammt, Edgar, Sie kannten ihn doch auch!«

»O ja! Thorne hat mich verachtet, obwohl ich bezweifle, daß er sich überhaupt an mich erinnert.« Er zuckte die Achseln. »Hat er sich noch durch sonst etwas ausgezeichnet, oder hat Ihr Gedächtnis mit der Zeit Schaden genommen?«

»Er hat ...« Nein. Tolliver würde das nie verstehen. »Wir waren Freunde. Nicht so, wie sich das anhört. Ich habe ihn sehr bewundert. Er hatte so eine Art an sich. Ich dachte, er würde die Kadetten inspirieren.«

»Ja, ich bin sicher, daß die Kadetten sich freuen würden, Arcvid-Lektionen zu erhalten, anstatt . . .«

»ENTLASSEN!«

Diesmal kam keine Widerrede.

»Setzen Sie sich.« An allen Tischen scharrten die Stühle. Ich setzte mich zum Mittagessen. Jeff Thorne hatte seinen Platz mir gegenüber, neben Fähnrich Sandra Ekrit. Seine Miene verriet nichts. Ob er damit einen Kater versteckte, konnte ich nicht feststellen. Er trug das Haar ordentlich gekämmt, und die Uniform war sauber und gebügelt.

Zwischen den Bissen musterte ich sein frisches Gesicht und suchte nach dem jungen Thorne, an den ich mich erinnerte. Obwohl noch keine Dreißig, hatte er zwanzig Pfund Übergewicht und legte ein Verhalten an den Tag, aus dem jede Spur von Frohsinn gelöscht war.

Ich war richtig fertig von den schlaflosen Stunden, die sich mit Alpträumen abgewechselt hatten. In einigen davon war Vater aufgetaucht. Das morgendliche Gespräch mit Sergeant Serenco hatte einen üblen Geschmack hinterlassen. Trotzdem machte ich mir die Mühe, Thorne mit in die Konversation bei Tisch einzubeziehen. Endlich gab ich mich geschlagen und versank in bitterem Schweigen; ich wünschte mir, ich hätte ihn nicht angefordert. Edgar Tolliver betrachtete sich das mit kaum verhohlener Erheiterung.

Ein Kadett kam atemlos auf mich zugelaufen. »Kadett Kyle Drew meldet sich zur Stelle, Sir. Mr. Kinders sagt, daß ein Anruf aus Cardiff vorliegt.«

Ich warf die Serviette hin und ging zur Tür, wobei ich mir Mühe gab, nicht in Galopp auszubrechen. »Annie?«

»Ich bin's, Käpten. Eddie Boß.« In der Leitung pfiff und knackte es, und die Stimme schien aus Lichtjahren Entfernung zu kommen.

»Was ist los?«

»Heute iss der zweite Tag. Sie mag nix essen, liegt nur im Bett und heult.« Er klang besorgt. »Ich weiß nich' ... Ich habe keine Ahnung, ob ich sie einfach in Ruhe lassen sollte oder nich'.«

»Nein, bringen Sie sie ...« Ich brach ab. Wohin? In ein Krankenhaus? Zurück in die furchtbare Klinik? »Was möchte sie, Eddie?«

»'n ganzen Tag rumliegen und sich selbst leid tun, das möchtese!«

»Sie hatte eine harte Zeit, Mr. Boß.«

»Yeah, Sir, aber da isse nich' die einzige. Wird Zeit, an was anneres zu denken. Weiterzumachen.« Das klang nicht nach viel Mitgefühl.

»Nun ...« Ich seufzte. »Trinkt sie wenigstens?«

»Jede Menge Tee. Iss alles, wasse möchte.«

»Warten Sie noch einen Tag. Falls sie bis dahin nicht wieder ißt, rufen Sie ein Taxi und bringen Sie sie zur Akademie. Kommen Sie mit dem Zugfahren zurecht?«

»Ich bin nich' ... Ich hab keine Macke, Käpten.« Sein Ton verriet verletzte Würde. »Ich finde schon raus, wann se fahren.«

»Sehr schön. Rufen Sie an, wenn Sie Hilfe brauchen – möchten.«

Ich legte auf.

Tolliver zog eine Braue hoch. Ich schüttelte den Kopf. Trotzdem machte ich mir Sorgen. Falls Annie dann auch noch an Unterernährung litt ...

»Verzeihen Sie, Sir.«

»Was gibt es, Ms. Ekrit?« Mein Ton wies eine gewisse Schärfe auf.

»Wie Sie angeordnet hatten, habe ich Kadett Stritz Nachhilfe gegeben. Seine zweiwöchentlichen Zensuren sind besser geworden.«

»Sehr gut.« Ich riß ein Stück von einem Brötchen ab.

»Ich hatte gehofft, ah, ich meine ...« Sie raffte ihren Mut zusammen. »Sie hatten mich angewiesen, den Stützpunkt nicht zu verlassen, solange seine Zensuren nicht besser geworden sind, Sir. Ich dachte ... Ich meine, würden Sie vielleicht in Erwägung ziehen ...«

»Bringen wir Fähnrichen nicht bei, wie man einen Satz beendet?« Ich schüttelte den Kopf. »Jeff, als ich damals so redete, mußte ich auf Ihre Weisung hin eine Stunde mit dem Gesicht zum Schott stehen.«

Thornes Antwort kam leise.

»Ja, Sir, aber Sie hatten damals nicht mit dem Kommandanten gesprochen.«

Ich bedachte Ms. Ekrit mit einem finsteren Blick. »Bis sich die Zensuren des Kadetten bessern, habe ich gesagt, und Ihre Manieren.«

»Ja, Sir.«

»Fragen Sie mich nach den nächsten Prüfungen in zwei Wochen erneut.« Zwei Wochen auf dem Stützpunkt waren unbedeutend. An Bord eines Schiffes hätte man ihr Arrest in der winzigen Fähnrichskabine aufbrummen können. »Wenn seine Zensuren ihr Niveau behalten, gebe ich Sie wieder frei.«

»Danke, Sir.« Falls sie enttäuscht war, zeigte sie es klugerweise nicht.

Nach dem Essen schob Thorne lässig den Stuhl zurück. »Darf ich Sie begleiten?«

»Wenn Sie wünschen.« Wir machten uns auf den Weg zu den Offiziersquartieren, quer über den Stützpunkt.

Er schwieg eine Zeitlang. »Was gestern abend anbetrifft – ich scheine mich an ein peinliches Gespräch zu erinnern.«

»Sie hatten gehofft, Sie würden es nicht.«

»Falls ich unhöflich war, tut es mir leid.«

»Sie waren es, aber es war der Alkohol, der aus Ihnen sprach.« Ich bemühte mich um einen liebenswürdigen Ton.

»Gestatten Sie mir zu sagen, daß es nicht der Alkohol war.« Thorne blieb stehen und sah mich an. »Hat das PersBü erwähnt, daß meine Dienstzeit in fünf Monaten abläuft?«

»Ja, aber ich wußte, daß Sie sich weiterverpflichten.«

»Das werde ich nicht.« Er erwiderte meinen Blick. »Zeit für einen Laufbahnwechsel.«

Mein Ton war rauh. »Nur weil Sie eine Chance zum Weiterkommen verpaßt haben?«

»Nein, weil ...« Sein Blick wurde trüb. »Egal.«

»Lassen Sie das!« Damit erschreckte ich einen vorbeikommenden Kadetten. »Warum, Mr. Thorne?«

Trotzig antwortete er: »›Die Entscheidung zur Weiterverpflichtung liegt allein beim betreffenden Offizier, und kein Vorgesetzter darf den Versuch unternehmen, diese Entscheidung zu erzwingen oder zu beeinflussen.‹ Paragraph einhundertzwei, Absatz ...«

»Ich bin es, Nick Seafort!« Eine Schar Kadetten kam auf uns zu.

Sein Ausdruck wurde bitter. »Ja, der Held von ...«

Ich schrie: »Sehe ich vielleicht wie ein verdammter Held aus?« Die Kadetten gafften. Ich fiel gleich über sie her. »Was macht ihr denn ...«

Thorne fiel mir energisch ins Wort. »Lauft weiter, Kids. Das ist ein privates Gespräch, und ihr solltet nicht mithören.«

»Aye, aye, Sir!« Sie salutierten hastig und machten, daß sie davonkamen.

»Ich bin ein Betrüger, Thorne! Als Kapitän der *Hibernia* habe ich nur Pfusch gemacht! Auf der *Challenger* hat uns ein Fisch gerettet. Auf Hope Nation habe ich Verrat begangen!« Ich knallte mir die Faust an den Oberschenkel. »Ich höre schon genug von diesem Mist in den Holos und will es nicht auch noch von Ihnen hören!«

»Immer mit der Ruhe, Kommandant«, sagte er leise.

»Ich dulde das nicht!«

»In Ordnung, Sie sind kein Held.« Er sah sich um, entdeckte niemanden, packte mich am Arm und führte mich vom Weg hinunter. »Sachte, Mr. Seafort.«

Er klang jetzt wieder so sehr nach dem Fähnrich, den ich auf Farside verehrt hatte, daß ich ein Schluchzen unterdrücken mußte. »Sandra Ekrit, eben. Es gefiel ihr nicht, zusammen mit Kadetten zu essen, also habe ich ihr ein Ausgehverbot aufgebrummt. Ich kann mich einfach nicht beherrschen, Jeff. Ich brauche Sie für das, was ich selbst nicht fertigbringe!«

Er schnaubte. »Sie wird die paar Wochen hier auf dem Stützpunkt schon ...«

»Sie haben ja keine Ahnung, wie viele Brücken ich hinter mir abgebrannt habe, um Sie zu kriegen! Higbee wird mir das nie vergessen. Ich habe ihn buchstäblich bedroht, und er ist mein Vorgesetzter!«

»Gut, er hat es verdient.«

»Sie verstehen nicht.« Ich wandte mich erneut ab.

»Ich verstehe, daß Sie einem Nervenzusammenbruch nahe sind, Sir.«

Ich blickte ihm kurz in die Augen und sah wieder weg. »Mir geht es gut. Kümmern Sie sich nicht darum.«

»Kommen Sie doch mit in meine Wohnung, Mr. Seafort.« Es hätte glatt ein Befehl sein können. Benommen ließ ich mich von ihm führen.

Als wir bei ihm waren, schloß er rasch die Tür zum Schlafzimmer, aber nicht, ehe ich gesehen hatte, wie die Kleider darin verstreut lagen. Er stöberte in einem Kabinettschrank herum und brachte eine Flasche zum Vorschein.

»Trinken Sie jetzt nichts, Mr. Thorne. Bitte.«

»Es ist nicht für mich. Für Sie.« Er schenkte mir ein starkes Gläschen Gin ein und gab noch Eis aus einem winzigen Kühlfach hinzu. »Setzen Sie sich.« Er reichte mir das Glas.

Ich schwenkte den Gin, nahm einen Schluck, verzog das Gesicht. »Ich bin okay.« Ich wartete darauf, daß er sich setzte. »In Ordnung, ich bin formal nicht berechtigt, Sie zu fragen, warum Sie sich nicht weiterverpflichten möchten, aber ...« Ich dachte nach. »Ich muß es wissen.«

Sein Schwenk mit der Hand umfaßte ihn selbst und die unordentliche Wohnung. »Ich tauge nichts als Offizier. Diese Geschichten, mit denen wir großgezogen wurden, von Ehre und Tapferkeit. Sie beschreiben nicht die wirkliche Flotte. Ich passe da nicht hinein.«

»Sie waren der beste Offizier, den ich je kannte«, sagte ich.

»Unfug!«

Der Gin schwappte mir über die Hand, als ich das Glas auf den Tisch knallte. »Haben Sie auch nur eine Ahnung, was Sie mir bedeutet haben?«

»In Ordnung; Sie haben also zu mir aufgesehen. Unangebrachte Heldenverehrung. Wie konnten Sie nur die Tracht mit dem Rohrstock vergessen, die Sie mir zu verdanken hatten?«

»Der Raubzug in die Kombüse? Was spielt das für eine Rolle?«

Er sprang auf, Bitterkeit im Gesicht. »Jahrelang habe ich diese Idiotie bedauert! Ich habe Sie dorthin mitgenommen, wo ich Sie nicht decken konnte, und Sie dann im Stich ...«

»Seien Sie doch kein Dummkopf, Leutnant.« Ich beschäftige mich damit, den Tisch mit einer Serviette abzutupfen, und nippte an dem Rest meines Getränks.

»Nick, wie sehr ich Sie auch immer inspiriert habe – das ist lange vorbei. Meine Torheit mit Mrs. Duhaney beweist es. Ebenso meine Beurteilungen auf Callisto.«

Ich trank nur in winzigen Schlucken und überlegte mir, wie ich zu ihm durchdringen konnte. »Die Sache von eben, mit den Kadetten. Wieso sind Sie mir ins Wort gefallen?«

»Sie standen im Begriff ... Tut mir leid, es steht mir nicht zu, das zu sagen.«

»Raus damit.«

»Sie standen im Begriff, die Kids niederzumachen, und dabei hatten sie gar nichts getan.«

»Na und? Es sind nur Kadetten.«

»Das können Sie nicht glauben?« Er musterte mein Gesicht.

»Sie auch nicht.« Ich schluckte die letzten Reste meines Gins hinunter. »Deshalb brauche ich Sie hier.«

Wir saßen schweigend da. Nach einer Weile regte er sich. »Ich wünschte, ich hätte mit Ihnen gedient, Sir.«

»Vielleicht hätten Sie mich abgehalten, mich der Verdammnis preiszugeben. Nein, fragen Sie nicht; ich werde nicht davon sprechen.«

Er lehnte sich zurück. Nach einer Weile fragte er mit müder Stimme: »Was ist nur aus unseren Hoffnungen geworden?«

»Sie sind unserer Reife zum Opfer gefallen.« Ich stand auf. »Danke für den Drink. Wie Sie sehen, bin ich mit meinem Latein am Ende. Ich brauche Sie, Jeff.«

»Es ist zu spät. Selbst wenn ich wollte – ich bekäme nie mehr einen anständigen Posten.« Er sah meinen Blick und wurde rot. »Es tut mir schrecklich leid; so habe ich es nicht gemeint. Ein Posten bei Ihnen ist alles, was ich verlangen könnte. Ich hatte jedoch wirklich gedacht, Sie hätten mich hergerufen, um sich für diesen alten Zwischenfall in der Kombüse zu rächen. Ich ... Es scheint, als hätte ich mich geirrt.«

»Bitte verpflichten Sie sich weiter.«

»Ich denke darüber nach, Sir.« Dieses eine Mal wußte ich, wann ich es gut sein lassen sollte.

17. Kapitel

Unruhig blickte ich zum Bullauge hinaus. Mindestens zwei weitere Shuttles warteten vor uns darauf, an den Schleusen der *Wellington* anzukoppeln. Ich seufzte; mir graute vor den endlosen Gesprächen mit Politikern und hohen Tieren aus Admiral Duhaneys ›anderer‹ Raumflotte.

Hinter mir zappelten die Kadetten nervös herum. Fähnrich Tenere flüsterte Johan Stritz etwas zu und kicherte. Ich bannte sie mit einem Laserblick, und sie wurden sofort still. »Falls ich bedauern sollte, Sie mitgenommen zu haben, wird Ihnen das leid tun!«

Robert Boland setzte sich aufrechter hin; er war immer noch bleich von seinem kürzlichen Übelkeitsanfall. Stritz und Arnweil senkten die Blicke. Jerence Branstead wurde rot. Einen Moment später winkte Adam, und sie verließen ihre Plätze und spazierten zum großen Bullauge achtern.

Ich holte tief Luft und versuchte mich zu entspannen. Unsere Verspätung war nicht die Schuld des Fähnrichs. Ich wollte mich auf mein Holozin konzentrieren, gab es aber wieder auf.

Warum hatte ich die Jungs überhaupt zu einer so wichtigen Zeremonie mitgenommen? War es wirklich nötig gewesen, Branstead und Boland, unsere besten Schüler, derartig großzügig zu belohnen? Ein paar Worte des Lobes, eine Woche Befreiung von der Arbeit in Küche und Unterkunft, das hätte ausgereicht. Was würden meine Kameraden davon halten, daß ich unausgebildete Kinder zu einem Staatsakt mitbrachte?

Egal. Daß ich die Kommandantur übernommen hatte, war bereits ein Fehler gewesen. Hätte ich gewußt, wie ich meinen Posten verlassen konnte, ohne der Flotte Schande zu machen, hätte ich es sofort getan. Alles, was ich jetzt noch wollte, war zu Annies Heilung beizutragen.

Endlich kam unser Shuttle an die Reihe. Als wir uns in die aneinandergekoppelten Schleusen drängten, zupfte ich an meiner weißen Galauniform und ruckte die Krawatte zurecht. Die Luke glitt hinter uns zu.

Hier erwartete uns eine offizielle Veranstaltung; ich räusperte mich und sprach ins Mikrophon: »Kapitän Nicholas Seafort und Begleitung bitten, an Bord kommen zu dürfen.«

»Erlaubnis erteilt, Sir. Willkommen auf der U.N.S. *Wellington*.« Die Luke glitt auf. »ACHTUNG!«

Eine Zweierreihe Matrosen nahm unter dem Gebrüll ihres Leutnants Haltung an. Weitere Offiziere in prachtvollen, frischen weißen Uniformen nahmen Haltung an und salutierten schneidig. Kadett Boland schnappte nach

Luft, als er dieses Spektakel sah. Jerence Branstead war weniger beeindruckt; er hatte auf dem Weg von Hope Nation zum Heimatsystem neun Monate an Bord der *Victoria* zugebracht und wußte, wie Leutnants aussahen.

»Leutnant Hollis, Sir. Willkommen an Bord.« Er deutete zur Leiter. »Kapitän Pritcher blieb auf der Brücke, bis die letzten Medienleute an Bord gekommen sind. Admiral Duhaney hält sich mit Senator Boland und den übrigen Gästen im Salon auf. Wohin soll ich Sie begleiten?«

Nicht zu den Politikern in den Salon. »Ich würde gerne dem Kapitän meine Aufwartung machen, falls er mich empfangen möchte.«

»Ich bin sicher, daß er das möchte, Sir.« Er musterte Adam Tenere und die unerwarteten Kadetten, wahrte aber einen höflichen Ton. »Und der Rest Ihrer, äh, Gruppe?«

Ich konnte nicht riskieren, sie in den Salon zu schicken; Gott allein wußte, wie die Kadetten vielleicht mich oder die Akademie in Verlegenheit brachten. Und falls Adam auf die Idee kam, um eine Korridorbiegung zu rennen ... »Sie begleiten mich.«

Wir folgten dem Leutnant durch einen makellosen Korridor. Die lautlosen Maschinen, die fleckenlosen Decks und der Geruch von frischem Öl in der wiederaufbereiteten Luft – das alles gab zu erkennen, daß die *Wellington* erst kürzlich die Werft von Lunapolis verlassen hatte. Der Abschluß ihrer Tiefraum-Probefahrten lag gerade mal zwei Wochen zurück.

Während Hollis an die Brückenluke klopfte, ließ ich die Kadetten am Korridorschott Aufstellung beziehen, so daß sie aus dem Weg waren. »Wartet hier, bis ich fertig bin.«

»Kapitän Seafort, Sir.« Hollis gab den Weg frei, so daß ich eintreten konnte.

Kapitän Pritcher stand auf, und ein kaltes Lächeln zuckte kurz in seinem bläßlichen Gesicht auf. »Entlassen, Leutnant. Kapitän Seafort, sehr erfreut, Sie zu sehen.«

Ich salutierte; er hatte mir eine Anzahl Jahre Dienstzeit voraus. »Guten Tag, Sir.« Gierig saugte ich den Anblick der Brücke in mich auf. Auf dem riesigen Simultanschirm am vorderen Schott flammte das Licht von einer Milliarde Sternen. Die Konsolenlampen leuchteten in beruhigenden Farben.

»War es ein rauher Flug nach oben, Mr. Seafort?« Er musterte die blauen Flecken, die von meiner Begegnung mit den Crypsnbloods kündeten.

Ich wurde rot. »Nein, Sir.« Es war besser, wenn ich nicht mehr sagte.

Er sprach in einem harten Ton. »Wir fangen in etwa einer Stunde mit den Ansprachen an; jeder möchte dazu seinen Beitrag leisten. Der stellvertretende Generalsekretär Franjee wird das Schiff in Dienst stellen, aber zuerst zeigen wir den Zivilisten mal, was sie kann.«

»Ich bin sicher, daß sie beeindruckt sein werden«, meinte ich.

»Das sollten sie auch, wenn man bedenkt, was sie gekostet hat.« Er lächelte freudlos. »Ich habe die Mannschaft so gut in Form gebracht, wie ich konnte, wenn man bedenkt, daß jeder einzelne an Bord von einem anderen Schiff versetzt wurde.«

Pritcher mußte alle Hände voll zu tun haben. Die Einarbeitung neuer Kräfte war schon hart genug, aber eine ganze Mannschaft mit den Eigenheiten eines neuen Schiffes vertraut zu machen, das war eine Aufgabe, um die ich ihn nicht beneidete.

Ich überlegte mir, was ich sagen sollte. »Wohin wird man Sie schicken, Sir?« Ich wußte es schon.

»Wir schließen uns der Heimatflotte an.«

Ein begehrter Auftrag. Pritcher und seine Offiziere mußten also nicht die abstumpfende Langeweile der langen Fusionsfahrt zu einer fernen Kolonie ertragen und waren nie mehr als ein paar Tage von einem Landurlaub entfernt.

»Sie scheint mir ein gutes Schiff zu sein, Sir.«

»Sechs Laserbänke mittschiffs, das neueste Modell des

Fusionsantriebes. Wir machen im Rahmen der Zeremonien einen kleinen Ausflug.« Seine freudlosen Augen begegneten meinen. »Ich schätze, ich könnte jetzt jemanden abstellen, der Sie durchs Schiff führt, wenn Sie möchten.«

Ich gab die erwartete Antwort. »Nein, Sir, obwohl ich das Angebot zu schätzen weiß. Ich warte.«

»Sehr gut. Im Salon auf Deck 2 werden Erfrischungen gereicht.« Das kam einer Entlassung gleich.

»Danke, Kapitän. Viel Glück, und meinen Glückwunsch.« Er hielt sich nicht damit auf, meinen Gruß zu erwidern.

Jetzt hatte ich keine andere Wahl mehr, als mich zu den Politikern zu gesellen. Mit einem Fähnrich und mehreren Kadetten im Gefolge ging ich hinunter zum Deck-2-Salon. Vor der Luke blieb ich stehen. »Haben Sie sich wieder erholt, Mr. Boland?«

Er lief dunkelrot an. »Ja, Sir. Die Schwerkraft hilft sehr.«

»Sehr gut.« Ich bedachte nacheinander jeden von ihnen mit einem finsteren Blick. »Sie stehen jetzt im Begriff, sich unter die ganz hohen Tiere zu mischen, also reden Sie nur, wenn Sie direkt gefragt werden. Behalten Sie Ihre Meinungen für sich, unterbrechen Sie niemanden, und benehmen Sie sich als Gentlemen. Adam, sorgen Sie dafür, daß keiner aus der Reihe tanzt.« Ich strich mir die Jacke glatt und ging hinein.

»Ah, da sind Sie ja, Nick.« Falls Admiral Duhaney wegen meine jüngsten Eskapaden sauer war, so verriet sein Ton nichts davon. Andererseits konnte aber auch das Getränk in seiner Hand einen mildernden Einfluß ausüben. Obwohl Alkohol im Normalfall an Bord eines UNNS-Schiffes als Konterbande betrachtet wurde, galt eine bedeutende Zeremonie wie eine Indienststellung als Ausnahme. Schließlich waren auch Zivilisten anwesend und vor allem die Medien.

»Hallo, Sir.«

»Erlauben Sie mir, Sie dem stellvertretenden GenSek

vorzustellen. Er hat gute Aussichten, auf die höchste Sprosse zu klettern, falls de Vala jemals in den Ruhestand geht.« Er blickte über meine Schulter. »Kadetten, hm? Eigenartige Idee, sie mitzubringen.« Er kniff die Augen zusammen. »Ist das nicht Bolands Sohn, dort an der Wand? Na, das nenne ich eine clevere Überlegung, Nick!« Er gab mir einen Klaps auf die Schulter. »Sein Vater wird erfreut sein.«

Steif versetzte ich: »Der Junge hat es sich verdient. Seine Zensuren waren ...«

»Natürlich.« Duhaney lächelte. »So macht man das.« Er tätschelte mir wieder die Schulter.

Eine vertraute Stimme ertönte hinter mir: »Entschuldigen Sie, Sir.«

»Was ist denn jetzt?« brauste ich auf. Adam Tenere hätte es besser wissen müssen, als mich zu stören, wenn ich gerade mit dem Admiral sprach.

Der Fähnrich trat einen Schritt zurück und zwang mich dadurch, ihm zu folgen. Er senkte die Stimme. »Kadett Boland ist es wieder schlecht geworden. Ich kann ihn zur Toilette führen und die anderen hier zurücklassen oder ihn allein losschicken; oder wir gehen alle zusammen. Ich wußte nicht, was ...«

»Belästigen Sie mich doch nicht mit ...« Ich fing mich noch rechtzeitig; es war eine vernünftige Frage gewesen. »Ich möchte nicht, daß Sie mit einer Schar Kadetten losziehen, und Sie können sie auch nicht unbeaufsichtigt in Gesellschaft der hohen Tiere zurücklassen. Eine Toilette ist draußen gleich am Korridor; zeigen Sie Boland den Weg und bleiben Sie bei den anderen.« Ich wandte mich wieder Admiral Duhaney zu. »Der junge Boland hat die besten Zensuren von ...«

»Oh, kommen Sie; ich möchte Sie Franjee vorstellen. Da drüben bei McPhee von der *Holoworld* und den anderen.«

Mir blieb keine andere Wahl, als dem Admiral zu der Gruppe Zivilisten am Schott gegenüber zu folgen.

»Herr Sekretär, darf ich Ihnen Kapitän ...«

»Seafort! Ich würde Sie immer sofort erkennen, sogar ohne Ihre berühmte Narbe.« Der kleine, dunkelhäutige stellvertretende GenSek streckte die Hand aus. »Aufgrund Ihrer Heldentaten hätten wir uns schon lange einmal sprechen sollen, aber wie ich gehört habe, scheuen Sie die Öffentlichkeit.«

»Ja, Sir, ich . . .«

»Nicht, daß Sie es geschafft hätten, ihr aus dem Weg zu gehen; Sie standen doch wieder in allen Holos, als Sie die *Victoria* nach Hause brachten. Also, junger Mann, sagen Sie mir: Wann wird es uns gelingen, Sie in die Politik zu holen?« Andere Mitglieder seiner Clique schmunzelten. Etliche musterten mich abschätzend.

Nicht in diesem Leben. Wie sehr ich mich auch verachtete, so tief würde ich nicht sinken. Ich suchte nach einer höflichen Antwort: »Meine Pflicht gehört der Flotte, Sir.«

»Ja, aber Dienstzeiten enden, und das Leben geht weiter. Wenn Sie soweit sind, sprechen Sie mit mir, oder mit Richard hier. Die Supranationalisten könnten Sie gut gebrauchen.«

»Ich werde daran denken.« Verzweifelt stürzte ich mich auf Senator Boland. »Schön, Sie zu sehen, Sir.«

»Und Sie, Kommandant.« Als wir uns von den anderen entfernten, fing ich seinen Blick auf, aber er verriet mir nichts von seinen Gefühlen.

Ich wurde rot. Als wir uns das letztemal gesprochen hatten, hatte ich mit meinem Rücktritt gedroht, falls er auch nur in meinem Büro anrief. Ich suchte nach irgendeiner passenden, wenngleich leeren Bemerkung.

Richard Boland ersparte mir die Mühe. »Das ist wirklich ein tolles Schiff, nicht wahr?« Seine Geste umfaßte den weiträumigen Salon. »Oft habe ich mir überlegt, daß ich gerne in der Flotte gedient hätte, wenn der Zufall mich nicht auf einen anderen Weg geführt hätte.«

Ich bemühte mich, ihm meine Verachtung nicht zu zeigen. Das Leben war keine Sache des Zufalls, sondern harter Arbeit und Beharrlichkeit. Seit ich zehn Jahre alt war, hatte ich mich ganz einer Flottenkarriere verschrieben, die Holozine verschlungen, Mathematik gebüffelt, zusammen mit Jason geträumt und geplant. Hätte Boland wirklich zur Flotte gehen wollen, hätte er das gleiche tun können.

Ich überlegte mir eine friedfertige Antwort. »Zumindest durch Ihren Sohn werden Sie dieses Ziel erreichen, Sir.«

»Sein Ziel«, korrigierte mich Boland. Er lächelte, aber sein Blick war scharf. »Wirklich eine Überraschung, ihn in Ihrer Gesellschaft hereinkommen zu sehen. Es wäre schön gewesen, wenn ich es vorher gewußt hätte.«

Ich versteifte mich. »Da bin ich sicher.« Ich wäre nur zu froh gewesen, die Eltern eines Kadetten zu informieren, als er den Auftrag erhielt, eine Reise anzutreten. Am Tag, an dem die Hölle zufror.

Bolands Ton blieb leutselig. »Nebenbei, Kommandant, diese seltsame Personalangelegenheit wurde geklärt.«

Für einen Moment dachte ich, er spräche von meinen Schwierigkeiten mit Jeff Thorne, aber das ergab keinen Sinn. Es mußte um Darwin Sleak gehen; mochte der allmächtige Gott ihm die ewige Ruhe schenken. »Hatte er ein anständiges Begräbnis?«

»In Lunapolis.« Er zögerte. »Sie sind geschickt damit umgegangen. Ein mysteriöser Todesfall hätte Sie auf die Titelseiten katapultiert, obwohl nur wenigen Menschen in Ihrer Position etwas dagegen einzuwenden gehabt hätten. Der Anruf bei Duhaney war eine elegante Methode, um damit umzugehen.«

Es war Tollivers Idee gewesen. Die eigenen Ideen hätten mich direkt in einen Skandal gesteuert. »In solchen Dingen bin ich aufgeschmissen.«

Eine neue Stimme mischte sich ein. »Ah, Richard, wollen Sie unseren jungen Helden für sich behalten?«

»Nein, Brett, wir plaudern nur.« Boland trat leicht zur Seite, damit sich Senator Wyvern zu uns gesellen konnte.

»Man wird Interviews mit Ihnen führen wollen, Käpten.« Wyverns leises Lachen enthielt einen Unterton von

Bösartigkeit. »Die Medien bekommen Franjee jederzeit ans Mikro; wenn sie ihn nicht anrufen, kommt er von selbst zu ihnen. Sie dagegen sind Frischfleisch.«

»Nicht, wenn ich es verhindern kann.«

»Ah, aber das können Sie nicht! Das ist ja mein Punkt.« Sein Verhalten änderte sich hintergründig. »Zu diesem Thema habe ich einen Rat für Sie. Gehen wir doch mal für einen Augenblick nach draußen. Irgendwohin, wo es ruhig ist.«

Ich sah auf die Uhr. »In ein paar Minuten geht es los.«

»Bis dahin sind wir fertig.« Er führte mich zur Luke. Ich hätte ihn am liebsten abgeschüttelt, aber ich hatte mir bereits mehr Feinde gemacht, als für die Akademie gut war.

Nach dem Stimmengewirr im vollen Salon kam mir der Korridor ungewöhnlich ruhig vor. Wir spazierten zur Biegung hinüber. Ich blieb stehen. Meine Kadetten waren nach wie vor im Salon, nur von Adam überwacht, und der Allmächtige allein wußte, wozu er fähig war. Ich seufzte; ich hätte sie von Anfang an nicht mitbringen sollen. »Einen Rat, sagten Sie?«

»Ja.« Wyverns Lächeln verblaßte, und Härte trat an seine Stelle. »Wissen Sie, die Medienleute werden mit Fragen in Sie dringen; Sie sind ihnen bereits zu lange aus dem Weg gegangen.«

»Ich werde mein Bestes tun ...«

»Man wird Sie nach Ihrer illustren Karriere fragen, nach Ihrer erstaunlichen Flucht aus vielen Situationen.«

Ich schüttelte den Kopf. Worauf wollte er hinaus? »Ich verstehe immer ...«

»Man fragt Sie vielleicht nach Ihrer verrückten Frau und deren Slumtour in New York ...«

»Senator!«

»... und dem Tranniematrosen, den sie bumst, während Sie auf der Akademie den Disziplinfanatiker mimen.«

Der Korridor schwankte vor meinen Augen. Die Knöchel taten mir weh. Ich starrte blicklos vor mich hin und stellte fest, daß ich, als ich Wyverns Unterkiefer verfehlt hatte, mit der Faust ans Schott geknallt war. Wyvern hob abwehrend die Hände, als er zurückwich. »Versuchen Sie das nicht noch einmal, Seafort!«

»Sie Mistkerl!« Mein Gesicht war weiß.

»Sie sollten lieber auf so was gefaßt sein, Junge. Vielleicht fragt man Sie ja auch, wieso Sie auf den Straßen herumgeschlichen sind und den Transpop gespielt haben, statt Ihren Dienst zu versehen. Haben Sie irgendwelche netten Tranniehuren da unten gefunden?«

Ich drückte ihn ans Schott. »Wyvern, ich bringe Sie um!«

»Man wird Sie trotzdem fragen.«

»Die wissen gar nichts von diesen Dingen!«

»Ah, mein Junge, dem stimme ich zu. Der Punkt ist aber, sie werden davon erfahren. Dafür garantiere ich.«

Mein Zorn verdorrte zum Gefühl der Niederlage. Ich ließ die Schultern hängen und gab seinen Kragen frei. »Warum? Was möchten Sie von mir?«

»Nichts Nennenswertes. Nur daß ein Bericht verschwindet.«

»Wovon reden Sie da?«

»Von Ihrem Quartiermeister und diesem Dummkopf von Leutnant, der die Sache einfach nicht vergessen will. Sagen Sie ihm, daß er es tun soll.«

Ich gaffte ihn an. »Sergeant Serenco? Tolliver? Was haben Sie denn damit zu tun?«

»Das ist auch etwas, das Sie getrost vergessen können.«

»Der Mann bestiehlt uns wahllos! Warum sollte ich ihn damit durchkommen ...«

»Das ist eine politische Angelegenheit.«

»Erklären Sie es mir, verdammt!«

Seine Antwort war ein Zischen. »Weil er mein Neffe ist! Meine Nichte hätte ihn niemals heiraten dürfen, aber jetzt gehört er nun mal zur Familie. Ich sorge dafür, daß der Verlust mit dem Haushalt des nächsten Jahres ausgeglichen wird.«

»Ich dulde nicht, daß ein Dieb unbestraft bleibt!«

Sein Ausdruck wurde gemein. »Da sollten Sie aber, verdammt, oder Ihre Frau und ihr Liebhaber werden zu den Stars des Tages!«

Es juckte mich, ihm die Finger um den Hals zu legen. O Annie! Sieh nur, was ich dir zuliebe tun muß!

Nein! Weiche von mir, Satan!

»Tun Sie das Schlimmste, was Ihnen einfällt!« Ich wandte mich wieder dem Salon zu.

»Das werde ich. Ich werde Sie vernichten und natürlich Ihre Frau. Und Serenco kommt trotzdem davon; mein Einfluß reicht aus, um das hinzubiegen.«

Ich marschierte den Korridor hinunter, wurde aber langsamer, ehe ich die Biegung erreichte. Annie, verzeih mir. Ich kann nicht dulden, daß er es tut.

»Was, wenn ich den Fall auf sich beruhen lasse?« Meine Stimme klang unsicher.

»Ihr Wort, daß Sie nichts gegen meinen geliebten Neffen unternehmen, als Gegenleistung für meines, daß ich die Story nicht preisgebe. Sehen Sie mich nicht so an, Kommandant! Ich bin Politiker; wenn mein Versprechen nichts taugen würde, würde niemand mit mir Abmachungen schließen.«

Ich verstand die eigenen Worte kaum. »In Ordnung.«

»Dann abgemacht?« Er war klug genug, mir nicht die Hand zu reichen.

»Ja.« Bald, Annie. In dem Augenblick, in dem ich wieder die Erde betrat, würde ich zurücktreten. Dann hatte Wyvern keinen Grund mehr, meine Frau zu vernichten. Ich bezweifelte, daß er es aus schierer Gehässigkeit tun würde; er war ein zu gewitzter Politiker, um seine Macht zu vergeuden. Ich empfand eine seltsame Erleichterung, jetzt, wo über meinen weiteren Weg entschieden war.

Ich war besorgt gewesen, daß ich der Flotte Schande machte, wenn ich so schnell nach meiner Ernennung zum Kommandanten wieder zurücktrat. Jetzt war ich jedoch, falls ich blieb, nur noch eine Belastung. Ich komme nach Hause, Liebes. Endlich.

Fast hochgestimmt suchte ich die Bar auf, um etwas zu trinken, irgendwas, was den Geschmack unseres Gesprächs hinunterspülte.

»Meine Damen und Herren, verehrte Gäste, ich bitte um Ihre Aufmerksamkeit.« Ein Leutnant in frischem Weiß stand an der Luke, und zwei Medienleute mit Holokameras zeichneten jedes seiner Worte auf. Es wurde ruhig in der Kabine. »Im Namen von Kapitän Pritcher begrüße ich Sie an Bord der U.N.S. *Wellington*. Die Zeremonie der Indienststellung findet auf der Brücke statt, aber zunächst laden wir Sie dazu ein, einigen Flottenübungen zuzusehen.«

Er machte eine Pause. »Zunächst rufen wir als Übung alle Mann auf Gefechtsstation. Sie können vom Maschinenraum oder von Deck 1 aus zusehen, unweit der Brücke. Die Mannschaft ist über Reihenfolge und Zeitpunkte der Manöver nicht unterrichtet worden.«

Ich trieb meine Kadetten mit den übrigen Gästen zur Leiter. Robert Bolands Gesichtsausdruck war angespannt. Ich beugte mich zu ihm herunter und fing dabei den scharfen Geruch von Erbrochenem auf. »Ist alles in Ordnung mit dir, Junge?« Das letzte, was wir gebrauchen konnten, war ein Spektakel mit ihm als Hauptperson.

Er schnitt eine Grimasse. »Ja, Sir. Ich denke, diesmal war es das letzte. Das ganze Problem tut mir leid. Nächstes Mal nehme ich die Pillen.« Er sah weg.

Barsch versetzte ich: »Ist schon in Ordnung, Junge. Mir war auch schlecht.«

Er zögerte. »Bekomme ich Minuspunkte, Sir?«

»Einen für die Frage.« Er hätte es besser wissen sollen, und falls nicht ...

Wir stiegen die Leiter hinauf und folgten hinter dem stellvertretenden GenSek im Gänsemarsch dem Korridor von Deck 1. Ich räusperte mich. »Gelöscht, Mr. Boland. Aber geben Sie auf Ihre Manieren acht.«

»Aye, aye, Sir.«

Alarmsirenen heulten. »Gefechtsstationen besetzen!«

tönte die Stimme von Kapitän Pritcher aus den Schiffslautsprechern. »Alle Mann auf Gefechtsstation!« Ich wurde bleich, obwohl ich wußte, daß es nur die angekündigte Übung war. Medienleute richteten ihre Holokameras auf Fähnriche, die zu ihren Posten an den Geschützen, im Funkraum und auf der Brücke rannten. Wenige Sekunden später stürmten die ersten Matrosen die Leiter herauf zur Kabine mit der Lasersteuerung.

Ein Fähnrich duckte sich durch die Brückenluke, nur Sekunden, bevor sie zuknallte. Die Brücke der *Wellington* war jetzt eine eigenständige Festung. Kapitän Pritcher stellte die Alarmsirenen ab und schaltete seinen Rufer auf schiffsweite Frequenz.

»Achterschleuse gesichert, Sir!«

»Maschinenraum gesichert, Sir! Volle Energie steht zur Verfügung!«

»Hydroponik gesichert, Sir! Kabine von der Schiffsluft abgekoppelt.«

Überall in dem großen Kriegsschiff schlossen sich die Notluken und isolierten die verschiedenen Sektionen im Interesse der Sicherheit aller. Falls ein Bereich aufgebrochen wurde, erlitt nur er eine Dekompression.

»Laser unter Strom und bereit, Sir!« Jetzt konnte sich das Schiff wehren.

»Funkraum voll bemannt.« Wir konnten um Hilfe rufen.

Eine nach der anderen meldeten sich die verschiedenen Abteilungen: Wiederaufbereitung, Schadensbehebung, Kombüse, Krankenstation. Als die letzte Bestätigung erfolgte, warf ich verstohlen einen Blick auf meine Uhr. Nicht schlecht für eine neue Crew. Wenn Kapitän Pritcher sein Geld wert war, würden sich die Reaktionszeiten steigern, je mehr sich die Leute an den gemeinsamen Dienst gewöhnten.

»Was denken Sie, Mr. Duhaney?« Der stellvertretende GenSek Franjee sah den Admiral an.

»Forsch gemacht, Sir.« Duhaney klang zuversichtlich. »Zwanzig Sekunden schneller als letzte Woche.« Komisch; ich stand dem Admiral direkt gegenüber und hatte nicht gesehen, daß er die Zeit kontrolliert hätte.

Ein paar Augenblicke verstrichen, dann war Kapitän Pritchers trockene Stimme zu vernehmen. »Ende der Bereitschaft für alle Mann, ausgenommen die Lasersteuerung.« Er räusperte sich. »Unsere nächste Demonstration findet in der Abteilung für die Lasersteuerung auf Deck 1 statt.«

Pflichtschuldig drängten wir uns in den Laserraum. Er strotzte von Konsolen und Bildschirmen. Zwei Reihen wachsamer Matrosen in schimmernden Uniformen warteten auf ihren Plätzen. Ein Offizier trat vor. »Guten Tag, Mr. Franjee und die übrigen verehrten Gäste. Wir stehen im Begriff, eine Laserfeuerübung abzuhalten, wie sie regelmäßig auf jedem im Einsatz befindlichen Schiff durchgeführt wird. Heute feuern wir auf wirkliche Ziele, nicht auf simulierte. Sie werden von Offizieren des Schiffes aus unseren beiden Barkassen ausgesetzt.«

Vielleicht waren die Boote mit Fähnrichen bemannt, überglücklich über die seltene Gelegenheit, ein Kommando zu führen. Vielleicht hatte Kapitän Pritcher in Anbetracht der ganzen hohen Tiere, die hier zusahen, aber doch lieber erfahreneren Leutnants diese Aufgabe übertragen.

Der Offizier betätigte seinen Rufer. »Laserabteilung an Brücke: Bereit, Sir.«

»Sehr gut; die Laser sind aktiviert.« Eine grüne Lampe erstrahlte auf der zentralen Laserkonsole; der Kapitän hatte die Sicherungen aufgehoben, die die Lasergeschütze eines Schiffes normalerweise am Schießen hinderten. »Mr. Johanski, Sanders, fangen Sie bitte an!«

Ich blickte dem Techniker über die Schulter. Die Organisation von Live-Feuerübungen war eine Plage, und die Fahrzeuge, die die Ziele aussetzten, riskierten jedesmal, daß ein Lasertechniker sie in der Hitze des Wettkampfs als Ziel mißdeutete. Andererseits stellte ein realer Treffer den Schützen mehr zufrieden als ein simulierter und steigerte dadurch seine Ergebnisse.

Das erste Ziel beschleunigte Richtung *Wellington*. Der Techniker vor mir stellte die Vergrößerung stärker ein und zeichnete die Flugbahn mit dem Trackball nach.

Bei nur zwei Barkassen, die die Ziele aussetzten, wußten die Geschützmannschaften, daß nur zwei Ursprungsorte vorlagen, und kannten dadurch auch näherungsweise die Flugbahnen. Das bedeutete ...

»Feuer eröffnen!«

Alles war still, vom sporadischen Klatschen der Handflächen auf die Feuertasten abgesehen. Aufgrund der hohen Tiere, die ihnen zusahen, waren die Techniker ungewöhnlich zurückhaltend. Weder gebrummte Flüche, noch Freudenschreie noch ermutigende Zurufe durchbrachen die Stille.

Von Zeit zu Zeit plärrte ein Alarm los, wenn ein Geschoß die Verteidigung des Schiffes durchbrach. Die unpersönliche Stimme des Comps verkündete den simulierten Schaden: »Hüllbruch mittschiffs, Deck 2! Rumpfschaden am Laderaum, Backbordseite!«

Die heranstürmenden Salven wurden unregelmäßiger und degenerierten schließlich zu sporadischem Einzelfeuer, das für die Verteidiger der *Wellington* viel schwerer anzupeilen war. Ich nickte beifällig; Kapitän Pritcher hatte eine faire Prüfung veranstaltet. Viele Kapitäne hätten eine leichte Übung organisiert, wenn ihnen der Admiral und die Medien dabei über die Schulter blickten. Die vorliegende Übung simulierte jedoch Geschoß- und Laserfeuer, keine Angriffe von Fischen, die unser wahrscheinlichster Gegner waren.

»Vordere Backbordlaser zerstört!« Ein unglücklicher Treffer. Die entsprechende Konsole wurde dunkel, als der Schiffscomp sie abschaltete.

»Mich greifen hier zwei an! Charlie, schnapp dir das Mistvieh!«

Der Geschützoffizier eilte über den Zwischengang und stellte sich hinter dem eifrigen jungen Techniker auf. Ich grinste. Das war schon lebensechter. Laserfeuer war ein Gemeinschaftsunternehmen; zwei Konsolen, die zusammenarbeiteten, konnten einen anfliegenden Gegner ins Kreuzfeuer nehmen und zerstören, während sie sich gegenseitig die Flanken schützten. Es war eine anstrengende Arbeit, und der Hilferuf des Technikers war ganz ungekünstelt und natürlich gewesen. Wäre ich jedoch hier der Geschützoffizier gewesen, hätte ich mich zurückgehalten. Ein Leutnant, der ihm über die Schulter starrte, machte den Matrosen nur nervöser.

Die Finger des schwitzenden Technikers tanzten über die Konsole. Die elektronischen Schaltungen unter seinen Händen zeichneten sich durch beeindruckende Komplexität aus, und doch lief letztlich alles auf menschliche, nicht auf computronische Intelligenz hinaus.

Comps waren intelligent, Comps waren schneller, aber nur ein Mensch konnte auf der Grundalge unzureichender Daten eine solide Entscheidung treffen, während ein möglicherweise tödliches Objekt seine Bahn über den Monitor zog. Wir konnten Comps so programmieren, daß sie jede bekannte Gefahr erkannten, aber was war mit den unbekannten Gefahren? Was hätte Darla, der Comp der *Hibernia*, mit dem Fisch angefangen, der hinter dem Wrack der *Telstar* aufgetaucht war? Hätte die *Hibernia* überlebt und mit den Nachrichten nach Hause zurückkehren können?

Schnelligkeit war nicht alles.

Auf Urteilsvermögen kam es an.

Fünf Glockentöne erklangen; die Beleuchtung wurde kurz schwächer und strahlte wieder hell auf. Der Techniker, dem ich zusah, drückte seinen Feuerknopf, um das Ziel im Fadenkreuz zu treffen, und stieß dann einen langen Seufzer der Zufriedenheit aus.

»Alle Konsolen: Feuer einstellen!« Der Geschützleutnant wandte sich an die Politiker und Offiziere, die sich in der Laserkabine drängten. »Bei der Übung, die Sie gerade beobachten konnten, entsprach die Stärke des feindlichen Feuers annähernd einem ausgewachsenen Flottengefecht. Die *Wellington* erlitt nur elf Treffer, während sie zweihundertzwölf feindliche Geschosse vernichtete.« Prasselnder Applaus unterbrach seine Ansprache. Als die Besucher die Kabine verließen, vertiefte ich mich noch einmal in den Anblick der schweigenden Konsolen. Simuliert oder nicht, endlich hatte ich mal wieder ein Schiff unter Feuer gesehen.

Sekretär Franjee strahlte. »Was denken Sie, Kommandant? Sie haben mehr Gefechte erlebt als die meisten Menschen.«

Überrascht stammelte ich einige bedeutungslose Lobesworte. Der Sekretär trat auf den Korridor hinaus. Ich blieb noch einmal an der Tür stehen und warf einen verstohlenen Blick auf die Techniker und ihre Konsolen. Stimmt, es waren über zweihundert feindliche Geschosse gewesen, aber elf Treffer hätten die *Wellington* verkrüppelt, vielleicht gar zerstört.

Obwohl ich das dem GenSek nicht sagen würde, hatten unsere Transpopmatrosen auf der *Challenger* nach unseren endlosen Simulationsdrills besser abgeschnitten. Kapitän Pritchers trockene Stimme kam aus den Lautsprechern: »Die abschließende Übung findet im Maschinenraum statt.« Senator Boland seufzte und bedachte Franjee mit einem kläglichen Lächeln. Käpten Pritcher ließ die Würdenträger wirklich zwischen Bug und Heck hin und her marschieren. Ich gab den wartenden Kadetten einen Wink.

Wir folgten den anderen zu Deck 2 hinunter und warteten darauf, daß die Zivilisten ihren Weg fortsetzten.

Alarmsirenen heulten auf. »Alle Mann auf ihre Posten! Alle Mann auf ihre Posten!«

Erneut trommelten Laufschritte über die Decks. Wir drückten uns an die Seitenwand der Leiter; ein Matrose stürmte grinsend vorbei und nahm dabei jeweils zwei Stufen auf einmal. Das Kommando ›alle Mann auf ihre Posten‹ kam als Bereitschaftsstufe gleich unter Gefechtsstation; die Notluken blieben offen, und der Kapitän gab die Lasersicherungen nicht frei, aber alle Mannschaftsangehörigen stürzten trotzdem sofort zu ihren Posten und blieben dort für die Dauer des Alarms.

»Nur ein Teil des Programms«, erklärte Admiral Duhaney dem stellvertretenden GenSek. Sein Ton klang beruhigend.

»Woher wollen Sie das wissen?« erkundigte sich Senator Wyvern. Gute Frage. Eine Übung unterschied sich nicht von einem wirklichen Alarmzustand. Dem Kommando mußte unverzüglich Folge geleistet werden; nur der Kapitän wußte, warum er das Signal gab.

»Ich überprüfe das, wenn Sie möchten.« Duhaney war darauf erpicht, seine politischen Auftraggeber zu besänftigen. »Falls es keine Übung ist, weise ich Pritcher an, das sofort per Lautsprecherdurchsage bekanntzugeben. Die Gentlemen möchten bitte auf Deck 3 hinuntergehen.« Er trabte wie ein pflichtbewußter Fähnrich wieder die Leiter hinauf.

Er konnte die Brücke noch gar nicht erreicht haben, ehe sich die Lautsprecher wieder meldeten. »Alle Mann, Alarm aufgehoben!« Wyvern seufzte und brummte etwas vor sich hin. Ich grinste boshaft; vielleicht verschaffte Pritcher dem Senator noch einen Herzanfall. Wir erreichten Deck 3 und trotteten an den Recyclerkammern vorbei zum Maschinenraum.

»FEUER IN DER WIEDERAUFBEREITUNG! ALLE MANN ZUR BRANDBEKÄMPFUNG!« Die Stimme des Kapitäns klang angespannt. »Auf Deck 3 die Schläuche austeilen!«

Ich schubste Kyle Drew aus dem Weg, als Feuercrews mit grimmigen Gesichtern vorbeistürmten. Die Korridorluken glitten zu und isolierten die gefährdete Sektion. Ein Surren und Klicken kündete davon, daß sich die Luftklappen in der Decke geschlossen hatten, so daß jede Sektion auf ihren eigenen Luftvorrat beschränkt war. Automatisch suchte ich die Schotten nach den Fächern von Lufttanks ab.

Senator Boland stieß mir in die Rippen. »Übertreibt Pritcher nicht ein wenig?«

»Falls es eine Übung ist«, sagte ich angespannt. Ein Medienmensch drängte mich mit der Schulter zur Seite, um einen Matrosen besser in die Kamera zu kriegen, der gerade einen Schlauch im Korridor entrollte. Adam Tenere schnappte nach Luft und holte mit der Faust aus. Ich schaffte es noch, ihm in den Arm zu fallen. »Sachte, Junge!«

»Er hat sie gestoßen, Sir!«

Ich fand seine Empörung beruhigend. »Er muß seine Aufnahmen machen, und ich stand ihm im Weg.«

»Aber Sie sind Kapitän!«

Der Schlauch bäumte sich auf und spritzte los, als der Comp der *Wellington* die Ventile öffnete. Ich tätschelte Adam die Schulter und lächelte. »Die Berührungsregeln gelten für Flottenpersonal, nicht für Landmenschen.«

»Ich weiß, Sir.« Der Fähnrich holte tief Luft und zwang sich dazu, zu entspannen. Dann trat er lässig vor, als wollte er den Matrosen bei der Arbeit zusehen. Dabei achtete er darauf, daß sein Rücken die Holokamera des Medienmenschen voll blockierte.

Ich runzelte die Stirn, blieb aber friedlich. In etwa einem Tag spielte nichts davon mehr eine Rolle; dann war ich wieder zu Hause bei Annie.

Ein Fähnrich erschien an der Luke und aktivierte den Schiffsrufer. »Wiederaufbereitungskammer an Brücke. Keine Spur von einem Brand, Sir.«

Die Stimme des Kapitäns klang trocken. »Sehr gut, Alarm aufgehoben.«

Der Korridorluken fuhren auf. Unsere Politikergruppe blieb noch stehen, um den Matrosen beim Einrollen der Schläuche zuzusehen. Ein Crewmann brummte einem Kameraden zu: »Warum flötet er nich' einfach ›Schiff verlassen!‹ und bringt uns von hier weg?« Ich gab vor, es nicht gehört zu haben.

Zehn Minuten später versammelten wir uns für das letzte Manöver in der Außenkabine des Maschinenraums.

Wieder meldete sich die trockene Stimme des Kapitäns aus den Lautsprechern. »Meine Damen und Herren, hier auf der Brücke werden unsere Offiziere eine Fusionsfahrt zur Wega kalkulieren. Wir kopieren die Daten auf Ihren Monitoren im Maschinenraum. Sobald die Berechnungen geprüft sind, bereiten wir die *Wellington* auf die Fusion vor.« Er legte eine Pause ein. »Diejenigen von Ihnen, die Verpflichtungen zu Hause haben, werden sicher erleichtert sein zu hören, daß wir die Fusion nicht wirklich durchführen.«

Die Politiker lachten pflichtschuldig. Eine Fahrt zur Wega hätte Monate in Anspruch genommen, unterbrochen nur von gelegentlichen Stopps zur Navigationskontrolle.

»Maschinenraum, bereitmachen zur Fusion.«

»Aye, aye, Sir.« Die Antwort des Chefingenieurs erfolgte augenblicklich. »Bringe Drei online, nehme die Hilfsenergie weg.« Die Maschinenmaate arbeiteten an ihren Konsolen, während Matrosen weiter unten das Triebwerk auf Zeichen von Problemen überwachten.

Sekretär Franjee brach ein Gespräch mit einem Mann von der *Holoworld* ab. »Was geschieht hier, Mr. Seafort?«

Ich deutete auf eine Konsole. »Im Moment bringt der Chief volle Energieleistung online, um uns für die Fusion vorzubereiten. Auf der Brücke werden gerade die Navigationskoordinaten ausgerechnet.«

Der Medienmann fragte: »Woher wissen Sie, was die tun?«

»Zum einen sieht man die Kalkulationen auf dem Bildschirm dort.« Ich zeigte darauf.

»Warum kann man die Kalkulationen nicht hier unten durchführen?« wollte der Sekretär wissen.

»Ich schätze, das könnte man, Sir.« Es würde Fähnrichen schreckliche Stunden unter dem strengen Blick des Kapitäns ersparen. Aber man führte die Kalkulationen nun einmal auf der Brücke durch; so war es bei der Flotte Usus. Schließlich war dort der Platz des Piloten, und er trug die Verantwortung dafür, daß die Fusion präzise ablief.

Zahlen sausten über den Bildschirm. Zwei Decks über uns schwitzte ein Fähnrich an seiner Konsole und war sich zweifellos der hohen Tiere bewußt, die seiner Arbeit zusahen.

Der Comp konnte alle unsere Berechnungen schneller durchführen als irgendeine menschliche Kraft. Die erste Regel der Flotte lautete jedoch: Vertraue niemals den Maschinen. Alle Navigationsberechnungen und alle Sicherheitsmessungen wurden von den wachhabenden Offizieren bestätigt. Zu viele Menschenleben standen auf dem Spiel, um sie den Unwägbarkeiten elektronischer Störungen anzuvertrauen. Selbst massive eingebaute Redundanten konnten ein Schiff nicht vor Macken in der Programmierung schützen, wie wir sie auf der *Hibernia* entdeckt hatten.

»Ich habe die Koordinaten, Ma'am.« Die Stimme des jungen Fähnrichs im Lautsprecher klang zuversichtlich.

Mr. Franjee blickte auf die Uhr. »Was jetzt, Mr. Seafort?«

»Er gibt sie an den Piloten weiter. Sie sind gleich fertig, Sir.« Ich bemühte mich um Mitgefühl mit der Frustration des Sekretärs. Alles, was er sah, waren blinkende Lampen, Zahlen, die ihm nichts sagten. Der Kapitän wäre klüger beraten gewesen, diese Übung aus dem Programm zu streichen.

»Pilot?« Wieder der trockene Tonfall des Kapitäns.

»Bis auf vier Dezimalstellen bestätigt, Sir.«

»Sehr gut. Harlan?«

Der Comp. »Übereinstimmung auf fünf Dezimalstellen, Kapitän.«

»Sehr gut.«

Ich sagte: »Jetzt speisen sie die Koor . . .«

Die Zahlen leuchteten auf unseren Konsolen auf. Kapitän Pritcher schnarrte: »Alle Mann, bereitmachen zur Fusion!«

»Es ist nur eine simulierte Fusion; wir werden also nicht wirklich . . .«

Der Chefingenieur brüllte: »Bereitmachen zur Fusion!« Er tippte einen Code in die Konsole. Eine grüne Lampe ging an und verkündete, daß die Fusionssicherungen abgeschaltet waren. Der Ingenieur gab die Fusionscodes ein. Vor meinem inneren Auge liefen die Aktionen auf der Brücke ab. Der Kapitän würde die Koordinaten ein letztes Mal überprüfen. Seine Hand schwebte über dem Monitor. Wären wir tatsächlich in Fusion gegangen, hätte er sie dann über den Monitor bis in die Position FUSION EINLEITEN gezogen.

Eine Glocke läutete. »Maschinenraum, Fusion!«

Sekretär Franjee wirkte beunruhigt. »Ich dachte, Sie hätten gesagt, sie würden nicht ...«

Als der Chief auf die Zündtaste drückte, summten die Maschinen auf, und die Beleuchtung wurde etwas schwächer. »Maschinenraum an Brücke: Fusionsantrieb wurde aktiviert!«

»Es ist nur eine Simulation, Sir, wenn auch eine sehr realistische.«

N-Wellen tanzten auf dem kleinen Monitor neben den Linien, die den erwarteten Ausstoß zeigten. Techniker an den angeschlossenen Konsolen bemühten sich darum, die beiden Linien jeweils exakt in Übereinstimmung zu bringen. Solche Simulationen wurden bei der Ausbildung routinemäßig durchgeführt.

»Stationen, Meldung machen!«

»N-Wellen-Erzeugung innerhalb der Parameter!«

»Hauptturbine, keine Überhitzung.«

»Pumpen arbeiten normal, keine Überhitzung.«

Mr. Franjee trat von einem Fuß auf den anderen. »Alles sehr schön, aber wie lange geht das noch?«

»Ich bin sicher, daß sie jeden Moment aufhören.«

»Die Temperatur steigt jetzt, Chief.«

»Wie weit haben Sie Ihre Welle?«

»Fünfundfünfzig Prozent.«

»Geben Sie mir einen Abgleich bei sechzig.«

Der Sekretär schien verwirrt. Leise sagte ich: »Er paßt den Energieausstoß den beabsichtigten Koordinaten an. Die Simulation ist auf einen Ausstoß von sechzig Prozent eingestellt, das heißt, sechzig Prozent der für die Fusion erforderlichen N-Wellenstärke.«

Der Blick des Chiefs blieb auf der Konsole ruhen. »Das ist korrekt, Sir, außer, daß es sich nicht um eine Simulation handelt. Wir erzeugen echte N-Wellen.«

Ich taumelte, als hätte mich der Schlag getroffen. »Sie tun was?«

»Alle heutigen Übungen sind real, keine Simulationen. Wir begrenzen den Wellenausstoß auf sechzig Prozent. Machen Sie sich keine Sorgen; falls die Maschinen überhitzen, kann ich sie ab . . .«

»Echte Wellen?«

Der Sekretär räusperte sich. »Kapitän Seafort, was . . .«

Ich gab ihm mit einem Wink zu verstehen, daß er ruhig ein sollte. »Chief, schalten Sie bitte sofort die Maschinen aus! Sie erzeugen Katzengeschrei!«

»Tut mir leid, ich habe keine Ahnung, was Sie damit meinen.«

»Sie senden N-Wellen! Sie locken Fische an!«

Sein Ton klang beruhigend. »Es dauert nur ein paar Minuten, Sir. Schiffe fusionieren die ganze Zeit; ich bin sicher, daß dabei keine . . .«

»Geben Sie mir Ihren Rufer!«

»Verzeihung, Sir, das kann ich im Moment nicht. Wir sind beschäftigt.«

Senator Wyvern sah amüsiert zu. »Probleme, Seafort?«

»Ja, ich . . .« Sinnlos, es zu erklären, besonders in seinem Fall.

Pritcher meldete sich. »Maschinenraum, gehen Sie auf fünfundsechzig, halten Sie die Wellenlinie zehn Minuten lang aufrecht, und schalten Sie dann ab.«

Der Chief packte seinen Rufer. »Aye, aye, Sir. Fünfundsechzig Prozent bestätigt.«

Ich schob mich durch die Menge und riß die Korridorluke auf. »Verzeihen Sie. Adam, passen Sie auf die verfluchten Kadetten auf!«

Senator Boland gab mir den Weg frei. »Käpten, wohin gehen Sie?«

»Nach oben!« Ich marschierte den Korridor hinunter und beschleunigte mein Tempo, bis ich schon vor der

Biegung regelrecht sprintete. Ich stürmte die Leiter zu Deck 2 hinauf und umrundete den Schacht.

Als wir Lichtjahre von zu Hause entfernt auf der *Challenger* ausgesetzt worden waren, hatte unser Katzengeschrei die tödlichen Fische angelockt. Auf der Orbitalstation von Hope Nation hatte ich absichtlich die Triebwerke gefechtsuntauglicher Schiffe auf niedrige Intensität eingestellt, um so viele Fische zu unserem abgelegenen Außenposten zu rufen, wie ich nur konnte, ehe ich die Station hochjagte.

Die *Wellington* tat nun das gleiche, im Heimatsystem!

Ich hastete die Leiter hinauf und stürmte durch den Korridor zur Brücke. Die Luke war verschlossen; ich hämmerte an die widerstandsfähige Alulegierung.

Die Kamera schwenkte; einen Augenblick später glitt die Luke auf. Ein junger Leutnant saß rechts vom Kapitänssessel über ihre Konsole gebeugt und besprach sich mit einem Fähnrich.

»Kapitän Seafort meldet sich zur Stelle, Sir. Erlaubnis, die Brücke zu betreten!«

Pritcher schwenkte herum. »Erteilt.«

Admiral Duhaney saß auf der Kante der Kapitänskonsole. »Was ist los, Seafort?«

»Schalten Sie die Triebwerke ab, ehe Sie Fische anlocken!«

Pritchers Gesicht blieb ausdruckslos, von einer hochgezogenen Braue abgesehen. »Verzeihung? War das ein Befehl?«

Verdammt, der Mann war dienstälter als ich! »Nein, Sir, natürlich nicht.« Ich bemühte mich um einen versöhnlichen Tonfall. »Vielleicht wissen Sie nicht, daß Fische Ihre N-Wellen hören können. Wenn Sie welche erzeugen, ohne in Fusion zu gehen . . .«

»Ja, ich weiß; in Ihrem Bericht nennen Sie es Katzengeschrei. Eine interessante Vorstellung. Aber selbst, wenn das erwiesen sein sollte, werden ein paar Testminuten keine Fische von . . .«

Ich wirbelte herum. »Admiral, um Gottes willen! Weisen Sie ihn an, die Triebwerke abzuschalten! Sie haben Zivilisten an Bord!«

»Seafort, Sie gehen zu weit.« Duhaneys Blick war kalt.

»Wenn Sie dort gewesen wären, gesehen hätten, wozu die fähig sind ...«

»Benehmen Sie sich!« Der Admiral stand auf und legte die wenigen Schritte zwischen uns zurück. Er setzte mir den Finger auf die Brust. »Sie hatten Ihre Chance auf ein Schiff; wir haben Sie fast angefleht, eines zu übernehmen! Die *Wellington* gehört Pritcher. Er trägt die Verantwortung.«

»Aye, aye, Sir. Aber sind Sie sich auch darüber im klaren, daß die Wellen, die wir erzeugen, exakt denen entsprechen, die ich für die automatische Bombe vorgeschlagen habe, um Fische anzulocken?«

Der Admiral stutzte. »Exakt?«

»Na ja, die Fische reagieren auf verzerrte N-Wellen noch heftiger als auf echte. Aber ...«

Kapitän Pritcher schnauzte: »Unsere Wellenlinie ist echt! Sehen Sie sich mal die Kurve an!« Er zwang sich, einen höflicheren Ton anzuschlagen. »Abgesehen davon, Seafort, sind wir im Heimatsystem. Wöchentlich, wenn nicht täglich gehen Schiffe von hier aus zu der einen oder anderen Kolonie in Fusion. Ein kurzer Testlauf wird schon nichts ausmachen. Mit dem stellvertretenden GenSek an Bord möchte ich eben, daß alles gut aussieht.«

Ich ließ die Schultern hängen; es war sinnlos. »Ja, Sir. Wie der Admiral schon sagte, führen Sie das Kommando. Tut mir leid, daß ich Sie angefahren habe.«

Er klang nur leicht besänftigt. »Sehr schön.«

Duhaney schien unentschlossen. »Harry, denken Sie, wir sollten vielleicht ...«

»Ich mache es kurz, Sir. Ich wollte den Zuschauern nur demonstrieren, wie gut unsere Techniker eine Wellenlinie aufrechterhalten können.«

»Wie Sie meinen; Sie haben das Ruder.«

Nach dieser Bekräftigung seiner Befehlsgewalt konnte Pritcher es sich leisten, großmütig zu sein. »Maschinenraum, bereitmachen zur Defusion.« Er stellte den Rufer wieder hin. »Oh, nebenbei, Kapitän Seafort, mein Leutnant hat mir erzählt, daß Sie sich von früher kennen.«

Die junge Frau blickte von der Konsole auf.

Ich flüsterte: »Arlene?«

Sie klang schüchtern. »Leutnant Sanders zur Stelle, Sir.« Unser Blicke begegneten sich und hefteten sich ineinander.

Pritchers trockene Stimme durchbrach meine Benommenheit. »Leutnant, geleiten Sie Kapitän Seafort bitte in den Salon zurück.«

»Aye, aye, Sir.« Sie stand sofort auf.

Wie ein Automat salutierte ich vor Pritcher und dem Admiral und folgte Arlene von der Brücke. Die Luke glitt hinter uns ins Schloß.

Ihre sanfte Stimme klang unsicher. »Schön, Sie wiederzusehen, Sir.« Mechanisch gingen wir zur Leiter und stiegen auf Deck 2 hinunter.

Im Lautsprecher knackte es. »Maschinenraum, Defusion. Meine Damen und Herren, damit sind unsere Übungen abgeschlossen.«

»Arlene ...« Ich schluckte schwer. »Wie ist es dir ergangen?«

»Gut, Sir, obwohl ich eine Zeitlang glaubte, ich würde für immer Fähnrich bleiben.«

Ich blickte nach rechts und links; der Korridor von Deck 2 war verlassen. Zögernd streckte ich die Hand aus; scheu ergriff sie sie.

Ich war so jung, so hoffnungsvoll, so unschuldig gewesen.

Ich trat dichter an sie heran und nahm den frischen, sauberen Duft ihres Haares wahr.

So jung!

Sergeant Swopes knurrte: »Heute nachmittag findet eine umfassende Inspektion statt. Wie es heißt, führt der Kommandant sie persönlich durch. Eine falsche Bügelfalte, ein Staubkorn, und ich stopfe den, der dafür verantwortlich ist, in den Recycler! Habt ihr das verstanden?«

»Ja, Sir!« ertönte sofort unser Chor. Ungeachtet seiner Warnung war ich unbesorgt. Wir waren inzwischen erfahrene Kadetten im zweiten Jahr und beherrschten die Tricks, wie man eine Inspektion erfolgreich durchstand. Aufregender waren da schon die Gerüchte, daß man etwa hundert Kadetten zur Beförderung ausgewählt hatte. Ich hoffte wider alle Hoffnung, daß ich dazugehörte, wußte aber gleichzeitig, wie unwahrscheinlich das war.

Auf der Akademie gab es keine festen Abschlußtermine. Ein Kadett blieb der Fürsorge seiner Sergeanten überlassen, bis man ihn als tauglich einstufte, egal, wie lange das dauerte. Als wir den Eid ablegten, hatte man uns vorgewarnt, daß wir vielleicht für die gesamte fünfjährige Dienstzeit Kadetten bleiben würden, und es kursierten Gerüchte, daß so etwas tatsächlich passierte, obwohl niemand einen konkreten Fall kannte.

Nachdem Sarge gegangen war, widmeten wir uns der langweiligen Aufgabe, unsere Unterkunft bereitzumachen: den Boden wischen, Staub wischen, uns selbst und unsere Umgebung säubern. Korporal Tolliver stolzierte herum und erteilte überflüssige Befehle, während er gleichzeitig darauf achtete, seine eigene Arbeit nicht zu vernachlässigen. Er würde mit uns anderen gemeinsam leiden, falls unsere Unterkunft unrühmliche Erwähnung fand.

Einer seit langem bestehenden Vereinbarung zufolge polierte ich unsere Stiefel, während Arlene unsere beiden Betten machte; normalerweise kümmerte ich mich selbst um mein Bett, aber für die gestärkten Falten, die man bei einer Inspektion präsentieren mußte, verließ ich mich lieber auf Arlenes überlegene Fertigkeit, während ich ein Talent dafür hatte, die Spitze eines Stiefels in einen Ebenholzspiegel zu verwandeln.

Stunden später zupfte ich ein letztes Mal an meiner

Jacke und strich zum wiederholten Mal mein Haar zurück. Von der Luke rief Robbie Rovere: »Sie haben gerade Armstrong verlassen und kommen hierher!«

»Macht euch bereit!« Tollivers Warnung war überflüssig. Wir bezogen in zwei Reihen Aufstellung und hielten uns bereit, Haltung anzunehmen, sobald die Luke aufging.

»Viel Glück!« Arlene machte das Zeichen mit den gekreuzten Fingern; ich grinste angespannt, während ich es erwiderte.

»ACHTUNG!« tönte Tollivers Gebrüll durch den Schlafsaal. Wir fuhren hoch, den Rücken stocksteif, die Augen geradeaus.

Sergeant Swopes kam als erster herein, sah, daß wir bereits Position bezogen hatten, und trat zur Seite.

Ich holte tief Luft. Es *war* Kommandant Kearsey! Der allmächtige Gott mochte uns helfen, falls irgendwas schiefging.

Seine Inspektion verlief gründlich. Er fuhr mit der Hand über Donovers Spind und rieb die Finger aneinander, als wollte er den Staub wieder loswerden, sagte aber nichts. Der Inspektionstrupp verschwand im Bad und kam kurz darauf wieder zum Vorschein.

Kearsey nickte Sarge zu. »Sehr gut, Mr. Swopes. Wird abgenommen.«

»Danke, Sir.«

Der Kommandant blieb an der Luke noch einmal stehen. »Einige von euch werden Gerüchte gehört haben, daß eine Beförderungsliste ausgegeben wurde. Das ist nicht der Fall.« Ein kollektives, fast unhörbares Seufzen lief durch den Raum. »Und es wird auch nicht der Fall sein – bis zur Freistunde heute abend. Ihr findet sie auf dem Korridor.« Damit ging er hinaus.

Die Stille hielt noch für eine volle halbe Minute an. Dann erzitterte die Unterkunft unter Jubelschreien. Robbie hämmerte mir auf die Schulter und umarmte Arlene. »Ein paar von uns müssen draufstehen! Vielleicht ich, vielleicht du. Wir kommen hier raus!«

»Du solltest nicht zu sehr ...« Es war zu spät. Robbie schoß radschlagend den Zwischengang entlang und prallte beinahe mit Tolliver zusammen, der einen halbherzigen Tritt in eine Richtung zielte.

Der Tag verstrich in quälender Erwartung. Ich träumte im Navigationsunterricht und handelte mir damit einen scharfen Verweis durch Mr. Reeves ein. Danach tat ich mein Bestes, um mich zu konzentrieren; selbst wenn mein Name auf der Liste stehen sollte, war es ein leichtes, ihn wieder zu streichen.

Das Abendessen kam und ging vorüber. Falls ich überhaupt etwas zu mir nahm, konnte ich mich später nicht daran erinnern. Vielleicht Milch. Oder womöglich die Serviette.

Sergeant Swopes schien unser seltsames Verhalten nicht zur Kenntnis zu nehmen. Es mußte anstrengend für ihn sein, da Donover eine Tasse Kaffee auf sich schüttete und Robbie Rovere geräuschvoll über den eigenen Stuhl stolperte.

»Denkst du, sie hängt bereits aus?« Arlene paßte ihr Tempo meinen Schritten an.

»In der Freistunde. Noch anderthalb Stunden.«

»Ich weiß, wann die Freistunde ist«, sagte sie gereizt. Sie lief voraus.

»Dumm von dir, Seafort.« Tollivers Ton war spöttisch. »Du hast es verpfuscht. Vielleicht war sie ja scharf auf dich!«

Ich wirbelte herum und stieß ihn ans Schott. »Paß auf, was du sagst! Sie ist eine Saalkameradin!«

»Nimm deine Hände weg!«

Robbies kalte Stimme fiel ein: »Ich habe es mitgehört, Tolliver. Du warst widerwärtig!«

Tollivers Blick ging zwischen uns hin und her. »Sachte, Jungs, ich hab's nicht so gemeint.« Er stieß meine Hände weg. »Seid vorsichtig, damit euch Sarge nicht noch sieht!«

Mir war es egal, ob ich Minuspunkte für Respektlosigkeit gegenüber einem Korporal erhielt. Selbst nach den

Maßstäben der Schlafsäle war Tollivers Bemerkung eine Obszönität. Arlene Sanders und ich waren Saalkameraden und standen uns damit noch näher als Bruder und Schwester. Beim Gedanken, sie zu bumsen, drehte sich mir der Magen um. Wie hätte ich so was tun können? Wir teilten eine Unterkunft miteinander, sogar eine Dusche.

Langsam löste sich mein Zorn wieder in Luft auf. Ich lächelte bitter und suchte nach einer passenden Antwort. »Vergiß Sarge. Hoffe lieber, daß ich es Sanders nicht erzähle.« Arlene zeichnete sich durch beachtliche Fähigkeiten im waffenlosen Nahkampf aus.

Im Schlafsaal breiteten wir unsere Schulsachen aus, um Hausaufgaben zu machen, und zogen wie üblich die Betten den Studierzimmern vor. Es bestand eine unausgesprochene Übereinkunft mit Sergeant Swopes, daß er uns während dieser Lernstunde nicht störte, und es stand uns frei, jede entspannte Haltung einzunehmen, nach der uns der Sinn stand. Ich rollte mich gewöhnlich auf der Seite zusammen und hatte dabei das Holovid vor mir liegen. Manche saßen mit gekreuzten Beinen auf ihren Kojen, und andere lümmelten auf dem Deck. Robbie Rovere lag in der Regel auf dem Fußboden, die Beine auf dem Bett. Obwohl alles ruhig war, bezweifelte ich, daß heute ein großer Lerneffekt erzielt wurde. Was mich anging, gab ich nach einer halben Stunde auf und schaltete das Holo aus.

Ich wußte, daß ich jetzt noch nicht den Abschluß erhalten würde; ich hatte bei den letzten Tests keine guten Zensuren bekommen. Aber selbst wenn ich hierblieb, bedeutete das neue Saalkameraden, vielleicht sogar einen neuen Sergeant, da ausgedünnte Unterkünfte zusammengefaßt wurden.

Endlich läutete die Glocke und signalisierte damit den Beginn der Freistunde. Zwei Kadetten stürmten zur Luke. Andere standen lässiger auf, streckten sich und schlenderten auf den Korridor hinaus, als wollten sie einen Spaziergang machen.

Ich blieb deprimiert in der Koje liegen, einen Arm über den Augen. Früher oder später kam ich ja auf dem Weg zum Unterricht an den Aushängen vorbei und würde dann einen Blick darauf werfen. Das eilte nicht.

»Kommst du, Nicky?«

Ich nahm den Arm vom Gesicht. »Geh nur. Vielleicht später.«

Arlene setzte sich auf meine Koje und zog sich die frische graue Jacke an. »Ich habe Angst. Sehen wir es uns lieber zusammen an.«

Ich schnaubte. »Du und Angst? Aber klar!« Arlene Sanders ließ sich von keinem Jungen in der Unterkunft dumm anquatschen. Trotzdem hatte sie einmal – damals im Fusionsboot – die Nerven verloren. Vielleicht war es ja doch möglich. »Okay.«

Ich stand auf und spazierte gemeinsam mit ihr zu der am Korridorschott ausgehängten Liste. Kadetten aus etlichen Unterkünften bahnten sich schubsend und drängelnd den Weg. Jemand stieß einen Jubelschrei aus.

Wir schoben uns durch die Menge. Ich warf einen forschenden Blick auf die beiden Spalten, war aber zu weit weg, um irgendwas entziffern zu können. Jemand rempelte mich an. Ich stieß mit dem Ellbogen zu.

»Sachte, Leute, einer nach dem anderen!« Fähnrich Thornes Stimme forderte Gehorsam ein, und das Stoßen und Drängen ließ nach. In wortloser Übereinstimmung bildeten wir zwei Reihen; wer vorne stand, sah die Liste durch und wandte sich dann ab, entweder niedergeschlagen oder mit unverhohlener Freude.

Korporal Tolliver war mehrere Plätze vor uns. Er erreichte die Liste und fuhr mit dem Finger an der Spalte entlang. Er erstarrte und drehte sich langsam um. Er setzte die Mütze ab und schleuderte sie ans Schott. Sein Grinsen verlieh ihm einen fast menschlichen Ausdruck. »Ja! Ich komme hier raus, Seafort!«

Arlenes Stimme klang ausdruckslos. »Glückwunsch.«

Tolliver schien es nicht zu hören. Er rannte zum Schott, hob die Mütze auf und schleuderte sie erneut durch die

Gegend. Sie segelte an Mr. Thornes Nase vorbei, aber der Fähnrich lächelte nur. »Vorsichtig, Tolliver! Du mußt erst noch die letzte Nacht durchstehen.«

»Ja, Sir.« Die Aussicht auf die traditionellen Schikanen schien ihn nicht zu beeindrucken.

Der Junge an der Spitze unserer Reihe drehte sich um. Es war Robbie Rovere. Seine Lippen bebten. Er bemühte sich mannhaft um Selbstbeherrschung, verlor die Schlacht jedoch. Rasch wischte er sich eine Träne mit dem Ärmel ab. »Ich habe es nicht geschafft.«

»Oh, Robbie!« Ich suchte nach einer tröstlichen Bemerkung. »Dann bleiben wir wenigstens zusammen.«

»Yeah.« Er scharrte mit den Füßen. »Vielleicht nächstes Mal, hm?« Er wandte sich abrupt ab, aber Arlene streckte rasch die Hand aus und zog ihn an sich. Sie legte ihm einen Arm über die Schultern. »Du bist okay, Junge. Kearsey ist ein blinder alter Trottel, das weiß jeder.«

Herr Jesus! Ich versetzte ihr einen Stoß in die Rippen. Wenn irgend jemand das gehört hatte ...

»Du schaffst es nächstes Mal«, sagte sie.

»Danke.« Robbie entwand sich ihr und lief zum Schlafsaal. Er prallte dabei fast auf Fähnrich Jenks, der gekommen war, um sich die Komödie anzuschauen. Verärgert schubste er Robbie weg.

Nur noch zwei Kadetten trennten uns von unserem Schicksal; wir schoben uns weiter vor, bis wir an die Reihe kamen. Arlene zog den Finger an der Liste entlang und erreichte die Einträge unter S. Ein leiser Laut entfuhr ihr.

»Du hast es geschafft!« sagte ich. Ich warf die Arme um sie und tanzte vor Freude.

Sie wimmerte, aber es verwandelte sich in ein Lachen. »O Nicky, ich hatte solche Angst!«

»Ich wette, dich haben sie gleich als erstes ausgewählt.« Ich hämmerte ihr auf den Rücken und grinste wie ein Idiot.

»Macht schon, ihr zwei!« Jemand zerrte an meinem Arm.

Ich zog mich zurück, aber Arlene hielt mich fest. »Willst du denn nicht nachsehen, Nicky?«

»Wozu?« Um ihr eine Freude zu machen, sah ich mir die Liste erneut durch. »Ausgeschlossen, daß ich ...«

Mein Name.

Sprachlos prallte ich zurück. »Ich bin ... Allmächtiger, ich habe es geschafft!« Nein, es mußte ein Fehler sein. Ich drängte mich wieder ins Gewühl und sah erneut nach. »Seafort, Nicholas E.« Ich sah erneut hin, konnte es nicht glauben.

Was war das nur für ein Wunder?

»Ich habe es zum Fähnrich gebracht!« Es hörte sich absurd an. Ich ließ die Menge hinter mir und kam an Jeff Thorne vorbei. In diesem Moment stellte mir Fähnrich Jenks ein Bein, und ich wäre gestürzt, hätte Thorne mich nicht festgehalten.

Wieder im Schlafsaal angekommen, fiel ich aufs Bett, hob den Arm und begutachtete die graue Wolle meiner Jacke. Jetzt würde ich sie gegen Blau eintauschen. Ich richtete mich auf einen Ellbogen auf. »He, zu welchem Datum wird das wirksam?«

Sanders grinste. »Geh zurück und sieh selbst nach. Ich habe dein Bett für dich gemacht; was möchtest du sonst noch?«

Ich seufzte und schwenkte die Beine aus der Koje.

»Morgen mittag.«

»Wirklich?« Ich hatte nicht erwartet, daß es so bald sein würde.

Sie schlug einen vorsichtigen Ton an. »Das bedeutet, daß heute die letzte Nacht kommt.«

Alle Fähnriche und Offiziere schikanierten Kadetten; das gehörte zum System. Aber die Schikanen der letzten Nacht konnten gnadenlos sein. Ich schluckte eine ungute Vorahnung hinunter. Was immer sie taten, morgen war es vorbei.

Neun Kameraden aus unserer Unterkunft hatten ihren Abschluß geschafft, aber die Stimmung blieb gedrückt. Freundschaften wurden durchbrochen, vertraute Saalkameraden gegen das Unbekannte eingetauscht. Ich ertappte mich bei dem Wunsch, mein Name stünde nicht auf der Liste. Ich schämte mich meiner Feigheit.

Sie griffen sich uns, nachdem Licht Aus ertönt war.

Taschenlampen halfen ihnen dabei, unsere Gesichter zu bestimmen. Angeführt von Jenks, zerrten die Fähnriche Reston und Lorca aus den Betten und kommandierten sie auf den Korridor hinaus. Wir warteten; die meisten von uns waren wach und strengten sich an, in der stillen Nacht etwas zu hören. Vielleicht hörte ich in der Ferne jemanden aufschreien. Ich war mir nicht sicher.

Eine Stunde verging, und ich döste allmählich ein.

Arlene kreischte. Ich fuhr kerzengerade hoch. Sie schlug in ihrer Koje mit allen vieren um sich und versuchte, sich aus den durchnäßten Decken zu befreien. Eisbrocken klapperten aufs Deck. Ein grinsender Fähnrich beförderte den Eimer mit einem Tritt über den Zwischengang und zog an Arlenes klatschnasser Pyjamajacke.

»Ihr Bastarde!« Ich sprang aus dem Bett und schubste die Fähnriche zur Seite. »Laßt sie in Ruhe!« Ich trug nur meine Unterhose.

Jemand packte mich am Arm. Ich teilte einen Schwinger aus, traf aber nicht; der Fähnrich drehte mir den Arm auf den Rücken.

Arlene schluchzte vor Angst und Demütigung. Ich trat mit dem nackten Fuß aus und erwischte Jenks am Schienbein. »Du blödes Arschloch!«

»Was für eine große Klappe der hat!« Jenks hob den leeren Eimer auf und stülpte ihn mir über den Kopf. Ich schüttelte ihn ab. »Bringen wir ihm mal Manieren bei.« Der Fähnrich sah sich um. »Ins Bad.«

Irgendeine tapfere Seele brummte: »Laßt ihn in Ruhe!«

Jenks wirbelte herum und schwenkte suchend die Taschenlampe. »Lauter, bitte!« Niemand reagierte.

Zwei Fähnriche zerrten mich ins Bad; ich trat um mich.

Sie waren größer und schwerer, und ich konnte mich nicht befreien. Fest ans Waschbecken gedrückt, erwartete ich mein Schicksal.

Jenks blieb an der Luke stehen. »Korporal Tolliver, kommen Sie doch dazu.«

Schikanen hin, Schikanen her, es war ein Befehl, und Tolliver blieb keine Wahl. Er erschien unter der Luke und zupfte sich die Unterhose zurecht. »Ja, Sir?«

»Einen Moment nur.« Jenks gab sich kurz angebunden. »Haltet den kleinen Nicky fest«, wies er meine Schergen an und drehte den Wasserhahn voll auf. »Manieren, Seafort! Man kann nicht Fähnrich sein, ohne Manieren zu haben.« Er packte ein Stück Seife, während die anderen meinen Kopf hinunterdrückten, und versuchte es mir in den Mund zu stecken.

Mein Widerstand nützte mir nichts. Ramponiert und gedemütigt, hielt ich schließlich still und nahm das widerliche Schaben der Seife hin.

Jenks war gründlich. Er unterbrach seine Tätigkeit nur, als zwei seiner Gefolgsleute mit einer Flasche heißem Wasser unter der Luke auftauchten. Er deutete auf Tolliver und flüsterte einem seiner Busenfreunde etwas zu. Sie packten den Kadettenkorporal und zerrten ihn ganz unzeremoniell in eine Toilettenkabine. Ich würge, versuchte die Seife auszuspucken, aber zum Lohn drückten sie mir nur den Kopf unter Wasser.

Hinter mir warf ein Schmerzensschrei Echos.

Die neue Uniform kam mir seltsam und unangebracht vor, obwohl sich lediglich die Farbe verändert hatte. Wir wurden sofort in eine neue Unterkunft verlegt; natürlich konnten wir Fähnriche nicht mit bloßen Kadetten zusammen schlafen. Kids, die gestern noch unsere Freunde gewesen waren, salutierten unbehaglich vor uns; wir erwiderten die Grüße mit gleicher Verlegenheit.

Nur wenige Fähnriche wurden für die Akademie eingeteilt; die meisten von uns erhielten eine Versetzung nach draußen. Wir erwarteten besorgt unser Schicksal; während die Tage ins Land zogen, wechselten immer mehr von uns auf die begehrten Linienschiffe. Arlene und ich gehörten zu denen, die blieben.

Jeff Thorne sah eines Tages bei uns herein. Als Fähnrich im Stab von Farside logierte er in der Fähnrichskabine, nicht bei uns. »Ihr habt also die letzte Nacht überlebt.«

»Knapp.« Zuzeiten hatte ich immer noch den Geschmack der Seife im Mund.

»Es tut mir leid. Jenks ist ein Arschloch, aber ein dienstälteres Arschloch.«

»Es ist nicht Ihre Schuld, Sir.«

»Das heißt jetzt Jeff.«

Ich grinste schüchtern. »Ja, Si ... Die Veränderung fällt mir schwer.«

»Ich entsinne mich.« Er streckte die Hand aus. »Morgen reise ich ab zur *Targon*. Ich bin gekommen, um dir Glück zu wünschen. Dir auch, Sanders.«

Ich schüttelte ihm die Hand. »Danke. Sie ...« Ich zögerte. Es spielte keine Rolle; Arlene war eine Saalkameradin. »Sie haben mir viel bedeutet, Mr. Thorne.«

Heiser sagte er: »Ich wünschte, wir hätten mehr geschafft. Wir sind nie zu den Gravitronen vorgedrungen.«

»Niemand schafft das je.« Wir lächelten.

»Was das Übrige angeht, so tut es mir leid.« Er versetzte mir einen Klaps auf die Schulter und ging.

Unsere Befehle trafen zwei Tage später ein. Ich wurde auf die *Helsinki* versetzt, Arlene auf die *Freiheit*. Wir beide sollten auf Station Earthport an Bord gehen, nach vier Tagen Urlaub in Lunapolis.

Urlaub? Wir starrten einander an. Zwei Jahre lang hatte man uns wie eine Herde zu den Mahlzeiten getrieben, in die Unterkünfte, zum Sportunterricht, zum Friseur. Wir hatten kaum mal eine Stunde für uns selbst gehabt.

Jetzt waren wir Fähnriche und waren damit laut

Gesetz der Vollversammlung mündig. Während Zivilisten unseres Alters nach wie vor den Anweisungen ihrer Eltern zu folgen hatten und nicht an Unterhaltungsprogrammen und Freizeitfreuden von Erwachsenen teilnehmen duften, stand es uns frei zu trinken, hinzugehen, wo wir wollten, und sogar Elektrowagen zu steuern, vorausgesetzt, wir wußten, wie man das machte.

Ein berauschender Gedanke!

Fünf von uns nahmen das Farside-Shuttle zur Station Earthport, um von dort nach Lunapolis weiterzufliegen. Ich weiß nicht, wie es den übrigen frischgebackenen Fähnrichen erging, aber ich bekam einen Kloß im Hals, als ich zum Bullauge hinaussah, um einen abschließenden Blick auf die Kuppeln der Akademie zu werfen. In diesem Augenblick liebte ich dort alles, sogar Sergeant Swopes. Na ja, vielleicht nicht alle. Nicht Jenks.

Stunden später nahmen wir unsere Plätze im Verbindungsshuttle nach Lunapolis ein. Wir hatten alle unsere Pläne; zu meinen gehörten Besuche im Urbezirk und im Raumfahrtmuseum. Wir hätten Zimmer in einem der weniger teuren Hotels buchen können, aber Arlene und ich schrieben uns in der Flottenkaserne ein. Obwohl wir jetzt Sold erhielten, hatten wir keine Ersparnisse zu vergeuden. Ich mußte mir für den Urlaub sogar einen Vorschuß auszahlen lassen.

Schon am ersten Abend hatte ich die touristischen Attraktionen abgeklappert, von denen ich geglaubt hatte, sie würden für eine Woche reichen. Das Raumfahrtmuseum hatte überwiegend nur Nachbauten zu bieten, und ich hatte in den Jahren auf der Akademie mehr alte Fahrzeuge gesehen, als die hiesige Ausstellung zeigte. Der Urbezirk war jedoch faszinierend. Ich bemühte mich, mir das Leben der frühen Siedler unter solch primitiven Bedingungen vorzustellen.

Den zweiten Urlaubstag verbrachte ich in einer Kneipe, und die zweite Nacht über einer Toilette zusammengekrümmt, wobei ich mich erbrach, bis nichts weiter hochkam. Den dritten Tag über kämpfte ich gegen monumentale Kopfschmerzen und ein überwältigendes Schamgefühl; am Abend suchte ich die Vereinigungskirche auf und betete um Vergebung für meine Torheit.

Es war am vierten Tag, meinem letzten, daß ich den Mut zusammenraffte, die unteren Bezirke zu erforschen.

Wie jede Stadt hatte Lunapolis seine guten Seiten. Altlunapolis gehörte nicht dazu. Unbeschreibliche Absteigen boten Laster an, von denen ich schon insgeheim im Bett geträumt hatte, und auch solche, die mir auszumalen ich nie gewagt hatte. Da mir der Vortrag des Gesundheitsoffiziers noch in den Ohren klang, mied ich sorgsam die meisten Etablissements und landete schließlich in einem schäbigen Restaurant, das meine jungen Augen als mondän betrachteten.

Ich bestellte ein Abendessen und willigte tapfer ein, auch Wein zu trinken. Ich hatte keine Erfahrung mit alkoholischen Getränken und überließ dem Ober die Auswahl. Was mir dann serviert wurde, erinnerte mich stark an einen Schottreiniger. Nichtsdestoweniger nippte ich mannhaft daran. Wenig später schwebte eine junge Frau an meinem Tisch vorbei und blieb stehen, um hallo zu sagen. Es dauerte nicht lang, und sie saß mir gegenüber und plauderte sorglos mit mir. Sie hieß Lynette.

Nach dem Essen nahm sie mich auf einen Spaziergang mit. Ich hatte Geschichten über einen bestimmten Typ Frau gelesen und bereitete mich darauf vor, Forderungen nach Geld entrüstet zurückzuweisen. Zu meiner Erleichterung geschah nichts dergleichen. Statt dessen hakte sie sich bei mir unter und flüsterte mir ihre Begehrlichkeiten ins Ohr. Ich starrte sie ungläubig an. Taten Menschen wirklich solche Dinge?

Ich hatte hier keine Wohnung, und Lynette mit in die Flottenkaserne zu nehmen war undenkbar. Mit kaum mehr als einem vorwurfsvollen Blick elektrisierte sie mich dermaßen, daß ich durch meine Brieftasche blätterte. Mit verzweifelter Tapferkeit warf ich Banknoten auf den Hotelschalter. Das Zimmer war so schmuddelig, wie es die Adresse bereits versprochen hatte, aber Lynette schien es nichts auszumachen. »Du und ich, wir sind die ganze Welt, Nicky. Nichts sonst ist real.«

Sie drückte mich auf einen Stuhl, drapierte sich auf meinem Schoß und kuschelte sich an mich. Ich küßte sie schüchtern, während sie mich streichelte und von kommenden Seligkeiten flüsterte. Sie legte meine Hände dorthin, wo sie sie haben wollte.

Auf ihr Drängen hin zog ich die wundervolle neue Uniform aus und versuchte so zu tun, als wäre ich wieder in der Unterkunft, als würde niemand außer den Mitkadetten meine nackte Haut sehen. Lynette legte ihr Oberteil ab und drückte mir die hart gewordenen Brustwarzen an die nackte Brust.

Wenige Augenblicke später schlüpfte ich zwischen kalte Bettdecken, und in meinem Kopf überschlugen sich die Phantasien. Lynette drückte sich an mich, und ich versuchte, ihr zu Gefallen zu sein. Irgendwie gingen ihre Drehungen und Wendungen jedoch immer in die falsche Richtung. Ich umfaßte sie mit den Armen, zog sie an mich, erreichte damit aber nichts. Meine Lust schrumpfte auf unbedeutende Ausmaße zusammen. Ich schloß die Augen und bemühte mich, ein Gefühl der Scham zu unterdrücken.

Zuerst glaubte ich, Lynette versuchte, mich von neuem zu erregen, und ich kämpfte darum, ihr entgegenzukommen. Das schien sie zu freuen, aber ungeachtet meines leidenschaftlichen Verlangens schrumpfte die Schwellung zu nichts zusammen. Jetzt wurden ihre Finger grausam, machten sich an meinen Lenden zu schaffen, vertreiben die letzten Reste der Erregung.

»Verhält sich so vielleicht ein Mann?« Auch der Ton war grausam.

»Ich bin ... Ich muß ... Hör auf damit!« Ich packte ihr Handgelenk und zog es weg.

»Hätte ich gewußt, daß dein Ding so winzig ist, hätte ich mir gar nicht erst die Mühe gemacht. Wie alt bist du, Junge? Dreizehn?«

Ich entwand mich ihr, lag mit dem Rücken zu ihr gewandt da und hegte eine unaussprechliche Verletztheit. Zur Scham gesellten sich Gewissensbisse, weil ich sie enttäuscht hatte. »Es tut mir leid, Lynette. Gib mir nur eine Minute; es wird schon.«

Sie schien sich zu beruhigen. Kurz darauf streichelte sie mich wieder. »In Ordnung, Lieber. Es ist okay. Weine nicht.« Dankbar drehte ich mich wieder in ihre Arme. Viele Minuten lang war sie geduldig mit mir, bis ich endlich reagierte. In ihrem Eifer küßte sie mich zu fest und biß in meine Lippe. Ich schrie auf, riß das Gesicht zurück, versuchte, mich zu konzentrieren. Mit den Händen erforschte ich ihren Körper und umfaßte schließlich ihre Brüste. Sie wurde schlaff wie eine Strohpuppe.

Einen Augenblick später hörte ich auf. Es war sinnlos; vielleicht stimmte die Chemie zwischen uns einfach nicht. Ich setzte mich auf. »Es tut mir leid; ich gehe.«

»Du läufst weg?« Es klang ungläubig.

»Nein.« Ich fischte nach meiner Unterhose. »Ich gehe nur.«

Sie setzte sich auf. »Dein Daddy lebt in Wales, sagtest du? Wie würde er sich fühlen, wenn er wüßte, daß du gerade bei mir bist?«

Etwa so, wie ich mich jetzt fühlte. Ich packte mein Hemd.

»Weißt du was, kleiner Junge? Das einzige, was ihn noch mehr anwidern würde, als daß du schwitzend hier liegst, ist, daß du noch nicht mal Manns genug bist, es zu tun!« Ihre Augen flammten. »Da unten ist bei dir nichts, Junge! Nur ein weißer Fleck!«

»Warum sagst du das?« Ich rammte die Füße in die Schuhe.

»Du wirst nie für irgendeine Frau gut genug sein! Versuch es mit Männern!«

Ich schlug nach ihr, aber sie zog den Kopf weg, und meine Finger strichen kaum über ihre Wange.

»Geh nach Hause, Kleiner! Spiel damit, bis du gelernt hast, wie es geht!«

Ich schnappte mir Jacke und Krawatte und lief zur Tür. Irgendwie gelang es mir, sie aufzuschließen; ich flüchtete den Gang hinunter und fummelte an der Korridorluke herum.

Eine schrille Stimme verfolgte mich: »Du Monstrum! Hast du da unten eine Vagina versteckt?« Ihr Atem ging in kurzen Stößen, während sie mir auf den Gang folgte. »Du bist nutzlos!« Ich blickte zurück, erstarrt in der Agonie meiner Erniedrigung.

Ihr Gesicht war vor Leidenschaft verzerrt, die Lippen voll. Sie rieb sich mit der Hand an der Beingabelung. »Monstrum von einer Schlampe!«

Ich stürmte blind durch die schmutzigen Korridore, als wäre der Satan persönlich hinter mir her. Vielleicht war er es.

Lange Stunden später stolperte ich wieder in die Flottenunterkunft, und die Füße taten mir weh von all den Meilen, die ich achtlos zurückgelegt hatte. Inzwischen war ich jenseits aller Tränen, jeder Anteilnahme, jenseits des Lebens selbst. Ich wandte vor jedem den Blick ab, war mir sicher, daß jeder die Demütigung und ihre Ursache von meinem Gesicht ablesen konnte.

Ich tippte den Lukencode ein und schlüpfte in meine Kabine. Ich lehnte mich an die Luke, die Augen geschlossen. Ich bemühte mich, nicht zu weinen, scheiterte jedoch. Ich zerrte mir die schweißnassen Kleider vom Leib und fiel aufs Bett, sprang jedoch gleich wieder heraus. Ich war noch nicht soweit. Ich flüchtete ins Bad, drehte die Dusche an und stand dankbar unter der dampfenden Wärme. Endlose Minuten verstrichen, während ich versuchte, die üblen Verwünschungen der Frau abzuwaschen.

Warum hatte sie mich vernichtet? Hatte ich das wirklich verdient? Der heiße Wasserstrahl liebkoste mich. Ungeachtet meiner Verfassung entspannte sich der Körper allmählich wieder. Endlich holte ich widerstrebend tief Luft, schaltete die Brause ab und rubbelte mich trocken.

Das Zölibat war sicher nicht so schlimm; eines Tages gewöhnte ich mich vielleicht sogar daran. Bis dahin wartete die U.N.S. *Helsinki* auf mich; der Dienst würde helfen.

Mit dem Handtuch um die Hüfte kehrte ich ins Schlafzimmer zurück. Zwar fühlte ich mich viel zu elend, um zu schlafen, aber ich konnte beten und vielleicht noch vor dem Morgen Frieden finden.

Jemand klopfte an die Luke. Ich ignorierte es; mein neues Leben gedachte ich als Einsiedler zu verbringen. Alles andere war undenkbar.

Weiteres Gehämmer. Wenn ich nur nicht reagierte, gingen sie sicher wieder weg.

»Nicky?«

Verdammt, Arlene! Nicht jetzt. Nicht einmal du. Ich warf mich aufs Bett und vergrub das Gesicht im Kopfkissen.

Nach einer Weile entfernte sie sich, und ich blieb allein mit Lynette zurück. Ihre abscheulichen Worte warfen Echos: »Monstrum! Spiel damit! Versuch es mit Männern!« Ich warf mich hin und her und setzte mich dann auf, um die Bibel aus der Reisetasche zu holen. Auf der Bettkante sitzend blätterte ich durch die vertrauen Seiten. Vater, vergib mir. Ich war dumm, und ich verachte mich.

Gib dich nicht mit einer Dirne ab, damit sie dich nicht um dein Erbe bringt.

Bitte, Herr! Ich bereue. Schenk mir Vergessen!

Wegen einer Frau kamen schon viele ins Verderben, sie versengt ihre Liebhaber wie Feuer.

Ich ließ die Bibel zufallen. Das Verderben. Der Lust willen war ich soweit gesunken.

Wieder klopfte jemand. »Nicky?«

Ich seufzte. Sie würde alle paar Minuten klopfen, wenn ich mich nicht meldete. »Jetzt nicht, Arlene.«

»Nur für eine Minute.«

Leise fluchend ging ich zur Luke hinüber und riß sie auf. »Was ist denn?«

Kadett Sanders – jetzt Fähnrich Sanders – grinste über das Handtuch um meinen Hüften. »Dein Stil gefällt mir. Was für eine Uniform!« Ihre Augen funkelten, ihr Atem roch nach süßem Wein.

»Was möchtest du?«

Sie musterte mein Gesicht. »Kopfschmerzen?«

»Um Gottes willen, Arlene, sag schon, wozu du gekommen bist, und laß mich wieder allein!«

Sie richtete sich auf. »Scheiß drauf! Ich bin gekommen, um Lebewohl zu sagen; der Wein macht mich dumm. Vergiß es!«

»Du dummes Miststück!«

Ihre Ohrfeige brachte mich ins Wanken. Meine Hand fuhr zur schmerzenden Wange hinauf.

»Was für ein Arschloch du bist, Nicky! Ich hasse dich!« Steifbeinig ging sie davon.

Ich schritt in meinem Raum auf und ab, rieb mir die Augen und stieß einen gleichmäßigen Strom von Obszönitäten hervor. Als ich am Stuhl vorbeikam, versetzte ich ihm einen heftigen Tritt und brachte die nächsten Minuten damit zu, auf dem anderen Bein zu hüpfen und die schmerzenden Zehen zu umklammern. Endlich warf ich mich verbittert, gedemütigt und hundeelend ins Bett und schaltete das Licht aus.

Wochenlang warf ich mich hin und her. Endlich gab ich auf, schaltete das Licht ein und stellte fest, daß weniger als eine Stunde vergangen war.

Verdammt, Arlene, warum mußtest du mich stören? Und was macht es schon, daß ich meine Manieren vergessen habe? Ich habe den schrecklichsten Tag meines Lebens hinter mir, und ...

Nein, es war nicht der schrecklichste Tag. Den hatte ich über einer Decke auf dem kalten, feuchten Gras eines Stadions verbracht, vor langer, langer Zeit ...

»Mann, hast du vielleicht eine Laune, Nicky!«

Oh, halt den Mund, Jason, du bist tot und dahin. Ich vermisse dich, aber setz mir nicht zu.

»Okay.« Die Stimme verklang.

Nein, Jase, komm zurück! Schweigen. Ich beugte mich über die Knie, senkte den Kopf und weinte. Es tut mir leid! Ich habe es nicht so gemeint!

Die Antwort kam wie ein Flüstern. »*Sprichst du mit mir oder mit ihr?*«

Mit dir. Nein, ihr. Mit euch beiden.

Schweigen.

Ich griff nach meinen Kleidern. Nur Augenblicke später schlüpfte ich durch die Luke, ging den Flur hinunter und merkte dann erst, daß ich ihre Zimmernummer nicht kannte. Warum war das Leben nur so verdammt kompliziert? Ich schleppte mich zum Empfangsschalter und wartete darauf, daß der Matrose von seinem Holo aufblickte.

»Fähnrich Sanders; welches Zimmer?«

Er zog eine Braue hoch. »Wir geben keine Zimmernummern bekannt.«

Ich antwortete mit fremder Stimme: »Heute abend tun Sie es!«

Er starrte mich an und entdeckte in meinen Augen etwas, was ihn überzeugte. »Drei fünfzehn.«

Ich nahm jeweils zwei Stufen mit einem Schritt und eilte zu ihrer Tür. In Ordnung, ich würde mich erniedrigen. Soviel bedeutete sie mir, oder hatte sie einmal. Um alter Zeiten willen hatte sie es verdient.

Ich klopfte an. Keine Reaktion. »Arlene?«

Ich wartete, vernahm kein Geräusch. Ich schluckte. »Ich verstehe dich, Arlene. Was auch immer du von mir denkst, du hast recht. Es tut mir leid.« Es war so unzulänglich, aber mir fiel nicht mehr ein. Ich schlich davon.

Ich öffnete die Tür zum Treppenhaus und stieß mit jemandem zusammen, der in Gegenrichtung hindurch wollte. »Verzeihung, ich . . .«

»Was machst du denn hier?«

»Ich war vor deinem Zimmer. Wo warst du?«

Leise sagte Arlene: »Ich habe bei dir angeklopft. Du hast nicht geantwortet.«

»Was wolltest du?«

Ich hob eine Hand, um ihre Antwort zu unterbinden. »Ich bin gekommen, um mich zu entschuldigen. Ich bin ein Dummkopf, und dich zu beschimpfen war ...« Ich wandte mich ab. »... abscheulich.« Ich zwang mich, ihr in die Augen zu blicken.

Sie sagte: »Ich weiß auch nicht, was über mich gekommen ist, dich auszuschimpfen. Ich wollte nur Lebewohl sagen. Im Schlafsaal habe ich immer die harte Schale gezeigt, aber innerlich war mir sentimental zumute, war ich einsam. Ich ... Nicky, wende dich nicht ab; ich möchte dich ansehen! Deine Augen – ich habe noch nie gesehen, wie du so ... Warum weinst du?«

»Nichts«, nuschelte ich.

»O Nicky!« Sie zog meinen Kopf an ihre Schulter. So dankbar, daß ich es gar nicht ausdrücken konnte, überließ ich mich ihrer Zärtlichkeit. Wenig später richtete ich mich wieder auf und wischte mir die Augen ab. »Es war ein schlimmer Tag.«

»Erzähl mir davon.«

Das konnte ich auf keinen Fall tun!

Trotzdem war das Bedürfnis zu gestehen fast unerträglich. Vielleicht konnte ich ein paar Dinge erwähnen. Nicht die schlimmsten. »Nicht hier.« Ich führte sie zu meinem Zimmer.

Arlene setzte sich mit gekreuzten Beinen auf mein Bett, wie sie es unzählige Male auf Farside getan hatte. »Erzähl schon.«

Ich begann mit dem lässigen Gespräch an meinem Tisch im Restaurant. Stück für Stück, wie von einem Magneten angezogen, entrang sich mir die Geschichte. Ich hatte mir überlegt, die Einzelheiten zu übergehen, stellte aber fest, daß es nicht möglich war. Danach lag ich auf der Seite, gedemütigt, die Augen fest geschlossen.

Ich rechnete mit Trost, aber ihr Ton war eisenhart. »Kannst du sie wiederfinden?«

»Wieso?«

»Ich bringe sie um.«

Beeindruckt sah ich auf, fand ihre Augen. Sie meinte es ernst. Ich murmelte: »Ich hatte es verdient.«

»Sei kein Idiot.« Sie sprang auf, ging auf und ab und blieb stehen, um mit der Faust ans Schott zu schlagen. »Sie nennen sich die Quälgeister. Ein Sexkult. Die Männer suchen sich junge Mädchen, die Frauen Jungs. Sie ... demütigen sie. Das macht sie scharf.«

Ich drehte mich auf den Rücken. »Woher weißt du das?«

Sie wurde rot. »Als ich für die Fähnriche Vorschriften rezitieren mußte, dachte einer von ihnen, es würde mir angst machen.« Sie fluchte beredt. »Die schlimmsten Schikanen, die wir je erlebt haben, waren nicht so scheußlich!«

»Nein.«

»Das Miststück wollte dich für immer zeichnen.«

Ein Flüstern. »Sie hat es.«

Arlene schob mich unbekümmert zur Seite und setzte sich. »Jetzt wirst du jedesmal an sie denken. Hattest du jemals Sex?«

»Arlene!«

»Ich frag' ja nur. Ich hatte. Letztes Jahr, zweimal. Mit Jungs aus einem Schlafsaal des zweiten Jahres.«

»Allmächtiger Gott im Himmel!«

»Vergiß, daß ich gefragt habe. Es ist keine große Sache.« Sie tätschelte mir die Stirn. »Jesus, Nick.«

Eine ganze Weile verging so. Meine Stimme klang gedämpft. »Heute abend war das erstemal.« Ich betrachtete konzentriert das gegenüberliegende Schott, und meine Wangen brannten.

Arlene blickte auf die Uhr. »Ich muß mich in sechs Stunden melden. So wenig Zeit!«

»Ich weiß. Geh etwas schlafen.«

»Das habe ich nicht gemeint.« Sie begann, die Jacke aufzuknöpfen.

»Was machst du da?«

»Ich zieh meine Kleider aus. So geht es besser.«

Ich setzte mich rasch auf.

»Hör auf! Nicht mit dir, und ich könnte ohnehin nicht, nach diesem Abend.«

»Wieso nicht mit mir?«

»Man macht es nicht mit Saalkameraden!«

»Das sind wir nicht mehr. Ich gehöre zur *Freiheit* und du zur *Helsinki*, erinnerst du dich?« Sie schlüpfte aus der Hose.

Ich schrie: »Arlene, ich kann nicht! Zwing mich nicht, es zu versuchen, ich bitte dich!«

Sie zögerte und beugte sich dann herüber, um ihre Wange an meiner Brust zu reiben. »Wenn es das ist, was du möchtest. Aber ich bin einsam. Kann ich bleiben, nur um zu reden?«

Ich suchte nach einer Möglichkeit, um abzulehnen, ohne sie noch mehr zu verletzen. Mir fiel nichts ein. »In Ordnung.« Irgendwie würde die Nacht schon vorübergehen.

Wenig später kuschelten wir uns in der Dunkelheit unter der Decke zusammen. »Der arme Robbie. Er hat sich so sehr gewünscht, Fähnrich zu werden.« Ihr Ton war sanft.

»Sie werden ihn nicht mehr lange dabeihalten.«

»Ich weiß.« Sie seufzte. »Er hat geweint, nachdem Licht Aus kam.«

»Ich hab es auch gehört.«

»Halt mich fest, Nicky.«

Eine Stunde verging. Ich döste in ihrer tröstlichen Wärme vor mich hin. Dann wachte ich abrupt auf. »Arlene, was machst du ...«

»Red nicht.« Sie kuschelte sich enger an mich. »Du bist anständig, Nicky. Und du bist freundlich, wenn man mal unter diese rechtschaffene Pose blickt. Jeder kann das erkennen.« Ihre weichen Finger glitten über meine Seite.

»O Arlene, wenn das doch nur stimmen würde!« Trotzdem verabreichte ich ihr einen scheuen Kuß.

Sie klang erstaunt. »Ich denke, ich liebe dich, Nicky.« Ihre Lippen begegneten meinen. Ich vergrub mich in ihrem Mund und kurz darauf noch woanders.

Arlenes Finger glitten über meine Kapitänsspangen. »Wer hätte das gedacht, Sir? So schnell!«

Ich schloß die Augen und versuchte, die Verzweiflung abzuschütteln. »Es ist nicht so gewesen, wie es die Holos schreiben. Nicht annähernd.«

»Ich weiß.« Als würde sie sich wieder ihrer Umgebung bewußt, wich sie einen Schritt zurück und räusperte sich. »Ich kann es in Ihren Augen erkennen.«

»Mir geht es gut«, sagte ich barsch. »Erzähl mir von dir.« Wir betraten den Leiterschacht und machten uns auf den Weg zu Deck 3 hinunter.

Ihr Lachen klang fröhlich und brüchig zugleich. »Sie haben mich quer durch die ganze Flotte gehetzt. Die *Freiheit*, dann die *Bolivar*, schließlich die Admiralität. Jetzt bin ich hier.«

Wir stiegen zu Deck 2 hinunter. »Wann hast du es zum Leutnant gebracht?«

»Vor vier Jahren. Eigentlich ein Glücksfall; hätte Käpten Vorhees nicht ...«

Die Alarmsirenen heulten. »GEFECHTSSTATIONEN! ALLE MANN AUF GEFECHTSSTATION!« dröhnte Pritchers Stimme aus den Lautsprechern.

Arlene Sanders stampfte mit dem Fuß auf. »Was ist nur los mit dem Mann? Es reicht uns allen!« Sie traf Anstalten, die Leiter hinaufzuhetzen.

»Er möchte die hohen Tiere beeindrucken. Falls sie ...«

Im Tonfall des Kapitäns klang durch, daß er mit den Nerven fertig war. »Gefechtsstationen! Das ist keine Übung!«

»O Jesus!« Arlene stürmte die Leiter zu Deck 2 hinauf. Eine Sekunde lang glotzte ich nur. Dann raste ich hinterher.

So schnell sie auch lief, war Arlene nur einen Schritt vor mir, als sie durch die Brückenluke stürzte. Ich duckte mich gerade noch hinein, ehe der Kapitän auf den Notschalter hieb.

Die Luke knallte zu und isolierte uns vom übrigen Schiff. Der Fähnrich vom Dienst war nirgends zu sehen;

nur der Kapitän, Admiral Duhaney, Arlene und ich waren hier.

Arlene sprang zu ihrer Konsole und schaltete auf den Planungsmonitor um. »Leutnant Sanders meldet sich ...«

»Es sind drei!« Pritchers Stimme schwankte. Er deutete auf den Simultanschirm. »In den Ausbildungsholos sahen die Fische nicht so ... so groß ...«

Meldungen prasselten aus dem Lautsprecher. »Funkraum besetzt und bereit, Sir!«

»Maschinenraum gesichert, Sir! Volle Energie für Schubtriebwerke verfügbar!«

Duhaney umklammerte die Rückenlehne des Kapitänssessels. »Harry, bringen Sie uns hier raus!«

Pritcher schien es nicht zu hören. »Sie können einfach nicht so schnell hier sein, selbst wenn sie schneller fusionieren als wir!«

»Hydroponik gesichert!«

»Drei Hindernisse bestätigt, Kapitän.« Das war Arlene.

»Laser hochgefahren und einsatzbereit, Sir!«

»Distanzen einhundert Meter und näherkommend, die zweite ein halber Kilometer.« Arlene drehte die Vergrößerung hoch. »Nur einen Moment noch, dann haben wir den dritten erfaßt.«

»Harry ...«

»Halten Sie den Mund, ich überlege!« Pritcher hämmerte auf die Konsole.

Admiral Duhaney machte ein verblüfftes Gesicht, schwieg aber.

Eisige Finger packten meinen Magen. Auf dem Simultanschirm wirkte ein Fisch an der Backbordseite des Bugs so nahe, daß man ihn anfassen konnte. Langsam bildete er einen Tentakel heraus.

»Dritter Fisch in zwei Kilometern; kommt schnell näher.« Arlene zögerte. »Kapitän, wir sind feuerbereit.« Sie wartete. »Sir, darf ich den Befehl dazu geben?«

Duhaney rührte sich. »Harry, sagen Sie etwas!«

Ich warf einen Blick über die Schulter des Kapitäns auf

seine Konsole. Die Lasersicherungen waren weiterhin eingeschaltet. Pritcher hielt die Armlehnen des schwarzen Ledersessels umklammert.

Lässig trat ich zwischen Pritcher und den Simultanschirm und bückte mich, um ihm ins Gesicht zu blicken. Seine Augen waren glasig.

Leise sagte ich: »Kapitän Pritcher, fassen Sie sich. Verteidigen Sie Ihr Schiff!«

Keine Antwort.

»Mr. Pritcher, *bitte*!«

Er flüsterte: »Wie groß sie sind! Sie sind ... monströs!«

»Lasersteuerung an Brücke. Ziele sind erfaßt.«

Ich räusperte mich und sagte in normaler Lautstärke: »Kapitän, dürfen wir die Sicherungen ausschalten?«

»Harry, ordnen Sie eine Fusion an!« Das war Duhaney.

»Schluß damit!«

Duhaney wirbelte herum, als er meine Stimme hörte.

»Unser Koordinaten sind auf die Wega eingestellt, Admiral. Selbst wenn wir neue berechnen, sind wir zu dicht an der Erde, um sicher fusionieren zu können.« Wir hätten riskiert, daß wir durchschmolzen, wenn nicht Schlimmeres.

Ein Alarmsignal ertönte. Es war Harlan, der Comp. »Zwei Hindernisse in sechs Kilometern!«

Pritcher flüsterte etwas; ich bückte mich, um ihn besser zu verstehen. »... können nicht so schnell hiersein ... können nicht ...«

Der Fisch längsseits wirbelte mit seinem Tentakel, war bereit, seine Säure auf unseren Rumpf zu schleudern.

Ich schwenkte zur Arlene herum. »Entheben Sie ihn des Kommandos. Ich bin nicht Mitglied der Besatzung; ich kann es nicht tun.«

Besorgt erwiderte sie meinen Blick. »Sie hängen mich, Nick!«

»Der Admiral ist hier! Fragen Sie ihn!«

Der Tentakel kreiste schneller.

»Harry, bringen Sie das Schiff in Fusion!« Duhaney klang heiser.

Ich schnauzte: »Möchten Sie das Kommando übernehmen, Admiral?«

»Was?«

»Sie haben mich schon verstanden. Übernehmen Sie das Schiff!«

»Ich kann doch nicht ... Ich meine, ich habe seit Jahren nicht mehr auf Schiffen gedient, seit ...«

»Dann halten Sie den Mund!« Ich beugte mich über Pritchers Schulter, schaltete die Lasersicherungen aus und beging damit Meuterei.

Es war eine so absolute, so alte Regel, daß sie nicht neu gefaßt zu werden brauchte. Ein Schiff hatte nur einen Kapitän. Widerstand gegen seine Befehlsgewalt brachte den Tod ein. Und ein Kapitän repräsentierte nicht nur die Staatsmacht, sondern den Willen des allmächtigen Gottes selbst.

Denn es gibt keine staatliche Gewalt, die nicht von Gott stammt; jede ist von Gott eingesetzt. Wer sich daher der staatlichen Gewalt widersetzt ... wird dem Gericht verfallen.

So sei es. Jetzt war ich doppel verdammt.

Ich stellte den Rufer auf schiffsweite Frequenz ein. »Hier spricht Nicholas Seafort, Kapitän, U.N.N.S. Ich gebe die Befehle von Kapitän Pritcher weiter.« Jede andere Darstellung hätte nur zu Verwirrung geführt.

»Laser, bei Zielerfassung feuern!« Fast sofort wurde die Beleuchtung schwächer und dann wieder heller.

»Backbordtriebwerke, zweimal kurzer Schub. Wachhabender Fähnrich, bewegen Sie Ihren Arsch auf die Brücke! Sie auch, Pilot!« Der Pilot war für die engen Manöver, die uns bevorstanden, am besten ausgebildet.

Im Lautsprecher knackte es. »Wir haben ihn erwischt!«

Ich kniff die Augen zusammen. Aus zahlreichen Löchern im Körper des längsseits liegenden Fisches spritzte Protoplasma. Der Tentakel kreiste nicht mehr. »Immer zuerst den nächsten beschießen! Nach eigenem Ermessen feuern!«

Duhaney fragte zaghaft: »Nick, sind Sie sicher, daß Sie ...«

»Kapitän Pritcher, der Maschinenraum meldet ...«

»Was gibt es, Maschinenraum? Pritcher ist beschäftigt.«

»Sekretär Franjee möchte wissen, wer das Kommando führt und ob wir in Sicherheit fusionieren.«

»Wir haben keine Zeit für Zivilisten!« raunzte ich. Ich drehte den Einstellknopf. »Funkraum, setzen Sie eine Meldung ans Einsatzzentrum der Flotte ab. Die *Wellington* wird angegriffen, Koordinaten ... Haben Sie unsere Position?«

»Ja, Sir.«

»Hier Laserraum: zweites Ziel in Sicherheit fusioniert!«

Jemand hämmerte an die Luke. Ich stellte die Kamera ein, entdeckte einen Fähnrich und öffnete die Luke mit einem Hieb auf den Schalter. »Fähnrich Rives meldet sich zur ...«

»Funkraum, melden Sie der Admiralität, daß wir fünf Fische haben, einer tot, die übrigen vier im raschen Anflug!«

Der Comp plärrte: »Hindernis in siebzig Metern! Ein weiteres in zweihundertfünfzig Metern!«

Völlig außer Atem, salutierte der Fähnrich vor Kapitän Pritcher. »Sir, ich habe hinter der Luke von Sektion sechs festgesessen. Ich mußte sechs Schlösser hinter mich bringen, um ...«

Pritcher nickte dem Fähnrich liebenswürdig zu. »Kein Grund zur Eile, Mr. Rives. Ist Mr. Franjee jetzt bereit, das Schiff in Dienst zu stellen?« Ein Tropfen Speichel glänzte auf seinem Kinn.

Ich knurrte: »Lassen Sie das, Junge! Funkraum, wiederholen Sie, bis Sie eine Bestätigung erhalten, und machen Sie *sieben* Fische daraus! Fragen Sie, ob Hilfe in der Nähe ist!« Das war nicht der Fall, wie ich wußte, Man hatte die *Wellington* in eine einsame Position geschickt, um ihre Großartigkeit herauszustreichen. »Lasersteuerung, erfassen Sie die neuen Ziele! Harlan, hilf dabei, die Laserkoordinaten zu bestimmen!«

Harlan schlug einen kalten Ton an. »Sie üben keinerlei Befehlsgewalt an Bord der *Wellington* aus, Mr. Seafort. Nur Kapitän Pritcher kann ...«

»Hör mal, Comp ...«

»Gestatten Sie, Sir.« Arlene klang beschwörend. »Harlan, ich bin Leutnant Sanders, wachhabender Offizier. Bestätige das.«

»Bestätigt. Natürlich kenne ich Sie; das steht auch nicht zur ...«

»Ziele erfassen, Comp; tu auch alles andere, was ...«

»Nein, Arlene!«

»... Kapitän Seafort verlangt.«

Zu spät. Man würde sie gleich neben mir hängen. Keine Zeit, jetzt daran zu denken. »Arlene, berechnen Sie eine Fusion.«

»Wohin, Sir?« Ihr Gesicht war bleich.

Es spielte keine Rolle; die Fusion war unser letzter Ausweg und konnte sehr gut das Schiff zerstören, wenn wir sie so dicht an der Masse der Erde einleiteten. »Ah ... Eins Komma eins vier AE sollten reichen. Halten Sie uns von Hindernissen frei.« Sollten wir in einen Raum hineinfusionieren, der von einer planetaren Masse eingenommen wurde, würden wir es nie erfahren. Auf der Erde würde das Resultat allerdings sichtbar werden, auch ohne Teleskop. »Fähnrich! Helfen Sie ihr bei den Kalkulationen!«

»Aye aye ... Ich meine, Kapitän Seafort? Was ist mit Kap ...«

»Tun Sie, was ich gesagt habe!«

Der junge Mann beugte sich mit über Arlenes Konsole.

Alarmsignale. Harlan meldete sich. »Ms. Sanders, elf neue Hindernisse, eines mittschiffs in achtzig Metern, die übrigen ...« Ich schaltete den Summer aus. Ein Augenblick gesegneter Stille.

»Laserraum, erledigen Sie den Fisch mittschiffs, ehe er etwas innerhalb unserer Mindestreichweite wirft!« Die Geschütze eines Kriegsschiffes konnten bis auf wenige Grad an den Rumpf herangeschwenkt werden, aber nicht weiter, damit nicht ein aufgeregter Schütze die Sensoren des eigenen Schiffes wegbrannte.

Der Fisch achtern war auch wurfbereit; er war mit bereits geformtem Tentakel aus der Fusion gekommen. Sobald sich das Protoplasma gelöst hatte, war es ein weit schwerer zu treffendes Ziel.

»Ich öffne die Luke für den Piloten!« Arlene wartete nicht erst auf meine Zustimmung.

»Pilot Arnaud zur Stelle.« Ein hagerer junger Mann. »Wer hat das Ruder?«

»Im Augenblick Seafort.« Das war Duhaney.

Der Pilot lief zu seiner Konsole und betrachtete sich das Bild auf dem Simultanschirm. »Schlage vor, ein Stück nach Backbord abzuschwenken; dadurch würden wir ein paar weitere Sekunden ...«

Der Tentakel löste sich vom Fisch und wirbelte auf uns zu. Ich schrie: »Schadensbehebung, für Hüllbruch bereithalten! Alle Mann in die Anzüge!« Zur Hölle mit meiner Dummheit; das hätte mein erster Befehl sein müssen!

»Christus, sie schwärmen überall herum!«

»Laserraum, seien Sie still!« Wie konnten sie es nur wagen, auf der Brückenfrequenz zu schwatzen?

Der Comp. »Zwei Fische nähern sich achtern.«

»Woher sind sie gekommen?« Ich schnappte mir den Rufer. »Laserraum, Feuer auf die Fische achtern eröffnen!« Ich wirbelte zu Arlene herum. »Ich brauche Fusionskoordinaten!«

»Ich arbeite daran, Sir.« Arlenes Finger flogen über die Tastatur. »Nur noch ein paar ... Da! Wir sind bei vollem Schub achtzehn Minuten von sicherer Fusionsdistanz entfernt. Mr. Arnaud, bestätigen Sie!«

»Lassen Sie das, Pilot! Geben Sie Schub, behalten Sie Distanz zu den Fischen.« Ich überlegte. »Nehmen Sie Kurs auf sichere Fusionsdistanz, wenn Sie können.«

»Mistviecher! Die fusionieren, wie wir sie treffen! Verzeihung, Sir, hier Lasersteuerung. Sie fusionieren weg und tauchen erneut auf, oder vielleicht sind es auch neue. Sie entwischen uns immer wieder!«

»Harlan, bestätige Fusionsberechnung!«

Die Antwort des Comps schien ohne Verzögerung zu kommen. »Berechnung auf zwei Dezimalstellen bestätigt, Abweichung bei ...«

»Das reicht. Maschinenraum, bestätigen Sie die Koordinaten, halten Sie sich für Fusion bereit!«

In Anbetracht der Masse der *Wellington* konnte eine Fusion an unseren gegenwärtigen Koordinaten leicht den Tod bedeuten. Sollte unser Ende jedoch ohnehin unvermeidlich erscheinen, plante ich, das Schiff lieber der Gnade des Herrgotts anzuvertrauen als dem Belieben der Fische. »Brücke, ich brauche den persönlichen Befehl des Käptens, um ...«

»Er ist, ah, indisponiert, Chief.«

»Ich halte mich ans übliche Verfahren. Mir ist egal, wer gerade ...«

Ich knurrte: »Bestätigen Sie *auf der Stelle*, oder ich exekutiere Sie für Meuterei vor dem Feind!«

Im Lautsprecher blieb es nur einen Augenblick lang ruhig. »Aye, aye, Brücke; wir halten uns bereit.«

»Fusionieren Sie, um Gottes willen!« Admiral Duhaney zeigte mit dem Finger auf den Simultanschirm. »Gehen Sie das Risiko ein. Da draußen müssen mindestens ein Dutzend Fische ...«

»Vierzehn zur Zeit.« Meine Hand zuckte zur Steuerung des Simultanschirms und stoppte wieder. »Harlan, Ausblick achtern!«

Plötzlich sah ich die sich konisch verjüngenden Antriebsrohre. Ich prallte zurück; die Fische waren so nahe, daß man den Eindruck hatte, sie wären schon in der Kabine. Die Haut eines Fisches schien in heftiger Bewegung. Protoplasma sprühte aus einem leuchtenden Loch hervor, das einer unserer Laser hineingebrannt hatten. Der Alien trieb davon. Sein Begleiter hatte derweil mit der Ausbildung eines Tentakels begonnen. Ich sah genauer hin und wurde bleich. Die Haut der Kreatur wirbelte in einem Muster, an das ich mich nur allzu gut erinnerte.

»Schiffsprofos, teilen Sie Waffen aus! Bereiten Sie sich darauf vor, achtern Enterer abzuwehren. Chief, schaffen Sie alle Zivilisten nach oben, sofort! Der Fisch startet Satelliten!«

Duhaney zerrte an meinem Arm. »Antworten Sie mir, Seafort! Warum sind Sie nicht in Fusion gegangen?«

Ich schüttelte ihn ab. »Funkraum, konnten Sie Ihre Meldung absetzen?«

»Ja, Sir. Das Einsatzzentrum sagt, wir sollten uns für nähere Anweisungen bereithalten. Die nächste bewaffnete Korvette kann uns in zwei Stunden erreichen.«

»Nein! Sagen Sie ihnen, sie sollen die Korvette nicht schicken! Wir kämpfen oder versuchen zu entkommen!« Ich warf mich zum Admiral herum. »Wenn alles andere scheitert, gehe ich in Fusion, aber . . .«

»Der stellvertretende GenSek ist an Bord! Sobald die Fische die Rohre schmelzen, sind wir erledigt. Bringen Sie uns hier raus!«

»Wohin? Denken Sie . . .«

»Gehorchen Sie einem Befehl, Seafort!«

Ich konnte nicht gleichzeitig gegen die Fische und den Admiral kämpfen. Ich schlug mit der Faust auf die Konsole. »Sie begreifen immer noch nicht! Was hat sie wohl hergelockt?«

Er bewegte wütend die Lippen.

Ich schrie: »Vor Monaten habe ich Sie gedrängt, eine Katzenjaulbombe zu bauen, aber Sie haben nichts getan, während sich Fische rings um das Heimatsystem zusammengezogen haben! Verstehen Sie es jetzt, Admiral? SIE HÖREN UNS FUSIONIEREN!« Ich riß mir die Mütze vom Kopf und schleuderte sie aufs Deck. Der junge Fähnrich prallte zurück, weiß im Gesicht.

Wieder knackte es im Lautsprecher. »Brücke, der Fisch hat diese Satellitenbiester gestartet! Sie fliegen am Antriebsschaft vorbei und nehmen unsere Hecklaser aufs Korn!«

Ich ignorierte den Rufer. »Wir können flüchten, aber nicht weit genug, um nennenswert Zeit zu gewinnen, und sie würden uns hören und verfolgen. Das gleiche würde jeder andere Fisch im Sonnensystem tun.«

»Sie hatten die Koordinaten für die Wega! Verdammt, Sie haben sie immer noch!«

»Die *Wellington* ist nicht für eine interstellare Fahrt verproviantiert. Wenn wir ein entferntes Ziel anpeilen, aber nach kurzer Distanz schon wieder defusionieren, weiß der Herrgott allein, wo wir ankommen – und wir wären dann ganz allein. Sollten wir jedoch auf Kurs nach der Wega bleiben, fressen wir uns schon gegenseitig auf, ehe ein Monat vorbei ist!«

Wir musterten einander, beide voller Wut.

Ich warf meinen Sitz herum. »Übernehmen Sie! Zum Teufel, fusionieren Sie doch, wohin Sie möchten!« Ich schaltete den Rufer ein. »Maschinenraum, halten Sie sich für die Befehle des Admirals bereit.« Ich packte Duhaneys Hand, drückte ihm den Rufer hinein und marschierte zur Luke. »Fusionieren Sie! Ersparen Sie sich die Mühe, mich zu hängen!« Ich riß die Luke auf.

»Seafort!« Der Admiral klang unsicher. »Ich ... Jesus, bleiben Sie doch auf der Brücke!«

»Übernehmen Sie das Ruder oder übergeben Sie es Sanders!«

»Bitte ... um Gottes willen! Ich sagte Ihnen schon, daß ich nicht zur fahrenden Flotte gehöre! Ich kann nicht ... Es ist zu lange her!«

Erneut schrillte Alarm los. »BACKBORDLASER AM HECK AUSSER GEFECHT! RUMPFSCHADEN, DECK 3. DEKOMPRESSION DROHT!« Arlene streckte die Hand aus und stellte den Lärm ab.

»Nick, bitte!« Duhaney war bleich.

Arlenes Blick begegnete meinem. Nicht nur mein eigenes Leben stand hier auf dem Spiel. Ich kehrte an die Konsole zurück. »Kapitän Pritcher, können Sie übernehmen?«

Der Kapitän lächelte. »O ja, sicher.« Er wandte sich an den Fähnrich. »Deaktivieren Sie die Laser. Heben Sie den Gefechtsalarm auf.« Der Fähnrich starrte ihn an. Pritcher streckte die Hand aus, um Duhaney den Rufer abzunehmen.

Ich zögerte nicht.

»Fähnrich Rives, führen Sie den Kapitän in sein Quartier, notfalls mit Gewalt.«

Die Augen des Jungen waren so groß und rund wie Untertassen. Er schluckte. »Aye, aye, Sir.« Er beugte sich über Pritcher und sagte ihm leise etwas ins Ohr. Der Kapitän schüttelte den Kopf. Der Junge sah mich kurz an und flüsterte erneut.

Ich entwand den Rufer der schlaffen Hand des Admirals. »Fähnrich Tenere, melden Sie sich mit Ihren Kadetten beim Schiffsprofos! Harlan, öffne die Korridorluken für sie. Schiffsprofos, händigen Sie Laserpistolen an meinen Fähnrich aus.«

Ich schwenkte mich wieder zu Harlan herum. »Statusmeldungen aller Stationen!«

»Maschinenraum voll einsatzfähig, Kapitän. Funkraum ...«

»Vergiß es. Summarische Statusmeldung über die taktische Lage.«

»Elf Fische auf dem Kampfschauplatz. Backbord-Rumpfsensoren auf Deck 3 außer Betrieb. Vermutlich läuft ein Angriff durch Satelliten des Fisches achtern. Mittschiffs ...«

»Was tut der Fisch achtern jetzt?«

»Er ist bewegungslos, vermutlich tot. Mittschiffs haben wir vier bis sechs Fische, die in unregelmäßigen Zeitabständen defusionieren und wieder fusionieren. Aktualisiere: Jetzt drei Fische. Neue Hindernisse achtern! Insgesamt zwölf Gegner rings um das Schiff.«

»Pilot, drehen Sie das Schiff herum, unsere Hecklaser sind hinüber!« Links von mir stritt sich der Fähnrich leise mit Kapitän Pritcher.

Die knochendürren Hände des Piloten huschten über die Triebwerkssteuerung. »Wir sind kein verdammtes Ruderboot; es dauert seine Zeit, das Schiff zu ...«

»Ich weiß.« Der Fähnrich der *Wellington* redete weiter

auf seinen Kapitän ein. »Mr. Tenere, melden Sie sich auf der Brücke!«

»RUMPFBRUCH! DEKOMPRESSION IN SEKTION DREI! RUMPF ...« Ich schaltete den Alarm aus.

Ich bitte Dich, allmächtiger Gott! Hilf uns!

»Hier Funkraum. Signal vom Einsatzzentrum der Flotte an Kapitän Pritcher. Von Vizeadmiral Llewelin Stykes, wachhabender Offizier. ›Ergreifen Sie alle erforderlichen Ausweichmaßnahmen und ersuchen Sie Admiral Duhaney an Bord Ihres Schiffes um weitere Instruktionen.‹ Ende der Durchsage.«

Ich sah Duhaney an, sagte aber nichts.

Der Admiral wurde rot. »Er geht auf Nummer Sicher.«

»Er hat wohl politische Ambitionen, Sir.« Ich achtete peinlich auf einen höflichen Tonfall.

»Schiffsprofos an Brücke! Zwei Satelliten haben sich in Sektion drei hineingebohrt! Ich habe sie in der Kamera! Ich habe da drin drei Leute mit Lasern. Verdammt, sind die schnell!«

»Laserraum, feuern Sie sofort auf den Fisch achtern, wenn die Mittschiffslaser ihn erreichen können.«

»Nur noch ein paar Grad, Sir.«

Ein Schrei aus dem Lautsprecher: »Meine Leute sind gefallen! Das Ding ist einfach über die hinweggewalzt! Christus!«

»Halten Sie die Korridorluken beiderseits von Sektion drei!« Wenn die Aliens erst freie Bahn auf dem Schiff hatten ...

»Aye, aye, Sir, ich versuche es! Wie bekämpft man die Biester?«

»Verbrennen Sie sie mit voller Laserstärke! Ihr Mutterschiff ist tot. Wenn Sie die beiden erwischen ...«

»Klar.« Er schaltete ab.

»Harlan, den Status!«

»Zwei weitere Fische außer Gefecht, einer in Fusion gegangen. Acht Angreifer, drei längsseits, der Rest achtern näherkommend.«

Der Pilot gab kräftig Schub auf die Backbordtriebwerke. »Das Spiel können auch zwei Parteien spielen!« Bedächtig drehte sich die *Wellington.*

Ich behielt den Bildschirm im Auge. Drei Fische in Wurfdistanz. Ohne die Laserstellungen achtern konnten wir das Heck nicht schützen. Falls ich zuließ, daß wir am Antriebsschaft Schaden einsteckten, waren wir erledigt. Meine Hand schwebte über der Fusionssteuerung.

Der Fisch, der unserem Heck am nächsten gekommen war, stieß einen Schwall Treibstoff aus seiner Antriebsöffnung und schwebte noch näher an den Antriebsschaft heran. Die immer schneller auf ihre Schubtriebwerke reagierende *Wellington* drehte sich um die eigene Achse und entzog ihr Heck der angreifenden Gestalt.

Harlan meldete sich in drängendem Tonfall zu Wort. »Eine bewaffnete Gruppe rückt an, die nicht zur Besatzung gehört. Ich habe die Luke verschlossen.«

»Arlene, lassen Sie sie ein.« Auf dem Simultanschirm war einer der Fische achtern in Reichweite gekommen. Noch während ich hinsah, durchbohrten ihn ein Dutzend Laser.

»Aye, aye, Sir.« Sanders stand auf und öffnete die Luke.

»Fähnrich Tenere meldet sich mit den Kadetten zur Stelle.« Kevin Arnweil, Kyle Drew und die anderen drängten sich auf die Brücke. Jerence Branstead war weiß im Gesicht.

Ich sagte: »Kapitän Pritcher ist krank und stört auf der Brücke. Bringen Sie ihn in seine Kabine, sofort!«

»Aye, aye, Sir.« Adam schluckte und trat entschlossen an den Kapitän heran. »Sir, stehen Sie bitte auf.«

»Fähnrich Rives, begeben Sie sich in die Fähnrichskabine, wo Sie unter Arrest stehen.«

»Aye, aye, Sir. Ich habe es ja versucht, aber er wollte nicht . . .«

»Runter von der Brücke!« schrie ich. Der Junge eilte mit aschbleichem Gesicht hinaus.

»Boland, ergreifen Sie Mr. Pritchers Arm!« Adams Ton duldete keine Widerrede. »Arnweil, helfen Sie ihm!«

Einen Augenblick später hatten die Kadetten den Kapitän der *Wellington* von der Brücke geführt. Arlene starrte mit ernster Miene auf ihre Konsole.

Ich setzte mich in den geheiligten Kapitänssessel. »Harlan, den aktuellen Status.«

»Sechs Fische, zwei davon achtern, einer einen Kilometer backbord vom Bug. Die übrigen drei mittschiffs an Steuerbord. Einer befindet sich längsseits von Laserbank drei und nähert sich rasch.«

»Pilot?«

Er leckte sich die Lippen; sein Blick hing gebannt am Bildschirm.

»Der Maschinenraum ist entscheidend.«

»Das sehe ich auch so.«

»Ich versuche eine Drehung um die Vertikalachse ...« Erneut gab er Schub auf unsere Triebwerke.

»Schiffsprofos an Brücke! Die Luke von Sektion zwei erwärmt sich. Wir haben unsere Laser darauf gerichtet!«

»Feuern Sie augenblicklich, sobald Sie ein Ziel sehen.«

»Amen. Das heißt, aye, aye, Sir. Ich habe eine weitere bewaffnete Gruppe vor der Luke von Sektion vier postiert.«

»Die Satelliten können sich genausogut durch unsere Schotten brennen wie durch unsere Luken.«

»Ja, Sir, aber ich kann nicht überall zugleich sein. Die Kamera zeigt, daß sie darin hin und her huschen. Sollten sie auf die Schotten losgehen, müßten wir Sensorenalarm erhalten.«

»Wo sind die Zivilisten? Franjee und die Senatoren?«

»Wir haben sie in den Messesaal auf Deck 2 gebracht. Eine Abteilung bewacht sie dort.«

»Sehr gut, halten Sie mich auf dem laufenden.«

»Hier Laserraum. Zwei Fische mittschiffs vernichtet!«

Ich warf einen Blick auf den Schirm. Falls keine weiteren kamen, konnten wir es um Haaresbreite schaffen. Langsam nahm ich die Hand von der Fusionsschaltung zurück.

»Harlan, kommen weitere Fische aus der Fusion?«

Er schniefte. »Ich würde es Ihnen sagen, wenn sie es täten.«

Ich verkniff mir eine Erwiderung; sinnlos, mit einem Comp zu streiten.

Ich schaltete den Rufer aus und marschierte auf und ab.

Ich brauchte mich lediglich um die Dekompression in Sektion drei zu sorgen, um zwei Aliens, die durch unsere Korridore streiften, und vier Fische, die draußen manövrierten. Kein Grund zur Sorge. In der Travestie eines Lächelns bleckte ich die Zähne.

Gerade hatte ich mich entschlossen, dem Schiffsprofos zu befehlen, daß er die Luke von Sektion drei aufschloß und angriff, als die Satelliten uns die Mühe ersparten. Sie brannten sich nach Sektion vier durch, wo vernichtendes Feuer der Gruppe des Schiffsprofos sie zu rauchenden Flecken auf dem Deck reduzierte.

»Dekontamination der Klasse A wirksam! Jeder sucht sofort, nachdem er den Raumanzug ausgezogen hat, die Krankenstation auf, um sich impfen zu lassen!« Ich schaltete den Rufer um. »Dauerfeuer auf die restlichen Fische.«

Während wir die letzten vier Fische erledigten, wartete ich jeden Augenblick gespannt auf neuen Alarm.

Auf dem Bildschirm blieb jedoch alles ruhig.

Admiral Duhaney setzte sich auf den Platz, den ich geräumt hatte. Er bearbeitet seine Jacke mit den Fingern.

Nach einer halben Stunde ohne neue Fische atmete ich wieder leichter. Nach einer Stunde hob ich den Gefechtsalarm auf. Die Mannschaft brauchte Ruhe; vor dem Scharmützel hatte Kapitän Pritcher sie stundenlang für die hohen Tiere üben lassen. »Pilot, berechnen Sie einen Kurs nach Lunapolis.« Die *Wellington* war einsatzfähig geblieben, aber die Schäden mußten repariert werden.

»Aye, aye, Sir.« Er bearbeitete die Tasten. Kaum waren die Koordinaten bestätigt, da wies ich ihn an, die Schubtriebwerke unter Vollast zu feuern, und ich scherte mich dabei nicht um die Treibstoffverschwendung.

18. Kapitel

Ich nahm den Rufer zur Hand. »Achtung, Passagiere und Mannschaft. Die *Wellington* hat einen Angriff durch etwa fünfzehn Fische zurückgeschlagen. Wir haben Rumpfschaden eingesteckt, Dekompression in einer Sektion und drei Tote. Wir kehren zur Reparatur zur Station Earthport zurück. Die Admiralität wurde informiert. Leutnant Hollis, melden Sie sich auf der Brücke.«

Mein Blick fiel auf Duhaney. Ich sah weg. Eine Pflicht wartete noch vor dem schimpflichen Ende meiner Laufbahn. Ich sprach in den Rufer: »Die U.N.S. *Wellington* hat sich als stolzes Linienschiff erwiesen. Mit Sekretär Franjees Erlaubnis wird die Indienststellung in zwei Stunden auf der Brücke vorgenommen.« Ich stellte den Rufer wieder in seine Fassung.

Als mein Adrenalin verebbte, wurde ich mir des elektrisierten Schweigens auf der Brücke bewußt. Endlich stand ich auf.

»Ms. Sanders, ich übergebe das Schiff der rechtmäßigen Befehlsgewalt. Leutnant Hollis übernimmt das Ruder. Admiral, wie lautet Ihr Befehl?«

»Drücken Sie sich gefälligst klarer aus!« bellte er.

»Auf mich wartet das Kriegsgericht. Soll ich mich im Schiffsgefängnis melden?«

»Ich ... Gott!« Er zögerte. »Ja. Warten Sie, nicht vor der Indienststellung. Jesus, in was für eine Position Sie mich da manövriert haben!«

Ich wartete.

»Sie sind zu weit gegangen, Seafort. Nicht nur bei Pritcher. Sie haben vor den anderen meine Befehle verweigert. Das war Meuterei.« Er hob den Blick, sah mir in die Augen. »Ja, wir werden Ihnen den Prozeß machen. So unauffällig, wie es geht, der Flotte zuliebe.«

Gut. Besser als Wyverns Methode. »Aye, aye, Sir.«

»Einen Moment bitte.« Arlene Sanders sprach leise,

aber mit einer Schärfe, die unvermeidlich unsere Aufmerksamkeit erweckte.

»Das betrifft Sie nicht, Leutnant.«

Sie stand auf. »Verzeihung, Admiral, aber das tut es sehr wohl. Überlegen Sie es sich zweimal, ehe Sie Nick vor ein Kriegsgericht stellen.«

Duhaneys Augen blitzen gefährlich auf. »Das klingt fast nach einer Drohung, junge Dame!«

»Nein, Sir, es ist eine Tatsache. Selbst wenn Sie moralisch so tief gesunken sein sollten, ihn zu exekutieren, nachdem er Sie gerettet hat, bin ich Zeugin der Geschehnisse. Man wird mich unter Drogen verhören, also kann ich nicht zu seinem Schutz lügen. Aber das brauche ich auch nicht.«

Duhaney zog eine Braue hoch und sagte nur: »Fahren Sie fort.«

»Sie haben gezaudert, als Mr. Pritcher krank wurde. Von den Schiffsoffizieren stand ich zur Verfügung, also hat mich Nick gebeten, den Kapitän des Kommandos zu entheben. Ich konnte nicht. Ich bin ein Feigling, und jetzt weiß ich es.«

»Arlene . . .«

»Halt den Mund, Nick. Ich meine, Kapitän, Sir.« Mit entschlossenem Gesicht wandte sie sich Duhaney zu. »In seiner Verzweiflung hat Nick Sie gebeten, das Ruder zu übernehmen, und Sie lehnten auch ab. Damit blieb er als ranghöchster Offizier für diese Aufgabe übrig, und er übernahm. Stimmt, er gehört nicht zur Besatzung, aber das ist nur eine Formalität, und Sie wissen es.«

»Sind Sie fertig, Leutnant?«

»Fast, Sir. Während der Kapitän der *Wellington* vor Angst gelähmt war, haben Sie Nick so zugesetzt, daß er die falschen Entscheidungen traf. Das ist es, was ich bezeugen werde. Im Verfahren werde ich nicht unter Drogen stehen. Ich werde die Wahrheit sagen, aber mein Gebaren wird über Ihr und Nicks Verhalten alles aussagen, was nötig ist.«

Was um Himmels willen tat Arlene da? Forderte sie

den Admiral heraus, nur um mich zu retten? Ich konnte das nicht zulassen. Ich öffnete schon den Mund, um mich einzumischen.

Nein. Um sich selbst zu retten. Für die Mitwirkung an meiner Meuterei drohte ihr die Todesstrafe. Ich schloß den Mund, hielt den Atem an. Herr, hilf wenigstens ihr, ihr Leben zu retten!

Duhaney schüttelte den Kopf, als wäre er erheitert. »Sie wagen es, mir zu drohen, Leutnant?«

»Nicht drohen, Sir. Warnen. Ja, das wage ich. Ich möchte nicht einer Flotte angehören, die Nick Seafort zerstört.« Sie wandte sich rasch ab und fuhr sich mit der Hand über die Augen. Ich runzelte die Stirn. Geschah es letztlich doch meinetwegen? Sie drehte sich wieder um. »Treffen Sie Ihre Entscheidung, Sir. Wir werden beide damit leben müssen.«

Ich hielt mich am Stuhl fest, denn mir wurden die Knie schwach. Vielleicht eine Nachwirkung des Gefechts.

Duhaney wirkte eher neugierig als aufgebracht. »Was erwarten Sie von mir?«

»Decken Sie ihn. Effektiv hat er Pritcher des Kommandos enthoben; Sie haben keinen Einwand erhoben, also waren Sie damit einverstanden. Sie sind Admiral der Flotte und verfügen über die nötige Befehlsgewalt, das zu genehmigen.«

»Sie schlagen also das Geschäft vor, daß ich Seafort in Ruhe lasse und . . .«

»Nein, Sir, kein Geschäft. Sie tun, was Sie möchten. Ich setze Sie nur über meine Aussage in Kenntnis.«

Mit finsterem Gesicht ging er auf mich los. »Sie ist auch so eine von Ihrem Schlag! Haben Sie sie ausgebildet?«

»Nein, Sir, ich wurde *mit* ihr ausgebildet. Ms. Sanders hatte schon immer das Zeug zu einem guten Offizier.« Ich wußte, daß diese Bestätigung von meiner Seite ungünstiger war, als wenn ich den Mund gehalten hätte, aber ich konnte einfach nichts Geringeres sagen.

Leutnant Hollis klopfte an die Luke.

Der Admiral knurrte: »Raus hier, alle beide. Ich denke darüber nach.«

»Aye, aye, Sir.«

Die Brückenluke glitt hinter uns in Schloß. Nach der rasenden Aktivität während des Gefechts wirkte der Korridor seltsam still. Arlene ging vor mir zur Leiter.

Dank ihrer widersinnigen Verteidigungsrede entging ich vielleicht dem Tod, den ich verdient hatte, aber nur, weil Duhaney Politiker war, kein kämpfender Raumfahrer wie sein Vorgänger Admiral Brentley. Duhaney hatte Arlenes Drohung als Vorschlag zu einer Vereinbarung verstanden und entsprechend reagiert.

Also konnte ich wieder zur Akademie zurückkehren, belastet mit dem Mißfallen meines Vorgesetzten, aber keiner anderen Strafe als der des Herrgotts. Ich würde mich darauf konzentrieren, meine Kadetten für Schlachten auszubilden, wie wir sie gerade überlebt hatten.

Nein. Ich hatte Senator Wyvern vergessen. Meine Karriere war trotzdem erledigt. Für einen Moment bedauerte ich es, aber dann erinnerte ich mich an die drei Besatzungsangehörigen der *Wellington*, die im Kampf gegen die Aliens gefallen waren. Verglichen mit ihrem Opfer bedeutete meines nichts. Ich schloß die Augen und betete für ihre Seelen.

Am Fuß der Leiter blieb ich stehen und sagte lahm: »Arlene ... Leutnant, Sie hätten ihn nicht meinetwegen gegen sich aufbringen sollen. Ich war nicht darauf angewiesen, daß ...«

»Für Sie?« Ihr Blick drückte Abscheu aus. »Für mich, Kapitän Seafort. Für mich, als Buße.«

»Ich verstehe nicht ... Sehen Sie mal, wie immer Sie es sehen, ich empfinde mehr Dankbarkeit, als ich in Worte fassen kann. Sie heute zu sehen, bedeutete ...« Zögernd streckte ich die Hand aus.

»Fassen Sie mich nicht an! Selbst als Kapitän haben Sie nicht das Recht dazu!«

Ich zog die Finger zurück, als hätte ich sie mir verbrannt. Arlenes Augen versprühten Feuer. »Ich möchte

Sie nie wiedersehen! Was Sie mir angetan haben, war unbeschreiblich!«

»Was habe ich denn ...«

»Mich in Gegenwart des Admirals aufzufordern, meinen Kapitän abzusetzen! Ich bin kein wundervoller Nick Seafort; man hätte mich gehängt, ohne auch nur eine Sekunde lang darüber nachzudenken!« Sie stampfte mit dem Fuß auf. »Sie haben mich gezwungen, zwischen Pflicht und Tod die falsche Entscheidung zu treffen. Wir sind nicht alle Helden! Ich kann nichts an meiner Feigheit ändern. Als Sie mich vor diese Prüfung stellten, hätten Sie wissen müssen, daß ich mich nicht für den Tod entscheiden konnte!«

»Aber ... Warum sollte ich so von Ihnen denken?«

»Erinnern Sie sich noch an die Störung der Luftschleusenmechanik auf diesem Fusionsboot? Damals habe ich mich in Gelee verwandelt.«

»Arlene, bitte, ich hätte nie gedacht ...«

»Von heute an werde ich jedesmal, wenn ich Sie sehe, in mein eigenes Gesicht blicken! Verschwinden Sie aus meinen Augen, Nick Seafort! Verschwinden Sie aus meinem Leben!« Ohne zu salutieren, rannte sie die Leiter hinunter und verschwand außer Sicht.

Benommen sank ich ans Schott. Ich hatte ihr nichts Böses tun wollen. Sie wiederzusehen, war ein Strahl der Hoffnung in der Dunkelheit meiner Seele gewesen. Und jetzt ...

Nach einer Weile raffte ich mich auf, mich zu den anderen im Messesaal auf Deck 2 zu gesellen. Als ich durch die Luke trat, brachen die Gespräche abrupt ab. Ein Sperrfeuer von Lichtblitzen blendete mich. Innerhalb von Sekunden hatten mich ein halbes Dutzend Medienleute mit surrenden Holokameras umzingelt und hielten mir Recorder vor den Mund.

»Wann erkannten sie, daß Kapitän Pritcher den Verstand verloren hatte?«

»Wie fühlen Sie sich als ...«

»Sehen Sie hierher!«

»... erneut als Held?«

»Sind die Fische hinter Ihnen persönlich her? Haben Sie ...«

»Sollte Pritcher vor ein Kriegsgericht gestellt werden? Werden Sie dort aussagen?«

»... Pritcher vor dem Katzengeschrei gewarnt?«

»SCHLUSS DAMIT!« Mein Gebrüll brachte sie zum Schweigen. Ich schlug nach einer Holokamera. »Weg mit diesem Recorder!«

Für einen Moment funktionierte es. In Senator Bolands Blick schimmerte Erheiterung durch. Dann drängten alle wieder vor, als hätte ich gar nichts gesagt. »Hatte Pritcher schon vor dieser Fahrt nicht alle Tassen im Schrank? Hat er ...«

Ich wandte mich angewidert ab, aber sie tanzten wie rasend um mich herum. »Hat er geweint, als ... Erzählen Sie uns, was für ein Gefühl es war, als ... wußten Sie, daß Sie mit einem Feigling fuhren?«

Ich wirbelte wieder herum. »Kapitän Pritcher ist ein guter Offizier! Er hat auf einen unerwarteten Schrecken reagiert, wie es jeder von Ihnen auch getan hätte. Er ist kein Feigling!«

»Warum haben Sie dann übernommen? War er nicht dienstuntauglich?«

Ich suchte bei Boland nach Mitgefühl, erhielt nur ein Achselzucken zur Antwort und funkelte den nächststehenden Medienmann an. »Ihr Leichenschänder! Kapitän Pritcher ist krank und elend! Was denken Sie, was Ihre Schlagzeilen für ihn bedeuten? Sie sind hier, um über die Indienststellung zu berichten; kümmern Sie sich gefälligst darum!«

Der Holoreporter schnitt eine Grimasse. »He, Junge, das ist eine größere Story! Wir können sie nicht ignorieren.«

»Sind Sie bereit, Pritcher für die Story eines einzigen Tages zu vernichten?«

»Ich würde für die Topmeldung einer Stunde *alles* tun!« Die anderen nickten beifällig.

Indem ich Pritcher seines Kommandos enthob, hatte ich ihn ruiniert; falls es noch eine Chance geben sollte, seine Karriere zu retten, dann nur, wenn ich dem bösartigen Auge der Medien etwas anderes anbot. Meine Gedanken wirbelten im Kreis. Wenn sie sich auf etwas anderes stürzen konnten, was sie nicht weniger interessierte ... Aber was war mit dem Spektakel eines Kapitäns zu vergleichen, der unter Beschuß den Verstand verlor?

Ich versuchte, meinen Widerwillen zu unterdrücken. »Was ist mit mir?«

»Sie sind wie üblich der Held, Junge, aber Sie sind jeder Frage ausgewichen, die wir Ihnen je gestellt haben. Was können wir über Sie schreiben?«

»Ich biete Ihnen ein Geschäft an. Mich gegen Pritcher.«

Der Medienmann richtete sich auf. »Ein Interview! Wann?«

»Jetzt gleich, und wenn es nötig ist, auch nach der Indienststellung.«

Einer seiner Kollegen mischte sich ein. »Aber nicht nur eine Fünf-Minuten-Nummer. Sie müßten schon aus sich herausgehen!«

»Es dauert Stunden, bis wir wieder in Lunapolis sind; ich gebe Ihnen soviel Zeit, wie Sie möchten. Aber nur, wenn Sie die Pritcher-Story vergessen.«

Der zweite Reporter sah die übrigen an. »Was denkt ihr?«

Ich bemerkte Skepsis, aber sie nickten. »Es heißt: Alles oder nichts«, sagte ich. »Entscheiden Sie sich.« Ich goß mir einen Becher heißen Kaffee ein und stellte mir einen Stuhl zurecht, so daß ich ihnen gegenübersaß. Es war das mindeste, was ich für Pritcher tun konnte.

Einer nach dem anderen versammelten sie sich um mich. Die stillen Kameras liefen. Ein Medienmensch räusperte sich. »Was ist heute auf der Brücke geschehen, Kapitän Seafort?«

»Ich habe Kapitän Pritcher bei einem Gefecht gegen die Fische assistiert. Wir haben den Sieg davongetragen.«

»Erzählen Sie uns von Ihren Gefühlen, was die Fische angeht.«

Ich schluckte Galle hinunter. Eine kleine Anzahlung auf die Strafe, die mir bevorstand. »Die Fische? Nun, offensichtlich sind sie eine große Gefahr. Was ich an ihnen merkwürdig finde . . .«

Die Zeremonie war buchstäblich ein Antihöhepunkt, aber ich fand sie bewegend. Falls noch Zweifel bestanden hatten, daß die Raumflotte Kampfmonster wie die *Wellington* benötigte, hatte der Angriff sie vertrieben.

Sekretär Franjee hielt vor den Kameras eine ernste Ansprache; die Medienleute zeichneten die Zeremonie pflichtschuldig auf. Als sie vorüber war und die symbolischen Toasts ausgetrunken waren, trieb ich Adam und die Kadetten zusammen und nahm sie mit in den Salon.

Während ich dem Korridor von Deck 2 folgte, bewunderte ich von neuem die Tüchtigkeit der Flotte. Kaum drei Stunden nach dem Angriff waren Behelfsflicken angebracht, der Korridor von Deck 2 geschrubbt und dekontaminiert und das Leben an Bord fast wieder im Normalzustand.

Fast, aber nicht ganz. Kapitän Pritcher hatte Beruhigungsmittel erhalten und lag in seiner Koje, und drei junge Matrosen gehörten der Besatzung nicht mehr an.

Das Infektionsrisiko war zu groß, als daß man die Leichen in der Krankenstation hätte aufbewahren können; die toten Mastrosen der *Wellington* wurden, begleitet nur von einer kleinen Zeremonie, aus der Achterschleuse ausgestoßen, und die Schleuse wurde anschließend dekontaminiert. Die Virenepidemien, die die Besatzungen der *Portia* und anderer Schiffe nach einer Invasion dezimiert hatten, wurden heute ernstgenommen; Passagiere und Mannschaftsangehörige hatten sich gleichermaßen zur Impfung angestellt.

Im Salon spielte Jerence Branstead mit den Leckerbissen auf seinem Teller herum. Ich unterdrückte das

Bedürfnis, ihn zurechtzuweisen; im Vergleich zu den aktuellen Geschehnissen spielte es überhaupt keine Rolle. Die anderen Kadetten belagerten eifrig das Büfett.

»Auf ein Wort, Sir.«

Ich drehte mich um und sah mich Sekretär Franjee gegenüber. »Natürlich.«

»Ich bin kein Taktiker, Mr. Seafort. Man schickt die Flotte mal hierhin, mal dorthin, und mir bleibt keine andere Wahl, als dem zuzustimmen. Ich würde jedoch gerne Ihre Meinung hören. War es klug, so viele der höchsten Tiere hier zu versammeln, Stunden von Lunapolis und der Unterstützung der Flotte entfernt?«

»Ich hatte damit nichts ...«

»Nur unter uns, Kapitän. Dabei bleibt es. Sagen Sie es mir.«

Ich zögerte. Admiral Duhaney war kein Stratege und nicht der richtige Mann, um die Einsätze der Flotte zu dirigieren. Das hatte er auf der Brücke der *Wellington* erneut bewiesen. Und der allmächtige Gott allein wußte, wie Pritcher die psychologischen Prüfungen bestanden hatte; vielleicht war auch er irgend jemandes Neffe. Oder vielleicht konnten die Prüfungen gar nicht ermessen, welcher Schrecken damit verbunden war, sich mit den Fischen konfrontiert zu sehen. Auf der Brücke der *Challenger* hatte ich mich genauso wie Pritcher danach gesehnt, sie einfach nicht zur Kenntnis nehmen zu müssen. Jetzt hatte ich das Ohr eines Politikers mit der Macht, die Politik zu ändern, der man die Tragödie des heutigen Tages zuschreiben mußte.

Ich holte tief Luft. »Wie ich schon sagte, zieht man mich nicht zu Rate, was die Taktik der Flotte angeht; ich bin nur Kommandant der Akademie. Trotzdem scheint mir ...« Quer durch den Raum fing ich Duhaneys Blick auf. Er wandte sich ab.

Ich schuldete Menschen wie Duhaney keine Loyalität. Schiffe gingen vielleicht unter und Raumfahrer starben, nur aufgrund des Herumpfuschens und der törichten Entscheidungen solcher Leute. Ich schuldete es meinen

Kameraden, das zu verhindern. Und doch zögerte ich erneut.

Ich gehörte zur Flotte, Franjee nicht. Das war alles, was ich mir zu merken hatte. »Es hinterher besser zu wissen, wird zu leicht mit Klugheit verwechselt, Sir. Die Entscheidungen der Flotte werden von Menschen wie Ihnen und mir gefällt. Wir sind fehlbar, aber wir tun unser Bestes. Die *Wellington* sollte ihren Platz in der Heimatflotte einnehmen; es war sinnvoll, die Zeremonie in der Nähe ihres Einsatzortes durchzuführen.«

Forschend betrachtete er mein Gesicht. »Und die Risiken?«

»Nur drei Fische waren vorher jemals im Sonnensystem gesichtet worden. Als Gesellschaft haben wir beschlossen, gegen sie zu kämpfen, nicht, den Kopf einzuziehen und uns zu verstecken. Es lag kein Grund für die Annahme vor, die *Wellington* wäre hier in größerer Gefahr, als wenn sie an Station Earthport vertäut gelegen hätte. Abgesehen ...

»Ja?«

Ich hätte mir die Zunge abbeißen können, aber es war zu spät. Na ja, ich hatte meine Überlegungen bereits mehr als deutlich gemacht, als ich vom Maschinenraum zur Brücke hinaufstürmte. »Abgesehen von dem Katzengeschrei. Ich halte das für unklug und habe mich stets in diesem Sinn geäußert. Ich bin sicher, daß man die Politik der Raumflotte modifizieren wird, nachdem wir jetzt eine anschauliche Demonstration erhalten haben.«

»Ist das alles, was Sie zu sagen haben?«

Ich empfand beinahe Frieden. »Ja, Sir, das ist alles, was mir dazu einfällt. Falls die Flotte Probleme hat, hat sie auch Verfahrensweisen, um sie zu beheben.« Verfahrensweisen wie das Kriegsgericht, das ich so sehr verdient hatte. Jedenfalls war ich nicht bereit, die schmutzige Wäsche der Flotte vor Zivilisten zu waschen. Welche abscheulichen Verbrechen ich auch begangen hatte, zumindest war ich über Verrat erhaben.

Franjee ließ es damit bewenden. Nach ein paar Worten

des Lobes darüber, wie ich die *Wellington* kommandiert hatte, schwebte er von dannen. Innerhalb weniger Augenblicke nahm Richard Boland seine Stelle ein. Der Senator erweckte gar nicht erst den Anschein, Konversation machen zu wollen. »Käpten, ich habe eine Bitte an Sie.«

Ich wartete darauf, daß er fortfuhr, und sehnte mich nach einem Drink.

»Seit unserem, ah, Gespräch vor ein paar Monaten haben Sie sicher bemerkt, daß ich Ihrer Bitte gefolgt bin. Ich habe mich nicht nach Robert erkundigt, weder direkt noch über die Admiralität.« Ja, das hatte ich bemerkt und fast täglich damit gerechnet, daß seine Zurückhaltung endete und ich gezwungen sein würde zurückzutreten. Ich wappnete mich innerlich gegen eine erneute Einmischung.

»Mr. Seafort, bitte verstehen Sie das nicht als Druck. Aber in Anbetracht des Alptraums, den wir alle durchgemacht hatten, und der Tatsache, daß mein Sohn kaum sieben Meter von mir entfernt ist, würden Sie es mir da übelnehmen, wenn ich mit ihm spreche?«

Meine Feindseligkeit verschwand. »Solange, wie Sie möchten.« Es klang heiser. »Er braucht es wahrscheinlich mehr als Sie; er hatte einen harten Tag.«

»Ich danke Ihnen.« Er schien es ernst zu meinen.

»Er wird sich mehr entspannen, wenn ich den Raum verlasse.« Ich traf Anstalten, zur Luke zu gehen.

»Nein, falls irgend jemand es hier verdient hat, zu trinken und ein friedliches Mahl einzunehmen, dann Sie. Wir gehen draußen spazieren, wenn Sie es ihm gestatten.«

»Danke.« Ich schnippte mit den Fingern, winkte Adam Tenere herbei und erteilte den Befehl, Robert Boland mit seinem Vater gehen zu lassen. Ich schloß die Augen. Hätte ich doch mit meinem Vater spazierengehen können!

Stunden später dockten wir an Station Earthport an.

Ich erlaubte den Medienleuten eine letzte Runde Fotos

– abgemacht war abgemacht – und buchte ein Shuttle zur Erde. Nur der Rücktrittsbrief wartete noch auf mich.

Früh am nächsten Morgen trafen wir in Devon ein. Ich brachte die erschöpften Kadetten zu ihren Unterkünften und versetzte Robert Boland einen zusätzlichen ermutigenden Klaps. Adam begleitete mich zurück zu den Offiziersquartieren. Den größten Teil des Wegs legten wir schweigend zurück. »Geht es so auf einem Schiff im Einsatz zu, Sir? Überwiegend still, dann der Alarm?«

Es stand ihm eigentlich nicht zu, mich unaufgefordert anzusprechen, aber wir waren jetzt Frontkameraden. »Einige Raumfahrer können die Langeweile der Fusion nicht ertragen«, erklärte ich ihm. »Außer dem regulären Wachdienst gibt es nichts zu tun, außer dem, womit man sich selbst beschäftigt. Es ist jedoch keine friedliche Langeweile; man weiß nie, wann die Sirene losheult oder warum. Dekompression, Maschinenversagen, die Fische ... Die Flotte ist nicht für jeden.«

»Für mich ist sie das richtige«, sagte er überzeugt. »Sir, die Lautsprecher standen auf Sendung, die meiste Zeit, in der Sie auf der Brücke waren. Ihre Befehle – wir haben sie alle gehört.«

»Und?« Ich schwankte vor Erschöpfung.

»Ich ... Nichts, Sir. Ich meine ... eines Tages, wenn ...« Er hämmerte sich an die Seite. »Auf der Brücke möchte ich auch so sein.« Es klang verlegen. »Wie Sie.«

Ich warf mich herum. »Sie sind vielleicht dumm genug, um das zu denken, Mr. Tenere, aber sprechen Sie es in meiner Gegenwart nie wieder aus!«

Aber ... Aye, aye, Sir!«

»Gehen Sie ins Bett!« Ich stolzierte davon.

In meiner Wohnung schaltete ich die Konsole ein, während ich mich auszog. Keine Nachricht von Eddie Boß; wahrscheinlich bedeutete das, daß es Annie gutging. Ich würde ihn später anrufen, um dem nachzugehen. Ich warf einen Blick auf die übrigen Nachrichten, aber der Bildschirm verschwamm mir vor den Augen. Ich schaltete ihn aus und fiel ins Dunkle.

19. Kapitel

Für meinen letzten Tag im Flottendienst der Vereinten Nationen zog ich mich ganz langsam an. Jeder Akt, sogar das Haarekämmen, erschien mir bedeutungsvoll. Ich wählte eine frisch gebügelte Jacke aus, widerstand jedoch der Versuchung, eine weiße Galauniform anzuziehen. Ehe ich meine Wohnung verließ, schaltete ich den Rufer ein. »Weisen Sie Mr. Tolliver an, sich nach dem Frühstück in meinem Büro zu melden.«

Ich ging hinaus, um ein letztes Mal über das Gelände zu spazieren. Die Sonne stand noch kaum über den Baumwipfeln, aber Trupps von Kadetten mit geröteten Gesichtern schlossen bereits ihren Frühsport ab. Ich marschierte forschen Schrittes zum Tor; mein Weg führte mich am langen Zaun entlang über den baumbeschatteten Rasen. Nicht weit von hier hatte ich zur Zeit der Kommandoübergabe mit dem jungen Jerence Branstead zusammengesessen. Ich hatte seinem Vater Harmon versprochen, auf ihn achtzugeben, aber nach dem heutigen Tag konnte ich nichts mehr tun, um diese Zusage einzulösen. Jerence brauchte jedoch auch kaum Hilfe. Er hatte die zweitbesten Ergebnisse auf dem ganzen Stützpunkt erzielt.

Ich folgte dem Weg nach Süden zum Klassenraum-Viereck. Vor vielen Jahren hatte ich diesen Komplex verlassen und geglaubt, ich würde ihn nie wiedersehen. Heute war es schließlich soweit. Ich würde in Schande ausscheiden, aber wenigstens hatte ich dann Zeit für Annie. Vielleicht konnte ich in Vaters Haus die Ruinen unserer Ehe reparieren.

Vor einem leeren Klassenzimmer blieb ich stehen. Auf eine plötzliche Eingebung hin betrat ich das Gebäude und betrachtete die Bilder an der Korridorwand. Hier hatte ich bei meinem Besuch während der Abschlußbewertung zwei nervöse junge Kadetten und Sergeant Ibarez getroffen. Was für ein Chaos ich inzwischen aus allem gemacht hatte!

Ich sah auf die Uhr und ging. Heute wäre es einfach nicht angegangen, mich zu verspäten.

Ich öffnete die Tür zum Messesaal, und zweihundert frisch gewaschene Kadetten erhoben sich wie ein Mann. »Nehmen Sie Platz!« Ich ging zu meinem Tisch hinüber.

Adam Tenere und die beiden Leutnants hielten die Grußhaltung aufrecht, bis ich sie erwiderte. Ich zog meinen Stuhl hervor. »Guten Morgen.«

»Morgen, Sir.« Jeff Thorne starrte auf seinen Teller.

Sandra Ekrit erschien halb im Laufschritt am Tisch. »Verzeihung, Kommandant. Ich wurde aufgehalten.«

»Kein Problem. Ein Minuspunkt.«

Tolliver betrachtet mich neugierig. »Ich habe gehört, daß heute nachmittag eine Sonderausgabe der *Holoworld* erscheint.«

»Ich habe keine Ahnung, wovon Sie reden.«

»Komisch, da Sie auf dem Titelblatt sind.« Er reichte mir die Brötchen. »Sie machen nie Pause, scheint es. Glückwünsche zu Ihrer letzten Heldentat.«

»Wechseln Sie das Thema.« Mein Ton duldete keine Widerrede. »Was steckt hinter diesem Code zwei, den Sie letzte Nacht auf meiner Konsole hinterlassen haben? Ich war zu müde, um ihn zu entziffern.«

Tolliver warf einen Blick auf die Fähnriche und Stabssergeanten, die mit an unserem Tisch saßen. »Ja, ich habe den Code benutzt. Die Nachricht sollte nicht überall die Runde machen.«

»Aber das ist mir inzwischen egal.« Ich stellte fest, daß ich es laut ausgesprochen hatte. Nun, das machte auch nichts. »Reden Sie nur.«

»Ich habe zu der Bestandsfrage eine Antwort von dem, ah, Sergeanten erhalten. Sehr wortreich. Alles sei so, wie es sein sollte. Die Seriennummern spricht er überhaupt nicht an. Derweil habe ich auf Grundlage der Zahlen von vor fünf Jahren ein paar Schätzungen betreffs der Lebensmitteleinkäufe durchgeführt.«

»Vergessen Sie es.«

»Aye, aye, Sir. Tut mir leid, ich scheine immer einen Befehl weit hinterherzuhinken.«

Jeff Thorne nahm eine drohende Haltung ein. »Mr. Tolliver, würden Sie es hinnehmen, wenn ich Ihnen solche Antworten gäbe wie Sie Kapitän Seafort?«

Tolliver stellte sich der Herausforderung. »Sicherlich. Es wäre nur recht und billig, wenn ich einstecke, was ich austeile.« Nichtsdestoweniger wirkte er verlegen.

Mir gegenüber spielte Sandra Ekrit mit ihrem Essen herum und machte ein verdrossenes Gesicht. Mit bösem Unterton sagte ich: »Würden zwei weitere Minuspunkte Ihre Einstellung verbessern, Ms. Ekrit?«

Unbekümmert antwortete sie: »Vielleicht würden sie es, Sir. Ich kann es Ihnen ohnehin nicht recht machen.«

Ich gaffte die beiden Leutnants an, verblüfft über Ekrits Dreistigkeit.

Tolliver sagte: »Ich kümmere mich darum. Fähnrich, melden Sie sich nach dem Essen in meiner Kabine!«

»Aye, aye ...«

»Edgar, ich brauche Sie in meinem Büro. Soll Jeff dieser ... dieser Person Verstand und Manieren einbleuen. Ms. Ekrit, verschwinden Sie von meinem Tisch! Warten Sie vor Mr. Thornes Quartier auf ihn. Und sechs Minuspunkte, ohne Berücksichtigung dessen, was er noch zu vergeben hat!«

»Aye, aye, Sir.« Ihre rebellische Stimmung war dahin, und sie ergab sich ihrem Schicksal.

Ich ging auf Tolliver los. »Das ist nur die Folge Ihrer Unverschämtheiten! Geben Sie sich selbst die Schuld, nicht ihr!«

»Trotzdem ist sie nur ein Fähnrich! Diese Unverfrorenheit, so mit einem Kapitän zu reden ...«

Jeff Thornes Stimme war wie Öl auf stürmische Wogen. »Sie hat einen schlechten Tag.« Erheiterung schimmerte in seinem Blick durch. »Das geht uns allen zuzeiten so.«

Grollend gab ich nach. Ob Thorne sich nun entschloß,

Fähnrich Ekrit den Stock zu verabreichen oder nicht, ihr Benehmen würde sich bessern. Jeff hatte das Talent dazu. Als ich einmal mürrisch gewesen war, hatte er mir befohlen, vor dem Schott Aufstellung zu beziehen und ... Ich wurde rot, als ich mich daran erinnerte.

Während ich ein geschmackloses Frühstück verzehrte, dachte ich über Sandra Ekrit nach. Nach einer Weile zuckte ich die Achseln. Wir konnten nicht mehr erwarten, wenn wir von Heranwachsenden das Benehmen und Urteilsvermögen von Erwachsenen verlangten. Wäre es für die Flotte besser gewesen, ältere Offiziere in Dienst zu nehmen, wie es früher mal die Norm gewesen war?

Nein, Britannien hatte zwei ruhmreiche Jahrhunderte lang die Meere beherrscht, und es hatte Fähnriche in einem noch jüngeren Alter verpflichtet als wir. Und das Risiko des T-Melanoms verlangte es, sich frühzeitig den N-Wellen auszusetzen. Wie lautete also die Antwort?

Nachdenklich nippte ich an meinem Kaffee.

»Fähnrich Lea, sitzen Sie aufrecht. Ein Minuspunkt.« Billy richtete sich ruckartig auf. Verstohlen folgte ich seinem Beispiel, hielt dabei aber den Blick fest auf das Holovid gerichtet, als läse ich ganz gebannt darin. Ich verabscheute Recht und Vorschriften, aber das Fach gehörte nun einmal zu unserer fortgesetzten Ausbildung, jetzt, wo ich als Fähnrich auf der *Helsinki* diente.

Leutnant Jarewski marschierte im Funkraum auf und ab und schonte dabei sein schwaches Bein. »Brewster, die Kommandorangfolge. Im Detail.«

»Aye, aye, Sir.« Fähnrich Tommy Brewster sprang auf die Beine. »Die Kommandorangfolge reicht vom obersten kommandobefugten Offizier zum niedrigsten. Sie ...«

»Und wenn sie durchbrochen wird? Zum Beispiel durch einen Todesfall.«

»Sie schließt sich automatisch wieder, Sir. Bis der tote

Offizier ersetzt wird, rückt der nächste Untergebene ein Glied weit auf.«

»Offensichtlich.« Jarewski musterte uns nacheinander mit kaltem Blick. »Und wenn die Verbindung unterbrochen ist?«

»Dann tritt der oberste . . .«

»Nicht Sie, Mr. Brewster. Seafort, der gerade von Urlaub mit einem Holostar auf Earthport träumt.«

Ich sprang auf und versuchte mich verzweifelt an die Frage zu erinnern. »Ja, Sir. Falls, ah, die Verbindung unterbrochen wird, übernimmt der höchste verfügbare Rang das Kommando.«

»Wie zum Beispiel der Schiffsarzt.«

»Ich . . .« Es grenzte an Ketzerei, einem Leutnant zu widersprechen, aber ich wußte es mittlerweile besser, als Mr. Jarewskis falschen Postulaten zuzustimmen, wie beiläufig auch immer er sie geäußert hatte. »Entschuldigung: Nein, Sir. Ein Doktor ist nicht Offizier der Befehlsrangfolge. Ich hätte sagen müssen: Der oberste verfügbare Offizier der Befehlsrangfolge.«

»Wie Sie selbst, Mr. Seafort?«

»Mindestes ein Leutnant, Sir. Ich bin ein Fähnrich.« Ärgerlich und leichtsinnig setzte ich hinzu: »Nur Ungeziefer.«

Er hatte schon im Begriff gestanden, jemand anderen aufzurufen. Jetzt lächelte er nur. »Und ich hatte gedacht, Sie wären ein Offizier und Gentleman. Erläutern sie Ihre Bemerkung.«

Auf keinen Fall würde ich damit durchkommen. Ich tat jedoch mein Bestes.

»Es tut mir leid, Sir. Ich habe wiederholt, was mir gesagt wurde. Ich bin davon ausgegangen, daß ein vorgesetzter Offizier recht haben muß.« Ich zeigte mein unschuldigstes Gesicht.

Billy Lea schüttelte traurig den Kopf; er wußte, daß ich mich gerade selbst zum Faß verdonnert hatte.

Der Leutnant machte schmale Augen, sagte aber nur: »Eine bewundernswerte Hypothese, Fähnrich. Und doch: Was wäre, wenn Ihr vorgesetzter Offizier nicht recht hätte? Was, wenn er kraß im Irrtum wäre?«

»Ich müßte ihm trotzdem gehorchen, Sir.«

»Warum? Es könnte Sie das Leben kosten.«

»Er ist mein vorgesetzter Offizier. Ich habe keine andere Wahl, als zu gehorchen.«

»Ah.« Jarewski humpelte zu seinem Pult zurück. Ich wartete darauf, mich wieder setzen zu können, und staunte über mein Glück.

Etwas zu früh. »Immer, Fähnrich Seafort?«

»Ja, Sir.« Ich wartete darauf, entlassen zu werden, bemerkte die Falle aber und sprudelte gerade noch rechtzeitig hervor: »Es sei denn, ich wäre bereit, ihn des Kommandos zu entheben.«

Er schloß den Mund und öffnete ihn wieder. »Auf welcher Grundlage, Fähnrich?«

Es hatte sich zu einem Verhör entwickelt. »Geistige oder körperliche Unfähigkeit, Sir. Das sind die einzigen Gründe.«

»Zitieren Sie.«

Ich zerbrach mir den Kopf. »Paragraph einhundertund ...« Ich wußte nicht weiter. »Ich erinnere mich nicht an die Nummer, Sir, aber ich kann ihn zitieren – mehr oder weniger.«

Mit einem Lächeln, bei dem mir ein kalter Schauer über den klammen Rücken lief, setzte Jarewski sich auf die Kante des Pults. »Tun Sie das.«

»Ein Offizier kann von einem Vorgesetzten auf jeder Grundlage des Kommandos enthoben werden und von einem gleichrangigen oder untergebenen Offizier unter seinem Kommando, wenn er sich durch Geisteskrankheit, durch körperliche Erkrankung oder Verletzung als dienstunfähig erwiesen hat.«

»Sie beziehen sich damit auf Paragraph einhunderteinundzwanzig Punkt vier. Sind das die einzigen Gründe?«

»Ja, Sir.«

»Nun, Fähnrich Ungeziefer, oder genauer gesagt, Fähnrich Seafort.« Er war wieder vom Pult aufgestanden und kam auf mich zu. »Drei Minuspunkte. Einer für Unverschämtheit, einer dafür, daß Sie dumm genug waren, mich ohne Not zu provozieren, und einer, weil Sie die von mir genannten Kapitel nicht gelesen haben. Setzen!«

»Aye, aye, Sir.«

Er war noch nicht fertig mit mir. »Morgen erwarte ich von Ihnen, Ihren Fehler zu korrigieren.«

Nach diesem Vorfall hatte ich insgesamt neun Minuspunkte. Der nächste brachte mich aufs Faß, also mußte ich mindestens einen sofort abarbeiten. Ich schwitzte über dem Barren und wußte, daß es dumm gewesen war, Mr. Jarewskis Aufmerksamkeit auf mich zu ziehen. Mit meinen fast siebzehn Jahren rieb ich mich jedoch allmählich an den unerbittlichen Einschränkungen der Fähnrichskabine. Ich nahm an Statur zu, meine Stimme wurde tiefer, und ich strebte nach einem Platz im Leben – welchem genau, das wußte ich nicht.

Der erste Fähnrich Arvan Hager entdeckte mich im Trainingsraum. Er lümmelte am Schott, während ich turnte. »Wen hast du sauer gemacht, Nick?«

»Leutnant Jarewski.« Im Moment machte ich Aufsetzübungen, und das Reden fiel mir schwer.

»Wie?«

Ich erzählte es ihm.

»Das war bemerkenswert dumm.« Sein Ton nahm den Stachel heraus, den diese Worte sonst gehabt hätten. »Selbst in Anbetracht deiner Streitlust.«

»Ich habe doch nicht ... Ja, Mr. Hager.« Ich hatte bereits genug Schwierigkeiten.

Er runzelte kurz die Stirn über meine Verdrossenheit. Nach einem Moment fragte er: »Was juckt dich, Nicky?«

»Nichts.« Ich schloß die Aufsetzübungen ab und legte mich seufzend zurück. Eine volle Minute Pause stand mir zu. Seine Frage nagte an mir. Auf einmal kämpfte ich gegen zornigen Widerwillen an. »Nichts, außer daß

Leute mich ›Nicky‹ nennen und wie ein Kind behandeln!«

»Du bist ein Kind!« Es klang wie ein Peitschenknall. »Das beweist du sogar jetzt!«

»Ja, Sir, Mr. Hager!«

Er verschwendete keine Zeit mehr mit Worten. Stattdessen durchquerte er die Kabine, zog mich auf die Beine und versetzte mir eine heftige Ohrfeige. Ich schrie auf. »Seafort, ich mag dich, aber manchmal bist du ein totales Arschloch!«

Zu meiner Schande brach ich in Tränen aus. Ich drehte mich heftig zum Schott herum.

Ich hoffte, daß er ging und die Luke hinter sich zuknallte, aber nach einem Augenblick der Stille trat er an meine Seite. »Tut mir leid, Nick ... Fähnrich Seafort. Vielleicht habe ich überreagiert.«

»Sie sind die Nummer eins«, murmelte ich. Jeder Fähnrich unterlag der disziplinarischen Gewalt des Seniorfähnrichs, der die Fähnrichskabine leitete. So war es schon immer gewesen. Ich konnte mich also nicht beschweren, es sei denn, ich wäre bereit gewesen, die traditionelle Herausforderung auszusprechen. Soweit war ich allerdings noch nicht.

»Es ist nur deine Verdrossenheit, die mich ärgert. Haben sie dir zugesetzt?«

Gepreßt versetzte ich: »Es geht mir gut, Sir.«

»Nein, das tut es nicht. Erzähl mir davon.«

Ich wischte mir die Augen ab und gab mir Mühe, nicht erneut die Beherrschung zu verlieren. »Manchmal hasse ich das Schiff. Ich bin nicht frei, kann keine Entscheidungen treffen ...«

»Die *Helsinki* ist wie jedes andere Schiff.«

Das hatte ich auch gehört, und ich bedauerte inzwischen meine Berufswahl.

»Wer hat dich als Ungeziefer bezeichnet?«

Ich zögerte, wollte nicht den Zwischenträger spielen. »Mr. Jenks.« Alfred Jenks, Neffe eines Admirals, war vom Akademiefähnrich zum Leutnant befördert und auf die *Helsinki* versetzt worden. Mr. Hager mußte sich damit abfinden, wie ich auch. Irgendwie hatte ich deshalb das Gefühl, es ihm ruhig sagen zu können.

Hager zuckte die Achseln. »Vergiß nicht, aus welcher Quelle das kommt«, war alles, was er sagte. Ich lächelte schwach. »Komm nach dem Duschen zu mir, Nick. Wir reden dann miteinander.«

Voller Scham über meinen Ausbruch tat ich später mein Bestes, mich ihm gegenüber umgänglich zu verhalten. Ich hatte wenig genug Freunde.

»Bist du bereit für den Rechtskundeunterricht morgen?«

»Ich habe es noch nicht nachgeschlagen.« Wenn ich das ganze Buch durchgehen mußte – na ja, es gab immer noch die Schlüsselwort-Suchfunktion.

Hager blickte sich um, um sicherzugehen, daß niemand mithörte. »Probier es mit Kapitel sechs.«

»Danke.« Ich hatte es bereits flüchtig durchgesehen und erinnerte mich nicht daran, daß dort irgend etwas von ... »Oh!«

»Hast du es jetzt kapiert?«

»Ja, Sir. Aber da steht das gleiche wie im Eins einundzwanzig Punkt vier!«

»Gott, erzähl das bloß nicht Jarewski!« Es war kennzeichnend für Arvan Hagers gesunden Menschenverstand, daß er es mir überließ, daraus schlau zu werden.

»Wir beginnen mit Mr. Seafort.« Der Leutnant schlug das schwache Bein über das andere.

»Aye, aye, Sir.« Ich stand auf. »Gestern hatte ich Paragraph vierundsechzig Punkt drei vergessen. Ich dachte, er würde nur Eins einundzwanzig Punkt vier wiedergeben. Der Unterschied besteht darin: Um einen Kommandeur nach Eins einundzwanzig abzusetzen, muß man sich in seiner Gegenwart aufhalten, und nach Vierundsechzig nicht.«

Er wirkte überrascht. »Sehr gut, Fähnrich.« Ich wurde

rot und genoß das unerwartete Lob. »Klar auf den Punkt gebracht. Tatsächlich DARF man nach vierundsechzig nicht in Gegenwart des Kommandeurs sein. Der Paragraph ist für andere Bedingungen ausgelegt.« Er gab mir mit einem Wink zu verstehen, daß ich mich wieder setzen sollte.

Während er hin und her humpelte, erläuterte Jarewski Paragraph vierundsechzig als Überdruckventil, falls der entsetzliche Fehler eines entfernten Kommandeurs die Flotte einer Katastrophe überantworten sollte. Die Strafen für Mißbrauch waren drakonisch, aber sie waren auch theoretischer Natur.

In der ganzen Geschichte der Flotte hatte niemand je einen Vorgesetzten auf Grundlage von Vierundsechzig abgelöst.

Arvan Hager erwischte mich auf dem Weg zum Abendessen. »Wie war der Unterricht, Nick?« Kein ›Nicky‹ mehr, wie mir auffiel.

»Jarewski möchte eine schriftliche Arbeit von mir sehen – über Anlässe für den Einsatz von Vierundsechzig«, sagte ich resigniert.

»Das ist einfach. Die gibt es gar nicht.« Ich schrak vor seiner Vehemenz zurück. »Er stiftet zur Meuterei an. Sollte ich je zum Richterkollegium eines Kriegsgerichts gehören, das über einen Vierundsechzigerfall befindet, votiere ich für schuldig, ungeachtet der Umstände.«

»Aber ...«

»Die Flotte gründet sich auf Gehorsam, nicht auf Rebellion. Niemand hat das Recht, sie einfach zu übernehmen. Hast du durch die Disziplin gar nichts gelernt?«

Diesmal wußte ich es besser, als mit ihm zu streiten.

Am nächsten Tag riß Mr. Jarewski die Argumente, mit denen ich meine Arbeit verteidigte, in Fetzen. Trotzdem gab er mir eine Eins dafür.

Wer konnte schon sagen, was im Kopf eines Leutnants vor sich ging?

Nach dem Unterricht wartete ich, bis die anderen gegangen waren. »Was den vorgestrigen Vorfall anbetrifft, Sir ... Ich entschuldige mich für meine Einstellung.«

»Danke.« Er musterte mich nicht unfreundlich. »Würden Sie einen Rat annehmen, Seafort?«

»Ja, Sir.«

»Haben Sie Geduld«, sagte er. »Die Jugend geht vorüber.«

Nach dem Frühstück durchquerte ich den Stützpunkt, um vielleicht zum letzten Mal das Büro aufzusuchen. Den Kloß im Hals ignorierte ich.

Ich sah Akten durch, bis Tolliver eintraf. Er salutierte kurz und steuerte seinen gewohnten Stuhl an. »Gestatten Sie mir, Ihnen zu zeigen, was ich entdeckt habe – jetzt, wo wir allein sind. Macht es Ihnen was aus, wenn ich Ihre Konsole einschalte? Dieser diebische Mistkerl hat ...«

»Ich hatte Sie angewiesen, das Thema fallenzulassen.«

»Wann möchten Sie dann darüber sprechen? Serencos Antwort ist Quatsch; wir haben inzwischen genug Beweise, um zum Generalstaatsan ...«

»Vergessen Sie die ganze Angelegenheit. Vernichten Sie die Unterlagen Ihrer Nachforschungen und sprechen Sie mit niemandem darüber.«

Für einen Moment blieb er still. Dann stand er auf, stützte sich auf dem Schreibtisch ab und musterte mein Gesicht.

»Bei Gott, die haben Sie wirklich am Wickel!«

»Entlassen, Leutnant.«

Er wandte sich zum Gehen, ging zur Tür. Er stand noch im Inneren, als er sie wieder zuknallte. Er trat steif wieder vor den Schreibtisch. »Was hat man Ihnen angeboten? Einen Flaggenrang? Oder gilt hier das alte Prinzip ›Keine Skandale in Kriegszeiten‹? Ich dachte, wenn irgend jemand diese Sache durchziehen würde, dann wären Sie es!«

Ich fuhr aus meinem Stuhl hoch. »Wie können Sie es

wagen!« Mühsam beherrschte ich meine Wut. »Bestätigen Sie meine Befehle!«

»Warum? Vor dem Kriegsgericht würden die Drogen wenigstens die Wahrheit ans Licht bringen!« Er zeigte eine bittende Geste und brach sie abrupt wieder ab. Sein Ausdruck war verbittert. »Gott, bin ich ein Idiot! Ich möchte Ihnen weiterhin trauen.«

Der Rufer summte. Ich ignorierte ihn. »Nicht nötig. Ich trete heute noch von meinem Posten zurück.«

»Ihr ständiges Reden davon, ein Vorbild zu . . . Sie tun was?«

»Ich hatte Sie hergerufen, damit Sie mir helfen, den Brief aufzusetzen. Keine Diskussion, Edgar!«

Er sank langsam auf den Stuhl. »Meinen Sie das ernst, Sir?«

»Ja.«

»Tun Sie es nicht.«

In seiner Stimme schwang etwas mit, was ich von ihm noch nie gehört hatte. Ein Flehen.

»Ich muß, und ich werde es nicht erklären. Der vorgeschobene Grund wird lauten, daß ich durch Überarbeitung krank geworden bin. Ich möchte es noch heute Nachmittag abschicken.«

Jemand klopfte an. Sergeant Kinders sagte durch die Tür: »Sir, da ist ein Anruf für . . .«

»Keine Anrufe, Sarge.«

»Aye, aye, Sir. Es ist Admiral Duhaney.«

»Jesus!« Für einen Moment genoß ich die Blasphemie. »Verzeihung. Amen.«

»Soll ich gehen, Sir?« fragte Tolliver.

»Nicht nötig.« Ich legte den Anruf auf den Lautsprecher. »Hier Seafort.«

Der Admiral schlug einen scharfen Ton an. »Wollte Ihnen nur die offizielle Linie mitteilen. Pritcher litt an Dehydrierung und Grippe und befindet sich wieder auf dem Weg der Besserung. Das ist alles. Er wird die *Wellington* natürlich nicht behalten. Vielleicht ein anderes Schiff, später mal.«

»Das hoffe ich. Es war das erste Mal, daß er Fische sah, und sie ...«

»Erzählen Sie mir nicht, wie ich meine Arbeit zu tun habe, Kommandant Seafort.«

»Aye, aye, Sir.«

»Das war alles.« Er zögerte und fuhr dann hastig fort: »Nein, bei Gott, das war nicht alles. Ich habe seit meiner Rückkehr nach Lunapolis nicht mehr geschlafen. Ich habe immer wieder an diese Monster gedacht und daran, wie Sie mit ihnen fertig geworden sind. Und an Ihre Unverschämtheit.«

»Sir, es tut mir ...«

»Halten Sie den Mund! Ich habe mich die halbe Nacht hin und her geworfen, als mir klar wurde, was für ein Dummkopf ich war, als ich Ihnen Lektionen erteilte. Zwei Flotten, habe ich gesagt und dabei geglaubt, Sie verstünden nichts von Politik. Hah! Sie haben uns Profis beschämt!«

»Ich weiß nicht, wovon Sie reden!«

Tolliver stand auf und flüsterte: »Ich gehe lieber.«

»Setzen Sie sich.«

»Seafort, mir ist egal, was diese Sanders gesagt hat; was Sie getan haben, war ganz schlicht und ergreifend Meuterei. Ich war vielleicht im Irrtum, aber ich war der Admiral; Sie schuldeten mir Gehorsam!«

»Sir, ich ...«

»Und Sie wußten es auch, also sind Sie hurtig ein Deck tiefer gestiegen und haben Ihr Gesicht auf die Titelseite jedes einzelnen verdammten Holozins geknallt, das man kriegen kann. Den Helden der *Wellington* nennt man Sie dort! Sie wissen verdammt gut, daß ich Sie im Moment nicht vors Kriegsgericht stellen kann. Nun, Sie sind damit durchgekommen, Jüngelchen. Vorläufig. Und was ich von Ihnen halte, sollte man nicht laut aussprechen.«

»Sir, so war das nicht. Ich habe es für Kapi ...«

Die Leitung war tot.

Mit brennenden Ohren setzte ich mich und legte den Kopf in die Hände.

Edgar Tolliver sagte leise: »Ich weiß nicht, was passiert ist, aber er irrt sich.«

»Seien Sie kein Idiot. Sie haben gerade noch selbst gesagt, daß Sie so empfinden.«

»Oh, vergessen Sie es. Sie sind unschuldig. Sie sind die einzige mir bekannte Person, die sich nichts aus der eigenen Karriere macht. Es fehlt Ihnen dermaßen an jeder Verschlagenheit, daß Sie eigentlich laufend auf die Nase fallen müßten, aber irgendwie tun Sie es nicht. Sie machen es sogar mir schwer, Sie zu hassen.«

»Nun, danke, Leutnant.«

»Tut mir leid, jetzt ist nicht der richtige Zeitpunkt für meinen ... für Sarkasmus. Warum müssen Sie zurücktreten?«

»Dazu sage ich nichts.«

»Es hat mit der *Wellington* zu tun, soviel ist offensichtlich.« Er betrachtete mich forschend. »Der Admiral hat versucht, Sie davon abzubringen, daß Sie sich mit Serenco befassen. Sie hätten ihm ins Gesicht spucken sollen, taten es aber nicht, also muß er etwas gegen Sie in der Hand haben. Aber was? Persönlicher Stolz geht Ihnen ganz ab.«

»Tolliver ...«

»Also treten Sie lieber zurück. Was ist damit gelöst? Von nun an kann Serenco die Schatztruhe ungestraft plündern.« Er biß sich stirnrunzelnd auf die Fingerknöchel. »Alles hängt davon ab, was die Leute gegen Sie in der Hand haben.«

Er war zu dicht dran, und sein Herumgerate konnte unabsehbaren Schaden anrichten. »Nicht Duhaney.«

»Wer dann?«

»Ich kann es Ihnen nicht sagen. Und der Grund ...« Ich zögerte und schlug dann jede Vorsicht in den Wind; wir hatten zuviel miteinander durchgemacht. »Annie.« Ich wollte noch mehr sagen, aber es blieb mir im Hals stecken.

»Sir ...«

Nach einem Augenblick fand ich die Stimme wieder.

»Es kommt nicht darauf an. Ich hätte schon längst meinen Abschied nehmen sollen, damals, als wir die *Victoria* nach Hause gebracht haben.« Ich räusperte mich. »Jetzt zu dem Brief. Ich dulde nicht, daß mein Rücktritt einen Skandal hervorruft; das ist der letzte Dienst, den ich der Flotte erweisen kann. Wie stelle ich es an?«

»Besteht die Möglichkeit, daß Sie es sich noch mal überlegen?«

»Nein.«

Er brütete vor sich hin. »Halten Sie sich lieber woanders auf, wenn das publik wird. Wo die Medienleute Sie nicht erreichen können.«

»Mich verstecken?«

»So möchte ich es nicht nennen. Schicken Sie den Brief von Farside aus.«

Ich schüttelte den Kopf. Sinnlos, hinaufzufliegen, nur um ... Trotzdem, es machte Sinn. Ich konnte jederzeit nach Lunapolis oder Station Earthport abreisen. Notfalls konnte ich auf Farside den toten Mann markieren, bis die Publizität wieder nachließ. Und ich ging damit wildgewordenen Medienleuten aus dem Weg, die über den Akademiezaun sprangen, nur um ein Bild oder eine Story zu ergattern.

»Es wird einen seltsamen Eindruck machen, wenn ich unangekündigt nach Farside hinauffliege.«

»Wir schicken übermorgen fast hundert Kadetten hinauf. Was wäre natürlicher, als sie zu begleiten?«

»Das würde meinen Brief um zwei Tage verzögern.«

»Sie können ihn jetzt schicken und Ihren Abschied für Mittwoch erklären.«

»Sehr gut.« Ich lehnte mich zurück. »Als Geste der Höflichkeit könnte ich ihn an Duhaney adressieren.«

»Nachdem er so mit Ihnen geredet hat? Schicken Sie ihn ans PersBü.«

Ich gestattete mir diese kleine Befriedigung. »Von: Nicholas E. Seafort, Kommandant, U.N.N.S.-Akademie. An: Kapitän Francis Higbee, PersBü. Mit diesem Schreiben setzte ich Sie davon in Kenntnis ...« Es dauerte nur einen kurzen Augenblick. Als ich fertig war, schaltete Tolliver mit ernstem Gesicht sein Holovid aus.

Der Rufer summte. Ich nahm ihn zur Hand. »Was jetzt?«

Sergeant Kinders. »Sie sagten, ich sollte keine Anrufe durchstellen, aber ich dachte, Sie würden wünschen, daß ich Senator Boland verbinde.«

Ich zeigte Tolliver eine Grimasse. »Sollte ich mir die Mühe machen?«

»Sind Sie noch Kommandant?«

»Leider ja.« Ich schaltete den Apparat ein. »Seafort.«

Senator Richard Bolands Stimme echote im Lautsprecher. »Guten Morgen, Käpten. Haben Sie sich von unserem Abenteuer erholt?«

»Ist das Ihre Bezeichnung dafür?« schnauzte ich.

»Na ja, was auch immer. Glückwunsch, nebenbei. Gerade habe ich meine Ausgabe der *Weekly Holoreview* erhalten. Sie sind gut mit den Leuten fertig geworden.«

»Ich bin sehr beschäftigt, Senator. Sonst noch etwas?«

Er klang jovial. »Nein, eigentlich nicht; ich lasse Sie in Ruhe. Oh, eins noch. Dieses Thema, das mein Kollege auf der *Wellington* Ihnen gegenüber angesprochen hat. Es ist erledigt.«

»Was zum Teufel soll das denn heißen?«

Tolliver zog eine Braue hoch, aber ich kümmerte mich nicht um ihn. Es spielte keine Rolle mehr; in wenigen Stunden hatte Higbee mein Rücktrittsschreiben in der Hand.

Bolands Ton wurde schärfer. »Ich versuche Ihnen klarzumachen, daß Sie seine Drohungen vergessen können! Machen Sie nur weiter und nageln Sie das Fell Ihres Quartiermeistes an die Wand. Ich habe das mit Wyvern geregelt.« Zu spät griff ich nach dem Schalter des Lautsprechers und legte das Gespräch auf mein Handgerät.

»Wie haben Sie ... Es gibt Dinge, über die ich nicht öffentlich ... Ich meine ...« Tolliver verfolgte mein Gestammel höchst interessiert.

»Nick, machen Sie sich keine Sorgen über diesen

schmierigen Mistkerl. Er hat Ihren wunden Punkt entdeckt, aber er hat selbst ein paar davon. Soweit es Sie angeht, ist er raus aus der Sache.«

»Ich habe – ein Geschäft mit ihm gemacht«, sagte ich leise.

»Ja, ich weiß. Er hat mich beauftragt, Ihnen zu sagen, daß die Absprache null und nichtig ist und Mrs. Seafort unbelästigt bleibt. Fahren Sie mit Ihrer Untersuchung fort, wie Sie es ursprünglich geplant hatten.«

Ich stellte den Rufer weg und legte den Kopf auf den Tisch. Tolliver ... Der Brief ... Annie ... Das Büro drehte sich langsam um mich.

»Sir, geht es Ihnen gut?« fragte Tolliver.

Ich rührte mich wieder und nahm den Rufer zur Hand. »Sind Sie sicher, Senator?«

»Er wird kein Sterbenswörtchen sagen, Seafort. Vertrauen Sie mir.«

»Mr. Boland, warum helfen Sie mir? Soll ich Ihnen vielleicht einen Gefallen ...«

»Weil ich es möchte.« Er lachte leise und beendete die Verbindung.

»Herr Jesus Christus!« Ich fand mich auf den Beinen wieder, marschierte durch den Raum und prallte gegen den Couchtisch. »Es scheint ... scheint ...«

»Ist schon in Ordnung, Sir. Ich lasse Sie jetzt allein. Rufen Sie an, wenn Sie soweit sind.«

»Danke.«

Das war alles, was ich hervorbekam.

»Und mein Holovid muß eine Störung gehabt haben. Dieser Brief wurde gelöscht, wovon immer er auch handelte.«

Ich konnte nur nicken.

Nachdem er gegangen war, schritt ich im Büro auf und ab und fühlte mich unerklärlich wacklig auf den Beinen. Wie hatte der Senator es herausgefunden, und warum hatte er sich überhaupt eingemischt?

Ich kehrte an den Schreibtisch zurück und starrte zum Fenster hinaus.

Der Rufer summte einmal; ich ignorierte ihn. Nachdem ich mir eine volle Stunde lang den Kopf zerbrochen hatte, wußte ich die Antwort.

Als ich die Hand nach dem Interkom ausstreckte, seufzte ich und verabscheute, was ich jetzt tun mußte. »Mr. Kinders!« Der Sergeant kam herein. Ich erteilte ihm seine Befehle und schritt mit zunehmender Ungeduld auf und ab, bis jemand an die Tür klopfte.

Der Jüngling trat ein, stellte sich vor und nahm Haltung an. Seine Uniform war frisch, wie sie es zu sein hatte. Die Schuhe glänzten. Ich hatte nicht weniger erwartet. Er hatte immer noch abstehende Ohren und zeichnete sich immer noch durch unbeholfene Schlaksigkeit aus, aber sein Gesicht zeigte Selbstbewußtsein und Stolz. Ich würde vorsichtig sein müssen.

Ich betrachtete ihn forschend. »Der Kommandant befaßt sich nicht selbst mit der Disziplin der Kadetten, es sei denn, der Verstoß ist so schlimm wie deiner.«

»Bitte, Sir, was habe ich denn getan?«

Ich ohrfeigte ihn; er schrie auf. »Sprich erst, wenn du dazu aufgefordert wirst, oder hast du sogar das vergessen?«

»Nein, Sir! Aye, aye, Sir!«

»Kadett Boland, weißt du, warum du hier bist?«

»Nein, Sir!«

Ich zwang mich dazu, die Tränen zu ignorieren, die dem Jungen übers Gesicht lief. »In der Flotte bedeutet Tradition alles. Über die bloßen Vorschriften hinaus sind bestimmte Dinge so tief verankert, daß sie jeder versteht. Die Etikette des Fähnrichsstabes, die Gebräuche an Land, Ehre, das Erbe derjenigen, die vor uns gedient haben. Es war Sergeant Ibarez' Aufgabe, dir das beizubringen, und er hat versagt.«

Ich wartete, aber er traute sich nicht, etwas zu sagen.

Leise fragte ich: »Robert, wie hast du es herausgefunden?«

»Was denn, Sir?«

Ich ohrfeigte ihn erneut. Der Junge gab jeden Versuch

mit der Habachtstellung auf; er schlang die Arme um sich und weinte.

»Antworte mir!«

»Mir war schlecht vom freien Fall, selbst nachdem wir an Bord der *Wellington* gegangen waren!« Ein Sturzbach aus Worten. »Mr. Tenere hat mich zur Toilette hinter der Korridorbiegung geschickt. Als ich wieder herauskam, hörte ich Ihre Stimme. Ich hatte vor, mich zu entschuldigen und einfach vorbeizugehen, aber Sie klangen so wütend . . .«

»Also hast du geschnüffelt.«

»Ich hatte mir überlegt, in die Toilette zurückzukehren, bis Sie fertig waren, aber dann hörte ich Senator Wyvern. Er war häufig in Dads Haus.« Der Junge schluckte und fuhr sich übers Gesicht. »Ich konnte einfach nicht anders; ich hatte Angst, wenn ich die Luke öffnete, um wieder hineinzugehen, daß Sie mich dann vielleicht hörten. Also habe ich einfach – ich habe gelauscht.«

»Das war abscheulich.« Blitzartig erinnerte ich mich an einen Zeitpunkt vor Äonen, als ich durch die Korridore der *Hibernia* geschlichen war, um die geflüsterten Gespräche meiner Mannschaft zu belauschen. Ich verbannte die Erinnerung. Es war meine Aufgabe, die Kadetten zu etwas Besserem zu erziehen, als ich es war.

Ich setzte mich auf die Schreibtischkante und sagte ruhig: »Robert, du hast sowohl die Ehre der Flotte als auch deine eigene beschädigt. Nein, nicht durch das Lauschen, obwohl das schlimm genug war. Dein Verstoß besteht darin, es deinem Vater zu erzählen.«

Er flüsterte: »Ich wollte so gern helfen. Wyvern hat Ihnen so weh getan.«

»Du hast eine Angelegenheit der Flotte Außenstehenden vorgelegt. Das war unverzeihlich, ungeachtet der Umstände. Du hast dir selbst Schande gemacht.«

»Ich hab es für Sie getan.« Er wandte den Blick ab; das Wasser lief ihm aus den Augen.

»Das entschuldigt gar nichts. Ich bin auf eine für mich akzeptable Art und Weise mit der Sache umgegangen, und du hast mich verraten. Das war der schlimmste Verstoß, seit ich Kommandant geworden bin. Ich bin bereit, dich noch heute nachmittag der Akademie zu verweisen, es sei denn, ich erhalte dein feierliches Versprechen als angehender Offizier, so etwas nie wieder zu tun. Die Angelegenheiten der Flotte gehen nur die Flotte etwas an.«

Er wurde bleich, und seine Unterlippe bebte. »Sir, ich ...«

»Lassen Sie sich Zeit, Mr. Boland.«

»Ich verspreche es.« Seine Worte waren kaum zu hören.

»Sehr schön; diese Entscheidung freut mich. Jetzt zur Bestrafung; häng deine Jacke über den Stuhl.« Ich wartete. »Beug dich über den Tisch. Verschränkte die Hände unterm Kinn.« Ich packte den Stock, der in der Ecke lehnte, und stellte mich hinter den gequälten Kadetten. »Mr. Boland, das ist dafür, daß Sie die Flotte entehrt haben.« Wie ein Peitschenknall landete der Stock auf seinem Hintern. Er zuckte.

Als ich endlich fertig war, schickte ich den schluchzenden Jungen in seine Unterkunft zurück.

Ich stellte den Stock an die Wand und betrachtete ihn voller Abscheu.

Sicherlich gab es bessere Möglichkeiten. Was gewannen wir, indem wir Kinder für ihre Indiskretionen schlugen? Waren wir in Barbarei zurückgefallen? Immerhin hatte das rebellische Zeitalter solche Greuel mit sich gebracht, daß die Gesellschaft zurückgeschreckt war, entschlossen, keine weiteren Generationen an Sünde, Faulheit und Zügellosigkeit zu verlieren.

Aber wieso konnte ein Kind nicht durch Liebe erzogen werden statt durch Schmerz? Wäre ich nicht auf diesem Wege jemand Besseres geworden?

Vaters Gesicht schwebte vor mir. »Die Schrift, Nicholas.«

Ich weiß, Sir. »*Erspare dem Kind nicht die Strafe; denn wenn du es mit dem Stocke schlägst, so wird es nicht sterben.*

Du sollst es mit dem Stocke schlagen und seine Seele vor der Hölle erretten.«

Ich seufzte. Ich war kein Freidenker, und derlei Dinge entzogen sich meinem Verständnis.

Edgar Tolliver und ich folgten dem sauber gepflegten Fußweg, während die Sonne mit blendender Helligkeit vom Himmel brannte. »Der Übergang fällt mir schwer«, sagte ich.

»Es muß wie ein zweites Leben sein«, sagte er. Nach wie vor befleißigte er sich guten Verhaltens.

»Edgar, verstehen Sie das nicht falsch. Ich möchte immer noch den Dienst quittieren und in aller Stille mit Annie zusammenleben. Es ist nur ...«

»Sie wollten es ehrenhaft tun.«

»Ja, ich ... Nein, nicht ehrenhaft; ich habe keine Ehre mehr. Es gibt keine Schlechtigkeit, zu der ich mich nicht erniedrigt habe. Aber mein Rücktritt sollte kein schlechtes Licht auf die Flotte werfen.«

»Nun, wenn Sie ausscheiden wollten, war es ein schlechter Start, sich auf die Titelseiten von elf Holozinen zu bringen.« Er war wieder ganz der alte. Ich fühlte mich besser.

»Also, was jetzt?«

»Bringen Sie zu Ende, was Sie mit Serenco begonnen haben.«

»Und dann?« Geistesabwesend nahm ich den Gruß eines Fähnrichs entgegen.

»Machen Sie weiter. Fliegen Sie nach Farside hinauf.«

»Das hatte nur dazu dienen sollen, in aller Stille zurückzutreten!«

»Vergessen Sie nicht, daß der Ausschuß für Flottenangelegenheiten bald zu Besuch kommt. Vielleicht möchten Sie den Stützpunkt allmählich darauf vorbereiten.«

Nicht nur das; auch die Mehrzahl meiner Kadetten war auf Farside; am morgigen Tag blieben weniger als zweihundert in Devon zurück.

Meine Pflichten warteten oben auf mich.

Schweigend gingen wir zum Messesaal hinüber. Ungeachtet der Ratschläge Tollivers stand es mir frei, die Akademie so zu leiten, wie ich wollte. Ich würde Jeff Thorne und Tolliver nach Farside schicken und selbst mit den restlichen Kadetten hierbleiben. In der Frühlingssonne spazierengehen, statt durch kalte lunare Bezirke zu hasten. Annie besuchen, wann immer ich Lust dazu hatte.

Ich seufzte, als der Traum verblaßte. »Wann starten die Transporter?«

Als Kommandant war ich bereits mehrere Male hinaufgeflogen, aber ich hatte noch nie einen Transport von Erstkläßlern von Devon nach Farside organisiert. Als Alleinreisender brauchte ich lediglich einen Heli zu bestellen, der mich nach London brachte, und dann ein Shuttle nach Station Earthport zu nehmen, wo mich ein Transporter abholte.

Die Umquartierung von Kadetten nach Farside war das organisierte Chaos. Endlich gab ich es auf, blieb in sicherer Distanz und überließ den erfahrenen Drillsergeanten die Arbeit. Sie begannen mit rigorosen Schlafsaal-Inspektionen, gefolgt von einem Zusatzgang in der Wäscherei, damit die Reisetaschen der Kids mit sauberer Wäsche gefüllt waren.

In jeder Unterkunft demonstrierte ein Sergeant, wie man seine Tasche richtig packte. Nachdem seine aufgeregten Schützlinge das nachgeahmt hatten, öffnete er sie einzeln wieder und verteilte großzügig Minuspunkte. Anschließend wurden die Taschen zu seiner Zufriedenheit neu gepackt.

Derweil organisierten Sergeant Kinders und Ms. Obutu auf Farside die Flotte von Transporthelikoptern, die einhundert Kadetten zum Raumhafen bringen würden.

Hätte man zugelassen, daß sich ein Haufen stürmischer Jugendlicher auf dem Shuttlehafen London unter die zivilen Passagiere mischte, wären damit Probleme förmlich heraufbeschworen worden. Wir mußten also mit der Leitung des Shuttlehafens vorher ein Tor für uns reservieren.

Einhundert Kadetten und ihre wachsamen Sergeanten waren zuviel für Zivilshuttles, selbst die größten Modelle; deshalb waren wir auf eine Militärmaschine der U.N.A.F. angewiesen. An diesem Punkt erhob die Rivalität zwischen den Dienstgattungen ihr Haupt. Froh darüber, mich endlich nützlich machen zu können, nahm ich Verbindung zu dem Oberst auf, der den U.N.A.F.-Transportdienst leitete. Mein Name reichte bereits aus, um sicherzustellen, daß das Shuttle auch eintraf, sobald es gebraucht wurde.

Und das war erst das, was uns am Boden erwartete.

Als alle Arrangements endlich zu meiner Zufriedenheit geprüft und noch mal geprüft worden waren, stand es mit meiner Nervenkraft nicht mehr zum besten. Spät am Abend saß ich mit Edgar müde an meinem Schreibtisch. »Ist Farside ausreichend verproviantiert?«

»Zum dritten Mal: Ja. Auch was Sauerstoff und Toilettenpa ...«

»Tolliver!«

»Ja, Sir, es sind genug Lebensmittel vorhanden, obwohl es schwierig ist, die Anforderungen durchzugeben, wenn der Quartiermeister im Bau sitzt. Ich mußte ...«

»Wann holen sie ihn?«

»Morgen nachmittag. Sie haben Serenco ein förmliches Kriegsgerichtsverfahren aufgebrummt, also bringen sie ihn nach Portsmouth, wo sie ihn dem Polygraphen und den Wahrheitsdrogen unterziehen.«

»Geschieht ihm recht.« Nach diesen Mitteln litt man tagelang unter Schwindel und Übelkeit, aber die Wahrheit kam ans Licht. Ich verbannte den Gedanken. »Habe ich etwas vergessen?«

»Nein.« Er streckte sich. »Ibarez meint, vierhundert

auf einmal zu befördern, das wäre erst der richtige Spaß. Ich glaube wirklich nicht, daß Sie sich große Sorgen machen müs ... Hoppla!«

Ich zuckte zusammen. »Was ist denn?«

»Die speziellen Kadetten. Angeblich unterstehen sie Ihrer persönlichen Verantwortung. Sollen sie zusammen mit den anderen reisen, oder ...«

»Ich bin kein Kindermädchen!«

»Natürlich nicht, Sie sind der Kommandant der Akademie. Es ist nicht Ihr Job, sich um ein paar bloße Kadetten zu sorgen, obwohl Sie gesagt haben, Sie würden ...«

Ich seufzte. »Was schlagen Sie also vor, Erster Leutnant Tolliver?«

»Lassen Sie sie in Ihrer Begleitung reisen, oder geben Sie die lächerliche These auf, sie wären Ihre persönlichen Schützlinge.«

»Das war nicht lächerlich, sondern nur das einzige, was mir einfiel, um ... Oh, in Ordnung! Buchen Sie die entsprechenden Plätze in unserem Shuttle.«

»Aye, aye, Sir. Möchten Sie, daß auch Tenere dabei ist?«

»Nein, Adam soll bei der Hauptgruppe helfen. Falls Sie und Jeff Throne sich als unfähig erweisen, sich um drei tropfnasige Kadetten zu kümmern, feuere ich Sie alle beide.«

»Das könnte helfen. Noch etwas?«

Ich knurrte: »Gute Nacht!«

Am nächsten Morgen verabreichten wir den Kadetten ein leichtes Frühstück und brachen auf. Eine beiläufige Inspektion hätte keinen Unterschied zwischen den Kadetten gezeigt, die wir mit hinaufnahmen, und denen, die zurückbleiben, obwohl Prüfungszensuren und Ausbildungsgutachten eine treffendere Geschichte erzählten.

Nach ein paar abschließenden Instruktionen für den Stab von Devon stieg ich mit meinen Offizieren in den Heli. Ich zog eine Braue hoch. »Was tun Sie denn hier, Mr. Keene? Sie gehörten doch zur Gruppe von Sergeant Radz.«

Der Junge lief bis in die Ohrläppchen rot an. »Ja, Sir. Er hat mich jedoch angewiesen ... ah, mit Ihnen zu reisen.«

Ich schnallte mich an; die Maschine startete sofort. »Waren das seine Worte?«

Keene wirkte unglücklich. »Nein, Sir, nicht ganz.«

»Fahren Sie bitte fort.«

Der Junge machte ein langes Gesicht. »Er sagte, ich sollte den Kommandanten ärgern gehen, so, wie ich seine Kadetten belästigte.« Duldsam erwartete er die unvermeidlichen Minuspunkte.

John Stritz stieß Kyle Drew an; die beiden wechselten Blicke von kaum verhohlener Schadenfreude. Ich ignorierte sie; Kadetten hatten nicht oft Gelegenheit zu sehen, wie sich ein Fähnrich vor Unbehagen wand.

»Ich verstehe.« Zweitausend Fuß unter uns zogen die Hügel dahin. »Fangen Sie an, mich zu ärgern, Mr. Keene.«

»Aye, aye, Sir. Ich hatte nur versucht zu helfen.«

»Das kann ich mir vorstellen.« Ich ließ ihn in Ruhe.

Wir landeten unmittelbar vor unserem ersten Transporter in London, wie ich es geplant hatte. Sergeant Ibarez wirkte fast lässig, als er seine Schützlinge in den Wartebereich dirigierte. Unter ihnen entdeckte ich Robert Boland. Sein Gang war steif von der Züchtigung, die ich ihm verabreicht hatte. Falls er mich sah, gab er es nicht zu erkennen. Ich gab dem Drängen Tollivers nach und wartete im Flottensalon, obwohl ich keine Ahnung hatte, warum meine Gegenwart es den Kadetten erschweren sollte, Instruktionen zu befolgen. Manchmal konnte Edgar vollkommen irrational sein.

Als Seniorleutnant schickte Tolliver von Zeit zu Zeit Jeff Thorne los, um nachzusehen, ob die Einschiffung plangemäß verlief. Ich war dankbar für die Ruhepause. Als ich Thorne gefragt hatte, ob er bezüglich der Weiterverpflichtung zu einer Entscheidung gelangt war, hatte er mit mürrischem Verhalten reagiert.

Endlich schlug Tolliver vor, jetzt an Bord unseres Shuttles zu gehen.

»Sind die Kadetten sicher außerhalb meines Blickfelds?« Ich empfand keine Dankbarkeit.

Er zeigte sich von seiner glattesten Seite. »Sie hätten sich anders entscheiden können. Ich dachte, ein behaglicher Salon und ein Drink ...«

Ich brummte etwas vor mich hin.

»Was, Sir?«

»Sie hätten mich anweisen sollen, Sergeant Radz zu ärgern, so, wie ich Sie belästigt habe.«

Tolliver lächelte nur, aber Fähnrich Keene wurde dunkelrot. Ich gab dem Jungen einen Klaps auf den Rücken. »Achten wir lieber darauf, ihnen nicht weiter in die Quere zu kommen.«

Beschleunigung. Schmerz. Langes Warten.

Wir steigen auf Station Earthport aus und trotteten durch einen endlosen Korridor zu unserem Transfershuttle. Die Kadetten würden uns mit einem größeren Transporter folgen. Eine Verschwendung von Ressourcen, aber ich erhob keinen Einwand; mit einer Kabine voller aufgeregter Erstkläßler zu reisen, hätte meinen strapazierten Nerven den Rest gegeben.

Der Armeepilot grüßte mich gleichgültig; ich tat so, als bemerkte ich es nicht.

Die Spritztour zur Akademiebasis dauerte über zwei Stunden. Kurz vor der Landung warf ich einen Blick auf meine drei Kadetten; sie schienen gelassen. Na ja, es war nicht ihr erster Flug nach oben.

Ich beugte mich über den Zwischengang zu Johan Stritz hinüber. »Also, was ist es für ein Gefühl, wieder auf Farside zu sein?«

»Gefühl? Ein gutes Gefühl, Sir.« Er leckte sich die Lippen.

»Die Wahrheit!«

»Aye, aye, Sir. Ich meine, es tut mir leid.« Sein Blick zuckte zu den Kameraden, als suchte er dort Unterstützung. Er rieb die Armlehne des Sitzes. »Ich ... Ich bin mir nicht sicher, wie ich mich fühle. Sergeant Radz und ich ... Er war sozusagen ... Es tut mir leid.«

»Kritisierst du deine Vorgesetzten, Kadett?« Mein Ton war scharf.

»Dürfte ich ein Wort mit Ihnen wechseln?« Das war Tolliver, eine Reihe vor uns.

»Nur zu.«

»Unter vier Augen.« Ohne zu warten, schnallte er sich los und ging nach hinten.

Ich folgte ihm. »Was gibt es jetzt für ein Problem?«

»Dieser Junge!« Er zeigte mit dem Finger auf Johan Stritz. »Sie haben ihn für ein Sonderprogramm, das gar nicht existiert, aus seiner Unterkunft gezerrt. Sie haben nicht mal – verdammt, lassen Sie mich ausreden! – nicht mal zehn Minuten allein mit ihm verbracht, und das in der ganzen Zeit, die Sie ihn hatten. Sie gestatten ihm nicht, Ihnen eine höfliche Antwort auf die Frage zu geben, wie er sich fühlt, aber wenn er dann die Wahrheit eingesteht, putzen Sie ihn gleich herunter. Nur zu, schlagen Sie ihn, wenn es das ist, was Sie möchten!«

»Ich habe viel Zeit mit diesen Kadetten verbracht! Ich habe sie mit nach ...«

»Haben Sie jemals mit ihnen geredet?«

»Natürlich habe ich das! Ich habe Adam ...« Ich schluckte. »Ich habe mit Kevin gesprochen, erst letzte Woche noch.«

»Was empfindet Stritz bei Ihrem ›Sonderprogramm‹?«

Ich schwieg lange. »Ich weiß nicht.«

Er sagte nichts.

»Edgar, was soll ich tun?«

»Tun Sie, was Ihnen gefällt.« Auf einmal wirkte er müde. »Ich weiß nur, daß ich Schikanen verabscheue.«

»Sie haben mich reichlich schikaniert, damals in der Unterkunft!« Was war nur los mit mir, daß ich das jetzt vorbrachte?

»Das behaupten Sie. Vielleicht habe ich es getan, aber haben wir über die Jahre nichts gelernt?«

»Nein.« Beunruhigt über das, was ich mit dieser einen Silbe verraten hatte, sprudelte ich hervor: »Ich habe gelernt, daß ich selbst schlimmer bin, als ich mir je ausgemalt habe.« Ich ließ ihn stehen und kehrte zu meinem Platz zurück. »Mr. Stritz ... Johan ...«

Im Lautsprecher knackte es. »Wir landen gleich. Wer sich aus Gründen der Vorsicht den Raumanzug anziehen möchte, sollte das jetzt tun.« Der Haupttransporter, der eine halbe Stunde hinter uns war, war voller Kadetten in Raumanzügen, deren Helmscheiben sich durch die ganze Aufregung beschlugen, aber unser VIP-Shuttle würde direkt am unter Luftdruck stehenden Tor andocken.

»Sollten wir die Anzüge anlegen, Sir?«

»Tun Sie es ruhig, nur zur Vorsicht.« Den eigenen Anzug im Fach über mir ignorierte ich. Sollte der Allmächtige mein Leben nehmen, wenn es Ihm gefiel. Ich war Seiner Gerechtigkeit lange genug ausgewichen.

Während Thorne und Tolliver noch in der Schleuse warteten, trat ich vor und nahm die Grüße von Leutnant Bien und den Fähnrichen entgegen, mit denen sie die Empfangsgesellschaft aufgefüllt hatte.

»Willkommen an Bord, Sir.«

»Danke.« Ich zwang mich zu einem gewinnenden Ton. »Sind Sie auf den Ansturm der Erstkläßler vorbereitet?«

»Mr. Radz kümmert sich darum, Sir. Er befindet sich vor der Hauptschleuse. Soll ich sie, sobald alle aus den Raumanzügen heraus sind, für die Begrüßung versammeln?«

»Ich sehe sie beim Abendessen. Mr. Keene, bringen Sie Ihre Fähnriche in ihrer Kabine unter. Holen Sie sich die neue Diensteinteilung heute abend bei Mr. Tolliver ab. Euch drei Kadetten erwarte ich gleich in meinem Büro – nein, in einer Stunde.«

Zeit, die Tasche in meine Kabine zu bringen, mich etwas zu erfrischen und ein wenig von meiner Ruhelosigkeit abzuwandern.

Ein paar Minuten später spazierte ich durch den Schlafsaalbezirk. Alles sah exakt so aus wie bei meinem letzten Besuch; ich wußte nicht, warum ich etwas anderes erwartet hatte.

Die Klassenzimmer. Ich entdeckte nichts, was mich interessierte. Zurück, an den Unterkünften vorbei, aber dort begegnete ich den ersten Gruppen von Erstkläßlern, die Taschen auf den Schultern, unterwegs zu ihren neuen Schlafsälen.

Um ihnen auszuweichen, verzog ich mich in einen Wartungskorridor, den sie nicht betreten durften. Etwas desorientiert schlug ich die Richtung zum Verwaltungsbezirk ein.

Hinter einer Ecke stieß ich auf Leutnant Jeff Thorne, die Hände in den Taschen.

Er nahm Haltung an und salutierte lässig.

»Kommando zurück.« Mein Ton war nicht übermäßig freundlich. Ich bemühte mich, ihn etwas abzumildern. »Was tun Sie hier?«

»Ich denke an das letzte Mal zurück, daß ich in diesem Gang war.«

»Wann war das, Jeff?«

Er gab mir keine direkte Antwort. »Ich hatte nie erwartet, wieder hierher zurückzukehren. Sie?«

»Nach unserem Abschluß? Nein.« Ich lehnte mich ans Schott. »Es ist ein – seltsames Gefühl.«

Die Bitterkeit stieg wieder in ihm hoch. »Schlimmer als das! Es ruft Dinge zurück, an die ... an die ich mich lieber nicht erinnern würde.«

»Welche sind das?«

Sein Blick schwenkte zu mir herum. »Sie dringen doch nicht in mich, Kommandant?«

Ich war es auf einmal müde, mich um ihn zu bemühen. »Doch. Ich höre auf damit. Weitermachen.« Ich ging auf die Luke zu.

»Warten Sie!« Es klang nach einer Bitte. »Das hier erinnert mich an – Hoffnung, schätze ich. Oder Unschuld. Meine Erwartungen ans Leben.«

Unwillkürlich war ich bewegt. »Jeff, es ist nicht zu spät.«

»Denken Sie nicht?« Ein spöttisches Lächeln.

»Nein!« Ich packte ihn am Arm. »Nicht für *Sie* jedenfalls! Sie haben niemanden außer sich selbst verraten!«

Er löste sich aus meinem Griff. »Was sagen Sie da, Sir?«

»Sie tun sich selbst leid, weil Sie den eigenen Erwartungen nicht gerecht geworden sind. Ich habe den allmächtigen Gott selbst enttäuscht ... Haben Sie eine Ahnung, was ich dafür geben würde, mit Ihnen zu tauschen?«

»Ich bitte um Verzeihung.«

»Sie sollen sich nicht entschuldigen, sondern sich fassen!« Redete ich nun mit ihm oder mir selbst? »Auf der Erde, als Sandra Ekrit bei Tisch unverschämt war. Haben Sie ihr den Rohrstock verabreicht?«

»Ja und nein. Wir haben geredet. Als wir fertig waren, habe ich ihr einen Streich versetzt. Ich denke, über mehr wäre sie glücklicher gewesen.«

»Sehen Sie? Sie haben ein natürliches Talent für den Umgang mit Kadetten, und mit Fähnrichen ebenfalls. Das habe ich Ihnen schon vorher gesagt.«

»Aber ich bin verloren!« Er schnitt eine Grimasse. »Arcvid, Gin, der Kampf, morgens aus dem Bett zu kommen und mich einem weiteren Tag zu stellen ...«

Am liebsten hätte ich ihn geschüttelt. »Seien Sie, was Sie waren! Was Sie sind!«

Er schwieg lange. »Denken Sie, daß ich das könnte?«

Eine Zeitlang schwiegen wir beide. Dann sagte ich: »Wissen Sie, wann ich zuletzt hier gewesen bin?«

»Auf Farside?«

»Nein, in diesem Korridor.«

Er zuckte die Achseln. »Kadetten durften ihn nicht betreten.«

»Es sei denn, ein Fähnrich nahm sie auf einen Einsatz mit ...«

Verwirrung. Dann dämmerte ihm die Erinnerung. »Die Gravitronen! Wir sind nie auch nur in die Nähe gekommen. Der alte Ridley hatte die Wache.«

»Und Robbie Rovere ist über mich gestolpert, und ich bin die Leiter hinuntergepurzelt. Der Rest von euch ist so schnell verschwunden ...« Ich lächelte. »Ich bin noch nie so schnell eine Leiter hinaufgehastet. Ridley hat nur einen verschwommenen Fleck gesehen.«

»Wir haben Sie im Stich gelassen.« Sein Gesicht wurde dunkel. »Wie ich es später auch im Messesaal tat. Hätte man Sie erwischt ...«

»Aber das ist nicht passiert.« Damals jedenfalls noch nicht. »Wir konnten später wieder herumstreunen. Vergessen Sie nicht, als ich im Messesaal erwischt wurde, haben Sie die Schuld auf sich genommen. An dem Tag habe ich etwas von Ihnen gelernt.«

Seine Augen schimmerten. »Was war das, Sir?«

Auf einmal klang meine Stimme angespannt. »Ihr Mut, als Sie vortraten. Jeff, ich habe vieles getan – schreckliche Dinge, und meine Seele ist verloren. Aber ich habe niemals meine Kameraden verraten; dank Ihres Beispiels konnte ich wenigstens das vermeiden.« Ich mußte mich abwenden.

»Sachte, Sir.«

Er sprach sanft.

»Mir geht es gut.« Ich ging langsam Richtung Luke. »Jeff, überwinden Sie Ihr Bedauern. Sie haben den jungen Leuten eine Menge zu geben.«

»Und Arcvid aufgeben? Verzeihung, das war ein Scherz. Was ich meinte .... Ich denke darüber nach, Sir. Das ist alles, was ich versprechen kann.« Er verzog das Gesicht. »Vielleicht hier, ohne die Pubs ... Wir werden sehen.«

In ernster Stimmung ging ich direkt ins Büro und fand dort meine drei Schützlinge vor, die auf mich warteten. Ich führte sie in das innere Heiligtum. Normalerweise hätten sie es nur anläßlich außergewöhnlicher Strafen zu Gesicht bekommen.

»Ihr könnt euch setzen.«

Ich verschränkte die Finger und wußte nicht recht, wo ich anfangen sollte. Wäre es nicht das beste gewesen, mir die Schmach zu ersparen, nichts zu sagen und sie einfach zurück in die Unterkünfte zu schicken?

Vaters Gesicht wirkte streng. *»Es ist keine Schande, einen Fehler zuzugeben. Nur, ihn zu machen.«* Ja, Vater. Warum hat es mir dann immer so davor gegraut, dir meine Torheiten einzugestehen, ungeachtet der Erleichterung, die das brachte?

Kyle Drew wand sich, wurde aber unter meinem finsteren Blick wieder ruhig.

»Ich schulde euch allen eine Entschuldigung.« Die Augen wurden mir schwer vor lauter Sehnsucht, sie abzuwenden. Ich tat es nicht.

»Wofür, Sir?« wagte sich Kevin Arnweil hervor.

»Ich habe nichts getan, um euch zu helfen, nachdem ich euch auf die Erde geholt hatte.« Ich sah ihm in die Augen. »Kevin, du warst im Schock, nachdem Kadett Edwards starb. Du bist einfach nicht damit klargekommen, und ich dachte, Sarge würde es nur schlimmer machen.« Er senkte den Blick aufs Deck, als würde er sich schämen.

»Und du, Kyle. Wie hätten wir dir begreiflich machen können, daß Dustins Tod unsere Schuld war, nicht deine? Ich kann mir deine Schuldgefühle vorstellen, weil es dein Helm war, der seinen aufschlug.«

Drew starrte auf seinen Schoß hinunter, die Lippen zusammengepreßt.

»Johan. Du bist auf dem falschen Fuß gestartet. Ich dachte, ich könnte dir und den anderen irgendwie helfen. Aber ich habe es nicht getan.«

Es war Arnweil, der sich schließlich zögernd zu Wort meldete. »Sir, werden Sie uns hinauswerfen?«

»Natürlich nicht!« Ich stand auf und ging hilflos hin und her. »Ich mußte euch einfach erklären ... ich – ich weiß nicht, wie ich helfen soll. Ich hatte vor, euch Zeit zu widmen, euch bei der Lösung der Probleme zu helfen. Statt dessen habe ich euch entweder als Laufburschen benutzt oder ignoriert. Jetzt bleibt mir nur noch, mich zu entschuldigen.«

Die Stille dehnte sich aus.

Kevin Arnweil platzte hervor: »Sie haben mich nicht ignoriert, Sir!«

»Unfug! Das einzige Mal, daß wir miteinander geredet haben, war bei der Suche nach Mr. Thorne.«

»Ja, Sir. Gleich anschließend. Wir sind zu Fuß gegangen, und Sie haben mir erzählt, wie es für Sie war, als Kadett.«

»Das war gar nichts.«

»Für Sie vielleicht.« Das Gesicht des Jungen wirkte fast trotzig. »Es war gut zu hören, daß jemand anderes es schon mal durchgemacht hat.« Seine Wangen brannten.

»Oh, ich erinnere mich, wie man sich als Kadett fühlt.« Ich deutete auf den Schreibtisch. »In meinem zweiten Jahr hat mich Kommandant Kearsey genau über diesen Tisch gelegt, um mir den Rohrstock zu geben. In seinem Büro spürte ich die Angst, die auch ihr haben müßt, wenn ihr zu mir geschickt werdet. Aber aus diesem Grund bin ich auch der falsche, um euch zu helfen.«

Stritz sprudelte hervor: »Bitte schicken Sie uns nicht nach Devon zurück!« Ich glotzte, aber er fuhr hastig fort: »Es ist auch unsere Schuld! Wir sind in Ihrer Nähe immer leise, damit Sie nicht sauer sind. Wir geben Ihnen keine Chance.« Er sah die anderen an. »Ihr wißt, daß es wahr ist.«

Kyle Drew musterte mein Gesicht und riskierte es zu sprechen. »Ich schätze, ich war irgendwie enttäuscht darüber, nur herumzuhängen und darauf zu warten, daß ich den Sergeanten irgendeine Nachricht zu überbringen hatte. Ich dachte, auf der Akademie würde man ständig etwas lernen. Zusätzlich zu den Büchern, meine ich. Wie Helis zu steuern.« Seine Miene erhellte sich. »Aber wenigstens konnte ich die *Wellington* sehen.«

»Ihr habt mehr verdient.« Meine Stimme klang rauh.

»Schicken Sie uns zurück in die Unterkünfte, Sir?«

Das war exakt, was ich vorgehabt hatte, aber jetzt hätte es den Eindruck einer Strafe erweckt, weil sie offen gesprochen hatten. Wieder war ich in eigene Fallstricke hineingetappt. Ich machte das Beste daraus. »Nicht, wenn ihr mir noch eine Chance gebt. Ich versuche es mal mit neuen Regeln. Es steht euch frei, mir Fragen zu stellen oder mir zu sagen, was euch durch den Kopf geht. Sergeant Obutu wird euch derweil wieder in den Dienstablauf einweisen.«

Das war nicht genug; ich brauchte mehr. »Ihr könnt eure Hausaufgaben in meiner Kabine machen, ehe ihr zum Schlafen in eure Unterkünfte geht.« Grundgütiger, was *tat* ich hier eigentlich? »Ich helfe euch dabei.« Lahm setzte ich hinzu: »Ich werde versuchen, euch nicht mehr im Stich zu lassen.«

Sie sagten nichts. Ich konnte mir vorstellen, was sie dachten. Der Kommandant war vollständig verrückt geworden, und jetzt mußten sie den ganzen Tag mit ihm verbringen.

»Das war alles.« Ich zögerte. »Vorausgesetzt, es möchte niemand mehr etwas sagen.« Ketzerei. Reine Ketzerei! Sie waren *Kadetten*!

20. Kapitel

An diesem Abend erwischte ich Tolliver auf dem Weg zur Messekuppel. »Ich habe mich bei Stritz und den anderen entschuldigt.«

»Oh, wundervoll!«

»Was ist jetzt nun wieder los?«

Er zuckte die Achseln. »Besser als sie anzuknurren, denke ich. Am besten wäre es, wenn Sie mal den richtigen Abstand fänden und beibehielten. Ein Kapitän entschuldigt sich nicht.«

»Dieser tut es. Er muß.« Ich beschleunige meine Schritte. »Es war von Anfang an falsch, eine Sonderbehandlung für sie vorzusehen.« Er antwortete nicht.

Er trat zur Seite, um mir den Weg in den Messesaal freizugeben. Fünfhundert Kadetten erhoben sich wie ein Mann. Ich setzte mich auf meinen Platz. »Wo ist Leutnant Bien?«

Tolliver antwortete: »Sie ist mit dem Transporter abgereist, Sir.«

»Warum?«

»Ich habe Ihnen letzte Woche den Urlaubsplan vorgelegt. Sie haben ihn persönlich gebilligt.«

Nach dem Abendessen wanderte ich erneut durch die Gänge, bewegt von Unruhe und Besorgnis. Sandra Ekrit und Fähnrich Anton Thayer, die mit irgendeinem Auftrag unterwegs waren, wichen mir aus und behielten die Grußhaltung bei, bis ich vorbei war. Die Hände in den Taschen, marschierte ich weiter.

Ich bog ab und ging durch einen Wartungskorridor. Er führte ... wohin? Die Wäscherei? Daran war ich nicht interessiert. Auf halbem Weg hindurch nahm ich eine Leiter nach unten. Sie führte mich tief in die Eingeweide von Farside, hinunter auf das Wartungsdeck, wo die Techniker und Matrosen untergebracht waren, die unsere Maschinen bedienten.

Ich ging an der Gravitronenkammer vorbei, wo ein Tech Tag und Nacht Wache hielt, und suchte statt dessen den äußeren Fusionskontrollraum auf. Dort saß ein gelangweilter Techniker und las in einem Holo. Egal; unsere Energiestation lief vollautomatisch, und sein Wachdienst war quälend langweilig.

Er sprang auf und nahm Haltung an.

»Kommando zurück, Mister.«

»Aye, aye, Sir. Kann ich irgend etwas für Sie tun?«

»Nein.« Ich deutete auf das bekleckerte Deck. »Was ist das – verschütteter Kaffee? Jemand soll das aufwischen.« Vielleicht sollte ich nicht nur bei den Kadetten, sondern auch bei unserem Personal Inspektionen durchführen.

»Aye, aye, Sir.«

Ich stieg die Leiter zum Hauptdeck hinauf und ging in meine Kabine, um mich schlafen zu legen.

Ein paar Abende später saß ich in meinem Büro und las an der Konsole Memos durch. Ein Bericht aus Portsmouth: Quartiermeister Serenco hatte den Diebstahl von über einhunderttausend Unidollar gestanden und wurde für den Prozeß in Haft genommen. Seine Beziehung zu Senator Wyvern wurde nicht erwähnt; vielleicht gehörte das zu Bolands Absprache. Ich seufzte und versuchte, nicht mehr an diese Sache zu denken.

Ein Memorandum von der Admiralität: Die Katzenjaulbombe war an die Flottentechnik überwiesen worden, um mit der Konstruktion zu beginnen. Endlich rollten die Räder, wie langsam auch immer. Eine weitere Notiz: Kapitän Pritcher hatte als Protokollchef der Admiralität eine neue Aufgabe erhalten und unterstand direkt Duhaney. Kapitän Tenere, Adams Vater, würde die *Wellington* übernehmen.

Die Nachricht von Eddie las ich zweimal. Annie aß wieder. Eddie hatte mein altes Fahrrad im Schuppen entdeckt, es repariert und ein stabileres Modell für sich gekauft. Er und Annie radelten täglich in die Stadt, um einzukaufen.

Danke, lieber Gott! Wenigstens das verläuft gut.

Kyle Drew klopfte an und betrat schüchtern das Büro. »Störe ich Sie, Sir?«

»Nicht, wenn ich allein bin; das weißt du doch.« Seit unserem letzten Gespräch hatte ich meine Kadetten zu mehr Lockerheit ermutigt, und ich hatte es sogar geschafft, sie nicht mit einem mißbilligenden Blick zu Asche zu verbrennen, wenn sie dieser Ermunterung tatsächlich Folge leisteten. Es war schwierig, für uns alle. Ich sah auf die Uhr. »Ist nicht fast schon Schlafenszeit?«

»Ja, Sir.« Seine Stimme klang heiser, und er wurde rot. »Ich muß noch ein paar technische Probleme für morgen bearbeiten. Darf ich das hier tun?«

»Sei aber ruhig dabei.« Einen Moment später setzte ich hinzu: »Es sei denn, du brauchst Hilfe.«

»Aye, aye, Sir.«

Ich ging ein paar weitere Akten durch, während Kyle

emsig auf seinem Holovid tippte. »Warum lieber hier als im Schlafsaal?« fragte ich.

»Ich gehe, wenn Sie möchten. Es ist nur so ...« Er errötete. »Die Stimmung dort ist nicht sehr freundlich, Sir. Seit wir Ihnen zugeteilt wurden.«

Das hätte ich wissen sollen. Indem ich die drei unter meine Fittiche nahm, hatte ich Ausgestoßene aus ihnen gemacht. Na ja, das war immer noch besser, als sie hinauszuwerfen, und das war die Alternative gewesen.

Ich goß mir Kaffee nach und wandte mich wieder den Akten zu. Nach einer Weile fiel mir auf, wie der Junge die Beine mal übereinanderschlug und dann wieder auseinandernahm, während er vor sich hin brummte.

»Mußt du auf die Toilette, Kadett?« Mein Ton war scharf.

Er erschrak. »Nein, Sir!«

»Dann hampel nicht so herum.« Ich machte mir ein paar Notizen. Ich mußte mit Tolliver über die Ernennung eines neuen Quartiermeister sprechen; wenn wir die Sache Higbee im PersBü überließen, wußte Gott allein, wen er uns schickte.

Kyle Drew seufzte.

Ich funkelte ihn an. »Geh hinaus, wenn du nicht ruhig bleiben kannst!«

Sofort sammelte er seine Chips ein. »Es tut mir leid ...«

»Vergiß es.« Wie Tolliver schon festgestellt hatte, fand ich einfach keine Distanz, die ich dann auch beibehielt. »Was ist los, Kyle?«

»Es tut mir leid, Sir. Ich kapier' diesen Stoff einfach nicht.« Er stellte das Holovid auf meinen Schreibtisch. »*Grundlagen der Elektrotechnik*. Erg und Ohm und Watt.«

»Dafür muß man ordentlich lernen.« Ich bemühte mich um einen mitfühlenden Tonfall.

»Warum müssen wir diesen Mist überhaupt lernen? Die Anzeigen im Maschinenraum sagen es einem doch, wenn man im roten Bereich ist.« Er musterte mein Gesicht, fürchtete, daß er zu weit gegangen war.

»Die Flotte möchte einen gebildeten Menschen aus dir machen, keinen Instrumenten-Ableser.«

»Ich weiß, daß Watt die Maßeinheit für Leistung ist, die wir P nennen, und Spannung die Maßeinheit der elektromagnetischen Feldstärke E darstellt. Aber diese ganzen Formeln ... Ich verliere einfach den Überblick.«

Ich lehnte mich lächelnd zurück. »Das ist ganz einfach, Junge. Du brauchst dir nur zwei Formeln zu merken. Sprich mir nach: ›Funkel, funkel, Großer Bär, Leistung ist gleich I Quadrat mal R.‹« Kyle glotzte mich an, wiederholte das Verslein aber pflichtgemäß.

»Du weißt, daß I die in Ampere gemessene Stromstärke ist. R ist der Widerstand, gemessen in, ah, Ohm. Nun, die Spannung E ist gleich I mal R. Die übrigen Formeln kann man draus ableiten, stimmt's? I ist gleich E durch R. R ist gleich E durch I.« Ich brach ab, solange ich noch einen Vorsprung hatte.

Er sah mich erstaunt an. »Wie haben Sie das gelernt, Sir?«

Ich sonnte mich in seiner Bewunderung. »Bringt man euch die Merkverse nicht mehr bei? Nimm dir die Probleme wieder vor, und sieh mal, ob du es jetzt hinbekommst.«

Als Kadett hatte ich mich wochenlang damit geplagt, die gnadenlosen Formeln auswendig zu lernen. Zwei Jahre später hatte auf der *Hibernia* der bärbeißige Chief McAndrews meine Unwissenheit entdeckt, als ich der Maschinenraumwache zugeteilt worden war. Bei einer Übung hatte ich falsche Fusionskoordinaten berechnet, die uns direkt in die B'n-Auba-Zone geführt hätten – also so dicht an die Sonne, daß kein Schiff mehr daraus entrinnen konnte, wie klein es auch immer war.

Statt mich herunterzuputzen und zurück zu den Büchern zu schicken, hatte er mir die Gedächtnisstütze beigebracht und sich in die Aufgabe gestürzt, meine Unwissenheit zu beheben. Danke, Chief!

Eine Zeitlang arbeiteten Kyle und ich friedlich an unseren Aufgaben. Die freundschaftliche Stille im Raum besserte meine Stimmung; ich fühlte mich beinahe beschwingt.

Der ungeschickte junge Mann streckte sich. »Vielen Dank, Sir, das wird bei meinen Wochenergebnissen wirklich helfen.« Er zeigte ein Lächeln, das sein bläßliches Gesicht richtig aufhellte.

Seine Erleichterung steckte mich an; ich spürte, wie mir eine Last von den Schultern fiel. Ich kam mir um Pfunde leichter vor. »Das freut mich. Geh jetzt lieber in den Schlafsaal zurück, ehe Licht Aus kommt.« Ich nahm die Tasse zur Hand, um einen weiteren Schluck zu nehmen, und schüttete mir dampfenden Kaffee übers Hemd. »Verdammt!«

»Aye, aye, Sir.« Kyle stand auf. Er machte ein erschrockenes Gesicht und ruderte mit den Armen, um das Gleichgewicht zu halten. »Hoa!«

Alarmsirenen heulten schrill. Als ich mich rasch zur Konsole umdrehte, wurde der Comp lebendig. »STÖRUNG IN DER GRAVITRONENSTEUERUNG! LEITE SYSTEMABSCHALTUNG EIN! ENERGIE UMGELEITET!«

Irgendwas ging hier entsetzlich schief.

Ich schnappte mir den Rufer. »Notfallschließung aller Korridorluken! Alle Mann bereithalten, um die Raumanzüge anzuziehen! Tolliver, Thorne, ins Büro des Kommandanten!«

»KOMPLETTER STROMAUSFALL! MONDSCHWERKRAFT SETZT SICH DURCH. LEITE SYSTEMDIAGNOSE EIN!«

»Was zum Teufel geht da vor?« Ich sprang auf und stieß mir den Kopf an der Decke an. Ich sank wieder zum Schreibtisch hinunter und konnte mich dort festhalten. Kyle Drew sah mit offenem Mund zu.

Die Ruferschalttafel leuchtete wie ein Weihnachtsbaum. Ich rieb mir die schmerzende Stirn.

Jeffrey Thorne steckte den Kopf durch die Tür. Er grinste und kam mit jenen bedächtig schwebenden, ausgreifenden Schritten herein, wie sie unter Mondschwerkraft typisch waren. »Sie haben es geschafft!« Er klang begeistert.

»Was geschafft! Wer?«

»Die Fähnriche sind schließlich doch zu den Gravitronen vorgedrungen!«

Seine Augen funkelten.

»Das ist Unsinn. Sie haben noch nie ...« Ich streckte die Hand zur Konsole aus und schaltete den Rufer ein. »Gravitronen-Kontrollraum!« Ich wartete.

Jemand klopfte an. Tolliver, mit vorsichtigen Mondschritten, dicht gefolgt von Sergeant Kina Obutu.

»Wir haben es jahrelang probiert, wir alle!« Thornes Gesicht war gerötet. »Endlich haben sie es geschafft!«

Kyle Drews Züge weiteten sich zu einem Grinsen.

Die kleinen Halunken. Ich runzelte die Stirn. »Kadett, zurück in die Unterkunft.«

»Aye, aye ...«

Tolliver meldete sich zu Wort. »Das kann er nicht, Sir. Sie haben alle Luken schließen lassen. Ich habe selbst ewig gebraucht, die ganzen Codes einzugeben.«

»Sehr gu ...«

Der Rufer summte. »Hier Gravitronentechniker Siever, Sir. Ich bin gerade vor der Energiestation. Die kleinen Mistkerle haben meine Luke neu codiert. Ich komme nicht hinein!«

»Was ist passiert?«

»Ein Kadett ist mit einer Nachricht gekommen. Der Rufer im Maschinenraum würde nicht funktionieren, und ob ich wohl kommen und helfen würde ...«

»Wie sah er aus?«

»Lange blonde Haare, buschige Augenbrauen, woher soll ich das wissen? Sie sehen doch alle gleich aus!«

Sergeant Obutu brummte: »Eine Perücke? Keiner von ihnen hat lange blonde ...«

»Sir, selbst wenn ich herausgefunden habe, wie ich wieder hineinkomme, brauche ich eine gute Stunde, um die Anlage neu zu ...«

Ich knirschte. »Die Wartungsleute sollen sich durch

Ihre Luke brennen! Bringen Sie die verdammten Gravitronen wieder in Gang!«

Heftig drückte ich einen Ruferknopf.

»Hier Sergeant Radz, Sir. Wir haben keinen Strom . . .«

»Ich weiß, verdammt!« Ich warf mich zu Thorne herum und katapultierte mich dabei fast vom Stuhl. »Finden Sie heraus, wer es getan hat! Sie sollen verprügelt und der Akademie verwiesen werden!«

»Lassen Sie mich selbst ein Urteil fällen, Sir. Ich werde schon damit fertig.«

Thorne klang ernst.

»Diesmal nicht, auf keinen Fall! Schicken Sie sie nach Hause! Noch besser, schicken Sie sie vors Kriegsgericht!«

Ms. Obutu hustete. »Es war nur ein Streich, Sir.«

»Nur ein . . .« Kochend starrte ich auf die Alarmanzeigen. Gott allein wußte, welchen Schaden sie hätten anrichten können. Gott sei Dank war es spät abends passiert. Wie die Sache aussah, hatten sie erreicht, daß ich mich mit heißem Kaffee vollschüttete und selbst jetzt noch nicht wieder auf die Beine kam, ohne einen ballistischen Flug zu riskieren. Die Frechheit dieser Fähnriche, in verbotenen Korridoren herumzuschleichen und mitten in der Nacht Chaos zu stiften. Als ich noch in ihrem Alter war, hatte ich es besser gewußt, als zu . . . als . . .

Jeff Thorne musterte mich gebannt. Als er sicher war, daß Kyle in eine andere Richtung blickte, blinzelte er.

Wenig später zuckten meine Mundwinkel. »In Ordnung, Throne, beheben Sie diesen Schlamassel, wie Sie es für richtig halten.« Ich hoffte, er würde klug genug sein, den Rohrstock einzusetzen, wenn schon nichts anderes. Lange erstrebter Triumph oder nicht, die Fähnriche mußten lernen, daß alle Dinge ihren Preis hatten.

Ich schwenkte mich zu Tolliver herum. »Heute nacht wird in den Unterkünften die Hölle los sein. Kissenschlachten und alles mögliche Theater. Vielleicht Schlimmeres. Geben Sie die Nachricht weiter, sie gewähren zu lassen.« Ich zuckte über sein erstauntes Gesicht die Achseln. »In der ganzen Geschichte der Akademie war vorher noch nie ein Fähnrich bis zu den Gravitronen vorgedrungen. Sehr schön, sollen sie es feiern.«

Kyle Drew grinste wie ein Idiot. Ich raunzte: »Komm bloß nicht auf Ideen, Junge. Das ist nicht komisch!«

Das war es wirklich nicht. Aber selbst die Mondschwerkraft konnte nicht erklären, warum mir so leicht ums Herz war.

»Ich muß wirklich protestieren!« Ardwell Crossburn zeigte dieses sture Gesicht, das ich nur allzugut kennengelernt hatte. »Die Schäden, die sie angerichtet haben! Wir haben die Gravitronen erst wieder ans Laufen gebracht, als es schon nach ...«

»Und warum?« wollte ich wissen. Crossburn war Wartungsoffizier, und nach Leutnant Sleaks Tod hatte er auch die Verantwortung für die Systeme des Stützpunkts übernommen. Allzu ernsthaft, wie es schien.

Auf der anderen Seite des Konferenztisches rollte Jeff Thorne mit den Augen. Tolliver machte ein ernstes Gesicht.

»Die Techniker mußten sich durch die Luke brennen. Und das auf Kosten einer neuen Lukenplatte, denken Sie nur! Dann mußten sie die von diesen Kriminellen veränderten Gravitronen-Paßwörter entschlüsseln. Es erstaunt mich, daß Thorne nicht bereit ist, mir zu sagen, wer das war!« Der Mann war ein Dummkopf; er brauchte sich doch nur danach umzusehen, welche drei Fähnriche eine unbehagliche steife Gangart zeigten.

Crossburn war rot angelaufen. »Es ist höchst eigenartig, daß Sie sie davonkommen lassen. Ich muß sagen, wirklich sehr eigen ...«

Ich stand auf. »Müssen Sie das sagen? Sie wagen es, ein Urteil über mich zu fällen?«

»Keineswegs. Ich habe diesen Kommentar als, ah, Privatperson geäußert.« Sein Ton wurde mürrisch. »Ich werde nicht mehr davon sprechen, wenn Sie darauf bestehen. Mein Rat lautet jedoch, die Verantwortlichen zu kassieren, ehe der Ausschuß für Flottenangelegenheiten nächste Woche ...«

Ich knallte mein Holovid auf den Tisch. Die Splitter der Monitorplatte prasselten aufs Deck. »Mr. Crossburn, packen Sie Ihre Sachen! Ich möchte, daß Sie noch heute von diesem Stützpunkt verschwinden!«

Crossburn zeigte sich blasiert. »Ohne mich haben Sie nicht genug Offiziere für fünfhundert Kadetten. Mr. Kearsey hat diesbezüglich eine Bestimmung erlassen. Jedenfalls werde ich in Devon nicht gebraucht, und meine Aufgaben hier ...«

»Jeff Thorne wird Ihre Pflichten übernehmen. Reisen Sie nicht nach Devon, sondern melden Sie sich in Lunapolis bei Kapitän Higbee vom PersBü.«

»Und was soll ich ihm sagen? Alles, was ich weiß?« Crossburn hatte jede Vorsicht in den Wind geschlagen.

Mein Ton war eisig. »Sagen Sie ihm, daß Sie nicht mehr auf der Flottenakademie beschäftigt sind. Raus hier! Sofort, ehe ich Mr. Tenere rufe, damit er dabei hilft!« Adam hatte erst kürzlich Erfahrung dabei gesammelt, widerstrebende Vorgesetzte abzuführen. Ich fragte mich, ob er irgendwo eine Stellung erhalten würde, falls ich zuließ, daß das in seiner Akte auftauchte.

Crossburn warf seine Notizen auf den Tisch. »Sie werden noch davon hören, Sir! Ich bin nicht damit fertig ...« Er sah mein Gesicht und ergriff die Flucht.

Für einen Moment war alles still.

»Sehr lehrreich, Sir. Ich muß mich an diese Technik erinnern, wenn ein Fähnrich mal wieder ...«

»Edgar, halten Sie den Mund!« Er war wirklich unmöglich! Warum ertrug ich ihn nur?

Jeff Thorne fragte klagend: »Was genau tut ein System- und Wartungsoffizier?«

Ich knurrte: »Irgendwo muß ein Handbuch liegen. Lesen Sie es!«

Tolliver gab hilfreich zu bedenken: »Seine Hauptaufgabe besteht darin, die Fähnriche vom Gravitr ...«

»EDGAR!«

»Ja, Sir. Vielleicht sollten wir uns wieder an die Arbeit machen.« Er dachte über seine Notizen nach, während ich durch den Raum stolzierte und meinen Zorn abarbeitete. Er sagte: »Ihr früherer Gefährte Crossburn hatte in einem Punkt nicht unrecht. Der jährliche Besuch des Flottenausschusses nächste Woche. Man wird die übliche Behandlung mit rotem Teppich und so weiter erwarten.«

Ich blieb abrupt stehen. »Was genau?«

»Einer von Mr. Duhaneys Adjutanten war in dieser Frage höchst hilfreich. Zum einen servieren wir ihnen anständiges Essen. Steaks, keine Synthos.«

»Kümmern Sie sich darum.« Ich dachte immer noch an Crossburn. Ich hätte ihn mir schon vor Monaten vom Hals schaffen sollen. Dem Himmel sei Dank, daß ich es jetzt endlich getan hatte, ehe er noch einen Senator mit seinem allgegenwärtigen schwarzen Tagebuch löcherte.

»Ich bestelle ein paar schicke Obst- und Gemüseportionen. Natürlich nur für die VIP-Tische.«

Ein schlechtes Beispiel für unsere Kadetten; in der Flotte erhielten alle Ränge das gleiche Essen. Aber das war nichts zu machen. Duhaney würde der Schlag treffen, wenn ich uns den Ausschuß für Flottenangelegenheiten nicht warmhielt.

»Und Wein. Ich kann ...«

»Nein.« Ich nahm mein Umherschreiten wieder auf.

»Aye, aye, Sir. Diese Senatoren stimmen über unseren Etat ab. Sollen sie ruhig durstig bleiben.«

Ich knurrte: »Falls es ihnen nicht gefällt, können sie ja zu Hause bleiben. Kein Wein!«

»Jeff, helfen Sie mir, er ist wieder in einer dieser Stimmungen! Sir, es ist doch nur für eine Woche.« Tolliver machte sich eine Notiz. »Ich schlafe solange bei Mr. Thorne; Ms. Bien kann zu den Fähnrichen in deren Kabine ziehen. Damit bleiben genug Kabinen frei, vorausgesetzt, Sie nehmen zwei Gäste in Ihrer Suite auf, wie es Kommandant Kearsey tat.«

Nur acht Senatoren, aber dabei waren ihre zahllosen Mitarbeiter noch nicht berücksichtigt. Wir würden einige der Techniker umquartieren müssen, um Quartiere auf dem Unterdeck bereitzustellen.

Unbequem, aber ...

»Dieses Jahr bringen nur vier ihre Familien mit. Ich setze die Fähnriche dafür ein, auf die Kinder aufzupassen. Sie können ...«

»Nein!«

»Entschuldigung, Sir?«

»Wir sind nicht das Lunapolis-Sheraton! Keine Kinder!«

»Seien Sie doch vernünftig! Sie können diesen Leuten nicht vorschreiben, wen sie mitbringen dürfen und ...«

»Wer leitet diese Institution?« Ich warf mich auf meinen Sitz.

»Ich bin mir nicht ganz sicher, Sir.« Tolliver betrachtete mich ernst. »Geben Sie uns einen Tip?«

Jeff Thorne mischte sich ein, ehe ich explodierte. »Es macht mir nichts aus umzuziehen, Sir. Es ist in unser aller Interesse, den Ausschuß zufriedenzustellen.«

Ich starrte traurig mein zertrümmertes Holovid an. Es war seit der Kadettenzeit mein Lieblingslesegerät gewesen. »Ich werfe hier für einen Haufen Politiker und ihre Familien nicht alles über den Haufen! Sagen Sie den Besuch ab!« Ich sammelte Scherben der Linse vom Teppich auf.

Tolliver lehnte sich zurück und verschränkte die Arme. »Das können Sie wirklich nicht tun, wissen Sie? Vielleicht sollten wir erst Mittagspause machen?«

»Behandeln Sie mich nicht wie ... Verdammt!« Ich lutschte Blut von meinem verletzten Finger. »Schaffen Sie diesen Mist von hier ...« Ich holte tief Luft. »In Ordnung, sollen sie ruhig kommen. Aber keine Sonderverpflegung – wir verköstigen sie aus unseren Beständen.«

»Aye, aye, Sir.« Tolliver klang resigniert.

Ich wickelte ein Taschentuch um den Finger und brummte dabei vor mich hin. Meine Offiziere und ich mußten ihre Unterkünfte räumen und ihre ganzen Dienstpläne ...

Nein, das konnte ich nicht hinnehmen. »Und Sie bleiben in Ihren Quartieren.«

»Damit haben wir sechs Plätze zuwenig, Sir.«

»Acht. Ich nehme auch keine Kostgänger auf.« Für einen Moment genoß ich sein Erstaunen. »Schicken Sie die Belegschaft der Krane-Unterkunft eine Woche vor der Zeit zur Übungsstation hinauf. Damit werden dreißig Plätze frei.«

Tolliver gaffte mich an. »Ein Schlafsaal? Wir können doch nicht Ehegatten und Mitarbeiter und Kinder in einer Gemeinschaftskabine unterbringen!«

»Das ist nun mal die Art der Flotte. Wir machen es ständig so.« Ich öffnete die Luke.

»Aber die Leute werden doch nicht . . .«

Mit zuckersüßer Stimme sagte ich: »Ist das nicht genau das, was sie hier inspizieren möchten?«

Bis zum Abendessen hatte ich mich wieder beruhigt, aber nach weiterer Überlegung entschied ich, die Dinge so zu belassen, wie sie waren. Politische Besuche in Devon, so unwillkommen auch immer, waren eine Sache; Ausflüge von Senatoren nach Farside dagegen mußten als übertrieben störend eingestuft werden, Etat hin, Etat her. Vielleicht trug mein Arrangement dazu bei, sie zu entmutigen. Allerdings war ich vorsichtig genug, Tolliver davor zu warnen, daß er unsere neuen Vorkehrungen gegenüber Admiral Duhaneys Büro erwähnte.

Während der folgenden Woche beschäftigte ich mich mit Papierkram. Ich mußte Empfehlungen für Kadetten schreiben, die ihren Abschluß machten, Nachschubanforderungen bewilligen und ein neues Inventurprogramm umreißen, damit es nicht wieder zu Veruntreuungen wie denen von Mr. Serenco kam. Abends rief ich gelegentlich in Cardiff an. Annie wirkte, nun ja, distanziert.

Am Tag vor dem Eintreffen des Ausschusses hielt ich eine Ansprache vor den Kadetten, die auf die Übungsstation verlegt wurden. Meine Absicht war es, ihnen einzuschärfen, daß sie vorsichtig sein sollten, ohne daß ich sie tatsächlich mit ernsten Konsequenzen für Fehlverhalten bedrohte. Ich wollte keine weiteren Todesfälle auf mein Gewissen laden, und solange VIPs uns über die Schultern blickten, hätte sich ein Unfall auch politisch katastrophal ausgewirkt.

Ich war mir nicht sicher, ob sie mir zuhörten, aber wenigstens blieben sie wach.

Tolliver und ich machten uns von der Hauptschleuse aus auf den Rückweg.

»Haben Sie jemanden beauftragt, den Schlafsaal zu reinigen, Edgar?«

»Mr. Diego und zwei Matrosen. Nicht, daß es nötig wäre.«

Mürrisch gab ich ihm recht. Ganz sicher hatte Sergeant Radz dafür gesorgt, daß die Unterkunft in makellosem Zustand zurückblieb.

Ich hegte inzwischen Zweifel an meiner Entscheidung, die VIPs im Krane-Saal unterzubringen. Ich beschloß, noch mal darüber nachzudenken, obwohl die Rücknahme des Befehls den Eindruck erweckt hätte, ich wäre unentschlossen.

Am nächsten Morgen hielt mich eine Flut abgehender Meldungen auf Trab. Bis zum Mittag war die Gruppe der Senatoren bereits mit einem U.N.A.F.-Transporter eingetroffen, und die Würfel waren gefallen.

Ich trommelte meine Offiziere zusammen, begrüßte unsere Gäste überschwenglich an der Luftschleuse und beauftragte Tolliver, sie in ihr Quartier zu führen. Für den Rest des Nachmittags schaffte ich es, zu beschäftigt für Besucher zu sein.

Auf dem Weg zum Abendessen schloß sich mir Kevin Arnweil an. »Abend, Sir. Ich bin mit der Trigonometrie fertig geworden, an der wir gestern Abend gearbeitet haben.«

»Gut.«

»Mr. Sties sagt, die Arbeit wäre hervorragend. Soll ich

ihm erzählen, daß es zur Hälfte Ihr Verdienst ist?« Nun, der junge Mann hatte Humor. Hätte ich mich nicht überwunden, mit meinen Sonderschützlingen einen lockeren Umgang zu pflegen, hätte ich das nie herausgefunden.

»Nein, danke. Ich bin nicht scharf darauf, nächstes Jahr als halber Fähnrich zu dienen.«

Kevin grinste vor Freude. Ich verspürte einen schuldbewußten Stich; ein freundliches Wort von mir bedeutete den einsamen Jungs so viel, die ich unter meine Fittiche genommen hatte.

»Sir, es heißt, Sie würden Robbie Bolands Vater in einem Schlafsaal unterbringen.«

Wir bogen auf den Hauptkorridor ein. »Stimmt etwas nicht damit?«

Seine Antwort erfolgte rasch. »O nein, Sir. Die Unterkünfte sind – okay.«

»Gut.« Als wir die Luke zum Messesaal durchquerten, rief ich: »Sitzenbleiben!«

Normalerweise saßen die Krane-Kadetten weiter hinten im Saal, aber ich hatte angewiesen, ihre jetzt nicht benötigten Tische für die VIPs weiter nach vorne zu stellen. Heute und für den Rest der Woche würden meine Offiziere und ich mit den Besuchern speisen; Thorne hatte den Fähnrichen eingeschärft, sich unbedingt von ihrer besten Seite zu zeigen.

Ich holte tief Luft und legte ein erfreutes Lächeln auf, als ich mich dem langen Tisch näherte. »Guten Abend. Tut mir leid, daß ich Ihnen heute nicht Gesellschaft leisten konnte.«

Feindselige Gesichter, bei Männern und Frauen gleichermaßen. »Wissen Sie, wohin man unsere Sachen gebracht hat?« Das war Senatorin Dorothy Wade aus Ontario. »Ich habe den ganzen Nachmittag lang versucht, Sie zu erreichen!«

»Ist etwas nicht in Ordnung?« Mein Ton war unverbindlich.

»Unsere Räume! Ihr idiotischer Leutnant ...« Tolliver tat am anderen Ende der Tafel so, als hätte er nichts gehört. »... hat uns versehentlich in einen Schlafsaal gebracht.« Neben ihr hörte ein Mitarbeiter eingebildet und selbstzufrieden zu.

Johan Stritz lief rot an; rasch bedeckte er den Mund mit einer Serviette. Für einen Moment geriet ich in Panik. Falls ihm übel wurde, und das in Gesellschaft von ... Dann sah ich, wie seine Schultern zuckten. Kyle Drew stieß ihm eindringlich in die Rippen.

Ich war zu weit gegangen; selbst meine Kadetten lachten mich aus. Am besten gab ich den Senatoren die Kabinen, die ihnen zustanden, selbst wenn ich dazu meine Offiziere kurzfristig ausquartieren mußte. Ich konnte Tolliver die Schuld geben; es würde ihm nichts ausmachen. »Es tut mir leid; ich war den ganzen Nachmittag mit ...«

Senator Myemkin legte die Gabel weg. »Wirklich, Mr. Seafort, hier hat jemand einen Fehler gemacht! Man hat uns alle zusammen in ein ...«

Mrs. Wade unterbrach ihn scharf. »Nicht einmal ein Stecker für einen großformatigen Holoschirm ist vorhanden!«

Myemkins Ton war sanft. »Doris, lassen Sie mich das ...«

Sie fuhr ihm über den Mund. »Und die Badezimmer! Sie sind unaussprechlich!«

Ich stutzte. »Sie sind nicht sauber?« Dafür würde ein Kopf rollen.

»Was hat das denn damit zu tun? Es sind richtige Stallboxen. Das ist eine Beleidigung!«

Was hatte ich nur getan? Ich mußte sie besser unterbringen, und zwar sofort. »Mrs. Wade, bitte nehmen Sie keinen Anstoß daran. Die Toiletten der Krane-Unterkunft gleichen denen aller Kadettensäle. Ich werde Weisung geben ...«

Ihre schrille Stimme drang durch den Saal. »Sie sind für Tiere und Trannies geeignet! Wir sind anständige Leute!«

Es wurde absolut still im Raum. Langsam faltete ich

die Serviette zusammen. »Es tut mir schrecklich leid, daß Ihre Unterkunft Ihnen nicht gefällt, Ma'am.« Tolliver fing meinen Blick auf, als wollte er mich daran erinnern, daß er mich gewarnt hatte.

Dank der Stille wurde meine Demütigung nun publik. Ich fuhr mit den Augen durch den Speisesaal. Die Kadetten hatten sich alle, ungeachtet der finsteren Blicke ihrer Sergeanten, dem Schauplatz des Dramas zugewandt. Ihre Gesichter spiegelten seltsame Gefühle wider. Verlegenheit. Scham.

Nein, Zorn.

Ich stand auf und stellte sicher, daß ich gerade laut genug sprach, um von jedem verstanden zu werden. »Ich bedauere, daß Farside nicht über Quartiere verfügt, die Ihrer Stellung angemessen sind. Offensichtlich können Sie nicht länger ...« Erneut blickte ich über die Reihen der Kadetten hinweg und brach ab.

Ihre Entrüstung galt der Senatorin, nicht mir.

Nichtseßhafte! Tiere? Wie konnte ich in Hörweite dieser saubergeschrubbten jungen Leute in ihren gestärkten Uniformen mit den Anschuldigungen dieser Frau konform gehen? Wir hatten den Kids immer wieder gesagt, daß die Unterbringung in diesen Quartieren, die keine Spur Privatsphäre erlaubten, eine Ehre war.

Ms. Wades drastische Bezeichnungen galten sowohl ihnen wie mir.

Ich schlug einen festen Ton an. »Die Krane-Unterkunft ist das einzige Quartier, das zur Zeit verfügbar ist. Unsere Kadetten empfinden es als Ehre, diese oder irgendeine der Unterkünfte auf Farside zu erhalten. Haben Sie auch nur eine Ahnung, wie sehr die jungen Leute sich bemüht haben ...« Ich verkniff mir den Rest. Was wußten diese Senatoren von der Akademietradition? »Ich habe jedoch eine Lösung.«

Richard Boland räusperte sich. »Was können Sie für uns tun?«

»Ich lasse Ihr Shuttle bereitstellen, Senator. Jeder, der unsere Unterkünfte inakzeptabel findet, kann noch heute abend nach Lunapolis abreisen.« Tolliver legte den Kopf in die Hände.

»Aber die Inspek ...«

»Wir sehen uns auf der Erde, sobald mein Dienstplan es erlaubt. Ich habe gehört, daß es vor den Toren der Devon-Basis ausgezeichnete Hotels gibt.« Ich warf die Serviette auf den Tisch. »Ich stelle gerade fest, daß ich keinen Hunger habe und dringende Arbeit auf mich wartet. Wenn Sie mich bitte entschuldigen würden.« Ich stolzierte aus dem Saal. Mein Rufer war vom Netz genommen, meine Büroluke geschlossen. Ich ging in der Kabine auf und ab und fühlte mich zunehmend unbehaglich. Warum hatte ich mich nicht wenigstens dieses eine Mal beherrscht? Immerhin würde mich Duhaney noch in der laufenden Nacht als Kommandant absetzen, sobald ihn die wütenden Anrufe der Senatoren erreichten. Die Verachtung, die er für mich empfand, war bereits jenseits jeder Duldsamkeit, dank der Interviews, die ich auf der *Wellington* gegeben hatte.

Die persönlichen Kosten beunruhigten mich nicht; jetzt stand es mir frei, nach Hause, nach Cardiff zurückzukehren. Mein Ausbruch hatte jedoch der Akademie und meinen Kadetten unabsehbaren Schaden zugefügt. Ich fragte mich, ob mein Nachfolger ihn jemals beheben konnte.

Jemand klopfte an. Sergeant Obutu.

»Keine Anrufe, keine Störungen!«

»Ja, aber Mr. Tolliver meint ... Aye, aye, Sir.«

Ich ging erneut auf und ab und beförderte einen Stuhl, der mir im Weg stand, mit einem Tritt zur Seite. Tiere! Trannies! Und was, wenn man mich provoziert hatte? Hatte ich durch die Schikanen in der Fähnrichskabine nicht gelernt, Schlimmeres zu ertragen?

Erneutes Klopfen. »Sarge, wenn Sie auch nur hereinzukommen ... Oh, du bist es.« Johan Stritz.

»Verzeihung, Sir. Gestern sagten Sie, ich sollte kommen, um hier meine Navigationsaufgaben ...«

»Bleib draußen. Ich habe keine Zeit, um ...« Nein, du

Idiot! »Johan, das war nicht richtig von mir. Setz dich, und mach deine Arbeit.«

»Aye, aye, Sir.« Er setzte sich und schaltete sein Holovid ein. Ich marschierte wiederum auf und ab.

»Sie hätten die Leute einmal sehen sollen, als Sie gegangen waren, Sir. Sie ...«

»Kümmere dich um deinen eigenen Kram.« Ich stolzierte herum und brummte vor mich hin. Wenn ich bis zum Morgen keine Anrufe entgegennahm, mußte Duhaney auch so lange warten, bis er mir sagen konnte, daß ich kassiert worden war. Während der Nacht konnte ich mich mit unserem verbliebenen Shuttle nach Devon davonmachen. Wenigstens bekam ich dann nicht mit, wie die Senatoren sich an der Schadenfreude über ihre Rache ergötzten.

Ich konnte mir nur ausmalen, was sie schon über mich von sich gegeben hatten.

Nein, ich konnte mehr tun. »Erzähl es mir.«

Eifrig stellte er sein Holovid zur Seite. »Diese alte Schachtel Wade hat Sie als ...« Er sah mein Gesicht. »Verzeihung. Ms. Wade, wollte ich sagen. Sie wären ein Abenteurer, der sein Gehirn in den Muskeln hat. Ein sexistischer Neandertaler, der Spaß daran hat, seine Vorgesetzten zu demütigen. Und Senator Myemkin meinte, Sie wären ein charakterloser ...«

Ein Klopfen. Ich riß die Luke auf. »Wie oft muß ich Ihnen denn noch ...«

Es war Jeff Thorne. »Ja, ich weiß, daß Sie nicht gestört werden möchte, aber das sollte nicht warten.«

»Sagen Sie dem ganzen Haufen, daß sie sich zum Teufel scheren sollen! Mir ist egal, was sie jetzt schon wieder verlangen!«

Er starrte mich an. Dann dämmerte es ihm. »Die Politiker? Nein, ich habe etwas Ernsteres vorzubringen.«

»Soll sich der neue Kommandant darum kümmern.« Grollend gab ich den Weg frei, damit er eintreten konnte. »Machen Sie schnell.«

»Ich finde nicht, daß Stritz dabei sein sollte.«

»Raus damit!«

»Aye, aye, Sir. Es wird Ihnen nicht gefallen. Olvira hat zwei Kids im zweiten Jahr ...« Er schien nicht die richtigen Worte zu finden. »Verzeihung. Sie haben einander gebumst.«

»Das passiert manchmal.« Arlene Sanders hatte mir das vor langer Zeit in Lunapolis erzählt.

»Sir, sie gehören beide zu seiner Unterkunft.«

Entgeistert fragte ich: »Saalkameraden?«

»Ja, Sir. Tanya Guevira und der Chambersjunge.« Er sah, was ich für ein Gesicht machte, und fuhr eilig fort: »Ich weiß, ich empfinde genauso. Sie warten gerade vor meiner Kabine, aber ich dachte mir, daß die Sache einen Besuch in Ihrem Büro verdient hat.«

»Machen Sie sich nicht die Mühe! Schicken Sie sie noch heute nacht nach Hause!«

»Sir, das ist ein bißchen extrem. Sie ...«

»Ich möchte, daß sie rausfliegen!«

Sein Ton war geduldig. »Es ist moralisch anstößig, aber ...«

»Verdammt, wie können sich Fähnriche noch in einer Kabine drängen, wenn alle sich fragen, wer da wen bumst? Abscheulich! Rufen Sie den Piloten; er soll das Shuttle bereitmachen. Sie sind beide der Akademie verwiesen!«

»Aber ...«

Ich knurrte: »Können Sie nicht einem einfachen Befehl gehorchen?«

»Ja, Sir. Aye, aye, Sir. Ich bitte Sie aber, mir erst zuzuhören.«

»Ver ...« Ich suchte in mir und fand einen letzten Rest Selbstbeherrschung. »In Ordnung.«

»Danke. Wir wissen beide, daß so was falsch ist. Aber wir sind ja dazu da, es ihnen beizubringen. Ich sorge dafür, daß keiner von beiden je wieder auch nur davon träumt, Sex mit einem Saalkameraden zu haben. Das verspreche ich Ihnen.«

»Es sind Kameraden, verdammt!« Es war nicht nur so,

daß Sex in diesem Fall moralisch abstoßend war. Unsere Kids mußten lernen, daß die Flotte eins war, daß wir nicht herumliefen und unsere Brüder bumsten. Ich dachte an Arlene und empfand heißes Schamgefühl. Ich bedachte Stritz mit einem finsteren Blick. »Was siehst du dir da an?«

Er nahm rasch sein Holovid an sich. »Nichts, Sir.«

Thorne wartete.

Ich seufzte. »Ich möchte sie nicht sehen. Langen Sie richtig hin, Jeff. Sorgen Sie dafür, daß die beiden eine Woche lang nicht sitzen können.«

»Aye, aye, Sir. Danke, daß Sie es sich anders überlegt haben.« Er salutierte und ging, ehe ich meine Entscheidung erneut revidieren konnte.

Ich hatte die Akademie in ein Irrenhaus verwandelt. Kadetten bumsten einander auf den Korridoren, eine Gruppe empörter Senatoren hauste in der Krane-Unterkunft, und jeder hier, mich eingeschlossen, stellte Befehle in Frage; darüber hinaus machte ich mich bereit, meinen Schreibtisch leerzuräumen, während ein Kadett, der schon lange der Akademie hätte verwiesen werden sollen, dort saß, wo er nichts zu suchen hatte, und so tat, als wäre er in sein Holovid versunken.

Gesetz und Ordnung.

Ich schnaubte. Wenigstens war Ardwell Crossburn weg. Sein kleines schwarzes Buch hätte geraucht, ehe er damit fertig war, die Ereignisse dieses Abends darin zu verzeichnen.

Wieder klopfte jemand an. Ich wirbelte herum, suchte nach irgend etwas, was ich werfen konnte. Kina Obutu. »Ich weiß, Sir, aber es ist Senator Boland. Sind Sie sicher, daß Sie . . .«

»In Ordnung, stellen Sie ihn durch.« Ich griff nach dem Rufer.

»Er ist persönlich hier.« Sie trat zur Seite.

»Nun?« Es war viel zu spät für höfliche Formen.

»Die Abstimmung ist fünf zu drei ausgegangen, Käpten. Wir bleiben.« Er warf Stritz einen kurzen Blick zu und wandte sich ganz unbekümmert wieder ab. Er zog eine Braue hoch. »Die Gastfreundschaft der Flotte ist ... erfrischend.«

Sein trockenes Gebaren löschte meinen Zorn aus. Da ich keine Worte fand, setze ich mich an den Schreibtisch und legte den Kopf auf die Arme. Sollte ich lachen oder weinen? Vielleicht beides. »Senator, die Dinge ... sind mir aus dem Ruder gelaufen.«

»Tatsächlich? Bei Ihnen bin ich nie ganz sicher.« Er setzte sich. »Meine Kollegin ist etwas unangenehm.«

»Sie hat mich in Wut gebracht, aber ich nehme die Schuld auf mich. Mein Nachfolger wird die Wogen wieder glätten, da bin ich sicher.«

»Sie meinen, wenn Duhaney erfährt, was Sie getan haben? Deswegen bin ich im Grunde hier. Man hat mich beauftragt, im Namen von uns allen diesen Anruf zu tätigen.«

»Sie finden Ms. Obutus Rufer auf ihrem Schreibtisch.«

Boland verschränkte die Hände im Nacken. »Ich denke, die Leitung ist belegt. Tatsächlich bin ich mir sogar ganz sicher. Bis morgen werde ich Duhaney eine Nachricht hinterlassen haben. Das müßte die anderen für ein paar Tage hinhalten.« Lässig erhob er sich. »Dummes altes Miststück.« Er blieb an der Luke noch einmal stehen. »Oh, nebenbei ...«

Ich klappte den aufgesperrten Mund wieder zu. »Ja?«

»Ich habe Ihnen mal erzählt, daß ich gerne in der Flotte gedient hätte, wäre ich nicht Politiker geworden. Ist das Ihre Art, mir noch die Chance zu geben?« Ich suchte nach einer Antwort, aber er war bereits gegangen.

Kyle Drew und Johan Stritz betraten munter und mit geröteten Wangen mein Büro. Stritz salutierte lässig. »Darf ich mich setzen? Die sind schlimmer als Erstkläßler, Sir! Wir mußten uns beide ins Zeug legen, um Mr. Myemkin in den Raumanzug zu bekommen. Kyle mußte sich fast auf ihn setzen.«

Ich lächelte matt. In den zwei Tagen, seit ich mir die VIPs zu Todfeinden gemacht hatte, hatten die beiden Kadetten auf meine Weisung hin geholfen, die Besucher auf dem Stützpunkt herumzuführen. Assistenten und Senatoren verirrten sich in einem fort im Labyrinth der Korridore.

Ich musterte Johans rosiges Gesicht. Der Junge kam gut zurecht. Gestern hatte er mit Senator Rudolphos Zwillingstöchtern Freundschaft geschlossen. Keck hatte er an die Luke der Fähnrichskabine geklopft und um Erlaubnis gebeten, sie den Zwillingen zu zeigen, wohl wissend, daß die frustrierten Fähnriche ihm keinen Vorwurf daraus machen konnten, daß er offizielle Pflichten ausführte. Heute waren die Mädchen wahrscheinlich mit ihren Eltern und dem Rest der Gruppe draußen, um einen wagemutigen Spaziergang über die fast fünfzig Meter zum Rumpf zu machen. Thorne und Tolliver sorgten dabei für ihre Sicherheit.

Immer noch kein Anruf von Duhaney. Senator Bolands Nachricht mußte in irgendeiner Ablage verschwunden sein, falls sie überhaupt abgeschickt worden war.

Kyle zögerte. »Sir, haben Sie heute abend Zeit, um mir in Rechtskunde zu helfen? Ich würde ja Mr. Keene fragen, aber er ist mit den Senatoren beschäftigt.«

Ich tätschelte den leeren Platz an meinem Schreibtisch. »Jetzt paßt es mir besser, Drew.« Ich seufzte. Selbst in meinem Privatbüro fühlten sich die Jungs nur allzu wohl. Schlimmer noch, ich mochte sie allmählich.

21. Kapitel

Ich instruierte gerade Ngu Bien über Systeme und Wartung, als Sergeant Obutu anklopfte. »Sir, es ist der Admiral.«

In der Woche, seit der Ausschuß für Flottenangelegenheiten wieder abgereist war, hatte ich nichts gehört. Falls Duhaney es mir heimzahlen wollte, hätte er doch sicher nicht so lange gewartet. »Sehr gut.« Argwöhnisch nahm ich den Rufer zur Hand.

»Seafort?« Er klang jovial. »Higbee hat sich wieder beschwert. Irgendso ein Crossburn. Sie hätten ihm unautorisiert die Entlassungspapiere ausgehändigt.«

»Ich tue eine Menge, was unautorisiert ist.« Das wußte er besser als ich.

»Ja, aber Sie sollten das eigentlich nicht zugeben. Ich habe ihn zunächst in den Stab des Hauptquartiers gesteckt.«

Grundgütiger! Ich hatte ein Monster erschaffen.

»Hören Sie, ich entschuldige mich für meine Bemerkungen über Ihre politischen Fähigkeiten. Wie es scheint, sind Sie noch besser, als sogar ich erkannte.«

»Wovon reden Sie da?«

»Der Ausschuß, Seafort. Sie wissen ja, welchen Eindruck Sie gemacht haben.«

Ich schluckte. »Ja, Sir, es tut mir ...«

»Boland konnte gar nicht mehr aufhören zu schwärmen. Die Herrschaften am Unterricht teilnehmen zu lassen, das war meisterhaft! Und wer war es, der mit ihnen einen ganzen Vormittag lang am Geschützsimulator geübt hat, auf Fische zu schießen – Sie?« Nein, das war Olvira gewesen. »Myemkin sagt, er wäre sein Leben lang noch nie so müde gewesen, aber er verstünde jetzt zum ersten Mal, warum wir unsere Drills so ernst nehmen.«

Ich betrachtete den Rufer, als wäre er eine Schlange. »Sir, leisten Sie sich, ah, einen Scherz mit mir? Sind Sie nicht ...«

»Die Senatoren haben mir den Erstentwurf ihres Papiers gezeigt. Sieht so aus, als bekämen wir die erste wirkliche Etatsteigerung seit Jahren. Eine abweichende Meinung, aber die Frau wurde sieben zu eins überstimmt. Man stellt uns sogar Mittel zur Verfügung, um die Unterkünfte für nächstes Jahr zu verbessern.«

»Es kann nicht schaden, die ...«

»Ich muß los, Seafort. Wieder so eine blöde Zeremonie bei den U.N.A.F.«

Ich platzte hervor: »Sir, was ist mit der Katzenjaulbombe, die ich ...«

»Sie kommt, Kommandant. Gute Arbeit.« Er legte auf.

Ich saß benommen da.

Alles, was ich gut zu tun versuchte, ging schief.

Da war es nur passend, daß letztlich gutging, was ich schlecht zu tun versuchte.

Ich zog mich rasch an und kehrte ins Büro zurück, um mich mit Sergeant Radz zu treffen. Im Rufer hatte er gesagt, es wäre dringend. Ms. Obutu, die ich ebenfalls herbeigetrommelt hatte, saß im Vorzimmer und gähnte.

»Was ist los, Sarge?« Ich deutete auf einen Stuhl.

»Vor ein paar Minuten habe ich Geräusche durchs Schott gehört. Es ist nach Mitternacht; sie sollten alle schon schlafen. Ich entdeckte zwei Kadetten im Bad, die voll in die Sahne gingen.«

»Schon wieder? Sind sie alle sexbesessen?« Ein empörender Zwischenfall reichte. »Diesmal statuieren wir ein Exempel ...«

»Nein, Sir, nicht so was. Sie haben versucht, sich gegenseitig ins Deck zu hämmern. Eine echt wüste Prügelei. Den einen habe ich halb durch die Unterkunft geschleudert, den anderen am Kragen gepackt. Er ist jetzt in meiner Kabine.«

»Allmächtiger! Worum ging es?«

»Ich weiß nicht. Ich bin hergekommen, ehe ich danach fragte.« Zum erstenmal zeigte Radz eine Spur von Zorn. »Wenn ich es zu bestimmen hätte, würde ich beide erst aufs Faß schicken und anschließend fragen. Letztes Mal hat Ihnen jedoch nicht gefallen, was ich ...«

»Schluß damit!« Ich stand auf und ging auf und ab. Jeder hier schien mit den Nerven fertig. Ich, der Sergeant, sogar die Kadetten. Es war meine Schuld; der Kommandant gab den Ton an. »Schicken Sie sie her. Ich befasse mich mit ihnen.«

»Aye, aye, Sir.« Er salutierte und marschierte zur Luke.

Ich ging wieder auf und ab. Ich war in jüngster Zeit viel zu nachsichtig gewesen. Ich hatte die Fähnriche vom Haken gelassen, unerlaubten Sex verziehen und Stritz und den anderen allerlei Vertraulichkeiten genehmigt. Zeit, die Zügel anzuziehen ...«

Jemand klopfte. »Herein!«

Der Junge humpelte herein und nahm Haltung an, so gut er konnte. Das rechte Auge schwoll allmählich zu; aus den Lippen sickerte noch Blut. »Kadett Jerence Branstead meldet sich zur Stelle, Sir.«

»Du!«

»Ja, Sir.«

»Was in drei Teufels Namen hast du da getrieben?«

Er nuschelte. »Mich geschlagen.«

»Steh aufrecht! Sprich deutlich!«

»Aye, aye, Sir.« Er gehorchte und zuckte vor Schmerz zusammen. »Wir haben uns geschlagen.«

»Ich weiß; du blutest mir ja das ganze Deck voll!« Er leckte sich die Lippen. »Steh bequem, wenn es zu weh tut.«

»Ich bin okay; er hat mich nur getreten ...«

»Wer? Besser noch, warum?«

»Kadett Ochard, Sir.« Er zögerte. »Bitte, Sir, ich würde lieber nicht darüber sprechen.«

»Vier Minuspunkte, du unverschämter junger ...« Ich ging zum Stock hinüber. »Bei Gott, du wirst gelernt haben, wie man gehorcht, ehe ich mit dir fertig bin! Worum genau ging es bei diesem Aufstand?«

»Ich ... Er hat gesagt, ich wäre Ihr ... Ihr ...« Sein Unterkiefer bebte. Er versuchte mannhaft, sich zu beherrschen.

Mein Zorn schwand dahin. »In Ordnung, Junge.« Ich führte ihn zur Couch und gab ihm mein Taschentuch. Als ich glaubte, daß er wieder soweit war, hakte ich nach. »Nun?«

»Er sagte, ich wäre von der Flotte nur deshalb aufgenommen worden, weil ich ... mich bei Ihnen eingeschleimt hätte, auf der *Victoria.* Nur daß er es nicht mit diesen Worten ausgedrückt hat.« Er schluchzte. »Ich arbeite hart, Kapitän Seafort. Ehrlich, das tue ich! Daß ich mit Ihnen hergekommen bin, hat nichts mit meinen Zensuren zu tun. Das hat es doch nicht, oder?« Seine Augen zuckten kurz zu meinen. »Habe ich sie nicht verdient?«

»Doch, natürlich«, sagte ich gepreßt.

»Sarge würde mir doch nicht ... Ich meine, wenn er es täte, hätte die Zugehörigkeit zur Flotte nicht mehr diese ...«

»Keiner der Ausbilder würde das wagen. Nicht für mich und nicht für sonst jemanden.«

»Ja, Sir. Einige der Jungs hacken deshalb ständig auf mir herum. Heute abend hatte ich einfach genug.«

Ich schüttelte den Kopf. Wäre es nicht das, hätten sie eine andere Ausrede gefunden. Wölfe wittern immer, welche Beute verwundbar ist.

Mein Ton wurde hart. »Erwartest du Mitgefühl, Junge? Nein, was du bekommst, ist der Rohrstock. Du hast wochenlang in einer Kabine gesessen und einer Flasche Glückssaft widerstanden, und jetzt fällst du auseinander, weil ein Junge dich als Speichellecker bezeichnet?«

»Nicht nur Speichellecker, sondern auch ...« Er preßte die Lippen zusammen.

»Ist schon in Ordnung, du kannst es ruhig sagen. Mein Bettgefährte, vermute ich. Kindischer Unfug!«

»Es sind meine Kameraden!« rief er gequält.

»Um so mehr Grund, dich zu beherrschen. Wie um alles in der Welt erwartest du, mit den Schikanen in der Fähnrichskabine fertig zu werden, wenn du nicht mal ...«

Der Rufer summte. »Sir, ein Prioritätsruf von Station Earthport.« Es war Sergeant Obutu.

»Später, ich bin mitten in einer ...«

»Kapitän, nehmen Sie den Rufer ab!« Ihre Stimme duldete keinen Widerspruch.

Sprachlos schaltete ich den Rufer auf die Lautsprecher. »Ja, was ...«

»... NOTFALLMELDUNG AN ALLE SCHIFFE, ALLES PERSONAL! WIEDERHOLE: BASIS LUNAPOLIS WURDE BOMBARDIERT, AUSMASS DER SCHÄDEN UNBE ...«

»Allmächtiger Gott!« Ich stand wie erstarrt da.

»... STÜTZPUNKT DER ADMIRALITÄT ANTWORTET NICHT, WERFT AUF STATION LUNAPOLIS WIRD ANGEGRIFFEN. MINDESTENS FÜNFUNDSIEBZIG FISCHE SIND ...«

»*Kapitän Tsong auf der* Invincible. *Ich übernehme ...*«

»... UNSERE LASERBÄNKE. ALLE SCHIFFE IN REICHWEITE, HELFEN SIE UNS BITTE! WIR WERDEN ...«

»*Verschwinden Sie aus diesem Kanal; wir brauchen ihn! Bis die Kommandorangfolge neu bestimmt wurde, habe ich den höchsten Rang. Alle an Station Earthport festgemachten Schiffe: Legen Sie sofort ab! Etwa einhundert Fische haben über der Erdatmosphäre defusioniert!*«

Einhundert? Herr, rette uns! Falls ...

»Sir, soll ich ...«

Jerence war weiß im Gesicht.

»Sei still!« Ich beugte mich dicht an den Lautsprecher und lauschte angestrengt.

»*Woher zum Teufel soll ich das wissen,* Wellington? *Sie sind nicht zu einem Freundschaftsbesuch da, soviel ist sicher. Nehmen Sie Ihre Position ein und bleiben Sie aus diese Ka ...*«

»*Mayday!* U.N.S. Aztec! *Wir können den Angriff nicht zurückschlagen; sie haben unseren Rumpf durchbrochen! Mayday! Koordinaten ...*«

Ich schnarrte: »Jerence, zurück in die Unterkunft! Rasch!«

»Aye, aye, Sir!« Er salutierte und war schon verschwunden.

Ich schaltete den Rufer auf die allgemeine Frequenz. »Tolliver! Thorne! In mein Büro, sofort!«

»Gibraltar *an* Invincible! *Wir haben sechs getötet, aber ein*

Dutzend weitere sind längsseits aus der Fusion gekommen. Wir nähern uns der Aztec *und versuchen ihr zu helfen.*«

Der Rufer summte. Sergeant Obutu. »Ich schicke Kadett Ochard zurück in seine Unterkunft.«

»Wen? Ja, natürlich. Alle Kadetten sollen sich unverzüglich in ihren Unterkünften melden.«

»Sie sind bereits im Bett, Sir. Es ist mitten in der Nacht.« Ich empfand ihre ruhige Stimme wie eine warme, sanfte Welle.

»Sehr gut. Schicken Sie Tolliver und Thorne gleich herein. Und kommen Sie auch.« Ich wollte ihren gelassenen, klaren Verstand dabeihaben. »Setzen Sie jemanden an unseren Landeradar. Wecken Sie einen Techniker oder einen der Sergeanten. Wenn irgend etwas über uns auftaucht, soll er Alarm geben.«

»Aye, aye, Sir.«

»Schalten Sie die gesamte Außenbeleuchtung ab. Und keine Funkmeldungen mehr absetzen.« Falls wir von den Fischen zufällig unbemerkt geblieben waren, sollten wir sie lieber auch nicht anlocken.

Ich wandte mich wieder dem Lautsprecher zu, als die Luke aufging.

»Leutnant Thorne zur Stelle.«

»Hören Sie mal!«

Tolliver kam atemlos hereingestürmt. »Hoffentlich ist das wichtig; in meinem Traum ging es gerade um . . .«

»Ruhe, Edgar!« Ich rückte einen weiteren Stuhl zurecht. Kina Obutu kam mit Tassen und einer Kanne Kaffee herein; gesegnet sollte sie sein. Ich goß mir dampfenden Kaffee ein und nahm einen Schluck. »Lunapolis meldet sich über Funk nicht mehr. Wir haben kein zentrales Kommando mehr.«

Tolliver sagte: »Das UN-Hauptquartier wird übernehmen. Oder London.«

»Landratten. Wir brauchen das Einsatzzentrum der Flotte.«

Sergeant Obutu meinte: »Es kann einige Zeit dauern, das umzuorganisieren. Die Admiralität in London meldet sich normalerweise über Station Earthport, und wenn die Station einem schweren Angriff ausgesetzt ist . . .«

Thorne hämmerte sich die Fingerknöchel an den Mund. »Was soll die Admiralität eigentlich unternehmen? Wir können nicht überall zugleich Widerstand leisten.«

»Das ist mir klar. Sie müssen die Schiffe verschie . . .«

». . . AUF DEM SCHIFFSRUMPF! SIE BRENNEN SICH HINDURCH! WIR SIND ALLE IN DIE RAUMANZÜGE . . .«

». . . *fusionieren Sie in Sicherheit. Wir stellen den Kontakt wieder her, wenn . . .«*

». . . der größte Teil der Stadt etliche Fuß tief überschwemmt. Der Asteroid ist fünfzig Meilen südöstlich von Galveston im Golf eingeschlagen. Wir brauchen Helis, medizinische . . .«

»Tut doch etwas!« Ich setzte die Tasse ab, um wieder auf und ab zu marschieren.

Wir drängten uns um den Rufer, während die Katastrophe sich rasend durch das Heimatsystem ausbreitete. Fünf Schiffe gingen komplett verloren; dreizehn weitere waren beschädigt, setzten jedoch den Kampf fort. Fünf Linienschiffe waren frei von Gravitationseinflüssen gewesen und aus dem Sonnensystem wegfusioniert.

Die Fische tauchten in Schwärmen auf. Den verstreuten Meldungen zufolge trieben sich fast dreihundert Aliens im Heimatsystem herum. Station Earthport kämpfte verzweifelt ums Überleben; sollte sie fallen, starb der gewaltige interstellare Handel der Erde mit ihr.

Warum hatten die Fische Farside nicht angegriffen? Lag es daran, daß hier nur gelegentlich ein Shuttle ohne Fusionsantrieb andockte? Dem Himmel sei Dank, daß Radz und seine Krane-Kadetten inzwischen von der Übungsstation zurückgekehrt waren.

Ich brummte: »Vielleicht sollten wir alle in die Raumanzüge stecken. Falls die Fische aufkreuzten . . .«

»Auf dem Radar ist nichts zu sehen«, warf Tolliver ein.

»Früher oder später knöpfen sie sich auch uns vor. Sie haben Lunapolis ausgeschaltet und schwärmen jetzt um die Station herum.«

Kina Obutu gab sanft zu bedenken: »Wollen wir wirklich, daß Fähnriche und Sergeanten herbeirennen, um fünfhundert Teenagern alle paar Stunden beim Tankwechsel zu helfen?«

»Dann Anzüge ohne Tanks.« Das war Thorne. »Rufen wir eine Anzugsübung aus. Sollen sie üben, die Helme auf- und abzusetzen.«

Tolliver zog eine Braue hoch. »Mitten in der Nacht?«

»Möchten Sie ihnen denn lieber nicht sagen, daß wir angegriffen werden?«

Ich sagte: »Bislang hat uns niemand angegriffen.« Und doch war ich sicher, daß das über kurz oder lang geschehen würde. »Wir würden die Kids in Panik versetzen, Thorne. Es sind noch Kinder.«

Tolliver meinte: »Kadetten der Flotte können sich ...«

Ich deutete vage zum Schott. »Sie gehören eigentlich nach Hause zu ihren Müttern. Welches Recht hatten wir denn, so zu tun, als wären sie erwachsen, sie vom Planeten zu ...« Es erschien mir zu mühsam, den Satz fortzuführen.

»Wir können Farside nicht verteidigen.« Tolliver tippte auf die Konsole. »Wir haben keine Laserkanone. Nicht mal die Fusionsboote sind bewaffnet.«

Sergeant Obutus sagte leise: »Selbst mit Waffen könnten Fähnriche und Kadetten nicht einer Alienarmada standhalten. Wie wäre es, wenn wir zur Erde zu fliehen versuchten?«

»Womit – mit dem Transportshuttle?« Erneut ging ich auf und ab. »Wir haben nur eines, und es ist nicht für den Eintritt in die Atmosphäre konstruiert. Ich bezweifle auch, daß die Fische zusehen würden, wie wir auf Station Earthport umsteigen.«

Sie errötete bei diesem Sarkasmus, blieb aber hartnäckig.

»Wir könnten unmittelbar oberhalb der Atmosphäre in

eine Erdumlaufbahn eintreten. Wenigstens haben wir dann eine Chance zu manövrieren.«

»Unser Transporter bietet nicht mehr als fünfzig Plätze. Wen sollten wir zurücklassen?« Damit erzeugte ich Schweigen.

»Also warten wir einfach ab?« fragte Thorne.

»Ja, uns bleibt nichts anderes üb . . .«

Der Lautsprecher plärrte erneut los: ». . . Vancouver knapp verfehlt. Die Brände in der Stadt sind außer Kontrolle . . .«

». . . SATELLITEN DER FISCHE IN DEN SEKTIONEN FÜNF BIS NEUN. WIR VERSUCHEN, DIE BRÜCKE ZU HALTEN.«

Thorne beugte sich über den Schreibtisch, bis sein Gesicht nur noch wenige Zoll vor meinem war. »Kapitän, das ist vielleicht ihre letzte Nacht! Sagen Sie es ihnen!«

Ich zog eine Braue hoch. »War das ein Befehl?«

Er wurde rot. »Nein. Pardon.«

»Wenn es ihre letzte Nacht ist, sollen sie sie dann in Angst und Schrecken verbringen? Ich sage morgen Bescheid, falls die Fische bis dahin nicht bei uns aufgetaucht sind.«

Die Stimme aus dem Lautsprecher schien aus Lichtjahren Entfernung zu kommen. »Hier Admiral Iskander in London. Wir sammeln Lageberichte, aber es ist bereits klar, daß wir einem umfassenden Angriff ausgesetzt sind.«

»Aufmerksam von ihm!« Tolliver ballte die Fäuste.

»Halten Sie den Mund!«

». . . bis wir genug wissen, um eine Gesamtstrategie zu entwickeln, muß sich jede Station, jede Basis selbst verteidigen. Schiffe, die in Geschwadern organisiert sind, folgen dem Befehl ihres Flottillenkommandeurs. Alle Fahrzeuge innerhalb von fünf Stunden Fahrt zur Erde, nehmen Sie unverzüglich Kurs auf die äußere Erdatmosphäre, wo sich die Fische massieren. Weitere Befehle fol . . .«

». . . FÜNFUNDSIEBZIG ODER MEHR. FAST EIN-

HUNDERT SCHLIESSEN NACH WIE VOR DIE STATION EIN, UND WIR HABEN VOR ETWA EINER STUNDE DIE OBEREN LASER VERLOREN ...«

»Mayday! Mayday!«

Tolliver zeigte sich grimmig. »Es wird ein kurzer Krieg, Kapitän. Sie haben die Flotte ausgeschaltet.«

»Nicht die ganze Flotte. Wir haben immer noch ...«

»... vermuten, daß die Basis Callisto zerstört wurde. Damit ist die Flottenstation auf Deimos die letzte ...«

»Hier Fiske auf der *Elektra*. Bin ich jetzt der Dienstälteste?«

»... Koordinaten zwölf, zwei sechzig, vierundfünfzig ...«

»... *fahren massiv über Ostasien auf! Im Augenblick ignorieren sie uns noch, aber wir brauchen Hilfe, es sind zu viele für unsere Laser ...*«

Thorne blickte auf. »Tolliver hat recht. Wir sind verloren.«

»Vielleicht ziehen sie wieder ab.« Auf Hope Nation hatten sie sich manchmal aus unerklärlichen Gründen zurückgezogen. »Sobald wir Zeit haben, uns neu zu organisieren ...« Müde drehte ich die Lautstärke herunter. Wäre ich der Admiralität gegenüber nur hartnäckiger geblieben, wäre jetzt eine Katzenjaulbombe in der Herstellung gewesen. Wir saßen schweigend da.

»In gewisser Weise ist es eine Erleichterung«, meinte Thorne. Ich klappte den Mund auf. Er setzte hinzu: »Wir alle müssen eines Tages gehen. Jetzt weiß ich, daß es bald sein wird.«

Merkwürdigerweise hatte ich Verständnis für ihn. Ob die Fische nun heute nacht oder erst in Tagen kamen, bald würde ich mich Seiner Abrechnung stellen müssen. »Selbst die Hölle ist gnädiger als diese ständige Warterei.« Ich bemerkte gar nicht, daß ich es laut ausgesprochen hatte.

»Hat sie nicht!« Tolliver zeigte mir seine vernichtende Verachtung. »Der berühmte Nick Seafort gibt auf? Das haben Sie bislang nie getan!«

Ich knurrte: »Was soll ich denn tun – den Befehl über den Rumpf draußen übernehmen?« Ich deutete in Richtung dieser Attrappe eines halben Schiffes, die draußen im Mondstaub vergraben lag. »Wir haben keine Schiffe, keine Waffen, kein Versteck. Früher oder später gehen uns die Vorräte aus!«

»Denken Sie sich etwas aus! Das haben Sie doch sonst auch immer getan!« Abrupt wandte er sich ab.

»Wie Sie schon sagten, sind wir unbewaffnet«, stellte Thorne fest. Als er fortfuhr, klang es ironisch. »Wenn es Ihnen nichts ausmacht, gehe ich jetzt in den Salon. Ich bin in der Stimmung für Arcvid.«

Tolliver knurrte: »Das ist genau, was ich von einem Verlierer wie Ihnen erwarte!«

Ich raunzte: »Entschuldigen Sie sich dafür, Edgar! Sofort!« Tolliver brummte etwas Unverständliches.

Thorne zuckte die Achseln. »Es macht mir nicht aus, Kapitän. Er hat recht. Damals, als wir noch Kadetten und Fähnriche waren, habe ich es nicht verstanden. Mr. Tolliver, ich wünsche Ihnen alles Gute. Kommandant, ich denke, wenn – wenn alles anders gekommen wäre ...« Für einen Moment klang er schüchtern. »Ich hätte versucht, mich Ihnen zuliebe zu rehabilitieren.«

»Danke.« Ich reib mir die Augen. Vor Stunden – oder Minuten – war ich bereit gewesen, Jerence für eine Rauferei den Rohrstock zu verabreichen. Jetzt fiel unsere ganze Zivilisation auseinander. »Mr. Thorne, gehen Sie zu Ihrem Arcvid. Ms. Obutu, es steht Ihnen frei zu gehen. Ihnen auch, Tolliver.«

Jeff Thorne zögerte. »Ich könnte bleiben, wenn Sie möchten.«

»Ich rufe Sie, wenn ich Sie brauche.«

»Tun Sie das.« Er ging hinaus.

Tolliver wartete, bis wir allein waren. »Soll ich Ihnen Ihren Raumanzug holen, Sir?«

»Nein, ich werde ihn nicht brauchen.«

»Wenn die Fische ...« Er verstand, was ich angedeutet hatte, und brach ab.

»Aye, aye, Sir. Gehen Sie schlafen?«

»Ich warte am Rufer.« Die Kabine lockte mich nicht. »Lassen Sie mich in Ruhe!« Finster blickte ich ihm hinterher.

Ich schloß die Luke, drehte die Beleuchtung herunter, beugte mich über die Konsole und ging einen Kanal nach dem anderen durch.

». . . auf Lunapolis. Wir haben Tausende verloren. Der Bezirk der Admiralität hat keine Atmosphäre mehr, aber es könnte Überlebende geben. Unsere Comps sind Offline. Sollte der Angriff eine Zeitlang abflauen . . .«

». . . haben einen Felsbrocken dabei! Es müssen zweihundert von ihnen sein, die ihn befördern. Wir zeichnen die Flugbahn . . .

». . . schätzen insgesamt fast sechshundert Fische . . .«

Die Fische hatten uns vollständig überrascht und eine überwältigende strategische Überlegenheit erzielt. Sie . . .

Annie! Meine Frau saß verlassen in Cardiff, während sich Fische über ihr massierten und Felsbrocken herbeischafften, um sie zu vernichten.

Und ich war hilflos. Ich schluckte meinen kraftlosen Zorn hinunter.

Warum griffen sie uns wie wahnsinnig gewordene Haifische an? Niemand wußte es. Ich schätzte, daß es auch keine Rolle mehr spielte.

Die qualvollen Meldungen aus dem Lautsprecher versanken in der Ferne.

WARUM HATTE ICH NICHT DAFÜR GESORGT, DASS SIE AUF MICH HÖRTEN?

Ein ferner Anruf. »Achten Sie auf den Notruf von U.N.A.F.-Shuttle 382AF oder seiner Rettungskapseln. Admiral Georges de Marney, kürzlich von Hope Nation zurückgekehrt, war vom Raumhafen London gestartet, um das Kommando anzu . . .«

Jemand klopfte. Ich hob den Kopf.

»Ich bin es, Sir.« Jeff Thorne. Einen Augenblick lang zögerte er und reckte dann die Schultern. »Ich weiß nicht, was ich mir da gedacht habe. Mein Platz ist hier.«

»In meinem Büro?« Ich deutete auf das Mobiliar. »Möchten Sie den Job?«

»Nein, Sir.« Er lächelte mich verschmitzt an. »Sie machen das gut. Meine Pflicht ist es zu helfen.«

Ich wandte beschämt den Blick ab. Sein Ton erinnerte mich an einen jungen Fähnrich, den ich früher gekannt hatte. »Jeff ...«

»Ja, Sir.« Er trat an den Schreibtisch heran. »Wissen Sie noch, wie ich sagte, Arcvid wäre wie das Leben? Wir sind auf Stufe dreiundzwanzig. Die Schiffe kommen zu schnell. Wir stehen im Begriff, das Spielfeld zu verlieren.« Ungeachtet seiner Worte wirkten seine Augen munter. »Schauen wir mal, ob wir ein oder zwei Stufen weiterkommen, Sir.«

»Gott, Jeff!« Meine Stimme klang heiser. »Wenn wir das nur könnten!«

»Fangen wir doch damit an, die Dekompressionsluken zu schließen; das verschafft uns Zeit, selbst wenn eine Bombe einschlägt.«

»Die Erschütterung allein würde uns schon umbringen.«

»Hängt davon ab, wie dicht der Treffer erfolgt, nicht wahr?« Er deutete zu den Unterkünften hinüber. »Wir möchten doch so viele von den Kids retten, wie wir können.«

Ich schwieg für einen Moment. Dann stand ich auf und reichte ihm die Hand. »Willkommen zurück, Mr. Thorne.«

Er schlug ein. »Danke, Sir.«

»Ich wünschte, ich hätte mir ein Schiff geben lassen. Was für einen Einsatz hätten wir fliegen können, Sie und ich!« Ich lächelte, aber in Wirklichkeit war ich vor lauter Frustration fast außer mir. Ich mußte einfach etwas tun, irgend etwas! Einen Fisch mit den bloßen Händen angreifen. Wenn sie auf mich losgingen, würde ich ... Mein Lächeln verschwand. Was würde ich einsetzen – einen Handlaser?

Ohnehin hatte ich keine Möglichkeit, die Fische

anzulocken; Farside verfügte über keine Schiffe, die sie interessant gefunden hätten.

»Sir, darf ich die Luken schließen?«

Störungen. ». . . für eine Sendung von Generalsekretär Rafael de Vala.«

Ich beugte mich näher an den Lautsprecher heran.

»Bürger und Angehörige unserer Armee und Flotte. Das Heimatsystem ist einem heftigen Angriff seitens der Fremdwesen ausgesetzt, die als die Fische bekannt sind. Hunderte von ihnen umkreisen unmittelbar die Erde. Galveston und nahe gelegene Städte wurden von einer Gezeitenwelle überschwemmt. Wie wir auf Hope Nation erfahren haben, werden die Fische jedes Mittel einsetzen, um uns niederzuzwingen. Sie setzen uns vielleicht einem tödlichen Virus aus. Sie versuchen womöglich, unsere Städte zu bombardieren. Sie greifen vielleicht auf eine Art und Weise an, die wir nicht vorhersehen können. Es liegen noch unbestätigte Meldungen vor, sie wären bereits auf der Erdoberfläche gelandet.«

Ich setzte mich schwer und legte den Kopf in die Hände.

»Lunapolis wurde zerstört und damit das Einsatzkommando der Raumflotte. Wir richten gerade ein neues Kommandozentrum bei der Admiralität in London ein, aber inzwischen . . .« Die Stimme des GenSek schwankte und wurde wieder hörbar.

». . . obwohl viele Elemente der Flotte bislang unbeschädigt blieben, sind unsere Kräfte zerstreut und unsere Kommunikationswege unterbrochen. Immer mehr Fische greifen unsere Boden- und Satellitenlaser an.«

Mit ferngesteuerten Lasern konnte man sie nicht abwehren. Nicht einmal die Flotte war dazu in der Lage.

»Die Streitkräfte der UN haben überall auf dem Planeten die Aliens zum Kampf zu stellen, wo immer sie zu landen versuchen. Die Admiralität läßt allen Flotteneinheiten folgenden Befehl übermitteln: ›Alle Schiffe: Lösen Sie sich aus dem Kampf und beziehen Sie eine geosynchrone Umlaufbahn über Nordamerika und Europa. Wir werden unsere industrielle Basis um jeden Preis verteidigen.‹«

De Vala zögerte: »Die Admiralität schickt folgende Nachricht: ›An alle Schiffe und Streitkräfte überall: Die UN erwarten von jedem einzelnen, daß er seine Pflicht tut.‹«

Der Lautsprecher wurde stumm.

»Er hat Asien und Afrika aufgegeben!« Thorne war wie betäubt.

»Die halbe Flotte ist schon verloren, vielleicht mehr! Sollen wir da den afrikanischen Dschungel oder die Boeing-McDonnell-Werke schützen?«

»Aber . . .«

Ich seufzte. »Schließen Sie die Luken, Jeff. Viel mehr können wir nicht tun.« Wenn wir doch nur schon die Katzenjaulbombe gehabt hätten!

»Aye, aye, Sir.« Er ging zur Konsole im Vorzimmer und griff in die Steuerungstasten.

Ich saß unglücklich da, während die Meldungen aus dem Lautsprecher strömten.

Wenn ich unser Shuttle nahm, konnte ich zu den Fischen vordringen, die Station Earthport attackierten.

Aber das Shuttle war unbewaffnet.

Ramm die Bastarde! Wie früher schon.

Sie würden mich überwältigen, ehe ich Gelegenheit fand, nennenswert Schaden anzurichten. Es waren unzählige, und ich war nur einer.

Immer wieder hatte ich ein Schiff abgelehnt. Jetzt hockte ich auf der Rückseite des Mondes in einer Ausbildungsbasis ohne Angriffswaffen.

»Die Bodenlaser haben ihn zerstört! Nur kleine Stücke sind übrig!«

». . . N.S. *Targon*. Ich muß das Risiko eingehen und fusionieren. Sie sind hinter uns . . .«

»Falls irgend jemand mich hört: Hier ist Kapitän Roman de Ville in einer Rettungskapsel, die auf die Sonne zutreibt. Drei Fische sind draußen. Einer von ihnen schwenkt einen . . .«

Bitte, lieber Gott, hilf uns!

Thorne kehrte zurück.

»Jeff, ich möchte allein sein.«

Er machte ein langes Gesicht. »Ja, Sir. Ich kontrolliere mal die Unterkünfte.«

»Gut.« Während er eine Luke nach der anderen öffnete, um sich den Weg freizumachen, hatte ich wenigstens genug Zeit, um über meine Torheit nachzudenken.

Ich war der einzige Mensch gewesen, der den Fischen oft genug begegnet war, um die tatsächliche Gefahr zu begreifen, die von ihnen ausging, und der einzige Mensch mit genügend Einfluß, um Admiral Duhaney zu überreden, daß er die Herstellung der Katzenjaulbombe beschleunigte. Ich hätte sie alle dazu bringen können, daß sie auf mich hörten, daß sie sich vorbereiteten! Aber statt den Admiral zu verärgern, hatte ich mich um meine kleine Karriere gekümmert. Und damit die menschliche Spezies zum Untergang verurteilt.

Allmächtiger Gott, was werde ich Dir sagen, wenn die Stunde kommt? Hast Du noch etwas Schlimmeres als die Hölle für mich?

»... was immer Sie tun können, um sie aufzuhalten. Sie MÜSSEN uns Zeit verschaffen!«

Zeit für was? Die Flotte war vernichtet worden; wir würden Jahre brauchen, um sie neu aufzubauen, selbst wenn die Fische sich zurückzogen.

»... mit Mann und Maus verloren. Die U.N.S. *Victoria* war das Rennschiff, das vor einigen Monaten von Kapitän Nicholas Ewing Seaf ...«

»... brauchen Zeit, um die Städte zu evakuieren, wenn schon sonst nichts! Greifen Sie an, habe ich gesagt! Mir ist egal, wie die Chancen ...«

Ich wurde mir eines scharfen Schmerzes in der Hand bewußt. Ich hatte mir die Knöchel aufgeschrammt, als ich in die Konsole hämmerte.

Ich wickelte mir das Taschentuch um die schmerzenden Finger. Lief jetzt alles auf einen hoffnungslosen Versuch hinaus, unsere verletzlichen Städte zu evakuieren?

Wir hatten ohnehin weder genug Transporter noch ausreichend Zeit, um Städte wie New York zu entvölkern. Und die Evakuierung würde natürlich mit den einflußreichen Obies beginnen; Menschen wie Pedro Chang und seine Stammesleute würde man vergessen.

Herr, gib mir etwas zu tun! Mit Zeit, Glück und Waffen könnte ich Fische töten. Ich hatte Hunderte von ihnen hochgejagt, während sie rings um die Orbitalstation herumwimmelten. Ich hatte sie im Venturas-Gebirge bekämpft, sie mit den Lasern der *Wellington* niedergebrannt. Ich hatte sogar in einem verzweifelten Versuch, Rache zu nehmen, einem mit dem Bug der *Challenger* aufgespießt.

»... ÜBER DEN STAATEN DES MITTLEREN WESTENS DER USA! ALLE SCHIFFE, VERSUCHEN SIE, IHRE FORMATION AUFZUBRECHEN! RECHNEN SIE JEDEN AUGENBLICK DAMIT, DASS EINE GROSSE GRUPPE MIT EINEM FELSBROCKEN DEFUSIO ...«

Ich schaltete den Lautsprecher aus.

Eine Stunde verging, vielleicht mehr. Ich richtete mich auf, starrte vor mich hin, öffnete die Schreibtischschublade.

»Es tut mir leid«, hatte Leutnant Sleak in Devon zur Holokamera gesagt.

Endlich verstand ich. Als er Sergeant Serencos Veruntreuungen entdeckt hatte, hatte er der eigenen Inkompetenz als Vorgesetzter die Schuld gegeben. Er hatte es als seine Pflicht empfunden, Serencos Missetaten zu verhindern oder zumindest aufzudecken, und die Scham war zu groß gewesen. Und so hatte er die Pistole aus der Schublade geholt.

O ja, ich verstand!

Es ist nichts mehr übrig, siehst du? Ich habe keine Möglichkeit, meine Kinder zu verteidigen, keine Möglichkeit, die Aliens von der Erde wegzulocken. Ich könnte sie selbst dann nicht vernichten, wenn ich in der Lage wäre, sie herbeizurufen.

Ich habe keine Möglichkeit, es wiedergutzumachen.

Ich packte die Pistole, entsicherte sie. »Es tut mir leid.«

Das leere Büro gab keine Antwort.

Ich stellte die Pistole auf Kernschußweite ein und drückte sie mir an die Schläfe. Was sollte ich sonst tun? Wir konnten die Fische nicht von einem unbewaffneten Ausbildungslager abwehren. Ich hatte nichts weiter als einen Stützpunkt voller Kadetten und einen Transporter, der zu klein war, um mehr als eine Handvoll in Sicherheit zu bringen. Und die Übungsstation mit der *Trafalgar* und ein paar Fusionsbooten. Alle waren unbewaffnet. Es war hoffnungslos.

Es sei denn ...

Ich richtete mich kerzengerade auf. Nach einer Weile fiel mir die Pistole aus der Hand.

Es war möglich.

Aber mein Gott, der Preis!

VIERTER TEIL

Januar, im Jahre
unseres Herrn 2202

22. Kapitel

Ich eilte auf die Toilette, spritzte mir Wasser ins Gesicht und starrte das wilde Gesicht im Spiegel an.

Als ich wieder an der Konsole saß, öffnete ich im ganzen Stützpunkt die Dekompressionsluken. Ich schaltete den Alarmruf ›Alle Mann auf ihre Posten‹ ein und aktivierte den Rufer.

»ALLE KADETTEN, DAS GESAMTE PERSONAL, ALLE OFFIZIERE, VERSAMMELN SIE SICH UNVERZÜGLICH IM MESSESAAL! NEHMEN SIE SICH NICHT MEHR ALS EINE MINUTE ZUM ANZIEHEN!«

Ohne mich um den eigenen Befehl zu kümmern, rückte ich mir die Krawatte zurecht, kämmte mir das Haar und strich die Jacke glatt. Ehe ich das Büro verließ, bückte ich mich und hob die Pistole auf.

Auf meinem langen, letzten Gang zum Messesaal übte ich mich in Ruhe. Niemand durfte einen Verdacht hegen.

Edgar Tolliver kam den Korridor entlanggesprintet. »Sind sie gekommen? Was ist passiert?«

»Noch nichts.« Ich öffnete die Messeluke.

»ACHTUNG!«

Offiziere und Mannschaften, Fähnriche und Kadetten nahmen zackig Haltung an. Ich steckte die Pistole ins Halfter und schritt durch die Menge. Jungen und Mädchen standen steif, die Wangen gerötet, die Uniformen schlecht sitzend, das Haar ungekämmt. »Rührt euch!«

Sie gehorchten. Für einen Moment verspürte ich wehmütigen Stolz. Ich hätte sie gerne zum Abschluß und darüber hinaus geführt.

Lange starrte ich sie nur an. Dann begann ich.

»Ich habe beschlossen, eine Anzahl Kadetten zu einem Sondereinsatz mit auf die Übungsstation zu nehmen. Ihr werdet dabei von Fähnrichen beaufsichtigt. Wir brechen sofort auf. Normalerweise hätte ich die Kandidaten nach ihren Fähigkeiten und ihrem Ausbildungsstand ausgewählt, aber es liegen Meldungen vor, daß Fische im Heimatsystem gesichtet wurden. Deshalb nehme ich nur Freiwillige.«

Absolute Stille. Kina Obutu schüttelte traurig den Kopf. Ich wurde rot. So lässig wie möglich setzte ich hinzu: »Es könnten gefährliche Situationen auftreten. Die Freiwilligen erhalten jedoch zwei Monate Navigationsunterricht angerechnet.« Trotz der Obszönität dessen, was ich gesagt hatte, schaffte ich es, den Blicken der Versammlung standzuhalten.

Eine Hand schoß in die Luft, dann noch eine.

Tolliver trat an meine Seite, und Verwirrung kämpfte bei ihm mit Zorn. Ich sagte leise. »Seien Sie still. Das ist ein Befehl!«

Ich blickte zur nächsten erhobenen Hand hinüber. »Tritt vor. Name?«

»Rafe Slater, Sir.« Er war noch nicht im Stimmbruch.

Ich zwang mich zu einer Antwort. »Melde dich im Anzugsraum.«

»Aye, aye, Sir. Entschuldigen Sie, aber soll ich meine Reisetasche holen?«

»Nein.« Ich nickte dem nächsten zu. »Name?«

»Wassili Karnyenkow.«

»Sehr gut. Wer noch?«

Jemand zupfte heftig an meiner Jacke. Tolliver. »Was haben Sie sich eigentlich gedacht, wo Sie sie hinbringen?«

Ich schüttelte ihn ab. »Der nächste!«

»Jacques Theroux, Sir.«

Ich runzelte die Stirn. »Dein Name ist mir vertraut. Woher kenne ich dich?«

»Ich weiß nicht, Sir.«

»Melde dich an der Luftschleuse.« Ich sah mich um und entdeckte nur wenige erhobene Hände.

»Sie erinnern sich nicht mal!« zischte Tolliver.

»Ich sagte Ihnen, daß Sie den Mund halten sollen.«

»Sie haben für Theroux einen anderen Jungen aus der Abschlußbewertung geworfen.«

Hatte ich das? Es war so lange her. Eine Verdammnis zuvor.

»Sergeant Ibarez!«

Er eilte herbei.

»Gehen Sie zur Luftschleuse, helfen Sie den Kadetten, die Raumanzüge anzulegen, und schicken Sie sie an Bord des Shuttles.«

»Aye, aye, Sir.« Keine Fragen.

Ich suchte nach weiteren Freiwilligen.

»Robert Boland, Sir.«

»Ich weiß.« Ich starrte durch ihn hindurch. »Sehr gu ... Nein, abgelehnt.« Die anderen waren vielleicht bloße Namen, aber ich wußte zu gut, was der Junge seinem Vater bedeutete.

»Sir, bitte!« Es klang gequält. »Sie haben mir gesagt, ich hätte für meinen Verstoß bezahlt!«

»Darum geht es nicht; ich möchte dich nicht dabeihaben!« Das Wissen, daß ich ungerecht war, machte meine Stimme um so härter.

Er flüsterte: »Bitte, ich bin der Klassenbeste in Nav! Nehmen Sie mich mit!«

Ich sah mich im Raum um. Kadetten traten unbehaglich von einem Fuß auf den anderen und wünschten sich, meinem Blick zu entgehen.

Der Mensch bestimmte sein Schicksal selbst. »Sehr gut. Du kommst mit.«

»Johan Stritz, Sir.« Stolz erhob er sich. Hinter ihm warteten Kyle Drew und Kevin Arnweil darauf, daß sie an die Reihe kamen.

Warum, Herr? Sie sind meine besonderen Schützlinge. Könntest du sie nicht verscho ...

Ich zwang mich, mit harter Stimme zu sprechen. »Sehr gut.« Einen nach dem anderen akzeptierte ich sie.

»Loren Reitzman, Sir.« Ich runzelte die Stirn, dann erinnerte ich mich. Der Junge, der vor dem Diensteid zurückgeschreckt war. Er hatte anschließend eine traurige Woche durchgemacht und sich dann in die Aufgabe gestürzt, ein Kadett zu sein. Er hatte uns nie mehr Schwierigkeiten gemacht. Würde er erneut kneifen?

»Sehr gut.« Der Kadett trabte Richtung Anzugsraum davon. Ein hochgewachsenes, ungeschicktes Mädchen hob zitternd die Hand und nannte ihren Namen. Ich nickte, und sie rannte los.

»Jerence Branstead, Sir.« Sein ramponiertes Gesicht musterte mich flehend.

Ich schluckte. Ich hatte den jungen Boland und all die anderen akzeptiert. Wie konnte ich dann ihn ablehnen?

Nein. Gott helfe mir, ich mußte es tun. Ich hatte seinem Vater geschworen, für die Sicherheit des Jungen zu sorgen, als er ihn auf Hope Nation meiner Obhut anvertraute. Obwohl mein Wort wertlos war, wollte ich wenigstens ein Kind verschonen.

Ich blickte auf. »Nein, abgelehnt.«

Er sprudelte hervor: »Sir, ich weiß, was ich tue! Bitte nehmen Sie mich mit!«

»HALT DIE KLAPPE! ICH VERBIETE ES!«

Beschämt schlich er sich aus meinem Blickfeld.

»Elena von Siel, Sir!«

Ich nickte schwer. »Sehr gut.«

Ein schwarzhaariger, dunkelhäutiger Junge. »Omar Benghadi.« Das Mädchen an seiner Seite hob zaghaft die Hand und nahm sie wieder herunter. Sie sah weg.

Ich kannte ihn von irgendwoher. Er zappelte herum, während ich durch ihn hindurchstarrte und mir den Kopf zerbrach. Nichts. »Sehr gut. Geh mit den anderen.«

Das Mädchen blickte mit geballten Fäusten hinter ihm her. Abrupt schoß ihre Hand in die Höhe. »Alicia Johns, Sir!«

So jung, so verletzlich! Ich zwang mich zu einem ausdruckslosen Tonfall. »Sehr gut.« Wer waren die beiden?

Da fiel es mir ein. Das junge Paar, dem ich wenige Tage vor meiner Ernennung bei einem müßigen Spaziergang zu den Klassenzimmern von Devon begegnet war. Das

Zusammentreffen hatte zu meinem Schwätzchen mit Sergeant Radz geführt.

Ich wandte mich wieder der Arbeit zu.

Als ich die letzte Meldung angenommen hatte, verfügte ich über dreiundvierzig Freiwillige. Reichte das? Ein paar konnte ich ja zwangsweise für . . .

Nein. Das wäre ein zu schlimmes Greuel gewesen, selbst für meine Begriffe.

Laut und deutlich sagte ich: »Ihr übrigen Kadetten! Kehrt in eure Unterkünfte zurück. Eure Offiziere werden in Kürze folgen. Entlassen!«

Sie drängten sich durch die Luke, einige verlegen, andere erleichtert.

Ich konnte es damit nicht bewenden lassen und rief hinterher: »Wer sich nicht freiwillig gemeldet hat, braucht sich nicht zu schämen. Ich wünsche euch alles Gute!« Den Rest verkniff ich mir; es klang schon zu sehr nach einem Abschied.

»Fähnriche, vortreten!«

Unbehaglich versammelten sich die sieben jungen Offiziere um mich: Thomas Keene, Adam Tenere, Sandra Ekrit. Andere, die ich kaum kannte: Guthrie Smith und Tommy Tsai. Der rothaarige Anton Thayer. Eduard Diego.

»Sie kommen alle mit. Mr. Keene, melden Sie sich mit Ihrer Truppe sofort beim Shuttle.« Sollte ich ihnen die Entscheidung überlassen wie den Kadetten?

Nein. Sie waren Offiziere.

Ich war stolz darauf, daß ihre Disziplin standhielt. Keine Fragen. Der erste Fähnrich Keene sagte nur: »Aye, aye, Sir.« Er drehte sich zu den anderen um. »Gehen wir.«

Einen Moment später hielten sich nur noch der Shuttlepilot, meine beiden Leutnants, die Drillsergeanten und ein paar Techniker im Saal auf. Ich winkte sie näher heran.

»Pilot Trayn, Sie bringen uns zur Übungsstation. Machen Sie die Maschine bereit. Die anderen hören mir bitte genau zu. Wie ich den Kadetten schon sagte, befinden sich Fische im Heimatsystem.« Der Pilot blieb an der Luke stehen, um zuzuhören. »Sie haben große Schäden angerichtet, und es ist möglich, daß sie auch hierherkommen. Halten Sie die Außenbeleuchtung abgeschaltet, und setzen Sie keine Funkmeldungen ab. So der Herrgott will, wird Hilfe eintreffen.« Pilot Trayn nickte und ging hinaus auf den Korridor.

»Leutnant Thorne führt das Kommando, bis ... solange ich fort bin. Die Sergeanten folgen seinen Befehlen. Sollten die Fische auftauchen ...« Irgend etwas schien mit meinem Hals nicht zu stimmen. »... stecken Sie Ihre Kids in die Raumanzüge und versuchen, sie so gut wie möglich am Leben zu halten. Vielleicht verrichten die Fische einfach ihr Zerstörungswerk und verschwinden wieder.«

»Was ist mit Ihnen, Sir?« Das war Ms. Obutu.

»Ich bin auf der Übungsstation.« Ich achtete sorgsam darauf, nicht mehr zu sagen; jemand konnte mich immer noch behindern. »Das war alles. Entlassen.«

Sergeant Radz zögerte. »Kommandant ...«

»Ja?«

»Viel Erfolg, Sir.«

»Danke.«

Er salutierte, daß es einer Parade alle Ehre gemacht hätte, drehte sich um und marschierte hinaus. Meine Augen füllten sich mit Tränen. Kina Obutu schien noch etwas sagen zu wollen, aber ich schüttelte den Kopf.

»Bin ich abgesetzt?« fragte Tolliver.

»Was?«

»Sie haben Thorne das Kommando übertragen. Was soll ich tun?«

»Kommen Sie mit.«

Sein Ton war bitter. »Das dachte ich mir. Zu Befehl.«

Sanft sagte ich: »Das war kein Befehl, Erster Leutnant Tolliver.«

»Was führen Sie diesmal im Schilde?«

»Ich kann es Ihnen nicht sagen.«

»Als ich das letzte Mal diese Worte von Ihnen hörte, haben Sie eine verdammte Station hochgejagt!«

»Wir haben hier keine, die wir hochjagen könnten.«

»Ich komme mit. Wir haben zusammen angefangen, da ist es nur passend, wenn wir gemeinsam enden. Ich sehe Sie beim Shuttle.« Ich fragte mich, wieviel er vermutete.

Ich kontrollierte meinen Raumanzug ein ums andere Mal. Obwohl ich vor kurzem noch eine Dekompression begrüßt hätte, mußte ich jetzt am Leben bleiben, bis meine Aufgabe erledigt war.

Ich prüfte die Helmklammern ein letztes Mal und sah Ibarez an.

»Sind alle an Bord?«

»Ja, Sir. Soll ich mitkommen?«

Er war eine erfahrene Kraft, aber er hatte eine Unterkunft und durfte seine Schar nicht im Stich lassen. »Nein, kehren Sie zu Ihren Kids zurück.«

»Aye, aye, Sir.« Er zögerte und deutete zur Luftschleuse. »Sie sind in einer komischen Stimmung. Obwohl sie spüren, daß etwas nicht in Ordnung ist, haben sie sich wie die Hündchen an Bord gedrängelt.«

»Kinder halten sich für unsterblich.«

»Ja.« Sein Gesicht wurde ernst. »Dazu sind wir ja hier. Um sie zu beschützen, bis sie das Gegenteil gelernt haben.«

Ich betrat die Luftschleuse.

Draußen war alles still. Ich versuchte, mich an das Licht von einer Milliarde Sternen zu gewöhnen.

Ich trabte mit raumgreifenden Schritten durch den Mondstaub und wartete in der Shuttle-Schleuse ungeduldig auf das Ende des Austauschzyklus. In jedem Augenblick gingen auf der Erde Menschenleben verloren.

In der Kabine schob ich mich an Tolliver vorbei und schnallte mich in der ersten Reihe an. Ich schaltete den

Helmfunk ein. »Edgar, sagen Sie dem Piloten, daß wir startbereit sind.«

»Er ist nicht da, Sir.«

»Er hatte reichlich Zeit, um sich vorzubereiten!« Ich wechselte auf die Frequenz des Stützpunktes. »Suchen Sie Mr. Thorne.« Ich kochte vor mich hin, während die kostbaren Minuten verstrichen.

»Hier Leutnant Jeffrey Thorne ...«

»Sorgen Sie dafür, daß mein Pilot in einem Raumanzug landet und hier draußen erscheint!«

»Ist er nicht bei Ihnen, Sir? Ich habe ihn nicht mehr gesehen, seit er ...«

»Finden Sie ihn! Los!«

»Aye, aye, Sir.« Die Verbindung wurde unterbrochen.

Tolliver setzte sich auf einen Platz an der anderen Seite des Zwischengangs. »Sie scheinen es eilig zu haben«, bemerkte er trocken.

»Jetzt nichts von Ihrem großen Mundwerk, Tolliver!«

»Nein, Sir, natürlich nicht. Gibt es einen Plan, den wir einhalten müssen? Ich frage das nur als Ihr Stellvertreter.«

Nicht nötig, es ihm zu erklären; er fand es noch schnell genug heraus. »Wir sind so völlig hilflos, falls die Fische auftauchen!« Ich trommelte mit den Fingern auf den Armlehnen. »Wo bleibt der verdammte Pilot?«

Wie zur Antwort knackte es im Funk. »Hier Thorne. Mr. Trayn ist nirgendwo auffindbar. Wir können natürlich die Kadetten losjagen und eine Kabine nach der anderen durchsuchen, bis wir ...«

»Wenn er auftaucht, stecken Sie ihn in den Bau! Tolliver, starten wir!« Ich richtete mich hastig auf und stürmte ins Cockpit. Ich setzte mich auf den Platz des Copiloten und wartete darauf, daß sich Tolliver neben mir anschnallte. »Helfen Sie mir dabei, diese Mühle hochzuziehen.«

Er lächelte leise.

»Wir sind nicht qualifiziert, um ...«

»Erinnern Sie sich an das Venturas-Shuttle auf Hope

Nation? Verglichen damit, ist das hier ein Kinderspiel. Man muß sich richtig *Mühe* geben, um mit einem Mondshuttle Mist zu bauen.«

»Ich verstehe. Würden Sie in diesem Fall den Pilotensitz übernehmen?«

Ich ignorierte ihn, drückte Schalter und wartete auf den Selbstcheck des Comps. Ich wußte, daß die Maschine voll aufgetankt war. Ich pumpte ein paar Liter Treibstoff durch die Rohre und sah zu, wie die Nadeln der Anzeigen wackelten.

Eine trockene, mechanische Stimme ertönte. »Beginne mit der Checkliste vor dem Start. Steuerbordtriebwerk zeigt volle Tanks an. Backb ...«

Ich drehte die Augen nach oben, bis ich durch das Bullauge den Himmel sah. »Keine Zeit. Verzichte auf die Checkliste.« Ein methodischer Kontrolldurchgang nahm fast eine halbe Stunde in Anspruch.

Die Konsolenbeleuchtung wechselte. »Startvorbereitungen auf Ihren Befehl abgebrochen.«

»Nein, verdammt, bereite den Start vor!«

»Beginne mit der Checkliste vor dem Start. Backbordtriebwerke zeigen ...«

Ich fluchte lautlos. »Comp, bereite den Start ohne Checkliste vor.«

»Gültige Vorschriften verlangen eine Checkliste vor ...«

»Lösche die gültigen Vorschriften! Ich bin der Kommandant!«

»Nur der Pilot kann das tun. Ich bin ein Armeeshuttle und unterstehe nicht der Befehlsgewalt der Flotte.«

Ich rammte die behandschuhte Hand gegen die Konsole. »Worüber lachen Sie, Edgar?«

»Nichts, Sir.«

»Comp, trage mich als Pilot im Logbuch ein.«

»Bitte den U.N.A.F.-Autorisationscode eingeben.«

»Als Stützpunktkommandant löse ich den Piloten ab und ernenne mich selbst zum Piloten. Tolliver, kann man diesen Idioten manuell abschalten?«

»Ich habe keine Ahnung.« Er beugte sich zum Armaturenbrett vor. »Sehe nichts dergleichen.«

»Energie runter!« Ich drückte die Schalter. Eine Konsolenlampe nach der anderen ging aus.

Tolliver gab nachsichtig zu bedenken: »Es würde weniger Zeit kosten, wenn er seine . . .«

»Wir brauchen den Comp nicht, um die Energie hochzufahren.« Ich schaltete die Triebwerke ein.

»Wir brauchen ihn, um einen Kurs nach . . .«

»Nicht für den Start.« Zur Hölle mit den Vorschriften. »Wir brauchen nur Orbitalgeschwindigkeit und müssen die Schnauze vom Boden hochhalten.«

»Klar. Ich freue mich, daß wir es nach Handbuch machen.«

»Nebenbei, Sie haben das Ruder.« Ich lehnte mich zurück. »Oh, gaffen Sie nicht; wir wissen doch beide, daß Sie eine ruhigere Hand haben.« Ich bereitete mich auf die leichte Beschleunigung vor.

Es gab keinen Grund, warum man ein Armeeshuttle nicht manuell starten konnte. Ich rezitierte das wie ein Mantra, während unsere Triebwerke zitterten und mich der frustrierte Zug der Mondschwerkraft in den Sitz drückte.

Endlich schaltete Tolliver die Motoren wieder ab. Ich blickte zur Mondoberfläche tief unter uns hinunter.

»Wenn Sie die Übungsstation sehen, sagen Sie es mir.«

»Seien Sie nicht albern, man könnte . . .« Ich bemerkte, daß er wieder in einer seiner Stimmungen war. Obwohl ich ihn davor gewarnt hatte, wieder in seine Unverschämtheit zurückzufallen, fühlte ich mich seltsam erleichtert. »Schalten Sie das Leuchtsignal der Station per Fernbedienung ein.« Ich beobachtete den Radarschirm und rechnete schon fast damit, daß Fische neben uns defusionierten.

»Besteht eine Möglichkeit, daß der Comp uns den Weg weist?«

»Da würde ich lieber zu Fuß gehen.« Trotzdem schaltete ich den Comp ein und wartete seinen Funktionscheck ab. »Berechne einen Kurs zur Flotten-Übungsstation.«

Eine Pause von mindestens einer Sekunde trat ein. »Die Stimmen-ID deutet an, daß Sie Nicholas Seafort von der Raumflotte sind. Bestätigen Sie das?«

»Ja.«

»Wer ist der Pilot?«

»Ich bin es.« Noch ein paar Sekunden, und ich würde den Kurs lieber von Hand berechnen.

»Ich finde Ihren Namen nicht in meinem Pilotenregister.«

»In Ordnung, wie du willst. Es ist kein Pilot an Bord.«

»Ein lizenzierter Pilot muß sich bereits vor dem Start im Cockpit eines Armeeshuttles einfinden.«

»Aber wir sind bereits gestartet, und er scheint nicht hier zu sein. Berechnest du nun unseren Kurs, oder verlangt dein Scheißprogramm, daß wir hier hungern, bis unsere Umlaufbahn instabil wird?« In diesem Punkt waren alle Dosmen gleich. Niemals programmierten sie Flexibilität mit ein.

Die Stimme des Comps schlug einen bestimmteren Ton an. »Notprozeduren treten jetzt in Kraft! Ich berechne einen Kurs zur Raumflotten-Übungsstation und starte das automatische Kurskorrekturprogramm.«

»Nun, danke.« Ich wußte, daß ich die Zahlen eigentlich von Hand nachprüfen sollte, aber dieses eine Mal verzichtete ich darauf. Ich hatte zu viele Gedanken im Kopf.

Zahlen liefen über den Monitor. Einen Augenblick später feuerten kurz unsere Seitentriebwerke und richteten uns zur Station aus.

»Nichts zu danken«, sagte der Comp. »Bei unserer Rückkehr sende ich eine Beschwerde an den U.N.A.F.-Transportdienst, was Ihren Verstoß gegen die Bestimmungen angeht, Stützpunktkommandant Seafort.«

Bis dahin war es mir egal. Trotzdem war ich nicht bereit hinzunehmen, daß mich ein elektronisches Schaltelement dumm anmachte. »Comp, bei unserer Rückkehr sende ich eine Beschwerde an den U.N.A.F.-Transportdienst, was Verletzungen der Bestimmungen durch dieses Shuttle angeht.«

Ein kurzer Stoß Treibstoff; unser Wendemanöver stoppte langsam. Die Haupttriebwerke zündeten. »Meine Speicher enthalten keinerlei Hinweis darauf, daß jemals ein Mensch eine Beschwerde gegen einen Comp eingereicht hätte.«

»Dann wird dies das erste Mal sein. Tolliver, sehen Sie mal hinten nach und stellen Sie sicher, daß alle okay sind. Bleiben Sie nicht lang; ich brauche Sie hier, um nach Fischen Ausschau zu halten.«

»Aye, aye, Sir.« Er duckte sich durch die Kabinenluke.

Für mehrere Milliarden Nanosekunden blieb es still. Ein leichtes Zögern in der mechanischen Stimme: »Anfrage: Was wäre die Folge, wenn einem Comp Verstöße gegen Bestimmungen nachgewiesen würden?«

Ah! »Ich gehöre zur Flotte, nicht zur U.N.A.F., also liegt die Entscheidung nicht bei mir. Ich rechne jedoch mit einer kompletten Abschaltung und Auflösung der Persönlichkeit.« Herzlos, aber ich war verärgert. Immer wieder, auf Schiffen wie Stationen, waren mir rotzige Comps unerträglich auf die Nerven gegangen.

Tolliver schlüpfte wieder ins Cockpit. »Zumindest ist niemand gravkrank.«

»Gut.« Vielleicht konnte ich den Kadetten erlauben, die Helme abzusetzen, sogar spazierenzugehen. Sie mußten sich später noch lange in Raumanzügen aufhalten. Allerdings konnte jederzeit ein Fisch überraschend neben uns aus der Fusion kommen, und wenn er dann Tentakel schleuderte, erlitten wir schneller eine Dekompression, als sich die tolpatschigeren unter unseren Jugendlichen die Helme wieder aufsetzen konnten.

»Kommandant Seafort, ein Verstoß gegen Bestimmungen war nicht beabsichtigt.«

»Sei still, Comp. Benutze deine Kapazitäten, um nach Fischen Ausschau zu halten. Warne uns vor allem, was uns auf unter fünfhundert Kilometer nahekommt.«

»Bestätigt, Kapitän.« Er wurde still.

Ich schaltete den Rufer ein und ging die Flotten- und Notfallkanäle durch. Zu meiner Überraschung sendeten die UN die schlechten Nachrichten ebenso wie die gelegentlichen guten.

In mancherlei Hinsicht hatte sich die Lage weiter verschlechtert. Noch mehr Schiffe waren verlorengegangen und noch mehr Felsen auf unsere Städte geschleudert worden. Andererseits hatten wir wieder eine klare Kommandorangfolge etabliert, und bodengestützte Laserbänke hatten mehrere Felsbrocken zerblasen, die von Fischen in den Gravitationsschacht der Erde geschleudert worden waren.

Obwohl der Admiralitätsbezirk von Lunapolis verwüstet war, hatten sich viele Dekompressionsluken rechtzeitig geschlossen. Wie es schien, hatten die meisten unserer hohen Tiere überlebt, obwohl nur gelegentlich Funkmeldungen durchkamen. Admiral Duhaney hatte über eine Relaiskette aus mehreren Schiffen das Flottenkommando an London übertragen. Das diente nur zu unserem Besten; er war kein Schlachtenlenker.

Bis wir die Station erreicht hatten, blieb wenig mehr zu tun, als zuzuhören. Ich wechselte von einer Frequenz zur anderen.

»Die Armeelaser in den Außenbezirken von Peking wurden zerstört; trotzdem meldet sich die Kommandantur in Peking weiter ...«

»... vor Kiew gelandet ...«

»... *im Funkraum eingeschlossen! Die Luke qualmt! Um Gottes willen, so hilf uns doch jemand! Es kommt ...«*

»... dreizehn über Brasilia. Die Bodenlaser haben ...«

Das UN-Militärkommando meldete zweihundertfünfzig getötete Fische. Trotzdem fusionierten weiterhin um die sechshundert Fische ins Heimatsystem und wieder heraus, griffen unsere Flotte an, ließen Zerstörung auf unsere Städte regnen.

Tolliver meldete sich zu Wort. »Wir sollten uns bei der Admiralität melden, Sir.«

»Das wäre sinnlos.« Wenn ich ihnen sagte, wohin wir unterwegs waren, würden sie mich nach dem Grund fragen.

Der Comp wurde lebendig. »Sieben Hindernisse am äußeren Rand der Suchzone. Vermutlich feindselig.«

Meine Gedanken kehrten schlagartig ins Shuttle zurück. »Wo?«

»Koordinaten zwei fünf zwei ...«

»Vergiß das; sag mir einfach, wo!« Was verlangte ich jetzt von ihm – mit dem Finger zu zeigen?

»Unmittelbar unter dem Mondhorizont, Kapitän.«

»Was liegt in dieser Richtung?« Ich blickte forschend hinaus.

»Aliens, wie ich schon sagte. Und Station Earthport. Ich kann die Stationsleitung kontaktieren und nachfragen, welche anderen Objekte im Bereich ihres ...«

»Nein.« Ich wollte auf meinen Fingerknöcheln nagen und stieß mir die Hand am geschlossenen Helm an. »Wie weit liegt die Übungsstation von Earthport entfernt?«

»Berechnung läuft. Keine Orbitkorrekturen beider Körper vorausgesetzt, in diesem Augenblick elfhundert Komma fünf eins Kilometer.«

Zu nahe, um mich zu beruhigen. Niemand wußte, was die Fische außer N-Wellen noch alles wahrnahmen. Falls sie von unserer Präsenz erfuhren, wie lange dauerte es dann noch, bis sie auftauchten, um uns zu vernichten?

Ich verbannte diesen Gedanken. Ich konnte ohnehin nichts dagegen tun.

»*Bolivar* an Kommandantur London! Sie gehen zu Dutzenden in Fusion! Wir gewinnen!«

»*... haben unserer Rohre verloren, aber ansonsten ist alles in Ordnung. Es sind nur sieben von ihnen da draußen, und ...*«

»... bitten wir Sie dringend, uns die Lösung von der Position über Nordamerika zu erlauben! Es sind so viele Fische hier, daß wir überhaupt nichts ausrichten, und Earthport braucht uns ebenso wie ...«

Ich schaltete auf eine andere Frequenz um.

»Stellvertretender GenSek Franjee ist in London gelandet, um ein Ausweichkommando einzurichten, für den Fall, daß das UN-Hauptquartier, ah, außer Gefecht gesetzt wird. UNESCO-Direktor Johanson warnt aufgrund der Virusgefahr davor, während des nächsten Monats öffentliche Versammlungen abzuhalten ...«

Ich brummte etwas.

»Verzeihung, Sir?« Das war Tolliver.

Ich wiederholte: »Zwecklos, sich um ein Virus zu sorgen. Wir haben eh keinen Monat mehr.«

»Woher wollen Sie das wissen? Sie haben nur ein paar Städte getroffen, selbst wenn die Zahl der Opfer ...«

»Haben Sie nicht zugehört? Sie fusionieren in großer Zahl davon, um noch mehr Felsbrocken zu holen.«

»Das können Sie nicht mit Sicherheit ...«

»Ich weiß es. Die Mistviecher haben eine Waffe entdeckt, die funktioniert.« Ich schaltete wieder auf den Flottenkanal um. »Ich dachte, diese rostige Chipplatine hätte gesagt, es würde nur eine Stunde dauern!«

Der Comp meldete sich mit verletzter Würde zu Wort. »Siebenundvierzig Minuten sind vergangen, seit ich Ihnen die geschätzte Ankunftszeit genannt habe, Kommandant.«

»Wir docken in dreizehn Minuten an?«

»In dreizehn Minuten leiten wir das Andockmanöver ein. Ich schätze, daß wir zehn Minuten für treibstoffsparende Anflugmanöver brauchen und fünf zum Festmachen und Ankoppeln der Luftschleuse.«

»Keine Zeit. Bring uns einfach dicht genug ran, damit wir eine Leine auswerfen können; wir hangeln uns dann hinüber. Und vergeude keine Zeit, nur um Treibstoff zu sparen.«

»Die Bestimmungen untersa ...«

»Hast du mich versanden, Comp?«

Eine weitere volle Sekunde verstrich. »Bestätigt, Stützpunktkommandant.« Er schien begierig, weiteren Streit zu vermeiden.

»... massenhaft Fische haben mit einem Asteroiden

über Bombay defusioniert. Vor ein paar Minuten haben sie ihn ... Herr Jesus, alles, was wir sehen können, ist ein Feuerball! Es muß Hunderttausende von Toten ...« Die Worte gingen in Schluchzen über.

»Sie hatten recht, Sir.«

Ich gab keine Antwort.

Abgesehen von der Zerstörung Bombays, hatte die Erde bislang Glück gehabt; keine andere große Stadt war getroffen worden. Falls New York oder London aufs Korn genommen wurden, würden sich die Toten auf Millionen belaufen.

Ich konnte nur warten. Und vorausplanen. »Mr. Tenere und Mr. Keene ins Cockpit!«

Wenige Augenblicke später tauchten die beiden Fähnriche auf und hielten sich in der Schwerelosigkeit an den Wandhalteriemen fest.

»Überprüfen Sie die Helmklammern aller Kadetten und pumpen Sie dann die Maschine leer. Benutzen Sie die Notfallprioritäten, um die Innen- und Außenluken gleichzeitig zu öffnen.« Sie hörten mir konzentriert zu. »In der Schleuse finden Sie Greiferkabel. Sobald wir in bezug zur Station in Ruheposition sind, wird einer von Ihnen – Sie, Mr. Tenere – das Kabel hinüberbringen. Befestigen Sie es und warten Sie zusammen mit Leutnant Tolliver auf die Kadetten, die Mr. Keene hinüberschickt. Wenn die Stationsschleuse unter Druck ist, schleusen Sie die Kadetten hindurch und kommen wieder heraus, um mit dem nächsten Schwung das gleiche zu tun.«

»Aye, aye, Sir.«

»Mr. Keene, bereiten Sie die Kadetten vor.«

»Aye, aye, Sir. Was werden wir tun? Ist das eine Übung ...«

»Zwei Minuspunkte! Noch Fragen?«

»Nein, Sir!«

Er blies zum Rückzug.

Edgar Tolliver studierte die Handschuhe seines Raumanzuges. »Verzeihen Sie meine Neugier, aber gibt es einen Grund dafür, nicht zu erklären, was Sie vorhaben?

Was schadet es, es ihnen mitzuteilen? Oder mir, was das angeht?«

Ich sagte heiser. »Ich übernehme die Verantwortung.«

»Für was? Falls Ihnen etwas zustößt ...«

»Achten Sie auf die Station, Edgar.«

Er seufzte.

Der Comp meldete sich zu Wort. »Sie finden sie etwa sieben Grad backbord, Distanz dreißig Kilometer.«

Ich blickte forschend in die endlose Nacht hinaus und glaubte einen Flecken zu sehen, an dem keine Sterne zu sehen waren. »Irgendwelche Fische in der Nähe?«

Der Comp klang vorwurfsvoll. »Das hätte ich Ihnen gesagt! Ihre feste Order ...«

»Laß das.«

»Ich nähere mich der Station mit der Schleuse voraus bis auf eine Distanz von zwanzig Metern.«

»Sehr gut, Shuttle. Sobald wir übergestiegen sind, ziehst du dich auf dreihundert Meter Abstand zurück.« Ich brauchte Platz, um die Fusionsboote anzudocken.

Stille. »Normalerweise habe ich einen Piloten an Bord. Es geschieht nicht häufig, daß ich das Ruder selbst übernehme.« Es klang wehmütig.

Mit den behandschuhten Fingern trommelte ich auf der Instrumententafel herum. »Wie lange noch?«

»Annähernd fünf Minuten, fünfzehn Komma drei zwei Sekunden ...«

»Tolliver, achten Sie darauf, daß er nicht die Station rammt.« Ich befreite mich vom Sitz.

»Es besteht nicht die geringste Gefahr, daß es zum Kontakt mit ...«

»Adam! Mr. Keene! Sind Sie bereit? Sorgen Sie dafür, daß Ihre Kadetten Aufstellung beziehen!«

Einige der jungen Leute hatten schon an Kabeln geübt, die am Rumpf außerhalb von Farside befestigt gewesen waren, andere nicht. Ich hatte keine Ahnung, ob irgend jemand von meinen Freiwilligen bereits die Stationsausbildung absolviert hatte; in meinem Eifer hatte ich mich nicht mit dieser Frage aufgehalten. Na ja, so wichtig war das auch wieder nicht. Sie mußten es nur bis durch die Stationsschleuse schaffen; ich hatte nicht vor, sie anschließend hinauszuschicken, damit sie auf der Außenseite herumkletterten.

Als es Zeit war, maß Adam den Abstand zur Station und startete, nachdem er sich das Kabel des Shuttles um die Taille gebunden hatte. Wenige Augenblicke später hatte er es an der Runge direkt vor der Luftschleuse festgemacht. Tolliver begab sich als nächster hinüber, um auf der anderen Seite zu helfen.

Unter meiner gereizten Aufsicht sorgte Thomas Keene dafür, daß jeder der jungen Leute die Hände in die richtige Stellung brachte, und hob ihn aus der Shuttleschleuse. Endlose Minuten später war der letzte der Kadetten ohne Zwischenfall an Tollivers ausgestreckter Hand angekommen. Als nächstes waren die Fähnriche an der Reihe. Anton Thayer grinste und schwang sich elegant am Kabel entlang. Sandra Ekrit folgte ihm, dann Diego.

Keene und ich waren die letzten. Einen Moment, nachdem ich das Sicherungskabel gelöst hatte, stießen die Seitentriebwerke des Shuttles eine Wolke Treibstoff aus, die sofort kristallisierte. Die Maschine schwebte davon.

Tolliver, Keene und ich durchliefen den Schleusenzyklus, um anschließend festzustellen, daß die Fähnriche und Kadetten ziellos auf dem Korridor durcheinanderliefen. Ich runzelte die Stirn.

»Adam, laufen Sie zur Steuerungskabine und kontrollieren Sie die Luftanzeigen.« Je schneller wir unsere Kadetten aus den Anzügen bekamen, desto besser.

Die elf Fusionsboote waren in einer Reihe rings um die Scheibe angedockt. Die Station verfügte nur über zwei Luftschleusen. Wir mußten die Fusionsboote jeweils zu zweit dort heranfahren. Ich schaltete meinen Funk ein. »Mr. Tolliver, steigen Sie aus und koppeln Sie das nächstliegende Fusionsboot an der vorderen Schleuse an.«

Sollte ich Keene oder Adam zum nächsten Boot schicken? Ich wußte, daß Adam mit den Schubtriebwerken umgehen konnte, aber Keene war erster Fähnrich; falls er inkompetent war, fand ich es besser gleich heraus. »Mr. Keene, docken Sie das zweite Schiff an der Achterschleuse an.« Die Augen des Jungen leuchteten vor Freude auf; für ein paar kurze Augenblicke führte er gleich das Kommando über ein Raumschiff, wie winzig auch immer. »Anton, helfen Sie ihm.«

Tolliver und die beiden Fähnriche stiegen durch die Schleuse aus, um am Rand der Stationsscheibe entlangzuklettern, bis sie die Fusionsboote erreichten. Adam und ich hatten bei unserem Besuch vor Monaten das gleiche getan.

In meinem Helmfunk knackte es. »Hier Fähnrich Tenere, Sir. Laut Stationskonsole haben wir atembare Luft. Ich kontrolliere jetzt die Kabinenanzeigen.«

»Machen Sie sich nicht die Mühe. Kommen Sie zurück.«

»Aber . . . Aye, aye, Sir.«

»Ihr Kadetten, zieht jetzt die Raumanzüge aus. Nein, bildet zuerst eine Reihe, einer hinter dem anderen. Fähnriche, Sie auch, dort drüben. Wir beginnen mit einer speziellen Übung.« Sehr speziell. Ich sagte es so ruhig, wie ich konnte.

»Ein Fähnrich und fünf Kadetten bemannen jeweils ein Ausbildungsboot. Ich leite die Übung von der *Trafalgar* aus.« Dank des Erbes der Heulboje konnte ich mit jedem Fusionsboot Kontakt aufnehmen, aber ihre Einzelfrequenzgeräte konnten nur mein Kommandofahrzeug anfunken.

Ich öffnete meine Helmklammern.

Wir hatten genügend Fähnriche, um sieben Boote zu starten, während die Zahl der Kadetten für acht reichte. Ich war davon ausgegangen, daß auch der Pilot ein Boot übernahm, aber er hatte gehört, wie ich von den Fischen sprach, und sich bis zu unserem Abflug versteckt.

Ich selbst mußte an Bord der *Trafalgar* gehen, und ich brauchte dort auch Tolliver; ich konnte nicht allein sowohl das Mutterschiff lenken als auch die Boote dirigieren. Selbst acht Fusionsboote reichten vielleicht nicht aus. Wie konnte ich es dann mit sieben riskieren? Aber wie konnte ich es wagen, ein Fusionsboot ganz an unbeaufsichtigte Kadetten zu übergeben?

Ein kaum wahrnehmbarer dumpfer Schlag, als sich die Schleusensiegel aneinanderhefteten. Tolliver hatte angedockt. Unter anderen Umständen hätte ich ihn dieses kleinen Rucks wegen geneckt; wir brachten unseren Fähnrichen bei, daß nur eine perfekte Ankopplung akzeptabel war. Während meiner Simulationsdrills auf der *Hibernia* hatte ich mich unter dem demütigenden Sarkasmus meines Leutnants gewunden.

Die äußere Schleusenluke ging zu; Tolliver durchlief gerade den Austauschzyklus. Ich befreite mich von meinem Raumanzug. »Ms. Ekrit, führen Sie die ersten fünf Kadetten auf Fusionsboot eins. Zeigen Sie ihnen dort ihre Plätze. Sie sollten alle wenigstens in der Lage sein, eine Instrumententafel abzulesen. Ich möchte, daß Sie in fünf Minuten die Schleuse wieder freigegeben haben.«

»Aye, aye, Sir. Wohin?«

»Ein halber Kilometer Abstand sollte reichen. Halten Sie sich für ein Ausweichmanöver bereit, für den Fall, daß ein anderes Boot außer Kontrolle gerät.« Mit Fähnrichen und Kadetten am Ruder wußte der Herrgott allein, welches Chaos wir hier vielleicht anrichteten.

»Aye, aye, Sir. Halten wir eine enge Formation ein, nachdem wir . . .«

»Gehen Sie an Bord, Fähnrich!« Sie zeigte mir kurz ein mürrisches Gesicht, gehorchte aber.

»Ich erwarte Ihre Befehle, Sir.«

Ich fuhr bei diesen Worten zusammen. »Woher kommen Sie denn, Mr. Keene? Ich hatte Ihnen doch aufgetragen . . .«

»Ich habe an der Achterschleuse angedockt, Sir.«

Ich hatte gar keinen Stoß gespürt. »Sehr gut«, sagte ich, neidisch auf seine Tüchtigkeit. »Ihr fünf, ihr folgt Mr. Keene. Slater, in die Schleuse; du kannst deinen Raumanzug danach ausziehen.« Ich wandte mich an Adam und Tolliver. »Sobald die Schleusen frei sind, bringen Sie zwei weitere Fusionsboote längsseits.«

Kurz darauf war das zweite Paar Boote an der Station angekoppelt. Tommy Tsai mit seinem rosigen Gesicht übernahm Fusionsboot drei. Eine Handvoll Kadetten folgte ihm an Bord. Als sie an mir vorbeigingen, streckte ich den Arm aus und hielt Kyle Drew auf. Ich legte dem schlaksigen Kadetten die Hand auf den Nacken und drückte mir seine Stirn an die Brust. »Glückliche Fahrt, Junge.«

Ich mußte den Blick abwenden.

Seine Stimme klang munter. »Ich werde klarkommen, Sir.« Er packte den Helm, den er sich unter den Arm geklemmt hatte.

»Ich weiß.«

Er betrat die Luftschleuse.

Bitte, lieber Gott! Gib mir die Kraft, meine Pflicht zu tun.

»Fusionsboot zwei an Kommandant. Wir sind auf einen halben Kilometer Abstand gegangen.« Das war Thomas Keene, aber wie hatte er mich überhaupt erreicht? Mein Helmfunk war nicht auf das Band des Fusionsbootes eingestellt. Ich brauchte einen Augenblick, um zu erkennen, daß der Fähnrich clever genug gewesen war, seinen eigenen Helmfunk zu benutzen.

»Sehr gut, Mr. Keene. Funkstille, bis weitere Befehle ergehen.«

Zurück an die Arbeit!

Der Rotschopf Anton Thayer, der Junge, den ich am Tag seines Abschlusses bei Kapriolen angetroffen hatte, übernahm das vierte Fusionsboot. Johan Stritz betrat eifrigen Schrittes die Luftschleuse, zusammen mit vier weiteren Kadetten, an deren Namen ich mich nicht erinnerte.

Ich marschierte besorgt auf und ab, bis Drei und Vier abgelegt hatten. Tolliver und Adam stiegen durch die Achterschleuse aus, um zwei weitere Boote heranzuholen. Kostbare Zeit ging verloren; der allmächtige Gott allein wußte, wieviel Schaden die Fische anrichteten, während ich hier auf der Station herumtatterte.

Etliche Kadetten waren noch gar nicht damit fertig geworden, sich aus ihren Raumanzügen zu befreien. Ein tolpatschiger Bursche war zwar halb aus dem Anzug, hatte aber noch den Helm auf. Erstkläßler! Ich hätte sie nicht mitnehmen sollen! Egal. Sie hatten an Bord der Boote noch Zeit, die Anzüge abzulegen.

Plötzlich wurde ich mir der Stille bewußt. Mit dem Helmfunk suchte ich die Flottenfrequenzen ab.

»... über Lunapolis. Bislang sehe ich keinen Felsbrocken, aber falls wir zu dicht herangeraten ...«

»Wir kämpfen an der Küste gegen sie, wir kämpfen in den Städten gegen sie ...«

Guthrie Smith war der nächste Fähnrich in der Reihe. Er hatte einmal den Rohrstock erhalten, für die Prügelei mit einem Kadetten, mit der er die Disziplin hatte durchsetzen wollen. Ich hoffte, daß er daraus etwas gelernt hatte. »Machen Sie sich bereit, Junge.«

Die Luke zu fünf ging auf. Mit Fähnrich Smith ging Loren Reitzman an Bord, der linkische Bursche, der vor seinem Eid zurückgeschreckt war. Dazu vier weitere, die ich kaum kannte.

Ein Stoß.

Tolliver hatte das sechste Boot angekoppelt.

»Edgar, sobald die Schleusen frei sind, steigen Sie mit Adam erneut aus und holen zwei weitere ...«

Im Helmlautsprecher knackte es. »*U.N.A.F.-Shuttle 20123 an Flottenstützpunktkommandant Seafort. Anfrage: Gelten Befehle, die Sie an Bord erteilt haben, nach Ihrem Ausstieg weiter?*«

»Shuttle, bleib aus meinem Funkgerät! Ich habe ...«

»Sehr gut; ich gehe davon aus, daß sie es nicht tun.« Der Lautsprecher wurde stumm.

»Tolliver, docken Sie Ihres an der vorderen ... Verdammt!« Ich aktivierte den Funk. »Welche Befehle, Shuttle?«

»*Sie hatten mich angewiesen, Sie zu alarmieren, falls Fische innerhalb von fünfhundert Kilometern Entfernung auftauchen. Zu diesem Zeitpunkt hielten Sie sich noch an ...«*

»Wie viele? Wo?«

»*Zwei. Distanz sieben Kilometer, langsam näherkommend. Sie sind vor wenigen Augenblicken aufgetaucht, weshalb ich vermute, daß sie sich per Fusion genähert haben. Sie reagieren nicht auf ...«*

»Mr. Diego! Bringen Sie Ihre Kadetten schnellstens an Bord von Boot sechs!«

»Aye, aye, Sir!« Der Fähnrich packte den ersten Kadetten und stieß den schwarzhaarigen Jugendlichen Richtung Achterschleuse. Benghadi, wie ich mich entsann. Die nächsten beiden Kadetten liefen hinterher. Ein Mädchen aus der hinteren Reihe kam nach vorne gelaufen und schloß sich ihnen an. »Ich gehe auch, Sir; bitte erlauben Sie es!«

»Wer bist du ... In Ordnung, los!«

»Alicia Johns, Sir! Danke!« Im Messesaal hatte sie sich gleich nach ihm freiwillig gemeldet. Kameraden.

»Tolliver, wie schnell können die nächsten beiden Fusionsboote andocken?«

Die Stimme des Leutnants klang in meinem Funkgerät gepreßt.

»Drei Minuten, was meines angeht, aber beide Schleusen sind noch besetzt.«

»Mr. Smith, legen Sie von der vorderen Schleuse ab! Sofort!«

Es dauerte eine quälende Minute, ehe die Antwort erfolgte. »Aye, aye, Sir. Verzeihung, ich mußte erst die Kadetten unterbringen. Sie haben nicht ...«

»Machen Sie schon!«

»Ich bin dabei, Sir! Schleuse ist leergepumpt; ich trenne die Verschlüsse ... Ich habe mich gelöst!«

»Verschwinden Sie aus dem Schleusenbereich; Tolliver kommt gerade um die Station herum!«

»Aye, aye, Sir. Ich erwarte auf anderthalb Kilometer Distanz weitere Befehle, wie Sie es Ms. Ekrit gesagt haben.«

»Gut gemacht, Guthrie. Adam, Edgar, beeilen Sie sich!«

»U.N.A.F.-Shuttle an Station: Drei weitere Fische im Suchbereich.«

»Wie weit entfernt?«

»Einer drei Komma sechs Kilometer, die anderen zwei befinden sich fünfzig Meter entfernt.«

Fünfzig Meter? Herr Jesus! Ich hatte die Kadetten angewiesen, die Raumanzüge abzulegen. Wenn ein Fisch jetzt einen Tentakel warf und unseren Rumpf durchschmolz ...

»Hier Tolliver.« Edgars Atem ging schnell; es war harte Arbeit, über die Scheibe hinwegzuklettern. »Keine Fische in Sicht. Fragen Sie ihn, welche Richtung er mit den fünfzig Metern meint.«

»Shuttle, hast du das gehört?« Ein Stoß von der Achterschleuse. Fähnrich Diego schaukelte das Boot los, ohne groß auf Befehl zu warten.

»Ja, ich überwache alle Kanäle, die von ...«

»Wo?«

»Fünfzig Meter von mir natürlich. Alle Angaben beruhen auf dem Subjekt als Zentrum, es sei denn ...«

»Wo zum Teufel steckst du, Shuttle?«

»Dreihundert Meter vor der Station, wie Sie es befohlen haben.«

Der Comp klang verletzt.

Trotzdem zu nahe. Ein Fisch konnte über uns auftauchen, ehe wir in der Lage waren, die nächsten Fusionsboote zu starten.

»Hier Guthrie Smith, Sir. Fische befinden sich in der Nähe des Shutt ...«

»Ruhig, Fähnrich!« Ich plante, Adam Tenere eines der letzten beiden Ausbildungsboote zu geben. Mein Plan war es gewesen, das achte Boot unbeaufsichtigten Kadetten zu übergeben, aber jetzt hatten wir nicht mehr die Zeit, ihnen die Anweisungen für das Abkoppeln zu übermitteln. Ob sie es wohl allein schafften?

»Hatte jemand von euch bereits Stationsausbildung?«

Ein Mädchen trat vor und sagte stolz: »Ich, Sir. Tanya Guevire.«

Guevire? Hatte jemand sie nicht im Bett zusammen mit ... Keine Zeit dafür.

»Ich ebenfalls, Sir.« Ich schnappte nach Luft. Kevin Arnweil, der miterleben mußte, wie sein Freund Dustin auf dem Rumpf bei Farside starb.

Herr, Du machst es mir so schwer! »Noch jemand? Sehr gut. Kevin, du übernimmst die Navigation. Ms. Guevire pilotiert. Sobald wir ...«

»Kapitän, zwei Fische befinden sich zwischen uns und dem Shuttle!« Tolliver behielt mit knapper Not die Ruhe. »›Ich bin mit Boot sieben unterwegs. Adam hat gerade die Acht ... Der Fisch kommt hierher! Ich bin ... Gott, ich hasse diese Viecher!«

»Edgar, bringen Sie die Sieben an die vordere Schleuse! Adam, Sie nehmen Kurs auf die Achterschleuse. Machen Sie sich nicht die Mühe anzukoppeln. Stoßen Sie jetzt gleich die Luft aus der Maschine aus!« Adam war beim Ankoppeln weniger schnell als Tolliver, und falls ein Fisch sein Fusionsboot an der Schleuse erwischte, starb der Rest von uns für nichts.

Ich stolperte, als ich ein Bein wieder in den Raumanzug steckte. »Alle Kadetten ohne Raumanzüge mit Arnweil und Guevire zur vorderen Schleuse! Alle anderen zur Achterschleuse. Überprüft die Helmklammern!« Alle beeilten sich zu gehorchen. Der Junge, der bislang seinen Helm noch gar nicht abgesetzt hatte, stieg mit den Beinen wieder in den Anzug und wollte nach achtern laufen. Er konnte jedoch nicht rechtzeitig fertig werden, also schob ich ihn Richtung vordere Schleuse und wandte mich an Guevire.

»Tanya, sobald deine Luke versiegelt ist, läufst du zur Konsole und schaukelst das Boot frei. Weißt du noch, wie das geht?«

»Mit den Backbordtriebwerken. Vorne, achtern, vorne, achtern. Sollten sich die Verschlüsse nicht lösen, dann beide zugleich, bis ...«

»Du hast es kapiert.« Ich verschloß meinen Helm fest.

Adam Tenere meldete sich mit vor Anspannung gepreßter Stimme. »Sir, meine Sicherungsleine ist gelöst; ich bin gleich da. Was soll ich tun, wenn der Fisch mich angreift?«

»Versuchen Sie auszuweichen, oder verlassen Sie das Schiff sofort, wenn er nach Ihnen wirft.« Ich verzog das Gesicht; ich wünschte niemandem den Tod, mit dem er bedroht wurde.

»Shuttle!«

»Ja, Stützpunktkomm ...«

»Schalte deine Lampen ein! Starte Manöver. Volle Rotation um die Horizontalachse. Halte für eine Minute an, dann leite Rotation um die Vertikalachse ein!«

Eine Sekunde Pause. *»Damit locke ich womöglich den Fisch an. Ich habe jedoch einen Auftrag zur Selbsterhaltung, solange nicht ...«*

»Das ist ein Solange nicht! Mach es, oder ...« Ich suchte nach den passenden Worten. »Bei Gott, Mister, ich bringe deine Schaltkreise vors Kriegsgericht!«

Ich hörte, wie Tolliver schnaubte. Na ja, mir war halt nichts Besseres eingefallen.

»Leite Manöver ein.« Das kam vom Shuttle.

Ein Stoß, und kein leichter. »Ich docke gerade mit Fusionsboot sieben an, Kapitän.« Das war Tolliver. »Ich habe gleich ... Komm schon, verdammt!«

»Edgar, wenn Sie angedockt haben, kommen Sie herein und helfen mir dabei, die Kadetten, die noch Raumanzüge tragen, auf Fusionsboot acht zu bringen!«

»Das mache ich, aber dieser verdammte Fisch schnüffelt immer noch um Adam herum. Etwa sechzig Meter Abstand.«

Ich kontrollierte ein letztes Mal meinen Raumanzug. Wieder ein Stoß von draußen. Die Schleusenlampe leuchtete auf; Tolliver hatte angekoppelt. Der schmale Jüngling, den ich zur Vorderschleuse geschubst hatte, zog seinen letzten Anzugsverschluß zu und drehte gerade den Helm in die Klampen, als die Innenluke zur

Seite glitt. »Alle sofort ins Übungsboot!« Ich trieb die sechs Kadetten in die Schleuse. In dem Durcheinander entwischte mir der Junge, der gerade wieder den Anzug angelegt hatte, und stürmte zur Achterschleuse davon. Na ja, er trug seinen Druckanzug, und wir brauchten ihn für das letzte Fusionsboot. Die Vorderschleuse ging zu, und die Kadetten wechselten auf Boot sieben hinüber.

Ich schlug auf den Schalter der Achterluke. »Alle Mann rein!«

Ein Mädchen blieb zögernd auf dem Korridor stehen. »Da draußen sind Fische!«

»In die Schleuse mit dir!«

»Nicht, solange diese Viecher da draußen sind!«

Ich stürzte auf sie los; sie wich zurück.

»Komm schon!« Ich betrat die Luftschleuse, in der sich bereits Tolliver und die restlichen acht Kadetten drängten.

Adam meldete sich in meinem Helmfunk. »Sir, dieser verdammte Fisch beschleunigt Richtung Station!«

Keine Zeit mehr, um mich mit dem verängstigten Mädchen auseinanderzusetzen. Der anfliegende Fisch gönnte uns vielleicht nicht die Zeit, um Fusionsboot acht zu starten.

Ich hieb auf den Verschlußschalter der Luke. »Haltet euch an den Griffen fest!« Ich riß den Nothebel herunter. Die Außenluke ging auf, und ich spürte den Zug der hinausströmenden Luft. Ein Junge konnte sich nicht am Griff festhalten; es gelang mir, ihn am Arm zu packen, während ich mich mit der anderen Hand an meinem Griff festhielt.

»Adam!« Ich beugte mich in den Weltraum hinaus.

»Genau hier, Sir! Bleiben Sie weg, bis ich die Kiste angehalten habe.« Boot acht schwebte näher heran, aus der Perspektive einer einsamen Gestalt im Raumanzug, die in seinen Weg geriet, wirkte es riesig. Ich zog mich in die Schleuse zurück.

Der Fähnrich meldete sich wieder. »Die Kabine ist leergepumpt, Sir. Ich habe die Luke geöffnet.«

»Stützpunktkommandant, vier Fische sind weniger als fünfzig Meter entfernt. Darf ich die Manöver abbrechen und mich zurückziehen?«

»In Ordnung, Shuttle. Überzeuge dich davon, ob sie dir folgen. Falls nicht, stellst du dich ihnen wieder.«

»Darin besteht aber nicht der Sinn eines Rückzuges«, beschwerte sich der Comp.

Zwei kurze Treibstoffstöße kamen aus Adams vorderen Schubtriebwerken. Fusionsboot acht nahm damit relativ zur Station eine feste Position ein. »Adam, wirf eine Leine herüber!« Ich wartete darauf, daß er in der offenen Luke des Bootes auftauchte.

Ich fluchte. Er brauchte zu lange! Jemand mußte einen Sprung hinüber riskieren und Tempo machen. Konnte ich es vielleicht selbst tun, ohne das Fusionsboot zu verfehlen? Falls ich den Sprung nicht richtig abstimmte ... ich stützte mich an der Schleusenwand ab.

Adam kletterte in die Bootsschleuse, ein Magnetkabel über dem Arm. Er entrollte es, schwenkte das Ende zweimal und ließ es herübersegeln.

Das Kabel stand im Begriff, unsere Schleuse um mindestens einen Meter zu verfehlen. Wenn die Magnetscheibe sauber auftraf, heftete sie sich an den Stationsrumpf; andernfalls mußte Adam sie wieder einholen und es erneut versuchen.

Mit der zum Wahnsinn treibenden Bedächtigkeit des freien Falls segelte das Kabel auf den Stationsrumpf zu. Ich packte den Haltegriff und beugte mich hinaus, soweit es ging.

Die Scheibe schrammte am Rumpf entlang und prallte ab. Ich streckte mich ruckartig.

Das Kabel strich leicht an meinen Fingern vorbei und entglitt mir. »HALTET MICH FEST!« Ich ließ den Griff los und griff nach dem schwebenden Kabel. Der Impuls trug mich aus der Schleuse hinaus. Der Magen verkrampfte sich durch den Adrenalinstoß. Ich schloß die Finger gerade um das Kabel, als eine Hand mich am Knöchel packte.

»Warnen Sie mich nächstes Mal vor!« Tolliver grunzte vor Anstrengung, während er mich wieder hereinzog.

Ich drehte mich und heftete die Scheibe sicher an den Rumpf. »Du da, hangel dich hinüber!« Ich schob einen Kadetten vor. Er legte eine Hand aufs Kabel, dann die andere. Ein tiefer Atemzug, ein Schluchzen. Mit fest zugekniffenen Augen arbeitete er sich hinüber. Adam Tenere zog ihn ins Boot.

Eine junge Stimme ertönte in meinem Ohr und klang überraschend fest. »Kadett Guevire meldet sich aus Fusionsboot sieben. Ich kopple Ihrem Befehl entsprechend ab.«

»Bestätigt, Kadett.« Ich packte einen Jungen am Arm. »Los!«

»EIN FISCH!« Durch Adams schrillen Schrei wurde ich fast taub. Der Fähnrich deutete heftig mit dem behandschuhten Finger. Eine fremdartige Gestalt schwebte direkt unterhalb des Scheibenhorizonts.

»Los, Junge!« Ich plazierte die Hand eines Kadetten auf dem Kabel und schubste ihn in den Weltraum hinaus.

Er packte das Kabel mit der anderen Hand und strampelte, als wollte er gegen eine nichtexistente Schwerkraft ankämpfen. Was er damit jedoch erreichte, war, daß er die Orientierung verlor.

»Halt still! Greife mit einer Hand über die andere und ...«

Der Junge versuchte, meine Anweisungen zu befolgen, und verfehlte das Kabel mit der rechten, nachdem er mit der linken bereits losgelassen hatte. Der Impuls der abrupten Bewegung entfernte ihn vom Kabel. Er griff danach und verfehlte. Ganz langsam trieb er davon.

Er fing an zu schreien.

Ich streckte mich, um ihn zu packen, aber er war bereits zu weit von der Luftschleuse entfernt. Wenn ich mich am Kabel hinausschwang und den Fuß ausstreckte ... Nein, das verdammte Kabel saß zu locker. Unmöglich, daran eine Hebelwirkung zu entfalten.

»Ich hole ihn, Sir!« Adam Tenere schwang sich wie ein Affe herüber.

»Ziehen Sie das Kabel straffer!« Ich griff danach, vergaß, daß ich schwerelos war, und stieß mich beinahe aus der Schleuse ab. Ich packte Tollivers Schulter und hielt mich daran fest, bis ich unser Ende des Kabels sicher in der Hand hatte. Zusammen zogen Tolliver und ich es straffer und hielten uns dabei an den Griffen fest.

»Sachte, Sir, oder wir ziehen das Boot heran!«

»Zuviel Masse!« Da war schon eher wahrscheinlich, daß das Boot uns aus der Schleuse oder meinen Arm aus dem Gelenk riß.

»Stützpunktkommandant . . .«

Adam huschte am Kabel entlang.

». . . gehe ich zu Recht davon aus, daß Ihre Absicht lautet, Kontakt mit den Fischen zu vermeiden?«

»Halt die Klappe, Comp!«

»Ich könnte Ihnen helfen.«

»Halt . . . wie? Adam, machen Sie schnell!«

»Bei vollem Schub ist meine Trägheit größer als die des Fisches.«

»Und? Kadett, hör mit diesem infernalischen Geheul auf, der Fähnrich holt dich ja!«

»Ich könnte . . .« Eine Millisekunde Pause. *»Den Fisch sozusagen wegschubsen.«*

Ich warf einen kurzen Blick auf den Fisch und sah, daß er einen Tentakel bildete. Adam näherte sich dem tobenden Kadetten. Was würde der Fisch aufs Korn nehmen? Das Boot? Adam? Die Station?

»Shuttle, die Säure könnte deinen Rumpf durchschmelzen.«

»Dessen bin ich mir bewußt. Solange meine Triebwerke unbeschädigt bleiben, wirkt sich ein Hüllbruch nicht auf meine Betriebstüchtigkeit aus.« Der Comp klang ganz ruhig.

»Mach es!« Ich empfand einen Stich Schuldbewußtsein.

»Ich komme.« Der Bug des Shuttles war stumpf, anders als bei einem Sternenschiff. Der Comp konnte also den

Fisch nicht aufspießen, ihn jedoch rammen, solange der Fisch nicht in die Fusion flüchtete.

Adam packte das Kabel und kämpfte darum, die Beine hochzubekommen und zu dem wild mit den Gliedmaßen rudernden Kadetten auszustrecken.

Ich blickte forschend in die Nacht hinaus. Waren die Shuttlelichter nähergekommen?

»Ich hab' ihn!« Adam preßte die Knie zusammen, während der Junge an ihm heraufkrabbelte. Sobald der Kadett das Kabel packte, schwang sich Adam rittlings darauf und schloß die Beine darum. Der Kadett war endlich wieder still und machte sich nur durch sein heftiges Atemholen bemerkbar.

Der Fisch gab den Tentakel frei. Die Protoplasmamasse segelte durch den Weltraum.

Auf die Station zu.

Sie würde die Schleuse und das Fusionsboot verfehlen. Adam schob den hysterischen Jungen auf die wartende Luke des Ausbildungsbootes zu. Ich drängte einen weiteren Kadetten aus der Stationsschleuse. »Halt dich fest!« Der Kadett tat wie geheißen. Ich konnte sein Gesicht nicht erkennen. Oder ihres. »Ihr übrigen, seht zu, daß ihr hinüberkommt, ehe dieses Ungeheuer noch einmal wirft!«

Zwei Kadetten gingen gleichzeitig auf das Kabel los. Ich zerrte einen wieder herein und erwischte dabei einen kurzen Eindruck von blonden Haaren, die feucht waren von der klammen Atmosphäre im Raumanzug. Jacques Theroux, der Pariser, den ich bei der Abschlußbewertung mit berücksichtigt hatte. Ich ließ seinen Arm los, sobald sein Kamerad sich abgestoßen hatte.

Mit der Leichtigkeit langer Übung turnte Fähnrich Tenere um die strampelnden Kadetten herum, so daß er hinter ihnen am Kabel landete. »Wie viele noch, Sir? Ich helfe ihnen hinüber.«

Vier noch. Einen brauchten wir für die *Trafalgar*. Ich hatte gehofft, noch ein weiteres Boot starten zu können, aber jetzt, wo die Fische uns schon so nahe waren ...

Ich zog ein Kid an den Rand der Schleuse und sagte zu ihm: »Du kletterst los, sobald diese beiden unterwegs sind.«

Im majestätischer Stille segelte der U.N.A.F.-Transporter durchs Vakuum. Ein Sprühnebel von Treibstoff glitzerte im Licht seiner Heckleuchten.

Der nahe Fisch hatte einen weiteren Tentakel gebildet. Langsam versetzte er ihn in Rotation.

»Tolliver, wie weit ist es um die Scheibe herum bis zur *Trafalgar*?«

»Den halben Umfang. Von Westen ist es näher. Soll ich hingehen?«

»Warten Sie, bis das Fusionsboot auf Distanz gegangen ist.«

Die beiden Kadetten kämpften sich zur Luke der Acht vor und halfen einander an Bord.

Ich schrie: »Los!«

Der Kadett packte das Kabel und kletterte los.

Adam traf Anstalten, ihm zu folgen; ich hielt ihn für eine letze Anweisung zurück. »Machen Sie sich nicht die Mühe, die Schleuse wieder zu schließen. Ich löse das Kabel, sobald Sie an Bord sind. Gehen Sie auf vollen Schub, bis Sie auf Distanz zu diesen Monstern sind. Ich übermittle weitere Befehle von ...«

»Er wirft!«

Ich wirbelte herum, das heißt, ich versuchte es, stolperte dabei aber über die eigenen Füße. Als ich meine Orientierung wiedergefunden hatte, hatte sich der Tentakel bereits abgelöst.

Die Säuremasse segelte auf uns zu. Für einen Moment glaubte ich, sie würde auf unsere Schleuse klatschen. Dann erkannte ich, daß sie das nicht tun würde. »KADETT, KOMM ZURÜCK!«

Der Junge blickte auf. Er erstarrte, auf halbem Weg am Kabel entlang.

Das Protoplasma rotierte träge.

Hinter ihr glitt das Shuttle durchs All.

Der Kadett stöhnte und zuckte zusammen.

Die wirbelnde Protoplasmamasse traf ihn von der Taille bis zum Helm und schleuderte ihn vom Sicherungskabel weg. Ein Zischen. Entsetzt wurde mir klar, daß das Geräusch aus dem Helmfunk des Jungen kam.

Ein gequälter, schriller Schrei, eine Luftwolke. Stille. Ich würgte.

Das Kabel zu Fusionsboot acht löste sich ab.

Das Shuttle glitt über unseren Horizont. Sein Bug rammte den Fisch, der in krampfhafte Zuckungen ausbrach. Gemeinsam schwebten sie an der Stationsscheibe vorbei.

Ich empfand Triumph. »Shuttle, komm zurück und greife den nächsten an!«

Keine Antwort.

»Comp?«

Die Heckscheinwerfer flackerten lautlos in der galaktischen Nacht.

»Kapitän, hier Fähnrich Keene. Erlaubnis, in Sicherheit zu fusionieren?«

Ich kam wieder zu mir. »Ist ein Fisch längsseits?«

»Nein, Sir, sie scheinen sich nicht besonders für die Fusionsboote zu interessieren. Zwei weitere sind jedoch gerade neben der Station aufgetaucht.«

Ich schaltete meinen Helmrufer auf ein Band, das meine gesamte Flotte erreichte. »Niemand darf in Fusion gehen! Bleiben Sie in der Gegend, solange sich Ihnen kein Fisch auf unter hundert Metern nähert!«

»Aye, aye ...«

»Shuttle, antworte!« Keine Reaktion. Ich gab es auf. »Fusionsboot acht! Werfen Sie uns ein neues Kabel herüber!«

Eine Stimme, die vor Aufregung bebte: »Ich sehe nach, Sir! Ich bin Theroux. Darf ich antworten? Mr. Tenere ist nicht ...«

»Ja. Jemand soll das Ruder übernehmen!«

Tolliver packte mich am Arm und deutete nach draußen. Ein Fisch trieb langsam auf Boot acht zu.

Ich schrie: »Vergessen Sie das Kabel, Acht! Schließen

Sie die Schleusenluke! Feuern Sie die Backbordtriebwerke, vorne und achtern gleichzeitig, fünf Sekunden lang! Entfernen Sie sich von dem Fisch!« Ich wandte mich an Tolliver. »Wir müssen die *Trafalgar* starten!«

Adam Tenere maß die Entfernung zu Boot acht ab. »Erlauben Sie mir zu springen, Sir!« Er schien fast in Tränen auszubrechen.

Ein Stoß Treibstoff, und das Boot entfernte sich. »Zu spät, Fähnrich.« Anscheinend hatte der Kadettensteuermann nicht beide Triebwerke gleichzeitig gezündet; das winzige Schiff beschrieb eine träge Kreisbahn. Ich fragte mich, ob Tenere das eigenständige Kommando betrauerte, das ihm entgangen war.

Adam schrie: »Es sind nur vier! Sie brauchen Hilfe!«

Für einen Moment schämte ich mich. »Alle raus aus der Schleuse.« Ich hielt mich am Haltegriff fest, schwenkte die Beine hinaus und drehte mich fast zweimal herum, so daß meine Stiefel die Außenhülle vor der Stationsschleuse berührten. Ich ließ mit einer Hand los und schaltete die Stiefelmagnete ein.

Damit hatte ich festen Halt an der Außenwand, war aber rückwärts gebeugt. Sicherlich war es möglich, sich eine bessere Methode für den Ausstieg aus einer Luftschleuse auszudenken. Durch Anspannung der Rücken- und Beinmuskeln gelang es mir, mich aufzurichten. Jetzt stand ich im rechten Winkel zur Schleuse auf dem Rumpf. Ich packte mit einer Hand einen Griff und mit der anderen den ausgestreckten Arm eines Kadetten. Für einen Moment ruderte er mit den Armen, wurde dann aber ruhig, so daß ich ihm auf die Außenwand helfen konnte. Ich griff nach unten und schaltete seine Stiefelmagnete ein.

Tolliver stemmte sich selbst hinauf. Unter ihm half Adam Tenere einem weiteren Kadetten nach draußen; Tolliver reichte das Mädchen zu mir herauf. »Wo sind die Fische?«

»Überall.« Keine Zeit, um mich umzusehen.

Noch einen Augenblick, und wir standen alle auf der

Außenwand. Tolliver deutete mit der Hand. »Die *Trafalgar* liegt dort drüben.« Hinter dem Horizont der Scheibe.

Bis zum Horizont der winzigen Übungsstation zu wandern, bedeutete nicht die herkulische Anstrengung, die es auf Earthport gekostet hätte oder sogar auf der Orbitalstation von Hope Nation. Trotzdem bot ein Kapitän seinen Fähnrichen häufig ein gesundes Training, indem er ihnen auftrug, bei Arbeiten auf der Außenhülle des Schiffes zu helfen. Es war sehr anstrengend, die Magnetstiefel bei jedem Schritt loszureißen. Drei ungeschickte Kadetten zu führen, erschwerte das Fortkommen noch mehr.

Jemand schluchzte. Aufgrund der Stimmlage vermutete ich, daß es ein Kadett war, konnte aber nicht feststellen, wer genau. Ich hätte mich sehr gern zu ihm gesellt.

Der Außenrand der Stationsschiebe war weitgehend frei von Hindernissen. Über die Scheibenfläche hinweg wäre der Weg kürzer gewesen, aber die flache Oberseite strotze von Antennen, Schüsseln und Sensoren; um den Rand der Scheibe herum ging es also am schnellsten.

Niemand von uns sagte etwas. Ich packte einen Kadetten am Arm, schaltete seine Stiefelmagnete aus und kämpfte mich voran, so schnell ich konnte. Der Jüngling klammerte sich in berechtigter Angst an meinem Handgelenk fest; hätte ich ihn losgelassen, wäre er hilflos durchs All getrieben, bis ihn jemand einfing oder die Fische ihn aufspürten.

Tolliver folgte rasch meinem Beispiel, einen Moment später auch Adam. Mühsam suchten wir uns den Weg am Scheibenrand entlang, jeder mit einem Kadetten im Schlepptau.

»Sir, wo sind Sie?« Das war Sandra Ekrit.

»Auf dem Rand. Halten Sie den Mund!« Ein Schritt, dann noch einer.

»Aber . . . Aye, aye, Sir.«

»Mein Gott! Sehen Sie mal!« Das war Tolliver.

Der Fisch an Backbord war nicht weiter als vierzig

Meter entfernt. Während ich noch hinsah, spritze er Treibstoff aus seinem Ausstoßloch und schwamm zur Flachseite der Scheibe hinüber. Seine Nase stieß an. Ein leichter Sprühnebel von Treibstoff hielt ihn dort fest. In einer Stoßbewegung wand er sich hin und her.

Auf einmal wurde die Innenbeleuchtung sichtbar. Der Rumpf war durchbrochen. Ich versuchte zu laufen und verlor fast das Gleichgewicht. Ohne Triebwerksanzüge oder Sicherungsleinen bestand die einzig mögliche Fortbewegung für uns darin, einen vorsichtigen Schritt vor den anderen zu setzen.

»Sir, ich kann laufen; man hat mir gezeigt, wie es geht.«

Ich ignorierte den Jungen. Ein weiterer Schritt. »Wo zum Teufel ist die *Trafalgar*?«

»Noch fünfzig Meter oder so.«

Die Haut des Fisches wurde unscharf, und wirbelnde Muster zeichneten sich darin ab. Satelliten! Ich warf mich um neunzig Grad nach Steuerbord herum und zerrte den Kadetten hinter mir her.

»Adam, über die Kante!« Mit drei Schritten erreichte ich die Kante des Stationsrands. Eine Form bildete sich auf der wirbelnden Haut des Fisches heraus. Ich stieg hinüber auf die Flachseite der Scheibe. Tolliver und Adam kletterten hastig hinterher.

Jetzt befanden wir uns auf der dem Fisch gegenüberliegenden Seite der Station. Im freien Fall war ›oben‹ dort, wo man es haben wollte. Ich orientierte mich. Hier, zum Rand hin, war die Oberfläche mit weniger Hindernissen besetzt. Weiter zum Mittelpunkt hin breiteten sich Hilfssolarplatten aus wie die Flügel aufgespießter Schmetterlinge.

Adam kreischte.

Ich fuhr erschrocken zusammen und ließ meinen Kadetten los. Der Junge zuckte krampfhaft und umschlang meinen Hals.

Adam hastete zum Rand zurück. Ich kämpfte darum, mich aus dem schraubstockartigen Griff des Kadetten zu befreien. Sein Handgelenk scharrte über meine Helmklammern.

»Nicht dorthin, Adam! Der Fisch!« Ich zog mit einer Hand den mich würgenden Arm des Kadetten und griff mit der anderen nach Adam.

Tenere kreischte erneut. Sein Blick ging über meine Schulter hinweg und hing wie gebannt an etwas.

Ich drehte mich um.

Ein Kadett, der Raumanzug in Fetzen, stellenweise gar nicht mehr vorhanden, trieb dort bewegungslos im Weltraum. Nach einer Weile bemerkte ich, daß ich etwas anstarrte, was einmal Haut gewesen war.

»Adam, beherrsch dich . . .«

Der Fähnrich erbrach sich in seine Gesichtsmaske.

Er streckte in Schwierigkeiten. Falls sein Luftschlauch verstopft wurde, erstickte er innerhalb von drei Minuten; der eigentliche Raumanzug enthielt kaum genug Luft für ein paar Atemzüge, und sie würde dermaßen schlecht werden, daß der Junge versuchte, sie gar nicht mehr zu atmen. Zu allem Überfluß war er auch noch praktisch blind.

Ich zerrte an dem rasenden Kadetten auf meinem Buckel; er scherte sich nicht darum. Verzweifelt rammte ich ihm den Ellbogen in den Bauch. Er lockerte seinen Griff gerade so weit, daß ich mich aus seinem Klammergriff befreien konnte. Ich zog ihn am Bein herunter, schaltete die Stiefelmagnete ein und wich zurück, bevor er Gelegenheit fand, mich erneut zu packen.

Adam stand wie erstarrt auf dem Rumpf. Mit den behandschuhten Fingern krallte er am Helm herum. Ich schlug sie weg. Würgende Laute.

»Tolliver, helfen Sie den anderen!« Ich bückte mich, löste Adams Stiefelmagnete und umschlang seine Taille. Ich klemmte ihn mir wie einen Sack Kartoffeln unter den Arm, zerrte den eigenen Stiefel los und machte den ersten Schritt über die Flachseite hinweg, wobei ich in einem Winkel Kurs auf den Rand nahm. Aufsetzen. Ablösen. Adam schlug mit allen vieren um sich.

Hinter der Scheibenkante erblickte ich Metall, noch kaum sichtbar im Dunkel der Nacht. Adam strampelte noch verzweifelter mit den Beinen.

Ich kam nur quälend langsam voran. »Halt durch, wir sind fast da!« Seine Gliedmaßen zuckten.

Das Heck des Schiffes kroch heran. Der unbestimmte Eindruck von Metall löst sich in Fusionsrohre auf. War es die *Trafalgar* oder ein weiteres Fusionsboot? Adam traf mich mit einem Fuß am Knie. Ich atmete zischend vor Schmerz.

Noch ein Schritt. Jesus, warum hatte ich keinen Triebwerksanzug mitgebracht? Adam griff nach seinem Helm.

Zwei weitere Schritte. Ich kletterte an den Fusionsrohren vorbei.

Den Rohren der *Trafalgar*.

Danke, Gott. Erneut zwei Schritte. Die Sicherungsleine verlief kniehoch. Statt hinüberzusteigen, wechselte ich Adam unter den anderen Arm und setzte einen Fuß auf den Schiffsrumpf. Die Außenwand der *Trafalgar* war dicht mit Fußhalterungen besetzt, was erfahrenen Raumfahrern die Bewegung viel leichter gestaltete, als wenn sie einen Fuß nach dem anderen aufsetzten und wieder ablösten. Ich wagte jedoch nicht, die Haltungen zu benutzen; ein Fehltritt, und wir verloren den Kontakt.

Noch zwanzig Meter bis zur Achterschleuse. Ich würde es niemals rechtzeitig schaffen; Adam bewegte sich inzwischen kaum noch. Ich bückte mich, schaltete die Stiefelmagnete aus, packte den Jungen mit einer Beinschere und griff mit der freien Hand nach der nächsten Fußhalterung.

Wie eine Krabbe hastete ich über die Rumpfaußenwand. Noch fünfzehn Meter. Zehn.

In rasender Hast schlug ich auf den Öffnungsschalter der Luftschleuse, schleuderte Adam förmlich hinein, knallte die Hand auf den Schließschalter. Luft wurde hereingepumpt. Ich blickte auf die Anzeige; der Luftdruck hatte eine Atmosphäre erreicht. Keine Zeit, das an der Brückenkonsole noch mal zu überprüfen. Ich setzte mich rittlings auf den bewegungslosen Fähnrich und packte seine Helmklammern.

Eine Lampe ging an; die Innenluke glitt auf.

Ich zerrte die Klammern los und riß Adam den Helm herunter.

Sein Gesicht war blau.

Ich drehte ihn auf den Bauch, wartete auf einen Atemzug. Falls er das Erbrochene eingeatmet hatte ...

Zaghaft drückte ich ihm die Handfläche auf den Rücken. Ein Atemzug. Ein weiterer. Adam drehte sich auf die Seite und würgte, bis ich schon glaubte, er würde nie mehr damit aufhören. Endlich holte er erneut Luft. Tränen strömten.

Ich zerrte ihn in die Kabine hinüber, stürmte zurück in die Schleuse und knallte sie zu. Kaum war die Außenluke offen, stürzte ich hinaus und knallte gegen Tolliver. Ich schwankte vor Schmerzen und staunte darüber, daß ich mir nicht den Helm aufgebrochen hatte.

»Alles in Ordnung mit Ihnen, Sir? Nehmen Sie diesen Jungen.« Er schob mir einen Kadetten zu und kletterte den Weg zurück, den er gekommen war.

»Wo sind ...« Ich schloß die Augen, verbannte den Schmerz mit einer Willensanstrengung. Robert Boland piepste: »Die anderen Kadetten sind noch auf dem Rumpf, Sir. Es tut mir leid, daß ich mich so an Ihnen festgehalten habe. Ich hatte ...«

»Halt dich an dem Griff fest. Faß sonst nichts an!« Damit war ich schon weg.

Diesmal riskierte ich die Fußhalterungen und stolperte über den Rumpf. Tolliver hatte seine beiden Kadetten ein paar Meter hinter der Sicherungsleine zurückgelassen. Wie in der Zeitlupe eines Traumes näherte ich mich ihnen.

Von meinem Aussichtspunkt aus konnte ich über den Stationsrand hinwegblicken. Eine Bewegung erweckte meine Aufmerksamkeit. Ich kniff in der vor Anstrengung dunstigen Luft des Raumanzuges die Augen zusammen.

Die Metallplatten des Randes schienen Wellen zu schlagen. Der Magen krampfte sich mir zusammen.

Ich arbeitete mich zu Tolliver vor und traf ihn unweit des Sicherungskabels.

Ich packte einen Kadetten am Arm; Tolliver ließ ihn los und wandte ich der zweiten Gestalt zu.

Das große, unbeholfene Mädchen entwand sich meinem Griff. »Ich kann selbst gehen; ich weiß, wie man das macht!«

»He, komm ...«

Sie steckte ihren Stiefel in eine der Halterungen, stieß sich ab, nahm die nächste Halterung, befreite den ersten Fuß und glitt weiter.

Ich gab auf; ich konnte sie kaum mehr einholen, geschweige denn ihr helfen. Ich wandte mich Tolliver zu und packte den anderen Arm seines Kadetten. Wir kletterten zur Schleuse hinauf und zogen ihn dabei wie ein Kleinkind zwischen seinen Eltern mit.

Ich blickte über die Schulter zum Stationsrand. Decksplatten drehten sich und lösten sich plötzlich auf. Etwas tauchte auf und veränderte die Gestalt, um durch das Loch zu passen. Mein Atem zischte.

Wir erreichten die Schleuse.

»Herr Jesus!« Bei Tollivers Tonfall richteten sich mir die Haare auf.

Hastig schlug er auf die Lukensteuerung.

Hinter uns bibberte ein Satellit der Aliens auf dem Rand der Station. Flecken und seltsame Formen wirbelten auf seiner Oberfläche durcheinander. Das Herz hämmerte mir an die Rippen. Die Luke der Luftschleuse ging zu und versperrte uns die Sicht. Ich bekam nicht genug Luft. Leerten sich meine Tanks allmählich? Die Instrumente waren weiter im grünen Bereich.

Die Innenluke glitt auf. Adam lag mit dem Gesicht nach unten au dem Deck. Ohne daran zu denken, daß wir keine Schwerkraft hatten, wollte ich zur Konsole laufen und segelte hilflos durch die Kabine. Ich stand im Begriff, in Panik zu geraten wie ein Erstkläßler.

Ich landete am Schott gegenüber und packte einen Haltegriff. Ich schaltete die Stiefelmagnete ein, senkte die Füße herab und hoppelte übers Deck, so rasch ich konnte. Ich glitt auf den Pilotensitz, schnallte mich an und drückte mit den behandschuhten Fingern ungeschickt auf die Energieschalter.

Tolliver blickte forschend zur Sichtluke hinaus. »Das verdammte Viech hockt auf dem Rand und zittert. Jesus, wir sind noch vertäut! Wir ... Ich muß hinaus und ...«

»Ich reiße uns los!« keuchte ich. Die Konsolenlampen gingen an; die *Trafalgar* hatte jetzt Energie zum Manövrieren. Ich feuerte die Backbordtriebwerke.

»Sie zerstören die Schleuse!« Das Haltetau war durch die Runge direkt vor der Luftschleuse geführt.

»Unsere Runge ist stabiler als das Kabel.« Ich schaltete die Simultanschirme ein. Das Ungeheuer schien uns anzustarren, obwohl ich keine Augen entdecken konnte. Erneut gab ich Schub. Das Kabel spannte sich, hielt jedoch.

Tolliver öffnete die Innenluke. »Ich steige aus und binde es los!«

Ich drückte den Prioritätsschalter und hinderte ihn daran. »Keine Zeit!« In meinen Ohren toste es, und ich bekam keine Luft. »Meine Luft.« Es kam nur als Krächzen hervor. »Etwas stimmt nicht mit meinem Raumanzug!« Die Kabine schwamm vor meinen Augen.

Tolliver eilte zur Konsole. Er stieß meinen Arm zur Seite und warf erst einen Blick auf die Anzeigen, dann in mein Gesicht. »Ihre Luft ist in Ordnung, aber Sie hyperventilieren! Setzen Sie den Helm ab!«

Wie rasend zerrte ich an den Klammern; sie lösten sich, und der Helm polterte aufs Deck. »Achten Sie auf den Dämon da draußen!« Falls der Satellit auf unseren Rumpf sprang, waren wir erledigt. Erneut gab ich vollen Schub auf die Triebwerke. Das Schiff ruckte, aber das Kabel wollte einfach nicht reißen.

»Der Satellit bewegt sich! Reißen Sie uns los!«

Der Alien floß am Rand entlang auf unser Haltekabel

zu. Ich holte tief Luft und feuerte kurz Treibstoff aus den Steuerbordtriebwerken. Wir machten einen Satz auf die Station zu.

»DIE FALSCHE RICHTUNG!« kreischte Tolliver.

»Ich weiß!« Zwei weitere Sekunden lang ließ ich uns näher heranschweben. Auf dem Stationsrumpf zog sich der Alien zusammen.

Ich gab vollen Schub auf die Backborddüsen und nahm auch noch die Hecktriebwerke hinzu.

Der Alien sprang über den Abgrund hinweg.

Ein Knall drang durch das Gerippe des Schiffs. Das zerrissene Kabel knallte auf die Station. Ich drückte die Triebwerkshebel heftig nach vorn, als könnte es uns beschleunigen, wenn ich sie durch die Konsole rammte.

Wir entfernten uns von der Station.

Der Alien kam näher.

Atemlos versuchte ich, unsere Triebwerke mit dem Willen zu zwingen, daß sie uns wegbrachten. Ganz langsam wurden wir schneller, aber die Kreatur schwebte nur noch wenige Fuß vor unserer Schleuse.

Endlich waren wir gleich schnell. Dann vergrößerte sich die Distanz. Der Alien fiel zurück, bis er nur noch ein bibbernder Fleck vor den gleichgültigen Sternen war.

23. Kapitel

»Jesus, Sohn Gottes!« Ich atmete aus und nahm Schub zurück.

Tolliver sackte ans Bullauge. »Amen.«

Ich fummelte an der Konsole herum; kurz darauf summten die Gravitronen los. Ich spürte, wie ich wieder Gewicht bekam. Auf der anderen Seite der Kabine schlang Tolliver die Arme um sich. Adam Tenere lag auf dem Deck, verloren in einer persönlichen Hölle.

»Ist schon in Ordnung, Junge. Reißen Sie sich zusammen.« Mir schlug die Stimme um.

Ein Kadett regte sich. »Sir, sind wir ... Was sollen wir tun?« Es war Robert Boland.

Es erschien mir anstrengend, überhaupt zu denken. »Öffnet eure Helme.«

Auf der Konsole blinkte eine Funklampe. Ich schaltete die entsprechende Frequenz ein.

»Hier Fähn ... Fähnrich Thayer, Sir! Sind Sie da? Wa ... Was machen wir jetzt?« Kurz davor, hysterisch zu werden.

Hör zunächst mal auf zu stottern. Ich antwortete nicht.

Robert Boland blickte zu einem Bullauge hinaus. »Ich sehe keinen ...«

»Sprich nur, wenn du dazu aufgefordert wirst!« Tollivers Stimme klang belegt.

Zeit, wieder die Kontrolle zu übernehmen. Mühsam richtete ich mich auf. Die Muskeln schmerzten, als hätte ich gerade einen Lauf auf der Bahn der Akademie absolviert.

Ich schaltete den Kanal zur Vier ein. »Mr. Thayer, irgendwelche Fische in Ihrer Nähe?«

»Ich ... Nein, Sir. Nicht direkt hier.«

Ich zwang mich zu einem lässigen Tonfall. »Gut. Nehmen Sie sich einen Moment Zeit, um Ihre Besatzung zu organisieren. Fragen Sie nach, wer schon eine Maschinenraumausbildung hat, und setzen Sie zwei Kadetten an die Konsole. Einer soll die Navigation übernehmen und wenigstens einer die Funkelektronik.« Ich suchte nach etwas Vertrautem. »Ich gebe Ihnen eine Zensur für die Ergebnisse, also tun Sie Ihr Bestes. Melden Sie sich zurück, sobald Sie fertig sind.«

»Aye, aye, Sir.« Seine Stimme klang wieder fester.

Jetzt zu meinem eigenen Schiff. Ich hatte Tolliver, Adam, Boland und ... wen? Ich sollte darüber eigentlich Bescheid wissen. »Melden Sie sich nach Rang.«

»Erster Leutnant Edgar Tolliver zur Stelle, Sir.« Es hatte einen scharfen Unterton.

Adam Tenere schwieg. Seine Augen waren geschlossen.

Tolliver zerrte den Fähnrich auf die Beine und schüttelte ihn wie eine Stoffpuppe. »Antworten Sie dem Kapitän, oder bei Gott, ich werde ...«

»LASSEN SIE DAS!«

Die Kehle wurde mir wund von dem Gebrüll. Tolliver wich zurück. Der Fähnrich starrte die Decksplatten an.

Ich stand auf und trat zu ihm. »Adam, ich brauche Sie.«

»Ich ... kann nicht.« Ein Schluchzen blieb ihm im Hals stecken.

»Natürlich können Sie.« Als ich die Hand hob, zuckte er zusammen, aber ich nah nur sein Kinn auf die Handfläche und hob es an. »Machen Sie Meldung, Mr. Tenere.«

Feuchte Augen starrten in meine. Dann erschauerte er. »Fähnrich Adam Tenere zur Stelle, Sir.«

»Sehr gut.« Ich legte ihm die Hand auf die Schulter und drückte einmal zu.

»Es tut mir lei ...« Er schluckte den Rest hinunter. Ich wandte mich ab und fühlte mich wie ein Judas, weil ich ihn auch noch ermutigt hatte. »Weiter.«

»Kadett Robert Boland, Sir.«

»Kadett Rene Salette.«

Der letzte Kadett, der immer noch zum Schott blickte, nuschelte etwas Unverständliches.

»Sprich lauter!«

Er reckte die Schultern, holte tief Luft und drehte sich um.

»Kadett Jerence Branstead zur Stelle, Sir.«

Für einen Moment klappte ich nur den Mund auf und zu. Ich schoß durch die Kabine und rammte ihn ans Schott. »Wie bist du denn hierher gekommen?« Meine Ohrfeige riß ihn seitlich herum und gab ihm keine Möglichkeit zu einer Antwort. »Ich hatte es verboten! Warum, verdammt!«

»Ich ... Sir, ich ...« Er brach in Tränen aus.

Eine weitere Ohrfeige, die wie ein Gewehrschuß knallte. »Keine Entschuldigung, Sir!« winselte er.

Wütend hob ich wieder die Hand. Sie landete heftig – auf einer Schulter, die sich dazwischengeschoben hatte. Tolliver stand zwischen uns, die Hände tief in den Hosentaschen vergraben. Ich schlug nach dem Jungen, den zu retten ich geschworen hatte. Wieder blockierte mich die Schulter.

»Tolliver, ich sagte Ihnen doch, daß es ihm nicht erlaubt war ...«

Jerence schrie: »Sergeant Ibarez hat den Saal verlassen, ehe Sie mich ablehnten! Daher wußte ich, wie ich an Bord kommen konnte!«

Der Nebel vor meinen Augen verzog sich allmählich. Ich blickte auf die geballte Faust hinunter und zwang mich, sie zu öffnen. Ich fühlte mich wackelig auf den Beinen. »Das war dann alles, Mr. Tolliver. Ich ... bin jetzt wieder der alte.«

»Wie beruhigend!« brummte er. Er trat zur Seite, ganz unerschüttert von meinem Laserblick.

Der Lautsprecher plärrte: »Hier Fähnrich Tsai, Sir! Wie lauten unsere Befehle?«

Ich schaltete den Rufer ein. »Nur einen Moment.« Ich spießte Branstead mit dem Blick auf. »Du! Von dir hätte ich mehr erwartet.« Er war rot geworden, ob von meinen Schlägen oder vor Scham, das konnte ich nicht feststellen. »Du bist untauglich ...« Mühsam stoppte ich mich, ehe ich Schlimmeres von mir gab.

»Tolliver, schaffen Sie ihn mir aus den Augen. Weisen Sie allen ihre Plätze zu.« Ich kehrte zur Konsole zurück. »In Ordnung, Mr. Tsai. Machen Sie Meldung.«

»Sehr gut, alle Boote halten sich für weitere Befehle bereit.« Meine Uniform war schweißnaß. Eine kostbare Stunde war vergangen, aber meine Fusionsboote waren jetzt organisiert. Der härteste Brocken dabei waren die vier entnervten Kadetten in Boot acht gewesen. Keiner von ihnen war für diese Mission ausreichend geschult. Ich hätte lieber erfahrene Kadetten auswählen sollen, statt Freiwillige aufzurufen. Und ich hätte ... Egal. Nur ein paar Neuzugänge auf der Liste der zahlreichen Dinge in meinem Leben, die ich zu bedauern hatte.

Mit Glück würde die Acht zurechtkommen. Notfalls instruierten wir sie halt Schalter für Schalter, wie sie die Konsole zu bedienen hatten.

»Adam, Navigationsdrill!«

Er raffte sich auf. »Aye, aye, Sir.«

Ich nahm mir Zeit, es ihm zu erklären. Es war wichtig, daß er das Problem richtig verstand.

Seine Augen weiteten sich. »Aber, Sir, das würde ... Ich meine, Sie können doch nicht ...«

»Mr. Tenere!«

Er zuckte zusammen. »Ja, Sir. Ich meine, ich ... Aye, aye, Sir!«

»Wie lange wird es dauern, die Koordinaten auszuarbeiten?«

»Für alle? Es dürfte nicht zu ... Zwanzig Minuten, Sir?«

»Sehr schön. Ich bin im Funkraum.« Ich stemmte mich vorsichtig vom Sitz hoch. Obwohl ich auch von meiner Konsole aus mit Robert Boland sprechen konnte, würde Adam besser arbeiten, wenn ich ihm nicht über die Schulter blickte.

»Bleiben Sie sitzen, Mr. Boland.« Ich setzte mich an die Funkkonsole, griff nach der Steuerung, nahm die Hand aber wieder zurück. Genausogut konnte ich auf seine Hilfe zurückgreifen; warum hatte ich ihn sonst mitgenommen? »Gehen Sie mal die eingehenden Flottenfunkfrequenzen durch.«

Vielleicht zogen sich die Fische inzwischen zurück oder reduzierten zumindest die Intensität des Angriffs.

»Aye, aye, Sir.« Seine Hände zuckten zu den Tasten. »Auf Kopfhörer?«

Er würde die Wahrheit ohnehin bald herausfinden. »Nein. Auf den Lautsprecher.«

Ein Geplärre von Meldungen füllte die winzige Kabine aus.

»... eine riesige Flutwelle fegt durch das Japanische Meer ...«

»Falls wir nicht sofort fusionieren, ist es zu spät! Sir, erlauben Sie mir, mein Schiff zu retten!«

»... Fische massieren sich über der Atmosphäre; wir müssen zurückweichen – es geht nicht anders. Wir können unmöglich ...«

»MAYDAY MAYDAY MAYDAY MAYDAY MAYDAY ...«

Die Meldungen strömten herein. Viele Fische hatten sich zurückgezogen wie die Flut eines Tsunami. Ich war mir sicher, daß sie wiederkommen würden. Wenn das der Fall war ...

»Amtierende Einsatzzentrale an alle Großkampfschiffe. Wir ziehen – ah, gruppieren die Flotte um Deimos neu. Beginn der Manöver in dreißig Minuten. Alle Schiffe suchen mit Höchstgeschwindigkeit Positionen auf, aus denen sie fusionieren können. Bereiten Sie die Fusionskoordinaten für ...«

»NEIN!« Ich schnappte mir den Rufer und drehte an der Frequenzscheibe. »LASSEN SIE DAS! FUSIONIEREN SIE NICHT!«

Boland sperrte den Mund auf.

»Geben Sie diesen Kanal frei, wer immer Sie sind! Wiederhole, alle Schiffe haben in Fus ...«

»Kapitän Nicholas Seafort an Bord der U.N.S. *Trafalgar*. Sir, wenn Sie mit einem koordinierten Manöver in Fusion gehen, verlieren Sie die Flotte!«

Eine neue Stimme meldete sich im Lautsprecher. *»Hier Admiral Richard Seville als amtierender Oberbefehlshaber im Einsatzzentrum der Flotte. Verschwinden Sie verdammt noch mal aus meiner Frequenz, und halten Sie Funkstille!«*

»Aye, aye ... Nein, Sir, das kann ich nicht! Um Gottes willen, Admiral, widerrufen Sie Ihren Befehl!« Ich war außer mir.

Adam Tenere tauche im Eingang auf. »Sir, ich habe die Koordinaten für ...«

Ich warf mich zu dem Fähnrich herum. »Sind Sie sicher? Absolut sicher?«

»Ja, Sir, das bin ich, aber ...«

»Senden Sie jedem Fusionsboot seine Koordinaten, die auf meinen Befehl hin auszuführen sind. Vergessen Sie nicht unseren eigenen Maschinenraum. Und schicken Sie Tolliver her.« Adam verschwand. Einen Moment später kam der Leutnant hereinmarschiert.

»Edgar, gehen Sie mit den Kadetten an Bord von Boot acht die einzelnen Schritte durch. Zuerst den Maschinenraum, dann die Konsole. Sagen Sie mir Bescheid, wenn sie bereit sind.«

»Aye, aye, Sir. Aber Jerence ist allein im Maschinenraum. Falls Sie vorhaben, daß wir die Position wechseln, sollte ich ...«

»Adam kann sich darum kümmern. Los, Edgar!«

Ich versuchte es erneut. »Admiral, die Fische werden jeden Augenblick massenhaft zurückkehren. Falls sie nach Deimos fusionieren, werden sie Ihnen folgen und die Flotte auslöschen!«

Sevilles Antwort gab zu erkennen, daß ihm die Geduld ausging. »*Was, zum Teufel, sagt Ihnen eigentlich, was ein Fisch tun wird?*«

Die Intuition eines Kapitäns oder die Gnade des allmächtigen Gottes. Ich konnte ihm das natürlich nicht sagen und suchte nach einem vernünftigen Grund. »Ich war auf Hope Nation. Ich habe ihre Taktik miterlebt.«

Er schnaubte. »*Hope Nation hat überlebt, weil sie nicht solche Taktiken anwandten. Die Fische sind niemals in Massen zurückgekehrt. Wir sind einem heftigen Angriff ausgesetzt, aber die Zahl des Gegners nimmt ab. Wir werden versuchen, ihn mit bodengestützten Lasern zu erledigen und den Rest der Flotte zu erhalten, um ...*«

»Ein Notbulletin vom UN-Kommando. Man hat mir gerade mitgeteilt, daß Melbourne, Australien, von einem ... einem ...« Die Stimme stockte. »Um 23.15 Uhr Greenwichzeit schlug ein gewaltiger Meteorit oder ein anderes Objekt im Stadtzentrum ein. Erste Meldungen deuten darauf hin, daß nichts übrig ist. Von der Stadt. Von den ... Menschen.«

Ich konnte mir nicht helfen. Ich sank auf die Knie. Allmächtiger Gott, nimm diese Seelen in Deinen Armen auf. Erweise ihnen Gnade. Ich weiß, was Du von mir hältst; ich erbitte nichts für mich. Schon bald werde ich mich willig Deinem Urteil stellen. Bitte, nimm keine weiteren Unschuldigen.

Einen Augenblick später rappelte ich mich wieder auf.

Ohne mich um Robert Bolands starres Entsetzen zu kümmern, stellte ich den Rufer auf die Frequenzen aller Fusionsboote ein. »Hier spricht Kommandant Seafort. Wir haben Ihnen einen Satz Fusionskoordinaten übermittelt. Auf meinen Befehl hin schalten Sie Ihre Fusionstriebwerke ein, wie Sie es gelernt haben. Vergessen Sie nicht, daß nach der Defusion eine beträchtliche Funkverzögerung zwischen uns besteht. Halten Sie sich für weitere Befehle bereit.«

»Aye, aye, Sir.« Eine Stimme, die vor Furcht zitterte.

»Befehle erhalten und verstanden, Kapi ...«

»Ja, Sir. Ich meine, aye, aye, Sir.«

»Befehle erhalten, Kommandant Seafort.«

Als das letzte Boot bestätigt hatte, trommelte ich mit den Fingern und wartete darauf, daß Tolliver mit der Instruierung von Fusionsboot acht fertig wurde.

»HELFT MIR!« Der gequälte Schrei erschütterte meinen Lautsprecher.

Benommen starrte ich auf den Frequenzanzeiger. Es war kein Fusionsbootkanal.

»SIE KOMMEN! O GOTT!«

Ich drehte die Wählscheibe. »Jerence, bist du das?«

Seine Stimme klang heiser. »Nein, Sir.«

»GOOOTT! GEHT WEG VON MIR!« Keuchen.

Kadett Boland meldete sich. »Das ist eine Helmfunkfrequenz, Sir.«

Aber wer hatte es auf einem der Boote verabsäumt, sich den Raumanzug auszuziehen?

Herrgott, hab Mitleid! Das Mädchen, das auf der Station weggelaufen war. Ich kannte nicht mal ihren Namen.

Ich drehte an der Wählscheibe. »Kadett, versteck dich hinter ein ...«

Ein schriller Schrei der Agonie, der abrupt aufhörte.

»Acht ist bereit, Sir.« Das war Tolliver. »So bereit, wie sie ...«

Ich packte den Rufer. »Ausführen!« Ich zog den Finger an der Linie auf dem Bildschirm entlang.

Die Sterne verschwanden. Sekunden später leuchtete die Stopplampe auf, und ich defusionierte und zuckte dabei unnötigerweise zusammen. Wäre die Explosion erfolgt, hätte ich sie nicht mal gespürt.

»Boland, Tolliver! Hindernisse?«

»Ja, Sir, eines!« Robert hatte es als erster entdeckt; er war reaktionsschneller.

»In vierzigtausend Kilometern, Sir.« Das war Tolliver. »Das Transpondersignal identifiziert es als Fusionsboot acht.«

Das war der Grund, warum ich bei der Defusion zusammengezuckt war. Ich hatte Adam identische Koordinaten für die Acht und unseren eigenen Maschinenraum gegeben – nach den Grundsätzen der Flotte strengstens verboten, obwohl das Kollisionsrisiko aufgrund der bauartbedingten Abweichung von einem Prozent bei der Fusion fast null war. Aber Grundsätze waren nun einmal Grundsätze, und so war ich zusammengezuckt, nur für alle Fälle.

»*Trafalgar* an Sieben. Antworten Sie.« Ich zählte die Sekunden ab. Die Sieben und ihre Kadetten waren jetzt fünf Millionen Meilen von der neuen Position der *Trafalgar* entfernt. Die Antwort brauchte daher fast eine halbe Minute.

Wir alle waren aus dem Mondorbit gestartet, was einer AE oder ungefähr dreiundneunzig Millionen Meilen Distanz zur Sonne entsprach. Die *Trafalgar* befand sich jetzt nahe der Schwanzspitze einer Kette von Fusionsbooten, verteilt zwischen einer AE und null Komma zwei fünf AE Entfernung zur Sonne. Boot acht mit Jacques Theroux und vier weiteren unbeaufsichtigten Kadetten war der Übungsstation am nächsten. Der Rest der Boote, von der Sieben abgesehen, hatte sonnenwärts von uns Position bezogen.

»Fusionsboot sieben an *Trafalgar*. Kadett Tanya Guevire im Funkraum.«

»Sehr gut. Wer sitzt an der Triebwerkssteuerung?«

Eine weitere qualvolle Minute.

»Kadett Arnweil.«

»Geben Sie ihn mir.« Erneut wartete ich. Wären wir doch nur näher beieinander postiert gewesen!

»Hier Kadett Arnweil, Sir.«

Was ich plante, erforderte Koordination. Fünf gleichrangige Kadetten konnten das wahrscheinlich nicht bewerkstelligen. Andererseits ... »Kevin, du warst gut. Ich ernenne dich zum Kadettenkorporal. Sag es den anderen. Leite einen Testlauf des Fusionsantriebes mit sechzig Prozent Energieleistung ein, bei zufällig bestimmten Koordinaten.«

Tollivers Augen weiteten sich.

»Kevin, der Testlauf lockt vielleicht Fische an. Behalte die Bildschirme sorgsam im Augen. Benutze die Schubdüsen, um den Fischen auszuweichen, aber gehe NICHT, ich wiederhole . . .«

»Danke, Sir!« Die Antwort schien bizarr, bis ich mich an die Zeitverzögerung erinnerte. Er reagierte auf mein vorangegangenes Lob, nicht auf meine Warnung, daß er Fische anlocken würde.

». . . gehe NICHT in Fusion, falls Fische eintreffen. Du mußt einen Begriff davon gewinnen, wie lange du ihnen ausweichen kannst, und mir dreißig Sekunden vor Ablauf dieser Zeit Bescheid geben. Du wirst sagen: ›Boot sieben stoppt Testlauf‹. Eine halbe Minute später tust du es dann auch. Die Fische müßten eigentlich . . .«

»Locken wir damit keine Fische an, Sir?«

Ich brüllte: »Verdammt, unterbrich mich nicht! Denke an die Zeitverzögerung!«

Tolliver funkelte mich an. »Bei was für einer Niedertracht habe ich Ihnen da geholfen?«

Ich warf mich zu ihm herum, eine Drohung in den Augen. »Halten Sie den Mund, Leutnant!«

Für einen Moment wirkte er unsicher. Dann sagte er: »Aye, aye, Sir.« Er gab sich keine Mühe, seine Wut zu verbergen.

Kevin Arnweil meldete sich geknickt wieder. »Befehle bestätigt, Sir. Ich bitte um Entschuldigung.«

Ich schlug einen besänftigenden Ton an. »Das lag nur an deinem Enthusiasmus. Ja, du lockst vielleicht Fische an, aber ich möchte – bin darauf angewiesen, daß du dieses Risiko eingehst. Weiche ihnen aus, wie du es ...« Ich suchte nach einem Vorbild. »Wie du es im Arcvid tun würdest. Du MUSST den Testlauf aber noch dreißig Sekunden fortsetzen, nachdem du mir das Stoppsignal übermittelt hast. Bestätige das.«

Eine nie endende Minute. Tollivers Blick bohrte sich in meine Seite.

»Bestätigt, Sir. Falls sie zu dicht herankommen, um ihnen noch auszuweichen, dürfen wir dann fusionieren?«

»Sie würden euch nur folgen. Wenn alles andere scheitert, nehmt die Rettungskapsel.« Ich zwängte die nächsten Worte durch widerstrebende Lippen. »Die Kapsel ist zu klein, als daß die Fische sie sehen könnten. Ihr seid dort sicher, bis wir euch holen kommen.« Tolliver regte sich. »Aber ich möchte möglichst kein Fusionsboot verlieren«, setzte ich rasch hinzu. »Ausführen!«

Tolliver knurrte: »*Möchten* Sie sie eigentlich umbringen?«

Ich gab keine Antwort, sondern schaltete auf den Kanal von Boot sechs um, das mehrere Millionen Kilometer weiter zur Sonne Position bezogen hatte. »Bereithalten für Testlauf des Fusionsantriebes bei sechzig Prozent Energieleistung. Fangen Sie erst an, wenn ich Ihnen das Signal zur Ausführung gebe. Sobald Sie begonnen haben ...«

Tolliver ließ sich nicht abwimmeln.

»Warum haben Sie Arnweil gesagt, er wäre in einer Rettungskapsel sicher?«

»Falls er glaubte, sich damit in Sicherheit zu bringen, würde er schon wegfusionieren, lange bevor es wirklich nötig wird. Ich möchte aber, daß die Sieben Fische ruft.«

»Sie sind auf null Komma neun AE. Das ist zu dicht an der Erde, um ...«

»Wir reichen ihre Fische sonnenwärts an die Sechs weiter. Sie mißachten Befehle, und ich bin knapp an Zeit.« Ich aktivierte den Rufer. »Sechs, die *Trafalgar* übernimmt wieder das Kommando. Sobald Sie den Testlauf eingeleitet haben ...« Ich wiederholte, was ich der Sieben erklärt hatte.

Tolliver sagte: »In Ordnung, Sie reichen ein paar Fische die Stafette hinunter und verlieren dabei wahrscheinlich ein Fusionsboot und fünf Kadetten. Was passiert, wenn die Fische Boot eins auf fünfundzwanzig Millionen Meilen erreichen?«

»Die Fische sind organisch«, erklärte ich. »Vielleicht bekommen sie in solcher Nähe zur Sonne Probleme. Es ist heiß dort.«

»Lautet so der großartige Seafort-Plan?« sprudelte er hervor. »Sie zur Sonne locken und mal sehen, was passiert? Jesus!«

»Lästern Sie nicht.«

»Die Fische werden nicht so dicht heranfliegen. Sie müssen doch IRGENDWELCHE Überlebensinstinkte haben!«

Es knackte im Lautsprecher. »Fische, Sir. Zwei!« Das war Kadettenkorporal Arnweil in der Sieben.

Ich wechselte das Thema, ehe Tolliver die Sache zu Ende denken konnte. »Edgar, stoßen Sie ins Horn. Geben Sie die Bereitschaftsbefehle an die Fünf weiter.« Ich schaltete zur Arnweil um. »Bestätigt, Sieben. Versuchen Sie auszuweichen, wenn sie näherkommen. Setzen Sie den Testlauf fort.« Ich ließ Tolliver an der Konsole sitzen und marschierte zum Funkraum.

»Mr. Boland, achten Sie auf ein Signal von der Sieben. Kennen Sie die Frequenzen?«

»Ja, Sir.« Er deutete auf den Bildschirm, wo er schon sämtliche Bootskanäle aufgerufen hatte.

Ich lächelte. Bei einer Funkübung wäre der Sergeant über diese visuelle Hilfe empört gewesen. »Sehr gut. Achten Sie auf die Meldung von der Sieben, aber stellen Sie den Ausgang auf die Sechs ein. Sobald Sie hören: ›Boot sieben stoppt Testlauf‹, senden Sie – notieren Sie das – ›*Trafalgar* an Sechs: Testlauf einleiten‹. Ausführen!«

Boland tippte die Notiz ein. »Aye, aye, Sir.« Ein Schweißfilm bedeckte seine Stirn.

»Kapitän, hier Arnweil! Wir haben jetzt ein halbes Dutzend. Einer war nur ein paar Meter entfernt, ehe ich ausgewichen bin. Dürfen wir den Antrieb ausschalten?«

Ich nahm den Rufer zur Hand. »Korporal Arnweil, damit Sie es richtig verstehen: Stoppen Sie nicht, ehe Ihre ganze Umgebung von Fischen wimmelt; von Dutzenden, nicht nur zwei oder drei. Sie haben reichlich Treibstoff, und die Masse Ihres Bootes ist so gering, daß Sie mit den Schubtriebwerken herumflitzen können wie ein Kreisel. Sie können also auf Distanz bleiben.«

Ich wechselte zur Frequenz der Admiralität:

»*... riesiger Felsbrocken, aber er bricht allmählich auseinander! Jesus, der muß hundert Meilen Durchmesser gehabt haben! Dutzende von Fischen drängten sich um ihn; sie ...*«

»Kapitän Seafort an amtierenden OB Einsatzzentrale. Dringend!« Ich umklammerte den Rufer.

»... U.N.S. *Potemkin* an Admiralität. Sollen wir die Fische, die den Felsbrocken gebracht haben, erneut angreifen? Wir können ...«

»Negativ, *Potemkin*. Fusionieren Sie auf Signal hin mit dem Rest der Flotte. Der Countdown beträgt drei Minuten.«

»*Mayflower* an OB Einsatzzentrale. Wir haben den verdammten Fisch erledigt, aber ein Rohr ist durchgeschmolzen; ich kann mich nicht der Flotte bei Deimos anschließen. Wird Lunapolis immer noch angegriffen?«

Ich hämmerte auf die Konsole. »Warum gibt mir der Mistkerl keine Antwort?«

Kadett Boland räusperte sich. »Sir, die ...«

»Unterbrich mich nicht!«

»... Zeitverzögerung.« Er wirkte schuldbewußt. »Aye, aye, Sir.«

Ich schluckte und lockerte den mörderischen Griff um den Rufer. »Das hatte ich vergessen.« Mein Ton war hart. »Laß dir das eine Lehre sein. Wenn man auf der Brücke steht, muß man ...« Ich brach ab.

»Admiral Seville an Seafort. Was jetzt?«

Ich wurde rot; sein Ton sagte alles. »Sir, ich versuche die Fische durch Katzengeschrei anzulocken. Bitte nehmen Sie davon Abstand, die Flotte in Fusion zu schicken.« Ich wartete die Sekunden bis zu seiner Antwort ab und hoffte wider aller Hoffnung.

»Sie können uns nicht helfen, Seafort. Die *Trafalgar* ist unbewaffnet. Dieser Felsbrocken, den wir abgeschossen haben, war vielleicht ihr letzter Versuch. Wir sammeln uns bei Deimos neu. Und sollten uns irgendwelche Fische folgen, werden wir ...«

»Sir, rufen Sie die Fische nicht nach Deimos! Ich brauche sie hier! Ich flehe Sie an, geben Sie mir eine Chance ...«

»... sie aus dem Sonnensystem pusten. Wir haben dort die konzentrierte Feuerkraft aller ... Was war das? Jesus! *Potemkin*, greifen Sie schnellstmöglich über dem Südatlantik ein! Ein Fischgeschwader bringt einen Felsbrocken in ...«

»Sir, um Gottes willen, tun Sie ...«

Robert Boland warf klagend ein: »Sie hören einfach nicht!«

»Halt den Mund!«

Falls die Flotte in Fusion ging, waren alle meine Anstrengungen umsonst gewesen. Ich wartete und hielt den Rufer umklammert.

»SEAFORT, VERSCHWINDEN SIE AUS MEINEM KANAL! DAS IST EIN BEFEHL!«

Ich prallte vor seinem Ausbruch zurück.

Dann riß in mir ein Faden.

Ehe ich Zeit fand, das Ausmaß meiner Torheit einzuschätzen, schrie ich: »Kapitän Nicholas Seafort auf der U.N.S. *Trafalgar* an alle Schiffe, höchste Priorität! Im Namen der Regierung der Vereinten Nationen enthebe ich hiermit Admiral Richard Seville des Befehls über die Flotte!«

Tolliver kam entgeistert in die Kabine getappt.

Selbst wenn ich jetzt meinen Holocaust überlebte, würden sie ein Ende mit mir machen. Ich beeilte mich fortzufahren, zum sicheren Tod. »Ich übernehme hiermit auf dem heimischen Kriegsschauplatz das Kommando. U.N.N.S.-Vorschriften, Paragraph ...« Herr Jesus, welcher war es gleich noch? »... vierundsechzig Punkt zwei. Ah, drei.«

»O nein!« Ein Entsetzensschrei von Tolliver.

»Alle Schiffe: Halten Sie Ihre Positionen, und kämpfen Sie! Manövrieren Sie nur mit den Schubtriebwerken! Ignorieren Sie weitere Befehle von der Erde und gehen Sie nicht in Fusion!«

»Sie Irrer, Sie haben ihm den Vierundsechziger verpaßt?« Das war Tolliver. »Wie konnten Sie nur? Sie hatten keinen Grund? Um Gottes willen, warum?«

»Kapitän Valdez auf der *Iberia* an Seafort! Was zum Teufel möchten Sie da durchziehen?«

»Admiral Seville an Seafort: Ich enthebe Sie hiermit des ...«

»Seafort an *Iberia*: Als Oberbefehlshaber auf dem Kampfschauplatz befehle ich Ihnen, entweder standzuhalten und zu kämpfen oder sich mit den Schubtriebwerken zurückzuziehen. Für keines der Schiffe auf dem heimischen Kampfschauplatz existiert irgendeine andere Option! Ignorieren Sie gegenteilige Anweisungen, bis die Notlage nicht mehr besteht!«

Als ich den Rufer absetzte, fiel es mir schwer, die

Stimme unter Kontrolle zu halten. »Es ist soweit, Tolliver. Armageddon. Für uns oder die Fische.«

»Jesus, Sie sind übergeschnappt!«

Ich legte die Hand auf die Armlehne, um sie stillzuhalten. »Nein, ich ... Ja, vielleicht bin ich das. Ich glaube nicht, daß es eine Rolle spielt.«

»Verdammt, Sie spielen immer mit zu großem Risiko! Diesmal verstehe ich Sie einfach nicht! Ich muß Sie entweder des Kommandos entheben oder für Meuterei niederbrennen. Keine andere Option, wie Sie es ausgedrückt haben.« Seine Hand bewegte sich zum Halfter.

Im Lautsprecher knackte es. Kevin Arnweil in der Sieben. »Sir, zwei Dutzend Fische. Ich kann ihnen nicht mehr lange ausweichen! Ich muß Ihnen das ... O Gott, das war knapp! Vielleicht noch eine Minute!«

Ich griff nach dem Rufer, zog dann die Hand aber wieder zurück. »Tun Sie es, Edgar.« Ich atmete schwer, vor Anstrengung oder Luftmangel. Oder Furcht.

Unsere Blicke begegneten sich.

Langsam zog Tolliver den Laser. »Es tut mir leid, Nicky. Kapitän. Ich habe keine andere ... Ai!« Er sackte in die Knie, und die Pistole entglitt seinen Fingern.

»Lassen Sie meinen Kommandanten in Ruhe!« Die Stimme klang schrill. Jerence Branstead ließ den Stuhl fallen, mit dem er den Leutnant niedergeschlagen hatte. Er schnappte sich den Laser vom Deck und zog sich rasch zurück. »Lassen Sie ihn in Ruhe, Sie ... Sie ...« Sein Kinn bebte.

»Gib ihn mir zurück.« Tolliver erhob sich schwankend. »Der Kapitän ist krank. Ich tue ihm nichts. Ich werde ihn nur seines Kommandos ...«

»Das werden Sie nicht tun!« Jerence schwenkte die Pistole. »Ich bin ein guter Schütze; Dad hat es mir auf Hope Nation beigebracht. Und ich habe die Vorschriften gelesen! Treten Sie zurück!«

»Bitte, was ist ein Vierundsechzig?« fragte Robert Boland.

»Jerence, den Laser.« Ich streckte die Hand aus. »Schlagen Sie es nach, Mr. Boland; Sie sollten es eigentlich wissen. SOFORT, Branstead!« Jerence händigte mir die Waffe aus.

»Aye, aye, Sir.« Boland tippte Befehle in seine Konsole und rief die U.N.N.S.-Dienstvorschriften und den Verhaltenskodex in der überarbeiteten Fassung von 2087 auf, enthalten im Logbuch jedes Schiffes.

»Fusionsboot sieben stoppt Testlauf. O Gott, schnell! So viele Fische!«

Boland zögerte, und seine Augen huschten zwischen mir und Tolliver hin und her. Ich rammte dem Jungen den Handballen in die Schulter. »Es sind deine Kameraden! Hilf ihnen!«

Kadett Boland packte den Rufer. »Boot sechs, Testlauf einleiten! Ausführen!« Ich wartete auf den Ablauf der Zeitverzögerung.

Eduard Diego meldete sich mit ängstlicher Stimme: »Boot sechs an *Trafalgar*: Aye, aye!«

Boland wandte sich wieder der Tastatur zu und sah die Vorschriften durch.

»Kapitän Foss von der *Potemkin* an Seafort: Nennen Sie Ihre Gründe für die Übernahme des Kommandos. Sie haben weniger Dienstalter als wir alle, nicht wahr?«

»Paragraph vierundsechzig.« Ohne zu überlegen, las Boland laut vor. Ich griff nach der Konsole und schaltete den Rufer ein.

»Wenn ein Befehlshaber auf dem Kampfschauplatz über Informationen verfügt, die von entscheidender Bedeutung sind, um den Großteil der Flottenstreitkräfte zu erhalten, und die Verbindung zu seinen Vorgesetzten ohne eigenes Zutun oder eigene Unterlassung behindert ist, kann er seinen Vorgesetzten des Kommandos entheben und dieses selbst übernehmen, soweit es sämtliche Streitkräfte auf dem Kampfschauplatz und die Dauer der Notlage anbetrifft.« Boland brach ab.

»Lies weiter.«

»Damit die Befehlsgewalt nicht geteilt oder umstritten ist, muß der Vorgesetzte die vorübergehende Anmaßung seiner Autorität hinnehmen. Weder darf irgendein andere Offizier in seinem Befehlsbereich noch irgendein Offizier, der sich nicht auf dem fraglichen Kampfschauplatz befindet, diese Befehlsübernahme in Frage stellen. Allerdings muß ...« Boland versagte fast die Stimme. »... der Offizier, der sich des Kommandos bemächtigt hat, nach Beendigung der Notlage unbestreitbare und schlüssige Beweise vorlegen, daß seine Übernahme der Befehlsgewalt entscheidend dafür war, den Großteil der Flottenstreitkräfte zu retten.«

Ich schaltete den Rufer ab. »Nun, Edgar?«

Robert blickte bekümmert auf. »Sir, da steht noch mehr.«

»Ich weiß. Lies es laut vor. Vielleicht stellt es Mr. Tolliver zufrieden.«

Boland flüsterte: *»Die Strafe für unrechtmäßige Befehlsanmaßung ist der Tod. Nach verhängtem Urteil sind weder Rechtsmittel noch Strafmilderung, noch Begnadigung möglich.«*

Tollivers Blick zeigte Bitterkeit. »Sie sind tot, Nick. Nichts kann Sie retten.« Er ließ die Schultern hängen. »Ich unterstehe Ihrem Befehl, Kommandant.«

Ihm blieb keine Wahl.

24. Kapitel

Fusionsboot sechs war der *Trafalgar* nahe genug, damit unsere Sensoren es aufspüren konnten. Es erzeugte fünfzehn Minuten lang Katzengeschrei und lockte fünfunddreißig Fische an, ehe Fähnrich Diego um die Erlaubnis bat, den Testlauf zu stoppen, wobei er ganz vergaß, daß ich ihm die Entscheidungsgewalt übertragen hatte. Ich reichte die Fische an Fähnrich Guthrie Smith in der Fünf weiter.

Robert Boland und Jerence Branstead drängten sich an der gegenüberliegenden Konsole zusammen. Rene Salette machte sich im Maschinenraum unsichtbar. Tolliver, der die Anrufe von der Flotte entgegennahm, befand sich in einem Zustand kaum beherrschter Wut.

Guthrie Smith meldete sich. »Sir, darf ... Bitte, darf ich weiter mit Ihnen reden? Ich habe ...«

Ich wußte, welches Wort er da nicht über die Zunge bekommen hatte.

»Ja, natürlich, Guthrie. Vergessen Sie dabei nur nicht die Zeitverzögerung.«

»Sechs an *Trafalgar*: Sie verschwinden, abgesehen von ... oh, danke, lieber Gott!« Fähnrich Diego unterdrückte ein Schluchzen. »Das war der letzte. Es war entsetzlich!«

»Sachte, Mr. Diego.« Ich schluckte einen Vorwurf hinunter. Er war zwar Offizier, aber in der ganzen Flotte hatten ältere Männer mit ähnlichen Ängsten zu kämpfen. Kapitän Pritcher war aus geringerem Anlaß zusammengebrochen.

»Fünf an *Trafalgar*! Fische! Dutzende! Jesus!«

»Weichen Sie ihnen aus, Guthrie! Benutzen Sie die Schubtriebwerke!« Es dauerte fast eine halbe Minute, bis meine Worte ihn erreichten.

Smith schrie: »Überall ringsherum! Ich weiche aus. Sie ...« Die Stimme wurde abgeschnitten.

Einen Augenblick später fragte Robert Boland: »Darf ich sie anfunken, Sir?«

»Ja.«

Eine Minute verstrich, reichlich Zeit für eine Antwort. Wenn ich noch länger wartete, zerstreuten sich die Fische vielleicht wieder. Mit schwerer Hand packte ich den Rufer. »*Trafalgar* an Zwei. Ausführen!« Die Zwei war der Sonne fünfzig Millionen Meilen näher. Über acht Minuten bis zu einer Antwort auf meine Nachricht. Bitte, Herr, gib, daß die Fische ihr folgen! Immer noch keine Antwort von der Fünf. Hatte Loren Reitzman nach seinem Vater geschrien, nach den Schulkameraden, die er auf mein Zureden hin verlassen hatte, um den Eid abzulegen? War Guthrie Smith mit der Hand auf dem Ruder gestorben, im verzweifelten Versuch, den Aliens zu entrinnen?

Ich zwang mich, diese Spekulationen abzubrechen. Ich gebrauchte meinen Verstand noch eine Weile länger.

Endlich knackte eine Antwort von der Zwei im Lautsprecher. Erster Fähnrich Thomas Keene: »Aye, aye, Sir. Leiten Fusionstestlauf ein.«

»Admiralität London an *Trafalgar*. Halten Sie sich für die Weitergabe einer Nachricht von Admiral Duhaney in Lunapolis bereit.«

Im Lautsprecher pfiff und prasselte es. »Nick, haben Sie den Verstand verloren? Was soll das mit der Kommandoübernahme? In der Flotte herrscht das Chaos!«

»Verzeihung, Sir, es ist geschehen. Ich muß das jetzt durchziehen.«

Die Stimme des Admirals wurde härter. »Sie wissen ganz genau, daß der Vierundsechziger nur toter Buchstabe ist. In zweihundert Jahren wurde er nie . . .«

»Er ist so tot wie der Rest der Vorschriften, Sir. Oder so lebendig.«

»Seien Sie nicht spitzfindig! Und richtig gesehen, befinden Sie sich nicht mal auf dem Kampfschau . . .«

»Lusitania an *Trafalgar*: *Erlaubnis zur Fusion! Sie sind überall, und ich kann mich nicht von ihnen lösen! Drei Laser sind zerstört!*«

Betrübt sagte ich: »An *Lusitania*. Es tut mir leid, Kapitän. Das einzige Geräusch, das die Fische hören dürfen . . .«

»*Wir gehen unter, Mr. Seafort!*«

Es wäre so einfach gewesen, eine Ausnahme zu machen, aber ich schuldete Smith, Reitzman und den anderen etwas. »*Lusitania*, gehen Sie NICHT in Fusion. Weichen Sie aus. Viel Glück.«

Duhaneys Stimme bebte vor Empörung. »Seafort, ich hatte Sie nie für einen verdammten Paragraphenreiter gehalten. Ich kann Sie nicht aufhalten, aber ich werde mich bei Ihrem Kriegsgerichtsverfahren verdammt gut erinnern! Ich werde persönlich dem Richterkollegium angehören!«

»Admiral, ich bin beschäftigt, und Sie lenken mich ab.«

Tolliver schnappte nach Luft. Selbst für mich war das ein bißchen viel.

»Seafort! Sagen Sie uns wenigstens, was Sie da tun!«

»Katzengeschrei erzeugen. Wir locken die Fische von der Flotte weg.«

»Sie sind nicht bewaffnet! Was können Sie schon . . .«

»Aber ich habe meine Fusionsboote. Over and out.«

Tolliver preßte zwischen den Zähnen hindurch: »Was KÖNNEN wir denn tun, Kommandant?«

»Sie, zum einen, können Befehlen gehorchen.«

»Natürlich. Ich ahme einfach Ihrem Vorbild nach.«

In der kalten Stille, die darauf folgte, kontrollierte ich abschließend die Berechnungen auf meinem Bildschirm. Tolliver setzte sich mit den Funkmeldungen unserer gepeinigten Flotte auseinander.

Zu meiner Überraschung akzeptierten alle bis auf ein paar verstreute Schiffe meine selbsterklärte Befehlsgewalt. Nun ja, es stand schließlich alles schwarz auf weiß, wenn man sich die Mühe machte, in den Vorschriften nachzulesen.

Es wurde Zeit.

Fusionsboot acht hatte nur die vier unerfahrenen Kadetten an Bord. Sie zuerst. »*Trafalgar* an Acht, antworten Sie.«

»Hier Kadett Theroux, Sir.« Die Stimme des Jungen bebte leicht.

»Hier sind Ihre neuen Fusionskoordinaten. Fünfundzwanzig, achtzehn . . .« Ich ließ mir Zeit und überzeugte mich davon, daß der Kadett sie richtig verstanden hatte. »Ich möchte, daß Sie nach der Defusion sofort Ihren Fusionsantrieb testen. Stellen Sie Ihr Triebwerk per Code für fünfzehn Minuten auf fünfundsechzig Prozent Leistung ein, und wählen Sie einen beliebigen Stoppcode.«

»Aye, aye, Sir. Aber Sir, wenn wir den Code eingegeben haben, können wir den Testlauf nicht vorzeitig abbrechen, falls die Fische angreifen!«

Ich achtete sehr darauf, daß meine Antwort nur auf der Frequenz der Acht zu hören war. »Sie werden Sie nicht angreifen, Kadett. Ich lasse drei Boote gleichzeitig fusionieren, was die Wahrnehmung des Feindes verwirren wird. Aber Sie MÜSSEN Ihren Antrieb fest codieren! Wenn Sie den Testlauf zu früh stoppen, gefährden Sie die übrigen Ausbildungsboote.«

»Quatsch!« knurrte Tolliver.

»Aye, aye, Sir.« Das war Theroux. »Was tun wir nach den fünfzehn Minuten?«

»Fusionieren Sie hierher zurück. Umgekehrte Koordinaten.«

Er klang erleichtert. »Danke, Sir.«

Tolliver starrte die Koordinaten auf meinem Bildschirm an.

»Fusionsboot acht, bereitmachen zur . . .«

»Lassen Sie das!« Tolliver schaltete mit einem Hieb meinen Rufer aus. »Sir, berechnen Sie die Koordinaten noch einmal! Sie schicken sie in die B'n-Auba-Zone!«

»Benutzen Sie die Koordinaten, die wir haben«, sagte ich.

»Begreifen Sie denn nicht? Die Acht wird so dicht an die Sonne geraten, daß sie nie wieder hinausfusionieren kann!« Tolliver war beinahe außer sich.

Ich sprach die härtesten Worte meines ganzen Lebens aus. »Ich weiß.«

Ehe irgend jemand etwas unternehmen konnte, aktivierte ich den Rufer wieder. »Boot acht, ausführen!«

»Aye, aye, Sir. Wir führen aus.« Das Boot verschwand von unseren Bildschirmen.

Für einen Moment war alles still.

Tolliver beugte sich dicht zu mir herunter. »Oh, Sie gemeiner Mistkerl!«

Meine Stimme klang rauh. »Tolliver, ich ...«

Er spuckte mir voll ins Gesicht.

Ich saß wie versteinert da. Warmer Speichel rann mir an der Wange herab.

Ich hoffe, daß er es noch einmal tat.

Er wandte sich seiner Konsole zu. Ich wagte nichts zu sagen.

»Warum, Sir?« Robert Boland flehte um eine Erklärung. »Warum unsere Kameraden?«

»Es gibt keine andere Möglichkeit.«

»Aber ...«

»Halten Sie den Mund, Kadett Boland.«

Keenes Stimme ertönte aus den Lautsprechern und war bereits vier Minuten alt: »Hier Boot zwei. Mein Gott, das sind eine Menge Fische, Sir! Mehr, als ich je zuvor gesehen habe. Mehr, als vielleicht sogar Sie je gesehen haben, selbst bei Hope Nation. Sie fusionieren von allen Seiten heran. Ich versuche, die größte Konzentration zu umfahren ...«

»Potemkin *an amtierenden Einsatz-OB Seafort. Zusammen mit der* Hibernia *haben wir eine Fischkonzentration angegriffen, die einen Felsbrocken über dem Atlantik abwerfen wollte. Ein ganzer Haufen von ihnen ist plötzlich wegfusioniert. Ich weiß nicht, ob es unser Angriff war, der ...*«

Keene: »Es sind jetzt über hundert! Sie sehen mich. Sie versuchen immer wieder, uns ... Heiliger Gott, was für eine Explosion!« Die Stimme des Fähnrichs bebte vor Erregung. »Sir, einer von ihnen ist in einen anderen hineinfusioniert! Das hat unsere optische Erfassung glatt von den Monitoren gehauen! Wären wir auch nur ein wenig dichter dran gewesen ... verschwinde, du Mistvieh!«

Minuten schleppten sich dahin. Boland starrte auf einen Bildschirm. Jerence war erschöpft auf seinem Sitz zusammengesunken.

»Zu viele für uns! Ich stoppe ... Gott, es dauert vier Minuten, ehe Sie ... Sir, so lange halten wir nicht durch! Ich ... SIE VERSCHWINDEN! O, gesegneter Gott!«

Die Acht hatte ihre Arbeit getan.

»Mr. Boland, versuchen Sie erneut, Boot acht zu erreichen.« Es war ein sinnloser Befehl; selbst wenn die Fische das zerbrechliche Boot nicht vernichtet hatten, hatte sein Funk kaum Chancen, den Solarschleier zu durchdringen.

Nach einem Moment voller Störgeräusche fragte ich: »Wer war an Bord?«

Tolliver fand die Stimme wieder. »Kadett Jacques Theroux. Kadett Wassili Karnyenkow. Kadett Sera Thau. Kadett Kathryn Janes.«

Es tut mir leid, Jacques. Für euch alle. Ihr werdet es nie erfahren, aber ihr habt Mr. Keene gerettet. Ich brauche seine Fertigkeiten mehr als eure.

»Beten Sie für sie.« Ich kann es nicht tun. Es wäre lästerlich.

Es war Boland, der darauf antwortete. »Aye, aye, Sir.«

Wie eine obszöne Parodie Gottes entschied ich, wer leben durfte und wer sterben mußte.

Ich wies Fusionsboot sieben an, die Fische herbeizulocken. Nach einer Weile erteilte ich Befehl, sie an die Vier weiterzureichen.

»Kapitän, ich habe eine Frage.« Tolliver schlug einen förmlichen Tonfall an.

Ich war ihm dankbar, daß er meine Existenz noch zur Kenntnis nahm. »Ja, natürlich.«

»Sie schicken hier Kadetten in den Tod. Woher wollen Sie wissen, daß Sie damit Erfolg haben?«

»Erfolg?«

»Daß die Fische sterben.«

»Sie müssen einfach.« Ich rang mit der monströsen Vorstellung, daß ich meine Kadetten umsonst ermordet hatte.

»Sie wissen es doch nicht.«

»Aber ...« Es mußte so sein. »Selbst wenn Fische zehntausend Grad überleben können, unterliegt die Fusion den Gesetzen der Physik. Die Fische werden eingefangen, wie jedes Schiff auch.«

»Auch das können Sie nicht wissen. Sie ...«

»Kapitän, Erlaubnis, den Testlauf zu stoppen!« Das war Anton Thayer in der Vier – ein einziger ängstlicher Schrei.

»Boot eins, ausführen!« Der Befehl würde sechs Minuten brauchen, um sein Ziel zu erreichen. Ich drehte die Wählscheibe. »Mr. Thayer, Sie müssen den Test noch sechs Minuten lang fortsetzen. Tun Sie Ihr Bestes, um auszuweichen.«

Tolliver blieb hartnäckig. »Ehe Sie noch mehr von uns umbringen: Wie können Sie dermaßen sicher sein, daß die Fische dem letzten Ruf folgen?«

Ich wies das Argument zurück. »Wir erzeugen Katzengeschrei. Sie *müssen* dem einfach folgen! Sobald sie eingefangen sind ...«

»Wir haben Instinkte, und das muß auch für sie gelten. Wie könnten sie überleben, wenn sie nicht wissen, daß man nicht an einen Stern heranfusioniert?«

»Lassen Sie mich in Ruhe!« Er war unfair; woher sollte ich das alles wissen? Ich marschierte hinaus, blieb kurz vor der Brücke stehen, wandte mich dann aber dem hinteren Korridor und dem Maschinenraum zu.

»Alles in Ordnung, Mr. Tenere?«

Adam blickte von seiner Konsole auf. »Ja, Sir.« Hinter ihm behielt Kadett Rene Salette besorgt ihre Instrumente im Auge.

Ich wandte mich ab.

Er sprudelte hervor: »Bitte, Sir ... Ich meine, könnten Sie ...« Er schlug sich mit der geballten Faust aufs Bein und wurde rot. Ein tiefer Atemzug. »Sir, bitte, was geschieht hier?«

Ich zog eine Braue hoch. »Sie auch, Mr. Tenere?«

»Es tut mir leid!«

Ich gab nach. Die üblichen disziplinarischen Maßstäbe

galten nicht mehr. Vielleicht hatten sie es nie getan. »Wir reichen die Fische entlang einer großen Congareihe bis zur Sonne weiter.«

»Was passiert, wenn sie nahe bei der Sonne sind?«

»Sie sterben.«

Hoffnung leuchtete im Gesicht des Jungen auf. »Ist es so einfach? Können wir sie wirklich schlagen?«

Ich zog mich zur Luke zurück. »So einfach ist es«, sagte ich.

Robert Boland kam aus dem Funkraum gestürmt. »Sir, Grüße von Mr. Tolliver, und ob Sie . . .«

»Schluß damit.« Ich machte mir nichts mehr daraus.

»Wir haben Meldung von Ms. Ekrit in der Eins erhalten. Sie sagt, Fische wären bei ihr; sie gefährdeten ihr Schiff, und sie würde den Testlauf stoppen, falls Sie keine Antwort geben.«

Fluchend lief ich zum Funkraum. »Tolliver, sagen Sie ihr, daß sie gehängt wird, wenn sie vor dem Feind den Gehorsam verweigert! Sie kann den Testlauf in exakt . . .« Ich sah auf die Uhr. ». . . vier Minuten stoppen. Vorher nicht.«

Tolliver war ergrimmt. »Aye, aye, Sir.« Er erkannte Feigheit, wenn er sie sah.

Boland stand unsicher neben mir auf dem Korridor. Ich deutete in den Funkraum.

»Zurück an die Arbeit!« Mit gesenktem Kopf schob er sich an mir vorbei.

Vier Minuten noch, bis ich mein nächstes Todesurteil verhängen mußte. Ich fiel auf meinen Platz und berechnete die Koordinaten immer wieder, bis ich mir sicher war, daß sie stimmten. Dann nahm ich den Rufer zur Hand.

»*Trafalgar* an Fusionsboot sieben. Antworten Sie!«

Ich mußte die Sieben nehmen. Kevin Arnweil hatte sein Boot zweimal der Vernichtung entzogen, während es Katzengeschrei erzeugte, aber die fünf unbeaufsichtigten Kadetten bildeten nach wie vor das schwächste Glied in meiner Kette. Ihr Glück konnte nicht von Dauer sein.

Ich mußte sie einsetzen, ehe es zu spät war.

Die Sieben war relativ nahe; meine Stimme brauchte nur vierundzwanzig Sekunden, um sie zu erreichen.

»Hier Boot sieben. Kadett Kevin Arnweil zur Stelle, Sir.« Streng nach Handbuch. Der Junge hatte einen weiten Weg zurückgelegt von dem Jüngling, der über dem steif gewordenen Leichnam seines Freundes Dustin jammerte.

»Mr. Arnweil, Sie müssen noch einmal fusionieren.« Ich schluckte und fuhr dann aalglatt fort: »Die folgenden Koordinaten bringen Sie unmittelbar vor die B'n-Auba-Zone nahe der Sonne.« Ein kleiner Betrug. Ich hielt die Augen auf die Konsole gerichtet, damit ich niemandes Blick erwidern mußte.

»Sobald Sie defusioniert haben, müssen Sie wieder testen. Stellen Sie die Fusionsmotoren mit Hilfe des Comps fest auf ...« Sorgfältig erteilte ich ihm die gleichen Anweisungen wie den anderen. »Bestätigen Sie bitte.« Ich blickte auf die Uhr. »Schnell!«

Tolliver sah vom Platz des zweiten Offiziers aus zu, und seine Augen bohrten sich in meinen Rücken.

Wir hatten noch zwei Minuten, bis Sandra Ekrit ihr Katzengeschrei abstellte. Endlich erfolgte Kevins Antwort: »Bereit zur Ausführung, Sir. Bitte, Sir, könnte ein anderes Fahrzeug die Fische rufen, falls wir ihnen nicht entkommen?«

Ich packte den Rufer. »Natürlich, Kevin. Eines wird sich bereithalten. Sagen Sie uns einfach Bescheid.«

Tolliver verließ steif die Kabine.

»Sehr gut, dann führen Sie ... Kevin, denken Sie noch an Dustin Edwards?« Ich wußte nicht, warum ich damit hervorplatzte.

Eine ganze Weile verstrich, während die letzten Körner der Zeit durch das Stundenglas rannen. »Natürlich, Sir. Ständig.«

»Ich auch«, sagte ich sanft. »Ausführen!«

Fünf Boote waren noch übrig, und Gott allein wußte, wie viele Fische. »Mr. Boland, ein Rundruf auf den Flottenkanälen. Alle Schiffe auf dem heimischen Kampfschauplatz sollen die Anzahl Fische in ihrem Sektor nennen.«

Der Junge traf Anstalten, von seinem Platz aufzustehen. »Aye, aye, Sir. Soll ich Mr. Tolliver ausrichten, daß er es tun soll?«

»Machen Sie es selbst.«

Ihm schwoll die Brust vor Stolz. »Aye, aye, Sir!«

»Boot eins an *Trafalgar*, hier Fähnrich Ekrit. Die Fische sind verschwunden!«

Also hatte sie überlebt. »Halten Sie sich bereit, den Testlauf in ungefähr acht Minuten zu wiederholen. Wir senden das Signal zur Ausführung.«

Es würde eine Zeitlang dauern, bis ihre Bestätigung eintraf.

Jetzt war die *Trafalgar* an der Reihe, die Aliens herbeizurufen.

»Machen Sie weiter, Mr. Boland.« Ich verließ den Funkraum, bezog meinen Platz auf der Brücke und legte die Hände auf die Triebwerkssteuerung. »Mr. Tenere, wir werden mit sechzig Prozent Leistung Katzengeschrei erzeugen. Stoppen Sie nicht, ehe ich den Befehl dazu gebe.«

Die Stimme des Fähnrichs klang angespannt. »Aye, aye, Sir. Bereit zu Ihrem Befehl.« Kein Protest. Ich empfand eine seltsame Dankbarkeit.

»Starten.« Ich spannte mich an, den Blick fest auf die Monitore gerichtet.

Edgar Tolliver schlüpfte auf den Platz des zweiten Offiziers. »Ich hätte irgendwann gern mal die Wega gesehen.«

Ich grunzte.

Lässig fragte er: »Wissen Sie eigentlich, wie sehr ich Sie zuzeiten hasse?«

»Nur zuzeiten?«

»Ja, aber gerade ist es mal wieder der Fall.« Sein Blick wirkte herausfordernd.

Ich wischte mir imaginären Speichel von der Wange. »Ich weiß.«

Er wurde rot. »Sie hatten es verdient.«

»Nein, Edgar, ich hatte viel mehr verdient.«

Der Lautsprecher plärrte los. »Boot eins an *Trafalgar*.« Das war Sandra Ekrit. »Sir, wir haben den letzten Angriff nur knapp überlebt. Was immer Sie hier versuchen, funktioniert nicht. Ich kann nicht mithören, was Sie den anderen Boote sagen, aber ...«

»Gehorchen Sie Ihren Befehlen, Fähnrich!« Ich hatte die verdammte Zeitverzögerung vergessen.

»... die Fische reihum von einem Boot zum nächsten zu schicken, führt nur dazu, daß wir alle für nichts umkommen!« Sie wurde lauter. »Sir, als kommandierender Offizier kann ich mein Boot nicht gefährden ...«

Tollivers Stimme knallte wie eine Peitsche dazwischen. »Fische, in tausend Kilometern!«

»Ich sehe es.« Mein Rücken war steif vor lauter Anspannung, aber es gab nichts zu tun. Nicht bei tausend Kilometern Distanz.

Alarmsirenen lärmten. Tolliver knirschte: »Sieben, acht ... elf Fische! Backbord, ganz nahe, achtern, zweihundert Meter ...«

Ich rammte den Hebel für die Backbordtriebwerke nach unten. Das Bild auf dem Monitor drehte sich schnell.

»Noch mehr auf ...«

Sie waren über uns, und ich hatte kein Fusionsboot bereit, um sie wegzulocken.

Ich versuchte mir etwas auszudenken, während ich manövrierte, aber jede Aufgabe für sich erschien mir schon anstrengend. Beides zusammen war unmöglich.

»Sehen Sie sich die Mistviecher an!« sagte Tolliver.

Ich gab verzweifelt Schub auf die verschiedenen Düsen und versuchte, mit dem plumpen Fahrzeug zu manövrieren wie mit einem Elektrowagen. Wenn ich nicht aufpaßte, stieß ich noch mit einem Fisch zusammen, während ich einem anderen auswich. Falls das passierte, waren wir erledigt. Tolliver zupfte mich am Arm. »Bitte, lassen Sie mich übernehmen!«

Ich erinnerte mich an Hope Nation und an eine Rakete, die auf unseren Heli zugeschossen kam. »Jetzt.« Seine Hände fuhren an die Steuerung.

Ich packte den Rufer. Eduard Diego mit der Sechs war uns am nächsten. »*Trafalgar* an Fusionsboot sechs! Fusionieren Sie auf meinen Befehl zu folgenden Koordinaten!« Ich rief Sandra Ekrits Position in fünfundzwanzig Meilen Sonnenabstand auf, außerhalb der B'n-Auba-Zone, und las die Zahlenfolge ab.

»Wenn Sie defusioniert haben, leiten Sie sofort Fusionstestlauf bei sechzig Prozent ein und fahren Sie damit acht Minuten lang fort. Bestätigen Sie das!«

Seine Antwort war erst in einer Minute zu erwarten. Die Sterne kreisten träge bei Tollivers Ausweichmanövern.

Ich schaltete zurück auf die Frequenz von Fusionsboot eins. Ich mußte ein schwaches Glied reparieren. »Sehr gut, Ms. Ekrit, Sie haben recht. Fusionieren Sie zu uns zurück und warten Sie auf weitere Befehle.« Ich funkte ihr die Koordinaten hinüber. »Bestätigen und ausführen.« Ich warf mich zu Tolliver herum. »Ich brauche etwa eine halbe Minute für das Signal an den Diegojungen. Wie viele sind es inzwischen?«

»Sehen Sie auf den gottverdammten Bildschirm!«

Ein Tadel erstarb mir auf den Lippen. Der Simultanschirm wimmelte von Dutzenden von Hindernissen, viele davon atemberaubend nahe. In jedem Augenblick tauchten weitere auf. Tolliver manövrierte zur Steuerbordseite der Hauptkonzentration, aber wie im Arcvid konnte der Feind ohne Vorwarnung überall auf den Bildschirmen erscheinen.

Die verzögerte Antwort von der Sechs: »Hier Fähnrich Diego. Befehle bestätigt. Wir halten uns zur Fusion bereit. Bitte, Sir, zwingen Sie uns nicht ...« Er zögerte kurz. »Wir halten uns bereit, Sir.«

Wie viele Fische? Sechzig. Nein, mindestens achtzig.

Wenn wir ... »HERRGOTT BEWAHRE UNS!« Ich warf die Arme vors Gesicht. Das Ausstoßloch eines Fisches füllte den Bildschirm aus. Tolliver knallte vollen Schub auf die Bugtriebwerke, aber unsere Trägheit war beachtlich.

Jemand klopfte an die Luke. »Sir, Kadett Boland zur Stelle. Sie ...«

»Einen Moment!«

Wir glitten auf den Fisch zu. Ich stützte mich gegen den Zusammenprall ab. Verdammt, warum hatten wir nicht die Raumanzüge angelegt? Ohne sie hatten wir keine ...

Wenige Meter vor unserem Bug verschwand der Fisch. Ich gaffte.

Tolliver grinste angespannt. »Er mag unser Hydrozin nicht.« Die vorderen Triebwerke hatte den Treibstoff direkt in ihn hineingepustet.

Ich holte dringend benötigte Luft. »Nur zu, Kadett.«

Die Worte sprudelten aus ihm hervor. »Ich habe mit den Kriegsschiffen gesprochen, und sie haben mir Zahlen genannt, etwa achthundert Fische, die immer noch auf dem Kampfschauplatz sind, aber vielleicht melden manche Schiffe auch dieselben Fische; kann ich jetzt gehen – bitte?«

Ich warf einen Blick über die Schulter. Die glasigen Augen des Jungen hingen wie gebannt auf dem Bildschirm.

»Entlassen, Robert.«

Tolliver riß uns nach Backbord herum. »Sir, Sie sollten Mr. Diego lieber sagen, daß ...« Ihm versagte die Stimme.

Ich streckte die Hand aus, schaltete die hysterischen Alarmsirenen aus und starrte voller Ehrfurcht auf den Bildschirm.

Die U.N.S. *Trafalgar* schwebte innerhalb einer gewaltigen Armada von Fischen. Einen Kilometer vor uns trieb ein subplanetarer Körper, so gewaltig, daß ich jede Perspektive verloren hätte, wären da nicht die ihn begleitenden Aliens gewesen, etwa zweihundert von ihnen. Ein paar stießen Treibstoff aus ihren Löchern und glitten auf uns zu.

»Jesus, Sir, was jetzt?«

Als hätte ich alle Zeit der Welt, kroch meine Hand zum Rufer. »Nichts, Edgar. Stoppen Sie die Manöver.« Ganz leise sagte ich in den Rufer: »*Trafalgar* an Sechs. Fähnrich Diego, ausführen. Bestätigen und ausführen!« Ich streckte die Hand aus und zog den Finger an der Linie auf dem Bildschirm herunter, um unseren eigenen Fusionsantrieb auszuschalten.

Mechanisch meldete Adam Tenere aus dem Maschinenraum: »Bestätige Defusion, aye, aye.«

»Sie nähern sich uns weiter.« Vorsichtig gab Tolliver etwas Schub. Wir trieben nach achtern und entfernten uns von einem Dutzend Fischen.

»In ein paar Sekunden hören sie Mr. Diego.« Die schiere Anzahl der Fische war atemberaubend. Konnte Fusionsboot sechs durchhalten, bis ich ein weiteres Boot soweit hatte, daß es die fremde Flottille rief?

Ein Licht auf dem Bildschirm ging aus. Dann ein weiteres. Ich hielt den Atem an. Weitere Lichtpunkte verschwanden.

Die Fische entfernten sich.

Ein neues Radarsignal tauchte in zwanzigtausend Kilometern Entfernung auf. Waren es neue Fische, oder ... Ich drückte die Tasten und fragte den Comp ab. Metall.

Eine vertraute Stimme ertönte. »Fusionsboot eins an *Trafalgar*, Fähnrich Ekrit zur Stelle. Sir, es tut mir leid, wenn ich ...«

»Schluß damit, Fähnrich. Keine Zeit.« Ich preßte die Fingerknöchel an die Stirn und suchte nach einer Möglichkeit. »Ms. Ekrit, die Boote vier und sieben melden falsche Anzeigen von ihren äußeren Fusionsrohren. Unsere Testläufe haben vielleicht die Verkabelung beschädigt. Wer hat Ihren Maschinenraum?«

»Zwei Kadetten, Sir. Bonhomme und Farija.«

»Schicken Sie sie nach draußen ... Nein, ich kann mich nicht auf sie verlassen. Sehen Sie im Moment irgendwelche Fische?«

»Nur in Ihrer Nähe, Sir, vierzigtausend Kilometer von uns entfernt.«

»Falls ich Sie zu einer optischen Überprüfung hinausschicken würde, wie schnell könnten Sie wieder im Boot sein?«

»Ich bin ziemlich gut auf den Fußhalterungen, Sir.« Sie klang zuversichtlich.

»Wir müssen herausfinden, ob die Sensoren zuverlässig arbeiten. Steigen Sie in Ihren Raumanzug. Setzen Sie alle Ihre Kadetten an die Brückenkonsole, abgesehen von den beiden im Maschinenraum. Ich bleibe auf der Bootsfrequenz; die Kadetten können über den Helmfunk mit Ihnen Verbindung halten.«

»Aye, aye, Sir. Wonach soll ich Ausschau halten?«

»Nach irgendwelchen Hinweisen auf mangelhafte Verbindungen oder Überhitzung. Man kann mit fehlerhaften Sensoren nicht fusionieren.«

»Ja, Sir. Geben Sie mir eine Minute, um den Raumanzug zu schließen. Sir, bekomme ich Schwierigkeiten, weil ich Ihren Befehl widerrufen habe? Ich war ranghöchster Offizier an Bord und ...«

Ihr Fahrzeug war ein Boot, kein Schiff, und sie war kein Kapitän. Sie hätte das wissen müssen. »Nein, Ms. Ekrit. Ich hatte Ihr Problem nicht erkannt. Beeilen Sie sich, ja? Ich muß Sie zurück zur Station Earthport schicken.«

»Aye, aye, Sir. Schalte um auf Helmfunkfrequenz.«

Ich schloß die Augen und stellte mir vor, wie sie den Helm zuschraubte und die Klammern des Raumanzuges kontrollierte. Wie sie sich der Schleuse zuwandte. Die Innenluke öffnete. Die Hand zur Pumpensteuerung ausstreckte.

»Kommandant Seafort an Fusionsboot eins. Hören Sie mich? Identifizieren Sie sich!«

Einen Moment später ertönte eine nervöse Stimme.

»Ja, Sir. Kadett Wallace Freid, Sir. Bei mir ist Kadett Chambers. Und Kadett Zorn.«

»Wo ist Ms. Ekrit?«

»Die Außenluke hat sich gerade geöffnet, Sir. Sie ist draußen.«

Verdammt, ich hatte zu lange gewartet! »Kann sie uns hören?«

»Ich denke nicht, Sir. Nicht, solange ich nicht die Interkomtaste drücke.«

»Rufen Sie die beiden Kadetten aus dem Maschinenraum. Schnell!«

Eine gedämpfte Anweisung. Eine kurze Wartezeit. »Die übrigen Kadetten sind jetzt hier, Sir.«

»Als Ihr Kommandant setze ich Ms. Ekrit als Ihren vorgesetzten Offizier ab. Haben Sie das verstanden?«

Tolliver flüsterte: »Achten Sie auf die Zeit, Sir. Diego muß mittlerweile Schwierigkeiten haben.« Unser Bildschirm zeigte fast keine Fische mehr.

»Abgesetzt? Sie meinen, sie ist kein Fähnrich mehr?«

»Sie führt nicht mehr das Kommando. Sie unterstehen jetzt mir persönlich, nicht mehr ihr. Bestätigen Sie das!«

»Ich habe verstanden, Sir.«

»Sie alle!« Ich wartete auf das bestätigende Gemurmel. »Sehr gut. Teilen Sie Ms. Ekrit mit, sie soll sofort wieder hereinkommen und sich nicht weiter um die Sensoren kümmern.«

»Aye, aye, Sir.« Eine Pause trat ein. »Sie kommt herein; wir sollen fragen, warum.« Ich schüttelte den Kopf. Sie stellte immer noch Befehle in Frage.

»Sehen Sie sich Ihre Konsole an. Finden Sie die Prioritätsschalter für die Luken?«

»Nein, Sir.«

»Linke obere Ecke, zwei blaue Schalter.«

»Ja, Sir, ich sehe sie jetzt.«

»Versperren Sie damit die Innenluke. Bestätigen!«

»Aye, aye, Sir. Erledigt. Aber sie kann jetzt nicht mehr . . .«

»Ist sie wieder in der Schleuse?«

»Sie steigt jetzt gerade ein, Sir.«

»Sobald Sie die Pumpe hören, versperren Sie die Außenluke mit dem Prioritätsschalter.«

»Aber dann sitzt sie ja in der Falle!«

»Gehorchen Sie, Kadett Freid!« kreischte ich.

»Ja, Sir! Die Luke hat sich gerade geschlossen. Ich höre einen Motor; das muß die Pumpe sein. Ich habe die Sperre eingeschaltet, Sir.«

»Sehr gut. Zeichnen Sie die folgenden Fusionskoordinaten auf.« Grimmig übermittelte ich die tödlichen Zahlen, die ich zuerst der Sieben und dann der Acht genannt hatte. »Betrug, immer mehr Betrug«, sagte ich zu Tolliver.

»Diesmal gerechtfertigt.« Es kam als Knurren hervor. »Das war glatte Meuterei!«

»Und das, was ich gerade tue?«

Er machte ein grimmiges Gesicht. »Nicht gerechtfertigt. Unter keinen Umständen!«

Ich nahm den Rufer zur Hand und agierte wieder als Todesengel. »Boot eins, stellen Sie im Augenblick der Defusion Ihren Fusionsantrieb auf fünfzehn Minuten Laufzeit ein, und beginnen Sie sofort mit dem Testlauf. Wissen Sie noch, wie das geht? Gut. Ihnen wird nichts passieren. Ich weise drei weitere Boote an, gleichzeitig zu fusionieren. Die Fische werden nicht wissen, was sie tun sollen.« Mittlerweile tropften mir die Lügen elegant von der Zunge.

»Aye, aye, Sir.« Wallace Freid klang eher aufgeregt als verängstigt. »Ms. Ekrit hämmert an die Luke. Was soll ich ihr sagen?«

»Nichts. Ich kümmere mich später um sie. Bis dahin soll sie in der Schleuse warten.« Ein einsamer Tod, hilflos, von den eigenen Schiffskameraden mißachtet. Ich drückte einen blauen Schalter in meinem Kopf und sperrte damit diesen Gedanken aus.

»Sie ist sehr wütend.«

»Betrachten Sie es als Vergeltung für die Schikanen der Fähnriche.«

Er klang fröhlicher. »Aye, aye, Sir!«

»Mr. Freid, ausführen!«

Fusionsboot eins verschwand.

Wir saßen ernst und schweigend da. Ich nahm den Rufer zur Hand. »Mr. Boland, erkundigen Sie sich erneut bei der Flotte, und weisen Sie Fusionsboot sechs an, sich für weitere Befehle bereitzuhalten.«

»Aye, aye, Sir.«

»Tolliver, wie geht es den anderen?«

»Gut, in Anbetracht der Umstände. Jerence Branstead hat seit seinem Angriff auf mich nicht mehr viel gesagt.«

»Er hatte recht, wissen Sie. Nachdem ich dem Admiral den Vierundsechziger verpaßt hatte, waren Sie verpflichtet zu gehorchen.«

Er zuckte die Achseln. »Ich bezweifle, daß irgend jemand Einwände hätte, wenn ich Sie absetzte.«

»Tun Sie es!« Sollte der Tod über jemand anderen kommen.

»Nein. Ich habe zum letzenmal die Fronten gewechselt. Ich schätze, man wird mich mit Ihnen zusammen aufhängen.« Er lächelte, aber nicht mit den Augen. »Man wird Sie nicht vergessen, Sir.«

Ich flüsterte: »*Zum Gespött bin ich geworden den ganzen Tag, ein jeder verhöhnt mich.*«

»Was? Alles in Ordnung mit Ihnen, Sir?«

»War es das je?« Ich hob den Rufer auf. »*Trafalgar* an Fusionsboot drei. Antworten Sie.« Ich wartete auf die Meldung von Tommy Tsai.

Tolliver machte ein grimmiges Gesicht. »Sir, warten Sie auf Bolands Meldung von der Flotte. Soweit wir es abschätzen können, werden uns die Fische bis zum letzten Ruf verfolgen und dann umkehren, um wieder die Erde anzugreifen.«

»Das können sie nicht. Das Katzengeschrei treibt sie zum Wahnsinn.«

Ich sprach mit Überzeugung.

»FUSIONSBOOT DREI AN TRAFALGAR. KADETT KYLE DREW MELDET SICH. MR. TSAI IST IM

MASCHINENRAUM.« Die Stimme des Jungen klang schrill. Ich drehte die Lautstärke herunter.

»Zeichnen Sie die folgenden Befehle auf und informieren Sie Mr. Tsai.«

Tolliver blieb hartnäckig. »Verdammt, Sie wissen es nicht mit Sicherheit, und Sie haben bereits neunzehn Kadetten umgebracht!«

Hilf mir, Herr; ich weiß nicht, was ich tun soll!

Endlich regte ich mich. »Tolliver, rufen Sie Mr. Tsai und nehmen Sie die Befehle für die Drei zurück.«

»Sie werden sich freuen. Was jetzt?«

»Berechnen Sie Koordinaten, die die *Trafalgar* in die Nähe der Zwei bringen.« Innerhalb von Sekunden würden wir Millionen Meilen weiter sonnenwärts sein.

»Aye, aye, Sir.« Seine Finger flogen bereits über die Tasten. »Wir dürfen nicht fusionieren, wissen Sie noch? Wir locken sie sonst an.«

»Ist schon in Ordnung. Es dauert ja nicht lange.« Wir gingen in Fusion.

Ich starrte ungeduldig auf den leeren Simultanschirm, bis wir defusionierten. Jetzt konnte ich ohne Zeitverzögerung mit Fähnrich Keene sprechen. »Edgar, berechnen Sie Koordinaten, die die Zwei auf neunzehn Komma fünf Millionen Meilen heranbringen.«

Zähneknirschend beugte er sich über die Tastatur. Ich wechselte die Frequenz. »*Trafalgar* an Boot zwei. Mr. Keene, drehen Sie Ihre Hitzeschilde auf volle Leistung und fusionieren Sie auf meinen Befehl hin zu folgenden Koordinaten.« Ich las sie von Tollivers Monitor ab.

Die Stimme des Fähnrichs klang lebhaft und fest. »Aye, aye, Sir. Was dann?«

Wenn ich an diesen Gegensatz zu Sandra Ekrit dachte, klang meine Stimme belegt. Na ja, sie hatte ihre Strafe erhalten.

»Die Koordinaten bringen Sie auf eine Million Meilen an die B'n-Auba-Zone heran.« Ich achtete auf einen lässigen Tonfall. »Für ein Fahrzeug von der Masse, wie Sie es haben, reicht die Zone bis auf siebzehn Millionen Meilen

Sonnenabstand, also bleibt reichlich Spielraum. In wenigen Minuten schicke ich Ihnen die Rückkehrkoordinaten.« Das Bild verschwamm mir vor den Augen. Ich rieb sie. Es half nur kurz.

Ich fuhr eilig fort: »Nach der Defusion leiten Sie einen Testlauf mit fünfundsechzig Prozent Energie ein.«

»Aye, aye, Sir.« Nach Keenes Reaktion zu urteilen, hätte ich ihn genausogut gebeten haben können, einen Holochip vom Deck aufzuheben.

Ein Fisch tauchte in einigen Kilometern Entfernung auf. Ich ignorierte ihn. Die Kehle tat mir weh. »Mr. Keene, sobald Sie den Testlauf eingeleitet haben, richten Sie Ihr Boot zur Sonne aus und geben kontinuierlich Schub auf die Hecktriebwerke, bis sie siebzehneinhalb Millionen Meilen erreicht haben.«

Ich wartete auf einen Einwand von ihm. Endlich sagte er: »Aye, aye, Sir. Gestatten Sie mir bitte, Ihnen die Koordinaten noch einmal vorzulesen.«

Ich bestätigte sie. »Unterbrechen Sie nicht die Funkverbindung zu uns. Sagen Sie uns, wie viele Fische bei Ihnen auftauchen und was sie dann tun. Achten Sie darauf, ob sie in Sicherheit fusionieren. Vergessen Sie nicht, konstanten Funkkontakt zu halten!«

»Aye, aye, Sir. Sonst noch etwas?«

Tolliver schwenkte den Stuhl herum und forderte mich leise auf: »Sagen Sie ihm die Wahrheit!«

»Welche Wahrheit meinen Sie damit, Mr. Tolliver?«

»Darüber, was Sie von ihm verlangen!«

»Ich kann – dieses Risiko nicht eingehen.« Das Reden fiel mir schwer.

»Der Anständigkeit halber müssen Sie es tun!«

»Falls er sich weigert, wie sollen wir dann erfahren, was mit den Fischen passiert?«

»Thomas wird tun, was Sie ihm befehlen!«

Mit dünner Stimme fragte ich: »Möchten Sie die menschliche Spezies darauf verwetten?«

Für einen Moment schwieg er. Dann sagte er: »Ja. Sonst sind wir schlimmer als die Fische.«

Ich nahm den Rufer zur Hand.

»Nick, ermöglichen Sie ihm, sich für Sie zu opfern! Schicken Sie ihn nicht mit einer Lüge in den Tod! Um Ihrer Seele willen!«

Er hatte mich zerstört. »Mr. Keene, führen Sie aus!« Ich sprang auf und stürmte zur Funkraumkonsole.

Ich hatte keine Seele.

25. Kapitel

»Sir, keine Antwort von Mr. Diego in der Sechs«, meldete Robert Boland. »Ich habe es dreimal versucht.«

»In Ordnung; gehen Sie und helfen Sie Mr. Tolliver.«

Ich saß allein im Funkraum und lauschte den Störungen auf der Frequenz von Fusionsboot zwei.

Keenes neue Position lag der Sonne sechzehn Millionen Meilen näher als die *Trafalgar*. Aller Gefühle entleert, sah ich zu, wie sich die Sekunden über die Uhr schleppten.

»Darf ich hereinkommen, Sir?« Es war Jerence Branstead, der von einem Fuß auf den anderen trat. »Mr. Tenere hat mir die Erlaubnis erteilt. Falls es auch für Sie okay ist.«

»Was möchtest du?«

»Nur reden.« Seine Augen flehten mich an.

Ich schüttelte den Kopf.

»Dann nur bei Ihnen sein!« sprudelte er hervor. »Bitte!«

»Benimm dich! Geh zurück auf deinen Posten.«

»Ich wollte nicht ... aye, aye, Sir.« Niedergeschlagen zog er sich zurück.

Wie konnte er es nur wagen! Ein Kadett, der einen Kapitän belästigte? Was wurde nur aus der Welt?

Armageddon.

Kein Wunder, daß Jerence entnervt war.

Der Lautsprecher wurde lebendig. »Fusionsboot zwei an Kommandant Seafort auf der *Trafalgar*. Fähnrich Thomas Keene meldet sich.« Der Fähnrich klang munter und förmlich, als würde er an einer Übung teilnehmen, die sich der Kapitän finsteren Blickes von der Brücke aus betrachtete. »Wir sind zur neuen Position fusioniert und richten jetzt das Boot aus.«

Stille. Wenn ich etwas sagte, wann erreichte es ihn dann? Ich war zu müde, mir das auszurechnen. Eineinviertel Minuten, mehr oder weniger.

Ein Zeitalter verstrich. Dann: »Wir erzeugen jetzt mit fünfundsechzig Prozent Leistung Katzengeschrei. Bislang keine Fische. Beschleunigen Richtung Sonne. Zusammen mit dem Zug ihrer Schwerkraft werden uns die Triebwerke auf eine höllische Geschwindigkeit bringen.« Für einen Moment schwankte seine Stimme. »Verzeihung, ich wollte nicht vorlaut klingen. Noch keine Fische.«

Ich knöpfte meine Jacke auf. Die Hitze mußte schlimm sein.

Es war nötig. Tolliver hatte recht.

»Gott, wirkt die Sonne von hier aus riesig! Unser Hitzeschilde sind auf voller Leistung, und die Kabinentemperatur ist kaum gestiegen, aber es fühlt sich heiß an. Wahrscheinlich meine Vorstellungskraft. Keine Fische.»

Ich hatte ihm Ehre verweigert.

»Immer noch keine Aliens. Die Orientierung direkt zur Sonne unterstützt die Hitzeschilde, denke ich. Weniger Rumpffläche, die die Strahlung ... Hoppla! Ein Fisch. Ein großer, und ganz nahe.«

Ich hatte ihm die Wahrheit verweigert.

»Seine Haut verändert sich, Sir. Wird dunkler. Er beschleunigt in meine Richtung. Ich versuche auszuweichen. Die Seitentriebwerke funktionieren nicht sehr gut.«

Warum sollte ein weiterer Verrat noch etwas ausmachen? Ich hatte jeden verletzt, den ich jemals gekannt hatte. Sogar gerade eben wieder den armen Jerence. Ein

Junge, der sich so fürchtete, daß er fast verrückt wurde, und sich bemühte, es zu verbergen.

Wie Keene.

»Sir, ich möchte Kadett Elena von Siel lobend erwähnen, die die Fusion durchgeführt hat. Und Rafe Slater, der am Funk sitzt. Wir stürzen jetzt schneller hinein. Ich habe die Gravitronen neu eingestellt; noch geht es uns nicht schlecht. Ein weiterer Fisch in einiger Distanz. Wow! Noch zwei. Nein ... Heh, einer ist wegfusioniert!«

Jesus, nein!

»Ich sehe einen Fisch ganz in der Nähe, die Haut dunkelrot, mit einem seltsam geformten Fleck. Falls er es schafft, nach uns zu werfen, sind wir ...« Er zögerte. »... nicht mehr auf Sendung, denke ich. Fünf weitere Fische. Sieben. Da kommen sie, Sir! Kommandant, meine Kadetten sind verängstigt. Ich habe ihnen gesagt, daß alles in Ordnung ist.«

Ich schloß die Augen.

»Inzwischen haben wir hier Dutzende von Fischen. Sie nehmen meine Fusionsrohre aufs Korn. Der Rote versucht zu werfen, aber er scheint nicht in der Lage, ein Pseudopodium zu bilden. Die Solargravitation, denke ich. Nur eine Minute, Sir.«

Stille.

Meine Knie zitterten. Ich versuchte, sie ruhigzuhalten, schaffte es aber nicht.

»Verzeihung, Sir. Kadett Frow hat die Nerven verloren. Ich habe das Ruder verlassen, um ihm ein Beruhigungsmittel zu geben. Ich weiß, daß das gegen meine Befehle verstößt, aber das Problem ... hat mich abgelenkt.«

Herr, nimm sie sanft zu Dir! Bitte. Bitte bitte bitte.

Mein Betrug erschien mir jetzt wie eine Gnade.

»Sir, Meldungen von der Flotte!«

Ich zischte: »Jetzt nicht, Boland!« Er verkroch sich in der Ecke, setzte sich und wartete.

»Der Rote ist gerade näher herangekommen. Er hat ... Zuckungen? Wow, er ist weg! Einfach wegfusioniert.« Eine lange Pause. »Ich kann es ihm nicht verdenken.

Sorry, bitte verzeihen Sie das. Es sind jetzt viel mehr Fische, Sir, fast zuviel, um sie noch zu zählen.«

Ich zwang mich, wieder zu reden. »Sie machen das gut, Mr. Keene. Ich merke Sie für den Leutnant vor, sobald ... sobald Sie wieder zu Hause sind.«

»DER ROTE IST WIEDER DA!« Keenes Stimme bebte vor Erregung. »Sir, sie schaffen es nicht, von hier wegzukommen. Gelobt sei der Herr, wir haben sie!« Ich stand auf, und meine Nackenhaare sträubten sich. »Sie kommen nicht weg! Der rote Fisch ist diesmal weiter weg, aber ich erkenne ihn deutlich, und es ist derselbe! Ich werde ... Ist schon okay, Mr. Slater, er wird jetzt jeden Moment den Fusionsbefehl geben. Eine kalte Dusche, sobald wir zu Hause sind. Verzeihung, Sir.«

Meine Hand kroch zum Rufer. Ich wählte die Brücke an. »Mr. Branstead in den Funkraum.«

»Sir, wir sind jetzt bei achtzehn Komma fünf Millionen Meilen und beschleunigen weiter. Der Funkraum sagt, daß es etwa hundertsechzig Fische sind. Ihre Zahl wächst. Vor einer Weile sind ein paar wegfusioniert, aber das ist jetzt vorbei. Und sie werfen nicht nach uns. Entweder können sie es nicht mehr, oder das Katzengeschrei verwirrt sie.« Eine Pause. »Und die Hitze. Unsere Schilde verkraften vielleicht nicht viel mehr.«

Ich kam wieder zu Verstand. Vielleicht reichte die Zeit noch. »Ihre lobenden Erwähnungen wurden notiert, Mr. Keene. Und besonders auch, was Sie selbst betrifft.«

»Kadett Branstead zur Stelle, Kap ...« Die Stimme des Jungen bebte. Ich winkte ihn herbei und breitete die Arme aus. Er warf sich hinein und vergrub den Kopf an meiner Brust.

Aus dem Lautsprecher drangen Störungen.

»Kommandant, ich habe die Kadetten in die äußere Kabine geschickt und angewiesen, ihren Lautsprecher abzustellen. Mein Vater heißt Raphael Keene und lebt im Midlands-Bezirk. Natürlich haben Sie seine Adresse. Bitte richten Sie ihm aus, daß ich an ihn gedacht habe. Heiliger Gott! Hunderte von Fischen mit einem riesigen

Felsbrocken! Es ist ein Wunder, daß sie nicht in uns hineinfusioniert sind!«

O Thomas!

Keene klang ehrfürchtig. »Sir, sie schrumpfen zusammen! Dampf dringt aus ihren Antriebslöchern! Es klappt, Sir! Das war es, was Sie herausfinden mußten und wozu Sie uns hergeschickt haben!«

Die Funkverbindung löste sich auf. Er redete immer schneller. »Es hat mir auf der Akademie gefallen, wirklich. Die Schikanen haben mir nichts ... ausgemacht. Es tut mir leid, falls ich Sie als erster Fähnrich enttäuscht habe. Mein Lieblingskurs war Astrophysik ... müssen die Lehrbücher seitdem umgeschrieben haben ... habe den Kurs von ... essor Hoskins hat uns eindeutig erklärt, daß die B'n-Auba-Zone eine Konstante ist ... unveränderlich bei zwanzig Komma drei Millionen Meilen ... geachtet der Schiffsmasse.«

Ich packte den Rufer mit beiden Händen rings um das zerzauste Bündel an meiner Brust herum und schrie hinein: »Vergeben Sie mir, Mr. Keene! Bitte! Ich wollte nur ... Es tut mir leid! Mr. Keene, es tut mir so leid!«

»... locker dreihundert Fische, die alle schrumpfen; niemand ist mehr im Funkraum, der sie zählen ... schreckliche Hitze ... bricht auseinander, und wir ...«

Störungen. »Mr. Keene, es tut mir leid!« Ich bettelte immer noch um Absolution, als Jerence mir den schweigenden Rufer aus der Hand nahm.

26. Kapitel

»Wie viele von uns sind noch übrig?«

Jerence saß dicht neben mir, und sein Kopf lag auf meinem Arm. »Ich weiß nicht, Sir. Bobby war dafür zuständig.«

Boland sagte: »Sir, wir haben noch Mr. Thayer in der Drei und Mr. Tsai in der Vier.«

»Das sind alle?«

»Außer uns.«

»Ja, natürlich.«

Ich wechselte die Frequenz. »*Trafalgar* an Vier. Hier sind Ihre Befehle.« Erneut spulte ich das Ritual ab. »Bestätigen Sie!«

Fusionsboot vier befand sich zehn Millionen Meilen weiter draußen; fast zwei Minuten bis zu einer Antwort von Fähnrich Tsai. Ich fragte: »Mr. Boland, was meldet die Flotte?«

»Hunderte von Aliens, Sir. Ständig fusionieren noch mehr herein. Sie haben Denver mit einem Felsbrocken getroffen. Auch Rotterdam existiert nicht mehr. Die Flutwelle ... Holland steckt in üblen Schwierigkeiten. Und Fische sind nahe Kairo gelandet.«

Zwei Fusionsboote und die *Trafalgar*. Das reichte nicht annähernd. Unsere Mühen waren vergebens.

»Sir, Schiffe erkundigen sich immer wieder, was sie tun sollen. Was soll ich ihnen sagen?«

Es war besser, wenn dieser Befehl nicht von dem Jungen kam.

Ich schaltete auf die Flottenfrequenz um.

»... an Seafort. Falls Sie noch das Kommando führen, antworten Sie, oder wir gehen davon aus ...«

»... *nur noch ein paar Minuten, dann gehe ich in Fusion und schere mich nicht mehr um seine Scheißbefehle ...*«

»... IN UNSEREM MASCHINENRAUM! WIR STEIGEN IN DIE RETTUNGSKAPSELN!«

Ich aktivierte den Rufer. »Nicholas Seafort, amtierender Einsatz-OB, an alle Schiffe.« Ich blickte auf die Uhr. »Wir sind dabei, die Fische von der Erde und der Flotte wegzulocken. Sie müßten inzwischen Resultate sehen. Für weitere zwei Stunden darf kein Fahrzeug in Fusion gehen. Sofern ich keine weiteren Befehle übermittle, fällt das Kommando dann wieder an die Admiralität in London zurück, und Sie können nach Belieben fusionieren.

Für den Moment behält die *Trafalgar* den Befehl. Ich ordne jetzt für zwei Stunden Funkstille an.«

Für die Ewigkeit. Ich schaltete den Rufer aus.

Ich hätte ihnen sagen sollen, wie die Fische vernichtet wurden; es hätte ihnen Mut gemacht. Ich brachte jedoch nicht über mich zu gestehen, was ich getan hatte. Wenn wir tot waren, würde man es sich ausrechnen. Oder vielleicht auch nicht.

Jerence musterte mein Gesicht. Ich kümmerte mich nicht um ihn und eilte hinunter zum Maschinenraum.

Fähnrich Tenere sah besorgt drein.

»Adam, Sie und Salette sollen sich bereithalten, mit fünfundsechzig Prozent zu testen, dann in Fusion zu gehen und anschließend erneut zu testen. Vielleicht wiederholen wir das noch mehrere Male.«

»Aye, aye, Sir.« Er zögerte. »Sir, was passiert mit den Fusionsbooten?«

Eine Lüge wollte mir über die Lippen fahren, aber sie erstarb ungeäußert. Von Angesicht zu Angesicht brachte ich es nicht über mich. »Wir verlieren sie. Eins nach dem anderen rufen sie die Fische herbei.«

»Wohin?«

»Zur Sonne.« Mit dem Ausdruck in seinem Gesicht konfrontiert, konnte ich es damit nicht bewenden lassen. »Die Kadetten sind wundervoll, Adam. Sie sind Helden.«

Die Reife seiner Antwort war wie ein Schock. »Spielt das noch eine Rolle – jetzt, wo sie tot sind?«

»Halten Sie sich für die Fusion bereit«, sagte ich kurz angebunden. »Was immer Sie tun, achten Sie darauf, daß sich unsere Rohre nicht überhitzen.«

Ich drehte mich um und war fast schon wieder auf dem Korridor in Sicherheit, als mich seine Stimme durchbohrte. »Sir, verzeihen Sie; ich weiß, daß mir das nicht zusteht ... Sir, Sie tun das Richtige.«

»Wie können Sie es wagen!«

Er klang entschlossen. »Sie hatten recht, Sir. Wir müssen sie aufhalten. Ich wollte nur – daß Sie das wissen.«

Ich konnte mich gerade noch davon abhalten, ihn zu schlagen, knallte die Luke zu und stolzierte in flammender Wut zurück in den Funkraum, noch rechtzeitig, um Fähnrich Thayers Antwort aus der Ferne zu hören.

»Fusionsboot vier an *Trafalgar*, Befehle bestätigt.«

Ein guter Junge, dieser Anton Thayer. »Ausführen!«

Innerhalb weniger Augenblicke erzeugte die Vier Katzengeschrei.

»Tolliver!«

Er kam rasch ums Schott herum und tauchte vor der Luke zum Funkraum auf. »Ja, Sir?«

»Sobald wir mit unserem Katzengeschrei anfangen, kriegen wir eine Menge Fische. Halten Sie sich bereit, ein kurzes Stück weit aus der Hauptkonzentration herauszufusionieren.«

»Das müßten Sie eigentlich besser wissen. Die Mindestfusionsdistanz beträgt siebenhunderttausend . . .«

»Machen Sie es wie bei einem Navigationsdrill!« Wir brachten den Fähnrich routinemäßig bei, zwei Fusionen zu berechnen, hinaus und wieder ein Stück zurück, um einen Punkt zu erreichen, der unterhalb der minimalen Fusionsdistanz lag. Obwohl dieses Manöver ein gutes Schulungsmittel war, wurde es jedoch nur selten benutzt, weil die Abweichungen die Ergebnisse unkalkulierbar machten.

Bis Tolliver mit seinen Berechnungen fertig war, konnte ich nichts weiter tun, als Tommy Tsai vorzubereiten. »*Trafalgar* an die Drei. Antworten Sie.« Ich wartete das Ende der Verzögerung ab.

»Kapitän?« Jerence hörte sich gedrückt an. »Stimmt es, was Robbie gesagt hat? Wird man Sie hängen?«

Barsch versetzte ich: »Nein. Das wird man nicht.«

»Wird man Sie freisprechen? Hatten Sie gute Gründe?«

»Nein.«

Nach einer ganzen Weile verstand er, was ich damit angedeutet hatte. Er umklammert meinen Arm, vergaß alles, was er gelernt hatte. »Nach dem letzten Fusionsboot sind . . . sind . . .«

Grausam wartete ich ab, daß er den Satz selbst beendete.

»... wir an der Reihe.« Er leckte sich die Lippen. Ich nickte.

»Fusionsboot drei an *Trafalgar*. Hier Kadett Kyle Drew.«

»Geben Sie die folgenden Fusionskoordinaten ein, Mr. Drew.« Ich las sie ihm vor. »Nach der Defusion ...« Ich ging mit ihm die grausigen Anweisungen durch. »Bestätigen Sie und warten Sie auf meinen Befehl zur Ausführung.«

Wieder eine Wartezeit. Ich drehte mich erneut zu Jerence um. »Ich hatte dir befohlen, nicht mitzukommen. Ich wollte dich retten.« Beschämt mußte ich den Blick abwenden. Der allmächtige Gott hatte mir Sein Mißfallen über meine Günstlingswirtschaft übermittelt.

»Ich dachte, Sie wären böse auf mich, und ich wäre nicht gut genug.«

»Keiner von euch wußte, wozu ich ihn aufforderte, oder ihr hättet es besser gewußt, als euch zu ...«

»Mir war es klar!« Er fügte hinzu: »Erinnern Sie sich nicht? Sie wollten mir gerade eine Tracht Prügel verabreichen, als die Meldungen eintrafen. Ich wußte über die Fische Bescheid!«

Ungläubig fragte ich: »Und trotzdem bist du mitgekommen? Obwohl du dich an Bord schleichen mußtest?«

»Ich wollte bei Ihnen sein.« Sein ramponiertes Gesicht verzog sich. »Sie haben mich immer beschützt. Und wenn Sie sich in Gefahr begeben ...« Er warf sich herum, und seine Stimme klang gedämpft. »Ich wollte helfen. Ihnen zuliebe.«

»O Jerence!«

Ich legte ihm die Hand auf die Schulter.

Eine neue Stimme ertönte im Rufer. Johan Stritz. »Boot vier an *Trafalgar*, es werden zu viele Fische! Über einhundert, und sie ... O Gott, Kameraden! Bitte! Helfen Sie uns sofort!«

»Maschinenraum, sechzig Prozent Fusionsleistung!«

Ich wechselte die Frequenz. »Boot vier, Testlauf einstellen!«

Wir würden Fische sammeln, solange wir konnten, und sie dann zur Drei schicken. Das war das Ende des jungen Tommy Tsai. Und von Kyle Drew. Er brauchte dann nicht mehr das Schuldgefühl dafür zu ertragen, daß er Dustin Edwards' Helm zertrümmert hatte.

»Tolliver, beeilen Sie sich mit diesen Koordinaten! Bereithalten zum Manövrieren!«

Ich saß da und brütete vor mich hin, bis Tollivers Stimme im Lautsprecher knackte. »Die Koordinaten liegen vor. Ich denke, Sie möchten sich bereithalten, um zu helfen.«

Ich stand auf. »Jerence, es tut mir leid.«

»Ich möchte nicht, daß wir sterben!«

Ich versuchte, seine Gefühlslage zu verstehen. Mich hielt nur die Gewißheit des Todes und Gottes schlimmster Hölle aufrecht.

Zum letzten Mal übernahm ich die Brücke eines U.N.N.S.-Sternenschiffes. Tollivers Blick begegnete mir. Etwas von förmlichen Charakter dieses Augenblicks sprang auf ihn über, und er stand auf und salutierte vor mir.

»Weitermachen, Mr. Tolliver.«

»Bislang sieben Fische.« Er deutete auf den Bildschirm. Keiner der Fremden war in unmittelbarer Nähe.

Alarmsirenen heulten; die *Trafalgar* schwankte

»Das war knapp! Gott, Sir, wenn wir doch nur einen Laser hätten.« Der Bildschirm füllte sich mit Hindernissen.

»Wie viele jetzt?« fragte ich.

»Das ist Ihr Scheißjob!«

Gedrückt nahm ich eine grobe Schätzung vor. Nicht mehr als sechzig.

»JESUS!« Ein Fisch ragte vor uns auf. Tolliver knallte den Hebel eines Steuerbordtriebwerks herunter. Mit einem Knacken brach er ab.

»Gottverdammte Scheißflottenkonsolen ...« Seine

Hände tanzten von einem Steuerungshebel zum nächsten.

Er schob den schartigen Hebelrest wieder nach oben und stellte damit das entsprechende Triebwerk ab. »Das Ding funktioniert noch.«

»Einhundertzehn Fische!« Nahm ihre Zahl nie ein Ende? Innerhalb der Konzentration befand sich ein kleiner Asteroid von hundert Metern Durchmesser. »Edgar, wir müssen in ...«

Lichter flammten von einem Rand des Bildschirms zum anderen auf, jeder davon Signal für einen Fisch. Tolliver schrie: »JETZT!«

Ich fuhr mit dem Finger auf den Triebwerksmonitor herunter, und die Sterne verschwanden. Zwei Sekunden später schaltete ich auf Defusion. Ich rief die Rückkehrkoordinaten auf und fusionierte erneut.

Keine Hindernisse in Wurfweite, aber der Bildschirm war weiß von Fischen ...

Eine gewaltige Explosion. Die Luft an Bord wurde gegen den Schiffsrumpf gerammt, und der plötzliche Druckunterschied erzeugte ein Knacken in meinen Ohren. Der Simultanschirm wurde schwarz.

»WAS IST PASSIERT?« Ich konnte kaum etwas hören.

»Ein Fisch muß in einen anderen hineinfusioniert sein.«

»Nein, die Explosion war zu heftig ...« Da kapierte ich. »Felsen! Sie müssen mit einem davon in einen anderen ...«

»Ich kann mit ausgefallenem Bildschirm nichts sehen!«

Ich schaltete einen Ausweichschaltkreis ein. Damit war die Bildschirmdarstellung weitgehend wiederhergestellt, aber unser Steuerbordsensor vorne war hinüber. Die *Trafalgar* war halb blind. Tolliver drehte uns um die Längsachse, damit der Backbordsensor die Fische erfassen konnte. Mehr als die Hälfte des Schwarms war ausgelöscht worden, als ihre Felsbrocken ineinanderfusionierten.

Während ich noch hinsah, defusionierten weitere

Fische, um ihre Stelle einzunehmen. »Tolliver, Sie werden allein mit ihnen klarkommen müssen.«

»Wo haben Sie vor hinzugehen?«

»Nach draußen. Wir haben Ersatzsensoren auf dem Regal im . . .«

»Sie Idiot! Was, wenn ich fusionieren muß?«

»Dann verlieren Sie mich. Und einen Kadetten.« Ich schaltete den Rufer ein. »Rene Salette, steigen Sie sofort in Ihren Raumanzug!« Als wir uns beeilt hatten, das Mutterschiff zu erreichen, war sie es gewesen, die gewandt über die Fußhalterungen am Rumpf geturnt war.

Ich lief zur Schleuse, schnappte meinen Raumanzug vom Ständer und stieg unbeholfen in die Beinstücke. Rene versiegelte schon ihren Helm. Ich fluchte, als ich mit einem Fuß in den Gurtbändern steckenblieb. Jetzt war nicht der richtige Zeitpunkt für Tolpatschigkeit. Ich steckte einen Arm hinein und kämpfte mit dem nächsten.

»Hier, Sir.« Jerence Branstead half mir, in den Ärmel zu kommen. Während ich mit dem Helm kämpfte, schlüpfte er in seinen Anzug, und das schneller, als ich es für möglich gehalten hätte.

»Du bleibst hier.« Ich schloß die Klampen.

Er schob die Arme hinein und griff nach dem Helm. »Bitte, Sir, zwingen Sie mich nicht schon wieder zum Ungehorsam. Ich bin immer noch Kadett.«

Ich schluckte und nickte widerstrebend. Wir drei betraten die Schleuse. Ich knallte die Luke zu und öffnete das Ausrüstungsfach der Schleuse. Ich brauchte nur ein Ersatzteil; die übrigen Sensoren waren der Explosion abgewandt gewesen. Trotzdem nahm ich besser zwei mit, für den Fall, daß wir eines versehentlich verloren und es davonschwebte. »Nimm das!« Ich packte das erste Ersatzteil Rene auf die Arme und nahm selbst das Werkzeug und den zweiten Sensor.

Die Luftschleusenpumpe brauchte ewig. Zu spät fiel mir ein, meinen Luftvorrat zu kontrollieren. Genug. Falls ich nicht langsamer machte und mich endlich an die üblichen Verfahren hielt, brachte ich noch jemanden um. Ich schnaubte über die Ironie.

»Kapitän, schnell! Wir sammeln Fische wie ein Hund Flöhe . . .«

»Halten Sie die Klappe, Tolliver.« Ich öffnete die Außenluke.

Jerence schnappte nach Luft. Ein Dutzend Fische waren deutlich sichtbar.

»Los!« Wir kletterten auf den Rumpf hinaus. »Verpaßt keine Halterungen!«

Das Mädchen deutete nach achtern. »Welcher ist es? Der dort?«

»Nein, der vorne.« Gewandt drehte sie sich um, steckte den Fuß in eine Halterung und schwebte in traumartiger Zeitlupe an der Reihe der Halterungen entlang. Ich tat mein Bestes, ihr zu folgen.

Die Dringlichkeit beschleunigte unsere Schritte. Innerhalb einer Minute erreichten wir die Sensorenfassung. Mein Atem scharrte im Helm und beschlug die Gesichtsplatte so schnell, wie die Anzugssystem sie reinigen konnten.

»Kapitän, los! Einer ist nur noch siebzig Meter . . .«

Während ich noch hinsah, schwebte der Fisch näher heran.

Der Schraubenschlüssel rutschte mir an der Fassung ab. Jerence sagte ruhig: »Sir, wenn Sie mich lassen, geht es schneller.«

Erstaunt blickte ich auf und erkannte ruhige Zuversicht. Ich reichte ihm den Schraubenschlüssel. Immer noch in derselben Fußhalterung, kniete er sich hin und drehte die erste Schraube mühelos heraus. Er steckte sie sich in die Anzugtasche, und einen Moment später folgte ihr die nächste. Er grinste, ohne sich um den vor uns aufragenden Fisch zu kümmern. »Diese Dinger ähneln den Motorhalterungen an meinem Elektrorad. Ich habe es immer wieder auseinandergenommen. Dad haßte das . . .« Sein Ausdruck trübte sich. »Dad.« Harmon

Branstead war auf dem ungeschützten Hope Nation zurückgeblieben.

Tolliver gab Schub auf unsere Backbordtriebwerke. Der Fisch fiel langsam zurück.

Sobald Jerence die letzte Schraube herausgedreht hatte, wechselte Rene Salette die Fußhalterung, sank vorsichtig in die Knie und hielt ihm den Ersatzsensor hin. »Hier.«

Jerence fügte ihn ein. Ich bückte mich, löste das Kabel und befestigte es am neuen Sensor, während Jerence die Muttern zudrehte.

»SEAFORT, SEHEN SIE NACH OBEN!« Es war Tolliver mit rauher Stimme.

Ich blickte auf und erstarrte. Ein Fisch, der nicht mehr als sieben Meter entfernt war und uns den Bug zukehrte, kam immer näher.

»ICH KANN NICHT NACH STEUERBORD AUSWEICHEN; DA IST UNS EIN ANDERER ZU NAHE! SEHEN SIE VERDAMMT NOCH MAL ZU, DASS SIE WIEDER REINKOMMEN ...«

»Das reicht!« Ich zog Jerence auf die Beine. Auf der Fischhaut wirbelten Muster.

Rene hastete über den Rumpf hinweg. Jerence starrte wie hypnotisiert den Fisch an. Ich zerrte ihn zur sicheren Schleuse hin.

»KOMMEN SIE REIN! KOMMEN SIE REIN!« Tolliver war heiser vor Frustration.

Die Haut des Fisches wurde undeutlich. Abrupt pulsierte ein Satellit auf der Oberfläche.

Rene eilte auf die Schleuse zu. Als sie nach einer Fußhalterung tastete, warf sich der Satellit über den Zwischenraum. Er wickelte sich um ihre Gesichtsplatte. Ihr Fuß rutschte aus der Halterung. Sie schrie auf. Gemeinsam trieben sie in den Weltraum davon.

»Bitte, o Gott bitte nicht, so hilf mir ...«

Branstead zupfte mich am Ärmel, bis er endlich meine Trance durchbrochen hatte. »Kommen Sie, Sir! Zur Schleuse!«

Hinter uns schien der Körper des Mädchens zu zittern. Ein gellender Schrei, und ihr Helmfunk fiel aus.

Ich legte einen weiteren Schritt zurück und umklammerte nach wie vor das Werkzeug und den zweiten Ersatzsensor.

Jerence zog mich am Arm. »Schnell, er kommt!«

Der Fisch war fast nahe genug, um ihn anzufassen. Seine Nase glitt auf weniger als einen Meter Abstand an mich heran.

»Kapitän, wir müssen SOFORT fusionieren! Ab in die Schleuse!«

Der Fisch hatte keine Augen, keinen Mund, kein erkennbares Gesicht. Die Haut am Bug begann zu wirbeln. Innerhalb von Sekunden würde dort ein weiterer Satellit auftauchen.

Jerence versuchte erneut, mich in Sicherheit zu zerren. Ich entzog mich seinem Griff, als alle Wut des Universums in mir explodierte. Ich setzte meinen Stiefel in die Fußhalterung, nur wenige Zoll vor dem Fisch. »WEICHE VON MIR, DU KREATUR SATANS!«

Die lichtdurchlässige Haut des Aliens öffnete sich. Die Gestalt eines Satelliten erschien.

»GENUG!« Mir versagte fast die Stimme. »LUZIFER! IM NAMEN DES ALLMÄCHTIGEN GOTTES VERBANNE ICH DICH!« Wild schwenkte ich den Sensor über meinem Kopf und schlug ihn in die sich öffnende, wirbelnde Fläche hinein. Ich verdrehte mir den Fuß und sank auf die Knie.

Der Fisch zuckte. Fast sofort öffnete sich ein Ausstoßloch. Ein Strudel Treibstoff spülte über meinen Kopf hinweg, vorbei an der gekrümmten Außenseite des Mutterschiffs.

Der Fisch wich zurück, und seine Farben wirbelten heftig durcheinander.

Jerence zog an mir. Ich verlor das Gleichgewicht, und der Fuß rutschte mir aus der Halterung. Ich schwebte hilflos im Raum, während der Kadett mich zur wartenden Schleuse zerrte. Er bugsierte mich hinein und schob mich ans Innenschott. Ich griff nicht mal danach. Jerence schwang sich selbst hinein und schloß die Luke.

Er packte den Rufer. »Sir, wir sind drin!«

Und die Sterne gingen aus.

Widerstandslos nahm ich hin, daß Jerence Branstead mir den Raumanzug auszog. Als er fertig war, blieb ich für einen Moment stehen und tappte dann mit den Schritten eines Kleinkindes zur Brücke. Ich setzte mich auf meinen Platz.

»Sir ...« Tolliver musterte mein Gesicht. »Sie ... Ich habe noch nie ...« Er sagte nichts mehr.

Ich starrte auf den Bildschirm. War es möglich, daß es so viele Fische im Universum gab? Hunderte und aber Hunderte. Die Echozeichen übersäten den Bildschirm wie ... Ich wußte nicht, wie was.

Jerence schlich herein, setzte sich und starrte mich ehrfürchtig an. Ich studierte den Monitor. Lichter gingen dort aus, tauchten in größerer Nähe wieder auf, suchten nach unseren Antriebsrohren.

Es fiel mir schwer, Worte zu formulieren. »Zeit jetzt. Boot drei.«

Tolliver sagte sanft: »Kapitän ...«

»Zeit, Tommy und Kyle umzubringen.« Ich griff nach dem Rufer, konnte aber nicht die Finger um ihn schließen.

Tolliver war weit weg. »Er hat einen Schock. Hol die Meditasche!«

Ich führte den Rufer an die Lippen. »Kapitän Seafort an Fusionsboot drei.« Was war es noch gleich, was ich zu übermitteln hatte? Irgendwas mit Fischen.

»Christus, Kapitän, warten Sie noch. Ich muß erst ...« Tolliver packte die Schubkontrollen und knallte sie nach vorn.

Jerence kam wieder auf die Brücke geschlittert.

Tommy Tsai, Tommy Keene. Es war meine Aufgabe, Tommys zu töten. Ich lächelte.

»Hier Fusionsboot drei, Fähnrich Tsai zur Stelle.«

Jerence hielt meinen rechten Arm fest. Tolliver verließ die Steuerung und näherte sich mir mit der Spritze. Meine linke Hand schoß vor, entriß sie ihm und zerschmetterte sie an der Konsolenkante. »Noch nicht, Mr. Tolliver.« Er fuhr vor meinem Blick zurück. »Es muß immer noch getan werden, verstehen Sie? Und es muß meine Schuld sein.«

»Sir, Sie sind ...«

»... verrückt. Ja, ich weiß. Es ist egal.«

Jerence schluchzte. Ich hob den Rufer auf.

Mit einem Fluch bediente Tolliver die Schubtriebwerke und drehte uns von einem Fisch weg, der vor uns aufragte. Bei dem schwankenden Bild auf dem Schirm wurde mir schwindelig.

»Tommy ... Mr. Fähnrich Tsai, Sie sind an der Reihe.« Ich lächelte Tolliver an und verspritzte meine Niedertracht auf Fusionsboot drei. »Ausführen!«

»Aye, aye, wir führen aus. Sir, werden uns die Fische angreifen?«

Meine Antwort würde lange brauchen, ehe sie ihn erreichte. »Nicht, wenn Sie Ihre Fusionsmotoren fest einstellen. Mr. Keene testet auch, ebenso Mr. Diego. Gemeinsam werden Sie sie verwirren.«

Eine Ewigkeit verstrich.

Eines nach dem anderen gingen die Lichter der Fische aus.

»Wir haben Tommy eine ganze Menge geschickt«, sagte ich im Plauderton.

Niemand antwortete. Jerence wischte sich die Augen ab.

Ich packte den Rufer. »Fusionsboot vier, antworten Sie.«

Ich summte vor mich hin. Uns blieben noch ein paar Minuten, bis Boot drei seine Arbeit getan hatte. »Edgar, diesmal müssen wir ganz schön lange Katzengeschrei erzeugen. Sie sollten lieber noch mehr Koordinaten bestimmen.«

Tolliver griff nach der Meditasche. »Sir, es geht Ihnen nicht gut. Gestatten Sie mir, Ihnen . . .«

»Nein, danke. Kümmern Sie sich um Ihre Pflichten.«

Er starrte mir in die Augen. Endlich nickte er niedergeschlagen.

»Hier Fusionsboot vier, Fähnrich Anton Thayer zur Stelle.«

»Jerence, weine nicht. Es lenkt mich ab.«

Der Junge sprang auf. »Aye, aye, Sir.« Zu meiner Überraschung hörte er tatsächlich auf.

»Mr. Thayer, halten Sie sich bereit, zu fusionieren und erneut zu testen.« Ich tätschelte Jerence beruhigend. »Es ist das letzte Mal.«

Ich wartete auf den Ablauf der Zeitverzögerung und nickte zufrieden.

Fähnrich Thayer klang besorgt. *»Kommandant, was machen wir eigentlich? Wie soll das helfen?«*

»Wir verwirren die Fische so sehr, daß sie nach Hause fusionieren.« Ich fing an zu zittern. Nach einer Weile hörte es wieder auf. »Passen Sie auf, daß Ihnen die Fische nicht zu nahe kommen, und vergessen Sie nicht, den Antrieb fest für die Testlaufperiode einzustellen.« Der Kopf tat mir weh. Ich war mir nicht sicher, ob das gerade erst begonnen hatte, oder ob er schon das ganze Leben lang schmerzte.

Während ich erneut auf das Ende der Übermittlungszeit wartete, fragte ich: »Was ist los, Jerence?«

»Nichts, Sir.« Der Junge schluckte. »Sie machen das gut.«

Es stand ihm nicht zu, mir das zu sagen.

»Wir stellen die Motoren fest ein, Sir. Wir sind bereit, auf Ihren Befehl hin auszuführen.«

Ich staunte darüber, wie gut Thayer den Wechsel vom Kadetten zum Fähnrich geschafft hatte. Töricht, daß ich mir überlegt hatte, ihn wegen einer bloßen Kissenschlacht zu bestrafen.

Das letzte Fusionsboot, ehe wir selbst an die Reihe

kamen. Ich genoß die Erleichterung, die regelrecht über mich hinwegspülte. »Mr. Tolliver, leiten Sie einen Testlauf mit fünfundsechzig Prozent ein.« Lauter konnten wir nicht rufen, ohne die Rohre aufs Spiel zu setzen.

»Aye, aye, Sir.« Tolliver gab den Befehl weiter. »Kapitän, ich möchte diesmal früher fusionieren, ehe sie uns von allen Seiten umzingeln.«

»Nein, wir rufen sie. Sie brauchen eine Zielangabe, nach der sie sich orientieren können.«

»Gestatten Sie mir, hinaus- und wieder zurückzufusionieren. Wir halten dann länger durch.«

Meine Gedanken waren benebelt. »Sehr gut. Sie sind für die Ausweichmanöver zuständig.«

Fische tauchten auf dem Bildschirm auf.

Ich lehnte mich zurück, als schaute ich einem Holodrama zu. Hindernislampen erstrahlten, erst einige, dann zu Dutzende. Tolliver ging in Fusion; wir waren allein in der Tiefe. Sofort fusionierte er zurück. Wir kamen fast eine Million Kilometer von unserem Ausgangsort entfernt wieder zum Vorschein. Ein schlechter Würfelwurf der bauartbedingten Ungenauigkeit des Fusionsantriebes.

Nach einer Weile fanden die Fische uns erneut.

Etwa zweihundert inzwischen. Felsbrocken waren zwischen ihnen verstreut. Der allmächtige Gott wußte, woher wir die Aliens eigentlich riefen. In den letzten Stunden hatten wir länger und lauter Katzengeschrei erzeugt als jemals zuvor.

Hunderte von Lichtern. Wir fusionierten.

Ich dachte über unseren stillen, traumartigen Tanz durch den Kosmos nach. Vielleicht war es ein kosmischer Scherz von Ihm, daß er das Böse in den Fischen mit dem Bösen in mir bekämpfte. Es befriedigte mich, sein Werkzeug zu sein, selbst dabei.

»Kapitän, Kapitän!«

Ich rang darum, wieder zu mir zu kommen. »Was ist, Mr. Tolliver?«

»Sehen Sie sich das an! Wir können nicht allen ausweichen ...« Er fluchte, versetzte das Schiff in Rotation und fusionierte erneut. »Wir haben mindestens fünfhundert von ihnen herbeigerufen, vielleicht mehr. Falls wir nicht überleben, können wir sie auch nicht an die Vier weiterreichen!«

Ich lehnte mich zurück. Der Zeitpunkt war noch nicht gekommen. Die Fische schwammen weiter um uns.

Wir fusionierten hinaus. Die Erleichterung leerer Bildschirme. Und zurück.

»Herr Jesus!« Wir waren wieder in eine gewaltige Fischkonzentration hineingeraten. Tolliver knallte die Hand auf den Triebwerksmonitor, und die Sterne verschwanden ein weiteres Mal.

Seine Hände zitterten. »Ich kann es nicht mehr ertragen! Es reicht!«

»BRINGEN SIE UNS ZURÜCK, EHE SIE SICH ZERSTREUEN!« Ich hämmerte auf die Konsole und erwischte dabei den abgebrochenen Hebel mit der Handfläche. Fluchend lutschte ich am Blut und tippte neue Koordinaten ein. Unsere Rückkehrfusion führte uns dicht an den Rand der gewaltigen, flackernden Masse heran.

»Sie bringen uns vergebens um! Geben Sie Thayer den Befehl!«

»Noch nicht!« Ich betrachtete die ständig wachsende Zahl von Lichtern.

»Es muß jetzt passieren! Wir haben fast keinen Treibstoff mehr!«

Ich sah nach; er sagte die Wahrheit.

Widerstrebend gab ich den Befehl. »Mr. Thayer, *Trafalgar* an Fusionsboot vier. Fusionieren Sie und leiten Sie den Testlauf ein! Bestätigen Sie!«

Drei Fische beschleunigten in unsere Richtung. Tolliver blickte auf, fluchte und benutzte den letzten Satz vorbereiteter Koordinaten.

»Wie weit sind wir entfernt?« fragte ich.

»Von den Fischen? Etwa zwei Millionen Meilen.«

»Bringen Sie uns zurück. Ich möchte nachsehen.«

»Warten Sie, bis der Befehl Thayer erreicht hat.«

»Das dauert weniger als eine Minute. Fahren Sie zurück.«

Tolliver seufzte. »Aye, aye, Sir.« Er nahm sich Zeit, die Koordinaten zu bestimmen, aber ich wußte, daß es sinnlos gewesen wäre zu protestieren. Er hätte die Unterbrechung nur für eine weitere Verzögerung benutzt. Endlich war er bereit, und wir fusionierten.

Fische schwärmten durch die Gegend.

»Thayer hat kein Katzengeschrei erzeugt!«

»Haben Sie Geduld«, sagte ich.

»Wir sind herfusioniert. Sie haben das sicher gehört.«

Als wollte er dieses Argument unterstreichen, defusionierte ein Fisch längsseits. Tolliver reagierte instinktiv und rammte die Steuerbordtriebwerke auf volle Leistung. Wir schwenkten ab. Der Fisch folgte uns. Zwei weitere tauchten auf, einer direkt achtern.

»Kapitän, Sie haben zu lange ...«

Der Fisch verschwand.

Danke, Anton.

Ein paar Lichter gingen aus. Dann Dutzende.

Der Fähnrich und die Kadetten in der Vier würden mitten zwischen Fischen stecken, die in der enormen Sonnenschwerkraft in der Falle saßen und in der unerträglichen Hitze verdorrten.

Versuch es zu verstehen, Anton. Ich mußte es tun.

Ich wartete. Endlich war der Schirm frei von Fischen. Ich berechnete die Koordinaten, die wir brauchen würden.

»Tolliver.«

»Ja, Sir.« Er starrte auf die Konsole, immer noch erschüttert.

»Gehen Sie hinunter in den Maschinenraum. Mr. Tenere könnte erkennen, was sich hinter den abschließenden Koordinaten verbirgt.«

»Er wird gehorchen.«

»Gehen Sie hinunter. Nur für alle Fälle.«

»Aye, aye, Sir.« Gehorsam stand er auf. An der Luke blieb er kurz stehen. »Sir, was ich vorhin gesagt habe – daß ich Sie hassen würde . . .«

Es war mir egal. Nichts, was Tolliver sagte, konnte mir jetzt noch etwas ausmachen.

»Sie sollen wissen, daß ich Sie nicht hasse. Was Sie getan haben . . . Sir, das liegt jenseits von Liebe oder Haß. Sie retten die . . .«

»RAUS MIT IHNEN!« Ich hatte mich geirrt. Er konnte mir doch noch weh tun.

Ich nahm den Rufer zur Hand. Plötzlich erwachte der Lautsprecher prasselnd zum Leben. Verstreute Funkwellen, durchsetzt von Störungen, durchbrachen den Schleier der Sonnenstrahlung.

Es war Anton Thayer in der Vier. Ein Schluchzen.

»Sir, sie sind überall um uns herum! Sie sagten, wir würden in Sicherheit sein!«

Ich schluckte.

»Kapitän Seafort . . .« Der Fähnrich klang krank vor Schmerz und Verwunderung. *»SIE HABEN GELOGEN!«*

Nur noch Störungen prasselten im Lautsprecher.

Ich saß für schrecklich lange Zeit reglos da, und Blut tropfte aus meiner Handfläche auf die Konsole. Endlich nahm ich den Rufer auf. »Maschinenraum, sechzig Prozent Fusionsleistung.«

Fähnrich Adam Teneres feste Stimme ertönte: »Sechzig Prozent, aye, aye.« Die Linie auf dem Bildschirm begann zu pulsieren.

Ich wartete. Thayers Worte hallten in der stillen Kabine nach.

Ich rechnete unsere abschließenden Koordinaten aus: achtzehn Millionen Meilen. Sobald Fische auf unseren Ruf reagierten, plante ich, uns sofort ins Verderben zu stürzen. Ich konnte nicht riskieren, daß sie sich befreiten, indem sie unsere Rohre attackierten.

Kommt zu mir, ihr Ausgeburten Luzifers!

Ich starrte auf den Bildschirm, bis mir die Augen tränten.

Nichts. Auf der Konsole zitterte die Fusionskurve.

»Mr. Tenere, prüfen Sie Ihre Instrumente!«

»Aye, aye, Sir. Sechzig Prozent.«

Ich fluchte. »Verstärken Sie auf fünfundsechzig!«

»Fünfundsechzig, aye, aye.«

Ich wartete und zwang mich zu einem Anschein von Ruhe. Keine Fische.

Unser Antrieb funktionierte nicht richtig. Und doch hatten wir mit seiner Hilfe zehnmal oder noch öfter fusioniert. »Adam, was in drei Teufels Namen stimmt da nicht?«

Es war Tolliver, der mir antwortete. »Nichts, Sir. Wir erzeugen Katzengeschrei.«

»Nein, das tun wir nicht! Hier ist nicht ein einziger ...«

»Kommen Sie und sehen Sie selbst nach. Wir heizen uns auf. Ich weiß, daß Energie hinausgeht!«

»Funkraum an Brücke, hier Kadett Boland. Sir, ich habe ...«

Ich schaltete den Lautsprecher aus. Kommt zu mir, ihr Mistviecher!

Keine Fische.

Ich packte den Rufer. »Siebzig Prozent!«

Adam meldete sich. »Sir, wir schmelzen die ...«

Ich schrie: »Siebzig Prozent, Sie Meuterer!«

»Aye, aye, Sir. Siebzig Prozent.« Die Kurve auf meinem Konsolenmonitor machte einen Satz. Wir konnten siebzig nicht lange aufrechterhalten, das war mir klar.

Nichts.

»Gott verdamme euch, kommt zu mir!« Mein Ausbruch erschreckte Jerence; er wich zurück.

Robert Boland platzte durch die Luke. »Sir, die Flotte! Sie melden sich von überall aus dem Heimatsystem. Niemand sieht mehr irgendwelche Fische. Sie sind weg!«

Ich kreischte: »RAUS HIER!« Er prallte zurück.

»Sie kommen noch!« Ich warf mich mit wildem Blick zu Jerence herum. »Das müssen sie einfach!«

Er wich zurück.

Ich schrie in den Rufer: »Kommt zu mir, wenn ich euch rufe! ICH BIN DER FISCHER!«

Jerence drehte sich um und lief hinaus.

»Kapitän, unsere Rohre werden durchschmelzen!«

»Drosseln Sie auf fünfundsechzig, aber nicht weniger!«

Der verfluchte Bildschirm blieb leer.

Ich schrie: »Verdammt, Gott! TU MIR DAS NICHT AN!«

Nichts.

Die Rache des Herrn. Er versagte mir sogar das Vergessen.

Vaters Gesicht schwamm vor mir. Grimmige Lektionen am Küchentisch: *»Nicholas, Satans Lügen kennen keine Grenzen.«*

Du hattest mich fast schon soweit, Luzifer, aber ich weiß, daß wir von der falschen Stelle aus rufen.

Ich kontrollierte noch einmal die Koordinaten. »Maschinenraum, fusionieren und das Katzengeschrei neu starten!« Ich zog den Finger am Monitor herunter.

Die Sterne weigerten sich auszugehen.

»Fusionieren Sie, verdammt!« Ich hämmerte mit der Faust auf die Konsole und erwischte dabei den schartigen Stumpf des zerbrochenen Gashebels. Blut spritzte. Ersehnte Qual strömte meinen Arm hinauf.

Gesichter tauchten unter der Luke auf. Ich bettelte: »Seht ihr es denn nicht ein? Wir müssen fusionieren!«

Die Bildschirme blieben dunkel.

Ich schlug immer wieder auf den abgebrochenen Hebel, bis meine Handfläche zerfetzt war.

»Fusioniert doch! Ich bitte euch! Laßt mich nicht leben!«

Sie kamen näher.

»Fusioniert!«

Eine sanfte Hand senkte sich auf meine Schulter.

»Fusioniert!« Die Stimme versagte mir.

27. Kapitel

Ich erwachte in einer mir unbekannten Kabine. Ich fuhr mir mit einer tauben Hand über die Augen; ein Verband scharrte mir über das Gesicht.

Tolliver blickte auf.

»Wo bin ich?«

»Auf der *Prince of Wales*, Sir. In der Kabine des ersten Leutnants.«

»Wie ist ...«

»Das Zusammentreffen war gestern, und Sie standen noch unter der Wirkung von Beruhigungsmitteln.«

Meine Gedanken wandten sich von der Brücke ab, von meinem Scheitern.

»Die Fische?«

»Nirgendwo mehr welche. Unser letztes großes Katzengeschrei, ehe wir sie an Fusionsboot drei weiterschaufelten ...«

»Wohin fahren wir?«

Er sagte schlicht: »Nach Hause.«

»Zum Kriegsgericht.« Dann: das Ende. Ich konnte warten, wenn ich mußte.

»Ja.« Jemand klopfte; die Luke ging auf. Ein Fähnrich in gestärkter Uniform, der ein Tablett brachte. Er salutierte und ging wieder.

»Wann?«

»Wir docken morgen an. Earthport hat nur zwei unbeschädigte Hangars für die gesamte Flotte, aber man möchte Sie auf der Erde haben.«

»Gott sei Dank.«

Er zog seinen Stuhl näher heran. »Was meinen Sie damit, Sir?«

»Sie helfen mir zu sterben.«

»Sind Sie so scharf darauf, Nick?«

»Nicht scharf. Verzweifelt.«

»Die Schuld, von der Sie gesprochen haben?«

»Edgar, sie ist unerträglich.«

»Ich verstehe.« Sein Blick drückte Mitleid aus. »Aber Sie können nicht gestehen. Nicht alles.«

»Seien Sie nicht albern. Ich möchte ...«

»Überlegen Sie mal, Sir.« Er ging zur Luke hinüber und überzeugte sich, ob sie auch verschlossen war. Er senkte die Stimme. »Was haben Sie vor, ihnen zu sagen?«

»Daß ich das Kommando über die Flotte an mich gerissen habe. Daß ich die Kadetten hereingelegt habe, damit sie sich freiwillig meldeten, daß ich sie mit Lügen verraten habe, sie in ...«

»Kapitän!«

Sein Ton gebot mir Einhalt.

»Stellen Sie sich den Vater eines Fünfzehnjährigen vor. Sagen wir mal, Kyle Drews. Stolz haben Sie ihn auf die Akademie geschickt. Jetzt erhalten Sie ein Fax. Ihr Sohn wurde in einem Fusionsboot geröstet, das in die Sonne taumelte. Er hat sich nicht tapfer geopfert; sein Kommandant hat ihn hereingelegt. Alles, was Ihnen bleibt, ist diese Erinnerung.«

»Es ist die Wahrheit.«

»Die Wahrheit ist zu grausam!« Er beugte sich vor, bis sein Kopf fast meinen berührte. »Unsere Kadetten waren Helden. Begreifen Sie das? Helden!«

»Ich kann nicht mit Verrat leben! Ein Geständnis ist ...«

»Sie haben sich freiwillig für einen Selbstmordeinsatz gemeldet, jeder einzelne von ihnen!« Er packte mich am Revers. »Sie haben keine Wahl! Ob verblödet oder nicht, Sie können nicht so gemein sein, ihren Familien diesen Trost zu versagen!«

»Aber Sie wissen es besser, und Robert. Jerence. Adam Tenere. Es wird herauskommen.«

»Ich habe es den anderen bereits erklärt. Man wird sie nicht anklagen, Kapitän; der Befehl lag bei Ihnen. Also keine P und D, was sie angeht.« Er faßte mich scharf ins Auge. »Gestehen Sie, was Sie müssen, aber nicht das, was Sie den Kadetten angetan haben. Das wäre obszön.«

Ich schüttelte den Kopf. »Die Wahrheit, ehe ich sterbe. Nur dieses eine Mal.«

Tollivers Augen glänzten feucht. »Nick, das würden Sie Thomas Keene antun?«

Ich schrie: »Bei Keene war es so! Er ist in vollem Bewußtsein losgezogen!«

»Was ist mit den anderen? Werden Sie ihren Eltern erzählen, daß ihre Kinder als Dummköpfe gestorben sind, nicht als Helden?«

Heiser sagte ich: »Tun Sie mir das nicht an! Ich habe nicht die Kraft dazu.«

»Sie kennen die Wahrheit. Ich kenne sie. Das reicht.«

Ich flüsterte: »Edgar, ich flehe Sie an! Die Wahrheit wäre der einzige Trost, den ich je erfahren werde!«

Mit der Endgültigkeit eines Richters schüttelte er den Kopf.

Ich duldete, daß man mich in die weiße Galauniform steckte und mich schweigend durch die gedrängt vollen Korridore zur vorderen Schleuse führte. Jeder einzelne an Bord der *Prince of Wales* hatte eine Ausrede gefunden, dabei zu sein und den berüchtigten Nicholas Seafort ein letztes Mal zu sehen.

Mein versteinertes Gesicht verriet ihnen nichts.

Wir durchliefen den Schleusenzyklus, betraten Station Earthport und folgten geflickten Korridoren zum wartenden Shuttle. Ich setzte mich auf meinen Platz, fummelte mit der verletzten Hand nutzlos am Gurt herum und ließ zu, daß sie mich anschnallten.

Sie brachten mich in Portsmouth unter, wohin ich auch Sergeant Serenco für seinen Prozeß geschickt hatte. Am nächsten Tag überreichte mir Admiral Duhaney persönlich mit geschürzten Lippen die Anklageschrift. Die Förmlichkeit seines Grußes erschreckte mich, aber ich erwiderte ihn forsch.

Ich sah niemanden außer Kapitän Jason Tenere, der zu meinem Anwalt bestimmt worden war. Er erzählte mir von der Menschenmenge draußen auf der Straße, die darauf hoffte, einen Blick auf mich werfen zu können.

Kapitän Tenere mißachtete meine Anweisung, auf Schuldig zu plädieren. Ungeachtet meines empörten Protestes bestand er auf Nicht schuldig. Ich wollte ihn entlassen, verlangte, für mich selbst sprechen zu dürfen, aber das Gericht lehnte ab. Ich mußte mich dem Verfahren unterziehen, aber aufgrund meines versuchten Schuldgeständnisses blieb mir das Elend des Verhörs unter Drogen erspart.

Der Prozeß dauerte zwei Wochen.

Beim Betreten und Verlassen des Gerichtssaales ertrug ich die hellen Lampen der Holokameras und den Wald aus Mikrophonen, die mir vors Gesicht gehalten wurden.

Ich lehnte es ab, für mich zu sprechen.

Kadett Boland war einer der vielen, die vorgeladen wurden. Jung, stolz stand er in frischem Grau vor dem Richtertisch, ein prachtvolles Beispiel für die Raumflotte der Zukunft. Wäre da nicht der obszöne Charakter seiner Aussage gewesen, hätte er selbst mich bewegt. Er sprach voller Ernst von meiner Absicht, mich ebenso wie die Kadetten zu opfern, und von den gewaltigen Fischschwärmen, die wir herbeigerufen und weitergereicht hatten.

Einer nach dem anderen bekräftigen die Kapitäne der Heimatflotte, wie hoffnungslos ihre Lage gewesen war, ehe wir mit dem Katzengeschrei begonnen hatten.

Sogar Admiral Duhaney trat auf und bestätigte, daß ich den Vorschlag für eine Katzenjaulbombe vorgelegt und ihn gebeten hatte, ihre Entwicklung zu beschleunigen.

Zu dem Zeitpunkt, als ein Adjutant Admiral Sevilles vortrat, um das Chaos unbestätigter Meldungen und Hilferufe zu bezeugen, das die Admiralität in London überschwemmt hatte, war ich auf das Schlimmste gefaßt. Die Flotte sammelte sich um einen der ihren.

Als es dann soweit war, schockierte mich der Freispruch nicht mehr. Meine Übelkeit bezähmend, behielt ich streng Haltung, während der vorsitzende Richter meinen Erfindungsreichtum und Heldenmut pries und die unwiderlegbaren und schlüssigen Beweise erwähnte, daß ich Admiral Seville hatte absetzen müssen, um die Flotte zu retten.

Danach schickten sie mich zurück ins Admiralitätshaus.

Der allmächtige Gott war noch nicht damit fertig, Sein Spiel mit mir zu treiben.

Eine Woche später erhielt ich die Aufforderung, in Duhaneys Londoner Büro vorzusprechen. Ich ging hin, das fertiggetippte Rücktrittsschreiben in der Tasche.

Der Adjutant des Admirals führte mich hinein. Senator Richard Boland war da; ich hatte nicht mit ihm gerechnet. Nun, auch egal. Ich salutierte und behielt Haltung, bis ich freigegeben wurde.

Ich hörte mir den Vorschlag des Senators an und lehnte sofort ab.

»Gütiger Himmel, Mann, Sie sind ein Naturtalent!« meinte Boland. »Sie haben die Welt gerettet. Als Kandidat wären Sie unschlagbar!«

»Sie irren sich.« Ich blickte durchs Fenster hinaus auf die Fußgänger, die in der warmen Nachmittagssonne durcheinanderliefen.

»Nein, das tue ich nicht. Sie kennen sich in der Politik nicht aus, Seafort. Sie würden . . .«

»Ich bin schlagbar. Tatsächlich gebe ich mich sogar geschlagen.«

Der Senator wechselte einen Blick mit Duhaney. »Was meinen Sie damit?«

»Ich trete als Kommandant der Flottenakademie zurück. Und ich scheide aus dem Flottendienst der Vereinten Nationen aus.« Ich faltete mein förmliches Schreiben auseinander und legte es auf den Schreibtisch.

Duhaney gaffte. »Zurücktreten? Machen Sie sich nicht lächerlich, Seafort. Wenn Sie uns nicht in der Legislative helfen möchten, dann braucht die Flotte Sie. Ihr Image ist unbezahlbar, und wir müssen eine Flotte neu aufbauen, den Heimatplaneten der Aliens finden ...«

»Nein.«

»Gestatten Sie mir, Sie daran zu erinnern«, sagte er schroff, »daß Sie keine Wahl haben. Ob Kapitän oder Fähnrich, Sie dienen dort, wo man Sie hinschickt.«

»Stimmt. Ich werde vor dem Kriegsgericht frank und frei gestehen, daß ich Ihre Befehle verweigert habe.«

»Kriegsgericht?« Es klang ungläubig.

»Ja. Lassen Sie mich gehen, oder stellen Sie mich erneut vor Gericht.«

»Liegt es an meinen Worten, als Sie auf der *Trafalgar* waren? Sie hatten recht, wir waren durchein ...«

»Sie mißverstehen mich. Ich bin fertig, aus persönlichen Gründen.«

»In Ordnung«, sagte Duhaney. »Vielleicht sollten wir Sie nicht in die Politik nötigen, egal wie vorteilhaft es für die Flotte wäre. Aber Sie können nicht den Dienst quittieren; Sie müssen Ihre Pflicht tun. Sie schulden das Ihrer Ehre.«

Ich trat an den Schreibtisch, legte die Hände gespreizt auf die schimmernde Tischplatte und beugte mich tief zum Admiral herunter. Bei meinem Tonfall stellten sich selbst mir die Nackenhaare auf. »Duhaney, falls Sie noch einmal das Wort Ehre im Zusammenhang mit meinem Namen gebrauchen, bringe ich Sie mit bloßen Händen um.« Ich hielt seinem Blick stand, bis er sich abwenden mußte.

Der Senator musterte mich interessiert. »Was haben Sie vor, Seafort, ohne die Flotte, ohne Politik?«

»Was ich vorhabe? Das geht Sie nichts an. Wir haben einander nichts weiter zu sagen.« Ich ging zur Tür.

»Mr. Seafort, danke, daß Sie meinen Sohn gerettet haben.«

Ich hatte versucht, seinen Sohn umzubringen. Ich marschierte zur Tür und ins Fegefeuer.

EPILOG

Das war noch nicht das letzte Wort in dieser Angelegenheit, aber letztlich mußten sie mich gehen lassen.

Ich fuhr mit der uralten elektrischen Bahn nach Cardiff, aber seit Vaters Tod war nichts mehr wie früher. Eddie und Annie empfingen mich an der Haustür. Ihr Eifer, so zu tun, als wäre ich willkommen, machte mich nervös. Nach einer Weile bemerkte Annie das Mißbehagen, das ich empfand, wenn ihre Hand zu der Eddies wanderte, um bei ihm Halt zu suchen. Nur selten wagte sie es, mir die Schulter zu streicheln, und ich reagierte jedesmal mit starrer Gleichgültigkeit.

Drei Tage lang hielten wir das wechselseitige Elend aus. Ich brütete vor mich hin und besuchte Jasons Grab. Dann ging ich fort.

Ich bezog eine Wohnung in Devon, unweit der Akademie, aber die Nachricht von meiner Anwesenheit dort machte rasch die Runde, und ich fand keinen Frieden.

Ich wanderte durch Großbritannien, auf der Suche nach etwas, worüber ich mir nicht im klaren war. Wenn ich erkannt wurde, ergriff ich die Flucht.

Eines trüben Tages führte mich mein Weg zum Kloster der Neobenediktiner in Lancaster. Ich hatte ein schwieriges Gespräch mit Abt Ryson, der eine tiefsitzende Ablehnung mir gegenüber zu hegen schien. Trotzdem bewegte ihn irgend etwas in meiner Schilderung, mich als Novizen anzunehmen. Drei Wochen später legte ich die Gelübde der Keuschheit und des Gehorsams ab und zog ins Kloster. Ich brachte lediglich die Kleider mit, die ich am Leibe trug.

Vater Ryson hatte mich gewarnt, daß das Mönchsleben hart sein würde. Das machte mir nichts aus. Er stellte mein Gehorsamsgelübde auf die Probe und verpflichtete mich zu Wochen absoluten Schweigens, eine Maßnahme, die normalerweise nur als Strafe oder Zeichen des Mißfallens benutzt wurde.

Das Schweigen machte es mir leichter. Jeden Morgen stand ich auf, schloß mich der Reihe der Brüder zur Frühmette an und betete, auf dem kalten Steinboden kniend. Danach schuftete ich in der Bäckerei und lernte dort, wie man den Teig für dreifaches Aufgehen knetete, um die süßen warmen Röllchen zuzubereiten, die unsere Mahlzeiten schmückten.

Abends ging ich in dem winzigen Raum zu Bett, der Zelle genannt wurde, aber keine war. Ich sprach Routinegebete, während ich mich zum Schlafen bereitmachte. Die rituellen Worte gaben mir einen gewissen Frieden, an den ich mich von früher erinnerte, aber ich spürte nicht die Gegenwart Gottes.

Wenigstens halfen sie mir, nicht zu denken.

Das Kneten von Teig half mir, nicht zu denken.

Die Reinigung der Latrinen half mir, nicht zu denken, eine Pflicht, von der mich Vater Ryson schließlich befreite, ungeachtet meines bitteren Protestes.

Ein Gemeindemitglied erkannte mich in der Kirche, und eine Zeitlang waren die öffentlichen Gottesdienste ungewöhnlich gut besucht. Ich richtete den Blick fest auf den Steinboden und schaffte es, die deutenden Finger nicht zu sehen, das Gemurmel nicht zu hören. Einmal brachte ein Gottesdienstbesucher eine Holokamera mit, aber dank Dir, allmächtiger Gott, wurde er von zwei stämmigen Mönchen hinausgeleitet, ehe er mich weiter quälen konnte.

Nicht zu denken ist schwierig, wenn man sein Leben lang gelernt hat, ein immer präziserer Denker zu werden. Wann immer ich dabei scheitere, versuche ich es nur stärker. Ich habe mich für das Beichten entschieden, heute ein freiwilliger Ritus. Wöchentlich gestehe ich Abt Ryson, den ich als meinen Beichtvater gewählt habe, meine Sünden.

Zu ihnen gehört diese absolute Selbstbezogenheit, die mich zwingt, immer wieder daran zu denken, wer ich bin und was ich getan habe.

Vater Ryson hat mich aufgefordert, vielleicht zur Buße,

die Geschichte meines Lebens niederzuschreiben und dabei so weit ins Detail zu gehen, wie nötig ist, um ein umfassendes Urteil zu fällen.

Und so habe ich all diese vielen Monate lang nach dem täglichen Backen in meiner winzigen, sauber geschrubbten Zelle gesessen und mit einem altmodischen Stift diese Lebenserinnerungen auf richtiges Papier gekritzelt. Obwohl sie scheinbar an Abt Ryson gerichtet sind, gelten sie in Wahrheit Dir, allmächtiger Gott, als könntest Du nicht lesen, was mit Blut in mein Herz geschrieben steht.

Mit der Gabe distanzierter Betrachtung, die seit eh und je meine Bürde ist, habe ich meinen selbstverschuldeten Absturz in die Hölle geschildert. Alles fing vielleicht mit dem unbegründeten Stolz an, der mich zur Bewerbung bei der Flotte bewegte, sowie der törichten Selbstzufriedenheit, mit der ich meine Seele auf die Gewißheit verwettet hatte, ich könnte meinen Eid erfüllen.

Ich rutschte noch tiefer ab, als ich mir selbst etwas vormachte – damals, als ich Vax Holser von der Strafe für seinen Ungehorsam verschonte, nachdem er sich geweigert hatte, mich auf der *Telstar* zurückzulassen. Damals tat ich so, als wäre es ein Akt der Gnade gewesen, aber heute weiß ich es besser. Es war ein Pflichtversäumnis.

Ich glitt immer schneller ab, bis ich fähig war, meine Gehorsamspflicht zu umgehen, nur um Fähnrich Philip Tyre eine Tracht mit dem Rohrstock zu ersparen. Auf dem weiteren Sturzflug in die Tiefe fand ich mich dazu in der Lage, den Befehl meines vorgesetzten Admirals Tremaine zu verweigern, der von mir verlangte, die von ihm ausgesetzten Passagiere zu übernehmen.

Hätte ich der Entwicklung zu irgendeinem Zeitpunkt Einhalt gebieten und mich retten können? Ich weiß es wahrhaftig nicht.

Aber dann wurde es so einfach, siehst Du. Ich gestehe: Die Pflicht war als mein Leitstern an Deine Stelle getreten. Um mein Schiff und meine Leute zu retten, schwor ich Elena Bartel, ihr kein Leid anzutun, nur um ihr dann durchs Herz zu schießen und damit rettungslos den

Mythos zu zerstören, mein Eid, mein Vertrag mit Dir, würde mir irgend etwas bedeuten.

Was machte es nach dieser Torheit noch aus, daß ich meine Vorgesetzten zungenfertig belog, was Vax Holsers Taten auf der Orbitalstation anging? Inzwischen verlief die Talfahrt mit atemberaubender Geschwindigkeit, und der Höllenwind schlug mir immer wärmer ins Gesicht.

Und so kommen wir jetzt zu meiner abschließenden, äußersten Torheit, als ich gehorsame Jungs und rosige, heranwachsende Mädchen hereinlegte, damit sie ihr Leben wegwarfen, um meinen Planeten vor den fremdartigen Fischen zu retten.

Hätten sie sich freiwillig geopfert?

Ich weiß nicht. Ich habe ihnen nie die Chance dazu gegeben.

War es wirklich nötig, was ich tat?

In gewisser Hinsicht ja. Weil ich keinen Glauben hatte, daß Du Dein Volk, Deine Kirche, Deine Schöpfung retten würdest. In meiner Arroganz glaubte ich, meine Taten allein könnten die Fische vertreiben.

Aber nachts, wenn ich mich sammle, um zu schlafen, und mich dann bis in die frühen Morgenstunden hin und her wälze, spreche ich mit Kevin Arnweil und Kyle Drew und Jacques Theroux und so vielen anderen. Manchmal sitzt die verbrannte Gestalt von Fähnrich Thomas Keene an meinem Bett, nur um zu verschwinden, wenn ich erwache.

Ich sehe sie auch, bitte vergib mir, zur Frühmette, wenn meine Gedanken bei den Gebeten liegen sollten, die ich intoniere, und wenn ich noch am wenigsten gezwungen sein sollte zu *denken*.

Ich sehe sie jetzt vor mir, wenn ich mich bereitmache, den Stift zur Seite zu legen und am Abendgottesdienst teilzunehmen.

Ich bin verdammt. Genauso sollte es auch sein, denn was ich getan habe, ist verdammenswert.

Und doch . . .

In der Stille der Nacht sitze ich auf der Bettkante, die

Robe über die nackten Schultern geworfen, und frage mich ...

Wie kommt es, daß ich weiß: Du bist ein Gott der Gnade, ein Gott der Liebe – wo ich doch genausogut weiß, daß Du mir nicht vergeben darfst?

Siehst Du, falls Du mir das schreckliche Böse vergeben könntest, das ich getan haben, dann, allmächtiger Gott, verzeih mir, könnte ich nicht an Dich glauben. Den Kindern zuliebe, wenn schon aus keinem anderen Grund, mußt Du Gerechtigkeit üben, und wenn jemand Strafe verdient hat, dann ich.

Aber wenn ich mich wieder ins Bett lege und schlaflos daliege, während die Nacht dahingeht, erhebt sich manchmal eine leise, dünne Stimme und fragt: O allmächtiger Gott, sicherlich wußtest Du doch, was Du tatest, als Du mich kleines Rädchen in das komplexe, vielfach ineinandergreifende Gefüge Deiner Schöpfung eingebaut hast?

Du hast mich zu dem gemacht, was ich bin, und Du hast für die Umstände gesorgt, die mich dazu trieben, aller Gnade verlustig zu gehen. Du warst es, der den Anschein zuließ, meine Welt und mein Volk könnten nur gerettet werden, wenn ich diese strahlenden, vertrauensvollen Kinder in den Untergang führe.

Und dann frage ich:

Lieber Gott?

Herr, warum hast Du mich verlassen?

NACHWORT

So endet die noch unveröffentlichte Autobiographie meines Freundes und Mentors, Kapitän Nicholas Ewing Seafort, U.N.N.S. Diese schmerzlich offenherzigen Seiten sind die einzige Aufzeichnung, die er von seinen Leistungen angefertigt hat.

Obwohl seine Geschichte hier endet, beurteilt die Historie Mr. Seafort weniger hart, als er sich selbst. Wie wir alle wissen, kam er zehn Jahre nach Fertigstellung dieser Schriften wieder aus der Abgeschiedenheit hervor und stürzte sich in die Welt der Politik, bewegt vom Hilfeersuchen eines alten Freundes.

Im Bündnis mit der Boland-Organisation wurde Seafort praktisch widerstandslos in den UN-Senat gewählt. Von Anfang an demonstrierte er die unerschütterliche, selbstlose Ehrlichkeit, die auf immer sein Markenzeichen blieb. Nach seiner Scheidung von Annie Wells Seafort, später Annie Boß, war er allein und verzweifelt zurückgeblieben, ein Zustand, den er mehrere Jahre lang ertrug, bis er in der Rotunde der UN Arlene Sanders heiratete.

Die meisten Biographen haben bislang die Auswirkungen von Abt Rysons rauhem Mitgefühl auf den gequälten Exkapitän unterschätzt, der sich seiner Fürsorge anvertraut hatte.

Aufbauend auf Seaforts ungebrochenem Verhältnis zum Herrgott, entlockte ihm Ryson die Abgründe seiner Pein und deren Ursache. Die Mittel, mit denen Nick Seafort seine leidende Seele von ihrer Last befreite und sich mit der Vergangenheit versöhnte, sind unbekannt. Niemals jedoch duldet er wieder irgendeine Form von Ausflüchten oder Unehrlichkeit, auch nicht die allerkleinste Notlüge.

Diese Eigenschaft führte dazu, daß sich manche in seiner Gesellschaft unbehaglich fühlten, aber klügere Menschen und ich fanden sie beruhigend.

In seiner Amtszeit als GenSek unterstützte Mr. Seafort entschlossen die Raumflotte in ihrem Wiederaufbau nach dem Debakel gegen die Fische. Gleichzeitig unternahm er jedoch entschlossene Schritte, um sie von ihrem chronischen Nepotismus zu befreien. Die heutige leistungsorientierte Politik der Flotte ist eine direkte Folge seiner Bemühungen.

Nicky Seafort besaß keine Spur traditioneller politischer Fertigkeiten. Er duldete weder diplomatische

Lügen noch bequeme Vorwände. Nach den Port-of-London-Skandalen waren es seine unnachgiebige Ehrlichkeit und seine Weigerung, Schuld von sich zu weisen, die den Sturz seiner Regierung und seine persönliche Schande herbeiführten. Hätte er sein Versäumnis, Senator Wades krumme Geschäfte aufzudecken, weniger unverblümt eingestanden, hätte seine Regierung das Vertrauensvotum vom März 2224 sehr gut überstehen können.

Mit der Zeit haben die Öffentlichkeit und der Senat Seaforts Weigerung, sich für unschuldig zu erklären, schätzen gelernt. Heute bewundert man seine Eingeständnisse als ein Kennzeichen der Integrität und Aufrichtigkeit, und es gibt Leute, die ihn aufgefordert haben, seinen vorzeitigen Rücktritt wieder zu vergessen und erneut die politische Arena zu betreten. Sein dringender Bedarf an Privatsphäre, sein bekümmertes Wesen und sein Mißtrauen gegenüber der Macht machen dies jedoch wenig wahrscheinlich.

In Zeiten relativen Friedens fällt es schwer, sich an die Unruhen und die Ungewißheiten dieser gefährlichen Tage zu erinnern, als die Fische unkontrolliert umherstreiften und die Kolonien darum kämpften, ihre Beziehung zur Heimatwelt wieder aufzubauen.

Heute sorgen unbemannte Katzenjaulstationen im Permanenten Sonnenorbit für die Sicherheit der Menschheit. Es hat den Anschein, als hätte die Bedrohung durch die Fische ein Ende gefunden, aber die Stationen bleiben Zeugen unserer Wachsamkeit, gewartet von Nick Seaforts geliebter Flotte.

Ich bin Kapitän Seafort bei mehreren Gelegenheiten wieder begegnet, wenn Geschäfte mich zur Erde oder die Politik ihn nach Hope Nation führte. Wenn wir zusammen waren, unterhielten wir uns oft über lebende Freunde und schon lange dahingeschiedene Kameraden sowie über die frühen Tage, als unser Schicksal noch vor uns lag.

Ungeachtet der Ehren und Leistungen späterer Jahre, stellte Kapitän Seafort einmal fest, daß er sich in seinem ganzen Leben nie wieder so erfüllt gefühlt habe wie zur Zeit unserer ersten Begegnung, damals, als er noch Seniorfähnrich auf der U.N.S. *Hibernia* gewesen war, auf unserer ersten hoffnungsvollen Reise zu den Sternen.

Derek Lord Carr
Erster Statthalter
Commonwealth von Hope Nation
Oktober, im Jahre unseres Herrn 2225

Band 23 185
David Gerrold
Sternenjagd
Deutsche Erstveröffentlichung

Das Raumschiff Roger Burlingame ist ein Dinosaurier: schrottreif und längst von der Technik überholt. Seine Maschinen können jederzeit versagen. Dennoch hofft die demoralisierte Mannschaft auf einen neuen Einsatz – und bekommt ihn.
Jon Korie, der ungeliebte Erste Offizier, glaubt, eine Spur der feindlichen Morthans in den Weiten des Alls entdeckt zu haben, und er ist sich sicher, sie besiegen zu können. Korie weiß, er braucht die Hilfe seiner Kameraden, auch wenn diese ihn hassen. So beginnt die Sternenjagd unter den ungünstigsten Vorraussetzungen, und die Mannschaft der Burlingame muß entscheiden: ist Korie ihr Retter oder einfach nur ein Verrückter, führt er sie zu Ruhm und Ehre – oder in den Untergang?

BASTEI LÜBBE

Sie erhalten diesen Band im Buchhandel, bei Ihrem Zeitschriftenhändler sowie im Bahnhofsbuchhandel.

Band 23 183

E. E. ›Doc‹ Smith und Stephen Goldin

Weltraum-Zirkus d'Alembert

Der letzte Einsatz

Seit Jahrtausenden besteht das galaktische Imperium. Menschen kommen und gehen, Institutionen entstehen und werden gestürzt, eine Revolution mag alles wie ein Taifun hinwegfegen – aber das Imperium muß als Grundlage menschlicher Existenz weiterbestehen. Dies sicherzustellen ist die Aufgabe des Geheimdienstes, und dessen besten Agenten sind die Mitglieder des Weltraumzirkus d´Alembert.

In diesem zweiten Sammelband werden die letzten fünf Abenteuer neu veröffentlicht: Das Puritaner-Komplott; Die Verräter-Welt; Die Omikron-Invasion; Die Doppelgänger-Falle und Tod dem Sternenkaiser.

E.E.›DOC‹ SMITH ist der legendäre Vater der Space Opera und Autor des berühmten Lensmen-Zyklus, der längst Kultstatus erlangt hat.

BASTEI LÜBBE

Sie erhalten diesen Band im Buchhandel, bei Ihrem Zeitschriftenhändler sowie im Bahnhofsbuchhandel.